Cassandra Clare / Sarah Rees Brennan
Maureen Johnson / Kelly Link / Robin Wasserman

DIE GEHEIMNISSE
DES
SCHATTENMARKTES

Cassandra Clare / Sarah Rees Brennan
Maureen Johnson / Kelly Link
Robin Wasserman

DIE GEHEIMNISSE DES SCHATTENMARKTES

Deutsch von Franca Fritz
und Heinrich Koop

GOLDMANN

Die Originalausgabe erschien 2019 unter dem Titel
»Ghosts of the Shadow Market« bei Margaret McElderry Books, an imprint of
Simon & Schuster Children's Publishing Division, New York.

Sollte diese Publikation Links auf Webseiten Dritter enthalten,
so übernehmen wir für deren Inhalte keine Haftung, da wir uns
diese nicht zu eigen machen, sondern lediglich auf deren Stand
zum Zeitpunkt der Erstveröffentlichung verweisen.

Dieses Buch ist auch als E-Book erhältlich.

Verlagsgruppe Random House FSC® N001967

1. Auflage
Copyright © der Originalausgabe 2019 by Cassandra Clare, LLC
Copyright © der deutschsprachigen Ausgabe 2019
by Wilhelm Goldmann Verlag, München,
in der Verlagsgruppe Random House GmbH,
Neumarkter Str. 28, 81673 München
Redaktion: Waltraud Horbas
Umschlaggestaltung: UNO Werbeagentur, München,
unter Verwendung eines Entwurfs von Russell Gordon und Nick Sciacca
Umschlagmotiv: © 2019 by Cliff Nielsen
TH · Herstellung: Han
Satz: Buch-Werkstatt GmbH, Bad Aibling
Druck und Bindung: GGP Media GmbH, Pößneck
Printed in Germany
ISBN: 978-3-442-31512-3
www.goldmann-verlag.de

Besuchen Sie den Goldmann Verlag im Netz:

Inhalt

1. Ein langer Schatten — 9
2. Alles Erlesene dieser Welt — 67
3. Verlust — 133
4. Eine tiefere Liebe — 175
5. Die Bösen — 221
6. Sohn der Dämmerung — 293
7. Mein verlorenes Land — 343
8. Durch Blut und Feuer — 471
9. Die verlorene Welt — 527
10. Gestürzt! — 571

Für unsere wundervollen Leser

Wer oder was ihr auch immer seid – männlich oder weiblich, stark oder schwach, krank oder gesund … all diese Dinge sind weniger wichtig als das, was in euren Herzen ist. Wenn ihr die Seele eines Kriegers besitzt, dann seid ihr Krieger. Ganz gleich welche Farbe, Form oder Gestalt eine Lampe besitzt, die Flamme darin ist die gleiche. Und ihr seid diese Flamme.

Cassandra Clare
Sarah Rees Brennan

Ein langer Schatten

Alte Sünden werfen lange Schatten.
Englisches Sprichwort

London, 1901

Die Eisenbahnbrücke führte nur um Haaresbreite an St. Saviour vorbei. Die Verwaltung der Irdischen hatte darüber nachgedacht, die Kirche abzureißen, um Platz für die Bahntrasse zu schaffen, doch diese Pläne waren auf unerwartet heftigen Widerstand gestoßen. Stattdessen machte die Strecke jetzt einen kleinen Schlenker, und die Kirchturmspitze ragte noch immer wie ein silberner Dolch in den Nachthimmel auf.

Bei Tag fand unter den Eisenbahnbögen ein Markt statt – der größte Lebensmittelmarkt der Stadt. Doch in der Nacht gehörte der Marktplatz der Schattenwelt.

Vampire und Werwölfe, Hexen und Feenwesen: Sie alle trafen sich unter den Sternen und dem Zauberglanz, der sie vor den Augen der Irdischen verbarg. Ihre Marktstände folgten der Anordnung der irdischen Lebensmittelhändler, sie drängten sich unter der Brücke und reichten bis in die umliegenden, winzigen Gassen hinein. Allerdings fand man hier keine Äpfel oder Rüben. Im Schatten der dunklen Bahnbögen boten die Stände Waren wie Schellen und Bänder an, die in knallbunten Farben leuchteten: Schlangengrün, Fieberrot und flammendes Orange. Bruder Zachariah nahm den Duft von brennendem Weihrauch wahr, die Gesänge der Werwölfe, die die Schönheit des Monds priesen, und die Lockrufe der Feenwesen: »*Kinder, Kinder, folgt uns doch – folgt uns fort von hier.*«

Wenn man nach dem englischen Kalender ging, war dies der erste Schattenmarkt im neuen Jahr, während sich das Jahr nach chinesischer Zählung gerade erst dem Ende zuneigte. Zachariah hatte Shanghai als Kind verlassen und London im Alter von siebzehn Jahren den Rücken gekehrt, um in der Stadt der Stille zu leben. Dort deutete nichts auf das Verstreichen der Zeit hin – vielleicht abgesehen von der Asche immer neuer Krieger, die in den Mausoleen ihre letzte Ruhestätte fanden. Dennoch erinnerte Zachariah sich an die Silvesterfeiern während seines Lebens als Mensch: angefangen von Eierpunsch und Bleigießen in London bis hin zu lautem Feuerwerk und köstlichen, gedämpften Teigtaschen in Shanghai.

Jetzt rieselte Schnee auf London herab. Die Luft war klar und kalt wie ein frischer, knackiger Apfel und fühlte sich gut an auf seiner Haut. Die Stimmen der Bruderschaft waren nicht mehr als ein leises Brummen in seinem Kopf und gestatteten ihm etwas Abstand von der Stadt der Stille.

Ein besonderer Auftrag hatte ihn zum Schattenmarkt geführt, aber er nahm sich ein paar Minuten Zeit, um die Tatsache zu genießen, dass er wieder in London war und ausnahmsweise etwas anderes atmen konnte als die staubige Luft der Verblichenen. Hier auf dem Schattenmarkt hatte er immer den Eindruck, der Stadt der Stille für eine Weile entkommen und wieder jung und frei zu sein.

Zachariah genoss dieses Gefühl, was aber nicht bedeutete, dass die Standbetreiber und Besucher sich mit ihm freuten. Er hatte beobachtet, wie zahlreiche Schattenweltler und sogar Irdische mit dem Zweiten Gesicht ihm Blicke zuwarfen, die alles andere als einladend waren. Und ein dunkles Murren folgte jedem seiner Schritte, das er aus dem Stimmengewirr heraushören konnte.

Für die Schattenweltler stellten die Märkte einen kostbaren Zeitraum dar, den sie fernab aller Engel verbringen konnten, und seine Anwesenheit war definitiv nicht erwünscht. Denn Bruder Zachariah war ein Mitglied der Brüder der Stille, einer stummen Gemeinschaft, die sich uralten Mysterien und den Toten verschrieben hatte und in völliger Abgeschiedenheit inmitten alter Gebeine lebte. Man konnte von niemandem verlangen, dass er einen Stillen Bruder mit offenen Armen empfing, und die Besucher des Schattenmarktes hätten ohnehin gern auf das Erscheinen sämtlicher Schattenjäger verzichtet.

Doch während Zachariah noch über diese Tatsache nachdachte, bot sich ihm plötzlich ein außergewöhnlicher Anblick, mit dem er nun wirklich nicht gerechnet hatte.

Ein junger Schattenjäger tanzte mit drei Feenwesen einen Cancan: Charlotte und Henry Fairchilds jüngerer Sohn Matthew Fairchild. Er hatte den Kopf in den Nacken geworfen und lachte, während sein helles Haar im Schein der Fackeln leuchtete.

Zachariah fragte sich einen kurzen Moment, ob Matthew vielleicht unter einem Feenzauber stand. Doch dann erblickte der Junge ihn und hüpfte vom Podium, wo die Tänzer mit verwirrten Mienen zurückblieben. Die Feenwesen waren es nicht gewohnt, dass die Sterblichen sich ihren Reigen und Tänzen einfach entzogen.

Matthew schien das jedoch nicht zu bemerken. Er lief auf den Stillen Bruder zu, schlang ihm ausgelassen einen Arm um die Schultern und tauchte unter die Kapuze von Zachariahs Robe, um ihm einen Kuss auf die Wange zu drücken.

»Onkel Jem!«, rief Matthew erfreut. »Was machst du denn hier?«

Idris, 1899

Matthew Fairchild verlor nur selten die Beherrschung – aber wenn es geschah, dann sorgte er dafür, dass man den Anlass so schnell nicht wieder vergaß.

Das letzte Mal war vor zwei Jahren gewesen, während seines kurzen Intermezzos an der Schattenjäger-Akademie – einer Bildungsanstalt, die wie am Fließband perfekte, dämonenbekämpfende Langweiler hervorbrachte. Das Ganze hatte damit angefangen, dass sich nach einem tödlichen Vorfall mit einem Dämon in den umliegenden Wäldern die Hälfte der Schüler auf einem der hohen Türme versammelt hatte und beobachtete, wie ihre Eltern eintrafen.

Matthews normalerweise gute Laune war bereits auf eine

harte Probe gestellt worden. Man hatte seinem besten Freund James die Schuld an der Geschichte gegeben, schlicht und einfach deshalb, weil durch James' Adern eine winzige, unbedeutende Menge Dämonenblut strömte und er die – in Matthews Augen außerordentlich vorteilhafte – Fähigkeit besaß, sich in einen Schatten zu verwandeln. James sollte von der Schule verwiesen werden. Die eigentlichen Übeltäter dagegen durften bleiben: Alastair Carstairs – ein Warzenschwein durch und durch – und seine miesen Kumpel. Das Leben im Allgemeinen und die Akademie im Besonderen waren ein Paradebeispiel für die Ungerechtigkeit der Welt.

Matthew hatte noch nicht einmal die Chance gehabt, James zu fragen, ob er sein *Parabatai* werden wollte. Er hatte diese Frage auf eine so kunstvolle und elegante Weise unterbreiten wollen, dass James zu beeindruckt gewesen wäre, um den Kriegerbund abzulehnen.

Mr Herondale, James' Vater, zählte zu den ersten Eltern, die an der Akademie eintrafen. Matthew und die anderen Schüler sahen, wie er mit entschlossenen Schritten zur Eingangstür eilte; seine schwarzen Haare wirkten von Wind und Wut zerzaust. Eines musste man ihm lassen: Er besaß zweifellos eine gewisse Ausstrahlung.

Die wenigen Mädchen, die an der Akademie zugelassen waren, warfen James gern einmal verstohlene Blicke zu: Er hatte zwar ständig die Nase in einem Buch vergraben und dazu einen unglücklichen Haarschnitt und ein bescheidenes Auftreten, besaß aber unverkennbare Ähnlichkeit mit seinem Vater.

James – der Erzengel segne seine ahnungslose Seele – bekam von der ganzen Aufmerksamkeit nichts mit: Er war so verzweifelt über den Schulverweis, dass er sich von allen zurückgezogen hatte.

»Du meine Güte«, sagte Eustace Larkspear, »stellt euch nur mal vor, *so* einen Vater zu haben.«

»Ich hab gehört, dass er verrückt sein soll«, sagte Alastair und brach in gehässiges Gelächter aus. »Man muss ja auch verrückt sein, um eine Kreatur mit Höllenblut zu heiraten und Kinder in die Welt zu setzen, die ...«

»Hör auf«, sagte der kleine Thomas leise. Und zur Überraschung aller Anwesenden verdrehte Alastair zwar die Augen, hielt aber den Mund.

Matthew hätte Alastair am liebsten selbst zum Schweigen gebracht. Doch da Thomas das bereits erledigt hatte, fiel Matthew nichts ein, wie er Alastair auf Dauer zum Schweigen bringen konnte – abgesehen von einem Duell. Allerdings war er sich nicht sicher, ob das irgendetwas ändern würde: Alastair war kein Feigling und würde die Herausforderung vermutlich annehmen und danach doppelt so viel Blödsinn erzählen wie zuvor. Außerdem war es nicht gerade Matthews Art, sich in einen Kampf verwickeln zu lassen. Natürlich konnte er kämpfen, aber seiner Meinung nach löste Gewalt nur selten Probleme.

Natürlich mit Ausnahme der Probleme, die Dämonen mit sich brachten, wenn sie in diese Welt eindrangen und sie in Schutt und Asche zu legen drohten.

Abrupt verließ Matthew den Turm und wanderte schlecht gelaunt durch die Korridore. Doch auch wenn er voll und ganz in seinen düsteren Grübeleien aufging, wusste er, dass er seine Pflichten nicht vernachlässigen und Christopher und Thomas Lightwood nicht aus den Augen verlieren durfte.

Während seiner Kindheit hatten sein älterer Bruder Charles Buford und seine Mutter einmal das Haus verlassen, um an einer Versammlung im Londoner Institut teilzunehmen. Charlotte Fairchild war die Konsulin, die wichtigste Amtsperson aller Schattenjäger, und Charles hatte sich schon immer für ihre Arbeit interessiert, statt es den lästigen Nephilim übel zu nehmen, dass diese so viel Zeit ihrer Mutter beanspruchten. Als die beiden aufbruchsbereit in der Eingangshalle gestanden hatten, hatte Matthew sich weinend an die Rockzipfel seiner Mutter geklammert.

Doch dann hatte Mama sich vor ihn gekniet und ihn gebeten, während ihrer Abwesenheit auf Papa aufzupassen.

Und Matthew hatte diese Aufgabe sehr ernst genommen, und

daran hatte sich nichts geändert. Sein Vater war ein Genie und noch dazu etwas, das die meisten Menschen als körperbehindert bezeichnen würden, denn er konnte nicht gehen. Wenn man nicht sorgfältig auf ihn aufpasste, vergaß er im Eifer seiner Experimente, dass er auch etwas essen musste. Ohne Matthew kam er nicht zurecht – weswegen es völlig absurd gewesen war, dass man Matthew überhaupt auf die Akademie geschickt hatte.

Matthew kümmerte sich gern um andere. Er war sehr fürsorglich. Im Alter von acht Jahren hatte man Christopher Lightwood in Papas Labor gefunden, wo er ein sehr faszinierendes Experiment durchgeführt hatte – zumindest hatte sein Vater es damals so bezeichnet. Matthew war aufgefallen, dass dem Labor eine Wand fehlte, und er hatte daraufhin beschlossen, Christopher unter seine Fittiche zu nehmen.

Christopher und Thomas waren richtige Cousins, da ihre Väter Brüder waren. Matthew dagegen war nicht mit ihnen verwandt – er nannte die Eltern der beiden aus Höflichkeit Tante Cecily und Onkel Gabriel beziehungsweise Tante Sophie und Onkel Gideon. Ihre Eltern waren alle miteinander befreundet. Mama hatte keine engen Verwandten mehr, und Papas Familie gefiel es nicht, dass Mama als Konsulin arbeitete.

James wiederum war mit Christopher verwandt, da Tante Cecily Mr Herondales Schwester war. Mr Herondale leitete das Londoner Institut, und die Herondales lebten relativ zurückgezogen. Böse Zungen behaupteten, sie seien hochnäsig und würden sich für etwas Besseres halten. Aber Matthews Mutter meinte, diese Leute wären einfach nur dumm. Sie erklärte Matthew, dass die Herondales sich nur deshalb so selten in der Öffentlichkeit zeigten, weil sie aufgrund der Tatsache, dass Mrs Herondale ein Hexenwesen war, schlechte Erfahrungen gemacht hatten.

Trotzdem konnten sie als Leiter des Instituts nicht vollkommen unsichtbar leben. Matthew hatte James schon bei verschiedenen Feiern gesehen und versucht, ihn als Freund zu gewinnen. Aber seine Bemühungen waren dadurch behindert worden, dass er immer das Gefühl hatte, er sollte zum Erfolg einer Party beitragen, wohingegen James sich eher in eine Ecke verzogen und gelesen hatte.

Normalerweise fiel es Matthew nicht schwer, neue Freundschaften zu schließen, aber er konnte keinen Sinn darin erkennen – es sei denn, es handelte sich um eine Herausforderung. Leicht gewonnene Freunde konnte man genauso schnell wieder verlieren, und Matthew legte Wert auf feste, langfristige Beziehungen.

Deshalb hatte es ihn anfangs auch sehr getroffen, dass James ihn eindeutig nicht gemocht hatte. Doch Matthew hatte ihn umstimmen können. Zwar wusste er noch immer nicht, auf welche Weise ihm das gelungen war – was ihm etwas Unbehagen bereitete –, aber James hatte vor Kurzem Matthew, Christopher, Thomas und sich selbst als die drei Musketiere und d'Artagnan bezeichnet, nach den Hauptfiguren aus einem Buch, das er sehr mochte. Obwohl Matthew seinen Vater vermisste, war also im Grunde alles gut verlaufen. Doch jetzt hatte man James von der Schule verwiesen und damit alles ruiniert. Trotzdem durfte Matthew die Verantwortung, die er übernommen hatte, nicht vergessen.

Christopher unterhielt eine stürmische Beziehung zu den Naturwissenschaften, und nach dem letzten Vorfall hatte Professor Fell Matthew befohlen, Christopher nicht mehr in die Nähe von leicht entzündlichen Stoffen zu lassen. Dagegen war Thomas so still und klein, dass man ihn ständig aus dem Auge verlor wie eine menschliche Murmel. Und das Problem dabei war, dass er dann unweigerlich in die Nähe von Alastair Carstairs rollte.

Diese unschöne Situation hatte nur eine einzige gute Seite: Thomas ließ sich immer relativ leicht orten. Matthew brauchte nur dem Dröhnen von Alastairs nerviger Stimme zu folgen.

Bedauerlicherweise bedeutete das aber auch, dass er dann zwangsläufig Alastairs nerviges Gesicht zu sehen bekam.

Und tatsächlich fand er Alastair schon bald: Er blickte aus einem Fenster, wobei Thomas schüchtern an seiner Seite stand.

Thomas' Heldenanbetung war Matthew ein Rätsel. Er selbst

konnte an Alastair nur eine einzige positive Sache finden: seine außerordentlich ausdrucksstarken Augenbrauen. Aber Augenbrauen waren schließlich nicht alles.

»Bist du sehr traurig, Alastair?«, hörte er Thomas fragen, als er sich ihnen näherte.

»Geh mir nicht auf die Nerven, Winzling«, sagte Alastair, allerdings in nachsichtigem Ton. Nicht einmal er konnte allzu viel dagegen haben, verehrt zu werden.

»Du hast gehört, was die hinterhältige Schlange gesagt hat«, bemerkte Matthew. »Also, lass uns von hier verschwinden, Tom.«

»Ah, die Glucke Fairchild«, höhnte Alastair. »Eines Tages wirst du mal ein entzückendes Eheweib abgeben.«

Empört registrierte Matthew, dass Thomas leicht lächelte, obwohl er sein Lächeln aus Respekt vor Matthews Gefühlen rasch unterdrückte. Thomas war schmächtig und hatte unter seinen älteren Schwestern stark zu leiden. Offenbar verwechselte er Alastairs rüpelhafte Art mit Verwegenheit.

»Ich wünschte, ich könnte von dir das Gleiche behaupten«, erwiderte Matthew. »Ist es noch keiner gütigen Seele in den Sinn gekommen, dir mitzuteilen, dass deine Frisur – um es mit den freundlichsten mir zur Verfügung stehenden Worten zu sagen – unglücklich gewählt ist? Niemandem? Nicht einmal deinem Vater? Gibt es überhaupt irgendjemanden in deinem Umfeld, der sich hinreichend für dich interessiert, dass er dich daran hindert, dich zum Gespött der Leute zu machen? Oder bist du einfach nur zu sehr damit beschäftigt, niederträchtige Taten an Unschuldigen zu begehen, um dich um dein bedauernswertes Äußeres zu kümmern?«

»Matthew!«, sagte Thomas. »Sein Freund ist *tot*.«

Matthew hätte gern darauf hingewiesen, dass Alastair und seine Freunde schließlich diejenigen gewesen waren, die einen Dämon auf James losgelassen hatten, und es daher nur gerecht war, dass ihr hässlicher Streich einen von ihnen getroffen hatte. Allerdings war ihm klar, dass diese Antwort Thomas nur noch mehr aufgeregt hätte.

»Na schön. Komm, lass uns gehen«, sagte er. »Obwohl ich mich ja frage, wessen Idee dieser hässliche kleine Trick gewesen war.«

»Warte mal einen Moment, Fairchild«, fauchte Alastair. »Du kannst gehen, Lightwood.«

Thomas wirkte sehr beunruhigt, als er sich zum Gehen wandte, aber Matthew konnte ihm ansehen, dass er seinem Idol niemals widersprechen würde. Als Thomas seine besorgten nussbraunen Augen auf Matthew heftete, nickte er ihm zu, woraufhin Thomas sich widerstrebend entfernte.

Als er verschwunden war, baute Alastair sich vor Matthew auf. Matthew war klar, dass Alastair Thomas aus einem bestimmten Grund weggeschickt hatte. Er biss sich auf die Lippe und wappnete sich für eine Rauferei.

Doch stattdessen knurrte Alastair: »Für wen hältst du dich eigentlich, dass du hier den Moralprediger spielst und von Tricks und Vätern redest ... wenn man die Umstände deiner eigenen Geburt bedenkt?«

Matthew runzelte die Stirn. »Was um alles in der Welt schwafelst du da, Carstairs?«

»Alle reden von deiner Mutter und ihrer undamenhaften Tätigkeit«, sagte der grässliche, unfassbare Wurm Alastair Carstairs. Matthew schnaubte nur verächtlich, doch Alastair fuhr mit erhobener Stimme fort: »Eine Frau kann das Amt des Konsuls nicht anständig bekleiden. Trotzdem verfolgt deine Mutter ihre Karriere einfach weiter, dank der tatkräftigen Unterstützung der mächtigen Lightwoods.«

»Es stimmt, dass unsere Familien befreundet sind«, sagte Matthew. »Dieses Phänomen gibt es: Freundschaft. Noch nie davon gehört, Carstairs? Wie tragisch für dich – wenn auch durchaus verständlich für alle anderen Bewohner dieses Universums.«

Alastair zog die Augenbrauen hoch. »Ja, großartige Freunde, zweifellos. Deine Mutter kann Freunde offensichtlich dringend gebrauchen, da dein Vater ja nicht in der Lage ist, den Pflichten eines Mannes nachzukommen.«

»Wie bitte?«, fragte Matthew.

»Es ist doch seltsam, dass du so lange nach dem schrecklichen Unfall deines Vaters zur Welt gekommen bist«, erwiderte Alastair – wobei nur noch fehlte, dass er einen imaginären Schnurrbart zwirbelte. »So seltsam, dass die Familie deines Vaters nichts mit euch zu tun haben will und sogar verlangt hat, dass deine Mutter ihren Ehenamen aufgibt. Und so bemerkenswert, dass du keinerlei Ähnlichkeit mit deinem Vater besitzt, aber dafür die gleiche Haarfarbe hast wie Gideon Lightwood.«

Gideon Lightwood war Thomas' Vater. Kein Wunder, dass Alastair Thomas weggeschickt hatte, bevor er solch eine lächerliche Behauptung aufstellte.

Das Ganze war absurd. Ja, es stimmte, dass Matthew helle Haare hatte, während seine Mutter braune und sein Vater und Charles Buford rote Haare besaßen. Matthews Mutter war winzig, aber die Köchin war der Ansicht, dass Matthew seinen Bruder eines Tages überragen würde. Und Onkel Gideon begleitete seine Mutter regelmäßig. Matthew wusste, dass er bei Problemen mit dem Rat ihre Partei ergriffen hatte. Mama hatte ihn einst als ihren guten, zuverlässigen Freund bezeichnet – etwas, worauf Matthew bisher keinen einzigen Gedanken verschwendet hatte.

Seine Mutter sagte immer, dass sein Vater solch ein liebes, freundliches, sommersprossiges Gesicht hatte. Matthew hatte sich schon seit Jahren gewünscht, er würde aussehen wie er.

Aber das war nun mal nicht der Fall.

Als Matthew antwortete, klang seine Stimme in seinen eigenen Ohren fremd: »Ich weiß nicht, was du meinst.«

»Henry Branwell ist nicht dein Vater«, stieß Alastair hervor. »Du bist Gideon Lightwoods Bastard. Das weiß schließlich jeder außer dir.«

In einem Anfall blinder Wut versetzte Matthew Alastair einen Kinnhaken. Dann machte er sich auf die Suche nach Christopher, räumte das Gelände und reichte ihm eine Packung Streichhölzer.

Wenige ereignisreiche Minuten später verließ Matthew die Schule, um nie wieder dorthin zurückzukehren. Und in dieser kurzen Zeitspanne flog ein Gebäudeflügel der Akademie in die Luft.

Matthew war sich der Tatsache bewusst, dass das eine ziemlich schockierende Tat gewesen war. Aber noch während er sich in diesem wahnwitzigen Geisteszustand befunden hatte, hatte er James aufgefordert, sein *Parabatai* zu werden – und wundersamerweise hatte James zugestimmt. Matthew und sein Vater vereinbarten daraufhin, dass sie mehr Zeit in der Londoner Stadtvilla der Fairchilds verbringen würden, damit Matthew sowohl bei seinem Vater als auch bei seinem *Parabatai* sein konnte. Alles in allem hatte sich die ganze Situation also bestens gefügt, überlegte Matthew.

Wenn er jetzt doch nur noch vergessen könnte.

Londoner Schattenmarkt, 1901

Jem blieb inmitten der tanzenden Flammen und schwarzen Bahnbögen des Londoner Schattenmarktes abrupt stehen, verblüfft über den Anblick eines vertrauten Gesichts in einer unerwarteten Umgebung – und noch verblüffter über Matthews warmherzige Begrüßung.

Natürlich kannte er Charlottes Sohn. Ihr anderer Junge, Charles, war dagegen immer sehr kühl und reserviert, wenn er Bruder Zachariah im Rahmen offizieller Besuche begegnete. Zachariah wusste, dass die Brüder der Stille fernab der Welt leben sollten – Alastair, der Sohn seines Onkels Elias, hatte daran keinen Zweifel gelassen, als Zachariah Kontakt zu ihm aufgenommen hatte.

Und so sollte es auch sein, sagte die Bruderschaft in seinem Verstand. Er konnte ihre Stimmen nicht immer voneinander unterscheiden – sie klangen wie ein leiser Chor, ein stilles, allgegenwärtiges Lied.

Jem hätte es Matthew daher nicht übel genommen, wenn er die gleichen Gefühle gehegt hätte wie die meisten anderen. Doch das schien nicht der Fall zu sein. Sein leuchtendes, fein geschnittenes Gesicht zeigte stattdessen seine Bestürzung nur allzu deutlich.

»Bin ich zu aufdringlich?«, fragte er besorgt. »Ich habe nur gedacht, da ich James' *Parabatai* bin und er dich ›Onkel Jem‹ nennt, dürfte ich dich vielleicht auch so nennen.«

Selbstverständlich darfst du das, sagte Zachariah.

Schließlich war James nicht der Einzige – auch seine Schwester Lucie und Alastairs Schwester Cordelia hatten diese Bezeichnung übernommen. Zachariah hielt die drei für die nettesten Kinder der Welt. Natürlich war er ein klein wenig voreingenommen, aber Vertrauen schuf nun einmal eigene Wahrheiten.

Matthew strahlte. Er erinnerte Zachariah an dessen Mutter und deren Güte, als sie drei Waisenkinder bei sich aufgenommen hatte, obwohl sie selbst fast noch ein Kind gewesen war.

»Im Londoner Institut reden alle ständig von dir«, vertraute Matthew ihm an. »James und Lucie, aber auch Onkel Will und Tante Tessa. Dadurch habe ich das Gefühl, ich würde dich bereits viel besser kennen als in Wirklichkeit … Deshalb bitte ich um Vergebung, falls ich dir zu nahe getreten bin.«

Du kannst mir nicht zu nahe treten, da du immer willkommen bist, sagte Jem.

Matthews Lächeln breitete sich über sein ganzes Gesicht aus – ein außerordentlich gewinnender Anblick. Seine Herzlichkeit war schneller sichtbar als bei Charlotte, überlegte Jem. Matthew hatte noch nicht gelernt, sich abzuschotten und sich nicht vertrauensvoll und voller Entzücken der Welt zu öffnen.

»Ich würde gern alles über die Abenteuer hören, die du, Onkel Will und Tante Tessa erlebt haben … natürlich aus deiner Sicht«, schlug Matthew vor. »Das müssen sehr aufregende Zeiten gewesen sein! Hier bei uns passiert dagegen überhaupt nichts. Nach allem, was ich gehört habe, könnte man meinen, dass du eine hochdramatische, zum Scheitern verurteilte Beziehung mit Tante Tessa hattest, bevor du der Bruderschaft beigetreten bist.« Matthew verstummte. »Tut mir leid! Meine Zunge war wieder mal schneller als mein Verstand. Aber das liegt nur daran, dass ich so aufgeregt bin, endlich richtig mit dir reden zu können. Bestimmt ist es seltsam für dich, an deine Vergangenheit zu denken. Hoffentlich habe ich dich nicht verletzt oder gekränkt. Ich bitte um Frieden.«

Frieden, wiederholte Zachariah belustigt.

»Ich bin mir sicher, du hättest mit jeder Dame eine inbrünstige Affäre haben können«, sagte Matthew. »Das sieht schließlich jeder. Oh, gütiger Gott, das war ebenfalls eine unbesonnene Bemerkung, oder?«

Es war eine sehr nette Bemerkung, erwiderte Zachariah. *Ist heute nicht ein wundervoller Abend?*

»Wie ich sehe, bist du ein sehr taktvoller Mann«, sagte Matthew und schlug Zachariah anerkennend auf den Rücken.

Dann schlenderten sie gemeinsam durch die Gassen des Schattenmarktes. Zachariah suchte einen bestimmten Hexenmeister, der ihm seine Hilfe angeboten hatte.

»Weiß Onkel Will, dass du in London bist?«, fragte Matthew. »Wirst du ihn nachher besuchen? Wenn Onkel Will herausfindet, dass du in der Stadt warst und ich davon gewusst habe, dann ist es aus mit mir! Ein junger Mann, dahingeschieden in der Blüte seiner Jugend. Eine strahlende Blume der Männlichkeit, vorzeitig verwelkt. Vielleicht könntest du ja einen Moment an mich und mein Schicksal denken, Onkel Jem.«

Könnte ich das?, fragte Zachariah.

Es war offensichtlich, worauf Matthew hinauswollte.

»Außerdem wäre es sehr nett, wenn du nicht erwähnen würdest, dass du mich auf dem Schattenmarkt getroffen hast«, sagte Matthew mit gewinnendem Lächeln, aber besorgtem Ausdruck in den Augen.

Die Brüder der Stille sind im Allgemeinen schreckliche Klatschmäuler, sagte Bruder Zachariah. *Aber für dich, Matthew, werde ich eine Ausnahme machen.*

»Danke, Onkel Jem!« Matthew hakte sich bei Jem unter. »Ich habe keinen Zweifel, dass wir großartige Freunde sein werden.«

Ihr Anblick musste für die Besucher des Schattenmarktes ein Schock sein, dachte Jem – ein krasser Kontrast zwischen dem aufgeweckten Jugendlichen und dem in Dunkelheit gehüllten, mönchsartigen Stillen Bruder. Matthew schien dieses Missverhältnis jedoch nicht wahrzunehmen.

Ich denke, da hast du recht, bestätigte Jem.

»Meine Cousine Anna sagt, dass man auf dem Schattenmarkt jede Menge Spaß haben kann«, fuhr Matthew strahlend fort. »Natürlich kennst du Anna. Mit ihr allein kann man schon jede Menge Spaß haben, und sie hat den exquisitesten Geschmack, was Westen betrifft. Ich habe ein paar sehr ansprechende Feenwesen kennengelernt, die mich zum Besuch des Schattenmarktes eingeladen haben. Und da dachte ich, ich schau mich mal um.«

Die Feenwesen, mit denen Matthew kurz zuvor getanzt hatte, flitzten an ihnen vorbei wie Leuchtspuren mit Blütenkronen. Ein Elbe hielt kurz inne, die Lippen vom Saft unbekannter Früchte dunkel gefärbt, und zwinkerte Matthew zu. Offensichtlich nahm er es ihm nicht übel, dass er aus ihrem Tanz ausgeschieden war, obwohl man sich bei den Feenwesen nur selten auf den äußeren Eindruck verlassen durfte. Matthew zögerte, warf Zachariah einen vorsichtigen Blick zu und erwiderte das Zwinkern.

Bruder Zachariah hatte das Gefühl, den Jungen warnen zu müssen: *Deine Freunde führen möglicherweise Übles im Schilde. Das kommt bei Feenwesen oft vor.*

Matthew lächelte, doch dann verwandelte sich sein Lächeln in ein schalkhaftes Grinsen. »Ich führe oft selbst Übles im Schilde.«

Das habe ich nicht gemeint. Und ich will auch keineswegs irgendwelche Schattenweltler beleidigen. Es gibt so viele vertrauenswürdige Schattenwesen, wie es vertrauenswürdige Schattenjäger gibt. Doch das Gleiche gilt auch umgekehrt. Vielleicht wäre es klüger, wenn du dich gelegentlich daran erinnerst, dass nicht alle Besucher des Schattenmarktes den Nephilim wohlgesinnt sind.

»Wer könnte es ihnen verübeln?«, sagte Matthew leichthin. »Ein stinklangweiliger Haufen. Anwesende natürlich ausgenommen, Onkel Jem. Mein Vater ist mit einem Hexenmeister befreundet, von dem er häufig erzählt. Sie haben gemeinsam die Portale erfunden, hast du das gewusst? Ich hätte auch gern einen Schattenweltler zum Freund.«

Magnus Bane wäre jedem ein wahrer Freund, pflichtete Zachariah ihm bei.

Er überlegte, ob er Matthew noch eindringlicher warnen sollte, entschied sich aber aus Respekt gegenüber Magnus dagegen. Der Hexenmeister war seinem *Parabatai* einst eine große Hilfe gewesen. Vielleicht war er selbst auch einfach nur übervorsichtig. Wahrscheinlich waren viele Schattenweltler von Matthews Charme sofort eingenommen.

Will hatte keinen Zweifel daran gelassen, dass sein Institut allen Hilfe suchenden Schattenweltlern offen stand – genau wie allen Irdischen und Schattenjägern. Vielleicht würde diese Generation ja in größerem Einklang mit den Schattenweltlern aufwachsen als jede andere vor ihr.

»Anna ist heute Abend nicht hier«, fuhr Matthew fort. »Aber du bist hier, also ist alles in bester Ordnung. Was haben wir jetzt vor? Suchst du nach etwas Bestimmtem? Ich dachte, ich könnte Jamie und Lucie vielleicht ein Buch kaufen. Irgendein Buch. Sie lieben Bücher über alles.«

Die Zuneigung zu James und Lucie, die aus Matthews Worten sprach, bewirkte, dass Jem den Jungen noch stärker ins Herz schloss.

Wenn wir ein geeignetes Buch finden, sollten wir es für die beiden erstehen. Allerdings würde ich auf Wälzer mit gefährlichen Beschwörungsformeln lieber verzichten, sagte er.

»Beim Erzengel: auf keinen Fall«, pflichtete Matthew ihm bei. »Lucie würde es garantiert lesen. Unsere Lu ist eine kleine Draufgängerin, auch wenn man es ihr nicht ansieht.«

Und was mich betrifft: Ich habe einen Auftrag von jemandem erhalten, den ich sehr schätze, sagte Jem. *Aus Respekt gegenüber dieser Person kann ich leider keine weiteren Auskünfte geben.*

»Das verstehe ich vollkommen«, meinte Matthew. Er schien sich darüber zu freuen, dass Jem ihn überhaupt ins Vertrauen gezogen hatte. »Ich werde nicht weiter in dich dringen, aber kann ich dir vielleicht helfen? Du kannst auf mich zählen. Schließlich lieben wir die gleichen Menschen, oder?«

Danke für dein Angebot.

Natürlich bestand nicht die geringste Chance, dass der Junge ihm helfen konnte, jedenfalls nicht bei diesem Auftrag. Aber seine Anwesenheit schenkte Zachariah das Gefühl, als könnte er an Matthews Begeisterung teilhaben, während er sich auf dem Schattenmarkt umsah. Langsam gingen sie weiter und ließen die Geräusche und Bilder des Marktes auf sich wirken.

Ihr Weg führte an einem Stand mit Elbenfrüchten vorbei, an dem allerdings auch ein Werwolf stand und düstere Bemerkungen darüber machte, dass man ihn betrogen hätte und sie besser keine Geschäfte mit den Kobolden machen sollten. Ein Stand mit einer rot-weiß gestreiften Markise bot Karamellbonbons an, aber Zachariah hatte Bedenken bezüglich der Herkunft der Süßwaren. Plötzlich blieb Matthew stehen und lachte fröhlich, als eine blauhäutige Hexe mit Spielzeug-Einhörnern, Nixen-Muscheln und kleinen Feuerrädern jonglierte. Und dann flirtete er so lange mit ihr, bis sie ihm ihren Namen verriet: Catarina. Sie fügte zwar hinzu, dass er sich ganz gewiss nicht an sie wenden dürfe, doch als Matthew lächelte, erwiderte sie sein Lächeln. Wie vermutlich die meisten Leute, dachte Zachariah.

Der Junge schien die Besucher des Schattenmarktes irgendwie zu verwirren. Sie waren es gewohnt, dass die Schattenjäger sich nur dann auf ihrem Markt blicken ließen, wenn sie einen Zeugen oder Verdächtigen suchten und dabei wenig Begeisterung für die Stände zeigten.

Matthew applaudierte, als ihm ein weiterer Stand auf Hühnerfüßen entgegenkam. Eine Elfe mit pusteblumenartigen Haaren spähte hinter ihren Phiolen mit leuchtend bunten Flüssigkeiten hervor.

»Na, mein Hübscher«, sagte sie mit borkenrauer Stimme.

»Wen von uns beiden meinst du?«, fragte Matthew lachend und stützte seinen Ellbogen auf Bruder Zachariahs Schulter.

Die Elfe musterte Zachariah misstrauisch. »Ach, sieh an: ein Bruder der Stille auf unserem bescheidenen Markt. Die Nephilim würden das als eine besondere Ehre bezeichnen.«

Fühlst du dich denn geehrt?, fragte Zachariah und verlagerte sein Gewicht ein wenig, um sich schützend vor Matthew zu stellen.

Davon unbeirrt schob Matthew sich jedoch an Zachariah vorbei und betrachtete die ausgebreiteten Waren der Elfe.

»Rasend interessante Zaubertränke«, bemerkte er und schenkte der Frau sein strahlendes Lächeln. »Hast du die selbst zubereitet? Alle Achtung. Das macht dich zu einer Erfinderin, oder? Mein Vater ist auch ein Erfinder.«

»Ich freue mich über jeden auf dem Markt, der sich für meine Waren interessiert«, erwiderte die Frau und musterte Zachariah unbeugsam. Dann wandte sie sich an Matthew. »Wie ich sehe, passen deine honigsüßen Worte zum honiggoldenen Ton deiner Haare. Wie alt bist du?«

»Fünfzehn«, antwortete Matthew prompt.

Er nahm ein paar Phiolen prüfend in die Hand, wobei seine Ringe gegen das Glas und die mit Gold oder Silber verzierten hölzernen Stöpsel klirrten. Dabei erzählte er die ganze Zeit von seinem Vater und von den Feentränken, über die er in Büchern gelesen hatte.

»Ah, fünfzehn Sommer alt – und deinem Äußeren nach zu urteilen hat während der ganzen Zeit nur Sommer geherrscht. Manche würden ja sagen, dass nur ein seichter Fluss so hell glitzern kann«, sagte die Elfe, woraufhin Matthew sie ansah – ein argloses Kind, das auf jede Beleidigung mit Überraschung reagierte. Sein Lächeln erlosch für einen kurzen Moment.

Doch bevor Jem einschreiten konnte, lächelte der Junge bereits wieder.

»Ach, nun ja. ›Er hat nichts, aber er sieht nach allem aus. Was können Sie mehr wünschen?‹«, zitierte Matthew. »Das ist von Oscar Wilde. Kennst du seine Werke? Ich habe gehört, dass die Feenwesen gerne Dichter entführen. Ihr hättet wirklich versuchen sollen, ihn zu entführen.«

Die Frau lachte. »Vielleicht haben wir das ja. Möchtest du denn entführt werden, mein holder Knabe?«

»Ich glaube nicht, dass meiner Mutter, der Konsulin, das gefallen würde. Nein.«

Matthew strahlte sie weiterhin an. Die Elfe wirkte einen Moment lang enttäuscht, doch dann erwiderte sie sein Lächeln. Die Feenwesen konnten wie Dornen stechen, aber nicht weil sie Schaden anrichten wollten, sondern weil es in ihrer Natur lag.

»Das hier ist ein Liebestrank«, sagte die Elfe und deutete mit dem Kopf auf eine Phiole, in der eine rosa Flüssigkeit leicht glitzerte. »Doch das brauchst du ja nicht, mein Hübscher. Aber das hier ... das würde in einem Kampf deinem Gegner das Augenlicht nehmen.«

Das kann ich mir gut vorstellen, sagte Bruder Zachariah und betrachtete die Phiole, die bis zum Rand mit anthrazitgrauem Sand gefüllt war.

Matthew war eindeutig erfreut, mehr über die Phiolen zu erfahren. Zachariah vermutete, dass Henrys Junge beim Abendessen wieder und wieder Geschichten über die verschiedenen Elemente gehört hatte.

»Und was ist hiermit?«, fragte Matthew und zeigte auf eine violette Phiole.

»Ach, ein weiterer Zaubertrank, der für die Nephilim nicht von Interesse ist«, erwiderte die Frau abschätzig. »Welchen Nutzen hättet ihr von einem Mittel, das jeden zum Sprechen der Wahrheit veranlasst? Wie ich gehört habe, kennt ihr Schattenjäger ja keine Geheimnisse voreinander. Außerdem habt ihr doch dieses Engelsschwert, um nachzuprüfen, ob jemand die Wahrheit sagt. Allerdings würde ich das als eine ziemlich brutale Methode bezeichnen.«

»Das ist in der Tat brutal«, pflichtete Matthew ihr eifrig bei.

Die Elfe wirkte fast ein wenig traurig. »Du entstammst einem brutalen Volk, mein liebes Kind.«

»Nein, ich nicht«, sagte Matthew. »Ich glaube an die Kunst und die Schönheit.«

»Und dennoch könntest du eines Tages erbarmungslos sein.«

»Nein, niemals«, beharrte Matthew. »Ich interessiere mich

nicht für die Gepflogenheiten der Schattenjäger. Die der Schattenweltler sind mir viel lieber.«

»Ach, du schmeichelst einem alten Weib«, sagte die Elfe und machte eine abschätzige Handbewegung. Aber ihr Gesicht verzog sich wie ein runzliger Apfel, als sie erneut lächelte.

»Aber da du so ein lieber Junge bist, will ich dir etwas ganz Besonderes zeigen. Was hältst du von einer Phiole mit destilliertem Sternenstaub, der seinem Träger ein langes Leben garantiert?«

Genug!, riefen die Stimmen in Zachariahs Kopf.

Schattenjäger machen keinen Kuhhandel um ihr eigenes Leben, sagte Bruder Zachariah, packte Matthew am Ärmel und zog ihn mit sich.

Matthew protestierte und ruderte mit den Armen.

Die Phiolen der Elfe waren sehr wahrscheinlich nur mit gefärbtem Wasser und Sand gefüllt, sagte Zachariah. *Du solltest dein Geld nicht dafür verschwenden und auch sonst keine Geschäfte mit den Feenwesen machen. Auf dem Schattenmarkt muss man immer auf der Hut sein. Die Feenwesen handeln nicht nur mit Träumen, sondern auch mit großem Leid.*

»Also gut«, sagte Matthew. »Sieh mal, Onkel Jem! Die Werwölfin dort drüben betreibt einen Bücherstand. Werwölfe sind überraschend eifrige Leser, musst du wissen.«

Er lief zu dem Stand und bombardierte die Standbesitzerin – eine Dame in einem züchtigen Kleid – mit naiven Fragen, bis sie sich an die Haare fasste und über seinen Unsinn lachte. Zachariahs Aufmerksamkeit war einen Moment lang abgelenkt, als er den Hexenmeister entdeckte, nach dem er die ganze Zeit gesucht hatte.

Warte hier auf mich, wandte er sich kurz an Matthew und ging zu Ragnor Fell, der bei einer Feuerstelle unter einem der Eisenbahnbögen stand.

Als er näher kam, sprühten die Flammen grüne Funken. Sie passten zur Gesichtsfarbe des Hexenmeisters und ließen seine schneeweißen Haare aufleuchten, die sich um die gezwirbelten Hörner auf seiner Stirn wanden.

»Bruder Zachariah«, sagte er und nickte. »Es ist mir eine Freude. Aber ich wünschte, ich hätte bessere Nachrichten für dich. Nun denn. Schlechte Nachrichten wehen wie Regen heran, aber gute Nachrichten schlagen ein wie ein Blitz – kaum sieht man sie, schon sind sie da.«

Ein erheiternder Gedanke, sagte Zachariah, dem der Mut sank.

»Ich habe verschiedene Informationsquellen aufgesucht, um die von dir gewünschten Hinweise zu bekommen«, berichtete Ragnor. »Inzwischen habe ich eine heiße Spur, aber du musst Folgendes wissen: Man hat mich gewarnt, dass dieser Auftrag tödlich enden könnte ... und dass er bereits bei mehr als nur einer Person zum Tode geführt hat. Möchtest du wirklich, dass ich dieser Spur weiterhin nachgehe?«

Ja, bitte, sagte Zachariah.

Er hatte sich mehr erhofft. Bei seinem letzten Treffen mit Tessa hatte sie sehr besorgt gewirkt. Ein grauer Tag hatte über der Stadt gelegen, und der Wind auf der Brücke hatte ihr die braunen Haare aus dem Gesicht geweht – ihr Gesicht, dem die Zeit nichts anhaben konnte, auf dem die Sorgen aber ihre Spuren hinterlassen hatten. Manchmal hatte Zachariah das Gefühl, dass ihr Gesicht das einzige Herz war, das er noch besaß. Zwar konnte er nicht viel für sie tun, aber er hatte ihr einst versprochen, dass er sie sein ganzes Leben lang vor den Winden des Himmels bewahren würde.

Und zumindest dieses Versprechen wollte er halten.

Ragnor Fell nickte. »Dann werde ich weitersuchen.«

Und ich ebenfalls, sagte Zachariah.

Plötzlich wirkte Ragnor extrem beunruhigt. Zachariah drehte sich um und sah Matthew, der zu der Elfe mit den Zaubertränken zurückgekehrt war.

Matthew!, rief Bruder Zachariah. *Komm her.*

Der Junge nickte, glättete seine Weste und schlenderte widerstrebend auf Zachariah zu.

Der beunruhigte Ausdruck auf Ragnors Gesicht verstärkte sich. »Warum kommt er jetzt hierher? Wieso tust du mir das an?

Ich hatte dich immer für einen der vernünftigeren Schattenjäger gehalten – nicht dass das viel heißen will!«

Zachariah musterte Ragnor. Es war ungewöhnlich, den Hexenmeister so aufgewühlt zu sehen; normalerweise war er sehr diskret und professionell.

Ich dachte, dich würde eine lange und geschätzte Beziehung mit den Fairchilds verbinden, sagte Zachariah.

»Oh ja, sicher doch«, erwiderte Ragnor. »Und mich verbindet auch eine lange und geschätzte Beziehung mit dem Bestreben, mich nicht in die Luft jagen zu lassen.«

Wie bitte?, fragte Zachariah.

Das Rätsel klärte sich auf, als Matthew Ragnor entdeckte und übers ganze Gesicht strahlte.

»Ah, hallo, Professor Fell.« Er wandte sich Jem zu. »Professor Fell hat mich an der Akademie unterrichtet, bevor ich von der Schule geflogen bin. In hohem Bogen von der Schule geflogen bin.«

Jem hatte gewusst, dass man James von der Schule verwiesen hatte, aber es war ihm neu, dass die Schulleitung auch Matthew hinausgeworfen hatte. Bisher hatte er immer angenommen, dass Matthew einfach beschlossen hatte, seinem *Parabatai* zu folgen, so wie es nun mal üblich war.

»Ist dein Freund auch hier?«, fragte Ragnor Fell, und sein Augenlid zuckte. »Ist Christopher Lightwood in der Nähe? Wird unser Markt gleich in Flammen aufgehen?«

»Nein«, sagte Matthew in belustigtem Ton. »Christopher ist zu Hause.«

»Zu Hause in Idris?«

»Im Londoner Stadthaus der Lightwoods. Aber das ist weit weg.«

»Nicht weit genug!«, entgegnete Ragnor Fell. »Ich werde unverzüglich nach Paris aufbrechen.«

Er nickte Zachariah kurz zu, schauderte sichtlich, als er Matthew noch einmal ansah, und marschierte davon. Traurig winkte Matthew ihm nach.

»Auf Wiedersehen, Professor Fell!«, rief er und wandte sich dann Zachariah zu. »Christopher hatte keinen der Unfälle *beabsichtigt*, und die große Explosion war ausschließlich meine Schuld.«

Ich verstehe, sagte Zachariah.

Allerdings war er sich nicht ganz sicher, ob er es wirklich verstand.

»Bestimmt kennst du Gideon sehr gut«, bemerkte Matthew, dessen wacher Verstand blitzschnell ein anderes Thema aufgriff.

In der Tat, bestätigte Zachariah. *Er ist ein guter Kerl ... der beste, den man sich vorstellen kann.*

Matthew zuckte die Achseln. »Wenn du meinst. Ich mag Onkel Gabriel ja lieber. Aber natürlich nicht so sehr wie Onkel Will.«

Will war auch mir schon immer der Liebste, pflichtete Jem ihm ernst bei.

Matthew biss sich auf die Unterlippe; offensichtlich dachte er über etwas nach. »Möchtest du eine Wette mit mir abschließen, Onkel Jem? Ich wette, dass ich mit einer Elle Abstand über dieses Feuer springen kann.«

Nein, das möchte ich nicht, sagte Zachariah entschlossen. *Matthew, warte ...*

Doch Matthew stürmte bereits auf die jadegrünen Flammen zu und sprang. Dabei drehte sich sein schlanker, schwarz gekleideter Körper in der Luft – wie ein von Meisterhand geworfener Dolch – und landete im Schatten des Kirchturms auf beiden Füßen. Nach einem Moment klatschten mehrere Besucher des Schattenmarktes Beifall. Matthew tat so, als würde er einen imaginären Hut ziehen, und verbeugte sich dann tief.

Selbst im Schein der grünen Flammen schimmerten seine Haare golden, und sein Gesicht leuchtete sogar im Schatten. Zachariah sah ihn lachen, und eine dunkle Ahnung überkam ihn. Plötzlich hatte er Angst um Matthew und um alle Kinder seiner geliebten Freunde. Als er in Matthews Alter gewesen war, waren Will und er bereits durch Feuer und brennendes Silber gegangen. Seine Generation hatte gelitten, damit die nächste Generation in einer besseren Welt leben konnte. Doch jetzt wurde Jem bewusst, dass diese Kinder, die aufgrund ihrer Erziehung nur Liebe erwarteten und furchtlos durch die Schatten wandelten, angesichts einer Katastrophe geschockt reagieren und sich betrogen fühlen würden. Manche von ihnen würden vermutlich als gebrochene Menschen aus der Erfahrung hervorgehen.

Jem konnte nur hoffen, dass sich eine derartige Katastrophe nie ereignen würde.

Londoner Residenz der Fairchilds, 1901

Am nächsten Morgen dachte Matthew noch immer über seinen Besuch auf dem Schattenmarkt nach. In gewisser Hinsicht war es wirklich verdammtes Pech gewesen, dort ausgerechnet auf Onkel Jem zu stoßen, auch wenn er sich darüber gefreut hatte, ihn endlich etwas besser kennenzulernen. Vielleicht war Onkel Jem ja jetzt der Ansicht, dass James bei seinem *Parabatai* keine so schlechte Wahl getroffen hatte.

Matthew stand schnell auf, um der Köchin beim Backen zu helfen. Die alte Dame hatte Arthritis, und Mama hatte sie bereits gefragt, ob ihr das zunehmende Alter zu schaffen mache und ob sie sich nicht zur Ruhe setzen wolle. Doch die Köchin wollte davon nichts hören, und es brauchte ja niemand zu erfahren, dass er ihr morgens in der Küche half. Außerdem gefiel es ihm, dass seine Eltern und sogar Charles ein Frühstück aßen, das er zubereitet hatte. Seine Mutter arbeitete so hart, und die Sorgenfalten auf ihrer Stirn und an ihren Mundwinkeln waren auch dann noch zu sehen, wenn es Matthew gelang, sie zum Lachen zu bringen. Da sie Cranberry-Scones besonders mochte, versuchte er, dieses Gebäck für sie zu backen, wann immer er Gelegenheit dazu hatte. Schließlich konnte er sonst kaum etwas für sie tun. Er war ihr keine große Stütze, im Gegensatz zu seinem Bruder Charles.

»Charles Buford ist ja so ernsthaft und zuverlässig«, hatte eine von Mamas Freundinnen mal beim Tee in Idris gesagt und in eines der speziell für seine Mutter gebackenen Scones gebissen. »Und Matthew, nun ja, er ist ... charmant.«

Am Frühstückstisch streckte Charles Buford die Hand nach dem Teller mit Mamas Gebäck aus. Matthew lächelte ihn an, schüttelte aber entschieden den Kopf und schob den Teller neben den Ellbogen seiner Mutter. Charles Buford verzog das Gesicht, sagte jedoch nichts.

Charlotte schenkte Matthew ein geistesabwesendes Lächeln und starrte dann wieder auf die Tischdecke. Sie schien ihren Gedanken nachzuhängen. Matthew wünschte, er könnte behaupten, dass das die Ausnahme war. Aber leider kam es in letzter Zeit öfter vor. Seit Monaten lag irgendetwas in der Luft, und nicht nur seine Mutter, sondern auch sein Vater und sogar Charles Buford wirkten abgelenkt und hatten Matthew gelegentlich sogar angefaucht. Insgeheim fürchtete Matthew sich vor dem, was man ihm vielleicht mitteilen würde: *Es war Zeit, dass er die Wahrheit erfuhr. Seine Mutter würde sie für immer verlassen.* Manchmal dachte er, wenn man ihm nur endlich reinen Wein einschenken würde, könnte er das Ganze besser ertragen.

»Geht es dir gut, meine Liebe?«, fragte sein Vater.

»Ausgezeichnet, Henry«, sagte Mama.

Matthew liebte seinen Vater über alle Maßen, doch er kannte ihn nur zu gut. Es gab Zeiten, da hätte statt der Familie eine Schar Wellensittiche am Frühstückstisch sitzen können, und Papa hätte den Vögeln einfach von seinen jüngsten Experimenten berichtet.

Doch jetzt musterte sein Vater Mama mit besorgtem Blick. Matthew glaubte, ihn fast sagen zu hören: *Bitte, Charlotte. Bitte verlass mich nicht.*

Sein Herz verkrampfte sich in der Brust. Matthew faltete die Serviette dreimal und räusperte sich. »Könnte mir vielleicht mal einer sagen ...«

In dem Moment ging die Tür auf, und Gideon Lightwood betrat das Speisezimmer. Mr Lightwood. Matthew weigerte sich, ihn noch länger als Onkel Gideon zu bezeichnen.

»Was wollen Sie denn hier?«, fragte er.

»Sir!«, verbesserte Mama ihn scharf. »Also wirklich, Matthew, nenn ihn Sir.«

»Was wollen Sie denn hier?«, fragte Matthew. »Sir.«

Mr Gideon Lightwood besaß tatsächlich die Frechheit, Matthew kurz anzulächeln, bevor er zu Mama ging und ihr eine Hand auf die Schulter legte. Vor Papas Augen!

»Es ist mir wie immer eine Freude, Sie zu sehen, Sir«, sagte Charles Buford, dieser Mistkerl. »Kann ich Ihnen vielleicht etwas Räucherfisch anbieten?«

»Nein, nein, vielen Dank. Ich habe bereits gefrühstückt«, sagte Mr Lightwood. »Ich habe nur gedacht, ich könnte Charlotte vielleicht auf der Portalreise nach Idris begleiten.«

Mama schenkte Mr Lightwood ein richtiges Lächeln, das sie zuvor für Matthew nicht hatte erübrigen können. »Das ist sehr nett von dir, Gideon, aber wirklich nicht nötig.«

»Ganz im Gegenteil«, erwiderte Mr Lightwood. »Eine Dame sollte immer in Begleitung eines Gentlemans reisen.«

Sein Tonfall klang scherzend. Normalerweise wartete Matthew bis nach dem Frühstück, um seinen Vater in seinem Rollstuhl ins Labor zu bringen, aber er konnte die Szene keine Sekunde länger ertragen.

»Ich muss dringend zu James!«, verkündete er und sprang von seinem Stuhl hoch.

Dann knallte er die Tür des Speisezimmers hinter sich zu, hörte aber noch, wie seine Mutter sich für ihn entschuldigte und Mr Lightwood antwortete: »Ach, ist schon in Ordnung. Der Junge ist in einem schwierigen Alter. Glaub mir, ich erinnere mich noch gut daran.«

Matthew lief in sein Zimmer und überprüfte den Sitz seiner Haare und seiner Kleidung vor dem Spiegel. Während er seine neue grüne Weste glatt strich, starrte er in sein goldgerahmtes Gesicht. Ein hübsches Gesicht, das aber nicht so intelligent wirkte wie die Gesichter der restlichen Familie. Er erinnerte sich an die Worte der Elfe: *Manche würden ja sagen, dass nur ein seichter Fluss so hell glitzern kann.*

Während er in den Spiegel blickte, legte er den Kopf auf die Seite. Viele Leute glaubten, seine Augen wären so dunkel wie die seiner Mutter. Aber das stimmte nicht. Stattdessen waren sie so dunkelgrün, dass die meisten Menschen darauf hereinfielen – nur wenn das Licht in einem bestimmten Winkel darauf traf, blitzten sie in der Tiefe smaragdgrün auf. Seine Augen waren nur ein Trick, genau wie der Rest von ihm.

Vorsichtig zog er die Phiole mit dem Wahrheitstrank aus dem Ärmel. Onkel Jem hatte nicht gesehen, wie er sie gekauft hatte. Und selbst wenn er einen Verdacht hatte, würde er ihn nicht verpfeifen. Wenn Onkel Jem etwas sagte, dann konnte man ihm glauben – er war diese Art von Mann.

Matthew hatte beschlossen, James gegenüber nichts von Gideon zu erzählen, weil er selbst zwar die Diskretion in Person war, Jamie aber gelegentlich ein schreckliches Temperament an den Tag legte. Erst im letzten Sommer war ein durchaus liebenswürdiger Schattenjäger namens Augustus Pounceby auf der Durchreise ins Londoner Institut gekommen, und Matthew hatte Pounceby nicht einmal eine halbe Stunde mit James allein gelassen. Bei seiner Rückkehr hatte Matthew feststellen müssen, dass Jamie Pounceby in die Themse geworfen hatte. James hatte zu dem Vorfall nur gesagt, dass Pounceby ihn beleidigt habe. Das Ganze war eine ordentliche Leistung gewesen, da Pounceby damals ein erwachsener Schattenjäger, Jamie aber gerade einmal vierzehn gewesen war. Trotzdem: So beeindruckend diese Tat an sich sein mochte, konnte man sie wohl kaum als gutes Benehmen bezeichnen.

Weder James noch Onkel Jem würden jemals heimlich Zaubertränke kaufen oder darüber nachdenken, diese jemandem zu verabreichen. Andererseits: Was konnte es schon schaden, endlich die Wahrheit zu erfahren? Matthew hatte überlegt, ein paar Tropfen aus der Phiole in den Frühstückstee zu geben – dann hätten seine Eltern ihm erzählen *müssen*, was eigentlich los war. Und jetzt, da Mr Gideon Lightwood einfach hereingeschneit war, wünschte er wirklich, er hätte seinen Plan in die Tat umgesetzt.

Beim Anblick seines Gesichts im Spiegel schüttelte Matthew

den Kopf und beschloss, Melancholie und trübe Gedanken beiseitezuschieben.

»Seh ich elegant aus?«, wandte er sich an Mr Oscar Wilde. »Seh ich fesch und verwegen aus?«

Der Angesprochene leckte ihm die Nase, denn Mr Oscar Wilde war ein Welpe, den Jamie Matthew zum Geburtstag geschenkt hatte. Matthew wertete das als Zustimmung.

Er deutete auf sein Spiegelbild.

»Du magst zwar zu nichts zu gebrauchen sein«, teilte er sich selbst mit, »aber wenigstens sitzt deine Weste tadellos.«

Nach einem Blick auf seine Taschenuhr schob er diese zusammen mit der Phiole in seine Westentasche. Er durfte keine Zeit verschwenden – auf ihn wartete eine wichtige Verabredung in einem der exklusivsten Clubs.

Zunächst musste Matthew zum Londoner Institut, um James Herondale abzuholen. Da er eine Vorahnung hatte, wo James sich vermutlich aufhielt, befahl er Oscar, Sitz zu machen und den Laternenpfahl zu bewachen. Oscar gehorchte sofort. Für einen Welpen war er sehr wohlerzogen, und die Leute meinten oft, dass Matthew ihn gut abgerichtet habe. Dabei hatte Matthew ihn einfach nur lieb. Jetzt warf er einen Enterhaken hinauf zum Fenster der Bibliothek, kletterte hinauf – wobei er sorgfältig auf seine Hose achtete – und klopfte an die Glasscheibe.

James hockte auf der Fensterbank, das schwarze Haupt über ein – Überraschung! – Buch gebeugt. Als er das Klopfen hörte, hob er den Kopf und lächelte.

Sein *Parabatai* hatte Matthew eigentlich nie wirklich gebraucht. James war zwar schüchtern gewesen, und Matthew hatte sich um ihn kümmern wollen, doch jetzt, da James viel mehr in sich selbst zu ruhen schien und an die Gesellschaft dreier guter Freunde gewöhnt war, wirkte er bei gesellschaftlichen Anlässen deutlich umgänglicher. Trotz seiner Schüchternheit hatte er offenbar nie an sich selbst gezweifelt oder sich gewünscht, er könnte etwas an sich ändern. Außerdem hatte er nie darauf gehofft, dass Matthew ihn retten würde. Sein *Parabatai* strahlte eine ruhige Selbstgewissheit aus, von der Matthew wünschte, er besäße sie auch. Ihre Beziehung war erheblich ausgeglichener – sozusagen auf einer Ebene – als das Verhältnis zwischen Matthew und Thomas oder Christopher. Und das bewirkte, dass Matthew den Wunsch verspürte, sich James gegenüber zu beweisen. Denn er war sich nicht sicher, ob er das jemals getan hatte.

James wirkte bei Matthews Anblick nie erleichtert oder erwartungsvoll: Er wirkte einfach nur erfreut. Jetzt öffnete er das Fenster, woraufhin Matthew hineinkrabbelte und dabei sowohl James als auch das Buch von der Fensterbank schubste.

»Hallo, Matthew«, sagte James vom Fußboden aus in leicht sardonischem Tonfall.

»Hallo, Matthew!«, rief auch Lucie von ihrem Schreibtisch herüber.

Sie war ein Abbild anmutiger Zerzaustheit, völlig in ihr Schreiben vertieft. Ihre hellbraunen Locken hingen halb aus dem blauen Band heraus, und ein Schuh baumelte gefährlich von ihren bestrumpfhosten Zehen. Während Onkel Will häufig Anekdoten aus seinem Buch zum Thema Dämonenpocken vorlas, die immer sehr amüsant waren, zeigte Lucie das, was sie gerade verfasst hatte, nicht herum. Matthew hatte oft darüber nachgedacht, ob er sie bitten sollte, ihm vielleicht eine Seite vorzulesen. Doch ihm fiel kein Grund ein, warum Lucie für ihn eine Ausnahme machen sollte.

»Seid gegrüßt, meine Herondales«, sagte Matthew würdevoll, rappelte sich auf und verneigte sich vor Lucie. »Mich führen eilige Geschäfte zu euch. Aber sagt mir zuerst – und seid ehrlich! –, was ihr von meiner Weste haltet.«

Lucie lächelte. »Umwerfend.«

»Ganz Lucies Meinung«, pflichtete James ihr friedfertig bei.

»Nicht fantastisch?«, fragte Matthew. »Nicht absolut überwältigend?«

»Vermutlich bin ich überwältigt«, sagte James. »Um nicht zu sagen: sprachlos.«

»Bitte nimm Abstand davon, gegenüber deinem einzigen *Parabatai* grausame Wortspiele zu spielen«, forderte Matthew. »Kümmere dich lieber um deine eigene Kleidung. Und leg dieses grauenhafte Buch beiseite. Die Herren Lightwood erwarten uns. Wir müssen losziehen.«

»Kann ich denn nicht einfach so gehen?«, fragte James.

Er schaute Matthew vom Boden aus mit seinen großen goldenen Augen an. Seine pechschwarzen Haare standen in alle Richtungen ab, sein weißes Hemd war zerknittert, und er trug nicht einmal eine Weste. Matthew unterdrückte großmütig ein Schaudern.

»Du beliebst zu scherzen«, erwiderte er. »Ich weiß, dass du dergleichen nur sagst, um mich zu kränken. Und nun fort mit dir. Und kämm dir die Haare!«

»Die Haarbürsten-Meuterei steht unmittelbar bevor«, warnte James und ging zur Tür.

»Kehre siegreich zurück oder auf den Haarbürsten deiner Soldaten!«, rief Matthew ihm nach.

Nachdem Jamie das Zimmer verlassen hatte, wandte Matthew sich Lucie zu, die eifrig schrieb, dann jedoch aufschaute, als würde sie seinen Blick spüren. Sie lächelte. Matthew fragte sich, wie es wohl sein mochte, so in sich selbst gekehrt und zugleich einladend zu sein – wie ein Haus mit soliden Mauern, in dem immer ein Licht brannte.

»Soll ich meine Haare ebenfalls kämmen?«, neckte ihn Lucie.

»Du bist wie immer perfekt«, erwiderte Matthew.

Er wünschte, er könnte das Band ordentlich um ihre Haare binden, doch das würde bedeuten, dass er sich ihr gegenüber Freiheiten herausnahm.

»Möchtest du am Treffen unseres Geheimclubs teilnehmen?«, fragte er.

»Ich kann leider nicht, ich werde gleich zusammen mit meiner Mutter lernen. Mam und ich bringen uns selbst Persisch bei«, erklärte Lucie. »Schließlich sollte ich in der Lage sein, die Sprachen zu sprechen, die mein *Parabatai* spricht, findest du nicht?«

James hatte erst vor Kurzem damit begonnen, seine Eltern nicht mehr Mama und Papa zu nennen, sondern Mam und Dad, weil er das erwachsener fand. Und Lucie hatte ihn in dieser Hinsicht sofort kopiert. Matthew mochte dagegen den walisischen Einschlag, wenn sie mit ihren Eltern redeten, weil ihre Stimmen dann weich wie ein Lied und immer liebevoll klangen.

»Gewiss doch«, sagte Matthew, hüstelte und schwor sich, bald zu seinen Walisisch-Lektionen zurückzukehren.

Niemand hatte auch nur eine Sekunde daran gedacht, Lucie auf die Schattenjäger-Akademie zu schicken. Bisher hatten sich bei ihr zwar nicht die Fähigkeiten ihres Bruders gezeigt, aber die Welt war auch so schon grausam genug zu weiblichen Wesen, bei denen auch nur der Verdacht bestand, dass sie anders waren.

»Lucie Herondale ist ein entzückendes Mädchen, aber bei ihren Nachteilen ... wer will sie da schon heiraten?«, hatte Lavinia Whitelaw Matthews Mutter einst beim Tee gefragt.

»Ich würde mich glücklich schätzen, wenn einer meiner Söhne den Wunsch verspüren sollte«, hatte Charlotte in ihrem konsulhaftesten Ton erwidert.

Matthew fand ja, dass James sehr glücklich sein musste, weil er Lucie zur Schwester hatte. Er selbst hatte sich immer eine kleine Schwester gewünscht.

Nicht dass er sich wünschte, dass Lucie seine Schwester wäre.

»Arbeitest du an deinem Buch, Luce?«, fragte er vorsichtig.

»Nein, ich schreibe einen Brief an Cordelia«, antwortete Lucie und machte damit Matthews ohnehin wackligen Plan im Ansatz zunichte. »Hoffentlich kommt sie uns bald mal besuchen«, fügte sie ernst hinzu. »Sie wird dir bestimmt gefallen, Matthew, das weiß ich genau.«

»Hm«, sagte Matthew.

Er hatte seine Bedenken, was Cordelia Carstairs betraf. Lucie und sie würden eines Tages *Parabatai* werden, sobald der Rat beschloss, dass sie erwachsene Frauen waren, die wussten, was sie wollten. Lucie und James kannten Cordelia aus gemeinsamen Abenteuern während ihrer Kindheit, an denen Matthew keinen

Anteil hatte. Und manchmal war er deswegen ein wenig eifersüchtig. Cordelia musste irgendwelche positiven Eigenschaften besitzen, denn sonst würde Lucie sie nicht zur *Parabatai* wollen. Aber sie war auch die Schwester von Alastair Wurmgesicht Carstairs, deshalb konnte Matthew eigentlich davon ausgehen, dass sie nicht durch und durch liebenswürdig war.

»In ihrem letzten Brief hat sie ein Foto von sich mitgeschickt. Das hier ist Cordelia«, fuhr Lucie mit Stolz in der Stimme fort. »Ist sie nicht das hübscheste Mädchen, das du je gesehen hast?«

»Nun, ja ... vielleicht«, sagte Matthew.

Insgeheim überraschte ihn das Foto. Er hatte angenommen, dass Alastairs Schwester dessen unattraktives Äußeres teilen würde – Alastair, der immer so aussah, als würde er Zitronen essen, die er als minderwertig verachtete. Doch seine Vermutung traf nicht zu. Stattdessen erinnerte ihr Anblick ihn an ein Gedicht über eine unerwiderte Liebe, das James ihm einst vorgelesen hatte: *Strahlt mir in glänzend heller Pracht ihr liebes, süßes Bild.* Diese Worte beschrieben das lebendige Gesicht, das ihm aus dem Rahmen entgegenlachte, sehr treffend.

»Ich weiß nur eines«, fuhr Matthew fort, »*du* übertriffst jedes andere Mädchen in London bei Weitem.«

Lucies Wangen färbten sich rosig. »Wie immer ziehst du mich nur auf, Matthew.«

»Hat Cordelia dich gefragt, ob du ihre *Parabatai* werden willst? Oder hast du sie gefragt?«, erkundigte Matthew sich beiläufig.

Lucie und Cordelia hatten den *Parabatai*-Bund noch vor Cordelias Abreise schließen wollen. Doch man hatte sie gewarnt, dass manche Schattenjäger einen in jungen Jahren eingegangenen Bund bereuten und der eine oder andere seine Meinung ändern würde. Zumal gerade die Damenwelt für ihre Flatterhaftigkeit bekannt war, hatte Laurence Ashdown betont.

Lucie war nicht flatterhaft. Sie und Cordelia schrieben sich jeden Tag. Einmal hatte Lucie Matthew erzählt, dass sie an einer langen Geschichte arbeitete, um Cordelia bei Laune zu halten, da sie doch immer so weit weg war. Deshalb wunderte es Matthew kein bisschen, dass jemand wie Lucie Schwierigkeiten hatte, jemanden wie Matthew ernst zu nehmen.

»Selbstverständlich habe ich *sie* gefragt«, erwiderte Lucie prompt. »Ich wollte meine einzige Chance doch nicht vertun.«

Matthew nickte, endgültig in dem Glauben bestärkt, dass Cordelia Carstairs wirklich jemand ganz Besonderes sein musste.

Wenn er James nicht gebeten hätte, sein *Parabatai* zu werden, hätten sie den Bund nicht geschlossen – denn James hätte diese Frage nie gestellt, da war Matthew sich ziemlich sicher.

Im nächsten Moment kehrte James in die Bibliothek zurück. »Zufrieden?«, fragte er.

»Das ist ein großes Wort, Jamie«, sagte Matthew. »Aber du darfst meine Westenwut als halbwegs besänftigt betrachten.«

Unter James' Arm klemmte noch immer sein Buch, doch Matthew war nicht so dumm, einen zum Scheitern verurteilten Kampf austragen zu wollen. Während sie kurz darauf durch Londons Straßen spazierten, erzählte James ihm von seiner Lektüre. Matthew mochte moderne und humorvolle Unterhaltung, wie die Werke von Oscar Wilde oder die Musik von Gilbert und Sullivan, aber griechische Mythologie war gar nicht so uninteressant, wenn Jamie davon berichtete. In letzter Zeit las Matthew mehr und mehr antike Literatur – Geschichten von verbotener Liebe und hehren Schlachten. Zwar konnte er sich selbst nicht darin wiedererkennen, aber er sah James darin, und das reichte ihm.

Nach der Katastrophe an der Akademie war Matthew bemüht, James mehr Selbstbewusstsein einzuflößen. Deshalb bestand er darauf, dass sie nicht durch Zauberglanz getarnt durch die Stadt liefen. Eine junge, von Jamies Gesicht bezauberte Dame blieb mitten auf der Straße stehen. Matthew packte sie an der Hüfte, wirbelte sie von einem heranbrausenden Bus fort und tippte sich lächelnd an den Hut.

Jamie schien den gesamten Vorfall verpasst zu haben, denn er nestelte an seiner Manschette herum.

Vor dem Parlamentsgebäude hatte sich eine große Gruppe aufgebrachter Demonstranten versammelt und protestierte gegen einen irdischen Krieg.

»Der Buden-Krieg?«, fragte Matthew. »Das kann nicht stimmen.«

»Der *Buren*-Krieg«, berichtigte James. »Also ehrlich, Matthew.«

»Das ergibt schon mehr Sinn«, räumte Matthew ein.

Eine Frau mit einem Schlapphut hielt Matthew am Ärmel fest.

»Kann ich Ihnen irgendwie behilflich sein, Madam?«, fragte er.

»Die Regierung begeht ungeheuerliche Gräueltaten«, sagte die Frau. »Sie hat Frauen und Kinder in Lagern einsperren lassen. Man denke doch nur an die Kinder!«

James legte seine Hand auf Matthews Ärmel und zog ihn weiter, wobei er die Frau ansah und sich entschuldigend an den Hut tippte. Matthew warf einen Blick über die Schulter.

»Ich hoffe, dass sich für die Kinder alles zum Guten wendet«, rief er ihr zu.

Während sie weitergingen, machte James einen nachdenklichen Eindruck. Matthew wusste, dass sein *Parabatai* sich wünschte, die Schattenjäger könnten auch solche Probleme wie irdische Kriege lösen – obwohl Matthew ja eher das Gefühl hatte, dass sie mit den ganzen Dämonen schon ziemlich ausgelastet waren.

Um Jamie aufzuheitern, stibitzte er ihm den Hut, woraufhin sein Freund in Gelächter ausbrach und Matthew durch die Straße nachjagte. Dabei sprangen sie so hoch über Hindernisse, dass die Irdischen staunten. Matthews Welpe vergaß sein Hundetraining, lief ihnen zwischen den Füßen herum und bellte vor lauter Lebensfreude. Ihre hastigen Schritte ertönten schneller als das beständige Ticken des St. Stephen's Tower, unter dessen Zifferblatt in dem von James so heiß geliebten Latein *Gott schütze unsere Königin Victoria die Erste* stand. Und ihr Gelächter mischte sich mit dem fröhlichen Läuten der Glocken.

Später sollte Matthew sich an diesen Tag als seinen letzten glücklichen Tag erinnern.

»Schlafe und träume ich etwa, oder habe ich vielleicht Visionen?«, wandte Matthew sich an Thomas. »Warum trinken Tante Sophie und deine *beiden Schwestern* im gleichen Etablissement Tee, in dem wir unseren privaten und höchst exklusiven Club haben?«

»Sie sind mir gefolgt«, räumte Thomas peinlich berührt ein. »Wenigstens hatte Mama Verständnis – sonst wären sie uns direkt in unseren Clubraum gefolgt.«

Tante Sophie war zwar keine Spielverderberin, aber die Ankunft von Thomas' Schwestern bereitete Matthew trotzdem Magenschmerzen. Die beiden konnten nicht unbedingt als verwandte Seelen bezeichnet werden, und sie betrachteten sämtliche Aktivitäten ihres kleinen Bruders nicht nur als ihre ureigenste Angelegenheit, sondern auch als etwas, das unglaublich albern war.

Matthew liebte den Clubraum und duldete keine Einmischungen. Er hatte den Stoff für die Vorhänge selbst ausgewählt, dafür gesorgt, dass ihre umfangreiche Bibliothek auch sämtliche Werke von Oscar Wilde enthielt, und die Ecke für Christophers Labor mit Stahlblechen an den Wänden verkleidet.

Was Matthew gleich zum nächsten Ärgernis brachte. Er musterte Christopher mit tadelndem Blick.

»Hast du in dieser Kleidung geschlafen, Christopher? Ich weiß, dass Tante Cecily, Onkel Gabriel und Anna es niemals zulassen würden, dass du der Bevölkerung diesen Schrecken erregenden Anblick zumutest. Woher stammen diese eigenartigen lavendelblauen Flecken auf deiner Hemdbrust? Und hast du dir etwa die Ärmel angesengt?«

Christopher betrachtete seine Ärmel, als hätte er sie noch nie zuvor gesehen. »Ja, ein klein wenig«, räumte er ein.

»Nun gut. Wenigstens passen die Flecken farblich zu deinen Augen«, sagte Matthew.

Christopher blinzelte kurz mit besagten Augen, deren Farbe an Sommerveilchen erinnerte, und dann breitete sich langsam ein Lächeln auf seinem Gesicht aus. Es war offensichtlich, dass er Matthews Einwände nicht verstand. Aber er schien erfreut zu sein, dass sein Freund ihm nicht länger Vorhaltungen machte.

Der Junge ließ sich nicht mit James vergleichen, der sich der Welt in einem sehr passablen Äußeren präsentierte. Christopher war einfach nicht zu helfen; er hätte sogar Lederstiefel zerknittern können.

Auf jeden Fall war er in der Lage, alles und jedes in Flammen aufgehen zu lassen. Matthew hatte nicht erwartet, dass die Schulleitung auch Christopher auffordern würde, die Akademie zu verlassen, aber wie sich herausstellte, verweigerte sie ihre Genehmigung zum weiteren Verbleib, wenn man einen Teil des Gebäudes in die Luft sprengte. Außerdem hatte Professor Fell damit gedroht, keinen Fuß mehr in die Schule zu setzen, solange Christopher sich dort aufhielt.

Thomas hatte das Schuljahr noch beendet, aber da seine Freunde fort waren und Alastair Gott-steh-uns-bei Carstairs seinen Abschluss gemacht hatte, bestand für ihn kein Anlass mehr, dorthin zurückzukehren.

Also konnten Matthew und seine engsten Freunde – dank der Nähe der Familien und einer unverantwortlichen Einstellung gegenüber leicht entzündlichen Stoffen – fast die ganze Zeit in London verbringen. Sie trainierten im Londoner Institut, bekamen gemeinsam Unterricht an diversen Orten, und Lavinia Whitelaw hatte sie einmal als »diese berüchtigten Hooliganjungen« bezeichnet. Daraufhin hatten Matthew und James sich eine Weile den Spitznamen »Schatten-Hooligans« gegeben und den Beschluss gefasst, dass sie einen eigenen Raum brauchten, fernab von – ganz gleich wie wohlgesinnten – Eltern und Geschwistern. Allerdings waren Anna und Lucie immer willkommen, da sie verwandte Seelen waren. Also hatten sie vom Wirt der »Devil Tavern«, der den Herondales noch irgendeinen Gefallen schuldete, einen Raum gemietet, den sie monatlich im Voraus bezahlten und deshalb ganz für sich hatten.

Zufrieden betrachtete Matthew ihren Raum. Er war sehr schön, fand er – vor allem wenn sie alle vier zusammen dort saßen. Zu Ehren von Ben Jonsons »Apollo Club«, der einst in ebendieser Gaststätte regelmäßige Treffen abgehalten hatte, hing eine Marmorbüste des Gottes über dem Kamin mit den eingemeißelten Worten:

Ich bin es, das Orakel des Apoll,
und grüße alle, die sich ehrenvoll
bemüh'n um Wissen, klar und rein.
Die Wahrheit liegt jedoch im Wein.

Natürlich verfügte der Raum über einen Fenstersitzplatz für Jamie, der sich dort bereits mit einem Buch auf dem Schoß niedergelassen hatte. Christopher saß in seiner Laborecke und füllte mit einem Ausdruck äußerster Zufriedenheit eine knallorangefarbene Flüssigkeit in ein Reagenzglas mit einer brodelnden violetten Substanz. Thomas hockte im Schneidersitz auf dem Sofa und übte seine Messerwurftechnik. Er war sehr gewissenhaft und machte sich Sorgen, dass er aufgrund seiner mangelnden Größe für das Dasein als Schattenjäger nicht geeignet sein könnte.

Seine Schwestern waren jedenfalls deutlich größer als er – was im Grunde für jeden aus ihrem Freundeskreis galt. Aber Tante Sophie, Toms Mutter, beharrte darauf, dass Thomas eines Tages einen ordentlichen Schuss tun würde. Wenn sie sich richtig erinnerte, war einer ihrer Großväter – ein Schmied und Hüne von einem Mann – bis zu seinem siebzehnten Lebensjahr klein wie ein Floh gewesen.

Tante Sophie war sehr nett und liebreizend und wusste immer irgendwelche interessanten Geschichten aus der Welt der Irdischen zu berichten. Matthew hatte keine Ahnung, wie Mr Gideon Lightwood sich im Spiegel noch selbst ins Gesicht sehen konnte.

Vorsichtig tastete er nach der Phiole mit dem Wahrheitstrank in seiner Westentasche.

»Freunde, wie wäre es, wenn wir jetzt, da wir alle hier versammelt sind, ein paar Geheimnisse tauschen?«

Jamie fummelte erneut an seiner Manschette herum – wie immer in bestimmten Situationen – und gab vor, nicht zuzuhören. Matthew vermutete ja, dass sein *Parabatai* eine heimliche Liebe hatte. Manchmal fragte er sich, ob James sich ihm anvertrauen würde, wenn er ein anderer Mensch wäre ... jemand, der ernster und zuverlässiger war.

Matthew lachte. »Kommt schon. Hegt ihr irgendeinen tödlichen Hass in eurer Brust? Oder hütet ihr den Namen einer bestimmten Herzensdame?«

Thomas lief feuerrot an und ließ das Messer fallen. »Nein.«

Oscar sprang los, um das Messer zu holen, woraufhin Thomas ihm die Schlappohren streichelte.

Matthew schlenderte in Richtung der Laborecke, obwohl er wusste, dass das sehr leichtsinnig war.

»Gibt es irgendeine Person, auf die du ein Auge geworfen hast?«, wandte er sich an Christopher.

Beunruhigt musterte Christopher ihn. Matthew seufzte und machte sich bereit, die Sache näher zu erklären.

»Gibt es vielleicht eine junge Dame, an die du öfter denkst als an andere?«, fragte er. »Oder vielleicht einen jungen Mann«, fügte er vorsichtig hinzu.

Das Gesicht seines Freundes leuchtete auf. »Ah! Jetzt verstehe ich. Ja, es gibt da jemanden.«

»Christopher!«, stieß Matthew erfreut hervor. »Du gerissener Hund! Kenne ich sie?«

»Nein, das kann ich mir nicht vorstellen«, sagte Christopher. »Sie ist eine Irdische.«

»Christopher, das sind ja Abgründe!«, sagte Matthew. »Wie heißt sie?«

»Mrs ...«

»Eine verheiratete Dame!«, rief Matthew überwältigt. »Nein, nein, verzeih die Unterbrechung. Bitte fahr fort.«

»Mrs Marie Curie«, sagte Christopher. »Ich glaube, sie ist eine der führenden Wissenschaftlerinnen unserer Zeit. Wenn du ihre Veröffentlichungen lesen würdest, Matthew, wärst du vermutlich ebenfalls höchst interessiert ...«

»Bist du dieser Dame je begegnet?«, fragte Matthew mit einem gefährlichen Unterton in der Stimme.

»Nein«, erwiderte Christopher, sich der Gefahr völlig unbewusst – wie so oft in Gegenwart erzürnter Lehrer und offener Flammen.

Der Junge besaß tatsächlich die Frechheit, eine erstaunte Miene zu ziehen, als Matthew begann, seinen Kopf und sein Gesicht mit Schlägen zu bearbeiten.

»Pass auf die Reagenzgläser auf!«, rief Thomas. »An der Akademie gibt es jetzt ein Loch im Boden, das Professor Fell als die ›Christopher-Lightwood-Erdspalte‹ bezeichnet.«

»Ich denke, ich hasse ein paar Leute«, bot James an. »Augustus Pounceby. Lavinia Whitelaw. Alastair Carstairs.«

Matthew warf seinem *Parabatai* einen anerkennenden Blick zu.

»Und genau deshalb sind wir Brüder im Kampf: weil wir eine solch enge Verbundenheit miteinander verspüren. Komm zu mir, Jamie, auf dass wir uns mannhaft umarmen können.«

Matthew versuchte, James zu sich heranzuziehen. Doch dieser schlug ihm sein Buch – einen dicken Schmöker – um die Ohren.

»Verrat!«, rief Matthew und wälzte sich auf dem Boden. »Bestehst du deshalb darauf, immer irgendeinen fetten Wälzer mit dir herumzuschleppen? Damit du unschuldigen Personen damit zu Leibe rücken kannst? Zu Tode geprügelt von meinem besten Kameraden … meinem Busenfreund … *meinem eigenen Parabatai!*«

Er packte James an der Hüfte und riss ihn zum zweiten Mal an diesem Tag zu Boden. James schlug Matthew erneut mit seinem Buch, gab dann aber auf und lehnte seine Schulter gegen Matthews. Sie waren beide arg zerzaust, aber Matthew machte es nichts aus, wenn man ihn für einen guten Zweck zerknitterte.

Matthew boxte James spielerisch gegen den Oberarm; er war dankbar, dass sein *Parabatai* das Gespräch auf Alastair gebracht hatte und Matthew damit die Möglichkeit schenkte, sein Geheimnis zu lüften.

»Alastair ist gar nicht mal so übel«, sagte Thomas unerwartet vom Sofa aus.

Als alle ihn ansahen, krümmte er sich unter ihren kritischen Blicken wie ein Ohrwurm, hielt aber an seiner Meinung fest.

»Ich weiß: Was Alastair James angetan hat, war falsch«, sagte er. »Und Alastair weiß das ebenfalls. Deshalb hat er ja auch immer so gereizt reagiert, wenn jemand darauf zu sprechen kam.«

»Und inwiefern unterscheidet sich das von seinem üblichen scheußlichen Benehmen?«, fragte Matthew in forderndem Ton. »Noch dazu hat er sich an dem Tag, an dem alle Mütter und Väter zur Akademie gekommen sind, besonders grässlich verhalten.«

Er schwieg einen Moment und überlegte, wie er ihnen von Alastairs Behauptung erzählen sollte. Doch sein Zögern gab Thomas die Gelegenheit zu einer Antwort.

»Ja, ganz genau. Alle Väter bis auf den von Alastair«, sagte Thomas leise. »Alastair war eifersüchtig. Mr Herondale ist mit fliegenden Fahnen zu Jamies Verteidigung herbeigeeilt. Aber es ist niemand gekommen, um Alastair beizustehen.«

»Kann man das dem Mann wirklich verübeln?«, fragte Matthew. »Wenn ich solch einen unerträglichen Wurm zum Sohn hätte, der glücklicherweise weit weg an einer Akademie lebt, dann bin ich nicht sicher, ob ich es über mich bringen könnte, mir auch nur einen einzigen Tag mit seiner schrecklichen Visage zu vermiesen, bevor die vermaledeiten Schulferien ihn ohnehin wieder nach Hause führen.«

Thomas schien von Matthews Argument nicht überzeugt zu sein. Matthew holte tief Luft.

»Du weißt ja nicht, was er am Tag unseres Schulverweises zu mir gesagt hat.«

Tom zuckte die Achseln. »Vermutlich irgendeinen Unsinn. Er redet immer den größten Blödsinn, wenn er aufgewühlt ist. Du solltest nicht auf ihn hören.«

James' Schulter, die noch immer gegen Matthews lehnte, versteifte sich. James war das Hauptziel von Alastairs Gehässigkeiten gewesen. Und Thomas war eindeutig fest entschlossen, Alastair weiterhin zu verteidigen. Dieses Gespräch würde entweder James oder Thomas schwer verärgern. Doch Matthew hatte nicht vor, seine eigenen Gefühle zu Lasten von Jamie oder Tom zu besänftigen.

Also gab er nach. »Ich kann mir nicht vorstellen, warum irgendjemand Alastair überhaupt zuhören wollte.«

»Ach, ich mag seinen Unsinn«, erwiderte Tom und zog eine nachdenkliche Miene. »Ich denke, Alastair verbirgt seinen Schmerz hinter schlauen Worten.«

»Was für ein Quatsch«, sagte Matthew.

Thomas war einfach zu nett – das war sein Problem. Also wirklich: Die Leute ließen jemanden mit dem schändlichsten Benehmen davonkommen, wenn er nur einen heimlichen Kummer hatte oder sich nicht fantastisch mit seinem Vater verstand.

Damit musste er sich einmal näher befassen.

Sein Vater war der beste Vater der Welt, deshalb hatte Matthew keine Chance, sich grausam unterdrückt oder vernachlässigt zu fühlen. Vielleicht sollte er seine Zeit ja damit verbringen, über eine verbotene Liebe nachzugrübeln – so wie James im Moment.

Matthew beschloss, es einmal mit dem Thema unerwiderte Liebe zu versuchen. Mit aller ihm zur Verfügung stehenden Konzentration starrte er brütend aus dem Fenster. Er wollte gerade eine Hand an seine fiebrige Stirn legen und »Ach weh, meine verlorene Liebe« oder einen ähnlichen Unsinn murmeln, als ihm jemand ein Buch über den Schädel zog.

Also ehrlich: Jamie war im Umgang mit diesem Ding wirklich lebensgefährlich.

»Alles in Ordnung, Matthew?«, fragte James. »Der Ausdruck auf deinem Gesicht legte gerade die Vermutung nahe, dass du vielleicht Fieber hast.«

Matthew nickte, ließ den Kopf aber gegen Jamies Weste sinken und verharrte einen Moment in dieser Position.

Es war ihm nie in den Sinn gekommen, dass Alastair eifersüchtig auf James' Vater sein könnte. Er selbst konnte sich nicht vorstellen, auf irgendjemandes Vater eifersüchtig zu sein. Da er den besten Vater der Welt hatte, war Matthew absolut zufrieden mit ihm.

Wenn er sich doch nur sicher sein könnte, dass Henry auch tatsächlich *sein Vater* war.

Am nächsten Morgen öffnete Matthew die Phiole der Elfe und gab ein paar Tropfen in den Teig für seine Mutter. Die Cranberry-Scones kamen goldbraun aus dem Ofen und dufteten köstlich.

»Du bist der beste Junge in ganz London«, sagte die Köchin und drückte Matthew einen Kuss auf die Wange.

»Ich bin total egoistisch«, verkündete Matthew. »Denn ich liebe dich. Wann wollen wir heiraten?«

»Raus mit dir!«, rief die Köchin und wedelte in gespieltem Zorn mit ihrem Kochlöffel.

Während Jamies Kindheit hatte er einen eigenen, heiß geliebten Kochlöffel gehabt, und seine Familie ließ keine Gelegenheit verstreichen, ihn daran zu erinnern. Das Ganze war für James furchtbar peinlich, vor allem dann, wenn Onkel Gabriel ihm bei Familienfeiern jedes Mal einen Löffel überreichte. Väter hielten solche dummen Scherze tatsächlich für witzig.

Jamie bewahrte die Löffel auf, die Onkel Gabriel ihm schenkte. Nach dem Grund befragt, antwortete er, das läge daran, dass er seinen Onkel lieben würde. James konnte solche Dinge mit einer Ernsthaftigkeit sagen, die jeden anderen beschämt hätte.

Danach hatte Onkel Will sich dann laut gefragt, welchen Sinn es überhaupt hätte, einen Sohn zu haben. Aber Onkel Gabriel hatte gerührt gewirkt. Natürlich liebte Onkel Gabriel Anna und Christopher, aber Matthew war sich nicht sicher, ob er seine Kinder auch verstand. James besaß große Ähnlichkeit mit seiner Tante Cecily und versuchte nach Kräften, ein guter Schattenjäger zu sein, während Christopher sich vermutlich nicht einmal der Tatsache bewusst war, dass sie alle Schattenjäger waren. Onkel Gabriel hatte James besonders ins Herz geschlossen. Natürlich – wer nicht?

Jetzt stibitzte Matthew der Köchin den Löffel, um ihn James zu schenken.

»Ich nehme an, der ist für irgendeinen absurden Scherz gedacht«, sagte Charles Buford, als er den Löffel am Frühstückstisch entdeckte. »Ich wünschte, du würdest endlich erwachsen werden, Matthew.«

Matthew dachte kurz darüber nach und streckte seinem Bruder dann die Zunge heraus. Sein Welpe durfte das Speisezimmer nicht betreten, weil Charles Buford behauptete, dass Oscar unhygienisch sei.

»Wenn du dich doch nur bemühen würdest, etwas Vernunft an den Tag zu legen«, sagte Charles.

»Ich werde mein Möglichstes tun, das zu verhindern«, erwiderte Matthew. »Möglicherweise erleide ich ja sonst einen Nervenzusammenbruch, von dem ich mich nie wieder erholen werde.«

Seine Mutter lachte nicht über seine Eskapaden und starrte stattdessen gedankenverloren in ihre Teetasse. Sein Vater musterte sie besorgt.

»Kommt Mr Gideon Lightwood heute her, um dich wieder nach Idris zu begleiten?«, fragte Matthew und schob den Teller mit den Scones zu seiner Mutter.

Charlotte nahm eines der Gebäckstücke, bestrich es dick mit Butter und biss hinein.

»Ja«, sagte sie. »Ich wäre dir sehr verbunden, wenn du dich ihm gegenüber etwas höflicher zeigen würdest. Du hast ja keine Ahnung, Matthew, wie sehr ich ...«

Seine Mutter verstummte abrupt. Sie griff sich mit der kleinen Hand hastig an den Mund und sprang auf, als wollte sie sofortige Gegenmaßnahmen in einer Notsituation einleiten. Zu Matthews Entsetzen schimmerten Tränen in ihren Augen, die ihr im nächsten Moment über die Wangen liefen. Im hellen Morgenlicht konnte Matthew eine schwach violette Tönung darin ausmachen.

Und dann sackte sie zusammen: Ihre Haare lösten sich aus dem ordentlichen Knoten, und ihre grauen Röcke flatterten wild um ihre kleine Gestalt auf dem Boden.

»Charlotte!«, schrie Vater.

Henry Fairchild nutzte diverse ausgeklügelte Gerätschaften, um sich fortzubewegen, aber das Frühstück nahm er immer auf einem normalen Stuhl ein. Allerdings spielte das in diesem Moment keine Rolle. Denn in seiner Eile, zu Charlotte zu kommen, stürzte er sich einfach von seinem Stuhl und ging krachend zu Boden – was er jedoch kaum wahrzunehmen schien. Auf den Ellbogen robbte er zu dem reglosen Häufchen und schleifte dabei seinen Körper angestrengt hinter sich her, während Matthew wie erstarrt dastand und entsetzt zuschaute.

Sein Vater erreichte seine Mutter, nahm sie in den Arm und drückte sie an sich. Sie war schon immer sehr zierlich gewesen, doch jetzt wirkte sie klein wie ein Kind. Ihr Gesicht war so reglos und bleich wie die Gesichter der Marmorbüsten in den Grabmälern der Irdischen.

»Charlotte«, murmelte Papa, als würde er beten. »Liebling. Bitte.«

»Mama«, flüsterte Matthew. »Papa. Charlie!«

Er wandte sich an seinen Bruder, wie früher während seiner Kindheit, als er ihm überallhin gefolgt war und geglaubt hatte, Charlie könnte jedes Problem in der Welt lösen.

Charles war aufgesprungen und rief um Hilfe. Dann drehte er sich in der Tür um und starrte seine Eltern mit einem für ihn uncharakteristischen, jämmerlichen Gesichtsausdruck an. »Ich hab's doch gewusst: All diese Portalreisen von London nach Idris und wieder zurück, nur damit Matthew bei seinem geliebten *Parabatai* sein kann ...«

»Was?«, fragte Matthew. »Das habe ich nicht gewusst. Ich schwöre, davon habe ich nichts gewusst ...«

Die Köchin hatte auf Charles' Rufe reagiert und tauchte in der Tür auf. »Mrs Fairchild!«, keuchte sie.

»Wir brauchen Bruder Zachariah«, stieß Matthew mit zitternder Stimme hervor.

Bruder Zachariah würde wissen, was er Mama gegeben hatte und was man dagegen tun musste. Matthew setzte zu einer Erklärung an und wollte gerade seine schreckliche Tat beichten, als seine Mutter ein Geräusch von sich gab und alle atemlos innehielten.

»Ja, bitte«, brachte Charlotte schwach hervor. »Bitte holt Jem.«

Charles und die Köchin stürmten aus dem Raum. Matthew wagte es nicht, seine Eltern anzusprechen. Und endlich – nach einer schrecklich langen Zeit – betrat Bruder Zachariah den Raum. Seine pergamentfarbene Robe umwirbelte seine schlanke Gestalt wie der Umhang einer grausamen Erscheinung, die Matthew verurteilen und bestrafen würde.

Matthew wusste, dass Bruder Zachariah trotz seiner geschlossenen Augen alles sehen konnte – sogar bis tief in Matthews sündiges Herz hinein.

Der Stille Bruder bückte sich, nahm Matthews Mutter auf die Arme und trug sie fort.

Den ganzen Tag über hörte Matthew die Geräusche von Leuten, die kamen und gingen. Und er sah, wie die Kutsche des Londoner Instituts ratternd vorfuhr und Tante Tessa mit einem Korb voller Arzneien ausstieg. Sie hatte sich einiges Wissen auf dem Gebiet der Hexenmagie angeeignet.

Matthew wurde bewusst, dass es einen Bruder der Stille *und* ein Hexenwesen brauchte, um seine Mutter zu behandeln – und dass es ihnen möglicherweise trotzdem nicht gelingen würde, sie zu retten.

Charles kehrte nicht zurück. Matthew hatte seinem Vater wieder auf den Stuhl geholfen. Und so saßen sie schweigend im Speisezimmer, während sich das Licht vom hellen Morgenschein über das strahlende Leuchten der Mittagssonne bis in die Schatten des Abends veränderte.

Papas Gesicht wirkte wie aus altem Stein gemeißelt. Als er sich schließlich an Matthew wandte, klang er, als würde er innerlich sterben. »Du musst wissen, Matthew, deine Mama und ich … wir …«

Wollen uns trennen. Unsere Ehe beenden. Sie liebt einen anderen. Matthew wappnete sich für die Schreckensnachricht, doch als er sie erfuhr, war der Schock größer, als er ihn sich jemals hätte vorstellen können.

»Wir waren ... guter Hoffnung«, sagte Papa mit stockender Stimme.

Matthew starrte ihn verständnislos an. Er konnte es einfach nicht begreifen. Denn das würde zu sehr schmerzen.

»Deine Mama und ich haben eine Weile auf die Geburt von Charles Buford warten müssen und auch auf deine Ankunft. Aber wir waren immer der Ansicht, dass sich das Warten gelohnt hat«, sagte Vater und versuchte, selbst inmitten dieser schrecklichen Situation Matthew ein Lächeln zu schenken. »Dieses Mal hoffte Charlotte, dass es vielleicht ... ein Mädchen werden würde.«

Vor Entsetzen bekam Matthew kaum noch Luft. Er hatte das Gefühl, nie wieder ein Wort sagen oder einen Bissen essen zu können. Der Schrecken würde ihm auf Jahre die Kehle zuschnüren.

Wir waren guter Hoffnung. Es war offensichtlich, dass sein Vater keine Sekunde daran zweifelte – und auch keinen Grund dazu hatte –, dass seine Kinder von ihm stammten.

»Wir haben uns Sorgen gemacht, da Charles und du ja inzwischen schon fast erwachsen seid«, sagte Henry. »Gideon, der gute Kerl, hat Charlotte während der Ratssitzungen ständig zur Seite gestanden. Er war deiner Mutter schon immer ein wahrer Freund und hat sie mit aller ihm zur Verfügung stehenden Macht unterstützt und beraten, wenn sie Hilfe brauchte. Ich fürchte, ich habe nicht einmal die Arbeit und Tätigkeiten eines Instituts verstanden, von den Wegen des Rats ganz zu schweigen. Deine Mama ist ein wahrhaftiges Wunder.«

Gideon hatte seiner Mutter geholfen. Matthew war derjenige, der ihr geschadet hatte.

»Ich hatte gedacht, wir hätten unsere Tochter vielleicht Matilda nennen können«, sagte Vater mit schleppender, trauriger Stimme. »Ich hatte eine Großtante namens Matilda. Sie war schon sehr alt, als ich noch klein war. Und die anderen Jungen haben mich oft gehänselt. Aber sie hat mir dann immer ein Buch in die Hand gedrückt und mir versichert, dass ich viel schlauer sei als die anderen. Damals waren ihre Haare schon gelblich weiß, aber als junges Mädchen hatte sie goldblonde Locken. Genau wie du bei deiner Geburt. Für mich war sie immer Tante Matty. Aber ich habe dir nie von ihr erzählt, weil ich dachte, es würde dir vielleicht nicht gefallen, dass du nach einer alten Dame benannt worden bist. Du hast ohnehin schon so viel zu erdulden … mit deinem närrischen Vater und den ganzen Anfeindungen gegenüber deiner Mutter und deinem *Parabatai*. Aber du trägst das alles mit solcher Würde und Anmut.«

Matthews Vater strich ihm sanft und liebevoll über den Kopf. Matthew wünschte sich, er würde einen Dolch nehmen und ihm die Kehle aufschlitzen.

»Ich wünschte, du hättest meine Großtante noch kennengelernt. Du hast große Ähnlichkeit mit ihr. Sie war die liebenswürdigste Frau, die Gott je erschaffen hat«, sagte Vater. »Abgesehen von deiner Mutter.«

In diesem Moment kam Bruder Zachariah in den Raum, ein Schatten inmitten all der anderen Schatten. Er bat Matthews Vater, ihn zu Mamas Krankenbett zu begleiten.

Matthew blieb allein zurück.

In der zunehmenden Dunkelheit starrte er auf den umgestürzten Stuhl seiner Mutter, das angebissene Gebäckstück und die Spur von Krümeln, die nirgendwohin führte. Während der vergangenen Jahre hatte er seine Freunde und Familie ständig in irgendwelche Kunstgalerien geschleppt, immer darauf bedacht, durchs Leben zu tanzen, immer bemüht, von Wahrheit und Schönheit zu reden. Was war er doch für ein Narr gewesen. Er war kopflos zu einem Schattenmarkt gelaufen und hatte den Schattenweltlern blindlings vertraut, weil die Schattenwesen so aufregend wirkten und weil die Elfe die Nephilim als brutal bezeichnet hatte. Und Matthew hatte ihr beigepflichtet, denn er war der Überzeugung gewesen, dass er es besser wusste als die Schattenjäger. Doch das Ganze war nicht die Schuld der Elfe und auch nicht Alastairs Schuld oder die von sonst irgendjemandem. Er selbst hatte beschlossen, seiner Mutter nicht zu vertrauen. Er hatte ihr persönlich Gift eingeflößt. Er war kein Narr – er war ein Schurke.

Matthew ließ den Kopf mit den blonden Haaren sinken, die er über seinen Vater von dessen Lieblingstante geerbt hatte. Und dann hockte er im dunklen Zimmer und ließ seinen Tränen freien Lauf.

Nach einem harten Kampf mit dem Tod stieg Bruder Zachariah die Treppe hinunter, um Matthew Fairchild mitzuteilen, dass seine Mutter überlebt hatte.

James und Lucie hatten Tessa begleitet und den ganzen Tag in der Eingangshalle gewartet. Lucies Hände waren kalt, als sie sich an ihn klammerte.

»Tante Charlotte ... ist sie außer Gefahr?«, fragte sie.

Ja, meine Lieblinge, sagte Jem. *Sie lebt.*

»Dem Erzengel sei Dank«, stieß James hervor. »Ihr Tod hätte Matthew das Herz gebrochen ... hätte uns allen das Herz gebrochen.«

Nach dem, was Matthew getan hatte, war Zachariah sich nicht so sicher, aber er wollte James und Lucie nicht beunruhigen.

Geht schon mal in die Bibliothek. Dort brennt ein wärmendes Feuer. Ich werde Matthew gleich zu euch schicken.

Als er das Speisezimmer betrat, fand er Matthew – der immer voller Fröhlichkeit und Übermut gewesen war – zusammengesunken auf einem Stuhl vor, als könnte er die bevorstehende Nachricht nicht ertragen.

»Meine Mutter ...«, flüsterte er sofort; seine Stimme klang brüchig und trocken wie alte Knochen.

Sie lebt, sagte Jem – etwas milder als geplant, als er den Schmerz des Jungen sah.

James hatte das Herz seines *Parabatai* besser gekannt als Jem. Es hatte einmal eine Zeit gegeben, als die ganze Welt von Jems *Parabatai* Will nur das Schlechteste angenommen hatte, und das aus gutem Grund – die ganze Welt bis auf Jem. Und auch jetzt sträubte er sich dagegen, die harschen Urteile der Stillen Brüder zu übernehmen mit ihren wenig nachsichtigen Herzen.

Matthew hob den Kopf und sah Zachariah an. Aus seinen Augen sprach tiefer Kummer, aber seine Stimme klang fest.

»Und das Kind?«

Zachariah schüttelte den Kopf. *Das Kind hat nicht überlebt.*

Die Hände des Jungen umklammerten die Stuhlkante so fest, dass seine Fingerknöchel weiß hervortraten. Er wirkte deutlich älter als noch vor zwei Tagen.

Matthew, sagte Zachariah und schottete seine Gedanken gegen die Stillen Brüder ab.

»Ja?«

Du kannst darauf vertrauen, dass ich Stillschweigen bewahren werde, sagte Jem. *Ich werde niemandem von dem Schattenmarkt erzählen oder davon, was du dort möglicherweise erstanden hast.*

Matthew schluckte. Jem hatte das Gefühl, dass er ihm vielleicht danken wollte. Aber natürlich hatte er das nicht gesagt, damit der Junge ihm dankte.

Ich werde niemandem von der Geschichte erzählen. Aber du solltest es tun. Ein zu lange gehütetes Geheimnis kann die Seele des Betroffenen langsam, aber unaufhörlich zerstören. Ich habe einmal erlebt, wie ein Geheimnis einen Mann beinahe vernichtet hat ... den besten Mann, den man sich vorstellen kann. Solch ein Geheimnis ist wie ein verborgener Schatz in einem Grabmal. Stückchen für Stückchen frisst sich das Gift durch das Gold. Und wenn die Tür eines Tages geöffnet wird, findet sich dort möglicherweise nichts mehr außer Staub.

Zachariah blickte in das junge Gesicht, das einst so gestrahlt hatte. Er konnte nur hoffen, dass es eines Tages wieder leuchten würde.

»Diese ganze Geschichte mit dem Schattenmarkt«, setzte Matthew zögernd an.

Ja?, fragte Jem.

Der Junge warf den Kopf in den Nacken.

»Es tut mir leid, aber ich weiß nicht, wovon du redest«, sagte Matthew kühl.

Zachariah spürte einen Stich im Herzen.

Dann soll es so sein, sagte er. *James und Lucie warten in der Bibliothek auf dich. Lass dich von ihnen trösten, so gut es eben geht.*

Matthew stand auf und bewegte sich wie jemand, der im Laufe eines Tages deutlich gealtert war. Manchmal bedeutete die Distanz, die die Brüder der Stille wahrten, dass sie zu leidenschaftslosen Beobachtern wurden und sich zu weit von jedem Mitgefühl entfernten.

Zachariah wusste, dass es sehr lange dauern würde, bevor Matthew Fairchild jemals wieder Trost finden konnte.

Die Bibliothek in Matthews Haus war ein viel kleinerer, weniger geliebter und seltener genutzter Raum als die Bibliothek des Londoner Instituts. Doch jetzt brannte ein Feuer im Kamin, und die Herondales erwarteten ihn. Matthew taumelte in den Raum, als würde er gerade aus einem Wintersturm kommen, mit von der Kälte steifen Gliedmaßen.

James und Lucie hoben gleichzeitig den Kopf, als hätten sie nur auf seine Ankunft gewartet. Sie saßen dicht beieinander auf einem Sofa am Kamin. Im Schein des Feuers wirkten Lucies Augen so unheimlich wie die von James: Sie besaßen einen etwas helleren, aber intensiveren Blauton als die Augen ihres Vaters. Es sah so aus, als wäre James' Goldton der Kranz einer Flamme und Lucies Blauton deren glühende Mitte.

Diese beiden Herondales waren ein seltsames Paar – geheimnisvolle Dornengewächse im Treibhaus der Nephilim. Matthew hätte keinen der beiden noch mehr lieben können, als er es ohnehin schon tat.

Lucie sprang auf und lief mit ausgestreckten Armen auf ihn zu. Doch Matthew wich schaudernd zurück. Mit einem dumpfen Schmerz erkannte er, dass er das Gefühl hatte, es nicht wert zu sein, von ihr berührt zu werden.

Das Mädchen warf ihm einen scharfen Blick zu und nickte.

»Ich lass euch beide dann mal allein«, sagte sie resolut; ihr entging nicht viel. »Nehmt euch so viel Zeit, wie ihr nur wollt.«

Sie streckte die Hand aus, um ihn zu berühren, aber Matthew wich erneut zurück. Dieses Mal konnte er erkennen, dass seine Reaktion sie verletzte. Doch Lucie murmelte nur seinen Namen und zog sich zurück.

Er konnte sich ihr nicht anvertrauen und dann die Abscheu in ihrem Gesicht sehen, aber James und er waren *Parabatai*. Vielleicht würde James ja versuchen, ihn zu verstehen.

Matthew ging auf das Feuer zu; jeder Schritt kostete ihn schreckliche Mühe. Als er kurz vor dem Kamin stand, packte James sein Handgelenk und zog Matthew zum Sofa. Er legte Matthews Hand auf sein Herz und bedeckte sie mit seiner eigenen Hand. Matthew blickte in die leuchtend goldenen Augen seines Freundes.

»*Mathew*«, sagte Jamie und sprach seinen Namen auf Walisisch aus, um Matthew zu signalisieren, dass er als Kosename gemeint war. »Es tut mir so leid. Was kann ich tun?«

Er hatte das Gefühl, als könnte er mit diesem Geheimnis, das wie ein schwerer Stein auf seiner Brust lastete, nicht länger leben. Wenn er jemandem davon erzählen würde, dann seinem *Parabatai*.

»Hör zu«, sagte er, »als ich gestern Alastair Carstairs erwähnt habe, hatte ich dir eigentlich erzählen wollen, dass er meine Mutter beleidigt hat. Er hat gesagt ...«

»Ich versteh schon«, unterbrach ihn James. »Du brauchst es mir nicht zu sagen.«

Matthew holte gequält Luft. Er fragte sich, ob James das Ganze wirklich verstehen konnte.

»Ich weiß genau, was man über Tante Charlotte sagt«, fügte James entschlossen hinzu. »Etwas Ähnliches sagt man auch über meine Mutter. Erinnerst du dich noch an den Mann im letzten Jahr, diesen Augustus Pounceby? Er hat gewartet, bis wir allein waren, und dann hat er den guten Ruf meiner Mutter in den Dreck gezogen.« Ein kleines, grimmiges Lächeln umspielte James' Mundwinkel. »Also habe ich ihn in den Fluss geworfen.«

Matthew erinnerte sich vage daran, wie froh Tante Tessa damals gewesen war, dass ein Schattenjäger ihnen einen Besuch abstattete. Sie hatte die Wappen verschiedener Schattenjägerfamilien an den Wänden aufhängen lassen, um jeden Reisenden im Londoner Institut willkommen zu heißen.

»Das hast du mir nie erzählt«, sagte Matthew.

Doch Jamie erzählte ihm jetzt davon. Und Tom hatte ihm gesagt, dass Alastair nur Unsinn redet. Wenn Matthew seinem Vater von Alastairs Behauptung berichtet hätte, dann hätte dieser ihm von Großtante Matty erzählen können. Und dann hätten sie vielleicht gemeinsam über die absurde Vorstellung gelacht, dass ein dummer, bösartiger Junge jemals Zweifel an der eigenen Familie wecken könnte.

Jamie lächelte matt. »Ach, ich weiß doch, dass du dir schon so vieles über mich und meine unglückselige Abstammung anhören musst. Ich wollte nicht, dass du mich für eine unerträgliche Bürde hältst und glaubst, du hättest mit deinem *Parabatai* ein schlechtes Geschäft gemacht.«

»Jamie!«, stieß Matthew verletzt hervor, als hätte man ihm einen Schlag versetzt.

»Ich weiß, es muss sich scheußlich anfühlen, sich an irgendwelche gehässigen Worte dieses Wurms zu erinnern«, fuhr James fort. »Vor allem jetzt, wo es deiner Mutter ... nicht gut geht. Wenn wir Alastair Carstairs das nächste Mal sehen, verpassen wir ihm ein paar Kinnhaken. Was hältst du davon, *Mathew*? Ist das ein Plan?«

Sowohl Matthews Eltern als auch sein Bruder und sein *Parabatai* hatten versucht, ihn nicht zu belasten, während Matthew die ganze Zeit herumstolziert war und sich für einen feinen Kerl gehalten hatte, der mit jeder Situation wunderbar allein zurechtkam. James hätte das, was Matthew getan hatte, niemals getan. Und das Gleiche galt für Christopher und Thomas. Sie waren loyal. Sie waren ehrenhaft. Als jemand Jamies Mutter beleidigt hatte, hatte sein *Parabatai* den Mann in den Fluss geworfen.

Matthew presste seine Handfläche auf James' Leinenhemd, auf das beständige Pochen seines loyalen Herzens. Dann ballte er die Hand zur Faust.

Er konnte James nicht davon erzählen. Weder heute noch jemals in der Zukunft.

»In Ordnung, alter Knabe«, sagte er, »wir werden uns Carstairs gemeinsam vorknöpfen. Aber könntest du mich jetzt einen Moment allein lassen?«

James zögerte und lehnte sich schließlich zurück.

»Ist das wirklich dein Wunsch?«

»Ja«, bestätigte Matthew, der noch nie hatte allein sein wollen und sich in diesem Augenblick nichts weniger wünschte.

James zögerte erneut, respektierte dann aber Matthews Bitte. Er neigte kurz den Kopf und verließ den Raum, um sich vermutlich zu seiner Schwester zu gesellen. Die beiden waren rein und gut. Sie sollten zusammen sein und sich gegenseitig Trost spenden. Denn im Gegensatz zu Matthew verdienten sie es, getröstet zu werden.

Nachdem James gegangen war, konnte Matthew sich nicht länger auf den Beinen halten. Vor dem Feuer fiel er auf Hände und Knie.

Auf dem Kaminsims stand eine Statue von Jonathan Shadowhunter, dem ersten Schattenjäger, die ihn zeigte, wie er um die Befreiung der Welt von allem Übel betete. Hinter ihm schwebte der Erzengel Raziel, um ihm die Kraft zu verleihen, gegen die Mächte der Dunkelheit zu kämpfen. Der erste Schattenjäger konnte den Engel noch nicht sehen, aber er stand aufrecht da, weil er Vertrauen gehabt hatte.

Matthew wandte das Gesicht ab. Und dann kroch er, so wie sein Vater am Anfang dieses endlosen Tages, über den Boden, bis er die hinterste und dunkelste Ecke des Raums erreicht hatte. Er selbst hatte kein Vertrauen gehabt. Matthew ließ die Wange auf den kalten Boden sinken, doch er versagte sich weitere Tränen. Er wusste, dass man ihm seine Tat niemals verzeihen konnte.

Es war bereits spät, und Bruder Zachariah hätte schon längst in die Stadt der Stille zurückkehren sollen. Tessa stand mit ihm in der Eingangshalle und berührte seine Hand, bevor er die Haustür öffnete.

Die liebenswürdigste Frau, die Gott je erschaffen hat, hatte er Henry sagen hören. Jem liebte Charlotte, doch er hatte seine eigene Vorstellung von der liebenswürdigsten Frau, die diese Welt zu bieten hatte.

Tessa war sein Anker in schwerer See – ihre warme Hand, ihre ruhigen Augen. Und in diesem Moment hatte er das Gefühl, als würde ein Funke zwischen ihnen überspringen, der eine wilde Hoffnung in sich trug. Denn einen kurzen Augenblick lang war er wieder der Jem von früher. Und es schien durchaus denkbar, dass sie zusammen trauern, als Familie und Freunde gemeinsam unter dem Dach des Instituts schlafen und am nächsten Morgen zum Frühstück hinuntergehen konnten. Traurig, aber geborgen in der Wärme eines geteilten Kaminfeuers und ihrer miteinander verbundenen Herzen.

Ja. Bitte frag mich, ob ich nicht bleiben will, dachte er.

Doch stattdessen sagte er: *Auf Wiedersehen, Tessa.*

Er konnte nicht bleiben. Das wussten sie beide genau.

Tessa schluckte; ihre langen Wimpern verbargen ihre glänzenden Augen. Sie war immer so tapfer und ließ nie zu, dass er die Erinnerung an ihre Tränen mit in die Stadt der Stille nahm. Allerdings sprach sie ihn jetzt mit einem Namen an, den sie ausschließlich verwendete, wenn niemand sonst sie hören konnte.

»Auf Wiedersehen, Jem.«

Bruder Zachariah senkte den Kopf, sodass seine Kapuze über sein Gesicht fiel, und trat hinaus in die Kälte.

Endlich brichst du auf, sagte Bruder Enoch in seinem Verstand.

Die Stillen Brüder verstummten jedes Mal, wenn Zachariah bei Tessa war, wie kleine Tiere im Wald bei der Ankunft eines Wesens, das sie nicht verstanden. In gewisser Hinsicht waren alle Brüder Tessa inniglich verbunden, was manche ihr übel nahmen. Bruder Enoch hatte keinen Zweifel daran gelassen, dass er die unablässige Wiederholung zweier Namen in seinem Verstand nicht mehr hören konnte.

Zachariah hatte sich nur wenige Schritte vom Haus der Fairchilds entfernt, als ihm ein langer Schatten entgegenkam.

Er schaute auf und entdeckte Will Herondale, den Leiter des Londoner Instituts. Sein Freund hielt einen Gehstock in der Hand, der einst Zachariah gehört hatte, bevor er ihn gegen den Kampfstab der Stillen Brüder getauscht hatte.

Charlotte lebt, sagte Zachariah. *Aber das Kind hatte keine Chance.*

»Ich weiß«, sagte Will. »Aber ich bin nicht deswegen gekommen.«

Eigentlich hätte Jem es besser wissen müssen. Selbstverständlich hatte Tessa ihn informieren lassen. Und obwohl Will gern Jems Stellung als Stiller Bruder ausnutzte, damit er zu ihnen kam, sprach er nur selten über dessen Pflichten als Bruder der Stille – als wollte er durch schiere Willenskraft den Zustand seines Freundes ungeschehen machen.

Falls irgendjemand überhaupt dazu in der Lage gewesen wäre, dann Will.

Jetzt warf er Jem den Gehstock zu, den er aus James' Zimmer entwendet haben musste, und beschlagnahmte Zachariahs Kampfstab. Jem hatte Will und Tessa aufgefordert, James sein ehemaliges Zimmer im Institut zu geben, damit die strahlende Anwesenheit ihres Sohnes den Raum mit Licht erfüllte – statt den Raum wie eine Art trostlosen Schrein zu behandeln. Schließlich war er nicht tot. Auch wenn er bei seiner Verwandlung zum Bruder der Stille das Gefühl gehabt hatte, als hätte man ihn aufgeschnitten und sein gesamtes Inneres herausgerissen.

Allerdings gab es ein paar Dinge, die ihm niemand hatte nehmen können.

»Bitte trag den Gehstock ein paar Meter. Denn dadurch wird mir leichter ums Herz«, sagte Will. »Und heute Abend können wir alle etwas gebrauchen, wodurch uns leichter ums Herz wird.«

Mit den Fingern zeichnete er die Schnitzerei auf dem Kampfstab nach, und der Herondale-Ring blitzte im Mondlicht auf.
Wohin soll ich ihn tragen?
»Wohin auch immer du willst. Ich dachte, ich könnte dich ein paar Schritte begleiten, mein *Parabatai*.«
Wie weit?, fragte Jem.
Will lächelte. »Musst du das wirklich fragen? Ich begleite dich, so weit ich nur kann.«

Jem erwiderte das Lächeln. Vielleicht hielt die Zukunft für Matthew Fairchild ja doch mehr Hoffnung und weniger Kummer bereit als befürchtet. Niemand wusste schließlich besser als er selbst, dass man jemanden zwar nicht durch und durch kennen, aber dennoch von Herzen lieben konnte.

Alle Sünden vergeben und selbst in den dunkelsten Stunden geliebt.

James würde seinen *Parabatai* nicht allein auf finsteren Wegen wandeln lassen. Ganz gleich, welche Katastrophe auch drohen mochte: Jem war der festen Überzeugung, dass der Sohn ein ebenso großes Herz besaß wie der Vater.

Neue Straßenlaternen zeigten Wills und Jems Silhouetten, die gemeinsam durch ihre Stadt streiften, genau wie früher. Auch wenn beide wussten, dass sie sich letztendlich voneinander trennen mussten.

Plötzlich ertönte von allen Kirchtürmen Londons schallendes Glockenläuten. Aufgeschreckte Vögel flatterten wild umher und warfen noch tiefere Schatten über die nächtliche Stadt. Und in diesem Moment wusste Jem, dass die Königin gestorben war.

Ein neues Zeitalter hatte begonnen.

Cassandra Clare
Maureen Johnson

Alles Erlesene dieser Welt

London, 1901

Dieses hier hatte irgendwelche lavendelblauen Flecken.
Das Nächste hatte ein Loch im Ärmel.
Einem weiteren fehlte das ... Rückenteil. Das *komplette* Rückenteil. Das Ding bestand nur noch aus einem Vorderteil und zwei Ärmeln, die mithilfe einiger weniger Fäden am Hemd hielten.

»Christopher«, murmelte Anna und drehte das Kleidungsstück in den Händen, »wie schaffst du das nur?«

Jeder von ihnen hatte sein eigenes, kleines Paradies. Für ihren Bruder Christopher und Onkel Henry bestand dieses Paradies im Labor des Londoner Instituts. Für Annas Cousin James und Onkel Will war es die Bibliothek. Für Lucie der Schreibtisch, an dem sie ihre ausführlichen Abenteuergeschichten für Cordelia Carstairs verfasste. Für Matthew Fairchild jedes verruchte Viertel Londons.

Und Anna Lightwood hatte ihr Paradies in der Garderobe ihres Bruders gefunden.

Es war in vielerlei Hinsicht ein Vorteil, dass sie einen Bruder besaß, der seiner Kleidung nur wenig Beachtung schenkte. Anna hätte ihm seinen Mantel direkt von den Schultern nehmen können, ohne dass es ihm aufgefallen wäre. Der einzige Nachteil bestand darin, dass Christophers Sachen Schicksale erlitten, die kein Kleidungsstück verdient hatte. Sie wurden mit Säure bespritzt, kamen mit offenem Feuer in Berührung, wurden von scharfen Gegenständen durchbohrt, allein im Regen zurückgelassen ... Seine Garderobe war wie ein Museum für misslungene Experimente: zerfetzt, fleckig, angesengt und nach Schwefel stinkend.

Aber für Anna waren diese Kleidungsstücke unendlich kostbar.

Christopher hatte sich aufgemacht, um Onkel Henry in seinem Labor zu besuchen – was bedeutete, dass er mehrere Stunden fort sein würde. Und ihre Eltern waren mit Annas kleinem Bruder Alexander im Park spazieren. Es war Annas besondere Stunde – und sie durfte keine Sekunde verschwenden. Inzwischen war Christopher größer als sie, und er schien jeden Tag weiterzuwachsen. Das wiederum bedeutete, dass ihr seine alten Hosen halbwegs passten. Anna wählte eine aus, nahm das am wenigsten lädierte Hemd und eine ganz passable, grau gestreifte Weste und wühlte in dem Haufen von Krawatten, Schals, Halstüchern und Manschetten auf dem Boden von Christophers Schrank, bis sie ein paar akzeptable Accessoires gefunden hatte. An seinem Kleiderständer hing ein Hut, in dem ein Sandwich lag. Ein Schinkensandwich, wie Anna feststellte, als sie den Hut umstülpte und die Krümel ausklopfte. Nachdem sie all die Sachen zusammengesucht hatte, die sie benötigte, stopfte sie sich das Bündel unter den Arm, schlüpfte hinaus in den Flur und zog Christophers Zimmertür leise hinter sich ins Schloss.

Annas Zimmer unterschied sich deutlich von dem ihres Bruders. Ihre Wände waren mit altrosa Tapete verkleidet. Auf ihrem Bett lag eine Tagesdecke aus weißer Spitze, und daneben stand eine rosa Vase mit einem Fliederstrauß. Ihre Cousine Lucie fand Annas Zimmer ganz entzückend. Doch Anna hatte einen völlig anderen Geschmack. Wenn sie die Wahl gehabt hätte, dann wäre dort jetzt eine dunkelgrüne Tapete mit passendem Dekor in Schwarz und Gold. Und sie hätte eine breite Chaiselongue, auf der sie sich ausruhen, lesen und rauchen könnte.

Wenigstens besaß sie einen hohen Kleiderspiegel – und das war das Einzige, was jetzt zählte. (Christophers Spiegel hatte das Zeitliche gesegnet, als er versucht hatte, den Effekt von Zauberglanz zu verstärken. Nach diesem Experiment hatte er keinen neuen Spiegel erhalten.) Anna zog die Vorhänge zu, um den Raum gegen die warme Sommersonne abzuschirmen, und legte dann ihre Kleidung ab. Seit Jahren weigerte sie sich entschieden, ein Korsett zu tragen: Sie hatte nicht das geringste Interesse daran, ihre inneren Organe zu einem Klumpen zusammenzuquetschen oder ihren kleinen Busen hochzudrücken. Schnell schlüpfte sie aus dem Nachmittagskleid, ließ es auf den Boden fallen und versetzte ihm einen Tritt. Dann zog sie die Strümpfe aus und löste ihren Haarknoten. Sekunden später streifte sie Christophers alte Hose über und krempelte die Beine um, damit die Länge passte. Ein paar Veränderungen an der Weste kaschierten die Schäden an seinem Hemd. Sie schlang eine seiner schwarzen Krawatten um ihren schlanken Hals und band sie mit geschickten Fingern. Schließlich nahm sie den Hut, in dem das Schinkensandwich gelegen hatte, setzte ihn auf und schob ihre schwarzen Haare sorgfältig darunter, bis es so aussah, als hätte sie kurze Haare.

Anna stellte sich vor den Spiegel und betrachtete sich darin. Die Weste ließ ihre Brust etwas zu flach erscheinen. Also zupfte sie daran herum, bis sie richtig saß. Dann zog sie sich den Hut schräg ins Gesicht.

Na also. Selbst in dieser Kleidung – mit den vielen Flecken und dem Geruch von Schinken – wuchs ihr Selbstvertrauen schlagartig. Jetzt war sie nicht mehr das schlaksige Mädchen, das in Kleidern mit Rüschen und Bändern eher unglücklich wirkte. Stattdessen sah sie elegant aus. Die taillierte Kleidung betonte ihre schlanke Gestalt – eng in der Taille und über ihren schmalen Hüften ausgestellt.

Man musste sich nur einmal vorstellen, was sie erst mit Matthew Fairchilds Garderobe machen könnte! Er war ein regelrechter Dandy, mit seinen farbenfrohen Westen und Krawatten und den wunderschönen Anzügen. Anna ging ein paar Schritte hin und her und tippte sich in Gegenwart imaginärer Damen an den Hut. Dann verneigte sie sich und tat so, als würde sie die Hand einer holden Maid nehmen, wobei sie sorgfältig auf Blickkontakt achtete. Man musste einer Dame immer in die Augen schauen, während man seine Lippen auf ihre Hand presste.

»*Enchantée*«, wandte sie sich an die imaginäre Lady. »Dürfte ich um diesen Tanz bitten?«

Die Lady war entzückt!

Anna schlang den Arm um die Taille ihrer Phantomschönheit; sie hatte schon viele Male mit ihr getanzt. Obwohl Anna ihr Gesicht nicht sehen konnte, hätte sie schwören mögen, dass sie den Stoff ihres Kleides fühlen und das leise Rauschen hören konnte, mit dem der Saum über den Boden strich. Das Herz der Lady pochte wild, während Anna ihre Hand drückte. Außerdem trug ihre Herzensdame einen zarten Duft. Vielleicht Orangenblütenwasser. Schon bald würde Anna ihr Gesicht an das Ohr der Lady pressen und ihr etwas zuflüstern.

»Sie sind die bezauberndste Dame weit und breit«, würde Anna ihr versichern.

Und die Lady würde erröten und sich enger an sie drücken.

»Wie kommt es nur, dass Sie von Tag zu Tag schöner werden?«, würde Anna fortfahren. »Die Art und Weise, wie sich der Samt Ihres Kleides an Ihre Haut schmiegt. Die Art und Weise, wie Ihre ...«

»Anna!«

Vor Überraschung ließ sie ihre imaginäre Tanzpartnerin fallen.

»Anna!«, rief ihre Mutter erneut. »Wo steckst du?«

Hastig lief Anna zur Tür und öffnete sie einen Spalt.

»Ich bin hier oben!«, rief sie mit Panik in der Stimme.

»Kannst du bitte mal herunterkommen?«

»Natürlich«, erwiderte Anna, während sie bereits die Krawatte löste. »Ich komm gleich!«

In ihrer Eile musste Anna direkt durch ihre gefallene Tanzpartnerin hindurchlaufen. Sie riss sich die Weste vom Körper, dann die Hose. Runter mit der ganzen Garderobe, runter, runter, runter. Dann schob sie die Sachen tief in das unterste Fach ihres Kleiderschranks. Als Nächstes streifte sie das Nachmittagskleid wieder über und fummelte an den Knöpfen herum. Alles an der Kleidung von Frauen und Mädchen war umständlich und kompliziert.

Wenige Minuten später lief sie ins Erdgeschoss und versuchte, einen gelassenen Eindruck zu erwecken. Ihre Mutter Cecily

Lightwood saß an ihrem Schreibtisch im Salon und ging einen Stapel Briefe durch.

»Auf unserem Spaziergang sind wir Inquisitor Bridgestock und seiner Frau begegnet«, erzählte sie. »Sie sind gerade erst von Idris hierhergezogen und haben uns eingeladen, heute Abend bei ihnen zu speisen.«

»Diner beim Inquisitor«, sagte Anna. »Welch eine spannende Art der Abendunterhaltung.«

»Es lässt sich nicht umgehen«, erwiderte ihre Mutter schlicht. »Uns bleibt keine andere Wahl. Kannst du Christopher während des Essens freundlicherweise im Auge behalten? Achte bitte darauf, dass er nicht irgendetwas in Brand steckt. Oder irgendjemanden.«

»Ja, natürlich«, antwortete Anna automatisch.

Das würde ein grauenhafter Abend werden: Ratsangelegenheiten, garniert mit zerkochtem Rindfleisch. Dabei hätte man diesen herrlichen Sommerabend so viel angenehmer gestalten können. Was wäre, wenn sie beispielsweise elegant gekleidet und mit einem wunderschönen Mädchen am Arm durch Londons Straßen flanieren könnte?

Eines Tages würde diese Lady kein Fantasiewesen mehr sein. Die Kleidung wäre nicht mehr geliehen und würde schlecht sitzen. Eines Tages würde sie durch die Straßen schlendern, und die Frauen lägen ihr zu Füßen (wobei sie selbstverständlich ihre perfekt polierten Schuhe bemerkten). Und die Männer würden sich an den Hut tippen, um eine Ladykillerin zu grüßen, die noch versierter war als sie selbst.

Aber nicht heute Abend.

Die Sonne stand noch am Himmel, als die Lightwoods am Abend in ihre Familienkutsche stiegen. Auf den Straßen wimmelte es von Händlern, Blumenmädchen und Schuhputzern – und so vielen hinreißenden Mädchen, die in ihren leichten Sommerkleidern flanierten. Wussten sie überhaupt, wie wunderschön sie waren? Bemerkten sie Anna und die Art und Weise, wie sie sie anschaute?

Ihr Bruder Christopher stieß leicht gegen ihre Hüfte, als die Kutsche um eine Ecke bog.

»Das ist aber ein langer Weg zum Institut«, meinte er.

»Wir fahren nicht zum Institut«, sagte Anna.

»Ach nein?«

»Nein, wir sind beim Inquisitor zum Abendessen eingeladen«, erklärte ihr Vater.

»Aha«, sagte Christopher. Dann zog er sich wieder in seine eigene Gedankenwelt zurück, wo er bestimmt über irgendeine Erfindung grübelte oder eine mathematische Berechnung anstellte. In dieser Hinsicht fühlte sich Anna ihrem Bruder sehr verbunden – sie waren beide ständig in irgendwelche Gedanken vertieft.

Die Familie Bridgestock wohnte im Stadtteil Fitzrovia, nicht weit vom Cavendish Square entfernt, in einer eleganten Stadtvilla. Die Farbe der glänzend schwarz lackierten Haustür erweckte den Eindruck, als wäre sie noch feucht, und über dem Eingang hing eine Glühbirne. Ein Dienstbote führte sie in einen dunklen, stickigen Salon, wo der Inquisitor und seine Frau sie empfingen. Die beiden begrüßten Anna kurz mit der Bemerkung, was für eine charmante junge Dame sie doch sei, bevor sie sich wieder ihren Eltern widmeten. Anna und Christopher nahmen höflich auf unbequemen Stühlen Platz und bildeten den dekorativen Hintergrund für eine sterbenslangweilige Unterhaltung.

Endlich ertönte der Gong zum Abendessen, und die ganze Gesellschaft begab sich ins Speisezimmer. Anna und Christopher wurden ans hintere Ende des Tischs gesetzt, wo gegenüber noch ein Stuhl frei war. Schweigend aß Anna ihre Spargelcremesuppe und betrachtete das Gemälde an der Wand, das ein Schiff in stürmischer See zeigte. Die Masten brannten lichterloh, und die Fregatte war dem Untergang geweiht.

»Haben Sie schon gehört? Man will in der Garnison ein Portal einrichten«, wandte sich der Inquisitor an Annas Eltern.

»Du meine Güte«, sagte Mrs Bridgestock kopfschüttelnd,

»ist das denn ratsam? Was wäre, wenn es auch Dämonen durchließe?«

Anna beneidete das Schiff auf dem Gemälde und alle, die mit ihm in den Fluten versanken.

»Natürlich wäre da auch noch die Frage, wie es finanziert werden sollte«, leierte der Inquisitor eintönig weiter. »Die Konsulin hat den Vorschlag zur Einführung einer eigenen Währung in Idris abgelehnt. Eine weise Entscheidung. Wie ich bereits vorhin sagte ...«

»Bitte entschuldigt meine Verspätung«, unterbrach ihn eine Stimme.

In der Tür des Speisezimmers stand ein Mädchen, etwa in Annas Alter. Sie trug ein nachtblaues Kleid und hatte dunkles Haar, genau wie Anna. Allerdings wirkten ihre Haare voller, üppiger und so schwarz wie der Nachthimmel – ein wundervoller Kontrast zu ihrer hellbraunen Haut. Doch am meisten faszinierten Anna ihre Augen: große Augen in der Farbe von Topas und mit dichten Wimpern.

»Ah«, sagte der Inquisitor. »Das ist unsere Tochter Ariadne. Und das hier sind die Lightwoods.«

»Ich komme gerade von einem Treffen mit meinem Tutor; wir wurden aufgehalten. Ich bitte nochmals um Entschuldigung«, sagte Ariadne, während ein Diener ihren Stuhl vorzog. »Wenn ich das richtig gehört habe, diskutiert ihr gerade über die neue Währung. Schattenjäger sind auf der ganzen Welt verbreitet. Wir müssen uns in viele internationale Gesellschaften nahtlos einfügen. Da wäre eine eigene Währung eine Katastrophe.«

Und damit nahm sie ihre Serviette und wandte sich lächelnd Anna und Christopher zu.

»Ich glaube, wir sind uns noch nicht begegnet«, sagte sie.

Anna musste sich zwingen, zu schlucken und dann Luft zu holen. Ariadne war eine Erscheinung aus einem Reich jenseits der Welt der Menschen oder der Schattenjäger: Der Erzengel persönlich musste sie erschaffen haben.

»Anna Lightwood«, brachte Anna hervor.

Christopher versuchte gerade, ein paar Erbsen auf den Rücken seiner Gabel zu schieben, und registrierte die Göttin, die sich ihm gegenüber am Tisch niedergelassen hatte, gar nicht.

»Und das ist mein Bruder Christopher. Er ist manchmal ein wenig zerstreut.«

Anna verpasste ihm einen Stups mit dem Ellbogen.

»Ach«, sagte er, als er Ariadne bemerkte. »Ich heiße Christopher.«

Jetzt, nachdem er Ariadne gesehen hatte, schien nicht einmal er den Blick von ihr abwenden zu können.

»Du ... bist nicht von hier, oder?«, fragte er blinzelnd.

Anna hatte das Gefühl, tausend Tode zu sterben. Doch Ariadne lachte einfach nur.

»Ich bin in Indien geboren«, sagte sie. »Meine Eltern haben das Bombay-Institut geführt, bis sie getötet wurden. Danach haben die Bridgestocks mich adoptiert und mit nach Idris genommen.«

Sie sprach ruhig, im Tonfall eines Menschen, der eine Reihe von Tatsachen als unabänderlich akzeptiert hatte.

»Und wer hat deine Eltern getötet?«, fragte Christopher im Plauderton.

»Eine Gruppe Vetis-Dämonen«, antwortete Ariadne.

»Tatsächlich? Ich habe an der Akademie jemanden gekannt, der auch von einem Vetis-Dämon getötet wurde!«

»*Christopher!*«, zischte Anna.

»Du besuchst die Akademie?«, fragte Ariadne.

»Nicht mehr. Ich habe einen der Gebäudeflügel in die Luft gesprengt.« Christopher nahm ein Brötchen vom Servierteller und machte sich fröhlich daran, es mit Butter zu bestreichen.

Erneut blickte Anna zum Gemälde hoch. Sie wünschte, sie wäre an Deck des Schiffs und könnte mit ihm in der schwarzen, erbarmungslosen Tiefe versinken. Das hinreißendste Mädchen der Welt war gerade in ihr Leben getreten, und ihr lieber Bruder hatte es geschafft, innerhalb von dreißig Sekunden den Tod ihrer Eltern, einen Todesfall an der Akademie und seine Schuld an der gewaltigen Explosion in der Schule zur Sprache zu bringen.

Doch Ariadnes Blick war nicht auf Christopher geheftet, obwohl er in diesem Moment seinen Ellbogen unabsichtlich in die Butterdose stützte.

»Hast *du* auch irgendwelche Explosionen verursacht?«, wandte sie sich an Anna.

»Noch nicht«, erwiderte Anna. »Aber der Abend ist ja noch lang.«

Ariadne lachte, woraufhin Annas Seele jubilierte. Sie nahm den Arm ihres Bruders und hob seinen Ellbogen aus der Butterdose, ohne den Blick von Ariadne abzuwenden. Wusste sie, wie schön sie war? Wusste sie, dass die Farbe ihrer Augen an flüssiges Gold erinnerte und dass man ganze Lieder über die Art und Weise verfassen konnte, wie sie das Handgelenk drehte, um nach ihrem Glas zu greifen?

Anna hatte schon viele schöne Mädchen gesehen, darunter sogar ein paar, die Annas Blicke auf die gleiche Weise erwiderten wie sie. Doch das geschah immer im Vorbeigehen. Sie schlenderten auf dem Gehweg an Anna vorbei oder schauten sie in einem Geschäft über die Waren hinweg an. Anna hatte die Kunst des langen Blickes perfektioniert – ein Blick, der ihr Gegenüber einlud: *Komm. Erzähl mir von dir. Du bist wunderschön.*

Auch in Ariadnes Gesicht lag etwas, das die Vermutung nahelegte ...

Nein. Anna musste sich das einbilden. Ariadne war einfach nur höflich und aufmerksam. Sie machte Anna keine schönen Augen, nicht über den Tisch, über Bratkartoffeln und Entenbrust hinweg. Ihr perfektes Erscheinungsbild hatte Anna halluzinieren lassen.

Ariadne trug weiterhin zum Gespräch am anderen Ende des Tischs bei. Nie zuvor hatte sich Anna so sehr für die Wirtschaftspolitik in Idris interessiert wie in diesem Moment. Ab sofort würde sie sich Tag und Nacht damit befassen – wenn das bedeutete, dass sie sich mit Ariadne darüber unterhalten konnte.

Hin und wieder schaute Ariadne zu Anna und betrachtete sie mit einem wissenden Blick, während ein feines Lächeln ihre

Mundwinkel umspielte. Und jedes Mal fragte Anna sich erneut, was da gerade passierte und warum dieser besondere Gesichtsausdruck bewirkte, dass sich der Raum um sie herum zu drehen schien. Vielleicht war sie ja krank. Vielleicht hatte Ariadnes Anblick ein Fieber ausgelöst.

Die Schüsseln mit dem Nachtisch wurden aufgetragen und später wieder abgeräumt, aber Anna erinnerte sich nur vage daran, dass sie ihr Dessert gegessen hatte. Als sich die Damen nach dem Essen erhoben, trat Ariadne zu Anna und hakte sich bei ihr unter.

»Wir haben eine ganz gut ausgestattete Bibliothek«, sagte sie. »Vielleicht hast du ja Lust, sie dir anzusehen?«

Nur mit äußerster Selbstbeherrschung gelang es Anna, nicht sofort ohnmächtig zu Boden zu sinken. Sie brachte sogar ein paar Worte heraus: *Ja, die Bibliothek, ja, die würde sie gern sehen, ja, Bibliothek, ja, ja …*

Schließlich ermahnte sie sich, nicht länger vor sich hin zu plappern, und schaute zu ihrer Mutter. Cecily lächelte. »Geh ruhig, Anna. Christopher, würde es dir etwas ausmachen, uns ins Gewächshaus zu begleiten? Mrs Bridgestock hat eine Sammlung exotischer Giftpflanzen, die dich bestimmt interessieren werden.«

Anna warf ihrer Mutter einen dankbaren Blick zu, während Ariadne sie aus dem Raum führte. Ihr schwirrte der Kopf – was nicht nur an Ariadnes Orangenblütenparfüm, sondern auch am Anblick ihrer dunklen Haare lag, die sie mit einem goldenen Kamm hochgesteckt hatte.

»Hier entlang«, sagte Ariadne und schob Anna durch eine Doppelflügeltür im hinteren Bereich des Hauses. Die Bibliothek war dunkel und kühl. Ariadne gab Annas Arm frei und schaltete eine der Glühbirnen ein.

»Ihr benutzt elektrisches Licht?«, fragte Anna. Schließlich musste sie irgendetwas sagen, und diese Frage war so gut wie jede andere.

»Ich habe meinen Vater davon überzeugen können«, sagte

Ariadne. »Du musst wissen, dass ich eine moderne Frau bin und fortschrittliche Ansichten vertrete.«

Im Raum stapelten sich zahlreiche Kisten; bisher hatte man nur wenige Bücher ausgepackt und in die Regale geräumt. Dagegen standen die Möbel bereits alle an Ort und Stelle: ein großer Lesetisch und viele bequeme Sessel.

»Wir sind noch dabei, die Bibliothek einzurichten«, sagte Ariadne und ließ sich anmutig (sie konnte gar nicht anders) in einem der roten Sessel nieder. Anna war zu nervös zum Sitzen und lief stattdessen am anderen Ende des Raums auf und ab. Es erschien ihr fast schon zu überwältigend, Ariadne an diesem dunklen, intimen Ort auch nur anzusehen.

»Ich habe gehört, dass du eine sehr interessante Familiengeschichte hast«, bemerkte Ariadne.

Jetzt musste Anna irgendetwas sagen. Sie musste einen Weg finden, wie sie sich in Ariadnes Gegenwart halbwegs natürlich verhalten konnte. In Gedanken streifte sie ihre wahre Kleidung über – die Hose, das Hemd (natürlich ohne Flecken), die taillierte Weste. Sie schob die Arme durch die Ärmel der imaginären Anzugjacke. Derartig bekleidet wuchs ihr Selbstvertrauen, und es gelang ihr, sich gegenüber von Ariadne an den Tisch zu setzen und ihren Blick zu erwidern.

»Mein Großvater war ein Wurm, falls du das meinst«, sagte sie.

Ariadne lachte laut. »Du hast ihn nicht gemocht?«

»Ich habe ihn gar nicht gekannt«, sagte Anna. »Er war im wahrsten Sinne des Wortes ein Wurm.«

Offensichtlich wusste Ariadne nicht allzu viel über die Lightwoods. Denn normalerweise sprach es sich herum, wenn einer der dämonenliebenden Verwandten schwer an Dämonenpocken erkrankt war und sich in einen gigantischen Wurm verwandelt hatte. Die Leute redeten nun mal.

»Ehrlich«, fügte Anna hinzu und betrachtete die Goldkante des Tischs. »Er hat einen meiner Onkel gefressen.«

»Du bist wirklich witzig«, sagte Ariadne.

»Freut mich, dass du das denkst«, erwiderte Anna.

»Dein Bruder hat außergewöhnliche Augen«, bemerkte Ariadne.

Anna hatte das schon öfter gehört. Christopher besaß blauviolette Augen.

»Ja«, sagte sie. »Er ist der Attraktive in unserer Familie.«

»Da bin ich entschieden anderer Meinung!«, rief Ariadne mit überraschter Miene. »*Du* musst doch ständig Komplimente wegen der Farbe deiner Augen bekommen.«

Sie errötete und senkte den Blick – und Annas Herz setzte einen Schlag aus. Das war nicht möglich, ermahnte sie sich. Es konnte einfach nicht sein, dass die wunderschöne Tochter des Inquisitors ... so war wie sie. Und dass sie einem anderen Mädchen in die Augen sah und deren schöne Farbe bemerkte, statt nur danach zu fragen, welche Stoffe sie trug, um ihre Augen am besten zur Geltung zu bringen.

»Ich fürchte, ich hinke etwas mit meinem Training hinterher«, sagte Ariadne. »Vielleicht könnten wir ... zusammen trainieren?«

»Ja«, sagte Anna, möglicherweise etwas zu schnell. »Ja, natürlich. Wenn du ...«

»Wahrscheinlich hältst du mich für ungeschickt«, sagte Ariadne und fummelte an ihren Ärmeln.

»Ganz bestimmt nicht«, widersprach Anna. »Aber genau darum geht es ja beim Training: Man sollte immer langsam und behutsam vorgehen, auch wenn der Zweck letztendlich gewalttätig ist.«

»Dann solltest du bei mir langsam und behutsam vorgehen«, sagte Ariadne sehr leise.

Gerade als Anna dachte, sie würde gleich in Ohnmacht fallen, öffnete sich die Tür, und Inquisitor Bridgestock betrat die Bibliothek, mit Cecily, Gabriel und Christopher im Schlepptau. Die Lightwoods wirkten etwas erschöpft. Anna merkte, dass ihre Mutter die Augen auf sie heftete und ihr einen eindringlichen und nachdenklichen Blick schenkte.

»... und hier haben wir unsere Kartensammlung ... Ah, Ariadne. Noch immer hier. Natürlich. Unsere Ariadne ist eine unersättliche Leserin.«

»Absolut *unersättlich*.« Ariadne lächelte. »Anna und ich haben gerade über mein Training gesprochen. Ich dachte, es wäre vernünftig, wenn ich ein anderes Mädchen als Partnerin wähle.«

»Sehr vernünftig«, sagte Bridgestock. »Ja. Eine sehr gute Idee. Ihr beide solltet Partnerinnen werden. Na, jedenfalls, meine lieben Lightwoods, können wir uns die Kartensammlung auch ein anderes Mal ansehen. Ariadne, komm doch bitte in den Salon. Es wäre schön, wenn du unseren Gästen etwas auf dem Klavier vorspielen könntest.«

Ariadne schaute zu Anna hoch.

»Partnerinnen«, sagte sie.

»Partnerinnen«, erwiderte Anna.

Erst auf dem Heimweg wurde Anna bewusst, dass Ariadne sie zwar gebeten hatte, sie in die Bibliothek zu begleiten, ihr aber kein einziges Buch gezeigt hatte.

»Hat dir Ariadne Bridgestock gefallen?«, fragte Cecily, als die Kutsche der Lightwoods durch die dunklen Gassen Londons rumpelte.

»Ich finde sie sehr liebenswürdig«, sagte Anna und blickte aus dem Fenster auf die funkelnden Lichter der Stadt. Sie sehnte sich danach, gemeinsam mit anderen Nachtschwärmern durch die Straßen von Soho zu streifen und ein Leben voller Musik, Tanz und Abenteuer zu führen. »Und auch sehr hübsch.«

Cecily schob ihrer Tochter eine lose Haarsträhne hinters Ohr. Überrascht sah Anna ihre Mutter einen Moment lang an: In ihren Augen lag eine sanfte Traurigkeit, deren Grund Anna sich nicht erklären konnte. Vielleicht war ihre Mutter aber auch einfach nur müde, nachdem der Inquisitor sie den ganzen Abend gelangweilt hatte. Annas Vater schlief jedenfalls in der anderen Ecke der Kutsche, und Christopher, der gegen ihn lehnte, blinzelte müde. »Sie ist nicht annähernd so hübsch wie du.«

»Oh, Mutter!«, stieß Anna genervt hervor und wandte sich wieder dem Fenster zu.

Unter den Bögen der Eisenbahnbrücke am Südufer der Themse fand eine große Versammlung statt.

Jetzt, im Hochsommer, ging die Sonne erst gegen zehn Uhr abends unter. Und das bedeutete, dass die Marktzeiten des Schattenmarktes stark eingeschränkt waren und auf dem gesamten Platz eine hektische Atmosphäre herrschte. Überall dampfte und rauchte es, Seidenkleider raschelten, eifrige Hände reckten sich den Kunden entgegen und hielten ihnen die Waren förmlich unter die Nase: Edelsteine und Schmuck, Bücher, Anhänger, Pulver, Öle, Spielzeug für Schattenweltlerkinder und Gegenstände, die in keine gängige Kategorie fielen. Die unterschiedlichsten Düfte hingen in der Luft: der Salzgeruch vom Fluss, der rußige Qualm der Züge, die am Markt vorbeirumpelten, die Ausdünstungen der Überbleibsel des Wochenmarktes – zerquetschte Früchte, gammlige Fleischfetzen und der Gestank der Austernfässer. Dazu verbrannten einige Standbesitzer Weihrauch, der sich mit dem Duft von Gewürzen und Parfüm mischte – eine überwältigende Melange.

Bruder Zachariah bewegte sich ruhig zwischen den engen Ständen hindurch, unbeeindruckt von den Gerüchen und dem Gedränge um ihn herum. Viele Schattenweltler wichen zurück, sobald sie ihn sahen, obwohl er sich jetzt schon seit Wochen mit Ragnor Fell auf dem Schattenmarkt traf. An diesem Abend hielt er außerdem Ausschau nach einer Elfe, die er bei einem seiner früheren Besuche hier gesehen hatte. Ihr Marktstand besaß hühnerartige Füße und konnte sich eigenständig fortbewegen. Die Elfe mit den Pusteblumenhaaren verkaufte farbenfrohe Zaubertränke, von denen Matthew Fairchild einen erworben und seiner Mutter verabreicht hatte. Jem hatte all seine Fähigkeiten einsetzen müssen, um Charlotte vor dem Tod zu bewahren. Danach war sie nicht mehr dieselbe gewesen. Und das Gleiche galt für Matthew.

Allem Anschein nach war der Stand an diesem Abend nicht auf dem Schattenmarkt vertreten, und auch Ragnor war nirgends zu sehen. Zachariah wollte gerade eine letzte Runde über den Markt drehen, als er einen Bekannten entdeckte, der an einem kleinen

Bücherstand in den Auslagen stöberte. Der Mann besaß schneeweiße Haare und leuchtend violette Augen: Malcolm Fade.

»James Carstairs, bist du das wirklich?«, fragte er.

Wie geht es dir, mein Freund?

Malcolm lächelte. Der Hexenmeister hatte immer etwas Melancholisches an sich. Jem hatte Gerüchte über eine tragische Liebesaffäre mit einer Schattenjägerin gehört, die sich lieber den Eisernen Schwestern angeschlossen hatte, statt mit dem Mann zusammen zu sein, den sie liebte. Für manche Nephilim war das Gesetz nun mal wichtiger als die Liebe – was Jem selbst in seinem jetzigen Zustand nicht verstehen konnte. Er hätte alles dafür gegeben, um mit der Liebe seines Lebens zusammen zu sein.

Alles – bis auf das, was ihm noch heiliger war als sein eigenes Leben: Tessas oder Wills Leben.

»Wie läuft die Suche?«, fragte Malcolm. »Hat Ragnor irgendwelche Informationen über diesen Dämon auftreiben können, nach dem du forschst?«

Jem warf Malcolm einen scharfen Blick zu; ihm war es lieber, wenn nicht zu viele Leute von seiner Suche wussten.

»Malcolm! Ich habe das Buch gefunden, nach dem du gesucht hast!« Eine Hexe kam auf Malcolm zu und hielt ihm ein Buch entgegen, das in gelben Samt eingeschlagen war.

»Danke, Leopolda«, sagte Malcolm.

Die Frau starrte Jem an – woran er inzwischen gewöhnt war. Obwohl er zu den Brüdern der Stille gehörte, waren seine Augen und Lippen nicht zugenäht, auch wenn er nicht wie andere Menschen sah oder redete. Und die Tatsache, dass er dazu ohne Runenmale in der Lage war, beunruhigte manche Leute mehr als der Anblick eines Stillen Bruders, der sich weniger zögernd der Bruderschaft angeschlossen hatte.

Ich glaube, wir sind uns noch nicht begegnet.

»Stimmt«, erwiderte die Frau. »Wir kennen uns nicht. Ich heiße Leopolda Stain und bin zu Besuch hier … aus Wien.«

Sie hatte einen deutschen Akzent und eine weiche, schnurrende Stimme.

»Das hier ist Bruder Zachariah«, sagte Malcolm.

Die Frau nickte. Doch statt Zachariah die Hand zu reichen, starrte sie ihn weiterhin an.

»Du musst mir verzeihen«, sagte sie. »Auf unserem Markt sehen wir nur selten einen Bruder der Stille. London ist für mich ein seltsamer Ort. Der Schattenmarkt in Wien ist nicht so gut besucht. Er findet im Wienerwald statt, unter Bäumen. Aber hier spielt sich alles unter einer Eisenbahnbrücke ab. Das ist eine völlig andere Erfahrung.«

»Zachariah ist nicht wie andere Brüder der Stille«, sagte Malcolm.

Leopolda schien Jems Gesicht hinreichend studiert zu haben und lächelte.

»Ich muss mich verabschieden«, sagte sie. »Es war schön, dich wiederzusehen, Malcolm. Seit unserer letzten Begegnung ist zu viel Zeit vergangen, mein Lieber. Viel zu viel. Und es war sehr interessant, dich kennenzulernen, James Carstairs. Auf Wiedersehen.«

Sie machte auf dem Absatz kehrt und tauchte in der Menge unter. Jem sah ihr nach. Sie hatte ihn ganz gezielt James Carstairs statt Bruder Zachariah genannt – eine bewusste Entscheidung. Natürlich gab es viele Bewohner der Schattenwelt, die seinen früheren Namen kannten; schließlich war das kein Geheimnis. Dennoch fühlte Jem sich plötzlich wie eine aufgespießte Larve unter der Lupe eines Schmetterlingsforschers.

Kannst du mir etwas über sie erzählen?, bat er Malcolm, der sich inzwischen mit dem Buch in seiner Hand beschäftigte.

»Leopolda ist ein bisschen seltsam«, sagte Malcolm. »Ich habe sie auf meiner Reise nach Wien kennengelernt. Soweit ich weiß, verlässt sie die Stadt nicht oft. Allerdings scheint sie mit einigen berühmten Irdischen zu verkehren. Ihr Verhältnis zu …«

Er zögerte.

Ja?

»… ihrem dämonischen Erbe ist ausgeprägter als das zu ihrem menschlichen Ich – im Gegensatz zu den meisten von uns. Zumindest gilt das für mich. Sie bereitet mir Unbehagen. Jedenfalls bin ich froh, dass du dich zu mir gesellt hast. Ich hatte schon überlegt, wie ich sie auf höfliche Weise loswerden könnte.«

Jem blickte in die Richtung, in der Leopolda verschwunden war. Jemand mit einem ausgeprägteren Verhältnis zu seinem dämonischen Erbe ...

Diese Hexe war eine Frau, mit der er vielleicht einmal reden sollte – und die es im Auge zu behalten galt.

Anna lag mit geschlossenen Augen im Bett und versuchte einzuschlafen. Aber in Gedanken tanzte sie durch die Nacht. Sie trug ihren imaginären Abendanzug aus anthrazitgrauem Tuch und dazu eine sonnengelbe Weste und passende Handschuhe. Ariadne hatte sich bei ihr untergehakt, genau wie Stunden zuvor im Haus der Bridgestocks. Und sie trug das dunkelblaue Kleid.

Doch der Schlaf wollte sich nicht einstellen. Schließlich stieg Anna aus dem Bett und ging zum Fenster. Die Nacht war warm und schwül. Sie musste sich irgendwie beschäftigen. Die Kleidung ihres Bruders lag noch immer auf dem Boden ihres Kleiderschranks. Anna holte sie hervor, legte sie aufs Bett und strich sie glatt. Eigentlich hatte sie die Sachen zurückbringen wollen, aber ...

Wer würde sie schon vermissen? Christopher ganz bestimmt nicht. Ihre Waschfrau vielleicht, aber niemand würde auch nur eine Sekunde daran zweifeln, dass Christopher seine Hose einfach so verlieren konnte, womöglich mitten auf einer belebten Tanzfläche. Und was seine abgelegten Sachen betraf: So schnell, wie er wuchs, brauchte er die nicht mehr. Seine alte Hose war Anna zu lang, aber schließlich konnte man die Beine kürzen. Das Hemd ließ sich mit ein paar Abnähern im Rücken enger machen; dazu brauchte es nur wenige Stiche.

Anna besaß zwar keine überragenden Nähkünste, aber wie alle Schattenjäger war sie in der Lage, ihre Montur zu reparieren. Natürlich konnte sie keine Spitzenverzierungen herstellen oder irgendwelche Maßarbeiten anfertigen, aber das hier würde sie schon schaffen. Also machte sie sich an die Arbeit und taillierte Christophers Hemd und Weste, damit sie besser passten. Die Anzugjacke war etwas komplizierter und erforderte Abnäher im Rücken und an den Seiten. Obwohl die Schultern nicht hundertprozentig richtig saßen und das Ganze einen leicht dreieckigen Effekt erzeugte, waren ihre Bemühungen insgesamt recht passabel. Anna stolzierte vor dem Spiegel auf und ab – jetzt, da die gekürzten Hosenbeine nicht mehr über den Boden schleiften.

Schon als Kind hatte sie die Schattenjägermontur geliebt – vor allem die Tatsache, dass sie sich darin ungehindert bewegen konnte. Sie hatte nie verstanden, dass andere Mädchen nach dem Training klaglos wieder in ihre Kleider und Röcke schlüpften und sie der Verlust der Beinfreiheit nicht ärgerte.

Außerdem ging es dabei um mehr als nur um die Frage der Bequemlichkeit. In Seide und Rüschen kam sich Anna einfach nur albern vor – als würde sie vorgeben, jemand zu sein, der sie überhaupt nicht war. Jedes Mal wenn sie in einem Kleid auf der Straße flanierte, wurde sie entweder als schlaksiges Mädchen ignoriert oder auf eine Weise von fremden Männern angestarrt, die ihr überhaupt nicht gefiel. Bisher hatte sie erst zweimal in der Kleidung ihres Bruders das Haus verlassen, beide Male spät am Abend. Aber bei diesen Gelegenheiten hatten die Frauen ihr Blicke zugeworfen – lächelnde Frauen, verschwörerische Frauen … Frauen, die wussten, dass Anna sich durch das Tragen von Männerkleidung deren Macht und Privilegien zu eigen gemacht hatte. Die Frauen betrachteten Annas weiche Lippen, ihre langen Wimpern, ihre blauen Augen. Sie taxierten Annas Hüften in der engen Hose, die Wölbung ihrer Brüste unter dem Herrenhemd. Und ihre Augen sprachen dann zu Anna in der geheimen Sprache der Frauen: *Du hast dir ihre Macht angeeignet. Du hast den Göttern das Feuer gestohlen. Jetzt komm zu mir und liebe mich, wie Zeus Danaë geliebt hat, in einem funkelnden Goldregen.*

Im Geiste beugte sich Anna vor, um Ariadnes Hand zu nehmen. Und die Hand erschien ihr fast real.

»Du bist heute Abend wunderschön«, flüsterte sie Ariadne zu. »Das schönste Mädchen, das ich je gesehen habe.«

»Und du«, erwiderte Ariadne in ihren Gedanken, »du bist die bezauberndste Person, die ich je kennengelernt habe.«

Am nächsten Tag verbrachte Anna zwei Stunden mit dem Verfassen einer Nachricht, die schließlich lautete:

Liebe Ariadne,
  es war sehr schön, dich kennenzulernen. Ich hoffe, dass wir eines Tages gemeinsam trainieren können. Und ich würde mich über einen Besuch sehr freuen.

Ergebene Grüße
  Anna Lightwood

Für diese wenigen Zeilen hatte sie zwei geschlagene Stunden und einen Haufen Entwürfe gebraucht. Aber die Zeit hatte keinerlei Bedeutung mehr und würde sie vielleicht auch nie wieder haben.

Am Nachmittag beschloss sie, sich mit ihren Cousins und Cousinen zu treffen: James, Lucie und Thomas und dazu Matthew Fairchild. James, Matthew, Thomas und Christopher waren unzertrennlich und verabredeten sich jeden Tag bei einem von ihnen zu Hause oder in ihrem Club. An diesem Nachmittag fand das Treffen bei Tante Sophie und Onkel Gideon statt. Anna nahm nur selten an diesen Versammlungen teil, genau wie Lucie – die Mädchen hatten genügend andere Möglichkeiten, sich die Zeit zu vertreiben. Doch heute brauchte Anna dringend eine Ablenkung, etwas, das ihre aufgewühlten Gedanken beruhigte, damit sie keine unnötigen Streitereien vom Zaun brach und nicht stundenlang in ihrem Zimmer auf und ab tigerte.

Gemeinsam mit Christopher machte sie sich auf den Weg. Ihr Bruder erzählte während der ganzen Zeit von irgendeinem Apparat, der mithilfe von vier rotierenden Flügeln in der Luft schweben konnte. Seiner begeisterten Beschreibung nach ähnelte das

Ding einem mechanischen Insekt. Anna gab zustimmende Laute von sich, die den Eindruck erweckten, als würde sie zuhören – was aber definitiv nicht der Fall war.

Bis zum Haus ihrer Verwandten war es nicht weit. Ihre Cousinen Barbara und Eugenia saßen im Salon. Barbara ruhte auf einem Sofa, während Eugenia wie wild an einer Stickerei arbeitete, die sie aufrichtig zu hassen schien. Und offenbar konnte sie ihren Hass nur dadurch zum Ausdruck bringen, dass sie so energisch wie möglich mit der Nadel auf den Stoff im Stickrahmen einstach.

Anna und Christopher gingen die Treppen hinauf ins Obergeschoss, zu dem Raum, den die Gruppe für sich mit Beschlag belegt hatte. James saß am Fenster und las. Lucie schrieb eifrig an einem Tisch. Und Tom übte seine Messerwurftechnik an einer Zielscheibe an der Wand.

Christopher begrüßte seine Freunde und verschwand dann sofort in der Ecke, die für sein Labor reserviert war. Anna ließ sich neben Lucie auf einem Stuhl nieder.

»Wie geht es Cordelia?«, fragte sie.

»Ach, sehr gut! Ich schreibe ihr gerade einen Brief, bevor Thomas mir bei meinem Persisch-Unterricht hilft.« Lucie schrieb ihrer zukünftigen *Parabatai* – Cordelia Carstairs – dauernd irgendwelche Briefe. Im Grunde schrieb Lucie ständig irgendetwas. Sie hätte auch in einem vollen Raum schreiben können, in dem sich Leute unterhielten, lachten oder sangen. Vermutlich hätte sie sogar inmitten eines Schlachtgetümmels schreiben können. Und Anna fand das gut: Es war großartig, dass zwei Mädchen einander so zugetan waren, selbst in platonischer Hinsicht. Frauen sollten andere Frauen achten und anerkennen, auch wenn die Gesellschaft das oft versäumte.

Sofort wanderten ihre Gedanken wieder zu Ariadne.

»Alles in Ordnung, Anna?«, fragte James.

Er musterte sie neugierig. Anna liebte all ihre Verwandten, aber James hatte sie besonders ins Herz geschlossen. Früher war er ein etwas verlegener, kleiner Junge gewesen, sanft und still und ganz versessen auf Bücher. Inzwischen war er zu einem jungen Mann herangewachsen, der außerordentlich attraktiv war, genau wie sein Vater. Von ihm hatte er die schwarzen Locken der Herondales geerbt, während seine Mutter ihm ihr dämonisches Erbe vermacht hatte: seine unmenschlich goldenen Augen. Anna hatte sie immer ziemlich hübsch gefunden, doch Christopher hatte ihr erzählt, dass man James deswegen an der Akademie gnadenlos gehänselt hatte. Und genau diese Hänseleien hatten Matthew veranlasst, Christopher eine Packung Streichhölzer in die Hand zu drücken, woraufhin ihr Bruder einen Teil der Schule in die Luft gesprengt hatte.

Es war ehrenwert, seine Freunde, seinen *Parabatai* zu verteidigen. Anna war stolz auf die Taten der Jungen: Sie hätte genauso gehandelt. James war so ein schüchterner, entzückender kleiner Junge gewesen, dass der Gedanke an die Hänseleien Anna furchtbar wütend machte. Inzwischen war er älter, grübelte häufiger als früher und blickte gedankenverloren vor sich hin. Aber er hatte noch immer ein gutes Herz.

»Ja, natürlich«, versicherte Anna jetzt. »Ich brauche nur … eine neue Lektüre.«

»Eine äußerst vernünftige Bitte«, sagte James und schwang seine langen Beine von der Fensterbank. »Welche Art von Lektüre? Soll es ein Abenteuerroman sein? Ein Geschichtsbuch? Eine Liebesgeschichte? Oder ein Gedichtband?«

Die gesamte Gruppe las mit Begeisterung. Vermutlich lag das an Onkel Wills und Tante Tessas Einfluss: Die beiden ließen selten jemanden aus dem Institut, ohne dem Betreffenden ein Buch in die Hand zu drücken, das er oder sie unbedingt lesen musste.

Und vielleicht half ihr die Bücherbegeisterung ihrer Verwandten ja dabei, sich mit Ariadne besser unterhalten zu können. Schließlich war sie ebenfalls eine unersättliche Leserin.

»Ich trainiere bald mit einer neuen Partnerin«, erklärte Anna. »Sie heißt Ariadne und ist ziemlich belesen, deshalb …«

»Ah! Ariadne. Ein Name aus der griechischen Mythologie. Wir könnten dir dazu mehr Hintergrundwissen verschaffen. Möchtest du vielleicht mit Frazers *Der goldene Zweig* beginnen? Davon gibt es eine Neuauflage in drei Bänden. Aber natürlich könntest du dich auch erst einmal mit den Grundlagen beschäftigen. Da wäre beispielsweise die *Bibliotheca Classica* von John Lemprière.«

James durchsuchte mit flinken Fingern die Bücher im Regal. Er war ein vorzüglicher Kämpfer und exzellenter Tänzer. Vielleicht lag es an diesen Eigenschaften – in Kombination mit der Tatsache, dass er inzwischen viel mehr in sich selbst zu ruhen schien –, dass er sich bei der Damenwelt plötzlich großer Beliebtheit erfreute. Er konnte keinen Saal durchqueren, ohne dass sämtliche anwesenden Mädchen seufzten und kicherten. Im Grunde freute Anna sich für ihn – oder sie *hätte* sich für ihn gefreut, wenn er von der ganzen Begeisterung irgendetwas mitbekommen hätte.

Schon bald hatte er ein Dutzend Bücher aus dem Regal genommen und lief mit einem zu Christopher und reichte ihm den Wälzer fast gedankenverloren. Dabei blitzte ein silbernes Armband an seinem Handgelenk auf. Ein *Geschenk?*, fragte Anna sich. Vielleicht hatte eine der seufzenden und kichernden Verehrerinnen ja doch seine Aufmerksamkeit erregt. Vermutlich sollte sich Anna gegenüber den Mädchen etwas großmütiger zeigen; schließlich konnte sie beim Gedanken an Ariadne selbst kaum ein Seufzen und Kichern unterdrücken.

Im nächsten Moment flog die Tür auf. Matthew Fairchild stürmte in den Raum und warf sich theatralisch auf einen Stuhl. »Seid gegrüßt, ihr wunderbare Verbrecherbande. James, warum räumst du die Bücherregale leer?«

»Anna hat mich gebeten, ihr etwas zu lesen zu besorgen«, erklärte James, während er eifrig ein Inhaltsverzeichnis studierte. Dann legte er das Buch beiseite.

»Anna? Lesen? Welch Schwarze Magie ist denn hier am Werk?«

»Du kannst mich wohl kaum als Analphabetin bezeichnen«, erwiderte Anna und warf einen Apfel nach ihm. Matthew fing ihn mühelos auf und lächelte. Normalerweise legte er immer großen Wert auf sein Erscheinungsbild und unterhielt sich mit Anna gern über die neueste Herrenmode. Doch jetzt bemerkte sie, dass seine Haare zerzaust abstanden und einer der Knöpfe an seiner Weste nicht geschlossen war. Natürlich waren das nur Kleinigkeiten, aber bei Matthew deuteten sie darauf hin, dass irgendetwas ganz und gar nicht stimmte.

»Weshalb interessierst du dich plötzlich für Bücher?«, fragte er.

»Ist es vielleicht ein Verbrechen, wenn man sich etwas bilden möchte?«

»Keineswegs«, sagte Matthew. »Ich liebe Literatur. Genau genommen habe ich vor Kurzem einen fabelhaften Ort entdeckt. Einen Salon, in dem sich zahlreiche Schriftsteller und Dichter die Klinke in die Hand geben. Allerdings ist er ein wenig ... verrufen.«

Anna neigte den Kopf leicht zur Seite, um ihr Interesse zu bekunden.

»So, hier kommt der erste Stapel«, sagte James. Er schleppte etwa ein Dutzend Bücher zum Tisch und setzte sie mit einem dumpfen Knall ab. »Spricht dich davon irgendein Titel an? Geh sie in Ruhe durch. Selbstverständlich kann ich dir noch weitere Bücher empfehlen. Warte mal ... nein, nicht diese beiden.«

Er nahm die beiden Bände und kehrte zum Regal zurück. James ging eindeutig voll und ganz in seiner Aufgabe auf. Christopher las zufrieden in seinem Wälzer, der einen schrecklich wissenschaftlichen Titel trug. Und Lucie und Thomas saßen am Schreibtisch und besprachen ein paar Redewendungen. Lucie lernte für Cordelia, und Tom liebte Fremdsprachen – er nutzte jede Gelegenheit, um mit Onkel Gideon Spanisch und mit seinem Cousin und seiner Cousine Walisisch zu sprechen. *Der Erzengel segne ihre lieben, lernbegierigen Seelen,* dachte Anna. Niemand von ihnen schien zu bemerken, dass Anna und Matthew einen finsteren Plan schmiedeten; dennoch senkte Matthew die Stimme.

»Wie wäre es, wenn ich dich um Mitternacht abhole und wir den Salon gemeinsam besuchen?«, fragte er leise. »Ich könnte eine Begleiterin, die etwas von Spaß versteht, gut gebrauchen.

Allerdings benötigst du eine Verkleidung. Keine achtbare junge Dame flaniert zu mitternächtlicher Stunde durch Londons Straßen.«

»Ach«, sagte Anna, »ich glaube, da wird mir schon etwas einfallen.«

Wie versprochen hörte Anna kurz vor Mitternacht ein Klopfen an ihrer Fensterscheibe. Matthew Fairchild tänzelte über die Fensterbank. Schnell riss Anna das Fenster auf.

»Du meine Güte!«, sagte er anerkennend. »Sind das Christophers Sachen?«

Anna hatte die Kleidung ihres Bruders übergestreift. Die Näharbeiten hatten sich bezahlt gemacht.

»Eine Verkleidung«, sagte sie.

Matthew lachte und turnte achtlos über die Fensterbank. Anna konnte sehen, dass er getrunken hatte: Seine Reflexe wirkten langsam, und er konnte sich nur in letzter Sekunde davor bewahren, in die Tiefe zu stürzen.

»Die Sachen stehen dir besser als ihm, aber trotzdem ... wir müssen dir etwas besorgen, das ein wenig eleganter aussieht. Hier.«

Er zog sich die Krawatte vom Hals und reichte sie Anna.

»Ich bestehe darauf«, sagte er. »Ich würde es mir niemals verzeihen, eine Lady in zweitklassiger Herrenkleidung herumlaufen zu lassen.«

Anna spürte, wie sie aufatmete und schließlich lächelte, während sie die Krawatte band. Dann sprangen sie beide von der Fensterbank und landeten geräuschlos im Innenhof auf der Vorderseite des Hauses.

»Wo ist dieser Salon?«, fragte Anna.

»In einer verruchten Ecke von Soho«, erklärte Matthew lächelnd.

»Soho!« Anna war entzückt. »Wie hast du davon erfahren?«

»Ach, ich bin bei meinen Wanderungen darauf gestoßen.«

»In letzter Zeit wanderst du ziemlich viel.«

»Ich habe nun einmal eine ruhelose Seele.«

Matthew war betrunkener, als Anna angenommen hatte. Er wippte auf den Hacken vor und zurück und wirbelte am ausgestreckten Arm um den einen oder anderen Laternenpfahl herum, während sie durch die Straßen liefen. In den vergangenen Wochen hatte er sehr oft zu tief ins Glas geschaut. Und sein früher so lustiges, unbeschwertes Wesen wirkte nun gelegentlich düster und gefährlich. Anna machte sich allmählich etwas Sorgen um ihn. Aber andererseits handelte es sich hier um Matthew, der es nicht gut ertrug, wenn er zu lange im Haus eingesperrt war: Vielleicht hatte die warme Sommernacht einfach nur seine Sinne beflügelt.

Das Haus, zu dem Matthew sie führte, lag tief in Sohos Straßengewirr, in einer Seitengasse der Brewer Street. Die schwarze Fassade war von einer grün lackierten Tür durchbrochen.

»Der Salon wird dir gefallen«, sagte Matthew lächelnd.

Nachdem er angeklopft hatte, öffnete ein groß gewachsener, bleicher Mann in kastanienbraunem Gehrock die Tür.

»Fairchild«, sagte er nach einem Blick auf Matthew. »Und ...«

»Fairchilds guter Freund«, erwiderte Matthew.

Anna spürte, wie ihr Anblick offenbar das Interesse des Vampirs weckte, während er sie aufmerksam von Kopf bis Fuß musterte. Er schien neugierig geworden zu sein, auch wenn seine Miene unergründlich wirkte.

Schließlich trat er beiseite und ließ sie hinein.

»Siehst du?«, wandte Matthew sich an Anna. »Niemand kann auf das Vergnügen unserer Anwesenheit verzichten.«

Im Flur herrschte tiefe Dunkelheit – das Oberlicht über der Tür war mit einem Stück Stoff verhängt. Erst am Ende des Gangs leuchteten ein paar Kerzen. Der Salon war in einem Stil eingerichtet, der Anna sehr gefiel: golddurchwirkte dunkelgrüne Tapeten, Samtvorhänge und schwere Möbel. Ein seltsamer Geruch hing in der Luft: nach Zigarren, kleinen, rosagetönten Zigaretten und Gin. Zahlreiche Schattenweltler und Irdische – samt und sonders elegant gekleidet – drängten sich in den Räumlichkeiten.

Anna bemerkte, dass viele Gäste sie in ihrer Herrenkleidung taxierten und dann anerkennend nickten. Die Männer schienen erfreut oder belustigt zu sein, und die Frauen reagierten entweder mit Bewunderung oder mit ... Interesse. Nicht gerade wenige ließen ihre Blicke kühn über Annas weibliche Kurven schweifen, die unter der taillierten Kleidung deutlich zur Geltung kamen. Anna hatte das Gefühl, als hätte sie mit den Kleidern auch die gesellschaftlichen Erwartungen an die Tugendhaftigkeit einer Frau abgelegt und als könnte sie es sich gestatten, bewundert und begehrt zu werden. Neu erwachtes Selbstvertrauen beflügelte ihre Seele: Anna fühlte sich wie ein hinreißendes Wesen ... weder Gentleman noch Lady. *Eine Gentlewoman,* dachte sie und zwinkerte der einzigen Person im Raum zu, die sie kannte: Werwolf Woolsey Scott, Leiter der *Praetor Lupus.* Er trug eine flaschengrüne Samtjacke und rauchte eine Wasserpfeife, während er für eine Gruppe faszinierter Irdischer Hof hielt.

»Natürlich hatten sie größte Mühe, meine Badewanne in eines der Baumhäuser zu hieven«, hörte Anna ihn schwadronieren, »aber ich konnte sie ja wohl kaum zurücklassen. Man sollte immer mit seiner eigenen Wanne reisen.«

»Das da drüben ist Soundso Yeats«, sagte Matthew und deutete auf einen großen Mann mit Brille. »Beim letzten Mal hat er aus seinem neuesten Werk vorgelesen.«

»Und das war wundervoll«, sagte eine Stimme. Sie gehörte einer Frau, die nicht weit von Matthew und Anna entfernt auf einem Sofa saß. Es handelte sich um eine atemberaubende Hexe mit einander überlappenden, silbernen, fast schillernden Schlangenschuppen. Ihre langen grünen Haare ergossen sich über ihre Schultern und waren von einem feinen Goldnetz durchzogen. Sie trug ein rotes Gewand, das sich um ihre Figur schmiegte. Anmutig legte sie den Kopf in den Nacken und schaute zu Matthew und Anna hoch.

»Sind alle Londoner Schattenjäger so attraktiv wie ihr?«, fragte sie mit einem deutschen Akzent.

»Nein«, antwortete Anna schlicht.

»Definitiv nicht«, pflichtete Matthew ihr bei.

Die Hexe lächelte.

»Die Londoner Schattenjäger sind viel interessanter als unsere«, sagte sie. »Unsere sind schrecklich ermüdend. Aber die Schattenjäger hier sind wunderschön und amüsant.«

Bei dieser Bemerkung murrte irgendjemand, doch der Rest der Gruppe lachte zustimmend.

»Setzt euch doch zu uns«, sagte die Frau. »Ich bin Leopolda Stain.«

Bei den meisten Personen in der Runde, die sich um Leopolda drängten, handelte es sich um Irdische – genau wie bei der Gruppe, die Woolsey Scott förmlich anzubeten schien. Einer der Männer trug eine schwarze, mit Symbolen bestickte Robe, die Anna noch nie gesehen hatte. Gemeinsam mit Matthew ließ sie sich auf dem Teppich nieder und lehnte sich gegen einen Stapel dicker Samtkissen, die als Sofa dienten. Neben ihnen saß eine Frau, die ein goldenes Turbantuch mit einem Saphir trug.

»Gehört ihr zwei zu den Auserwählten?«, wandte sie sich an Matthew und Anna.

»Gewiss doch«, sagte Matthew.

»Ah. Das konnte ich daran erkennen, wie Leopolda auf euch reagiert hat. Sie ist schlichtweg wundervoll, oder? Sie kommt aus Wien und kennt einfach jeden – Freud, Mahler, Klimt, Schiele …«

»Fantastisch«, sagte Matthew. Wahrscheinlich fand er das wirklich fantastisch – Matthew verehrte Kunst und Künstler.

»Leopolda wird uns helfen«, erzählte die Frau. »Natürlich hatten wir in diesem Land größte Schwierigkeiten. Crowley wurde hier in London nicht einmal anerkannt! Er musste zum Ahathoor-Tempel in Paris, um zum fünften Grad, dem *Adeptus Minor*, geweiht zu werden. Aber davon habt ihr ja sicher gehört.«

»Natürlich – in dem Augenblick, als es passierte«, log Matthew.

Anna biss sich auf die Lippe und senkte den Kopf, um nicht laut loszulachen. Es war immer amüsant, irgendwelche Irdischen zu treffen, die sehr fantasievolle Vorstellungen von Magie hatten.

Leopolda schenkte der ganzen Gruppe jedenfalls ein nachsichtiges Lächeln, als wären sie alle entzückende, aber geistig etwas zurückgebliebene Kinder.

»Nun ja«, fuhr die Frau fort, »ich selbst war ein Adept des Isis-Urania-Tempels, und ich kann euch versichern, ich habe darauf bestanden, dass …«

In diesem Moment wurde sie von einem Mann unterbrochen, der in der Mitte des Raums stand und ein Glas mit einer grünen Flüssigkeit hochhielt.

»Freunde!«, rief er. »Ich verlange, dass wir unseres Freundes Oscar gedenken. Erhebt eure Gläser!«

Ein zustimmendes Raunen ging durch den Salon, und überall wurden die Gläser erhoben. Und dann trug der Mann Oscar Wildes Gedicht »Die Ballade vom Zuchthaus zu Reading« vor. Eine der Strophen berührte Anna besonders:

> *Der liebt zu leicht, ein andrer zu lang,*
> *Der eine verkauft sich, andere bezahl'n;*
> *Manche tun es unter Tränen,*
> *Manch anderen ist es einerlei.*
> *Ein jeder tötet, was er liebt,*
> *Doch nicht jeder stirbt dabei.*

Sie wusste zwar nicht genau, was damit gemeint war, aber die Stimmung des Gedichts ließ sie nicht mehr los. Und auf Matthew, der mit hängenden Schultern dasaß, schienen die Worte eine noch viel stärkere Wirkung auszuüben.

»Eine verdorbene Welt, die zulässt, dass ein Mann wie Wilde stirbt«, sagte er. In seiner Stimme schwang ein harter Unterton mit, den Anna nicht an ihm kannte und der sie etwas beunruhigte.

»Du klingst ein wenig unheilvoll«, sagte sie.

»Aber es ist die Wahrheit«, erwiderte Matthew. »Wilde war unser größter Dichter, und trotzdem starb er vor gar nicht allzu langer Zeit völlig verarmt und vergessen. Man hat ihn ins Gefängnis geworfen, weil er einen anderen Mann geliebt hat. Ich glaube nicht, dass Liebe jemals falsch sein kann.«

»Nein«, bestätigte Anna. Sie hatte immer gewusst, dass sie Frauen auf eine Weise liebte, wie sie eigentlich Männer lieben sollte. Und dass sie Frauen wunderschön und begehrenswert fand, während Männer für sie gute Freunde und Kampfgefährten waren, mehr aber auch nicht. Sie hatte sich nie verstellt, und ihre engsten Freunde schienen ihre Neigung als Tatsache zu akzeptieren.

Doch obwohl Matthew und die anderen sie oft damit aufzogen, dass sie reihenweise die Herzen der hübschesten Mädchen brach, hatte Anna bisher noch nie mit ihrer Mutter über dieses Thema gesprochen. Sie erinnerte sich, dass sie ihr in der Kutsche liebevoll über die Haare gestrichen hatte. Aber was hielt Cecily tatsächlich von ihrer seltsamen Tochter?

Jetzt ist nicht der richtige Moment, um darüber nachzudenken, ermahnte sie sich und wandte sich der Frau mit dem Turban zu, die versuchte, ihre Aufmerksamkeit zu erregen. »Ja?«

»Meine Liebe, du solltest unbedingt nächste Woche wiederkommen«, sagte die Frau. »Dann werden die getreuen Anhänger belohnt werden, das verspreche ich dir. Die Ewigen, die so lange vor uns verborgen waren, werden sich offenbaren.«

»Gern«, sagte Anna blinzelnd. »Ja. Das möchte ich um nichts in der Welt verpassen.«

Und während sie weiterhin Konversation betrieb, stellte sie fest, dass sie tatsächlich gern an diesen Ort zurückkehren wollte. Sie war hier in ihrer neuen Kleidung aufgetaucht und hatte dafür nur Beifall geerntet. Genau genommen betrachtete eine der Vampirladys sie sogar auf eindeutig unmoralische Weise. Und auch Leopolda, die wunderschöne Hexe, hatte Anna keine Sekunde aus den Augen gelassen. Wenn Annas Herz und Verstand nicht von dem Gedanken an Ariadne erfüllt gewesen wären …

Nun ja, dies sollte man besser dem Reich der Fantasie überlassen.

Als Matthew und Anna den Salon in dieser Nacht verließen, bemerkten sie nicht, dass auf der gegenüberliegenden Straßenseite eine Gestalt in den Schatten stand.

Jem erkannte Matthew sofort, aber sein Begleiter verwirrte ihn. Die Person ähnelte seinem *Parabatai* Will Herondale – nicht so, wie er heute aussah, sondern wie er mit siebzehn Jahren aufgetreten war, voller großspurigem Selbstvertrauen und mit hocherhobenem Kinn. Aber das konnte natürlich nicht sein. Und diese Person war definitiv auch nicht James, Wills Sohn.

Erst nach ein paar Minuten wurde Jem bewusst, dass der junge Mann gar kein junger Mann war. Es handelte sich um Anna Lightwood, Wills Nichte. Sie hatte die dunklen Haare und das Profil der Herondale-Linie ihrer Familie geerbt und offensichtlich auch den stolzen Gang ihres Onkels. Einen Moment lang verspürte Jem einen Stich im Herzen. Er hatte das Gefühl, als würde er seinen Freund wieder als jungen Mann sehen – wie damals, als sie beide im Institut gelebt und Seite an Seite gekämpft hatten und als Tessa Gray plötzlich in London aufgetaucht war.

Lag das wirklich schon so lange zurück?

Jem löste sich aus seinen Erinnerungen und konzentrierte sich auf die Gegenwart. Anna trug eine Art Verkleidung. Sie und Matthew waren gerade auf einer Schattenweltler-Versammlung gewesen, an der auch eine Hexe teilgenommen hatte, deren Spuren Jem gefolgt war. Aber er hatte keine Ahnung, was die beiden hier gewollt hatten.

Eine ganze Woche verstrich. Eine ganze Woche, in der Anna jeden Morgen fieberhaft den Postboten erwartete, aus dem Fenster starrte und fast bis zum Cavendish Square lief, nur um dann wieder umzukehren. Eine gefühlte Ewigkeit. Die reinste Qual, die sich gerade in ein Gefühl der Resignation verwandelte, als Anna am frühen Freitagmorgen in die Eingangshalle gerufen wurde ... wo Ariadne in einem gelben Kleid und weißem Hut auf sie wartete.

»Guten Morgen«, sagte Ariadne. »Warum bist du noch nicht fertig?«

»Fertig? Wofür?«, krächzte Anna, deren Kehle sich bei Ariadnes plötzlichem Anblick wie ausgetrocknet anfühlte.
»Fürs Training!«
»Ich ...«
»Guten Morgen, Ariadne!«, sagte Cecily Lightwood, die mit Alexander auf dem Arm aus einem Zimmer trat.
»Oh!« Ariadnes Augen leuchteten auf, als sie den Säugling sah. »Oh, dürfte ich ihn mal halten? Ich liebe Babys.«
Das wiederum verschaffte Anna genügend Zeit, um nach oben zu hasten, tief Luft zu holen, sich eine Handvoll Wasser ins Gesicht zu spritzen und ihre Montur zusammenzusuchen. Fünf Minuten später saß sie neben Ariadne in der Bridgestock-Familienkutsche, die in Richtung Institut ratterte. Sie waren jetzt allein, eng zusammengedrängt in der warmen Kutsche. Der Geruch von Ariadnes Orangenblütenparfüm hing in der Luft und umhüllte Anna.
»Habe ich dich bei irgendetwas gestört?«, fragte Ariadne. »Ich hatte einfach gehofft, dass du vielleicht Zeit hättest, um mit mir zu trainieren ...« Sie zog eine besorgte Miene. »Ich hoffe, das war nicht vermessen. Bist du verärgert?«
»Nein«, erwiderte Anna. »Du könntest mich niemals verärgern.«
Obwohl Anna sich um einen leichten Tonfall bemüht hatte, klang ihre Stimme rau und ließ ihre wahren Gedanken durchschimmern.
»Gut.« Ariadne wirkte außerordentlich zufrieden und verschränkte die Hände im Schoß. »Es würde mir sehr missfallen, dich zu verstimmen.«
Nachdem sie das Institut erreicht hatten, schlüpfte Anna schneller als Ariadne in ihre Trainingsmontur und wartete im Fechtsaal. Nervös lief sie auf und ab, nahm Wurfmesser von den Regalen und warf sie auf die Zielscheibe an der Wand, um sich abzulenken.
Das hier war nur Training. Eine ganz normale Trainingsstunde.
»Du hast eine gute Wurftechnik«, sagte Ariadne hinter ihr.

Anna wirbelte herum. Obwohl Ariadne in ihren Kleidern schon umwerfend aussah, zeigte die Montur ganz andere Seiten von ihr. Mit ihren langen Haaren und den üppigen Kurven wirkte sie noch immer feminin, aber da sie nicht durch etliche Lagen Stoff behindert wurde, bewegte sie sich anmutig und schnell.

»Womit willst du anfangen?«, fragte Anna. »Hast du eine bevorzugte Waffe? Oder sollten wir klettern üben? Oder vielleicht auf den Balken trainieren?«

»Was immer du für das Beste hältst«, erwiderte Ariadne.

»Sollen wir mit den Wurfmessern beginnen?«, schlug Anna vor und nahm eines vom Regal.

Womit Ariadne sich auch immer in Idris beschäftigt hatte, ausgedehntes Training hatte offenbar nicht dazugehört. In diesem Punkt hatte sie nicht übertrieben. Als sie das Messer warf, hatte ihr Arm kaum Kraft. Anna trat hinter sie, um ihr zu helfen, und sie musste sich zwingen, nicht die Nerven zu verlieren, während sie Ariadnes Hand nahm und ihren Wurf führte. Dagegen konnte Ariadne erstaunlich gut klettern. Als sie jedoch hoch oben auf den Dachbalken stand, verlor sie das Gleichgewicht. Sofort sprang Anna ihr nach, tauchte unter ihr hindurch und fing sie gerade noch rechtzeitig auf.

»Oh, sehr beeindruckend!«, sagte Ariadne und lächelte.

Anna stand einen Moment lang da, mit Ariadne auf dem Arm und unsicher, was sie als Nächstes tun sollte. Irgendetwas lag in Ariadnes Augen … die Art und Weise, wie sie Anna ansah, als wäre sie hypnotisiert …

Wie sollte sie fragen? Wie sollte das gehen, mit jemandem wie Ariadne?

Es war einfach alles viel zu viel.

»Ein sehr guter Versuch«, sagte Anna und setzte Ariadne sanft ab. »Du musst … nur auf deine Balance achten.«

»Ich glaube, das reicht mir für heute«, sagte Ariadne. »Wie kann man sich denn in London amüsieren?«

Ach, da gibt es so einiges, dachte Anna.

»Nun ja«, sagte sie. »Da wären zum Beispiel das Theater oder der Zoo ...«

»Nein.« Ariadne umfasste eine der Säulen und wirbelte langsam um sie herum. »*Richtig* amüsieren. Du weißt doch bestimmt einen Ort.«

»Also«, setzte Anna an und zermarterte sich das Hirn, »ich kenne da einen Salon, in dem sich Schriftsteller und Dichter treffen. Das Ganze ist etwas anrüchig. Der Salon liegt in Soho und öffnet erst nach Mitternacht.«

»Dann gehe ich davon aus, dass du mich dorthin bringen wirst«, sagte Ariadne mit funkelnden Augen. »Ich erwarte dich um Mitternacht vor meinem Fenster.«

Die Zeit bis Mitternacht zog sich schrecklich in die Länge.

Beim Abendessen stocherte Anna in ihrem Essen herum und beobachtete die Zeiger der Uhr auf der anderen Seite des Speisezimmers. Christopher stapelte seine Möhren zu einer Pyramide und stellte vermutlich in Gedanken irgendwelche Berechnungen an. Ihre Mutter fütterte Alexander. Anna zählte ihre Herzschläge. Sie musste versuchen, keinen Verdacht zu erregen. Nachdem sie eine Stunde mit ihrem kleinen Bruder im Wohnzimmer verbracht und eine Weile blind in einem Buch geblättert hatte, konnte sie sich um neun Uhr endlich recken und verkünden, dass sie ein Bad nehmen und sich dann zurückziehen wolle.

Ungeduldig wartete sie in ihrem Zimmer, bis sie hörte, dass alle anderen Mitglieder des Haushalts zu Bett gegangen waren. Erst dann wechselte sie die Kleidung. Sie hatte sie nach bestem Vermögen gereinigt und geflickt. In ihrer neuen Aufmachung wirkte sie elegant und verwegen. Anna fasste den Beschluss, dass sie sich fortan bei jedem ihrer Abenteuer auf diese Weise kleiden würde – sogar wenn sie sich mit Ariadne traf.

Um elf Uhr abends schlüpfte sie aus ihrem Fenster und seilte sich an einem Stück Tau ab, das sie ins Zimmer zurückwarf. Natürlich hätte sie auch springen können, aber es hatte sie einige Zeit gekostet, ihre Haare sorgfältig unter dem Hut zu verstecken.

Dann machte sie sich auf den Weg nach Fitzrovia, und dieses Mal gab sie sich nicht die geringste Mühe, dem Licht der Straßenlaternen auszuweichen. Stattdessen straffte sie die Schultern und schritt mit erhobenem Kinn voran. Je länger sie sich auf diese Weise bewegte, desto natürlicher wurden ihr Gang und ihre Haltung. Als eine Lady in einer Kutsche vorbeifuhr, tippte Anna sich freundlich an den Hut, woraufhin die Frau lächelte und dann errötend den Blick abwandte.

Anna wusste jetzt, dass sie nie wieder ein Kleid anziehen würde. Sie war schon immer ein großer Fan des Theaters gewesen und liebte große Auftritte. Als sie zum ersten Mal die Sachen ihres Bruders angezogen hatte, war ihr das wie eine Theaterpremiere erschienen. Doch mit jedem weiteren Mal war ihr das Ganze selbstverständlicher vorgekommen. Sie war kein Mann und wollte auch keiner sein – aber warum sollten die Männer nur aufgrund zufälliger Geburtsumstände alle Vorteile der Männlichkeit für sich behalten? Warum sollte sie selbst nicht auch Männerkleidung tragen und damit Macht und Selbstvertrauen ausstrahlen?

Du hast den Göttern das Feuer gestohlen.

Annas stolzer Gang geriet etwas ins Stocken, als sie um die Ecke bog und den Cavendish Square erreichte. Würde Ariadne sie in dieser Aufmachung akzeptieren? Bis vor einer Sekunde hatte es sich durch und durch richtig angefühlt, doch jetzt ...

Fast wäre sie umgekehrt, aber sie zwang sich weiterzugehen.

Das Haus der Bridgestocks lag dunkel vor ihr. Anna blickte zu Ariadnes Fenster hoch und fürchtete, dass das Mädchen sie vielleicht auf den Arm genommen hatte. Doch dann sah sie, wie ein Vorhang beiseitegezogen und das Fenster hochgeschoben wurde. Ariadne steckte den Kopf heraus und blickte zu ihr hinunter.

Und sie lächelte.

Im nächsten Moment flog ein Seil aus dem Fenster, an dem Ariadne sich herabließ, deutlich geschickter als beim Training. Sie trug ein hellblaues Kleid, das im Wind flatterte, als sie auf den Boden sprang.

»Du meine Güte«, sagte sie und schlenderte zu Anna. »Du siehst ... einfach umwerfend aus.«

Anna hätte den Blick, den Ariadne ihr in diesem Moment schenkte, für kein Geld der Welt eintauschen wollen.

Eine Kutsche brachte sie nach Soho. Obwohl Anna und Ariadne beide durch Zauberglanz getarnt waren, um ihre Runenmale vor den Irdischen zu verstecken, genoss Anna den verwunderten Ausdruck des Kutschers, als er erkannte, dass der gut aussehende junge Mann in seiner Droschke in Wahrheit eine attraktive junge Dame war. Er zog den Hut, als die beiden ausstiegen, und murmelte etwas, das wie »Also, diese jungen Leute von heute« klang.

Kurz darauf erreichten sie das schwarz gestrichene Haus. Doch dieses Mal war der Türsteher nicht so entgegenkommend. Er musterte erst Anna und dann Ariadne.

»Keine Schattenjäger«, verkündete er.

»Das hast du beim letzten Mal aber ganz anders gehandhabt«, protestierte Anna. Ihr fiel auf, dass die Fenster mit schweren Samtstoffen verhängt waren.

»Geht nach Hause, Schattenjäger«, sagte er. »Oder muss ich noch deutlicher werden?«

Und dann schlug er ihnen die Tür vor der Nase zu.

»Jetzt bin ich erst richtig neugierig geworden«, sagte Ariadne. »Wir sollten hineingehen, findest du nicht auch?«

Ariadne hatte eine schalkhafte Ader, die gut zu ihrem heiteren Wesen passte – eine Vorliebe für Dinge, die etwas ... ungehörig waren. Anna hatte das Gefühl, dass sie diese Neigung unbedingt unterstützen sollte.

Auf der Vorderseite des Hauses bestand keine Möglichkeit, sich ungesehen Zutritt zu verschaffen. Also schlenderten Anna und Ariadne zum Ende der Straße und stießen auf eine schmale Gasse, die auf der Rückseite der Häuser verlief. Das Haus mit dem Salon war bis zum zweiten Stock verbrettert, doch Anna entdeckte ein Regenrohr, an dem sie entschlossen hochkletterte. Da die Fenster im zweiten Stock von hier aus nicht zu erreichen waren, kletterte sie bis zum Dach hinauf. Ein Blick über die Regenrinne verriet ihr, dass Ariadne ihr folgte und sich dabei erneut deutlich geschickter anstellte als im Fechtsaal. Gemeinsam gelang es ihnen, ein Dachfenster aufzustemmen. Kurz darauf schlichen sie die Speichertreppe hinunter – Anna voran, mit Ariadne im Schlepptau. Ariadne hatte eine Hand auf Annas Hüfte gelegt, vermutlich um sich von ihr führen zu lassen, oder aber …

Anna wollte jetzt lieber nicht darüber nachdenken.

In dieser Nacht wurden große Mengen Weihrauch im Haus verbrannt, dessen Geruch durch die Flure und das Treppenhaus zog und Anna fast einen Hustenanfall bereitete. Kein angenehmer Duft, eher stechend und streng. Anna nahm unter dem Räucherwerk weitere Gerüche wahr: Wermut und Beifuß und noch etwas anderes … etwas mit einem metallischen Beigeschmack wie Blut. Der Salon war ungewöhnlich still. Nur eine einzige, gesenkte Stimme war zu hören. Die Stimme einer Frau, mit einem deutschen Akzent. Nach einem Moment konnte Anna den Sprechgesang deutlich ausmachen.

Und Anna erkannte eine Beschwörungsformel, wenn sie sie hörte. Sie drehte sich zu Ariadne um, die sie mit besorgter Miene musterte.

Geräuschlos zog Anna ihre Seraphklinge und signalisierte Ariadne, dass sie vorgehen und sich einen Eindruck verschaffen würde. Ariadne nickte. Langsam schlich Anna die Stufen hinunter und durch den Flur und spähte dann vorsichtig an einem Samtvorhang vorbei, der den Salon abtrennte. Sämtliche Anwesenden blickten gebannt zur Raummitte, sodass Anna nur Rücken und flackernde Kerzenlichter sah.

Jemand hatte mit Pulver einen Kreis auf den Boden gezeichnet. Die Frau mit dem Turbantuch saß am Rand des Kreises, das Gesicht verzückt in Richtung Decke erhoben. Sie trug eine lange schwarze Robe und hielt ein Buch mit einem Pentagramm in die Höhe. Das Buch war in ein merkwürdiges Material eingeschlagen … Es sah aus wie Haut.

Über dem Ganzen ragte Leopolda auf, mit geschlossenen

Augen und hocherhobenen Armen. In einer Hand glitzerte ein Krummdolch. Sie psalmodierte in einer Dämonensprache. Schließlich sah sie die Frau mit dem Turban an und nickte. Die Frau trat mit einem großen Schritt in den Kreis. Sofort loderten grüne Flammen um sie herum auf, woraufhin die Irdischen besorgt raunten und zurückwichen. Anna registrierte, dass kaum Schattenweltler anwesend waren.

»Zeige dich!«, rief die Frau. »Zeige dich, herrlicher Tod. Zeige dich, mächtiges Wesen, damit wir dich anbeten können! Zeige dich!«

Plötzlich erfüllte ein schrecklicher Gestank den Raum, und eine wabernde Dunkelheit breitete sich aus. Anna wusste, dass sie nicht länger untätig zusehen durfte.

»Raus hier!«, brüllte sie und riss den Vorhang beiseite. »Alle sofort raus!«

Der Gruppe blieb keine Zeit zu reagieren. Ein gewaltiger Ravener-Dämon brach aus der Dunkelheit hervor. Die Frau mit dem Turban fiel vor ihm auf die Knie.

»Mein Gebieter«, sagte sie. »Mein finsterer ...«

Der Ravener ließ seinen Schwanz nach vorn schnellen und trennte der Frau mit einem Schlag den Kopf ab. Die versammelte Gruppe schrie entsetzt auf und stürmte in Richtung Tür. Anna musste sich einen Weg durch die Menge hindurch zum Dämon bahnen, der gerade die sterblichen Überreste der Frau in Stücke riss.

Und Leopolda Stain betrachtete die ganze Szenerie mit einem amüsierten Lächeln.

Es war nicht leicht, einen Dämon aus solcher Nähe zu bekämpfen, ohne dabei auch andere Personen zu verletzen. Anna schob mehrere Irdische beiseite und stürzte sich dann mit erhobener Seraphklinge auf den Ravener. Der Dämon stieß ein wütendes Kreischen aus ... weil ihm gerade irgendetwas eines seiner Augen zertrümmert hatte. Ariadne stand neben Anna, ihre Elektrumpeitsche in der Hand, und lächelte. Der Anblick überraschte Anna: Bisher hatte sie nur eine einzige andere Elektrumpeitsche zu Gesicht bekommen, und die gehörte der Konsulin, Charlotte Fairchild.

»Sehr gut getroffen«, sagte Anna, während der Dämon herumwirbelte, einen Satz machte und aus einem der Vorderfenster sprang. Anna und Ariadne folgten ihm auf dem Fuß, wobei Anna ihm in ihrer neuen Kleidung mühelos nachhechten konnte. Ariadne nahm den Weg durch die Tür, aber sie war schnell und schwang ihre Peitsche. Gemeinsam machten sie kurzen Prozess mit dem Dämon.

Plötzlich ertönte hinter ihnen ein seltsames knackendes Geräusch. Als sie sich umdrehten, erkannten sie, dass der Dämon nicht allein gekommen war: Eine Gruppe kleinerer Ravener drängte durch die zerbrochene Fensterscheibe. Grünes Sekret tropfte von ihren Zähnen. Mit gezückten Waffen stürzten sich Anna und Ariadne auf die Dämonen. Als ein Ravener auf Ariadne zusprang, zerteilte sie ihn mit einem Hieb ihrer Peitsche. Dann attackierte der nächste Dämon, doch im selben Moment tauchte neben Anna ein Kampfstab auf und schlug dem Ravener den Schädel ein. Während der Dämon in seine Dimension zurückkehrte, warf Anna einen Blick über die Schulter: Dort stand Bruder Zachariah. Natürlich kannte sie den früheren *Parabatai* ihres Onkels gut, aber sie hatte keine Ahnung, was er hier machte.

Wie viele Dämonen?, fragte er.

»Ich weiß es nicht«, sagte sie, während ein weiterer Ravener aus dem Haus sprang. »Sie dringen aus einem Kreis im Salon. Und es wurde jemand getötet.«

Bruder Zachariah nickte und gab ihr zu verstehen, dass er im Inneren des Hauses kämpfen würde, während Anna und Ariadne hier draußen die Stellung halten sollten. Einer der Dämonen setzte einem der fliehenden Irdischen nach. Anna schwang sich auf seinen Rücken, wich seinem wütend peitschenden Schwanz geschickt aus und rammte ihm ihre Seraphklinge tief in den Nacken. Der benommene Irdische krabbelte hastig rückwärts, als der Ravener tot zu Boden ging. Anna drehte sich um, um nach

Ariadne zu suchen. Das Mädchen zerhackte gerade einen anderen Ravener mit ihrer Peitsche und trennte ihm die Beine ab.

Ariadne und Anna postierten sich Rücken an Rücken und kämpften mit synchronen Bewegungen wie zwei *Parabatai*. Obwohl sie natürlich alles andere als *Parabatai* waren. Das, was Anna für Ariadne empfand, wäre bei einem *Parabatai* mehr als deplatziert gewesen. Es bestand nicht der geringste Zweifel, dachte sie, auch wenn die Erkenntnis inmitten eines Dämonenkampfs etwas seltsam erscheinen mochte:

Sie war bis über beide Ohren in Ariadne Bridgestock verliebt.

Jem betrat das Haus durch die offene Tür, den Kampfstab in der Hand. Der Salon wirkte still und leer. Aber auf dem Boden schimmerte eine riesige Blutlache, und daneben lagen zerfetzte menschliche Überreste.

»Herein!«, sagte eine Stimme. »Ich hatte gehofft, dass du kommen würdest.«

Jem drehte sich um. Leopolda Stain saß in einem großen Polstersessel im Vorraum, den Kopf einer Frau im Schoß. Jem hob seinen Kampfstab.

Du hast unschuldige Irdische getötet, sagte er.

»Das haben sie sich selbst angetan«, erwiderte Leopolda. »Diese Irdischen haben mit dem Feuer gespielt und sich verbrannt. Du kennst ja solche Kreaturen. Sie glauben, sie würden etwas von Magie verstehen. Es wurde Zeit, dass sie deren wahre Natur erfahren. Ich habe ihnen lediglich einen Gefallen getan. Die werden bestimmt keinen Dämon mehr beschwören. Was ist so schlimm daran, dass ich ihnen eine Lektion erteilt habe? Natürlich brennt Höllenfeuer in meinen Adern, aber ich glaube, ich bin nicht deine größte Sorge.«

Jem war hin- und hergerissen. Sein Instinkt sagte ihm, dass er sie für ihre Tat sofort niederstrecken sollte, und dennoch ...

»Du zögerst, James Carstairs«, sagte Leopolda lächelnd.

Mein Name lautet Bruder Zachariah.

»Aber du *warst* einst James Carstairs, der Schattenjäger, der von *Yin Fen* abhängig war. Ich glaube, du hast Axel Mortmain gekannt, den Mann, den man den ›Magister‹ nannte.«

Bei der Erwähnung von Mortmains Namen ließ Jem den Kampfstab sinken.

»Ah«, sagte Leopolda und lächelte. »Du erinnerst dich also an den lieben Axel.«

Du hast ihn gekannt?

»Ziemlich gut sogar«, sagte sie. »Ich weiß viele Dinge. Zum Beispiel, dass eine Hexe bei der Leitung des hiesigen Instituts hilft. Eine Hexe namens Tessa Herondale. Außerdem ist sie eine Schattenjägerin, kann aber keine Runenmale tragen. Sie ist mit deinem *Parabatai* verheiratet.«

Warum sprichst du Tessa an?, fragte Jem. Er hatte das Gefühl, als würden eisige Finger seine Wirbelsäule berühren. Er mochte dieses Hexenwesen nicht. Und schon gar nicht ihr Interesse an Tessa und Will.

»Weil du auf dem Schattenmarkt warst und viele Erkundigungen über sie eingeholt hast. Über ihren Vater. Ihren *Dämonen*-Vater.«

Leopolda ließ den Kopf der toten Frau vom Schoß rollen.

»Wie gesagt, ich habe Mortmain gekannt«, fuhr sie fort. »Deine Fragen nach ihm und Tessas Schöpfung sind bis zu mir gedrungen – einem seiner letzten noch verbliebenen Freunde. Ich glaube, du willst wissen, wie Mortmain Tessa erschaffen hat. Du suchst nach dem Dämon, den Mortmain heraufbeschworen hat, damit er sie zeugt. Wenn du deine Waffe beiseitelegst, können wir uns vielleicht unterhalten.«

Jem behielt seinen Kampfstab fest in der Hand.

»Möglicherweise hat sie sich bisher nicht für ihren dämonischen Vater interessiert ...« Leopolda spielte mit dem Goldnetz in ihren Haaren. »Aber jetzt, da sie selbst Kinder hat und diese Kinder Anzeichen ihres dämonischen Erbes zeigen ... Ich könnte mir vorstellen, dass die Situation jetzt anders aussieht, oder?«

Jem stand wie erstarrt da. Er hatte das Gefühl, als hätte Leopolda in sein Gehirn geschaut und seine Erinnerungen berührt:

Zwei Jahre zuvor hatte er mit Tessa an einem kalten Januarmorgen auf der Blackfriars Bridge gestanden. Die Angst auf ihrem Gesicht. *Ich möchte Will nicht beunruhigen, aber ich mache mir solche Sorgen um Jamie und Lucie ... James' Augen bringen ihn zur Verzweiflung. Er nennt sie »Tore zur Hölle«, als würde er sein eigenes Gesicht, seinen eigenen Stammbaum hassen. Wenn ich doch nur wüsste, wer mein Dämonen-Vater war, dann könnte ich die Kinder und mich ... und Will vielleicht vorbereiten.* Jem hatte schon damals befürchtet, dass dies ein gefährlicher Auftrag war und dass das Wissen um Tessas Abstammung ihnen nur weitere Sorgen und Zweifel bescheren würde. Aber Tessa hatte es für Will und die Kinder in Erfahrung bringen wollen, und Jem liebte sie alle zu sehr, um ihr diese Bitte abzuschlagen.

»Die Nachforschungen deines Freundes Ragnor haben endlich etwas ergeben«, sagte Leopolda. »Ich weiß, wer Tessas Vater war.« Sie verengte die Augen zu Schlitzen. »Im Austausch für dieses Wissen verlange ich nur eine Kleinigkeit. Nur einen winzigen Tropfen Schattenjägerblut. Du würdest es kaum spüren. Eigentlich wollte ich mir ja das Blut von diesem Mädchen besorgen, das sich wie ein Junge kleidet. Ich mag sie sehr. Ihr Blut wäre mir am liebsten.«

Du wirst dich von ihr fernhalten.

»Selbstverständlich«, sagte Leopolda. »Und ich werde dir sogar helfen. Nur ein winziger Tropfen Blut, und ich sage dir, wer Tessa Herondales wahrer Vater war.«

»Bruder Zachariah!«, rief Anna von draußen.

Jem drehte sich einen Moment um, woraufhin Leopolda auf ihn zustürmte. Doch Jem schwang seinen Kampfstab und schleuderte sie zurück. Die Hexe stieß ein Zischen aus und kam schneller wieder auf die Beine, als Jem es für möglich gehalten hätte. Wütend hob sie ihren Krummdolch.

»Du solltest dich nicht mit mir anlegen, James Carstairs. Willst du die Wahrheit über deine Tessa nun wissen oder nicht?«

Von draußen ertönte ein weiterer Schrei. Jem blieb keine andere Wahl, er lief in die Richtung von Annas Stimme.

Vor dem Haus lieferten Anna und ein anderes Mädchen sich einen erbitterten Kampf mit sechs Ravenern. Sie standen an der Wand und kämpften Rücken an Rücken. Jem schwang seinen Stab und ließ ihn auf den Schädel des ersten Dämons niedergehen. Und dann kämpfte er sich weiter vor, bis Anna und das Mädchen mehr Bewegungsfreiheit hatten. Während Anna mit ihrer Klinge gleich zwei Dämonen auf einmal erledigte, beseitigte Jem einen weiteren, sodass nur noch ein Ravener übrig blieb. Doch dieser Dämon ließ seinen langen Schwanz nach vorn schnellen und zielte auf die Brust des anderen Mädchens. Im Bruchteil einer Sekunde hechtete Anna durch die Luft und stieß das Mädchen beiseite. Gemeinsam rollten sie sich ab; Anna hatte die Arme um das Mädchen geschlungen und schützte sie mit ihrem Körper. Jem landete einen Hieb auf dem Schädel des Dämons und sandte ihn in seine Dimension zurück.

Danach herrschte Stille auf der Straße. Anna lag reglos in den Armen des Mädchens.

Anna. Jem stürmte zu ihr. Die junge Schattenjägerin zerriss bereits den Ärmel von Annas Jacke, um die Wunde freizulegen. Anna keuchte leise, als das Gift auf ihre Haut traf.

Hinter ihnen trat Leopolda aus dem Haus und schlenderte einfach davon.

»Mir geht's gut«, sagte Anna. »Setz ihr nach, Ariadne.«

Das andere Mädchen, Ariadne, holte tief Luft und ließ sich auf die Fersen sinken. »Das Gift ist nicht in deinen Körper eingedrungen. Aber es hat deine Haut verätzt. Wir müssen die Wunde sofort mit einem Kräutersud abspülen. Und die Wunde ist ziemlich tief. Du wirst mehrere Heilrunen brauchen.«

Sie schaute zu Jem hoch.

»Ich werde mich um sie kümmern«, sagte sie. »Ich kenne mich mit Heilrunen aus. Während meiner Zeit in Idris bin ich von den Stillen Brüdern unterrichtet worden. Anna hat recht, jemand sollte der Hexe nachsetzen. Am besten machst du das.«

Bist du dir sicher? Anna wird nicht nur eine Iratze, *sondern auch eine* Amissio, *eine Blutersatz-Rune, benötigen.*

»Ziemlich sicher«, bestätigte das Mädchen und half Anna auf die Beine. »Glaub mir: Es ist besser, dass Anna etwas Blut verliert, als dass ihre Eltern erfahren, was wir heute Nacht getan haben.«
»Oh ja!«, pflichtete Anna ihr bei.
Dann kümmere dich um sie, sagte Jem.
»Das mache ich.« Aus Ariadnes Stimme klang unerschütterliches Selbstvertrauen, und ihrem Umgang mit der Wunde nach zu urteilen schienen ihre Worte der Wahrheit zu entsprechen.
»Komm«, wandte Ariadne sich an Anna. »Das Haus meiner Eltern ist nicht weit von hier. Kannst du gehen?«
»Mit dir an der Seite gehe ich überall hin«, sagte Anna.
Nachdem Jem auf diese Weise sichergestellt hatte, dass Annas Wunde versorgt wurde, lief er in die Richtung, in die Leopolda Stain verschwunden war.

Gemeinsam machten sie sich auf den Weg zu Ariadnes Elternhaus, wobei Anna sich auf ihre Freundin stützen musste. Das Gift auf ihrer Haut entfaltete allmählich seine Wirkung – was sich so anfühlte, als hätte sie etwas zu schnell etwas zu viel Wein getrunken. Aber sie versuchte, sich aufrecht auf den Beinen zu halten. Da Ariadne und sie jetzt durch Zauberglanz getarnt waren, konnten sie sich unbehelligt durch die dunklen Straßen bewegen.
Nachdem sie das Haus erreicht hatten, schloss Ariadne leise die Tür auf; dann schlichen sie die Treppe hinauf, um niemanden zu wecken. Glücklicherweise befand sich Ariadnes Zimmer auf der anderen Seite des Hauses, weit entfernt vom Schlafzimmer ihrer Eltern. Ariadne schob Anna in ihr Zimmer und drückte die Tür vorsichtig hinter ihr ins Schloss.
Ariadnes Zimmer war genau wie seine Bewohnerin: parfümiert, pastellig, perfekt. Vor den großen Fenstern hingen Spitzengardinen, die Wände waren mit rosa und silbernen Tapeten versehen, und auf dem Nachttisch und dem Sekretär standen Vasen mit frisch geschnittenen Fliederzweigen und Rosen.
»Komm«, sagte Ariadne und führte Anna zu ihrer Frisierkommode, auf der eine Schüssel voll Wasser stand. Sie zog Anna die

Jacke aus und schob den Ärmel des Hemds hoch. Nachdem sie ein paar Kräuter in die Schüssel gegeben hatte, goss sie die Flüssigkeit über die Wunde, was sehr schmerzte.

»Das ist eine ziemlich hässliche Wunde«, sagte Ariadne, »aber ich bin eine gute Krankenschwester.«

Sie feuchtete ein Tuch an und reinigte die Wunde mit sanften Bewegungen, wobei sie sorgfältig darauf achtete, sämtliche Dämonengiftspritzer von Annas Haut wegzuwischen. Dann nahm sie ihre Stele und trug eine *Amissio*-Rune auf, um den Blutverlust auszugleichen, sowie eine *Iratze* zur Heilförderung. Sofort begann die Wunde, sich zu schließen.

Während der ganzen Zeit saß Anna schweigend da und hielt den Atem an. Allerdings spürte sie keinen Schmerz: Das Einzige, was sie wahrnahm, waren Ariadnes Hände auf ihrer Haut.

»Danke«, sagte sie schließlich.

Ariadne legte die Stele beiseite. »Keine Ursache. Du hast dir diese Wunde zugezogen, als du mich gerettet hast. Als du dich vor mich gestellt, mich beschützt hast.«

»Ich würde dich immer und überall beschützen«, sagte Anna.

Ariadne betrachtete Anna einen langen Moment. Der Schein der Straßenlaterne, der durch das Spitzenmuster der Gardine fiel, bildete das einzige Licht im Raum.

»Mein Kleid«, sagte Ariadne leise. »Ich fürchte, es ist völlig ruiniert. Ich sehe bestimmt schrecklich aus.«

»Unsinn«, erwiderte Anna, und dann fügte sie hinzu: »Du hast nie schöner ausgesehen.«

»Das Kleid ist mit Blut und Dämonensekret bespritzt. Bitte hilf mir, es abzulegen.«

Mit zitternden Fingern öffnete Anna die vielen Knöpfe auf der Vorderseite des Kleides, woraufhin es in einem weichen Stoffhaufen zu Boden fiel. Ariadne drehte sich um, sodass Anna die Schnüre ihres Korsetts lösen konnte. Darunter trug Ariadne ein weißes Baumwollhemd mit Spitzenbesatz. Sowohl das Hemd als auch ihr Schlüpfer hoben sich deutlich von ihrer hellbraunen Haut ab. Ihre Augen leuchteten.

»Es wäre besser, wenn du nicht sofort gehst, sondern dich etwas ausruhst, Anna«, sagte sie. »Komm.«

Dann nahm sie Annas Hand und führte sie zum Bett. Erst als Anna in die Kissen sank, erkannte sie, wie sehr sie der Kampf erschöpft hatte. Aber gleichzeitig hatte sie sich noch nie so wach und lebendig gefühlt wie in diesem Moment.

»Entspann dich«, sagte Ariadne und strich Anna über die Haare.

Anna lehnte den Kopf zurück. Ihre Schuhe waren verschwunden, und ihre Haare hatten sich gelöst. Ungeduldig wischte sie sie aus dem Gesicht.

»Ich würde dich gern küssen«, sagte Ariadne mit zitternder Stimme. In ihrem Tonfall schwang eine Furcht mit, die Anna nur allzu gut kannte: Ariadne hatte Angst, dass sie sie wegstoßen und schreiend davonstürmen würde. Aber wie konnte es sein, dass Ariadne nicht wusste, was sie für sie empfand? »Bitte, Anna, darf ich dich küssen?«

Anna nickte, unfähig, auch nur ein Wort zu sagen.

Vorsichtig beugte Ariadne sich vor und drückte ihre Lippen auf Annas Mund.

In Gedanken hatte Anna diesen Moment bestimmt Hunderte Male erlebt. Aber sie hatte nicht gewusst, dass ihr dabei so heiß werden und dass Ariadne so süß schmecken würde. Sie erwiderte den Kuss und hauchte leichte Küsse auf ihre Wange, übers Kinn bis hinunter zur Kehle. Ariadne brachte einen leisen, erstickten Laut hervor und hob ihre Lippen erneut Annas Mund entgegen. Gemeinsam sanken sie in die Kissen – eng umschlungen, lachend, warm, nur aufeinander konzentriert. Der Schmerz war verschwunden, ersetzt durch reine Verzückung.

Die Gassen Sohos bereiteten schon tagsüber Orientierungsprobleme, doch bei Nacht bildeten sie ein gefährliches und verwirrendes Labyrinth. Jem hielt den Kampfstab hocherhoben. Zu dieser späten Stunde waren nur noch Betrunkene und Freudenmädchen unterwegs. Der Geruch von Müll hing in der Luft, und Glassplitter und andere Abfälle des Tages säumten die Gehwege.

Jem ging zielstrebig auf einen Laden in der Wardour Street zu. Er klopfte, woraufhin ihm zwei junge Werwölfe die Tür öffneten. Offenbar überraschte sein Anblick sie nicht im Geringsten.

Woolsey Scott erwartet mich.

Die beiden nickten und führten ihn durch ein dunkles, leeres Kurzwarengeschäft und schließlich durch eine Tür. Dahinter befand sich ein schwach beleuchteter, aber geschmackvoll eingerichteter Raum. Woolsey Scott lag auf einem niedrigen Diwan. Ihm gegenüber saß Leopolda Stain, umgeben von einem halben Dutzend weiterer Werwölfe. Sie machte einen ruhigen, gefassten Eindruck und nippte sogar an einer Tasse Tee.

»Ah, Carstairs«, sagte Scott. »Endlich. Ich dachte schon, wir würden die ganze Nacht hier verbringen müssen.«

Danke, sagte Jem. *Danke, dass du dich um sie gekümmert hast.*

»Keine Ursache«, sagte Scott. Er deutete mit dem Kinn auf Leopolda. »Wie du ja weißt, ist sie vor ein paar Wochen hier in London eingetroffen. Seitdem haben wir sie im Auge behalten. Allerdings hätte ich nicht gedacht, dass sie jemals so weit gehen würde wie heute Abend. Und wir können nicht zulassen, dass sie dumme Irdische dazu ermutigt, irgendwelche Dämonen heraufzubeschwören. Denn genau solche Dinge schüren Ressentiments gegen *alle* Schattenweltler.«

Leopolda schien sich an seinen Worten nicht zu stören.

Woolsey stand auf. »Du hattest ja gesagt, dass du mit ihr reden wolltest. Soll ich die Angelegenheit dir überlassen?«

Ja, bat Jem.

»Gut. Ich habe gleich eine Verabredung mit einer recht erstaunlichen Flasche Rotwein. Aber ich bin mir sicher, dass unser Gast keinen Ärger mehr verursachen wird. Stimmt's, Leopolda?«

»Selbstverständlich«, sagte Leopolda.

Scott nickte, und die Werwölfe verließen den Raum. Leopolda schaute zu Jem hoch und lächelte.

»Wie schön, dich wiederzusehen«, sagte sie. »Wir wurden bei unserem letzten Gespräch so rüde unterbrochen.«

Du wirst mir jetzt sagen, was du über Tessa weißt.

Leopolda griff nach einer Teekanne auf einem Beistelltisch und schenkte sich Tee nach.

»Diese schrecklichen Bestien«, sagte sie und deutete mit dem Kopf auf die Tür. »Sie haben mich ziemlich grob behandelt. Ich würde dieses Haus jetzt gern verlassen.«

Du wirst dieses Haus erst dann verlassen, wenn du mir alles erzählt hast, was ich wissen will.

»Ja, ja, das werde ich ja. Deine Tessa ... und sie war doch mal deine Tessa, oder? Ich mag zwar deine Augen nicht sehen können, aber ich kann es in deinem Gesicht lesen.«

Jem erstarrte. Natürlich war er nicht mehr der junge Mann, der Tessa von ganzem Herzen geliebt hatte und sie hatte heiraten wollen. Zwar liebte er sie noch immer, aber er hatte das Ganze nur dadurch überlebt, dass er diesen jungen Mann verdrängt und seine menschliche Liebe weggelegt hatte wie seine Geige. Es handelte sich um Instrumente für eine andere Zeit, ein anderes Leben.

Dennoch war es nicht schön, auf solch grausame Weise an seine Gefühle erinnert zu werden.

»Ich kann mir vorstellen, dass sie über große Macht verfügt«, sagte Leopolda und rührte in ihrem Tee. »Ich beneide sie. Axel war ja ... so stolz.«

Im Raum herrschte völlige Stille, nur durchbrochen vom Klirren des Löffels, der die dünnen Wände der Porzellantasse berührte. Tief in seinem Inneren hörte Jem das Murmeln der anderen Stillen Brüder. Doch er ignorierte sie. Das hier war allein seine Angelegenheit.

Erzähl mir von Tessas Vater.

»Das Blut«, sagte Leopolda. »Zuerst gibst du mir das Blut. Ich brauche nur eine winzige Menge.«

Kommt nicht infrage.

»Ach nein?«, fragte sie. »Du weißt ja, ich bin nur die bescheidene Tochter eines Vetis-Dämons, aber deine Tessa ...«

Sie verstummte, um die Wirkung ihrer Worte auf Jem abzuwarten.

»Ja«, sagte sie schließlich. »Ich weiß Bescheid. Du wirst jetzt deinen Arm ausstrecken. Dann nehme ich einen Tropfen deines Bluts und erzähle dir alles, was du wissen willst. Und anschließend werde ich dieses Haus verlassen. Wir werden beide sehr zufrieden sein. Ich versichere dir: Das, was ich dir gebe, ist so viel mehr wert als das, was ich verlange. Du wirst ein ausgezeichnetes Geschäft machen.«

Du bildest dir ein, du hättest alle Trümpfe in der Hand, aber da irrst du dich, Leopolda Stain, sagte er. Seit deiner Ankunft in London habe ich von deiner Anwesenheit gewusst. Ich habe gewusst, dass du mit Mortmain befreundet warst. Und ich weiß, dass du dieses Schattenjägerblut brauchst, um sein Werk fortzusetzen – was ich niemals zulassen werde.

Leopolda verzog spöttisch die Lippen. »Aber du bist gütig«, sagte sie. »Dafür bist du bekannt. Du wirst mich nicht verletzen.«

Jem nahm seinen Stab, wirbelte ihn in den Händen und hielt ihn locker zwischen sich und Leopolda. Er kannte hundert Methoden, sie damit zu töten. Er konnte ihr mühelos das Genick brechen.

Das war mein Schattenjäger-Ich, sagte er. Dagegen habe ich mit diesem Stab schon mehrfach getötet, auch wenn ich es nicht unbedingt darauf anlege. Entweder du sagst mir jetzt alles, was ich wissen will, oder du wirst hier und jetzt sterben. Du hast die Wahl.

Der Ausdruck in ihren Augen verriet ihm, dass sie ihm glaubte.

Sag mir, was ich hören will, und dann werde ich dich laufen lassen.

Leopolda schluckte. »Schwöre zuerst beim Erzengel, dass du mich anschließend gehen lässt.«

Das schwöre ich beim Erzengel.

Ein verschlagenes Lächeln breitete sich auf Leopoldas Gesicht aus.

»Das Ritual, bei dem deine Tessa entstanden ist, war herrlich«, sagte sie. »Ganz prachtvoll. Ich hätte nie gedacht, dass so etwas überhaupt möglich ist, die Kreuzung eines Schattenjägers mit einem Dämon ...«

Keine Verzögerungstaktiken. Erzähl es mir endlich.

»Der Vater deiner Tessa war einer der größten Eidolon-Dämonen. Die atemberaubendste Kreatur jeder Hölle, denn er kann tausend Gestalten annehmen.«

Ein Dämonenfürst? So etwas hatte Jem schon befürchtet. Kein Wunder, dass James sich in Rauch und Schatten verwandeln und Tessa jede gewünschte Gestalt annehmen konnte, sogar die eines Engels. Ein Stammbaum aus Nephilim und Dämonenfürsten. Derartig unfassbare Wesen waren beispiellos. Doch selbst jetzt konnte Jem sie nicht als neue, eigenartige Kreaturen mit unvorstellbaren Kräften sehen. Für ihn waren sie einfach nur Tessa und James. Personen, die er über alles liebte. *Willst du damit sagen, dass Tessas Vater ein Dämonenfürst war?*

Davon durfte der Rat niemals erfahren. Jem würde niemandem davon erzählen können. Sein Herz machte einen Satz. Was war mit Tessa? Durfte er es ihr erzählen? Oder wäre es besser, wenn sie nichts davon wusste?

»Ich will damit sagen, dass er ein Fürst der Hölle war«, erklärte Leopolda. »Welch eine Ehre, von ihm gezeugt worden zu sein. Früher oder später, Jem Carstairs, wird sich sein Blut bemerkbar machen – und welch eine wundervolle Macht wird dann durch diese Stadt rasen.«

Langsam stand sie auf.

Einer der größten Eidolon-Dämonen? Ich brauche mehr Informationen. Wie lautet sein Name?

Leopolda schüttelte den Kopf. »Der Preis für seinen Namen muss mit Blut bezahlt werden, James Carstairs. Und wenn *du* nicht dazu bereit bist, dann wird sich jemand anderes finden.«

Ruckartig ließ sie ihre Hand vorschnellen und schleuderte Jem ein glitzerndes Pulver entgegen. Wenn seine Augen nicht durch Magie geschützt gewesen wären, hätte es ihn wahrscheinlich für immer geblendet. Jem taumelte jedoch einen kurzen Moment zurück, sodass sie an ihm vorbei und zur Tür stürmen konnte, die sie innerhalb von Sekunden erreichte und aufriss.

Auf der anderen Seite stand Woolsey Scott, flankiert von zwei riesigen Werwölfen.

»Wie nicht anders zu erwarten«, sagte Woolsey. Er musterte Leopolda verächtlich und wandte sich an die beiden Werwölfe: »Tötet sie. Sie soll ein abschreckendes Beispiel für alle anderen sein, die in unserer Stadt Blut vergießen wollen.«

Leopolda schrie auf und wirbelte mit weit aufgerissenen Augen zu Jem herum. »Du hast gesagt, dass du mich gehen lässt! Du hast es geschworen!«

Jem fühlte sich plötzlich sehr müde. *Ich bin nicht derjenige, der dich aufhält.*

Die Hexe schrie, als sich die bereits halb verwandelten Werwölfe auf sie stürzten. Jem wandte sich ab, während lautes Kreischen und das Geräusch von reißender Haut den Raum erfüllten.

An diesem Sommermorgen machte sich die Dämmerung früh bemerkbar. Ariadne schlief ruhig, aber Anna hörte, wie das Dienstmädchen sich in der Küche zu schaffen machte. Sie selbst hatte noch kein Auge zugetan – nicht einmal nachdem Ariadne eingedöst war. Anna verspürte nicht den geringsten Wunsch, diesen warmen Ort zu verlassen. Sie spielte mit dem Spitzenbesatz des Kissens und beobachtete, wie Ariadnes Wimpern flatterten, als wäre sie in einem Traum gefangen.

Aber die Farbe des Himmels veränderte sich bereits von Schwarz zum pastellfarbenen Pfirsichrosa des Sonnenaufgangs. Schon bald würde das Dienstmädchen mit einem Tablett vor der Tür stehen. Schon bald würde der Alltag in ihre Zweisamkeit eindringen.

Wenn man sie hier fand, würde das Ariadne nur schaden; also musste Anna diesen Ort jetzt verlassen.

Sie drückte Ariadne einen sanften Kuss auf die Lippen, um sie nicht zu wecken. Dann zog sie sich an und kletterte aus dem Fenster. Die Dämmerung war nicht mehr in der Lage, ihre Männerkleidung zu verbergen, während sie durch die diesigen Straßen lief. Ein paar Passanten drehten sich nach ihr um, und Anna war sich ziemlich sicher, dass manche ihr bewundernde Blicke zuwarfen, auch wenn ihrer Jacke ein Ärmel fehlte und sie ihren Hut verloren hatte. Sie beschloss, nicht auf dem kürzesten Weg nach Hause zurückzukehren, sondern durch den Hyde Park zu schlendern. Die Farben der Bäume schimmerten sanft in der aufgehenden Sonne, und das Wasser des Sees lag ruhig da. Anna empfand nichts als Freundschaft gegenüber den Enten und Tauben. Und sie schenkte sogar Wildfremden ein Lächeln.

Das musste Liebe sein. Allumfassend. Eine Liebe, die sie mit allem um sich herum in Einklang brachte. Und es kümmerte Anna überhaupt nicht, ob sie rechtzeitig zu Hause sein würde, bevor man ihre Abwesenheit bemerkte. Sie wünschte sich, sie könnte für immer auf diese Weise empfinden – genau so wie heute, an diesem milden, duftenden, heiteren Morgen, mit dem Gefühl von Ariadnes Händen noch immer auf ihrer Haut. Ihre Zukunft, die zuvor so verwirrend gewesen war, schien jetzt sonnenklar. Sie würde für immer mit Ariadne zusammen sein. Sie würden gemeinsam die ganze Welt bereisen und Seite an Seite kämpfen.

Irgendwann stand sie wieder vor ihrem Elternhaus und kletterte mühelos durch ihr Fenster. Sie streifte die Kleidung ihres Bruders ab und schlüpfte unter die Bettdecke. Innerhalb von Sekunden sank sie in tiefen Schlaf, wobei sie in Gedanken in die Arme ihrer Geliebten sank.

Kurz vor Mittag erwachte sie schließlich. Jemand hatte ein Tablett hereingebracht und neben ihrem Bett abgestellt. Anna trank einen Schluck kalten Tee, dann nahm sie ein kühles Bad und betrachtete die Wunde auf ihrem Arm. Ariadnes Heilrunen hatten ihre Aufgabe erfüllt, auch wenn der Bereich noch immer gerötet und rau war. Aber das ließ sich mit einem Umhängetuch verdecken. Rasch schlüpfte sie in ihr schlichtestes Kleid – wie merkwürdig sich diese Mädchenkleidung jetzt anfühlte – und drapierte ein Seidentuch so um ihre Schultern, dass es ihre Wunde kaschierte. Dann ging sie ins Erdgeschoss. Ihre Mutter saß mit dem kleinen Alexander auf dem Schoß in einer sonnigen Ecke des Wohnzimmers.

»Da bist du ja«, sagte ihre Mutter. »Fühlst du dich nicht wohl?«
»Nein, nein«, beschwichtigte sie Anna. »Ich war nur so dumm, bis in die frühen Morgenstunden zu lesen.«

»Jetzt weiß ich mit Sicherheit, dass du krank sein musst«, sagte Cecily lächelnd. Anna erwiderte das Lächeln.

»Bei diesem schönen Wetter muss ich unbedingt einen Spaziergang machen. Ich glaube, ich werde Lucie und James einen Besuch abstatten und mit ihnen über das Buch reden, das ich gelesen habe.«

Ihre Mutter warf ihr einen merkwürdigen Blick zu, nickte aber.

Anna ging jedoch nicht zum Haus der Herondales, sondern wandte sich in Richtung Fitzrovia. Unterwegs kaufte sie bei einer alten Blumenverkäuferin einen Strauß Veilchen. Ihre Schritte waren beschwingt. Die Welt war perfekt und alle Dinge und Lebewesen darin liebenswert. In diesem Moment hätte Anna alles tun können: hundert Dämonen zugleich bekämpfen, eine Kutsche über den Kopf stemmen, auf einem Seil tanzen. Sie hastete über die Gehwege, über die sie nur wenige Stunden zuvor gelaufen war, zurück zu ihrer Liebsten.

Als sie das Haus der Bridgestocks in der Nähe des Cavendish Square erreichte, klopfte sie einmal an und wartete nervös auf den Stufen, den Blick nach oben gerichtet. War Ariadne in ihrem Zimmer? Schaute sie vielleicht gerade zu ihr hinunter?

Einer der Dienstboten öffnete die Tür und musterte Anna mit kühler Miene.

»Die Familie empfängt gerade Gäste, Miss Lightwood. Wenn Sie in der Bibliothek warten möchten …«

In diesem Moment schwang die Tür des Salons auf, und der Inquisitor betrat die Eingangshalle, in Begleitung eines jungen Mannes mit vertrauten Zügen und roten Haaren: Charles Fairchild, Matthews Bruder. Anna bekam Charles nur selten zu Gesicht. Er war ständig unterwegs, meistens in Idris. Der Inquisitor und er waren in ein Gespräch vertieft.

»Ah«, sagte Inquisitor Bridgestock, als er Anna sah. »Anna. Welch ein Zufall. Kennst du Charles Fairchild?«

»Anna!«, rief Charles mit einem herzlichen Lächeln. »Natürlich kennen wir uns.«

»Charles wird vorläufig die Leitung des Pariser Instituts übernehmen«, berichtete der Inquisitor.

»Herzlichen Glückwunsch!«, gratulierte Anna. »Davon hat Matthew mir ja gar nichts gesagt.«

Charles verdrehte die Augen. »Vermutlich hält er so etwas wie politische Ambitionen für verwerflich und spießbürgerlich. Aber was machst du denn hier?«

»Anna und Ariadne haben zusammen trainiert«, erklärte Bridgestock.

»Ah«, sagte Charles. »Hervorragend. Du musst uns unbedingt mal in Paris besuchen, Anna.«

»Äh. Ja. Danke. Das werde ich«, sagte Anna, wobei sie nicht wusste, wen Charles mit *uns* meinte.

In diesem Augenblick trat Ariadne aus dem Salon. Sie trug ein leuchtend rosafarbenes Kleid und hatte die Haare hochgesteckt. Bei Annas Anblick errötete sie. Charles Fairchild ging mit Inquisitor Bridgestock zur Haustür, während Ariadne zu Anna hastete.

»Ich hatte nicht damit gerechnet, dich so schnell wiederzusehen«, raunte sie Anna zu.

»Wie könnte ich auch nur eine Sekunde länger fernbleiben als nötig?«, erwiderte Anna. Ariadne hatte wieder dieses Parfüm aufgelegt, das Anna jetzt in die Nase drang. Ab sofort waren Orangenblüten ihr Lieblingsduft.

»Vielleicht können wir uns später treffen«, schlug Ariadne vor. »Wir sind …«

»Ich werde in einem Jahr zurückkehren«, beendete Charles sein Gespräch mit dem Inquisitor. Dann wandte er sich ihnen zu, verneigte sich, nahm Ariadnes Hand und hauchte einen formellen Kuss darauf.

»Ich hoffe, dass ich dich nach meiner Rückkehr öfter zu sehen bekomme«, sagte er. »Es dürfte nicht länger als ein Jahr dauern.«

»Ja«, sagte Ariadne. »Das würde mir sehr gefallen.«

»Anna!«, rief Mrs Bridgestock in der nächsten Sekunde. »Wir haben einen Papagei. Den muss ich dir unbedingt zeigen. Komm.«

Plötzlich spürte Anna, wie Mrs Bridgestock sich bei ihr unterhakte und sie freundlich, aber bestimmt in einen anderen Raum führte. Dort hockte ein prächtiger bunter Papagei in einem großen goldenen Käfig und krächzte laut, als sie sich ihm näherten.

»Das ist ein wirklich schöner Vogel«, sagte Anna verwirrt, als Mrs Bridgestock hinter ihnen die Tür schloss.

»Ich bitte aufrichtig um Entschuldigung, Anna«, sagte Ariadnes Mutter. »Ich wollte den beiden nur die Gelegenheit geben, sich anständig voneinander zu verabschieden. So etwas ist ja oft eine delikate Situation. Ich bin sicher, du verstehst das.«

Anna verstand es nicht, aber sie spürte, wie sie ein mulmiges Gefühl überkam.

»Mein Mann und ich hoffen, dass die beiden in ein paar Jahren heiraten werden«, fuhr Mrs Bridgestock fort. »Es ist zwar noch nichts vereinbart, aber die zwei passen so gut zusammen.«

Der Papagei kreischte, und Mrs Bridgestock redete unbekümmert weiter, doch Anna hörte nur ein Klingeln in ihren Ohren. Sie konnte noch immer Ariadnes Kuss auf ihren Lippen schmecken, noch immer ihre dunklen Haare ausgebreitet auf dem Kissen sehen. Das Ganze hatte sich vor nur wenigen Stunden ereignet – und dennoch kam es ihr vor, als wären inzwischen hundert Jahre vergangen, in denen sich die Welt in einen unbekannten, kalten Ort verwandelt hatte.

Die Tür schwang auf, und Ariadne gesellte sich schweigend zu ihnen.

»Hat Mutter dir Winston gezeigt?«, fragte sie schließlich und blickte in Richtung des Papageis. »Sie ist ganz vernarrt in ihn. Na, Winston, bist du nicht eine schreckliche Bestie?«

Ihre Stimme hatte einen warmen Klang, und der Vogel tänzelte über seine Stange und streckte Ariadne eine Kralle entgegen.

»War euer Gespräch von Erfolg gekrönt?«, fragte Mrs Bridgestock.

»Mutter!«, protestierte Ariadne. Sie wirkte etwas bleich, was ihre Mutter aber nicht zu bemerken schien. »Kann ich kurz ein paar Worte mit Anna wechseln?«

»Ja, natürlich«, sagte Mrs Bridgestock. »Ihr Mädchen solltet ein gemütliches Schwätzchen halten. In der Zwischenzeit werde ich die Köchin bitten, eine köstliche Erdbeerlimonade und etwas Gebäck vorzubereiten.«

Nachdem sie den Raum verlassen hatte, starrte Anna Ariadne verständnislos an.

»Du wirst heiraten?«, fragte sie mit plötzlich trockener Kehle. »Du kannst ihn nicht heiraten.«

»Charles ist eine ziemlich gute Partie«, sagte Ariadne, als würde sie die Qualität eines Stoffballens diskutieren. »Es ist zwar noch nichts vereinbart, aber wir werden uns bestimmt bald einig werden. Aber setz dich doch, Anna.«

Ariadne nahm Annas Hand und führte sie zu einem der Sofas.

»Bis zur Hochzeit wird noch mindestens ein Jahr oder länger vergehen«, sagte Ariadne. »Du hast ja gehört, was Charles gesagt hat. Er wird erst in einem Jahr zurückkehren. Und diese vielen Monate werde ich mit dir verbringen.«

Mit dem Finger zeichnete sie kleine Kreise auf Annas Handrücken – eine sanfte Berührung, die Anna den Atem raubte. Ariadne war so schön, so warm. Anna hatte das Gefühl, als würde es sie innerlich zerreißen.

»Du kannst doch Charles nicht wirklich heiraten wollen«, sagte sie. »Ich meine, an ihm ist nichts verkehrt, aber er ist … *Liebst* du ihn?«

»Nein«, sagte Ariadne und umklammerte Annas Hand. »Ich liebe ihn nicht auf diese Weise … weder ihn noch sonst irgendeinen Mann. Mein ganzes Leben lang war mein Blick immer nur auf Frauen gerichtet, und ich weiß schon lange, dass nur sie mein Herz berühren können. So wie du mein Herz berührt hast, Anna.«

»Wenn das stimmt, warum willst du ihn dann heiraten?«, fragte Anna. »Deinen Eltern zuliebe?«

»Weil die Welt nun mal so ist, wie sie ist«, erwiderte Ariadne mit brechender Stimme – genau wie vor wenigen Stunden, als sie Anna gefragt hatte, ob sie sie küssen dürfe. »Wenn ich meinen Eltern die Wahrheit sage ... ihnen verrate, wer ich wirklich bin, dann würden sie mich verachten. Dann wäre ich mittellos, ausgestoßen und allein.«

Anna schüttelte den Kopf.

»Das tun sie bestimmt nicht«, sagte sie. »Sie würden dich weiterhin lieben. Schließlich bist du ihre Tochter.«

Ariadne zog ihre Hand zurück. »Ich bin adoptiert, Anna. Mein Vater ist der Inquisitor. Meine Eltern sind nicht so verständnisvoll, wie deine es wohl sein müssen.«

»Aber die Liebe ist doch das Einzige, was wirklich zählt«, widersprach Anna. »Ich will niemand anderen als dich. Du bedeutest mir alles auf der Welt, Ariadne. Ich werde niemals heiraten. Ich will nur dich.«

»Aber ich möchte irgendwann Kinder haben«, sagte Ariadne mit gesenkter Stimme – für den Fall, dass ihre Mutter in den Raum zurückkehrte. »Anna, ich habe mir immer gewünscht, eines Tages einmal selbst Mutter zu sein ... mehr als alles andere auf der Welt. Und wenn ich dafür Charles' Berührungen erdulden muss, dann ist es das wert.« Sie schauderte. »Ich werde ihn niemals so lieben, wie ich dich liebe. Ich habe gedacht, du würdest das auch so sehen ... dass wir uns ein paar glückliche Momente stehlen könnten, bevor die Welt uns auseinanderreißt. Wir können uns das ganze nächste Jahr lieben, bis Charles zurückkehrt. Wir können diese Zeit genießen und uns später immer daran erinnern, mit warmen Gefühlen ...«

»Aber nach Charles' Rückkehr wäre das alles vorbei«, sagte Anna mit kalter Stimme. »Er würde dich für sich beanspruchen. Genau das willst du doch sagen, oder?«

»Ich würde ihm nicht untreu werden«, sagte Ariadne leise. »Ich bin keine Lügnerin.«

Anna stand auf. »Ich glaube, du belügst dich selbst.«

Ariadne hob ihr liebliches Gesicht. Tränen strömten über ihre

Wangen, die sie mit zittrigen Händen wegwischte. »Ach, Anna, willst du mich nicht küssen?«, fragte sie. »Bitte, Anna, verlass mich nicht. Bitte küss mich.«

Sie warf Anna einen flehentlichen Blick zu. Anna holte gequält Luft, und ihr Herz pochte wie wild in ihrer Brust. Die perfekte Welt, von der sie geträumt hatte, war in Tausende Stücke zerbrochen, zu Staub zerfallen und in alle Winde zerstreut. Und etwas Grausames und Seltsames hatte diesen Traum ersetzt. Etwas, das ihr kaum Luft zum Atmen ließ. Heiße Tränen brannten in ihren Augen.

»Auf Wiedersehen, Ariadne«, brachte sie mühsam hervor und stolperte aus dem Raum.

Anna saß auf dem Rand ihres Betts und weinte sehr lange. Sie weinte so lange, bis ihre Tränen versiegt waren und sich ihre Brust nur noch im Reflex hob und senkte.

Plötzlich klopfte jemand leise an ihre Tür, und ihr Bruder steckte den Kopf herein.

»Anna?«, fragte er und blinzelte mit seinen blauvioletten Augen. »Alles in Ordnung? Ich dachte, ich hätte irgendetwas gehört.«

Ach, Christopher. Der liebe Christopher. Anna wischte sich schnell übers Gesicht.

»Mir geht's gut, Christopher«, sagte sie und räusperte sich.

»Bist du auch ganz sicher?«, hakte Christopher nach. »Gibt es irgendetwas, das ich für dich tun kann? Ich könnte beispielsweise ein wissenschaftliches Experiment durchführen, das dich ablenkt.«

»Christopher, bitte lass uns einen Moment allein.« Annas Mutter war lautlos wie eine Katze hinter ihrem Sohn im Flur aufgetaucht. »Geh hinunter und mach irgendetwas anderes. Allerdings ohne Sprengstoff«, fügte sie hinzu und scheuchte ihren Zweitgeborenen in den Flur zurück.

Hastig wischte Anna die letzten Tränenspuren von ihren Wangen, als ihre Mutter das Zimmer betrat, mit einer großen

Schachtel unter dem Arm. Sie ließ sich auf dem Bett nieder und betrachtete ihre Tochter ruhig.

Cecily machte in ihrem blauen Kleid wie immer einen perfekt gepflegten und gefassten Eindruck; ihre dunklen Haare waren zu einem glatten Knoten hochgesteckt. Anna musste unwillkürlich daran denken, dass sie mit ihrem Nachthemd und dem geröteten, verweinten Gesicht bestimmt schrecklich aussah.

»Weißt du eigentlich, warum ich dir den Namen ›Anna‹ gegeben habe?«, fragte Cecily.

Verwirrt schüttelte Anna den Kopf.

»Während meiner Schwangerschaft mit dir war ich furchtbar krank«, erzählte Cecily. Anna blinzelte verwundert; das hatte sie gar nicht gewusst. »Und die ganze Zeit über habe ich mir Sorgen gemacht, dass du vielleicht gar nicht lebend zur Welt kommen könntest oder krank und geschwächt wärst. Doch dann hast du das Licht der Welt erblickt und warst das schönste, gesündeste und perfekteste Kind.« Sie lächelte. »Anna bedeutet Gnade – im Sinne von *Gott hat mir eine Gnade gewährt*. Ich hatte das Gefühl, dass der Erzengel mir mit dir eine Gnade erwiesen hatte. Und ich war fest entschlossen, dafür zu sorgen, dass du immer glücklich und zufrieden sein wirst.« Sanft strich sie Anna über die Wange. »Sie hat dir das Herz gebrochen, stimmt's? Ariadne?«

Anna war sprachlos. Dann hatte ihre Mutter also Bescheid gewusst. Sie hatte zwar immer den Eindruck gehabt, dass ihre Eltern wussten, dass sie Frauen liebte, aber die beiden hatten sie bisher nie darauf angesprochen.

»Es tut mir so leid, mein Liebling.« Cecily küsste Anna auf die Stirn. »Ich weiß, dass es den Schmerz im Moment nicht lindert, aber eines Tages wird eine junge Frau in dein Leben treten, die dein Herz als das kostbare Gut behandeln wird, das es nun mal ist.«

»Mama«, setzte Anna an, »dann macht es dir also nichts aus, dass ich … vielleicht nie heiraten oder Kinder haben werde?«

»Es gibt so viele Schattenjägerwaisen, die – genau wie Ariadne damals – ein liebevolles Zuhause brauchen. Und ich wüsste nicht, warum du ihnen nicht eines Tages ein solches Zuhause bieten solltest. Und was eine Ehe betrifft ...« Cecily zuckte die Achseln. »Damals hieß es, dass dein Onkel Will niemals mit deiner Tante Tessa zusammenkommen könne. Und dass deine Tante Sophie und Onkel Gideon kein Paar werden dürften. Und dennoch haben sich die Leute geirrt. Sie hätten sich sogar geirrt, wenn diesen vieren eine Ehe untersagt gewesen wäre. Selbst angesichts ungerechter Gesetze finden Herzen oft einen Weg, um dennoch zusammenzukommen. Wenn du jemanden liebst, so habe ich nicht den geringsten Zweifel daran, dass du einen Weg finden wirst, den Rest deines Lebens mit ihr zu verbringen, Anna. Du bist das entschiedenste Kind, das ich kenne.«

»Ich bin kein Kind«, sagte Anna, lächelte aber verwundert. Ariadne mochte sie enttäuscht haben, aber ihre Mutter erstaunte sie auf genau entgegengesetzte Weise.

»Trotzdem kannst du nicht länger in der Kleidung deines Bruders herumlaufen«, sagte Cecily.

Anna sank der Mut. Jetzt kam die Wahrheit ans Licht: Das Verständnis ihrer Mutter hatte seine Grenzen.

»Ich habe gedacht, du hättest das nicht gewusst«, sagte sie mit dünner Stimme.

»Natürlich habe ich davon gewusst. Ich bin deine Mutter«, erwiderte Cecily, als hätte sie gerade verkündet, dass sie die Königin von England sei. Sie tippte auf die große Schachtel mit der Schleife. »Hier drin ist eine neue Ausstattung für dich. Hoffentlich gefällt sie dir so sehr, dass du deine Familie darin heute Nachmittag bei einem Spaziergang im Park begleiten willst.«

Bevor Anna protestieren konnte, ertönte ein lauter Schrei im Haus. »Alexander!«, keuchte Cecily und hastete zur Tür, wobei sie Anna über die Schulter zurief, dass sie sich umziehen und dann ins Wohnzimmer kommen solle.

Niedergeschlagen löste Anna die Schleife der Schachtel. Ihre Mutter hatte ihr schon zahlreiche Kleider anfertigen lassen. Handelte es sich um ein weiteres pastellfarbenes Seidenkleid, das so raffiniert geschnitten war, dass es ihre schlanke Figur vorteilhaft zur Geltung brachte?

Die Schleife und das Papier fielen zu Boden, und Anna schnappte nach Luft.

Im Inneren der Schachtel lag der umwerfendste Anzug, den sie je gesehen hatte. Ein eng tailliertes Sakko und eine Hose aus anthrazitfarbenem Tweed mit einem feinen blauen Nadelstreifen. Dazu eine hinreißende Seidenweste in schillernden Blautönen, ein gestärktes weißes Hemd sowie Schuhe und Hosenträger – es war einfach an alles gedacht.

Wie in Trance schlüpfte Anna in die Sachen und betrachtete sich im Spiegel. Die Kleidung passte perfekt – ihre Mutter musste dem Herrenschneider ihre Maße durchgegeben haben. Aber eines fühlte sich noch nicht richtig an.

Entschlossen ging sie zu ihrer Frisierkommode, holte eine Schere hervor, kehrte zum Spiegel zurück und nahm eine dicke Haarsträhne in die Hand.

Sie zögerte nur einen kurzen Moment, während sie Ariadnes leise Stimme in ihren Ohren hörte.

Ich habe gedacht, du würdest das auch so sehen ... dass wir uns ein paar glückliche Momente stehlen könnten, bevor die Welt uns auseinanderreißt.

Ihre Haare machten ein befriedigendes, raschelndes Geräusch, als Anna sie abschnitt, und rieselten auf den Teppich. Anna nahm eine weitere Strähne und dann noch eine, bis alle Haare auf Kinnlänge geschnitten waren. Die Frisur ließ ihre Züge deutlich hervortreten. Anna schnitt vorn und im Nacken noch etwas weg, sodass sie wie bei einem jungen Gentleman nach hinten fielen.

Jetzt war alles perfekt. Aus dem Spiegel blickte ihr ihr Ebenbild entgegen. Ein ungläubiges Lächeln umspielte ihre Lippen. Die Weste ließ die Farbe ihrer Augen besonders gut zur Geltung kommen, während die Hose ihre schlanken Beine betonte. Anna hatte das Gefühl, wieder atmen zu können, selbst wenn der Kummer über Ariadnes Entscheidung ihr noch immer auf die Brust drückte: Sie mochte zwar ihre Geliebte verloren haben, aber dafür hatte sie sich selbst gefunden. Eine neue Anna, selbstsicher, elegant, stark.

In London wurden jeden Tag Herzen gebrochen. Vielleicht würde Anna ja selbst das eine oder andere Herz brechen. In ihrem Leben würde es andere Mädchen geben – hübsche Mädchen, die kamen und gingen. Aber sie würde ihr Herz fest im Griff behalten. Nie wieder würde sie zulassen, dass jemand sie derartig innerlich zerriss.

Sie war eine Schattenjägerin. Sie würde diesen Schlag schon verkraften. Ihr Herz stählen und dem Schmerz ins Gesicht lachen.

Kurz darauf lief Anna die Treppe hinunter. Obwohl es inzwischen später Nachmittag war, schien die Sonne noch immer strahlend durch die Fenster. Dieser Tag würde unendlich lange dauern.

Ihre Mutter saß mit einer Tasse Tee im Wohnzimmer; Annas kleiner Bruder Alex schlief in einem Körbchen an ihrer Seite. Ihr Vater saß auf der anderen Seite und las Zeitung.

Anna betrat den Raum.

Ihre Eltern schauten gleichzeitig auf. Anna sah, wie sie ihre neue Kleidung und ihre kurzen Haare betrachteten. Sie wartete im Türrahmen und wappnete sich für die Reaktion ihrer Eltern, wie auch immer diese ausfallen mochte.

Einen langen Moment geschah nichts.

»Ich habe doch gesagt, dass die blaue Weste besser ist«, wandte Gabriel sich an Cecily. »Die Farbe bringt ihre Augen zum Leuchten.«

»Und ich habe dir auch gar nicht widersprochen«, erwiderte Cecily und schaukelte das Körbchen mit dem Säugling. »Ich habe lediglich gesagt, dass ihr Rot ebenfalls stehen würde.«

Anna spürte, wie sich ein Lächeln auf ihrem Gesicht ausbreitete.

»Viel besser als die Sachen deines Bruders«, sagte Gabriel. »Er stellt schreckliche Dinge mit ihnen an ... mit Schwefel und Säuren.«

Cecily betrachtete Annas kurze Locken.

»Sehr vernünftig«, sagte sie. »Im Kampf können lange Haare sehr hinderlich sein. Die Frisur gefällt mir.« Sie erhob sich.

»Komm, setz dich«, fügte sie hinzu. »Bleib einen Moment bei deinem Bruder und Vater. Ich will nur schnell etwas holen.«

Nachdem ihre Mutter den Raum verlassen hatte, spürte Anna, wie ihre Beine kribbelten, als sie sich auf dem Sofa niederließ. Sie beugte sich zu Alex hinab. Der Kleine war gerade erst aufgewacht und blickte sich im Raum um, wobei er all die wundervollen Dinge aufs Neue wahrnahm – so wie Kleinkinder nach jedem Aufwachen feststellen, dass die Welt noch immer da ist und in ihrer ganzen Vielfalt verstanden werden will.

»Ich weiß genau, wie du dich gerade fühlst«, teilte sie ihrem kleinen Bruder mit.

Er schenkte ihr ein zahnloses Lächeln und streckte seine pummlige Hand zu ihr hoch. Anna hielt ihm die ihre entgegen, woraufhin er nach ihrem Finger griff.

Wenige Minuten später kehrte Cecily mit einem kleinen blauen Kästchen zurück.

»Du weißt ja, meine Eltern haben nicht gewollt, dass ich eine Schattenjägerin werde«, sagte Cecily und schenkte sich Tee nach. »Sie waren aus der Gemeinschaft der Nephilim geflohen. Und dein Onkel Will …«

»Ich weiß«, sagte Anna.

Gabriel schenkte seiner Frau einen liebevollen Blick.

»Aber ich war nun mal eine Schattenjägerin. Das habe ich schon mit fünfzehn gewusst. Ich habe es in meinem Blut gespürt. Die Leute reden so viel dummes Zeugs. Aber tief in unserem Inneren wissen wir ganz genau, wer wir sind.«

Sie stellte das blaue Kästchen auf den Tisch und schob es zu Anna hinüber.

»Ich würde mich freuen, wenn du es annimmst«, sagte sie.

Im Inneren des Kästchens ruhte eine Kette mit einem schimmernden roten Edelstein, dessen Rückseite eine lateinische Inschrift trug.

»Zu deinem Schutz«, sagte Cecily. »Du weißt ja, wie der Anhänger funktioniert.«

»Er nimmt Dämonen wahr«, antwortete Anna erstaunt. Ihre

Mutter trug den Anhänger bei fast jedem Kampf; allerdings war sie seit Alexanders Geburt häufiger zu Hause geblieben.

»Der Stein kann dich zwar nicht vor einem gebrochenen Herzen bewahren, aber er kann den Rest deines Körpers schützen«, sagte Cecily. »Es handelt sich um ein Erbstück, das jetzt dir gehören soll.«

Anna kämpfte gegen die Tränen an, die ihr in die Augen stiegen.

Sie nahm den Anhänger und legte ihn um den Hals. Dann stand sie auf und betrachtete sich im Spiegel über dem Kamin. Eine attraktive Erscheinung blickte ihr entgegen. Das Schmuckstück fühlte sich richtig an, genau wie ihre kurzen Haare. *Ich brauche nicht nur eine Person zu sein*, dachte Anna. *Ich kann auswählen, was immer ich will, wann immer es mir passt. Die Hose und das Sakko machen mich nicht zu einem Mann, und das Schmuckstück macht mich nicht zu einer Frau. Es sind einfach nur Dinge, die mir in diesem Moment das Gefühl schenken, schön und stark zu sein. Ich bin genau die Person, die ich sein will. Ich bin eine Schattenjägerin, die umwerfende Anzüge trägt und einen legendären Anhänger.*

Sie wandte sich an das Spiegelbild ihrer Mutter im Spiegel.

»Du hast recht gehabt«, sagte sie. »Rot steht mir wirklich.«

Gabriel lachte leise, doch Cecily lächelte nur.

»Ich habe dich immer gekannt, mein Liebling«, sagte Cecily. »Du bist der Edelstein meines Herzens. Meine Erstgeborene. Meine Anna.«

Anna dachte an den Schmerz, den sie an diesem Tag erlitten hatte – an die Wunde, die ihr die Brust aufgerissen und ihr Herz bloßgelegt hatte. Doch jetzt hatte sie das Gefühl, als hätte ihre Mutter eine Heilrune darüber aufgetragen und die Wunde geschlossen. Die Narbe war zwar noch zu sehen, aber sie war wieder genesen.

Es fühlte sich an, als würde sie erneut ihre erste Rune erhalten, die festlegte, wer sie wirklich war. Sie war Anna Lightwood.

Cassandra Clare
Kelly Link

Verlust

Chattanooga, 1936

Als die Bewohner von Chattanooga im amerikanischen Bundesstaat Tennessee am Morgen des 23. Oktober 1936 erwachten, stellten sie überrascht fest, dass jemand über Nacht an jeder Straßenecke riesige Plakate an den Häuserfassaden befestigt hatte. Darauf stand zu lesen:

NUR FÜR KURZE ZEIT – EINZIGARTIGER BASAR MIT MAGIE & MUSIK & MYSTERIÖSEN MARKTSTÄNDEN. KOMMEN SIE ZUM FAIRYLAND. SIE ZAHLEN NUR SO VIEL EINTRITT, WIE SIE ERÜBRIGEN KÖNNEN. SEHEN SIE MIT EIGENEN AUGEN, WAS SIE SICH SCHON IMMER GEWÜNSCHT HABEN. HIER IST JEDER WILLKOMMEN.

Einige Männer und Frauen gingen kopfschüttelnd an den Plakaten vorbei. Das Land befand sich inmitten einer der schwersten Wirtschaftskrisen aller Zeiten, und obwohl Präsident Franklin Delano Roosevelt mehr Arbeitsplätze bei Arbeitsbeschaffungsprojekten im Great-Smoky-Mountains-Nationalpark versprochen hatte, musste man lange nach einer freien Stelle suchen. Nur die wenigsten hatten in dieser harten Zeit Geld für Firlefanz oder irgendwelche Vergnügungen übrig. Und wer wollte schon den langen Weg hinauf zum Lookout Mountain auf sich nehmen, nur um dann doch wieder fortgeschickt zu werden, weil das, was man erübrigen konnte, gleich null war? Außerdem: Niemand schenkte einem etwas – so viel stand fest.

Doch viele andere Einwohner der Stadt sahen die Plakate und dachten, dass ja vielleicht bald bessere Zeiten anbrechen würden.

Die Regierung hatte in den vergangenen Jahren eine Reihe von Wirtschafts- und Sozialreformen eingeleitet, und möglicherweise brachte dieser »New Deal« ja auch neue Gelegenheiten für etwas Spaß und Vergnügen mit sich. Und natürlich sehnte sich jedes Kind, dessen Blick auf die Plakate gefallen war, von ganzem Herzen nach dem, was dort versprochen wurde. Der 23. Oktober war ein Freitag. Am Samstag machte sich mindestens die Hälfte der Bevölkerung von Chattanooga auf den Weg zum Basar. Einige hatten Schlafzeug und Zeltplanen eingepackt, um darunter die Nacht zu verbringen – denn wenn dort oben Musik und Tanz geboten wurden, konnte man ja vielleicht noch einen Tag dranhängen. Am Sonntagmorgen herrschte in den Kirchen der Stadt gähnende Leere, aber auf dem Basar in der Nähe des Fairyland-Areals ging es zu wie in einem Bienenstock.

Kurz zuvor hatte ein ortsansässiger Erfinder und Geschäftsmann namens Garnet Carter hoch oben auf dem Lookout Mountain eine Touristenattraktion erschaffen, die nicht nur den ersten Minigolfplatz der Vereinigten Staaten umfasste, sondern auch eine beeindruckende Naturlandschaft. Hier in »Rock City« hatte seine Frau Frieda Wege zwischen den riesigen, moosbewachsenen Felsformationen angelegt, Wildblumen gepflanzt und Statuen aus Deutschland importiert, sodass die Pfade von Zwergen und anderen Märchenfiguren wie »Rotkäppchen« oder den »Drei kleinen Schweinchen« gesäumt waren.

Wohlhabende Amerikaner verbrachten hier ihren Urlaub und fuhren mit der Bergbahn – einer der steilsten Passagierbahnen der Welt – von Chattanooga zum Lookout Mountain Hotel hinauf. Dieses Hotel war auch unter dem Namen »Schloss über den Wolken« bekannt, und falls es einmal ausgebucht war, gab es immer noch die Herberge »Fairyland Inn«. Betuchte Touristen vergnügten sich mit Golf, Tanzen oder Jagdausflügen, während Geschichtsinteressierte das Gefechtsgelände der »Schlacht über den Wolken« besichtigen konnten, wo die Unionstruppen die Konföderierten unter schweren Verlusten besiegt hatten. An den Berghängen fand man immer noch Miniékugeln und andere Spuren der Toten sowie Feuerstein-Pfeilspitzen der Tscherokesen. Aber inzwischen waren die Tscherokesen vollständig vertrieben worden, und auch der Bürgerkrieg lag lange zurück – im Gegensatz zu einem noch größeren Krieg, bei dem viele Familien in Chattanooga einen Sohn oder Vater verloren hatten. Die Menschen taten sich gegenseitig schreckliche Dinge an, deren Spuren sich überall finden ließen, wenn man nur genau hinschaute.

Auch die Besucher, die sich eher für Whiskey als für Geschichte begeisterten, kamen auf ihre Kosten: Auf dem Lookout Mountain wurden zahlreiche illegale Brennereien betrieben. Und wer konnte schon sagen, welche anderen illegalen oder unmoralischen Vergnügungen dieser Basar mit seinen »mysteriösen Marktständen« versprach?

Am ersten Samstag drängten sich zahlreiche Bürger mit Geld und Geschmack auf dem Basar, neben den schmalgesichtigen Kindern und Frauen der Farmer. Sämtliche Attraktionen und Fahrgeschäfte waren umsonst. Außerdem gab es Verlosungen und einen Streichelzoo mit einem dreiköpfigen Hund und einer geflügelten Schlange, die so groß war, dass sie jeden Mittag um Punkt zwölf Uhr einen ganzen Ochsen verschlang. Fiedler schlenderten über den Basar und entlockten ihren Instrumenten melancholische und liebliche Melodien, die jedem Passanten vor Rührung Tränen in die Augen trieben. Eine Frau an einem Stand verkündete, dass sie mit den Toten reden könne – und verlangte dafür keinerlei Entgelt. Nicht weit davon ließ ein Magier namens »Rollo der Erstaunliche« auf seiner Bühne eine Blutweide aus einem Samen wachsen. Der Baum blühte und warf anschließend alle Blätter ab, bis er vollkommen kahl dastand ... so als wären alle vier Jahreszeiten innerhalb von Sekunden verstrichen. Rollo war ein gut aussehender Mann Mitte sechzig, mit leuchtend blauen Augen, einem gepflegten weißen Schnurrbart und schneeweißen Haaren, durch die sich eine schwarze Strähne zog – als hätte irgendein Teufel sie mit einer verrußten Hand berührt.

Auf dem gesamten Basar wurden köstliche Speisen zu solch geringen Preisen – oder sogar als Gratis-Kostproben – angeboten, dass sich jedes Kind damit vollstopfte, bis ihm fast schlecht war. Wie angekündigt lockten die Stände mit erstaunlichen Waren, die von noch erstaunlicheren Standbetreibern präsentiert wurden. Auch einige der Kunden erregten die Neugier. Konnte es wirklich sein, dass in einem weit entfernten Land Menschen lebten, die einen Ringelschwanz oder flammenartige Pupillen besaßen? An einem der beliebtesten Marktstände wurde ein regionales Produkt feilgeboten: ein klarer, starker Trank, der angeblich Träume von einer mondbeschienenen Waldlandschaft mit jagenden Wolfsrudeln schenkte. Die Männer, die diesen Stand betrieben, waren wortkarg und lachten kaum. Aber wenn sie doch einmal lächelten, wirkten ihre Zähne beunruhigend weiß. Normalerweise lebten sie abgeschieden hoch oben in den Bergen, doch hier auf dem Basar schienen sie sich heimisch zu fühlen.

In einem Zelt waren derart hinreißende Krankenschwestern beschäftigt, dass kein Basarbesucher Einspruch erhob, wenn er zur Ader gelassen wurde. Sie nahmen ihren Besuchern ein oder zwei Tassen Blut ab – »für Forschungszwecke«, versicherten sie – und überreichten den Spendern dann einen Gutschein, der wie Geld an den anderen Basarständen eingelöst werden konnte.

Direkt hinter den Zelten hing ein Schild, das zu einem Spiegellabyrinth führte und die Aufschrift trug:

SEHEN SIE SELBST –
DIE WAHRE UND DIE FALSCHE WELT
LIEGEN TÜR AN TÜR.

Die Besucher, die das Spiegellabyrinth erkundeten, wirkten danach etwas benommen. Einige hatten es bis zur Mitte geschafft, wo ihnen eine Person ein Angebot unterbreitete – eine Person, die jeder anders beschrieb. Manchen war sie als ein kleines Kind erschienen, andere hatten eine alte Frau in einem eleganten Gewand gesehen oder sogar einen längst verstorbenen Liebsten. Die Person im Zentrum des Labyrinths trug eine Maske, und diejenigen, die etwas offenbarten, das sie sich sehnlichst wünschten, erhielten diese Maske, und dann ... Aber das musste jeder für sich selbst erleben – falls es ihm oder ihr überhaupt gelang, den Weg durch das Labyrinth bis zur Mitte zu finden, wo die Person mit der Maske wartete.

Nach dem ersten Wochenende hatten fast alle Bewohner Chattanoogas den eigenartigen Charme des Basars persönlich erlebt und schmiedeten bereits Pläne, den Ständen auch am darauffolgenden Wochenende einen Besuch abzustatten – obwohl inzwischen Gerüchte die Runde machten, die von einem beunruhigenden Verhalten mancher Besucher berichteten.

Eine Frau behauptete plötzlich, dass der Mann, mit dem sie verheiratet war, ein Hochstapler sei, der ihren richtigen Ehemann getötet habe. Diese Behauptung hätte sich müheloser widerlegen lassen, wenn man nicht im Fluss einen Leichnam gefunden hätte, der in jeder Hinsicht ein exakter Doppelgänger ihres Mannes war. Beim Gottesdienst erhob sich ein junger Mann von der Bank und verkündete, dass er sämtliche Geheimnisse jedes Gemeindemitglieds nur durch einen Blick auf die betreffende Person sehen könne. Als er diese Geheimnisse laut preisgab, versuchte der Pfarrer, ihn zu übertönen – bis der Mann die Dinge auszuplaudern begann, die er über den Pfarrer wusste. An diesem Punkt verstummte der Geistliche. Dann verließ er die Kirche, ging nach Hause und schlitzte sich die Kehle auf.

Ein anderer Mann gewann bei einem wöchentlichen Pokerspiel wieder und wieder, bis er ziemlich angetrunken in erstauntem Ton gestand, dass er jede einzelne Karte seiner Mitspieler sehen konnte, so als würde er sie in der eigenen Hand halten. Zum Beweis nannte er jede der Karten, woraufhin ihn die Männer, die seit seiner Kindheit mit ihm befreundet waren, zusammenschlugen und bewusstlos auf der Straße liegen ließen.

Ein frisch verlobter Siebzehnjähriger kam vom Basar nach Hause und weckte in der darauffolgenden Nacht das ganze Haus durch seine Schreie. Er hatte sich zwei glühende Kohlestücke auf die eigenen Augen gelegt, weigerte sich aber, dafür eine Erklärung abzugeben. Genau genommen machte er seit diesem

Moment nie wieder den Mund auf. Und seine arme Versprochene löste schließlich die Verlobung und zog zu einer Tante in Baltimore.

Eines Abends tauchte im Fairyland Inn ein wunderschönes Mädchen auf und behauptete, sie sei Mrs Dalgrey. Dabei wussten die Herbergsmitarbeiter ganz genau, dass Mrs Dalgrey eine mürrische, aber vornehme Witwe von fast achtzig Jahren war. Sie verbrachte jeden Herbst ein paar Tage in der Herberge, gab aber nie Trinkgeld – ganz gleich, wie gut der Service war.

Aus anderen Vierteln Chattanoogas wurden weitere schreckliche Vorfälle berichtet, und bis Mitte der Woche nach dem Erscheinen der ersten Basar-Werbeplakate hatten schließlich auch diejenigen von diesen Ereignissen gehört, deren Aufgabe darin bestand, die Welt der Irdischen vor Übergriffen durch bösartige Schattenweltler und Dämonen zu schützen.

Natürlich musste man davon ausgehen, dass ein Basar immer auch einige Unannehmlichkeiten mit sich brachte – Vergnügen und Ärger sind schließlich wie Bruder und Schwester. Doch bei diesem Basar deutete vieles darauf hin, dass es hier nicht mit rechten Dingen zuging. Denn hier wurden nicht nur Tand und Trödel angeboten: Dieser Basar des Bizarren war ein regelrechter Schattenmarkt, an einem Ort, an dem es bisher keinen gegeben hatte. Und durch seine Gassen schlenderten ahnungslose Menschen und begutachteten die angebotenen Waren. Außerdem gab es Hinweise darauf, dass sich auf diesem Markt ein Gegenstand aus *Adamant* befand, und zwar in den Händen einer nicht befugten Person. Aus diesem Grund öffnete sich am Donnerstag, dem 29. Oktober, ein Portal auf dem Lookout Mountain, durch das zwei Personen ungesehen hindurchtraten, die sich erst kurz zuvor kennengelernt hatten.

Bei der einen Portalreisenden handelte es sich um eine junge Novizin der Eisernen Schwestern, deren Hände bereits die typischen Narben und Schrunden vom Umgang mit *Adamant* zeigten. Sie hieß Emilia, und die Schwestern hatten ihr diesen letzten Auftrag erteilt, bevor sie der Gemeinschaft beitreten durfte:

Sie sollte den *Adamant*-Gegenstand in ihren Besitz bringen und damit zur *Adamant*-Zitadelle zurückkehren. Emilia hatte ein freundliches, wachsames Gesicht, als würde sie die Welt im Allgemeinen mögen, aber nicht ganz glauben, dass diese sich auch immer von ihrer besten Seite zeigte.

Ihr Begleiter war ein Bruder der Stille mit den typischen Runenmalen auf den Wangen. Doch seine Augen und Lippen waren nicht zugenäht, sondern einfach nur geschlossen, als hätte er sich freiwillig ins Innere seiner eigenen Zitadelle zurückgezogen. Er wirkte sehr attraktiv, und wenn eine der Basarbesucherinnen ihn hätte sehen können, hätte sein Anblick sie bestimmt an ein Märchen erinnert, in dem ein Kuss genügte, um jemanden aus einem Zauber zu befreien. Schwester Emilia hielt ihn für einen der anziehendsten Männer, denen sie je begegnet war. Zugegeben: Er war auch einer der ersten Männer, die sie seit langer Zeit zu Gesicht bekommen hatte. Und wenn sie ihren Auftrag erfüllte und mit dem *Adamant* zur Zitadelle zurückkehrte ... nun ja, wenn dieser attraktive Bruder der Stille tatsächlich der letzte Mann war, den sie jemals sehen würde, so hätte sie es deutlich schlechter treffen können. Schließlich war nichts Schlimmes daran, dass man Schönheit zu schätzen wusste – egal, wann und wo sie einem begegnete.

»Nette Aussicht, oder?«, wandte sie sich an den Stillen Bruder. Denn von hier oben konnte man nicht nur Georgia, Tennessee, Alabama sowie North und South Carolina sehen, sondern – weit hinten am Horizont – auch Virginia und Kentucky: ausgebreitet wie ein bunt durcheinandergewürfelter Quilt mit blauen und grünen Schattierungen, nur durchbrochen von roten, goldenen und orangen Farbtupfern an den Stellen, wo die Bäume bereits ihre Herbsttönung angenommen hatten.

Im nächsten Moment hörte Emilia, wie Bruder Zachariah in Gedanken zu ihr sprach: *Ein außergewöhnliches, riesiges Land. Allerdings muss ich zugeben, dass ich mir Amerika etwas anders vorgestellt hatte. Eine Frau, die ich ... früher gekannt habe ... hat mir von New York erzählt. Sie ist dort aufgewachsen. Wir haben oft davon geredet, dass wir eines Tages gemeinsam dorthin reisen und all die Dinge und Orte besichtigen würden, die ihr etwas bedeuteten. Aber ich wusste schon damals, dass das wahrscheinlich nie geschehen wird.*

Schwester Emilia war sich nicht sicher, ob es ihr gefiel, dass jemand in ihrem Kopf mit ihr sprach. Natürlich war sie schon anderen Brüdern der Stille begegnet, aber es war das erste Mal, dass einer der Brüder sie direkt in ihren Gedanken angesprochen hatte. Das Ganze erinnerte sie an einen unangemeldeten Besucher, der ausgerechnet dann auftauchte, wenn man seit Tagen kein Geschirr gespült oder die Wohnung nicht aufgeräumt hatte. Was wäre, wenn die Stillen Brüder all die wirren, unaufgeräumten Gedanken sehen konnten, die man am liebsten einfach schnell wieder vergaß?

Ihre Mentorin, Schwester Lora, hatte ihr versichert, dass die Brüder der Stille zwar sämtliche Gedanken ihres Gegenübers lesen konnten, aber die der Schwesternschaft nicht. Andererseits: Was wäre, wenn es sich dabei um einen Teil der Aufgabe handelte, die die Eisernen Schwestern ihr gestellt hatten? Was wäre, wenn Bruder Zachariah seinerseits den Auftrag hatte, in ihren Verstand hineinzuschauen, um sicherzugehen, dass sie auch eine würdige Kandidatin war? *Entschuldigung! Kannst du mich denken hören?*, dachte Emilia, so laut sie nur konnte.

Als Bruder Zachariah nicht reagierte, fragte sie erleichtert: »Dann bist du zum ersten Mal in Amerika?«

Ja, bestätigte Bruder Zachariah und fügte dann, offenbar aus Höflichkeit, hinzu: *Und was ist mit dir?*

»Ich bin in Kalifornien geboren und aufgewachsen. Innerhalb der San-Francisco-Division«, erklärte Schwester Emilia.

Ist San Francisco mit dieser Region vergleichbar?, fragte Bruder Zachariah.

Emilia musste ein Lachen unterdrücken. »Nein. Nicht mal die Bäume sind ähnlich. Und der Erdboden rüttelt einen regelmäßig durch. Manchmal reichen die Erdstöße gerade aus, um das Bett ein paar Zentimeter zu verschieben, während man darin zu schlafen versucht. Aber zu anderen Zeiten sind sie so heftig, dass ganze Gebäude einstürzen, ohne jede Vorwarnung. Dafür sind die Früchte Kaliforniens die besten, die du je gekostet hast. Und die Sonne scheint jeden Tag.«

Ihr ältester Bruder war während des Erdbebens im Jahr 1906 noch ein Kleinkind gewesen. Damals hatte die halbe Stadt in Flammen gestanden, und Emilias Vater hatte ihr erzählt, dass sich selbst die Dämonen von diesem Inferno ferngehalten hatten. Ihre Mutter war zu dieser Zeit schwanger gewesen und hatte eine Fehlgeburt erlitten. Hätte das Kind überlebt, so hätte Emilia jetzt sieben Geschwister, allesamt Brüder. Während ihrer ersten Nacht in der *Adamant*-Zitadelle war sie jede Stunde aufgewacht, weil es so still und friedlich gewesen war.

Das klingt so, als würde San Francisco dir fehlen, sagte Bruder Zachariah.

»Ja, manchmal fehlt mir die Stadt. Aber sie war nie wirklich mein Zuhause. Also: Ich glaube, der Basar liegt in dieser Richtung. Es wäre besser, wenn wir hier nicht länger herumstehen; machen wir uns lieber an die Arbeit.«

Obwohl seine Augen, Ohren und Lippen durch die Magie der Stadt der Stille verschlossen waren, konnte Jem den Basar besser riechen und hören als jeder Irdische: den Geruch von Zuckerwatte, heißem Metall und Blut und die Rufe der Marktschreier, die Melodien der Dampfpfeifenorgel und die aufgeregten Rufe der Kinder. Und bald darauf konnte er den Basar auch sehen.

Der Schattenmarkt wurde auf einem fast ebenen Gelände abgehalten, wo früher einmal eine Schlacht stattgefunden haben musste. Jem konnte die Anwesenheit der Toten spüren: Ihre längst vergessenen, sterblichen Überreste lagen unter einer Wiese begraben, die von einem Lattenzaun umschlossen war. Innerhalb des Zauns leuchteten bunte Zelte und andere fantasievolle Bauwerke. Ein Riesenrad mit lachenden Passagieren in den farbenfrohen Gondeln überragte das Ganze, und zwei weit geöffnete Tore, die eine breite Gasse flankierten, hießen die Besucher willkommen.

Liebespaare in ihrer besten Sonntagskleidung schlenderten durch die Tore, die Arme um die Taillen geschlungen. Zwei Jungen stürmten an Jem vorbei, von denen einer zerzauste schwarze Haare hatte. Sie waren ungefähr in dem Alter, in dem Will und Jem bei ihrer ersten Begegnung gewesen waren, vor sehr, sehr langer Zeit. Doch Wills Haare waren inzwischen weiß, und Jem war nicht länger Jem. Er war jetzt Bruder Zachariah. Vor wenigen Tagen hatte er abends an Will Herondales Bett gesessen und mit ansehen müssen, wie sein alter Freund mühsam nach Luft rang. Jems Hand auf der Bettdecke war die eines noch immer jungen Mannes gewesen, und Tessa würde natürlich nie altern. Wie mochte sich Will, der beide liebte, wohl fühlen, dass er so lange vor ihnen gehen musste? Andererseits hatte Jem seinen *Parabatai* zuerst verlassen, und Will hatte ihn gehen lassen müssen. Da war es nur fair, wenn Jem bald derjenige war, der zurückblieb.

Jem hörte, wie Bruder Enoch sich in seinen Gedanken zu Wort meldete: *Das wird hart werden. Aber du wirst in der Lage sein, es zu ertragen. Denn wir werden dir dabei helfen.*

Ich werde es ertragen, weil ich es muss, erwiderte Jem.

Schwester Emilia war stehen geblieben, und er schloss zu ihr auf. Sie schaute in die Runde, die Hände in die Hüften gestemmt. »Welch ein Anblick!«, sagte sie. »Hast du je *Pinocchio* gelesen?«

Ich glaube nicht, sagte Jem. Aber wenn er sich recht erinnerte, hatte Tessa ihrem Sohn die Geschichte irgendwann einmal vorgelesen, als Jem sie im Londoner Institut besucht hatte.

»Eine Holzpuppe sehnt sich danach, ein richtiger Junge aus Fleisch und Blut zu sein«, erzählte Schwester Emilia. »Also erfüllt ihm eine Fee seinen Wunsch, mehr oder weniger, woraufhin er in alle möglichen Schwierigkeiten gerät ... an einem Ort, den ich mir immer genau so vorgestellt habe wie diesen Basar hier.«

Fast gegen seinen Willen erkundigte sich Jem: *Und, gelingt es ihm?*

»Gelingt ihm *was*?«, fragte Schwester Emilia.

Gelingt es ihm, sich in einen richtigen Jungen aus Fleisch und Blut zu verwandeln?

»Selbstverständlich«, erwiderte Schwester Emilia und fügte dann frech hinzu: »Was für eine Geschichte wäre das, wenn er eine Holzpuppe bleiben würde? Sein Vater liebt ihn, und auf diese Weise wird er zu einem richtigen Jungen. Diese Art von Erzählungen haben mir immer am besten gefallen – Erzählungen, in denen Menschen irgendetwas erschaffen oder schnitzen und dann zum Leben erwecken. Wie beispielsweise *Pygmalion*.«

In Jems Kopf bemerkte Bruder Enoch: *Für eine Eiserne Schwester ist sie ziemlich lebhaft.* Dabei klang er zwar nicht direkt missbilligend, aber es war auch kein Kompliment.

»Natürlich bist du selbst auch eine Art Legende, Bruder Zachariah«, sagte Schwester Emilia.

Was weißt du denn über mich?, fragte Jem.

»Ich weiß, dass du gegen Mortmain gekämpft hast. Und dass du einst einen *Parabatai* hattest, der später das Londoner Institut geleitet hat. Und dass seine Frau, die Hexe Tessa Gray, einen Anhänger trägt, den du ihr gegeben hast. Ich weiß sogar etwas über dich, das du vermutlich nicht einmal selbst weißt.«

Das ist eher unwahrscheinlich, erwiderte Jem. *Aber fahr ruhig fort: Erzähl mir, was ich noch nicht über mich weiß.*

»Gib mir mal deinen Kampfstab«, bat Schwester Emilia.

Jem reichte ihr den Stab, und sie betrachtete ihn sorgfältig. »Ja, das habe ich mir gedacht«, sagte sie. »Dieser Kampfstab wurden von Schwester Dayo angefertigt. Ihre Waffen sind so hervorragend geschmiedet, dass man munkelt, ein Engel habe ihre Schmiede gesegnet. Sieh mal: Hier ist ihr Zeichen.«

Der Stab hat mir immer gute Dienste geleistet, sagte Jem. *Vielleicht wirst auch du eines Tages für etwas berühmt sein, das du gefertigt hast.*

»Eines Tages«, sagte Schwester Emilia und gab ihm den Stab zurück. »Vielleicht.« Dabei funkelten ihre Augen – wodurch sie sehr jung wirkte. Die Welt war im Grunde eine Art Schmelztiegel, in dem alle Träume gehärtet und geprüft wurden. Dabei zerfielen viele vollständig, und das Leben ging ohne sie weiter. In Jems Kopf murmelten die Brüder beifällig. Nach nahezu siebzig

Jahren war er fast daran gewöhnt. Statt Musik hörte er den unnachgiebigen Chor der Bruderschaft. Früher hatte sich Jem jeden der Stillen Brüder als Instrument vorgestellt: Bruder Enoch war ein Fagott, dessen Ton aus dem Fenster eines verlassenen Leuchtturms drang, während in der Tiefe die Wellen gegen den Fuß des Turms krachten. *Ja, ja,* hatte Bruder Enoch damals gesagt. *Sehr poetisch. Und welches Instrument bist du, Bruder Zachariah?*

Jem hatte versucht, jede Erinnerung an seine Geige zu verdrängen. Aber vor der Bruderschaft konnte man nichts geheim halten. Und seine Geige hatte sehr lange Zeit stumm und vernachlässigt im Schrank gelegen.

Um auf andere Gedanken zu kommen, wandte er sich jetzt an Emilia: *Weißt du vielleicht irgendetwas über eine gewisse Annabel Blackthorn? Eine der Eisernen Schwestern. Sie war mit einem Freund von mir zusammen, mit dem Hexenmeister Malcolm Fade. Die beiden hatten sich ineinander verliebt und Pläne geschmiedet, gemeinsam durchzubrennen. Doch als ihre Familie davon erfuhr, hat man Annabel gezwungen, sich der Schwesternschaft anzuschließen. Es würde Malcolm bestimmt beruhigen, wenn er etwas über ihr Leben in der* Adamant-Zitadelle *erfahren könnte.*

»Offensichtlich weißt du nur sehr wenig über die Eisernen Schwestern!«, erwiderte Schwester Emilia. »Niemand ist je gezwungen worden, dem Orden beizutreten. Im Gegenteil: Es ist eine große Ehre, und viele Bewerberinnen werden erst gar nicht in Erwägung gezogen. Falls diese Annabel eine Eiserne Schwester geworden ist, dann hat sie diesen Weg freiwillig gewählt. Ihr Name sagt mir im Moment nichts, aber die meisten von uns nehmen nach der Weihung einen anderen Namen an.«

Falls du doch einmal etwas über sie hörst, wäre mein Freund für jede Information sehr dankbar, sagte Jem. *Er redet zwar nicht oft von ihr, aber ich glaube, dass er in Gedanken immer bei ihr ist.*

Als Jem und Schwester Emilia das Tor passierten, fiel ihr Blick auf einen Werwolf, der Zuckerwatte aus einer Papiertüte aß und in dessen Bart rosa Wattestränge klebten.

»Heute Nacht ist Vollmond«, sagte Schwester Emilia. »Die *Praetor Lupus* haben ein paar ihrer Leute hergeschickt, aber es heißt, dass die hiesigen Werwölfe eigenen Regeln folgen. Sie leben ziemlich abgeschieden oben in den Bergen und schmuggeln Alkohol. Diese Kerle sollten sich zu dieser Monatszeit von den Irdischen fernhalten, statt Zuckerwatte zu essen und Fusel zu verkaufen.«

Der Werwolf streckte ihnen die Zunge heraus und schlenderte dann fort. »Frechheit!«, knurrte Schwester Emilia und machte Anstalten, dem Lykanthropen zu folgen.

Warte. Hier gibt es Schlimmeres als Schattenweltler mit schlechten Manieren und einer Vorliebe für Süßigkeiten, sagte Jem. *Riechst du das auch?*

Schwester Emilia rümpfte die Nase. »Dämonen«, sagte sie.

Sie folgten dem Geruch durch die gewundenen Gassen des Basars – der seltsamsten Version eines Schattenmarktes, die Jem je gesehen hatte. Außerdem war das Gelände viel größer als erwartet. Jem erkannte einige der Standbetreiber, von denen manche ihm und Schwester Emilia misstrauisch nachschauten. Andere warfen ihnen einen resignierten Blick zu und begannen, ihre Waren einzupacken. Im Allgemeinen folgten die Schattenmärkte keinen niedergeschriebenen Regeln, sondern eher althergebrachten Konventionen und Sitten, aber Jem hatte das Gefühl, dass an diesem Schattenmarkt einfach alles falsch war. Und die Stillen Brüder diskutierten in seinem Kopf darüber, wie es dazu hatte kommen können. Selbst wenn der Schattenmarkt an diesem Ort hätte stattfinden dürfen, hätten die Schattenweltler dafür sorgen müssen, dass kein Irdischer durch die Gassen schlendern und die seltsamen Waren bestaunen konnte. Doch genau in diesem Moment kam Jem und Schwester Emilia ein Mann entgegen, der bleich und benommen wirkte und an dessen Hals noch immer Blut aus zwei Einstichwunden sickerte.

»Ich war noch nie auf einem Schattenmarkt«, berichtete Schwester Emilia und verlangsamte ihre Schritte. »Meine Mutter war immer der Ansicht, Schattenmärkte seien kein Ort für Schattenjäger.

Und sie hat stets darauf bestanden, dass meine Brüder und ich uns davon fernhielten.« Emilia schien sich für einen Stand zu interessieren, der Dolche und andere Waffen anbot.

Spar dir die Souvenirs für später, sagte Jem. *Erst die Arbeit, dann das Vergnügen.*

Kurz darauf standen sie vor einer Bühne, auf der ein Magier Witze erzählte, während er einen kleinen zotteligen Hund in eine grüne Melone verwandelte und diese anschließend mit einer Spielkarte halbierte. Darin kam eine feuerrote Kugel zum Vorschein, die wie eine Miniatursonne aufstieg und in der Luft schwebte. Dann goss der Magier – das Schild über seinem Kopf verkündete, dass er »Rollo der Erstaunliche« war – Wasser aus seinem Hut auf die glühende Kugel, woraufhin sich diese in eine Maus verwandelte. Die Maus sprang von der Bühne in die aufkeuchende und kreischende Zuschauermenge, die schließlich applaudierte.

Schwester Emilia war stehen geblieben, um sich die Vorführung anzusehen, und Jem hielt ebenfalls inne.

»Richtige Magie?«, fragte sie.

Zumindest richtige Illusionen, sagte Jem und deutete auf die Frau, die neben der Bühne stand und den Magier bei seinen Tricks beobachtete.

Der Magier schien Mitte sechzig zu sein, aber seine Begleiterin hätte jedes Alter haben können. Sie entstammte eindeutig einer adligen Feenfamilie. Und sie hielt einen Säugling auf dem Arm. Der Blick, den sie dem Magier auf der Bühne zuwarf, schnürte Jem die Kehle zu. Er hatte gesehen, wie Tessa ihren Mann Will auf die gleiche Weise betrachtet hatte – mit einer Mischung aus aufmerksamer, hingebungsvoller Liebe und dem Wissen, dass sie eines Tages tiefen Kummer würde ertragen müssen.

Erneut meldete sich Bruder Enoch zu Wort: *Wenn dieser Tag gekommen ist, werden wir den Kummer mit dir ertragen.*

In diesem Moment durchfuhr Jem ein Gedanke: Wenn der Tag kam und Will diese Welt verlassen würde, dann wollte er seinen Kummer nicht mit der Bruderschaft teilen. Er wollte nicht die Nähe anderer spüren, wenn Will nicht mehr in seiner Nähe war. Und dann war da noch Tessa. Wer würde ihr helfen, den Kummer zu ertragen, wenn Jem den Körper, den Will auf Erden zurückließ, in die Stadt der Stille brachte?

Die Elfe schaute über die Menge hinweg und zog sich dann plötzlich hinter einen Samtvorhang zurück. Als Jem ihrem Blick folgte, entdeckte er einen Kobold, der auf der Fahne eines benachbarten Zelts hockte. Der Kobold hielt die Nase in den Wind, als hätte er etwas besonders Köstliches geschnuppert. Jem dagegen roch nur den Dämon, der nicht mehr weit sein konnte.

Schwester Emilia legte den Kopf in den Nacken und schaute in die gleiche Richtung. »Noch ein Feenwesen!«, bemerkte sie. »Es ist schön, mich mal wieder in der normalen Welt aufzuhalten. Nach meiner Rückkehr in die *Adamant*-Zitadelle habe ich meinem Tagebuch einiges zu erzählen.«

Führen die Eisernen Schwestern denn Tagebücher?, fragte Jem höflich.

»Das war ein Witz«, erwiderte Schwester Emilia. Sie musterte ihn etwas enttäuscht. »Haben die Brüder der Stille auch nur einen Funken Humor, oder wird der auch zugenäht?«

Wir sammeln Klopf-Klopf-Witze, sagte Jem.

Emilia spitzte die Ohren. »Wirklich? Und hast du einen Lieblingswitz?«

Nein, sagte Jem. *Das war ein Scherz.* Wenn er gekonnt hätte, hätte er jetzt gelächelt. Schwester Emilia war so menschlich, dass er das Gefühl hatte, in ihrer Gegenwart erwachte ein Teil seiner längst verdrängten Menschlichkeit wieder zum Leben. Das war vermutlich auch einer der Gründe, weshalb er so viel an Will und Tessa dachte und an die Person, die er einst gewesen war. Eines stand fest: Sein Herz würde deutlich weniger schmerzen, sobald sie ihren Auftrag erledigt hatten und Schwester Emilia und er wieder an die Orte zurückkehrten, an die sie gehörten. Emilia hatte ein Funkeln in den Augen, das auch Will gehabt hatte – damals, als er und Jem *Parabatai* geworden waren. Jem hatte sich immer zu Wills Feuer hingezogen gefühlt; unter anderen Umständen hätten Schwester Emilia und er bestimmt gute Freunde werden können.

Plötzlich zupfte ihn ein kleiner Junge am Ärmel und riss ihn aus seinen Gedanken. »Gehört ihr auch zum Basar?«, fragte der Junge. »Habt ihr euch darum so verkleidet? Und sieht dein Gesicht deshalb so aus?«

Jem blickte zu dem Jungen hinunter und dann auf die Runenmale auf seinen Armen – als wollte er sich vergewissern, dass der Stoff seiner Robe sie nicht versehentlich weggewischt hatte.

»Du kannst uns sehen?«, fragte Schwester Emilia erstaunt.

»Natürlich kann ich euch sehen«, erwiderte der Junge. »Mit meinen Augen ist alles in Ordnung. Obwohl ich ja glaube, dass sie vorher nicht richtig funktioniert haben. Weil ich nämlich jetzt alle möglichen Dinge sehen kann, die ich vorher nicht gesehen habe.«

Wie kann das sein?, fragte Jem. Dann beugte er sich hinunter und schaute dem Jungen direkt in die Augen. *Wie heißt du? Und seit wann siehst du Dinge, die du vorher nicht gesehen hast?*

»Ich heiße Bill«, sagte der Junge. »Und ich bin acht Jahre alt. Warum sind deine Augen geschlossen? Und wieso kannst du reden, ohne dabei den Mund zu öffnen?«

»Er ist ein Mann mit vielen Talenten. Du solltest mal seine Hähnchen-Pastete probieren«, sagte Schwester Emilia. »Wo ist deine Familie, Bill?«

»Ich wohne in Chattanooga, unten in St. Elmo. Und meine Mom und ich sind heute mit der Bergbahn hergekommen, und ich habe eine ganze Tüte Karamellbonbons gegessen, die ich mit niemandem teilen musste.«

»Vielleicht hatten die Bonbons ja magische Eigenschaften«, raunte Schwester Emilia Jem zu.

»Meine Mutter hat mir zwar gesagt, ich soll nicht zu weit weglaufen, aber ich hör nicht auf sie – es sei denn, sie ist furchtbar wütend«, fuhr der Junge fort. »Ich bin ganz allein durch das Spiegellabyrinth gegangen und hab sogar bis zur Mitte gefunden. Dort saß eine elegante Dame, die meinte, als Belohnung dürfte ich sie um alles bitten, was ich nur wollte.«

Und worum hast du sie gebeten?, fragte Jem.

»Eigentlich wollte ich sie um eine Schlacht mit richtigen Rittern und Pferden und Schwertern bitten, so wie in den Geschichten über König Artus. Aber die Frau meinte, wenn ich richtige Abenteuer erleben wollte, dann sollte ich darum bitten, die Welt so zu sehen, wie sie wirklich ist. Das hab ich dann auch gemacht. Und dann hat sie mir eine Maske aufgesetzt ... und jetzt ist alles irgendwie verändert ... und die Frau war auch keine Frau mehr, sondern was anderes, bei dem ich nicht länger bleiben wollte. Also bin ich weggerannt. Inzwischen habe ich alle möglichen merkwürdigen Leute gesehen, aber meine Mom konnte ich nirgends finden. Habt ihr sie vielleicht gesehen? Sie ist klein, aber ziemlich grimmig. Und sie hat rote Haare, so wie ich. Außerdem kann sie sehr böse werden, wenn sie sich Sorgen macht.«

»Diese Art von Mutter kenne ich nur zu gut«, sagte Schwester Emilia. »Bestimmt sucht sie dich schon überall.«

»Ich bin eine permanente Plage ... zumindest sagt sie das«, erzählte Bill.

Dort drüben, sagte Jem. *Ist sie das?*

An einem Zelt, das die WUNDER DES WURMS! VORFÜHRUNG DREIMAL TÄGLICH bewarb, stand eine kleine Frau und schaute in Bills Richtung. »Bill Doyle!«, rief sie und marschierte auf den Jungen zu. »Du steckst bis über beide Ohren in Schwierigkeiten, junger Mann!«

Ihre Stimme setzte sich mühelos über den Lärm des Basars hinweg.

»Da naht mein Schicksal«, sagte Bill in ernstem Ton. »Haut lieber ab, bevor ihr Opfer der grausamen Schlacht werdet.«

»Mach dir um uns keine Sorgen, Bill«, beschwichtigte ihn Schwester Emilia. »Deine Mutter kann uns nicht sehen. Und an deiner Stelle würde ich unsere Anwesenheit auch nicht erwähnen. Sie denkt sonst, dass du das alles nur erfindest.«

»Anscheinend habe ich mich in eine wirklich missliche Lage gebracht«, sagte Bill. »Glücklicherweise kann ich mich genauso gut aus heiklen Situationen herauswinden, wie ich in sie hineingerate. Darin hab ich bereits Übung. Aber es war nett, eure Bekanntschaft gemacht zu haben.«

Im nächsten Moment war Mrs Doyle bei ihm. Sie packte ihren Sohn am Arm und zog ihn in Richtung Ausgang, während sie die ganze Zeit über auf ihn einschimpfte.

Jem und Schwester Emilia sahen ihnen schweigend nach.

Schließlich meinte Schwester Emilia: »Dann also auf zum Spiegellabyrinth.«

Selbst wenn sie Bill Doyle nicht begegnet wären, hätten sie beim Erreichen des Spiegellabyrinths sofort gewusst, dass dies der gesuchte Ort war. Es handelte sich um ein glänzend schwarz gestrichenes Gebäude mit spitzem Dach. Zwischen dem schwarzen Lack verliefen rote Risse, und diese rote Farbe wirkte so frisch und feucht, dass es den Eindruck erweckte, als würde das Gebäude bluten. Hinter dem Eingang flirrten Spiegel und Lichter. DIE WAHRE UND DIE FALSCHE WELT, stand auf einem Schild. SIE WERDEN SOWOHL ERKENNEN ALS AUCH ERKANNT WERDEN. DIEJENIGEN, DIE MICH SUCHEN, FINDEN SICH SELBST.

Der Gestank dämonischer Verderbtheit war hier so stark, dass selbst Jem und Schwester Emilia die Nase rümpften – trotz ihrer Runenmale zum Schutz gegen üble Gerüche.

Sei vorsichtig, warnten die Stimmen in Jems Kopf. *Das ist kein gewöhnlicher Eidolon-Dämon.*

Schwester Emilia hatte ihr Schwert gezogen.

Wir sollten vorsichtig sein, mahnte Jem. *Hinter dieser Tür lauern möglicherweise Gefahren, auf die wir nicht vorbereitet sind.*

Schwester Emilia zuckte die Achseln. »Ich finde, wir sollten wenigstens so mutig sein wie der kleine Bill im Angesicht der Gefahr.«

Er hat nicht gewusst, dass er es mit einem Dämon zu tun hatte, sagte Jem.

»Ich habe seine Mutter gemeint«, erwiderte Schwester Emilia. »Dann mal los.«

Und Jem folgte ihr in das Spiegellabyrinth.

Sie fanden sich in einem langen, glitzernden Korridor wieder, mit zahlreichen Begleitern. Vor ihnen stand eine weitere Schwester Emilia und ein weiterer Bruder Zachariah, dünn, gewellt und auf monströse Weise in die Länge gezogen. Daneben waren sie schon wieder – dieses Mal zusammengequetscht und unansehnlich. An einer anderen Stelle kehrten ihre Spiegelbilder ihnen den Rücken zu. In einem weiteren Spiegel lagen sie am Ufer eines seichten purpurroten Meeres – tot und aufgedunsen. Dennoch wirkten sie äußerst zufrieden, als wären sie in einem Zustand überwältigender Glückseligkeit gestorben. Der nächste Spiegel zeigte, wie ihre Reflexionen rapide alterten, dann bis auf die Knochen verwesten und schließlich zu Staub und Asche zerfielen.

Schwester Emilia hatte Spiegel zwar nie besonders gemocht, doch diese hier weckten ihr handwerkliches Interesse. Bei der Herstellung eines Spiegels fand immer ein reflektierendes Metall Verwendung, zum Beispiel Silber, auch wenn Vampire diese Spiegel nicht schätzten. Doch die Spiegel dieses Labyrinths mussten mit irgendeinem Dämonenmetall beschichtet sein, überlegte sie. Man konnte es regelrecht riechen. Bei jedem Atemzug blieb eine Art schmieriger Belag auf ihren Lippen und ihrer Zunge zurück – ein Geschmack von Verzweiflung und Entsetzen.

Langsam ging sie vorwärts, das Schwert vor sich haltend … und stolperte an einer Stelle in einen Spiegel, wo sie eine freie Fläche vermutet hatte.

Vorsicht, mahnte Bruder Zachariah.

»Niemand besucht einen Basar, um dort Vorsicht walten zu lassen«, erwiderte sie prahlerisch. Doch wahrscheinlich ahnte Bruder Zachariah längst, dass ihre Tapferkeit nur aufgesetzt war. Dennoch, dieses Verhalten war eine ebenso wichtige Waffe in ihrem Arsenal wie erhöhte Wachsamkeit.

»Wie sollen wir in diesem Labyrinth denn wissen, in welche Richtung wir gehen müssen?«, fragte sie. »Ich könnte die Spiegel mit meinem Schwert zertrümmern. Wenn ich alle zerschlagen habe, finden wir die Mitte sofort.«

Nein, ohne Schwert, sagte Bruder Zachariah.

Er war vor einem Spiegel stehen geblieben, der Schwester Emilia ausnahmsweise nicht zeigte. Stattdessen stand dort ein schlanker, junger Mann mit silbernen Haaren. Er hielt die Hand eines groß gewachsenen Mädchens mit ernstem, wunderschönem Gesicht. Die beiden standen mitten in einer Großstadt.

»Das ist New York«, sagte Schwester Emilia. »Ich dachte, du wärst dort noch nie gewesen!«

Bruder Zachariah schritt durch den Spiegel hindurch, der ihn passieren ließ, als hätte er gar nicht existiert. Das Bild zerplatzte wie eine Seifenblase. *Orientier dich an den Reflexionen, die etwas darstellen, das du dir sehnlichst wünschst, aber von dem du weißt, dass es niemals möglich sein wird,* erklärte Bruder Zachariah.

»Ah«, sagte Schwester Emilia. »Der Spiegel dort drüben!«

Dieser Spiegel zeigte eine Eiserne Schwester, die große Ähnlichkeit mit ihr besaß, aber bereits silberweiße Haare hatte. Mit einer Zange hielt sie eine glühende Klinge und tauchte diese in einen Bottich mit eiskaltem Wasser. Dampf in Gestalt eines prachtvollen, sich windenden Drachen stieg auf. All ihre Brüder standen neben ihr und schauten ihr voller Bewunderung zu.

Auch dieser Spiegel ließ Schwester Emilia und Bruder Zachariah mühelos passieren. Auf diese Weise durchschritten sie Spiegel für Spiegel, und Schwester Emilia spürte, wie ihr die Sehnsucht immer mehr die Kehle zuschnürte. Gleichzeitig leuchteten ihre Wangen vor Scham, weil Bruder Zachariah ihre eitelsten und nichtigsten Herzenswünsche zu sehen bekam. Umgekehrt sah sie, wonach er sich sehnte. Ein Mann und eine Frau, bei denen es sich um seine Eltern handeln musste, saßen in einem Konzertsaal und lauschten ihrem Sohn beim Violinspiel. Ein schwarzhaariger Mann mit blauen Augen und Lachfältchen entzündete ein Feuer in einem Kamin, während das ernste Mädchen jetzt lächelnd auf Bruder Zachariahs Schoß saß – der aber nicht mehr ein Mitglied der Bruderschaft war, sondern ein Ehemann und *Parabatai* ... in der Gesellschaft der Menschen, die er am meisten liebte.

Ein anderer Spiegel zeigte den schwarzhaarigen Mann erneut, jetzt allerdings alt und gebrechlich auf dem Sterbebett. Das Mädchen saß eng an ihn geschmiegt neben ihm und strich ihm sanft über die Stirn. Plötzlich betrat Bruder Zachariah den Raum. Doch als er seine Kapuze nach hinten schlug, hatte er weit geöffnete, strahlende Augen, und sein Mund lächelte. Bei diesem Anblick setzte sich der Greis auf und wurde von Sekunde zu Sekunde jünger, als würde ihm die Freude seine Jugend zurückschenken. Dann sprang er aus dem Bett und umarmte seinen *Parabatai*.

»Das ist einfach schrecklich«, sagte Schwester Emilia. »Wir sollten nicht auf diese Weise in unsere beiden Herzen sehen können!«

Nachdem sie diese Illusion passiert hatten, gelangten sie vor einen Spiegel, der Schwester Emilias Mutter zeigte. Sie saß an einem Fenster, einen Brief ihrer Tochter in der Hand. Ein äußerst niedergeschlagener Ausdruck stand in ihren Augen, doch dann setzte sie eine Flammenbotschaft an ihre Tochter auf. *Ich bin so stolz auf dich, mein Schatz. Und ich freue mich sehr, dass du deine Berufung im Leben gefunden hast.*

Ich kann in deinem Herzen nichts Beschämendes entdecken, sagte Bruder Zachariah mit seiner ruhigen Stimme. Er streckte ihr die Hand entgegen. Nach einem Moment wandte Schwester Emilia den Blick von ihrer Mutter ab – die all die Dinge niederschrieb, die sie nie gesagt hatte – und nahm dankbar seine Hand.

»Es ist beschämend, verwundbar zu sein«, räumte sie ein. »Zumindest habe ich das immer geglaubt.«

Gemeinsam passierten sie auch diesen Spiegel, und dann sagte eine Stimme: »Das ist exakt die Denkweise einer Waffenschmiedin, oder?«

Sie hatten den Weg ins Zentrum des Labyrinths gefunden. Dort saß ein Dämon, in Gestalt eines attraktiven Mannes in einem elegant geschnittenen Anzug. Und dieser Anzug war das Schrecklichste, was Schwester Emilia je gesehen hatte.

Belial, sagte Bruder Zachariah.

»Alter Freund!«, rief Belial. »Ich hatte so gehofft, dass man dich herschicken würde, um mir nachzuspionieren.«

Für Schwester Emilia war das die erste Begegnung mit einem Dämonenfürsten. Sie hielt ihr selbst geschmiedetes Schwert in einer Hand, während die andere noch immer Bruder Zachariahs Hand umklammerte. Hätte es sich anders verhalten, so hätte sie auf dem Absatz kehrtgemacht und wäre geflohen – das wusste sie genau.

»Ist das etwa Menschenhaut?«, fragte sie mit bebender Stimme.

Woraus der Anzug auch immer bestehen mochte – er besaß das speckige, leicht gerissene Erscheinungsbild schlecht gegerbten Leders und schimmerte rosa. Und bei näherem Hinsehen erkannte sie: Das, was sie für eine seltsame Ansteckblume gehalten hatte, war in Wahrheit ein vor Schmerz verzerrter Mund, mit einer knorpeligen, herabhängenden Nase darüber.

Belial blickte auf die schmuddelige Manschette, die aus seinem Ärmel herausragte, und schnipste einen Fusel weg. »Du hast ein gutes Auge, meine Liebe«, sagte er.

»Wessen Haut ist das?«, fragte Schwester Emilia. Zu ihrer großen Erleichterung klang ihre Stimme jetzt fester. Im Grunde interessierte sie die Antwort nicht sonderlich, aber sie hatte bereits zu Beginn ihres Trainings in der *Adamant*-Zitadelle festgestellt, dass sie durch das Stellen von Fragen ihre Furcht im Zaum halten konnte. Die Aufnahme neuer Informationen bedeutete, dass sie sich auf etwas anderes konzentrieren konnte als auf den Gedanken, wie furchterregend ihre Tutorinnen und ihre neue Umgebung waren.

»Die eines Schneiders, der einst in meinen Diensten stand«, antwortete Belial. »Er war ein furchtbar schlechter Schneider, aber dann hat er mir doch noch zu einem ganz anständigen Anzug verholfen.« Der Dämon schenkte Schwester Emilia und Bruder Zachariah sein charmantestes Lächeln, doch seine Reflexionen in den Spiegeln um sie herum fletschten die Zähne und knurrten.

Bruder Zachariah erweckte äußerlich den Eindruck, als wäre er die Ruhe in Person, aber Schwester Emilia spürte, wie fest er ihre Hand inzwischen hielt. »Ihr seid Freunde?«, fragte sie.

Verlust

Wir sind uns schon einmal begegnet, erklärte Bruder Zachariah. *Die Brüder der Stille können sich nicht immer aussuchen, mit wem sie verkehren. Aber ich muss zugeben, dass mir deine Gesellschaft lieber ist als seine.*

»Wie verletzend!«, sagte Belial anzüglich. »Und wie ich fürchte, auch sehr ehrlich. Aber ich mag nur eine der beiden Eigenschaften.«

Was treibst du hier für Geschäfte?, fragte Bruder Zachariah.

»Überhaupt keine«, erwiderte Belial. »Hier geht es nur ums Vergnügen. Ihr müsst wissen, dass man in den Höhlen unterhalb von Ruby Falls *Adamant* gefunden hat. Eine dünne Ader im Kalkstein. Habt ihr gewusst, dass die Leute aus dem ganzen Land anreisen, um Ruby Falls zu bestaunen? Einen unterirdischen Wasserfall! Ich selbst habe ihn noch nicht gesehen, aber dem Vernehmen nach soll er spektakulär sein. Dafür habe ich ein paar Runden Minigolf gespielt und mich anschließend mit den berühmten Karamellbonbons vollgestopft. Danach musste ich allerdings den Bonbonverkäufer verschlingen, um den Geschmack aus dem Mund zu bekommen. Ich glaube, ich habe noch immer ein Stück Menschenfleisch zwischen den Zähnen. ›Chattanooga, Tennessee!‹ Der Werbespruch sollte besser heißen: ›Kommt wegen des *Adamants,* aber bleibt wegen der Karamellbonbons!‹ Diesen Slogan könnten sie auf sämtliche Scheunen in der Umgebung schreiben.

Habt ihr gewusst, dass sich unter Chattanooga eine ganze Stadt befindet? Im letzten Jahrhundert wurde die Region von solch verheerenden Überschwemmungen heimgesucht, dass die Bewohner schließlich oberhalb des Flutpegels eine neue Stadt errichtet haben. Die alten Gebäude existieren noch darunter, allerdings ausgehöhlt wie faule Zähne. Und obwohl jetzt alles höher liegt, haben die Überschwemmungen natürlich nicht aufgehört. Die Fluten waschen den Kalkstein aus. Also was wird letztendlich passieren? Die Fundamente werden zerbröckeln, und eines Tages wird alles in einer gewaltigen Sintflut weggespült werden. Und die Moral von der Geschichte? Ihr ackert und ringt und kämpft, meine kleinen Schattenjäger, aber die Dunkelheit und der Abgrund werden eines Tages in einer großen Flutwelle herandonnern und alles fortspülen, was euch lieb und teuer ist.«

Wir hatten keine Zeit für eine Besichtigungstour durch Chattanooga, sagte Bruder Zachariah. *Wir sind wegen des Adamants hier.*

»*Adamant!* Natürlich!«, sagte Belial. »Ihr lasst dieses Zeug ja kaum aus den Augen.«

»Dann hast du das *Adamant*-Stück in deinem Besitz?«, fragte Schwester Emilia. »Ich dachte, schon eine Berührung mit dieser Substanz wäre für Dämonen tödlich.«

»Stimmt: Herkömmliche Dämonen explodieren beim geringsten Kontakt damit«, bestätigte Belial. »Aber ich bin ein Fürst der Finsternis und aus anderem Holz geschnitzt.«

Dämonenfürsten nehmen beim Umgang mit Adamant *keinen Schaden*, erklärte Bruder Zachariah. *Aber soweit ich weiß, bereitet ihnen die Berührung starke Schmerzen.*

»Die einen sagen so, die anderen sagen so«, erwiderte Belial. Seine Reflexionen in den verschiedenen Spiegeln weinten blutige Tränen. »Aber wollt ihr wissen, was uns wirklich Schmerzen bereitet? Die Tatsache, dass unser Schöpfer sich von uns abgewandt hat. Wir sind vor seinem Thron nicht mehr erwünscht. Doch *Adamant* ... das ist eine himmlische Substanz. Wenn wir sie berühren, dann ist der Schmerz über unsere Distanz zum Göttlichen unbeschreiblich. Und dennoch ist diese Substanz der einzige Weg, SEINE Nähe zu spüren ... näher kommen wir nicht mehr an IHN heran. Also berühren wir den *Adamant* und empfinden die Abwesenheit unseres Schöpfers – und in dieser Abwesenheit nehmen wir einen Funken dessen wahr, was wir einst gewesen sind. Dieser Schmerz ist das Wundervollste, was man sich vorstellen kann.«

»*Und Gott sprach: Ich werde Belial nicht in meinem Herzen behalten*«, sagte Bruder Zachariah.

Ein verschlagener, gekränkter Ausdruck breitete sich auf Belials Gesicht aus. »Natürlich wurdest du, Bruder Zachariah, ebenfalls von allen getrennt, die du liebst. Wir verstehen uns.« Und dann fügte er etwas in einer Sprache hinzu, die Schwester Emilia nicht kannte. Es schien, als würde er die Silben zischen und förmlich ausspucken.

»Was hat er gesagt?«, fragte sie. Sie hatte das Gefühl, als würde es im Raum wärmer werden. Die Spiegel strahlten deutlich heller als zuvor.

Er spricht Abyssisch, erklärte Bruder Zachariah ruhig. *Nichts von Bedeutung.*

»Aber er macht doch irgendwas«, zischte Schwester Emilia. »Wir müssen ihn aufhalten. Irgendetwas passiert hier gerade.«

In sämtlichen Spiegeln um sie herum schwoll Belial derartig an, dass die Haut seines Anzugs wie eine Wurstpelle aufplatzte. Dagegen schrumpften und verkohlten die Spiegelbilder der beiden Schattenjäger, als würden sie von Belials Hitze versengt.

Klopf-Klopf, sagte Bruder Zachariah.

»Was?«, fragte Schwester Emilia.

Achte nicht auf Belial, sagte Zachariah. *Er zehrt von deiner Qual. Das Ganze ist nicht real. Nur eine Illusion, weiter nichts. Dämonen töten keine Personen, denen sie etwas schulden. Klopf-Klopf.*

»Wer da?«, fragte Emilia automatisch.

Feuer.

Schwester Emilias Kehle war so ausgetrocknet, dass sie kaum reden konnte. Der Knauf ihres Schwerts fühlte sich glühend heiß an, als hätte sie ihn tief in das Feuer einer Schmiede gehalten.

»Feuer wer?«

Feuerwehr? Brennt's hier irgendwo?, erwiderte Zachariah.

Als Schwester Emilia den Witz schließlich verstand, musste sie unwillkürlich lachen, weil er so albern war. »Der ist wirklich schlecht!«, sagte sie.

Bruder Zachariah betrachtete sie mit ausdrucksloser, verschlossener Miene. *Du hast mich gefragt, ob die Brüder der Stille Sinn für Humor haben. Aber nicht, ob unsere Witze auch gut sind.*

Belial war verstummt und warf ihnen einen furchtbar enttäuschten Blick zu. »Das macht ja überhaupt keinen Spaß«, sagte er.

Was hast du mit dem Adamant *angestellt?*, fragte Bruder Zachariah.

Der Dämon griff sich an den Hals und holte eine Kette unter dem Anzug hervor. An deren Ende baumelte eine Halbmaske aus *Adamant.* Schwester Emilia sah, wie sich an den Stellen, wo er mit der Substanz in Berührung kam, seine Haut rötete und Geschwüre bildete, aus denen gelber Eiter quoll. Gleichzeitig leuchtete das Metall auf und schillerte in leuchtenden Tönen: Türkisblau, Scharlachrot und Viridiangrün. Aber Belials stolze Miene zeigte keine Gefühlsregung. »Ich habe den *Adamant* zum Wohl eurer so heiß geliebten Irdischen verwendet«, sagte er. »Dadurch haben wir uns gegenseitig Stärke verliehen. Einige Irdische wollten jemand anderes sein als sie selbst, also habe ich ihnen diese Illusion geschenkt. Eine Illusion, die stark genug ist, auch andere davon zu überzeugen. Manche Irdische wollten etwas sehen, das sie sich wünschten oder verloren hatten oder nicht bekommen konnten. Und auch dabei konnte ich helfen. Vor ein paar Tagen war ein Mann – eigentlich eher ein Junge – hier, der bald heiraten sollte. Aber er hatte Angst. Er wollte wissen, welch schreckliche Dinge ihm und dem Mädchen, das er liebte, zustoßen konnten, damit er sich darauf vorbereiten und mutig seinen Weg gehen konnte. Allerdings habe ich gehört, dass er danach gar nicht mehr so mutig war.«

»Er hat sich die eigenen Augen ausgebrannt«, sagte Schwester Emilia. »Und was ist mit Bill Doyle?«

»Ich denke, dieser Junge wird ein bemerkenswertes Leben führen. Oder in einer Irrenanstalt landen«, antwortete Belial. »Möchtet ihr mit mir wetten, in welche Richtung er sich entwickeln wird?«

Hier sollte überhaupt kein Schattenmarkt sein, sagte Bruder Zachariah.

»Es gibt so viele Dinge, die nicht dort sein sollten, wo sie sind«, erwiderte Belial. »Und viele Dinge, die nicht existieren, aber vermutlich existieren könnten, wenn man sie sich nur sehnlich genug wünscht. Ich muss zugeben, dass ich gehofft hatte, der Schattenmarkt würde mir eine bessere Deckung geben. Oder zumindest eine Warnung, sobald ihr auftaucht, um mir den ganzen Spaß zu verderben. Aber ihr habt euch durch nichts ablenken lassen.«

Schwester Emilia wird jetzt den Adamant *an sich nehmen,* verkündete Bruder Zachariah. *Danach wirst du den Schattenmarkt auflösen. Und zwar deshalb, weil ich dich dazu auffordere.*

»Wenn ich das tue, gleicht das dann den Gefallen aus, den ich dir schulde?«, fragte Belial.

»Er schuldet dir einen Gefallen?«, fragte Schwester Emilia. *Kein Wunder, dass man den Stillen Brüdern die Lippen zunäht – sie haben so viele Geheimnisse,* dachte sie.

Nein, das gleicht den Gefallen nicht aus, teilte Bruder Zachariah Belial mit. Dann wandte er sich an Emilia: *Ja. Und genau deshalb brauchst du dich auch nicht vor ihm zu fürchten. Dämonen können niemanden töten, dem sie etwas schuldig sind.*

»Aber ich könnte *sie* töten«, meinte Belial. Er ging einen Schritt auf Schwester Emilia zu, woraufhin sie ihr Schwert anhob, fest entschlossen, nicht kampflos zu sterben.

Doch das wirst du nicht tun, sagte Bruder Zachariah ruhig.

Belial zog eine Augenbraue hoch. »Ach nein? Warum nicht?«

Weil du sie interessant findest. Mir geht das jedenfalls so.

Belial schwieg. Dann nickte er. »Hier.« Er warf die Maske in Schwester Emilias Richtung, die Bruder Zachariahs Hand losließ, um sie aufzufangen. Die Maske war leichter als erwartet. »Ich könnte mir allerdings vorstellen, dass die Schwesternschaft dir nicht gestatten wird, das Material zu verarbeiten. Sie haben zu viel Angst, dass ich es auf irgendeine Weise verdorben habe. Und vielleicht stimmt es sogar – wer kann das schon sagen?«

Wir sind hier fertig, sagte Bruder Zachariah. *Jetzt geh und kehre nicht mehr zurück.*

»Definitiv!«, sagte Belial. »Ich hätte da allerdings noch eine Frage wegen dieses Gefallens. Es schmerzt mich, dass ich dir etwas schulde, wo ich dir doch möglicherweise behilflich sein kann. Und ich frage mich, ob ich dir nicht irgendetwas anbieten könnte. Zum Beispiel bezüglich des *Yin Fen* in deinem Blut. Wissen die Brüder der Stille noch immer nicht, mit welchem Heilmittel man es behandeln könnte?«

Bruder Zachariah schwieg, aber Schwester Emilia sah, wie er seine Hände so fest ballte, dass die Fingerknöchel weiß hervortraten. Schließlich räusperte er sich und forderte: *Sprich weiter.*

»Ich wüsste vielleicht ein Heilmittel«, sagte Belial. »Ja, ich bin mir sogar sicher, dass ich ein Heilmittel kenne. Dann könntest du wieder der junge Mann sein, der du einst warst. Du könntest wieder Jem sein. Oder ...«

Oder was?, fragte Bruder Zachariah.

Belials Zunge züngelte, als würde er die Luft schmecken und sie geradezu köstlich finden. »Oder ich könnte dir etwas erzählen, von dem du nichts weißt. Etwas, das die Herondales betrifft. Nicht die, die du kennst, aber Personen aus der gleichen Ahnenreihe wie dein *Parabatai*. Sie schweben in großer Gefahr; ihr Leben hängt am seidenen Faden ... und sie sind uns hier sehr viel näher, als du dir vorstellen kannst. Ich könnte dir etwas über sie erzählen und dich auf ihre Spur setzen, falls du zustimmst. Aber zuerst musst du eine Entscheidung treffen. Willst du ihnen helfen, oder willst du wieder der Mann sein, der du früher warst? Der Jem, der einst die Personen zurücklassen musste, die er am meisten liebte. Der Jem, nach dem sie sich noch immer sehnen. Du könntest wieder dieser Mann sein – du musst dich nur dafür entscheiden. Also triff nun deine Wahl, Bruder Zachariah.«

Bruder Zachariah schwieg sehr lange.

In den umliegenden Spiegeln sah Emilia Visionen dessen, was Belial in Aussicht gestellt hatte ... all jene Aspekte, die mit einem Heilmittel verbunden waren. Die Frau, die Bruder Zachariah verehrte, würde nicht mehr allein sein. Er wäre bei ihr und in der Lage, den Schmerz mit ihr zu teilen und sie wieder von ganzem Herzen zu lieben. Er könnte zu seinem geliebten Freund eilen und sehen, wie dessen blaue Augen beim Anblick seines verwandelten *Parabatai* funkelten wie Sterne in einer

Mittsommernacht. Und sie konnten sich wieder die Hände reichen, dieses Mal ohne den Schatten des bevorstehenden Kummers und Schmerzes. Auf diesen Moment hatten sie ihr ganzes Leben gewartet und oft gefürchtet, dass er vielleicht nie kommen würde.

In einhundert Spiegelbildern riss Bruder Zachariah die Augen auf, die vor Qual blind und silbern wirkten. Er verzog das Gesicht, als müsste er die schrecklichsten Schmerzen erleiden oder – schlimmer noch – sich vom größten Glück abwenden.

Die Augen des realen Zachariah blieben jedoch geschlossen, und seine Miene wirkte weiterhin ruhig und gelassen.

Endlich wandte er sich an Belial: *Die Carstairs sind den Herondales zu Dank verpflichtet. Ich entscheide mich dafür, ihnen zu helfen.*

»Dann hör genau zu, was ich dir über diese verschollenen Herondales erzählen kann. Sie verfügen über Macht, schweben aber auch in großer Gefahr. Sie verstecken sich vor einem Feind, der weder irdischer noch dämonischer Natur ist. Ihre Verfolger sind sehr erfindungsreich und ihnen dicht auf den Fersen. Und wenn sie sie finden, werden sie sie töten.«

»Aber wo sind sie?«, fragte Schwester Emilia.

»So groß ist die Schuld, in der ich stehe, nun auch wieder nicht, meine Liebe. Und jetzt ist sie beglichen«, erwiderte Belial.

Schwester Emilia schaute zu Bruder Zachariah, der den Kopf schüttelte. *Belial ist nun einmal das, was er ist: ein nichtsnutziger, habgieriger Dämon, der alles besudelt, was uns heilig ist. Und er ist ein Illusionist. Wenn ich mich anders entschieden hätte ... glaubst du wirklich, dass ich damit besser gefahren wäre?*

»Wie gut wir uns doch kennen!«, rief Belial. »Wir spielen alle eine Rolle. Aber ich denke, es würde dich erstaunen, wenn du wüsstest, wie behilflich ich dir bin. Du glaubst, dass ich dir nur Tricks und Betrügereien präsentiert habe, dabei habe ich dir in Wahrheit meine Freundschaft angeboten. Oder bist du ernsthaft der Meinung, dass ich diese Herondales einfach wie ein Kaninchen aus dem Hut zaubern könnte? Und was dich betrifft,

Schwester Emilia: Ich bin dir nichts schuldig, könnte dir aber einen guten Dienst erweisen. Im Gegensatz zu unserem gemeinsamen Bekannten hier hast du den Weg, den du beschreitest, bewusst gewählt.«

»Das stimmt«, sagte Schwester Emilia. Ihr ganzes Leben lang hatte sie sich nie etwas anderes gewünscht, als Dinge herzustellen ... als Seraphklingen zu schmieden und als eine Meisterschmiedin in die Geschichte einzugehen. Ihrer Ansicht nach schwelgten die meisten Schattenjäger in Tod und Zerstörung. Doch sie sehnte sich danach, Dinge zu erschaffen.

»Ich könnte dafür sorgen, dass du die beste *Adamant*-Schmiedin wirst, die die Zitadelle der Eisernen Schwestern je gesehen hat. Dein Name könnte noch Generationen nach dir in aller Munde sein.«

In den Spiegeln um sie herum sah Schwester Emilia die Schwerter, die sie herstellen würde. Sie sah deren Einsatz im Kampf und wie dankbar ihre Träger der Schmiedin waren. Schattenjäger in aller Welt priesen Schwester Emilia, und viele junge Schwestern eiferten ihr nach. Alle wollten bei ihr die hohe Kunst des Schmiedens erlernen, und sie alle priesen ihren Namen.

»Nein!«, erwiderte Schwester Emilia mit einem Blick auf ihre Reflexionen. »Ich werde zwar die beste *Adamant*-Schmiedin werden, die die Zitadelle der Eisernen Schwestern je gesehen hat, aber nicht weil ich deine Hilfe angenommen habe. Sondern ausschließlich aufgrund meiner eigenen Leistungen und der Unterstützung meiner Mitschwestern.«

»Unsinn!«, stieß Belial hervor. »Ich weiß nicht, warum ich mich überhaupt um dich bemühe.«

In diesem Moment rief Bruder Zachariah: *Rollo der Erstaunliche!*

Bevor Schwester Emilia ihn fragen konnte, was er damit meinte, stürmte er auch schon aus dem Spiegelkreis. Emilia konnte hören, wie er Spiegel für Spiegel mit seinem Kampfstab umstieß, während er durch das Labyrinth lief. Offenbar hatte er es zu eilig, um auf die gleiche Weise den Weg hinaus zu suchen, auf die sie beide kurz zuvor hineingefunden hatten. Vielleicht wusste er aber auch, dass die Spiegel verzaubert waren, um die Suche nach dem Zentrum zu erschweren, und dass das Zertrümmern dieser magischen Spiegel auf dem Weg ins Freie ebenfalls Vorteile hatte.

»Ein bisschen schwer von Begriff, der Gute«, wandte Belial sich an Schwester Emilia. »Na, jedenfalls sollte ich mich jetzt auf die Socken machen. Bis irgendwann mal, Kleine.«

»Warte!«, rief Schwester Emilia. »Ich möchte dir ein Angebot machen.«

Denn sie musste die ganze Zeit an das denken, was sie in Bruder Zachariahs Spiegeln gesehen hatte: seine Sehnsucht nach seinem *Parabatai* und diesem Mädchen, bei dem es sich um die Hexe Tessa Gray handeln musste.

»Fahr fort, ich bin ganz Ohr«, sagte Belial.

»Ich weiß, dass das, was du uns anbietest, nicht real ist«, sagte Schwester Emilia. »Aber vielleicht ist die Illusion einer Sache, die wir nicht haben können, immer noch besser als gar nichts. Ich möchte, dass du Bruder Zachariah eine Vision schenkst. Ein paar Stunden mit der Person, die ihm am meisten fehlt.«

»Er liebt dieses Hexenmädchen«, sagte Belial. »Ich könnte sie ihm geben.«

»Nein! Hexenwesen sind unsterblich«, sagte Schwester Emilia. »Ich bin davon überzeugt, dass er eines Tages mit Tessa Gray wiedervereint sein wird, auch wenn er das jetzt nicht zu hoffen wagt. Aber sein *Parabatai*, Will Herondale, ist alt und gebrechlich und dem Tode nahe. Ich möchte, dass du den beiden etwas gemeinsame Zeit schenkst. Sie sollen beide an einem Ort in der Vergangenheit sein, wo sie wieder jung und glücklich und brüderlich vereint sind.«

»Und was gibst du mir dafür?«, fragte Belial.

»Wenn ich dein Angebot vorhin angenommen hätte, dann wäre mein Name nicht berühmt geworden, sondern in Verruf geraten. Und selbst wenn man mich eines Tages für meine Arbeit gepriesen hätte, dann wäre jede von mir geschmiedete Klinge dennoch mit dem Makel befleckt gewesen, dass *du* zu meinem Erfolg beigetragen hättest. Jeder Sieg wäre vergiftet gewesen.«

»Du bist nicht so dumm wie die meisten Schattenjäger«, sagte Belial.

»Ach, hör schon auf, mir schmeicheln zu wollen!«, erwiderte Schwester Emilia. »Du trägst einen Anzug aus Menschenhaut. Niemand mit auch nur einem Funken Verstand sollte sich für das interessieren, was du zu sagen hast. Umgekehrt solltest du dich sehr wohl für das interessieren, was ich dir jetzt sagen werde. Ich gebe dir mein Wort: Wenn du dich weigerst, Bruder Zachariah und Will Herondale das zu schenken, worum ich dich gebeten habe, werde ich mein ganzes Leben dem Versuch widmen, eine Klinge zu schmieden, die in der Lage ist, dich zu töten. Ich werde so lange daran arbeiten, bis ich eines Tages mein Ziel erreicht habe. Und ich warne dich: Ich bin nicht nur begabt, sondern auch zielstrebig. Falls du mir nicht glaubst, kannst du ja mal meine Mutter fragen.«

Belial musterte sie. Er blinzelte zweimal und wandte dann den Blick ab. Jetzt konnte Schwester Emilia in den verbliebenen Spiegeln erkennen, auf welche Weise er sie sah – und ausnahmsweise gefiel ihr dieser Anblick.

»Du bist interessant ... wie Bruder Zachariah gesagt hat«, räumte Belial ein. »Und vielleicht auch gefährlich. Auf jeden Fall bist du zu klein für einen Anzug. Allerdings würde deine Haut für eine Kopfbedeckung ausreichen. Du könntest einen erstklassigen Schlapphut abgeben. Und vielleicht sogar ein Paar Gamaschen. Also warum sollte ich dich jetzt nicht töten?«

Schwester Emilia reckte das Kinn. »Weil du dich zu Tode langweilst. Du fragst dich, ob ich wirklich so eine gute Schmiedin bin. Und falls meine Schwerter ihre Träger im Stich lassen, wird dich das prächtig amüsieren.«

»Stimmt. Das wird ein Spaß«, bestätigte Belial.

»Also haben wir eine Vereinbarung?«, fragte Schwester Emilia.

»Abgemacht«, sagte Belial. Und dann war er verschwunden und ließ Emilia in einem Raum voller Spiegel zurück, die *Adamant-*

Maske in einer Hand und in der anderen Hand ein Schwert, das zwar ganz beachtlich war, sich aber in keinster Weise mit den Klingen vergleichen ließ, die sie eines Tages schmieden würde.

Als sie Bruder Zachariah ins Freie folgte, stellte sie fest, dass viele der Basarzelte bereits verschwunden waren oder verlassen dastanden. Auf dem Gelände irrten nur noch wenige Besucher umher, von denen die meisten verwirrt und benommen wirkten, als wären sie gerade aus einem Traum erwacht. Von den Schattenweltlern war nirgends eine Spur zu entdecken, und die Maschine am Stand der Werwölfe drehte sich langsam im Kreis und produzierte selbstständig Zuckerwatte, deren Stränge durch die Luft flogen.

Bruder Zachariah stand vor der leeren Bühne, auf der sie den Magier und seine Feenfrau gesehen hatten. »*Wir spielen alle eine Rolle. Aber ich denke, es würde dich erstaunen, wenn du wüsstest, wie behilflich ich dir bin*«, sagte er.

Emilia erkannte, dass er Belial zitierte. »Ich habe keine Ahnung, was das zu bedeuten hat«, räumte sie ein.

Bruder Zachariah deutete auf das Schild über der Bühne: ROLLO DER ERSTAUNLICHE.

»Rolle«, sagte sie gedehnt. »*Rolle ... Rollo ...* Es würde dich erstaunen.«

Tricks und Betrügereien. Er hat mir seine Freundschaft angeboten. Ein Trick. Magische Tricks. Tricks eines Magiers. Ich hätte viel eher darauf kommen müssen. Irgendwie hatte Rollo mich schon auf den ersten Blick an meinen Freund Will erinnert. Aber jetzt sind er und seine Frau geflohen.

»Du wirst sie wiederfinden«, sagte Schwester Emilia. »Da bin ich mir ganz sicher.«

Die beiden sind Herondales und stecken in Schwierigkeiten, sagte Bruder Zachariah. *Natürlich werde ich sie wiederfinden, weil mir gar keine andere Wahl bleibt. Außerdem hat Belial etwas gesagt, das meine Brüder sehr interessant fanden.*

»Erzähl«, bat Schwester Emilia.

Ich bin nun mal, wie ich bin, sagte Bruder Zachariah. *Ein Bruder der Stille, aber dennoch nicht wie der Rest der Bruderschaft, weil ich so lange Zeit unfreiwillig von* Yin Fen *abhängig war. Und jetzt bin ich – nicht ganz freiwillig – ein Stiller Bruder, damit ich trotz des* Yin Fen *in meinen Adern, das mich schon vor Jahren hätte töten müssen, weiterhin am Leben bleibe. Bruder Enoch und die anderen haben lange Zeit nach einem Heilmittel gesucht, aber vergebens. Allmählich drängte sich uns der Gedanke auf, dass vielleicht gar keines existiert. Aber Bruder Enoch fand die Wahl, vor die Belial mich gestellt hat, sehr interessant. Und er meinte, er wolle sich gleich mit möglichen Dämonenheilmitteln befassen, die irgendeinen Bezug zu Belial aufweisen.*

»Und wenn du dann geheilt wärst, würdest du aus der Bruderschaft austreten wollen?«, fragte Emilia.

Ohne auch nur eine Sekunde zu zögern. Wobei ich nie vergessen werde, zu welch großem Dank ich meinen Brüdern in der Stadt der Stille verpflichtet bin, erklärte Bruder Zachariah. *Und was ist mit dir? Wirst du eines Tages bereuen, dass du dich für ein Leben in der* Adamant-Zitadelle *entschieden hast?*

»Woher soll ich das jetzt wissen? Aber ich glaube es nicht. Man hat mir die Gelegenheit gegeben, das zu werden, was ich schon immer sein wollte. Komm, wir sollten aufbrechen. Wir haben hier alles erledigt.«

Noch nicht ganz, wandte Bruder Zachariah ein. *Heute Nacht ist Vollmond. Und wir wissen nicht, ob die Werwölfe wirklich alle in die Berge zurückgekehrt sind. Solange hier noch Irdische umherirren, müssen wir Wache halten. Die Bruderschaft hat die* Praetor Lupus *informiert. Die Mitglieder der hiesigen Untergruppe sind strenge Verfechter des Alkoholverbots und ganz entschieden gegen den Verzehr von Irdischen.*

»Das erscheint mir ein wenig harsch. Dieses Alkoholverbot«, sagte Schwester Emilia. »Natürlich verstehe ich, dass das Verspeisen von Personen generell nicht in Ordnung ist.«

Werwölfe leben nun einmal nach harschen Regeln, sagte Bruder Zachariah. Emilia konnte seinem Gesicht nicht ansehen, ob er gerade einen Witz machte oder nicht – aber eigentlich ging sie davon aus.

Verlust

Ich weiß, dass du gern schnell zur Zitadelle zurückkehren möchtest, jetzt, da du deine Aufgabe erledigt hast. Und es tut mir leid, dass ich dich noch eine Weile hierbehalten muss.

Damit hatte er natürlich recht. Sie sehnte sich von ganzem Herzen danach, zum einzigen Ort zurückzukehren, an dem sie sich wahrhaftig zu Hause fühlte. Gleichzeitig wusste sie, dass ein Teil von Bruder Zachariah sich vor der Rückkehr in die Stadt der Stille fürchtete. Die Spiegel hatten ihr eindeutig gezeigt, wo seine wahre Heimat lag und wem sein Herz gehörte.

»Es macht mir nichts aus, noch ein paar Stunden mit dir hier zu verbringen. Und ich bedaure es auch nicht, dass ich dich kennengelernt habe. Falls wir uns nach dieser Nacht nicht wiedersehen sollten, hoffe ich, dass eine von mir geschmiedete Waffe dir eines Tages nützlich sein wird.« Dann gähnte sie. Im Gegensatz zu den Stillen Brüdern brauchten die Eisernen Schwestern so weltliche Dinge wie Schlaf und Nahrung.

Bruder Zachariah schwang sich auf die Bühne, hockte sich an den Rand und klopfte auf den Platz neben sich. *Ich werde Wache halten. Wenn du müde wirst, schlaf ruhig. Keine Sorge, dir wird kein Leid widerfahren.*

Schwester Emilia gähnte erneut und verkündete: »Falls heute Nacht etwas Seltsames geschieht … falls du Dinge siehst, von denen du gedacht hast, dass du sie nie wieder zu Gesicht bekommen würdest … dann mach dir deswegen keine Gedanken. Damit ist nichts Negatives verbunden.«

Wie meinst du das?, fragte Bruder Zachariah. *Was hast du mit Belial besprochen, nachdem ich das Labyrinth verlassen habe?*

Tief in seinem Kopf raunten die Brüder: *Sei vorsichtig, sei bloß vorsichtig!*

»Wir haben über nichts Wichtiges gesprochen«, erklärte Schwester Emilia. »Aber ich glaube, Belial hat jetzt etwas Angst vor mir – und das sollte er auch. Er hat eine Vereinbarung mit mir getroffen, damit ich nicht zu seiner schlimmsten Erzfeindin werde.«

Sag mir, was du damit meinst, forderte Bruder Zachariah.

»Ich erzähl's dir später«, erwiderte Schwester Emilia fest. »Im Moment bin ich so müde, dass ich kaum die Augen aufhalten kann.«

Zwar hatte sie auch großen Hunger, aber sie war so erschöpft, dass sie sich nicht mit einem Abendessen aufhalten wollte. Schlafen war jetzt wichtiger. Sie kletterte zu Bruder Zachariah auf die Bühne, nahm ihren Umhang ab und faltete ihn zu einem Kissen. Die Abendluft war noch mild, und falls ihr später kalt wurde und sie aufwachte, dann konnten Bruder Zachariah und sie gemeinsam Wache halten.

Sie hoffte, dass ihre Brüder – inzwischen alles erwachsene Männer – so freundlich und tapfer waren wie dieser Mann. Bevor sie einschlief, dachte sie an ihre Kindheit zurück und daran, wie sie und ihre Brüder spielerisch miteinander gekämpft und gerungen und sich lachend geschworen hatten, einmal große Helden zu werden. Und die Nacht bescherte ihr süße Träume, auch wenn Emilia sich am nächsten Morgen nicht mehr daran erinnern konnte.

Obwohl die Brüder der Stille nicht wie gewöhnliche Sterbliche schliefen und träumten, stellte Bruder Zachariah fest, dass er im Laufe der Nacht – während er schweigend den verlassenen Basar beobachtete und auf fremde Geräusche lauschte – immer mehr das Gefühl hatte, sich in einem Traum zu befinden. Die Stimmen von Bruder Enoch und den anderen waren zunehmend verstummt und wurden schließlich durch Musik ersetzt. Aber keine Rummelplatzmusik, sondern der Klang einer Qin-Laute. Eigentlich hätte dieses traditionelle chinesische Instrument sich nicht in den Bergen oberhalb Chattanoogas befinden dürfen, aber er konnte seinen typischen Klang trotzdem hören. Und während er der Melodie lauschte, stellte er fest, dass er auch nicht länger Bruder Zachariah war. Er war einfach nur Jem. Außerdem saß er nicht mehr auf einer Bühne, sondern hockte auf einem Dach, umgeben von vertrauten Gerüchen und Klängen. Allerdings nicht die der Stadt der Stille. Und auch nicht Londons. Er war wieder Jem, und er befand sich in seiner Geburtsstadt: Shanghai.

In diesem Moment fragte eine Stimme: »Jem? Träume ich etwa?«

Noch bevor Jem den Kopf drehte, wusste er schon, wer neben ihm saß. »Will?«, fragte er.

Und er war es tatsächlich. Aber nicht alt und gebrechlich wie bei ihrer letzten Begegnung. Nicht einmal der Will wie zu der Zeit, als Tessa nach London gekommen war. Nein, dieser Will sah genauso aus wie in den ersten gemeinsamen Jahren im Londoner Institut – damals, als sie den *Parabatai*-Eid abgelegt hatten. Reflexartig blickte Jem auf seine Schulter, auf seine *Parabatai*-Rune. Doch davon war nichts zu sehen. Er bemerkte, wie Will ähnlich reagierte und nach der *Parabatai*-Rune auf seiner Brust suchte.

»Wie ist das möglich?«, fragte Jem.

»Offenbar befinden wir uns an einem Zeitpunkt in der Vergangenheit, an dem wir beschlossen hatten, *Parabatai* zu werden, das Ritual aber noch nicht vollzogen hatten. Hier, sieh mal diese Narbe. Erinnerst du dich daran?« Will zeigte Jem eine unverwechselbare Narbe an seinem Handgelenk.

»Ja, die hat dir ein Iblis-Dämon verpasst«, sagte Jem. »Etwa zwei Tage nach unserem Beschluss, *Parabatai* zu werden. Unser erster gemeinsamer Kampf, nachdem wir uns für den Kriegerbund entschieden hatten.«

»Dann wissen wir jetzt, an welchem Zeitpunkt in der Vergangenheit wir uns befinden«, sagte Will. »Aber ich habe keine Ahnung, *wo* wir sind. Oder wie und warum das hier passiert.«

»Ich glaube, eine Freundin hat für mich einen Handel abgeschlossen«, erklärte Jem. »Wahrscheinlich sind wir deshalb jetzt zusammen, weil der Dämon Belial sich vor ihr fürchtet und sie ihn gebeten hat, das hier für mich zu tun. Weil ich ihn nicht selbst darum hätte bitten wollen.«

»Belial!«, rief Will. »Wenn er sich vor deiner Freundin fürchtet, möchte ich ihr lieber nicht begegnen.«

»Ich wünschte, du könntest sie kennenlernen«, sagte Jem. »Aber wir sollten nicht noch mehr Zeit damit verschwenden, über Leute zu reden, die dich nicht interessieren. Du magst zwar nicht wissen, wo wir sind, aber ich kenne diesen Ort genau. Und ich fürchte, dass die Zeitspanne, die wir miteinander verbringen dürfen, nicht sehr lang sein wird.«

»Das war doch bei uns beiden nie anders«, sagte Will. »Aber wir sollten deiner furchterregenden Freundin dankbar sein, ganz gleich, wie viel Zeit wir miteinander haben. Ich sehe keine Spuren des *Yin Fen* an dir, und wir wissen beide, dass ich nie mit einem Fluch belegt war. Deshalb sollten wir uns freuen, hier zu sein, ohne irgendwelche dunklen Schatten.«

»Ohne Schatten«, pflichtete Jem ihm bei. »Außerdem befinden wir uns an einem Ort, den ich dir schon so lange habe zeigen wollen. Wir sind in Shanghai, meiner Geburtsstadt. Weißt du noch, wie wir immer davon geredet haben, gemeinsam hierherzureisen? Ich hätte dir gern so viele Orte gezeigt.«

»Ich erinnere mich, dass du mir von dem einen oder anderen Tempel erzählt hast«, sagte Will. »Und von irgendwelchen Gärten – obwohl ich keine Ahnung habe, wieso du gedacht hast, dass ich mich für Gartenanlagen interessieren würde. Und dann war da noch ein berühmter Berg oder so was.«

»Vergiss den Berg«, sagte Jem. »Nicht weit von hier gibt es eine Garküche mit köstlichen Teigtaschen, und ich habe seit Jahrzehnten keine menschlichen Speisen mehr zu mir genommen. Wir sollten ein Wettessen veranstalten: wer die meisten Teigtaschen verputzen kann. Und natürlich Ente! Du musst unbedingt mal die *Wor-Shu*-Ente probieren! Eine wahre Delikatesse.«

Jem warf Will einen Blick zu und unterdrückte ein Grinsen. Sein Freund funkelte ihn an. Und dann brachen beide in Gelächter aus.

»Es gibt doch nichts Besseres, als sich an den Knochen seines Feindes zu laben«, lachte Will. »Vor allem mit dir an meiner Seite.«

Ein leichtes, beschwingtes Gefühl erfüllte Jems Brust, das er schließlich als pure Freude wiedererkannte. Und die gleiche Freude sah er auch auf dem Gesicht seines *Parabatai* Will Herondale. *Das Gesicht eines geliebten Menschen ist der beste Spiegel, den man sich vorstellen kann,* überlegte Jem. *Es zeigt das eigene Glück und den eigenen Schmerz, und es hilft dabei, beides zu ertragen. Denn wenn man diese Momente allein ertragen muss, wird einen die Flut der Empfindungen mit sich reißen.*

Jem stand auf und streckte Will seine Hand entgegen. Dabei hielt er unwillkürlich den Atem an. Vielleicht war es ja doch nur ein Traum, und Will würde sich bei der ersten Berührung in Luft auflösen. Doch Wills Hand war warm und kräftig, und Jem zog ihn mühelos auf die Beine. Und dann liefen sie leichtfüßig über die Dachziegel.

Die Nacht war wunderschön und mild, und sie waren beide wieder jung.

Cassandra Clare
Maureen Johnson

Eine tiefere Liebe

London, 29. Dezember 1940

»Zitronenkuchen! Als Erstes Zitronenkuchen«, sagte Catarina. »Zitronen ... wie ich die vermisse!«

Catarina Loss und Tessa Gray schlenderten die Ludgate Hill entlang, eine Straße, die sie am Old Bailey vorbeiführte, Londons berühmtem Gerichtsgebäude. Dabei spielten sie ihr altes Fragespiel: Was wirst du als Erstes essen, wenn der Krieg vorbei ist? Trotz all der schrecklichen Ereignisse um sie herum waren es gelegentlich die kleinen Dinge, die ihnen ihre Situation am stärksten bewusst machten. Man hatte die Lebensmittel rationiert, und die Rationen waren winzig: ein Stückchen Käse, vier dünne Scheiben Speck und ein Ei pro Woche. Alles war nur noch in mikroskopischen Mengen erhältlich. Und manche Produkte waren vollständig aus den Regalen verschwunden, wie etwa Zitronen. Gelegentlich gelangten Orangen ins Land – Tessa hatte sie auf dem Markt gesehen –, aber sie waren ausschließlich Kindern vorbehalten, die jeweils eine dieser Südfrüchte haben durften. Die Krankenschwestern wurden im Hospital versorgt, aber auch ihre Rationen waren verschwindend klein und reichten nicht annähernd, um ihnen Kraft für ihre anstrengende Arbeit zu verleihen. Tessa war froh über ihre eigene Stärke, die weniger auf den körperlichen Fähigkeiten der Schattenjäger basierte als auf einem Funken himmlischen Durchhaltevermögens, der tief in ihrem Inneren schlummerte und sie jetzt antrieb. Sie hatte keine Ahnung, woher die irdischen Krankenschwestern ihre Kraft nahmen.

»Oder Bananen«, fuhr Catarina fort. »Obwohl ich sie früher nicht besonders gemocht habe, fehlen sie mir jetzt, da sie nicht mehr erhältlich sind. Aber so ist das ja immer, oder?«

Eigentlich interessierte sich Catarina Loss nicht fürs Essen – für gewöhnlich nahm sie kaum etwas zu sich. Aber sie versuchte, Konversation zu machen, während sie durch die Straßen eilten. Denn so verhielten sich alle Bewohner Londons: Man gab vor, dass das Leben ganz normal weiterging, selbst dann, wenn der Tod vom Himmel herabfiel. Das war der berühmte Überlebensgeist der Londoner. Man hielt so lange wie möglich am Alltag fest, auch wenn man zum Schutz vor den Bomben die Nacht in einer der U-Bahn-Stationen verbrachte und bei der Rückkehr am nächsten Morgen feststellen musste, dass das Haus der Nachbarn oder sogar das eigene Zuhause nicht länger existierte. Viele Geschäfte bemühten sich um normale Öffnungszeiten, auch wenn eine Bombe die Schaufensterscheiben zertrümmert oder das Dach weggerissen hatte. Manche hängten Schilder an die Tür, auf denen stand: »Weiter geöffnet wie üblich.«

Man tat sein Möglichstes, damit das Leben weiterging. Und man redete über Bananen und Zitronen.

In diesem Dezember erlebte London seine dunkelsten Stunden: Zum einen ging die Sonne um kurz vor vier Uhr nachmittags unter. Und zum anderen galten aufgrund der Luftangriffe nachts strenge Verdunkelungsverordnungen: Blickdichte Vorhänge an allen Fenstern blockierten jeden austretenden Lichtstrahl. Alle Straßenlaternen wurden ausgeschaltet, und die Scheinwerfer sämtlicher Fahrzeuge waren mit Schlitzblenden ausgerüstet. Die Bewohner Londons bewaffneten sich mit Taschenlampen, um sich einen Weg durch die samtige Dunkelheit zu suchen. Ganz London bestand nur noch aus Schatten und Schemen; jede Gasse führte scheinbar ins Nichts, und jede Mauer bildete eine undurchdringliche Fläche – was die Stadt noch mysteriöser und düsterer wirken ließ als sonst.

Tessa hatte das Gefühl, dass London gemeinsam mit ihr um Will trauerte, ihren Verlust spürte und jedes Licht löschte.

In diesem Jahr hatte sie dem Weihnachtsfest nicht viel abgewinnen können. Es fiel ihr schwer, sich an irgendetwas zu erfreuen, solange die deutsche Luftwaffe nach Lust und Laune Bomben auf

London herabregnen ließ. Diese als »Blitz« bezeichneten Luftangriffe sollten Angst und Schrecken in der Stadt verbreiten und sie in die Knie zwingen. Die tödlichen Bomben konnten ganze Häuser zerstören und dort, wo kurz zuvor noch Kinder geschlafen und Familien gemeinsam gelacht hatten, nichts als Schutt und Asche hinterlassen. Am nächsten Morgen sah man dann das schreckliche Ausmaß: Vielen Gebäuden fehlte eine Wand, sodass das Innere wie bei einem Puppenhaus den Blicken der Passanten ausgesetzt war. Zerfetzte Vorhänge flatterten an eingestürzten Ziegelsteinmauern. Bücher und Kinderspielzeug lagen inmitten von Geröll und Trümmerhaufen. Tessa hatte mehr als nur einmal eine Badewanne gesehen, die halb aus den Resten eines Hauses herausragte. Tagtäglich geschahen unbegreifliche Dinge – wie etwa bei jenem Haus, dessen Schornstein einstürzte und auf den Küchentisch prasselte, an dem die Familie gerade beim Essen saß. Er zertrümmerte den Tisch, verwundete aber niemanden. Busse lagen umgestürzt auf dem Dach. Mauerstücke fielen auf die Straßen herab und töteten einen Mann auf der Stelle, während seine Frau benommen, aber unversehrt mit dem Leben davonkam. Das Ganze war eine Frage des Glücks, eine Frage weniger Zentimeter.

Doch es gab nichts Schlimmeres, als allein zurückzubleiben, wenn einem der oder die Liebste genommen worden war.

»Wie war der Besuch gestern Nachmittag?«, fragte Catarina jetzt.

»Sie haben erneut versucht, mich zum Verlassen der Stadt zu bewegen«, erwiderte Tessa und ging um einen Bombenkrater in der Straße herum. »Ihrer Meinung nach sollte ich nach New York gehen.«

»Sie sind deine Kinder«, sagte Catarina sanft. »Ich bin mir sicher, sie wollen nur dein Bestes ... sie verstehen es einfach nicht.«

Nach Wills Tod hatte Tessa gewusst, dass sie in den Reihen der Nephilim nicht weiterleben konnte. Eine Weile hatte es danach ausgesehen, als ob es für sie auf der ganzen Welt keinen Platz mehr gab – so tief lag ihr Herz in der kalten Erde begraben. Doch als sie vor Kummer fast den Verstand verloren hatte,

hatte Magnus Bane sie bei sich aufgenommen. Und während Tessa ihren Tiefpunkt langsam überwand, hatten sich auch seine Freunde Catarina Loss und Ragnor Fell um sie gekümmert.

Niemand verstand den Schmerz der Unsterblichkeit besser als ein anderer Unsterblicher. Tessa war ihnen unendlich dankbar für ihre Hilfe.

Als der Zweite Weltkrieg ausbrach, hatte Catarina sie zum Krankenhaus mitgenommen. Catarina war schon immer als Heilerin tätig gewesen: für die Nephilim, für die Schattenweltler und für die Irdischen. Wo auch immer man sie brauchte, sie war zur Stelle. Nur zwanzig Jahre zuvor hatte sie im Ersten Weltkrieg als Krankenschwester gearbeitet – in einem Krieg, der sich im Grunde niemals hätte wiederholen dürfen. Tessa und sie hatten sich in der Nähe der Farrington Street, nicht weit vom Londoner Institut und dem St. Bart's Hospital entfernt, eine kleine Wohnung gemietet, die nicht annähernd so luxuriös war wie ihr früheres Zuhause und bei der sie sich das Bad auf dem Flur mit den anderen Mietern teilen mussten. Aber auf diese Weise war der Weg zur Arbeit kürzer, und außerdem war es gemütlicher. Tessa und Catarina teilten sich ein kleines Schlafzimmer, in dessen Mitte sie ein Bettlaken aufgehängt hatten, um sich gegenseitig etwas mehr Privatsphäre zu gönnen. Inzwischen arbeiteten sie fast jede Nacht und schliefen bei Tag. Wenigstens fanden die Luftangriffe im Moment nur nachts statt, was bedeutete: keine Sirenen, Flugzeuge, Bomben und Flugabwehrkanonen mehr am helllichten Tag.

Wie alle Kriege hatte auch dieser Krieg verstärkte Dämonenaktivitäten ausgelöst, da die Dämonen das dadurch verursachte Chaos ausnutzten. Und die Schattenjäger konnten sie kaum noch unter Kontrolle halten. Obwohl der Gedanke im Grunde schrecklich war, betrachtete Tessa den Krieg fast als eine Art persönlichen Segen. Denn jetzt konnte sie sich nützlich machen. Einer der Vorteile der Krankenschwesterntätigkeit bestand schließlich darin, dass es immer etwas zu tun gab. Immer. Und die konstante Beschäftigung hielt den Kummer auf Abstand, da ihr einfach keine Zeit zum Nachdenken blieb. Dagegen wäre es für sie

Eine tiefere Liebe

die reinste Hölle gewesen, nach New York zu gehen, wo sie sich zwar in Sicherheit befunden hätte, aber ständig an ihre Familie denken müsste. Tessa hatte keine Ahnung, wie sie damit umgehen sollte ... wie sie mit der Tatsache umgehen sollte, dass ihre Nachfahren inzwischen älter waren als sie selbst und eines Tages sterben würden.

Sie blickte zur Kuppel der St. Paul's Cathedral hinauf, die London wie seit Jahrhunderten überragte. Was mochte die Kathedrale wohl empfinden beim Anblick der Stadt zu ihren Füßen: ihr Kind, das von Bomben zerfetzt war?

»Tessa?«, fragte Catarina.

»Mir geht's gut«, versicherte Tessa und beschleunigte ihre Schritte.

In diesem Moment ertönte ein Heulen über der ganzen Stadt: Fliegeralarm. Wenige Augenblicke später folgte das Brummen. Es klang wie ein heranbrausender Schwarm wütender Bienen. Die Luftwaffe war über London. Und schon bald würden die Bomben vom Himmel fallen.

»Ich hatte gedacht, die Flieger würden uns vielleicht noch ein paar Tage verschonen«, sagte Catarina grimmig. »Nur zwei Luftangriffe diese Woche – welch eine Erleichterung. Vermutlich wollte selbst die Luftwaffe Weihnachten feiern.«

Tessa und Catarina hasteten weiter. Und dann hörten sie es – jenes unheimliche Geräusch: Bei ihrem Sturz vom Himmel erzeugten die Bomben ein Pfeifen. Die beiden Frauen blieben stehen. Das Pfeifen war direkt über ihnen. Aber das war nicht das Problem – das eigentliche Problem entstand in dem Moment, in dem das Pfeifen verstummte. Denn die Stille bedeutete, dass sich die Bomben weniger als dreißig Meter über ihren Köpfen befanden. Das war dann der Augenblick, in dem man nur noch warten konnte. Denn wohin sollte man sich wenden? Wo konnte man Schutz suchen, wenn der Tod lautlos vom Himmel herabfiel?

Ein paar Meter vor ihnen ertönte ein metallisches Klirren und Zischen, und plötzlich wurde die Straße in flackerndes, grelles Licht getaucht.

»Brandbomben«, sagte Catarina.

Sofort stürmten Tessa und ihre Freundin vorwärts. Bei diesen Bomben handelte es sich um Metallbehälter, die aus der Nähe betrachtet fast harmlos wirkten: wie eine lange Thermosflasche. Doch beim Aufprall auf den Boden versprühten sie schwer löschbare Flammen. Inzwischen war die ganze Straße mit Brandbomben übersät, die alles in helles Licht tauchten und die Gebäude in Brand steckten. Aus allen Richtungen kamen Feuerwehrhelfer angerannt, um die Bomben so schnell wie möglich zu löschen. Catarina beugte sich zu einer Brandbombe hinab. Tessa sah ein blaues Leuchten, und dann erloschen die Flammen. Sie selbst lief zu einer anderen Bombe und versuchte, die Funken mit den Schuhen auszutreten, bis ein Feuerwehrhelfer einen Eimer Wasser darüber goss. Doch inzwischen mussten die Flieger bestimmt Hunderte Bomben abgeworfen haben, die das ganze Viertel in Brand steckten.

»Wir sollten uns beeilen«, sagte Catarina. »Sieht so aus, als ob es eine lange Nacht wird.«

Vorbeihastende Passanten tippten sich an den Hut. Sie sahen nur das, was Tessa und Catarina ihnen zu sehen gestatteten: zwei junge, tapfere Krankenschwestern auf dem Weg zum Hospital – und nicht zwei Unsterbliche, die versuchten, eine endlose Flut schrecklichen Leidens einzudämmen.

Am gegenüberliegenden Themse-Ufer suchte sich eine verhüllte Gestalt ihren Weg durch die Dunkelheit unterhalb der Eisenbahnunterführung. Bei Tag fand hier der Borough Market statt, ein Wochenmarkt, auf dem es früher immer von Besuchern gewimmelt hatte. Doch jetzt lag das Gelände leer da, und auf dem Boden fanden sich keinerlei Überbleibsel der Marktstände: Selbst jedes verwelkte Kohlblatt und jede noch so zerquetschte Frucht war von hungrigen Londonern aufgelesen worden. Die Verdunklungsvorhänge, die gelöschten Laternen und das Fehlen jeglicher Irdischer auf den Straßen verlieh diesem Viertel Londons eine düstere Aura. Doch die Gestalt in ihrer Robe ging zielstrebig weiter, auch als der Fliegeralarm plötzlich die Stille der Nacht zerriss. Denn ihr Ziel lag gleich um die Ecke.

Trotz des Kriegs fand hier ein Schattenmarkt statt – wenn auch stark eingeschränkt. Genau wie bei den Irdischen mit ihren Lebensmittelkarten und den rationierten Lebensmitteln, Kleidungsstücken und sogar Badewassermengen herrschten auch auf dem Schattenmarkt Versorgungsengpässe. Die antiquarischen Buchstände waren fast leer und bekamen keinen Nachschub mehr, und auf den Tischen der anderen Händler, die sich früher unter der Fülle an Pulvern und Zaubertränken gebogen hatten, wartete vielleicht noch ein Dutzend Glasphiolen auf einen Käufer. Da die für den Schattenmarkt typischen bunten Lichter nicht annähernd mit dem Flammenmeer am gegenüberliegenden Ufer mithalten konnten, schien es außerdem sinnlos, sich mit der Beleuchtung Mühe zu geben. Nur die Kinder rannten wie immer zwischen den Ständen hin und her: junge Werwölfe und dazu Straßen- und Waisenkinder, die während der Verdunklungszeiten in düsteren Ecken von Vampiren gebissen und verwandelt worden waren. Sie streiften durch die Gassen, auf der Suche nach Nahrung und elterlicher Fürsorge. Ein kleiner Vampir, den man viel zu jung verwandelt hatte, zockelte eine Weile hinter Bruder Zachariah her und zupfte an seiner Robe. Zachariah ließ ihn gewähren. Das Kind wirkte schmutzig und einsam, und wenn es ihm gefiel, einem Bruder der Stille nachzulaufen, dann hatte Zachariah nichts dagegen.

»Was bist du?«, fragte der kleine Junge.

Eine Art Schattenjäger, erwiderte Bruder Zachariah.

»Bist du hier, um uns zu töten? Ich hab nämlich gehört, dass alle Schattenjäger das so machen.«

Nein. Das ist nicht unsere Aufgabe. Wo ist deine Familie?

»Tot«, sagte der Kleine. »Eine Bombe ist auf unser Haus gefallen, und danach ist mein Gebieter gekommen und hat mich mitgenommen.«

In den vergangenen Monaten war es viel zu einfach gewesen, die jüngsten Überlebenden aus einem zertrümmerten Haus herauszuholen, sie an der Hand zu nehmen und in irgendeine nachtschwarze Gasse zu führen, um sie in Vampire zu verwandeln. Auch die Aktivitäten der Dämonen hatten einen historischen Höchststand erreicht. Denn wer konnte schon sagen, ob ein abgetrennter Arm von jemandem stammte, den eine Bombe zerfetzt hatte, oder aber von einem Opfer der Dämonen? Und wo lag der Unterschied? Die Irdischen hatten ihre eigenen dämonischen Methoden, sich gegenseitig zu töten.

Eine Gruppe weiterer Vampirkinder stürmte an Bruder Zachariah vorbei, woraufhin sich der kleine Junge ihnen anschloss. Der Himmel dröhnte jetzt vom Motorengeräusch der Flugzeuge. Bruder Zachariah lauschte dem Lärm mit dem Gehör eines Musikers. Im Fallen erzeugten die Bomben ein Pfeifen, dem jedoch eine seltsame Stille folgte, sobald sie sich kurz über dem Erdboden befanden. In der Musik waren Momente der Stille so wichtig wie Klänge. Und hier und jetzt verriet die Stille vieles über die unmittelbare Zukunft. An diesem Abend prasselten die Bomben auf der anderen Seite des Flusses wie ein Hagelschauer vom Himmel – eine donnernde Sinfonie mit zu vielen Tönen. Diese Bomben würden in der Nähe des Instituts auftreffen, nicht weit von dem Krankenhaus entfernt, in dem Tessa arbeitete. Eine eisige Furcht erfasste Zachariah – so kalt wie der Fluss, der die Stadt teilte. In diesen leeren Tagen seit Wills Tod empfand Zachariah nur noch selten irgendetwas, aber wenn es um Tessa ging, waren seine Gefühle so stark wie eh und je.

»Ziemlich übel heute Nacht«, sagte eine Elfe mit silbern geschuppter Haut, die verzauberte Spielzeugkröten feilbot. Die Tiere sprangen auf ihrem Verkaufsstand herum und streckten Bruder Zachariah ihre goldenen Zungen heraus. »Möchtest du eine?«

Sie zeigte auf eine der Kröten. Diese färbte sich erst blau, dann rot, danach grün. Anschließend warf sie sich auf den Rücken und drehte sich um die eigene Achse, bevor sie sich in einen Stein verwandelte. Kurz darauf zersprang der Stein und nahm wieder die Gestalt der Kröte an, woraufhin der Kreislauf von vorn begann.

Nein danke, sagte Zachariah und ging weiter.

Eine tiefere Liebe

Doch die Elfe rief ihm etwas nach: »Er wartet auf dich.«
Wer *wartet auf mich?*
»Derjenige, wegen dem du hier bist.«
Seit Monaten hatte Jem gewissenhaft eine Reihe von Spuren in der Feenwelt verfolgt, auf der Suche nach den verschollenen Herondales, von denen er auf dem Schattenmarkt und Basar in Tennessee erfahren hatte. Im Grunde war er an diesem Abend nicht hierhergekommen, um jemanden Besonderes zu treffen: Er verfügte über zahlreiche Kontakte, die ihm bei Gelegenheit neue Informationen zukommen ließen. Aber offensichtlich wollte sich jemand mit ihm treffen.

Vielen Dank, sagte er höflich. *Wo finde ich denjenigen?*
»Im King's Head Yard«, sagte die Elfe breit lächelnd. Dabei kamen ihre kleinen und sehr spitzen Zähne zum Vorschein.

Bruder Zachariah nickte. Der King's Head Yard war nicht weit entfernt – eine hufeisenförmige Gasse, die von der Borough High Street abging und durch einen Torbogen zwischen zwei Gebäuden zu erreichen war. Als er sich der Gasse näherte, hörte er über sich die Motoren mehrerer Flugzeuge und dann das Pfeifen der abgeworfenen Bomben.

Aber es blieb ihm nichts anderes übrig, als weiterzulaufen. Zachariah durchquerte den Torbogen.

Ich bin hier, sagte er in die Dunkelheit hinein.
»Schattenjäger«, sagte eine Stimme.

Hinter der Krümmung am oberen Ende der Gasse tauchte eine Gestalt auf: eindeutig ein Elbenritter von einem der Feenhöfe. Er war extrem groß und besaß eine nahezu menschenähnliche Gestalt – abgesehen von seinen breiten, braun-weiß gesprenkelten Schwingen, die fast die Mauern links und rechts neben ihm berührten.

Wenn ich es richtig verstanden habe, möchtest du mit mir reden, sagte Bruder Zachariah höflich.

Der Elbe kam näher, und Zachariah sah, dass er eine kupferne Halbmaske in Gestalt eines Falken trug, die die obere Hälfte seines Gesichts verdeckte.

»Du hast dich eingemischt«, sagte der Elbe.

Eingemischt? Wobei genau?, fragte Zachariah. Er wich nicht zurück, verstärkte aber den Griff um seinen Kampfstab.

»In Dinge, die dich nichts angehen.«

Ich habe Nachforschungen über eine verschollene Schattenjäger-Familie angestellt. Und die geht mich durchaus etwas an.

»Du bist zu meinen Brüdern gegangen. Du hast die Feenwesen befragt.«

Das stimmte. Seit seiner Begegnung mit Belial auf dem Basar oberhalb von Chattanooga hatte Bruder Zachariah mehrere Spuren verfolgt, die ins Feenreich geführt hatten. Immerhin hatte er einen Herondale-Nachkommen mit seiner Feenfrau und einem Kind gesehen. Als Jem sie erkannt hatte, waren die drei geflohen, allerdings nicht vor ihm. Welche Gefahren den verschollenen Herondales auch immer drohten, Jem wusste inzwischen, dass deren Ursprung im Feenreich zu suchen war.

»Was hast du alles in Erfahrung gebracht?«, fragte der Elbenritter und trat einen weiteren Schritt auf Zachariah zu.

Ich würde dir raten, nicht noch näher zu kommen.

»Du hast keine Ahnung, in welche Gefahren du dich mit deiner Suche begibst. Hier geht es um eine Angelegenheit der Feenwesen. Misch dich nicht länger in Dinge ein, die ausschließlich uns und unser Land betreffen.«

Ich wiederhole es noch einmal: Ich befasse mich mit verschollenen Schattenjägern, sagte Zachariah ruhig, den Kampfstab jetzt jedoch fest in beiden Händen. *Und die gehen mich sehr wohl etwas an.*

»Dann tust du das auf eigene Gefahr.«

In der Hand des Elben blitzte eine Klinge auf, mit der er nach Zachariah stieß. Doch der reagierte sofort: Er rollte sich ab, kam neben dem Elben wieder auf die Beine und schlug ihm das Schwert aus der Hand.

Das Pfeifen der Bomben war verstummt – was bedeutete, dass sie sich direkt über ihnen befinden mussten.

Und dann prasselten sie herab. Drei fielen klirrend auf das Kopfsteinpflaster am Eingang des Torbogens und begannen, ihre grellen Flammen zu versprühen. Da der Elbe durch den Anblick einen Moment abgelenkt war, ergriff Zachariah die Gelegenheit und stürmte auf die andere Seite der hufeisenförmigen Gasse und zur Hauptstraße. Er hatte kein Interesse daran, einen Kampf fortzusetzen, der nur zu Problemen zwischen den Stillen Brüdern und den Feenwesen führen konnte. Ihm war schleierhaft, warum der Elbe so gewalttätig geworden war. Hoffentlich kehrte er einfach dahin zurück, woher er gekommen war. Zachariah schlüpfte durch das Tor auf die Borough High Street hinaus, wobei er geschickt den fallenden Metallzylindern auswich. Doch er hatte kaum einen Fuß auf die Hauptstraße gesetzt, als er den Elben hinter sich hörte. Zachariah wirbelte herum, den Kampfstab erhoben.

Ich habe keinen Grund, mich mit dir zu streiten, und schlage vor, dass jetzt jeder seiner Wege geht.

Statt einer Antwort presste der Elbe die Lippen zu einem dünnen Strich zusammen und holte mit seinem Schwert aus. Die Klinge zerschnitt die Luft vor Zachariah und schlitzte seine Robe auf. Jem sprang und wirbelte so herum, dass sein Kampfstab die Klinge abwehrte. Die ganze Zeit über fielen weitere Brandbomben vom Himmel, landeten in ihrer Nähe auf dem Boden und spuckten Flammen. Aber weder Zachariah noch der Elbe schienen sie wahrzunehmen.

Bruder Zachariah achtete darauf, den Elben nicht zu verletzen und nur seine Angriffe abzuwehren. Denn er durfte nicht riskieren, dass seine Nachforschungen bekannt wurden. Doch der Elbe attackierte mit zunehmender Heftigkeit. Als er seine Klinge im weiten Bogen von unten nach oben riss, um Zachariah die Kehle aufzuschlitzen, schlug Zachariah ihm das Schwert aus der Hand, das daraufhin quer über die Straße flog.

Wir sollten jetzt aufhören. Ich gebe dir hiermit die Chance, das Ganze als einen fairen Kampf zu bezeichnen, der nun beendet ist. Und jetzt geh deiner Wege.

Der Elbe war außer Atem. Blut sickerte aus einer Wunde an seiner Schläfe.

»Wie du willst«, keuchte er. »Aber hör auf meine Warnung.«

Er wandte sich zum Gehen, woraufhin Bruder Zachariah für einen Sekundenbruchteil den Griff um seinen Stab lockerte. Im selben Augenblick wirbelte der Elbe herum, einen Dolch in der Hand, und zielte auf Zachariahs Herz. Mit der Schnelligkeit der Stillen Brüder drehte Zachariah sich weg, doch es war bereits zu spät. Der Dolch bohrte sich tief in seine Schulter und trat auf der anderen Seite wieder heraus.

Dieser Schmerz! Die Wunde begann sofort zu zischen, als würde eine Säure Zachariahs Haut und Muskeln zerfressen. Eine Mischung aus Schmerz und Taubheit schoss durch seinen Arm, sodass ihm der Kampfstab aus der Hand fiel. Zachariah taumelte zurück, während der Elbe sein Schwert aufhob und auf ihn zusteuerte.

»Du hast dich zum letzten Mal in die Angelegenheiten der Feenwesen eingemischt, Grigori«, sagte er. »Unser Volk ist unser Volk, und unsere Feinde sind unsere Feinde. Sie werden niemals die deinen sein!«

Inzwischen landeten die Brandbomben klirrend auf dem Kopfsteinpflaster um sie herum und sprühten grelle Flammen, die an den Gebäuden züngelten. Zachariah versuchte, sich in Sicherheit zu bringen, doch seine Kräfte schwanden. Er konnte nicht mehr laufen ... nur noch wie ein Betrunkener torkeln. Diese Wunde war keine herkömmliche Verletzung – Gift pulsierte durch seinen Körper. Der Elbe kam mit erhobenem Schwert auf ihn zu, aber Zachariah war nicht in der Lage zu fliehen.

Nein! Nicht ohne Tessa noch ein letztes Mal gesehen zu haben.

Er blickte auf den Boden und entdeckte eine der Brandbomben, die nicht hochgegangen war.

Mit letzter Kraft wirbelte er herum und schwang den Metallbehälter. Um ihn herum fielen weitere Bomben. Der Behälter flog durch die Luft, prallte gegen die Brust des Elben und explodierte. Als die darin enthaltenen Eisenpartikel freigesetzt wurden, schrie der Elbenritter auf. Und Zachariah sank auf die Knie, während die Eisenflamme lichterloh brannte.

Eine tiefere Liebe

Im Krankenhaus herrschte hektische Betriebsamkeit.

Da die oberen Geschosse als zu unsicher galten, fanden sämtliche Behandlungen in den unteren Stockwerken und im Kellergeschoss statt, wo Ärzte und Schwestern hin und her eilten und sich um die Verwundeten und Kranken kümmerten. Feuerwehrhelfer wurden hereingebracht, hustend und mit rußbedeckter Haut. Neben der Versorgung der typischen, durch die Bombenangriffe verursachten Verletzungen – Verbrennungen, Knochenbrüche und tiefe Schnittwunden von herumfliegenden Glassplittern oder Mauerstücken – lief der normale Krankenhausbetrieb einer Großstadt weiter: Londoner, die auch während dieser schrecklichen Zeiten Kinder bekamen, erkrankten oder einen Unfall hatten. Doch der Krieg vervielfachte die Zahl der Unfälle. Denn in der Dunkelheit stürzten mehr Leute, und während der Bombenangriffe stieg die Zahl der Herzinfarkte. Überall brauchten Menschen Hilfe.

Seit ihrer Ankunft im St. Bart's Hospital waren Catarina und Tessa von einem Ende des Krankenhauses zum anderen gelaufen, hatten sich um den unablässigen Strom frisch Verwundeter gekümmert, Verbandszeug herbeigeholt, Schüsseln mit blutigem Wasser fortgetragen und Verbände angelegt und gewechselt. Als Schattenjägerin fiel Tessa der Umgang mit den grausigeren Aspekten ihrer Tätigkeit leichter – zum Beispiel die Tatsache, dass ihre bei Schichtbeginn ordentliche Schwesterntracht und Schürze trotz all ihrer Bemühungen innerhalb weniger Minuten mit Blut besprit waren, das sich einfach nicht mehr vollständig auswaschen ließ. Und kaum hatte sie das Blut eines Patienten von ihren Armen gewaschen, wurde auch schon der nächste Verwundete hereingetragen, dessen Blut ihre Haut bald großflächig bedeckte. Trotz des Chaos versuchten die Schwestern weiterhin, eine Aura ruhiger Kompetenz auszustrahlen. Man bewegte sich zügig, aber nicht hastig. Man sprach mit lauter Stimme, wenn man Hilfe brauchte, aber man schrie unter gar keinen Umständen.

Tessa war an der Tür der Notaufnahme stationiert und erteilte den Sanitätern Anweisungen, die gerade ein Dutzend neuer Patienten hereinbrachten: eine Gruppe von Feuerwehrhelfern, von denen manche noch gehen konnten, während andere auf Bahren transportiert werden mussten.

»Dort drüben hin«, dirigierte Tessa die Sanitäter mit den Brandopfern. »Zu Schwester Loss.«

»Ich habe hier einen, der gezielt nach Ihnen gefragt hat, Schwester«, sagte der Sanitäter und stellte eine Trage mit einer Gestalt in einer grauen Decke ab.

»Ich komme schon«, sagte Tessa, eilte zu der Bahre und beugte sich hinab. Die Decke war wie eine Kapuze über das Gesicht des Mannes gezogen.

»Keine Sorge, es wird alles gut«, versicherte Tessa und schlug die Decke beiseite. »Sie sind jetzt im Krankenhaus, in guten Händen ...«

Sie benötigte einen Moment, bis sie erkannte, was sie da sah. Die dunklen Flecken auf seiner Haut waren nicht nur Brandwunden. Und trotz Ruß und Blut erschien ihr sein Gesicht vertrauter als ihr eigenes.

Tessa, sagte Jem. Der Klang seiner Stimme hallte in ihrem Kopf wie das Läuten einer Glocke.

Und dann erschlaffte er.

»Jem!« Das konnte unmöglich wahr sein. Tessa nahm seine Hand und hoffte, sie würde nur träumen: Vielleicht hatte der Krieg ja ihren Sinn für die Realität vollständig verwirrt. Aber die schlanke, narbenübersäte Hand war ihr vertraut, auch wenn sie schlaff und kraftlos in ihren Fingern lag. Das hier war Jem. Ihr Jem. In der pergamentfarbenen Robe eines Stillen Bruders. Die Runenmale an seinem Hals pulsierten, während sein Herz raste und seine Haut sich glühend heiß anfühlte.

»Er ist in einem ziemlich schlechten Zustand«, sagte der Sanitäter. »Ich hol schnell einen Arzt.«

»Nein, ich kümmere mich um ihn«, sagte Tessa hastig.

Jem war zwar durch Zauberglanz getarnt, aber er durfte nicht untersucht werden. Kein irdischer Arzt hätte seine Verletzungen behandeln können, und Jems Runen, Narben und sogar sein Blut hätten nur für Bestürzung gesorgt.

Tessa riss die Robe beiseite. Sie brauchte nur wenige Sekunden, um die Ursache seiner Bewusstlosigkeit zu finden: eine tiefe schwarze Wunde an der Schulter mit einem silbern schimmernden Rand. Jems Robe war bis zur Taille mit seinem Blut getränkt. Tessa warf einen Blick durch den Flur. Dort warteten so viele Leute, dass sie Catarina nicht sofort sehen konnte. Und sie konnte auch nicht laut nach ihr rufen.

»Jem, ich hol schnell Hilfe«, flüsterte Tessa ihm ins Ohr.

So ruhig wie möglich stand sie auf und hastete durch das Chaos im Flur, während ihr Herz so schnell schlug, dass sie das Gefühl hatte, es würde jeden Moment ihre Brust sprengen. Endlich fand sie Catarina bei einem der Brandopfer. Sie hatte die Hände auf seine Wunden gelegt, aber Tessa war die Einzige, die das schneeweiße Leuchten unter der Decke sehen konnte, während sie ihn behandelte.

»Schwester Loss«, sagte Tessa mit mühsam beherrschter Stimme. »Ich brauche sofort Ihre Hilfe.«

»Einen Moment noch«, sagte Catarina.

»Ich fürchte, es kann nicht warten.«

Catarina schaute über ihre Schulter. Das Leuchten unter der Decke erlosch. »Sie sollten sich in ein paar Minuten besser fühlen«, wandte sie sich an den Mann. »Eine der anderen Schwestern wird sich gleich um Sie kümmern.«

»Mir geht es bereits jetzt schon viel besser«, sagte der Mann und betastete verwundert seinen verletzten Arm.

Hastig führte Tessa Catarina zu Jem. Als Catarina Tessas angespannte Miene sah, stellte sie keine Fragen. Sie beugte sich lediglich hinab und zog die Decke fort.

Dann sah sie Tessa an. »Ein Schattenjäger?«, fragte Catarina mit gedämpfter Stimme. »Hier?«

»Schnell«, sagte Tessa. »Hilf mir, ihn von hier fortzubringen.«

Tessa nahm das untere Ende der Bahre und Catarina das obere, dann trugen sie Jem durch den Flur. Im nächsten Moment erfolgte eine weitere Explosion, dieses Mal deutlich näher als zuvor. Das gesamte Gebäude bebte unter dem Aufschlag.

Lampen schwangen hin und her und erloschen, was beunruhigte Schreie und Verwirrung auslöste. Tessa erstarrte und hoffte inständig, dass nicht die Decke herabstürzte und sie alle unter sich begrub. Nach einem Moment gingen die Lichter wieder an, und das Krankenhauspersonal setzte seine Tätigkeit fort.

»Komm weiter«, drängte Tessa.

Am Ende des Flurs befand sich ein kleiner Raum, der den Schwestern für ihre Pausen zur Verfügung stand oder als Aufenthaltsraum für den Fall, dass sie aufgrund eines Bombenangriffs nicht nach Hause zurückkehren konnten. Behutsam setzten Tessa und Catarina Jems Trage auf einer der Pritschen an der Wand ab. Jem lag reglos da, nur sein Atem ging stoßweise. Sein Gesicht hatte jegliche Farbe verloren.

»Mach bitte mal Licht, ich muss mir das genauer ansehen«, bat Catarina.

Tessa holte ein Elbenlicht aus ihrer Tasche. Diese Lichtquelle war sicherer und zuverlässiger, aber Tessa konnte sie nicht in der Öffentlichkeit nutzen. Catarina nahm eine Schere und schnitt einen Teil der Robe weg, um die Wunde freizulegen. Die Adern auf Jems Brust und Arm hatten sich schwarz verfärbt.

»Was ist das für eine Verletzung?«, fragte Tessa mit zitternder Stimme. »Das sieht wirklich schlimm aus.«

»Es ist lange her, dass ich so eine Wunde gesehen habe«, sagte Catarina. »Ich denke, es handelt sich um ein Atropintoxin.«

»Was ist das?«

»Nichts Gutes«, erwiderte Catarina. »Du musst Geduld haben.«

Sie war wohl verrückt geworden, dachte Tessa. Geduld haben? Wie konnte sie Geduld haben? Hier ging es um Jem und nicht um irgendeinen namenlosen Patienten unter einer grauen Decke.

Aber jeder namenlose Patient war eine Person, die jemand anderem sehr viel bedeutete. Tessa zwang sich, tief durchzuatmen.

»Nimm seine Hand, dann funktioniert es besser«, sagte Catarina. »Denk an ihn und an das, was er dir bedeutet. Gib ihm deine Kraft.«

Obwohl Tessa bereits im kleineren Rahmen Hexenmagie betrieben hatte, war sie nicht besonders erfahren. Dennoch nahm sie jetzt unter Catarinas wachsamem Blick Jems schlanke Hand. Sie krümmte ihre Finger um seine Geigerfinger und erinnerte sich daran, wie sorgsam er immer mit seinem Instrument umgegangen war. Und an die Zeit, als er Musikstücke für sie komponiert hatte. Seine Stimme hallte in ihrem Herzen wider.

Noch heute verwenden viele den Ausdruck »zhi yin« für »enge Freunde« oder »Seelenverwandte«, doch tatsächlich bedeutet er »die Musik verstehen«. Als ich eben gespielt habe, hast du gesehen, was ich gesehen habe. Du verstehst meine Musik.

Tessa roch wieder den Duft von Karamellzucker. Spürte wieder Jems heiße Lippen auf ihrem Mund, den Teppich unter ihnen, seine Arme, die sie fest an seine Brust drückten. *Oh, mein Jem.*

Plötzlich bäumte sich sein Körper auf. Er wölbte den Rücken und schnappte keuchend nach Luft – ein Laut, der Tessa einen Schreck durch die Glieder jagte. Jem hatte so lange vollkommen still und reglos dagelegen.

»Kannst du uns hören?«, fragte Catarina.

Ich … ja, ich kann euch hören, ertönte die verhaltene Antwort in Tessas Gedanken.

»Du musst unbedingt die Brüder der Stille aufsuchen«, sagte Catarina.

Das geht nicht. Ich kann mich mit dieser Verletzung nicht an sie wenden.

»Wenn du das nicht tust, wirst du sterben«, erwiderte Catarina.

Ihre Worte trafen Tessa wie ein Schlag in den Magen.

Ich kann in diesem Zustand nicht in die Stadt der Stille zurückkehren. Ich bin extra hierhergekommen, weil ich gehofft hatte, dass ihr beide mir vielleicht helfen könnt.

»Jetzt ist nicht der richtige Zeitpunkt, um sich von seinem Stolz leiten zu lassen«, sagte Catarina streng.

Hier geht es nicht um Stolz, entgegnete Jem. Und Tessa wusste, dass dies der Wahrheit entsprach: Jem war der am wenigsten stolze Mensch, den sie je gekannt hatte.

»Jem!«, flehte sie. »Du musst die Stillen Brüder aufsuchen!«
Catarina erstarrte. »Das ist James Carstairs?«, fragte sie.

Natürlich kannte Catarina den Namen von Will Herondales *Parabatai*, auch wenn sie ihm nie persönlich begegnet war. Aber sie wusste nicht, was sich alles zwischen Tessa und Jem ereignet hatte. Wie etwa die Tatsache, dass sie verlobt gewesen waren und dass es vor Tessa und Will eine Zeit mit Tessa und Jem gegeben hatte. Will zuliebe hatte Tessa nie darüber gesprochen, und jetzt sprach sie nicht darüber, weil Will nicht mehr da war.

Ich bin hierhergekommen, weil ich sonst nirgendwohin kann, sagte Jem. *Wenn ich mich an meine Brüder wende, bringe ich dadurch das Leben eines anderen in Gefahr. Und das werde ich nicht zulassen.*

Bestürzt schaute Tessa zu Catarina. »Er meint es ernst«, sagte sie. »Er wird auf keinen Fall ihre Hilfe in Anspruch nehmen, wenn dadurch jemand anderes verletzt wird. Catarina – er darf nicht sterben. Er darf *nicht* sterben.«

Catarina holte tief Luft, öffnete die Tür einen Spalt und spähte in den Flur.

»Wir müssen ihn in unsere Wohnung schaffen«, sagte sie. »Hier kann ich ihn nicht behandeln – mir fehlen die richtigen Utensilien. Hol unsere Mäntel. Wir müssen uns beeilen.«

Tessa hob Jems Trage an. Sie verstand, mit welchen Schwierigkeiten dieses Vorhaben verbunden war. Catarina und sie waren Krankenschwestern, die für so viele jetzige und zukünftige Patienten Verantwortung trugen. Die Stadt wurde heftig bombardiert. Ganze Viertel standen in Flammen. Der Weg nach Hause würde nicht einfach werden.

Aber ihnen blieb keine andere Wahl.

Die Stadt, in die sie hinaustraten, war nicht mehr mit der zu vergleichen, durch die sie nur eine Stunde zuvor gelaufen waren. Die Luft war so heiß, dass jeder Atemzug die Lunge zu versengen schien. Eine hohe orangefarbene Flammenwand hatte die umliegenden Gebäude erfasst, vor der sich die Silhouette von

St. Paul's deutlich abzeichnete. Der Anblick war schrecklich und fast schön zugleich, wie ein Traumbild von Blake – ein Dichter, den ihr Sohn James verehrte. *Welche Flügel trägst du kühn? Wer wagt wohl, zu nah'n dem Glüh'n?*

Doch jetzt war nicht der Moment, um über solche Dinge wie das brennende London nachzudenken. Vor dem Krankenhaus standen zwei Sanitätswagen. An einem lehnte ein Fahrer mit einer Zigarette und unterhielt sich mit einem Feuerwehrhelfer.

»Charlie!«, rief Catarina.

Der Fahrer warf seine Zigarette fort und lief zu ihnen.

»Wir brauchen deine Hilfe«, sagte Catarina. »Dieser Mann hat eine schwere Infektion, wir können ihn nicht auf unserer Station behalten. Er muss isoliert werden.«

»Soll ich ihn zum St. Thomas' Hospital bringen, Schwester? Das wird nicht leicht. In fast jeder Straße brennt es.«

»So weit können wir nicht fahren«, sagte Catarina. »Wir müssen ihn schleunigst versorgen. Unsere Wohnung ist in der Nähe der Farrington Street. Das muss fürs Erste reichen.«

»In Ordnung, Schwester. Dann wollen wir ihn mal in den Wagen verfrachten.«

Er öffnete die Rücktüren und half ihnen, Jem hineinzuhieven.

»Ich bin gleich wieder da«, wandte Catarina sich an Tessa. »Ich brauche noch ein paar Utensilien.«

Sie lief zurück ins Krankenhaus, während Tessa zu Jem in den hinteren Teil des Krankenwagens kletterte und Charlie hinter dem Steuer Platz nahm.

»Normalerweise fahre ich ja keine Patienten zu den Wohnungen der Schwestern, aber die Not kennt kein Gebot, nicht?«, sagte Charlie. »Schwester Loss kümmert sich immer so aufopferungsvoll um jeden Patienten. Als meine Mabel unser zweites Kind auf die Welt gebracht hat, ging es ihr furchtbar schlecht. Damals habe ich gedacht, dass ich sie beide verlieren würde. Aber Schwester Loss, die gute Seele, hat sie gerettet. Ohne sie hätte ich jetzt weder meine Mabel noch den kleinen Eddie. Deshalb gilt für mich: Alles für Schwester Loss.«

Tessa hatte schon viele ähnliche Geschichten gehört. Catarina war sowohl eine Hexe als auch eine Krankenschwester mit über einhundert Jahren Erfahrung. Sie hatte sich bereits im Ersten Weltkrieg um die Verletzten gekümmert. Und mancher alte Soldat kam zu ihr und berichtete, dass sie »der Krankenschwester, die mir im letzten Krieg das Leben gerettet hat, wie aus dem Gesicht geschnitten« sei. Aber natürlich konnte es sich nicht um Catarina handeln. Schließlich lag der letzte Krieg über zwanzig Jahre zurück, und Catarina war ja noch so jung. Außerdem fiel sie wegen ihrer dunklen Hautfarbe auf: Die Männer sahen keine Hexe mit blauer Haut und weißen Haaren, sondern eine Krankenschwester von den Westindischen Inseln. Aufgrund der dunklen Hautfarbe hatte sie unter erheblichen Vorurteilen zu leiden gehabt, aber inzwischen hatte sich herumgesprochen, dass Catarina nicht nur eine gute Krankenschwester war, sondern die beste in ganz London. Jeder, der von Catarina behandelt wurde, durfte sich glücklich schätzen. Selbst die schlimmsten Fanatiker wollten gern weiterleben, und Catarina versorgte jeden, der zu ihr kam, mit unerschütterlichem Gleichmut. Zwar konnte sie nicht alle retten, aber es gab immer ein paar – oder zumindest einen Patienten pro Tag –, die eine auf den ersten Blick tödliche Verletzung oder Erkrankung überlebten, weil Schwester Loss an ihrer Seite war. Manche bezeichneten sie sogar als den »Engel von St. Bart's«.

Jem regte sich und ächzte leise.

»Keine Sorge, Kumpel«, rief Charlie vom Fahrersitz nach hinten. »Die beiden hier sind die besten Krankenschwestern weit und breit. Du bist in guten Händen.«

Jem versuchte zu lächeln, wurde aber von einem Hustenanfall gepackt – ein schlimmes, gurgelndes Geräusch. Blut sickerte aus seinem Mundwinkel. Sofort nahm Tessa einen Zipfel ihres Mantels und wischte es weg.

»Halt durch, James Carstairs«, sagte sie und versuchte, tapfer zu klingen, während sie seine Hand ergriff. Sie hatte ganz vergessen, wie wundervoll es war, Jems Hand zu halten – seine langen, anmutigen Finger, die einer Geige solch wunderbare Musik entlocken konnten.

»Jem«, flüsterte sie und beugte sich tief über ihn, »du musst durchhalten. Du musst einfach. Für Will. Für mich.«

Jems Hand schloss sich fest um ihre Finger.

Eine Sekunde später kam Catarina mit einer kleinen Segeltuchtasche zurück. Sie sprang auf die Ladefläche des Krankenwagens und schlug die Türen hinter sich zu. Sofort wirbelte Tessa zum Fahrer herum.

»Los, Charlie!«, rief sie.

Charlie legte den Gang ein, und der Krankenwagen setzte sich ruckartig in Bewegung. Über ihnen dröhnten erneut die Motoren der Luftwaffe, brummend wie eine Armee wütender Bienen. Catarina hockte sich neben Jem und reichte Tessa eine Mullbinde.

Als der Krankenwagen über die ramponierten Straßen rumpelte, wurde Jem fast von der Trage geworfen. Hastig beugte Tessa sich über ihn, um ihn festzuhalten.

»Catarina, was ist das? Was ist mit ihm passiert?«, fragte sie besorgt.

»Für mich sieht das nach einem Atropintoxin aus«, sagte Catarina leise. »Dabei handelt es sich um ein Tollkirschen-Konzentrat, dem ein Dämonengift beigefügt wurde. Wir müssen verhindern, dass es sich in seinem Blutkreislauf ausbreitet ... oder die Ausbreitung zumindest verzögern, bis ich das Gegengift habe und ihm verabreichen kann. Dazu müssen wir ein paar seiner Blutgefäße abbinden.«

Das klang unglaublich gefährlich. Durch das Abbinden der Blutgefäße gingen sie das Risiko ein, dass Jem die entsprechenden Gliedmaßen verlor. Aber Catarina wusste, was sie tat.

»Das wird jetzt nicht lustig«, sagte Catarina und wickelte eine Mullbinde ab, »aber es wird ihm helfen. Halt ihn gut fest.«

Tessa presste ihren Körper etwas fester auf Jem, während Catarina die Mullbinde um den verletzten Arm und die Schulter wickelte. Sie verknüpfte die Enden der Binde miteinander und zog sie dann so fest zu, dass Jem sich gegen Tessas Brust aufbäumte.

»Alles wird gut, Jem«, versicherte sie. »Es wird dir bald besser gehen. Wir sind hier. Ich bin hier. Ich bin's, Tessa.«

Tessa, sagte er. Es klang wie eine Frage. Jem wand sich hin und her, während Catarina die Mullbinde fest um seine Schulter und seinen Arm band. Kein Irdischer hätte das ertragen können; selbst Jem war dazu kaum in der Lage. Schweißperlen bildeten sich auf seinem Gesicht.

»Die Fahrt wird kein Spaß werden, Schwestern«, rief Charlie. »Diese Mistkerle versuchen, St. Paul's niederzubrennen. Ich muss einen weiten Umweg machen. Hier brennt fast jede Straße.«

Damit hatte er nicht übertrieben. Vor ihnen leuchtete eine massive orange Wand, vor der sich die schwarzen Silhouetten brennender Gebäude abzeichneten. Die Flammen schlugen so hoch, dass ihr Anblick an den Aufgang einer Sonne erinnerte, die aus dem Boden aufstieg und den Tag aus der Erde hervorzuzerren schien. Während sie weiterfuhren, hatten sie das Gefühl, durch einen überwältigenden Hitzewall zu preschen. Der Wind war aufgefrischt, wodurch Feuer auf Feuer traf und sich die einzelnen Brände zu einer geschlossenen Flammenwand verbanden. Die Luft flimmerte vor Hitze. Mehrere Male bogen sie in Straßen ein, die nicht länger zu existieren schienen.

»Hier können wir auch nicht lang«, sagte Charlie und wendete den Krankenwagen erneut. »Ich muss einen anderen Weg suchen.«

Plötzlich ertönte über ihnen ein scharfes Pfeifen, das anders klang als das der Brandbomben: das Pfeifen massiver Sprengbomben. Nach den Bränden sollten diese Sprengsätze alles Leben in ihrem Umfeld töten. Charlie bremste den Wagen und reckte den Hals, um herauszufinden, wo die Bombe vermutlich landen würde. Er, Catarina und Tessa erstarrten, als das Pfeifen verstummte. Die darauffolgende Ruhe bedeutete, dass sich die Bombe weniger als dreißig Meter über ihren Köpfen befand.

Einen Moment lang herrschte völlige Stille. Und dann schlug die Bombe auf dem Boden auf. Die Explosion am anderen Ende der Straße sandte eine Schockwelle durch die Erde und ließ Mauerbrocken durch die Luft fliegen. Charlie startete den Motor wieder.

»Diese Mistkerle«, fluchte er leise. »Diese verdammten Mistkerle. Alles in Ordnung bei Ihnen, Schwestern?«

»Uns geht's gut«, versicherte Catarina. Sie hatte beide Hände auf Jems Schulter gepresst, und ein schwaches blaues Leuchten zeichnete sich um die Mullbinde herum ab. Sie versuchte, das, was durch Jems Körper pulsierte, mit aller Kraft aufzuhalten.

Als der Krankenwagen gerade um eine Ecke gebogen war, ertönte ein weiteres Pfeifen und erneute Stille. Charlie trat wieder auf die Bremse. Dieses Mal schlug die Bombe rechts von ihnen ein, an der nächsten Straßenecke. Der Krankenwagen schaukelte, als das Eckhaus in die Luft flog und der Boden bebte. Rasch wendete Charlie den Wagen.

»Hier kommen wir nicht durch«, sagte er. »Ich versuche es mal mit der Shoe Lane.«

Ein weiteres Mal drehte der Krankenwagen. Jem war auf seiner Trage erschlafft. Tessa konnte nicht sagen, ob die flirrende Hitze von der Luft stammte oder von seinem Körper. Auf beiden Seiten der Straße loderten Feuer, während die Straßenmitte fast frei wirkte. Zwei Feuerwehrhelfer standen auf dem Gehweg und spritzten Wasser in ein brennendes Lagerhaus. Plötzlich ertönte ein Knirschen. Die Flammen bildeten einen Feuerbogen quer über die Straße.

»Verdammt!«, rief Charlie. »Gut festhalten, Schwestern!«

Der Krankenwagen kam quietschend zum Stehen; dann legte Charlie den Rückwärtsgang ein und setzte hastig zurück. Tessa hörte ein knisterndes Geräusch – ein unheimliches, fast fröhliches Klirren. Im nächsten Moment explodierten sämtliche Ziegelsteine des Gebäudes gleichzeitig, und das Haus brach in einer dröhnenden Wolke aus Flammen und Schutt zusammen. Die Männer mit dem Feuerwehrschlauch verschwanden aus der Sicht.

»Allmächtiger«, sagte Charlie und trat auf die Bremse. Dann sprang er aus dem Wagen und lief in Richtung der Männer, die durch die Flammen taumelten. Catarina hob den Kopf und blickte durch die Windschutzscheibe.

»Diese Männer ...«, setzte sie an. »Das Gebäude ist über ihnen zusammengebrochen.«

Du musst ihnen helfen, sagte Jem.

Catarina schaute von Jem zu Tessa und wieder zurück. Tessa fühlte sich innerlich wie zerrissen: Einerseits musste sie Jem in Sicherheit bringen, andererseits wurden direkt vor ihren Augen Männer von den Flammen verschlungen.

»Ich bin gleich wieder zurück«, sagte Catarina, woraufhin Tessa nickte.

Als sie allein im Krankenwagen zurückgeblieben waren, schaute Tessa auf Jem hinab.

Wenn sie deine Hilfe brauchen, solltest du ebenfalls gehen, sagte Jem.

»Die Männer brauchen Catarina«, sagte Tessa. »*Du* brauchst mich, und ich brauche dich. Ich werde dich nicht hier allein zurücklassen. Ganz gleich, was auch geschieht, ich bleibe bei dir.«

Gefangen zwischen den zahlreichen Bränden, heizte sich der Krankenwagen wie ein Backofen auf. Da Tessa kein Wasser hatte, um Jems Stirn zu kühlen, tupfte sie ihm die Schweißperlen von den Brauen und fächelte ihm mit der Hand etwas Luft zu.

Nach einer Minute kehrte Catarina zum Wagen zurück und riss die Hecktür auf. Ihre Kleidung war nass und mit Ruß bedeckt.

»Ich habe alles in meiner Macht Stehende getan«, sagte sie. »Die Männer werden es überleben, sofern sie schnell ins Krankenhaus kommen. Charlie wird sie hinfahren müssen.«

In ihren Augen spiegelte sich ihr Kummer wider.

Ja, sagte Jem. Irgendwoher hatte er die Kraft genommen, sich auf seine Ellbogen zu stützen. *Du musst sie in Sicherheit bringen. Ich bin ein Schattenjäger – ich bin stärker als diese Männer.*

Jem war immer stark gewesen. Aber nicht weil er ein Schattenjäger war, sondern weil er einen eisernen Willen hatte – so unbeirrbar wie Sternenlicht, das jede Dunkelheit durchdrang und sich weigerte zu erlöschen.

Charlie brachte die verwundeten Feuerwehrhelfer zum Krankenwagen, wobei er einen der Männer über der Schulter schleppte.

»Werden Sie auch wirklich zurechtkommen, Schwester Loss?«, fragte er. »Sie könnten mit mir zurückfahren.«

»Nein«, sagte Catarina und kletterte ins Heck, um Tessa zu helfen, Jem auf die Füße zu hieven. Tessa schob sich unter Jems verletzte Schulter, woraufhin er vor Schmerz zusammenzuckte. Es war offensichtlich, dass er kaum gehen konnte, aber fest entschlossen war, es dennoch zu versuchen. Nur durch reine Willenskraft hielt er sich auf den Beinen und richtete sich auf. Catarina hastete zu ihm, um seinen anderen Arm über ihre Schultern zu legen, und Tessa stützte ihn mit aller ihr zur Verfügung stehenden Kraft. Es war seltsam, Jems Körper nach all den Jahren wieder so nah an ihrem zu spüren. Langsam verließen sie die Gasse und kehrten zur Hauptstraße zurück.

Netter Abend für einen Spaziergang, sagte Jem, der offensichtlich versuchte, Tessa aufzuheitern. Er schwitzte inzwischen am ganzen Körper und konnte den Kopf nicht länger hochhalten. Auch seine Beine waren erschlafft. Er erinnerte an eine Marionette mit herabhängenden Drähten.

Der Weg, den Charlie aufgrund der Brände hatte nehmen müssen, hatte sie in einem Bogen an ihrer Wohnung vorbeigeführt, sodass sie jetzt durch eine andere Gasse dorthin zurückkehren mussten. Auch hier standen sämtliche Häuser in Flammen, allerdings tobte das Feuer noch innerhalb deren Mauern. Tessa schwitzte aus allen Poren, und die Temperatur um sie herum stieg von Sekunde zu Sekunde. Die Luft flirrte vor Hitze, und jeder Atemzug brannte in der Kehle. Das Ganze erinnerte sie an die Zeit, als sie gelernt hatte, ihre Gestalt zu wandeln … an diesen prickelnden, brennenden Schmerz bei der Verwandlung.

Die Gasse verjüngte sich jetzt so sehr, dass sie kaum noch zu dritt nebeneinander hergehen konnten. Catarinas und Tessas Schultern streiften die glühenden Mauern, während Jems Füße über den Boden schleiften, da er zum Gehen nicht länger fähig war. Als sie endlich die Fleet Street erreichten, atmete Tessa in der vergleichsweise frischen Luft auf. Der Schweiß auf ihrem Gesicht kühlte sich etwas ab.

»Komm«, sagte Catarina und führte sie zu einer Holzbank. »Lass uns einen Moment Pause machen.«

Vorsichtig setzten sie Jem auf der Bank ab. Seine Haut glänzte vor Schweiß. Blut und Wundsekret hatten sein Hemd durchtränkt. Catarina öffnete den Kragen, damit seine Brust etwas abkühlen konnte, und Tessa sah die Runenmale der Stillen Brüder auf seiner Haut und die pulsierende Ader in seiner Kehlgrube.

»Ich weiß nicht, wie weit wir ihn in diesem Zustand noch schleppen können«, sagte Catarina. »Es kostet ihn einfach zu viel Kraft.«

Jetzt, da er auf der Bank saß, begannen Jems Glieder plötzlich unkontrolliert zu zucken, da das Gift wieder durch seinen Körper strömte. Catarina ließ sich neben ihm nieder und legte die Hände auf seine Wunde. Fieberhaft spähte Tessa in beide Richtungen der Straße. Dann entdeckte sie einen großen Schatten, der auf sie zusteuerte – mit Scheinwerfern, die mit Schlitzblenden abgeklebt waren und an herabhängende Augenlider erinnerten.

Ein Bus. Ein mächtiger roter Doppeldecker suchte sich einen Weg durch die Nacht. Denn Londons Busse ließen sich durch nichts aufhalten, nicht einmal durch einen Krieg. Da sie sich nicht an einer Haltestelle befanden, sprang Tessa einfach auf die Straße und winkte den Bus heran. Der Fahrer öffnete die Tür und rief hinaus: »Alles in Ordnung mit Ihnen, Schwestern? Ihrem Freund scheint's ja nicht allzu gut zu gehen.«

»Er ist verletzt«, erklärte Catarina.

»Dann steigen Sie schnell ein«, sagte der Busfahrer und schloss die Tür hinter ihnen, nachdem sie Jem an Bord gehievt hatten. »Ihnen steht Londons beste Privatambulanz zur Verfügung. Soll ich Sie zum St. Bart's Hospital bringen?«

»Nein, da kommen wir gerade her. Das Krankenhaus ist voll belegt. Wir wollen ihn zu uns nach Hause bringen, um ihn dort zu versorgen, aber wir müssen uns beeilen.«

»Dann geben Sie mir die Adresse, damit wir loskönnen.«

Catarina rief ihm die Adresse über den Lärm einer lauten, aber etwas weiter entfernten Explosion zu, während sie Jem zu einem

Sitz schleppten. Doch es war offensichtlich, dass er aufgrund seines anstrengenden Gehversuchs zu erschöpft war, um noch aufrecht sitzen zu können. Also legten sie ihn behutsam auf den Boden und ließen sich neben ihm nieder.

Nur in London macht ein Bus selbst inmitten eines heftigen Bombenangriffs unerschütterlich seine Runde, sagte Jem und lächelte matt.

»›Keep calm and carry on‹ – Ruhe bewahren und weitermachen«, sagte Catarina und fühlte Jems Puls. »Keine Sorge, es ist nicht mehr weit. Wir sind in null Komma nichts in der Wohnung.«

An der Art und Weise, mit der sich Catarina um einen munteren Ton bemühte, erkannte Tessa sofort, dass sich Jems Zustand rapide verschlechterte.

Der Bus konnte zwar nicht mit Höchstgeschwindigkeit durch die nächtlichen Straßen rasen – schließlich handelte es sich noch immer um ein öffentliches Transportfahrzeug inmitten eines Luftangriffs –, aber er fuhr schneller als jeder Bus, den Tessa je benutzt hatte. Dabei gab sie sich keinen Illusionen hin, was die Sicherheit des Doppeldeckers betraf. Sie hatte gesehen, wie Busse nach einer Bombenexplosion durch die Luft geflogen und auf dem Dach gelandet waren und mitten auf der Straße wie ein toter Elefant auf dem Rücken gelegen hatten. Doch im Moment kamen sie immerhin voran, und Jem ruhte mit geschlossenen Augen auf dem Boden. Tessa betrachtete die Werbeplakate an den Wänden: Fotos von glücklichen Menschen, die ihren Sonntagsbraten mit »Bisto-Soßenpulver« genossen, hingen neben Aufforderungen der Behörden, Londons Kinder aus der Stadt heraus und in Sicherheit zu bringen.

London würde niemals aufgeben – und das Gleiche galt für Tessa.

Als sie endlich zu Hause ankamen, hatten sie erneut Glück. Tessa und Catarina hatten eine Wohnung im Obergeschoss eines kleinen Hauses gemietet. Da ihre Nachbarn offenbar zum nächsten

Luftschutzbunker gelaufen waren, hatten sie das Haus für sich, und niemand sah, wie sie einen blutenden Mann die Treppe hinaufhievten.

»Ins Bad«, sagte Catarina, als sie den oberen Absatz des dunklen Treppenhauses erreichten. »Füll die Wanne mit Wasser. Jede Menge kaltes Wasser. Ich hole schnell meine Utensilien.«

Tessa lief ins Bad, das sich auf dem Flur befand, und betete inständig, dass die Bombenangriffe die Wasserzufuhr nicht unterbrochen hatten. Als sie den Hahn aufdrehte und kühles Wasser in die Wanne strömte, durchfuhr sie eine Woge der Erleichterung. Aufgrund der Rationierung durfte man nur so lange Wasser einlassen, bis das kostbare Nass etwa zwölf Zentimeter hoch stand – durch einen Strich auf der Innenseite der Wanne gekennzeichnet. Doch Tessa ignorierte die Markierung. Anschließend riss sie das Fenster weit auf, um kühlere Luft aus der Richtung hereinzulassen, die den Bränden abgewandt war, und hastete dann durch den Flur. Inzwischen hatte Catarina Jem das Hemd ausgezogen, sodass er mit nackter Brust dalag. Außerdem hatte sie die Verbände entfernt: Die Wunde wirkte rau und gerötet, und Jems Adern zeichneten sich erneut als schwarze Linien unter der Haut ab.

»Stütz ihn auf der anderen Seite«, sagte Catarina. Tessa folgte ihrer Aufforderung, und gemeinsam hoben sie Jem hoch. Er hing schlaff in ihren Armen, während sie ihn durch den Flur ins Bad schleiften und vorsichtig in die Wanne setzten. Catarina platzierte ihn so, dass sein verletzter Arm über den Wannenrand hing. Dann griff sie in ihre Schürze und holte zwei Phiolen hervor. Den Inhalt der ersten Phiole goss sie ins Wasser, woraufhin sich dieses hellblau färbte. Tessa hütete sich, Catarina zu fragen, ob Jem überleben würde. Er musste einfach schon deshalb überleben, weil sie beide alles in ihrer Macht Stehende unternahmen. Außerdem stellte man diese Art von Fragen nicht, wenn man Angst vor der Antwort hatte.

»Träufle ihm mit dem Schwamm Wasser über den Kopf«, sagte Catarina. »Wir müssen sein Fieber senken.«

Tessa kniete sich vor die Wanne, tauchte den Schwamm ins

Eine tiefere Liebe

Wasser und drückte ihn über Jems Kopf und Brust aus. Das blaugetönte Wasser roch nach einer seltsamen Mischung aus Schwefel und Jasmin, aber es schien Jems erhöhte Temperatur zu senken. Catarina verrieb den Inhalt der zweiten Phiole in ihren Händen und massierte seinen Oberkörper, bis sich die dunklen Linien aus seinem Arm und seiner Brust zur Wunde in der Schulter zurückzogen. Jems Kopf sackte nach hinten; sein Atem ging stoßweise. Tessa besprenkelte seine Stirn mit Wasser und murmelte ihm beruhigende Worte zu.

Auf diese Weise behandelten sie ihn etwa eine Stunde lang. Tessa vergaß schon bald das Geräusch der Bomben über London und den Rauch und die Aschepartikel, die durch das Fenster hereinwehten. Sie konzentrierte sich nur noch auf das Wasser und den Schwamm und Jems Haut. Einmal verzog er vor Schmerz das Gesicht, bevor er vollends erschlaffte. Catarina und Tessa waren klatschnass, und auf dem Boden um sie herum hatten sich Pfützen gebildet.

Will, sagte Jem, und seine Stimme in Tessas Kopf klang verloren. *Will, bist du das?*

Tessa kämpfte gegen den Kloß in ihrem Hals, als Jem plötzlich lächelte. *Bitte mach, dass er Will sieht. Lass ihn Will sehen,* dachte sie. Vielleicht war Will ja tatsächlich hier, um seinem *Parabatai* zu helfen.

Will, dachte Tessa inständig, *falls du hier bist, dann musst du ihm helfen. Ich darf ihn nicht auch noch verlieren, Will. Gemeinsam werden wir ihn retten.*

Vielleicht bildete sie sich das ja nur ein, aber sie hatte das Gefühl, als würde plötzlich jemand ihre Hand führen. Und sie hatte mehr Kraft in den Armen.

Im nächsten Moment schoss Jem hoch und kam halb aus der Wanne heraus. Dabei wölbte er den Rücken auf eine Weise, die eigentlich nicht hätte möglich sein dürfen und die seinen Kopf unter Wasser tauchte.

»Halt ihn fest!«, rief Catarina. »Pass auf, dass er sich nicht verletzt! Jetzt kommt der schlimmste Teil!«

Gemeinsam und mithilfe der Kraft, die Tessa unter die Arme griff – wo auch immer diese herkommen mochte –, hielten sie Jem fest, der sich hin und her wand und vor Schmerz schrie. Da seine Haut nass und glitschig war, mussten sie sich um seine Gliedmaßen schlingen, damit er nicht wild um sich schlagen und sich den Kopf an den Kacheln stoßen konnte. Doch es gelang ihm, Catarina abzuschütteln, die daraufhin zu Boden stürzte und mit dem Kopf gegen die Wand krachte. Allerdings rappelte sie sich sofort auf und schlang ihre Arme erneut um seinen Brustkorb. Jems Schreie mischten sich mit dem Chaos der Nacht – mit dem herumspritzenden Wasser und dem hereinwehenden Rauch. Jem flehte sie an, ihm *Yin Fen* zu geben. Und einmal trat er so heftig um sich, dass Tessa gegen das Waschbecken geschleudert wurde.

Doch dann erschlaffte er urplötzlich und sank in die Wanne zurück. Er wirkte vollkommen leblos. Tessa kroch über den nassen Boden und streckte die Hand nach ihm aus.

»Jem? Catarina ...«

»Er lebt«, sagte Catarina; ihre Brust hob und senkte sich, während sie angestrengt nach Luft schnappte. Ihre Finger lagen auf seinem Handgelenk. »Wir haben getan, was wir konnten. Hilf mir, ihn ins Bett zu bringen. Wir werden bald herausfinden, wie es ihm geht.«

Die Entwarnung der Luftalarmsirenen ertönte gegen elf Uhr abends, doch das bedeutete nicht, dass sich die Stadt in Sicherheit befand. Die Luftwaffe mochte nach Hause zurückgekehrt sein und ein paar Stunden lang keine Bomben abwerfen, aber die Brände hatten noch zugenommen, da der Wind aufgefrischt war und die Feuer zusätzlich angefacht hatte. Rußpartikel und brennende Fetzen schwebten durch die Luft ... London loderte.

Catarina und Tessa hatten Jem in ihr kleines Schlafzimmer getragen. Jetzt musste noch der Rest seiner nassen Kleidung entfernt werden. Im Krankenhaus hatte Tessa zahllose Männer entkleidet, und Jem war ein Stiller Bruder, der keine Privatsphäre mehr besaß. Also hätte sie im Grunde in der Lage sein sollen, diese Aufgabe mit ruhiger Professionalität zu erledigen, aber sie konnte für Jem einfach nicht die Krankenschwester spielen. Vor vielen Jahren hatte sie gedacht, dass sie ihn ... dass sie einander in ihrer Hochzeitsnacht nackt sehen würden. Aber das hier war zu intim und seltsam, und Jem hätte bestimmt nicht gewollt, dass sie ihn unter diesen Umständen zum ersten Mal unbekleidet sah. Deshalb überließ sie diese Aufgabe Catarina, der Krankenschwester, die ihm rasch die Kleidung auszog und ihn abtrocknete. Dann legten sie ihn ins Bett und wickelten ihn in alle Wolldecken, die sie in der Wohnung finden konnten. Seine Kleidung dagegen ließ sich schnell und einfach trocknen: Tessa hängte sie vors Fenster, wo sie vom heißen Wind der Feuersbrunst getrocknet wurde. Catarina ging ins Wohnzimmer und ließ Tessa mit Jem allein zurück.

Es war seltsam, erneut am Bett eines geliebten Mannes zu stehen, seine Hand zu halten und zu hoffen und zu warten. Jem war ... Jem. Exakt der junge Mann, der er vor all diesen Jahren gewesen war, abgesehen von den Runenmalen der Stillen Brüder. Er war Jem, der Junge mit der Geige. Ihr Jem. Im Gegensatz zu Will hatte ihm das Alter nichts anhaben können, aber dennoch bestand die Gefahr, dass das Schicksal ihn ihr noch immer nahm.

Tessa griff nach dem Jade-Anhänger, der versteckt unter ihrem Kragen lag. Dann setzte sie sich und wartete und lauschte auf das Tosen und die Rufe in den Straßen, während sie Jems Hand hielt. *Ich bin hier, James,* wandte sie sich in Gedanken an ihn. *Ich bin bei dir und werde für immer bei dir sein.*

Nur gelegentlich gab sie seine Hand frei, um ans Fenster zu treten und sich zu vergewissern, dass die Brände nicht zu nahe kamen. Der gesamte Himmel leuchtete orange. Die Brände tobten nur wenige Straßen entfernt. Der Anblick dieser schrecklichen Feuersbrunst hatte fast etwas Faszinierendes. Die Stadt stand in Flammen: Hunderte Jahre Geschichte, uralte Holzbalken und antike Bücher brannten lichterloh.

»Dieses Mal wollen sie uns vollständig niederbrennen«, sagte

Catarina hinter ihr. Tessa hatte sie nicht hereinkommen hören. »Dieser Ring aus Bränden zieht sich um St. Paul's. Sie wollen die Kathedrale in Schutt und Asche legen und unseren Willen brechen.«

»Tja, das wird ihnen nicht gelingen«, erwiderte Tessa und zog die Vorhänge zu.

»Was hältst du davon, wenn wir uns einen Tee machen?«, fragte Catarina. »Jem wird noch eine Weile weiterschlafen.«

»Nein. Ich möchte hier sein, wenn er aufwacht.«

Catarina musterte ihre Freundin.

»Er bedeutet dir sehr viel«, sagte sie.

»Jem ... Bruder Zachariah ... und ich haben uns immer sehr nahegestanden.«

»Du liebst ihn«, sagte Catarina – keine Frage, sondern eine Feststellung.

Tessa ballte die Faust um ein Stück Vorhangstoff. Einen Moment standen sie schweigend da. Catarina rieb ihr tröstend den Arm.

»Ich mach uns einen Tee«, sagte sie schließlich. »Und ich gebe dir sogar einen der letzten Kekse aus der Keksdose.«

Kekse?

Tessa wirbelte herum. Jem saß aufrecht im Bett. Zusammen mit Catarina hastete sie zu ihm. Catarina überprüfte seinen Puls und seine Temperatur. Tessa betrachtete sein Gesicht, sein liebes, vertrautes Gesicht. Jem war wieder da, er war bei ihr.

Ihr Jem.

»Die Wunde verheilt«, sagte Catarina. »Du musst dich noch ausruhen, aber du wirst es überleben. Allerdings war es ziemlich knapp.«

Und genau deshalb habe ich mich an die besten Krankenschwestern in ganz London gewandt, sagte Jem.

»Vielleicht kannst du uns deine Verletzung erklären?«, fragte Catarina. »Ich weiß, woher sie stammt. Aber warum wurdest du mit einer Elbenwaffe angegriffen?«

Ich war auf der Suche nach Informationen, sagte Jem und versuchte mit schmerzverzerrtem Gesicht, sich noch etwas aufrechter zu setzen. *Aber meine Erkundigungen haben wohl Unmut erregt.*

»Offensichtlich – wenn man dich mit einem Atropintoxin attackiert hat. Diese Mischung soll nicht nur verwunden, sondern töten. Eine derartige Verletzung überlebt normalerweise niemand. Deine Stillen-Brüder-Runenmale haben dir etwas Schutz verliehen, aber ...«

Catarina fühlte erneut seinen Puls.

Aber?, fragte Jem interessiert.

»Ich hätte nicht gedacht, dass du die Nacht überstehen würdest«, sagte sie schlicht.

Tessa blinzelte. Sie hatte gewusst, dass die Situation ernst war, aber die Art und Weise, in der Catarina es jetzt formulierte, traf sie wie ein Schlag.

»Vermutlich solltest du derartige Erkundigungen in Zukunft vermeiden«, sagte Catarina und zog Jems Decke hoch. »Ich mach uns schnell einen Tee.«

Leise schlüpfte sie aus dem Zimmer und zog die Tür hinter sich ins Schloss, sodass Tessa und Jem allein in der Dunkelheit zurückblieben.

Der heutige Luftangriff scheint schlimmer zu sein als alle davor, sagte Jem schließlich. *Manchmal denke ich, dass sich die Irdischen gegenseitig mehr Schaden zufügen, als irgendein Dämon je vermag.*

Tessa spürte, wie sie von einer Woge der Gefühle erfasst wurde – sämtliche Ereignisse an diesem Abend bahnten sich einen Weg an die Oberfläche. Sie ließ den Kopf gegen Jems Bett sinken und brach in Tränen aus. Jem setzte sich auf und zog sie an sich. Und Tessa legte ihren Kopf auf seine warme Brust und hörte sein Herz kräftig schlagen.

»Du hättest sterben können«, sagte sie. »Ich hätte auch dich verlieren können.«

Tessa, sagte er, *Tessa, ich bin's. Ich bin hier. Ich war nie weg.*

»Jem«, setzte sie schließlich an, »wo bist du gewesen? Es ist so viel Zeit vergangen, seit ...«

Sie verstummte, richtete sich auf und wischte sich die Tränen von den Wangen. Sie schaffte es noch immer nicht, die Worte auszusprechen: *seit Wills Tod.* Seit jenem Tag, an dem sie an Wills Bett gesessen hatte und er sanft eingeschlafen und nicht mehr aufgewacht war. Natürlich war Jem auch anwesend gewesen, aber in den darauffolgenden Jahren hatte sie ihn immer seltener zu Gesicht bekommen. Zwar hatten sie sich weiterhin einmal jährlich auf der Blackfriars Bridge getroffen, doch ansonsten hatte er sich rargemacht.

Ich dachte, es wäre das Beste, wenn ich mich von dir fernhalte. Ich bin ein Bruder der Stille, sagte er mit leiser Stimme in ihrem Kopf. *Ich bin für dich doch nicht von Nutzen.*

»Was meinst du damit?«, fragte Tessa hilflos. »Für mich ist es immer besser, bei dir zu sein.«

Als Bruder der Stille ... wie soll ich dich da trösten?, fragte Jem.

»Wenn *du* mich nicht trösten kannst, dann kann es niemand auf der ganzen Welt«, erwiderte Tessa.

Sie hatte es immer gewusst. Magnus und Catarina hatten zwar versucht, auf taktvolle Weise mit ihr über das Thema Unsterblichkeit und neue Lieben im Leben zu reden. Aber Tessa war sich sicher: Selbst wenn sie bis zum Verglühen der Sonne leben sollte, würde es für sie niemand anderen geben als Will und Jem, diese beiden miteinander verwobenen Seelen – die einzigen Seelen, die sie jemals geliebt hatte.

Ich weiß nicht, welchen Trost eine Kreatur wie ich dir schenken kann, sagte Jem. *Wenn ich sterben und Will dadurch zurückholen könnte, würde ich das tun. Aber er ist von uns gegangen. Und mit seinem Verlust erscheint mir die Welt noch leerer. Ich kämpfe um jedes bisschen Gefühl, das ich noch empfinde, aber gleichzeitig kann ich dich nicht einsam und allein sehen und mir nicht wünschen, bei dir zu sein, Tessa. Doch ich bin nicht mehr der, der ich einst war. Und ich wollte dir nicht noch mehr Kummer bereiten.*

»Die ganze Welt scheint verrückt geworden zu sein«, sagte Tessa, während Tränen in ihren Augen brannten. »Will ist von mir fortgegangen, und du bist von mir fortgegangen – zumindest habe ich das gedacht. Und dennoch ist mir heute Abend bewusst geworden ... dass ich dich noch immer verlieren könnte, Jem. Ich könnte die Hoffnung ... den Hauch der Hoffnung verlieren, dass vielleicht eines Tages doch die Möglichkeit besteht ...«

Die Worte standen im Raum – Worte, die sie bisher nie laut ausgesprochen hatten, nicht vor Wills Tod und nicht danach. Tessa hatte den Teil ihres Herzens, der Jem wild und leidenschaftlich liebte, sorgfältig verschlossen gehalten. Sie hatte Will geliebt, und Jem war ihr bester Freund gewesen. Und sie hatten nicht ein einziges Mal darüber geredet, was passieren würde, wenn er nicht länger der Bruderschaft angehörte. Wenn der Fluch dieses kalten Schicksals vielleicht aufgehoben wurde. Wenn er nicht mehr schweigen musste und wieder menschlich war und in der Lage, zu leben und zu atmen und zu empfinden. Was wäre dann? Was würden sie dann tun?

Ich weiß, was du jetzt denkst. Seine Stimme in ihrem Kopf hatte einen weichen Klang. Und seine Haut unter ihren Händen fühlte sich so warm an. Tessa wusste, dass das mit seinem Fieber zusammenhing, aber sie versuchte, sich das Gegenteil einzureden. Sie hob den Kopf und betrachtete sein Gesicht, seine tiefen Runenmale – die seine wundervollen Augen für immer geschlossen hatten – und seine inzwischen wieder gelassene Miene. *Ich denke auch oft daran. Was wäre, wenn ein Heilmittel gefunden würde? Was wäre, wenn wir eine gemeinsame Zukunft haben könnten? Was würden wir dann tun?*

»Ich würde diese Zukunft mit beiden Händen ergreifen«, antwortete Tessa. »Ich würde mit dir überall hingehen. Selbst wenn die ganze Welt unterginge ... wenn die Brüder der Stille uns bis ans Ende der Welt jagen würden ... selbst dann noch wäre ich glücklich, solange ich an deiner Seite bin.«

Tessa konnte zwar keine Antwort hören, aber sie konnte Jem spüren: sein Gefühlschaos und seine Sehnsucht, die jetzt so stark und verzweifelt war wie an jenem Abend, als sie zusammen auf dem Teppich des Musikzimmers gekniet hatten und sie ihm versichert hatte, dass sie ihn gleich am nächsten Morgen heiraten wolle.

Jem schlang die Arme um sie. Er war ein Bruder der Stille, ein Grigori, ein Wächter, kaum menschlich. Und dennoch fühlte er sich menschlich an: Seine hagere Brust streifte warm über ihre Haut, als sie ihm ihr Gesicht entgegenhob. Seine Lippen trafen auf ihre, so weich und süß, dass sie ein überwältigendes Verlangen verspürte. Ihr letzter Kuss lag so lange zurück, aber es war genau wie früher.

Beinahe wie früher. *Doch ich bin nicht mehr der, der ich einst war.*

Beinahe wie das Feuer längst vergangener Nächte, beinahe wie der Klang seiner leidenschaftlichen Musik in ihren Ohren. Tessa schlang die Arme um seine schlanken Schultern und klammerte sich fest an ihn. Sie konnte für sie beide lieben. Selbst ein winziger Teil von Jem war viel besser als jeder lebende und lebendige Mann.

Jems Musikerhände tasteten über ihr Gesicht, ihre Haare und ihre Schultern, als wollte er die letzte Gelegenheit ergreifen, sich etwas ins Gedächtnis einzuprägen, das er nie wieder berühren durfte. Und selbst während Tessa ihn küsste und sich verzweifelt einzureden versuchte, dass sie eine Chance hatten, wusste sie tief in ihrem Inneren, dass es nicht möglich war.

Tessa, sagte Jem. *Auch wenn ich dich nicht mit meinen Augen sehen kann, bist du wunderschön.*

Dann legte er seine anmutigen Hände auf ihre Schultern und schob sie behutsam von sich.

Es tut mir leid, Liebes, sagte er. *Das war weder fair noch richtig von mir. Wenn ich bei dir bin, möchte ich vergessen, wer ich wirklich bin, aber es lässt sich nicht ändern. Ein Bruder der Stille kann keine Frau haben, kann nicht lieben.*

Tessas Puls raste, ihre Haut glühte wie die heiße Luft über London. Seit Will hatte sie kein solch brennendes Verlangen mehr gespürt. Und sie wusste, dass sie etwas Derartiges für niemand anderen auf der Welt empfinden würde – nur für Will und Jem. »Bitte geh nicht fort«, flüsterte sie. »Bitte rede wieder mit mir und zieh dich nicht in deine Stille zurück. Erzähl mir, wie du

dir die Verletzung zugezogen hast, ja?«, bat sie und nahm seine Hand. Jem hob ihre Hand an und drückte sie auf sein Herz. Tessa konnte spüren, wie es kraftvoll in seinem Brustkorb schlug.
»Bitte, Jem. Wie ist das passiert?«
Jem seufzte.
Ich habe nach verschollenen Herondales gesucht, erklärte er.
»Verschollene Herondales?«, fragte eine Stimme.
Catarina stand mit einem Tablett in der Tür. Ihre Hände zitterten so sehr, dass die beiden Teetassen auf dem Tablett klirrten. Ihre Freundin wirkte so aufgewühlt, wie Tessa sich fühlte. Sie hatte gar nicht bemerkt, dass Catarina das Zimmer betreten hatte.
Nach einem Moment riss Catarina sich zusammen und stellte das Tablett auf der Frisierkommode ab. Fragend zog Jem eine Augenbraue hoch.
Ja, bestätigte er. *Weißt du etwas über sie?*
Catarina war noch immer sichtlich erschüttert und schwieg.
»Catarina?«, hakte Tessa nach.
»Ihr habt doch schon mal von Tobias Herondale gehört«, setzte sie an.
Natürlich, sagte Jem. *Seine Geschichte ist berüchtigt. Er lief vor einem Kampf davon, woraufhin seine Mitnephilim getötet wurden.*
»Das ist die Geschichte, die man sich erzählt«, erwiderte Catarina. »Doch in Wahrheit war Tobias mit einem Zauber belegt, der ihm vorgaukelte, dass sich seine Frau und sein ungeborenes Kind in Lebensgefahr befänden. Und deshalb ist er losgestürmt, um ihnen zu helfen. Obwohl er nicht um die eigene Sicherheit, sondern um das Wohl seiner Familie fürchtete, hatte er damit gegen das Gesetz verstoßen. Und als man ihn nicht finden konnte, ließ der Rat Tobias' Todesurteil an seiner Frau Eva vollziehen. Aber zuvor habe ich dafür gesorgt, dass das Kind früher als geplant zur Welt kam. Danach habe ich eine Zauberformel gesprochen, die den Anschein erweckte, dass Eva weiterhin schwanger sei – noch während sie zum Schafott schritt. Tatsächlich hatte sie einem Sohn das Leben geschenkt. Sein Name lautete Ephraim.«

Catarina seufzte, lehnte sich gegen die Wand und verschränkte die Hände.

»Ich nahm Ephraim mit nach Amerika und zog ihn dort auf. Er hat nie erfahren, wer er wirklich war. Ephraim war ein fröhlicher, guter Junge. Er war *mein* Junge.«

»Du hast einen Sohn gehabt?«, fragte Tessa.

»Ich habe dir nie von ihm erzählt, obwohl ich das eigentlich hätte tun sollen«, sagte Catarina und blickte zu Boden. »Inzwischen liegt das alles so lange zurück. Aber es war eine wundervolle Zeit in meinem Leben. Eine Zeit ohne Chaos. Ohne Kampf. Wir waren eine Familie. Ich habe nur eine einzige Sache getan, um ihn mit seinem geheimen Erbe zu verbinden: Ich schenkte ihm einen Anhänger mit einem eingravierten Reiher, dem Vogel seines Familienwappens. Denn ich konnte nicht zulassen, dass sein Schattenjägerblut vollends in Vergessenheit geriet. Aber natürlich wurde er schließlich erwachsen und gründete eine eigene Familie. Und seine Familie hatte wiederum eigene Kinder und Kindeskinder. Ich dagegen veränderte mich nicht und zog mich langsam aus ihrem Leben zurück – so wie es alle Unsterblichen im Laufe der Zeit tun. Einer von Tobias' Nachfahren war ein Junge namens Rollo. Er ließ sich zu einem Magier ausbilden und erfreute sich in der Schattenwelt großer Beliebtheit. Ich versuchte, ihn vor der Anwendung von Magie zu warnen, aber er wollte nicht auf mich hören. Wir hatten einen fürchterlichen Streit und trennten uns im Unfrieden. Nach einer Weile habe ich mich bemüht, ihn aufzuspüren, doch er war verschwunden. Ich habe nicht die geringste Spur von ihm finden können. Mit meinem Versuch, ihn zu retten, habe ich nur eines erreicht: Ich habe ihn verjagt.«

Nein, widersprach Jem. *Das ist nicht der Grund für sein Verschwinden. Er hatte eine Frau geheiratet, die sich auf der Flucht befand. Rollo ist mit ihr untergetaucht, um sie zu schützen.*

Catarina hob das Gesicht und sah ihn an.

»Was?«, fragte sie.

Vor nicht allzu langer Zeit war ich mit einer Eisernen Schwester in Amerika, um ein Stück Adamant *einzusammeln,* berichtete Jem. *Dort trafen wir auf einen Schattenmarkt, der als Basar getarnt war und von einem Dämon betrieben wurde. Nachdem wir den Dämon zur Rede gestellt hatten, hat er uns erzählt, dass es eine Gruppe verschollener Herondales gebe, die sich in Gefahr befinden und gar nicht mal weit weg seien. Und dass sie sich vor einem Feind versteckten, der weder irdischer noch dämonischer Natur sei. Kurz zuvor hatte ich auf dem Schattenmarkt eine Elfe mit einem Kind und einem menschlichen Ehemann gesehen. Der Mann hieß Rollo.*

Die Fülle der Informationen, die von zwei Seiten auf Tessa einstürmten, ließ sie verwirrt verstummen. Aber ein Gedanke fesselte ihre Aufmerksamkeit: Ein Mann, der sein ganzes Leben wegwarf, um mit der Frau, die er liebte, zu fliehen ... der ohne langes Nachdenken alles aufgab, um sie zu schützen ... das klang ganz nach einem Herondale.

»Er lebt?«, fragte Catarina. »Rollo? Auf einem Basar?«

Als ich erkannte, wer er war, habe ich versucht, ihn zu finden. Doch vergebens. Aber du solltest wissen, dass er nicht vor dir geflohen ist. Der Dämonenfürst hat mir erzählt, dass die drei auf der Flucht waren und in großer Gefahr schwebten. Inzwischen weiß ich, dass das der Wahrheit entspricht. Der Elbe, der mich heute Abend angegriffen hat, wollte mich töten. Die Feinde, vor denen sich diese Herondales verstecken, sind weder irdischer noch dämonischer Natur – sie sind Feenwesen. Und diese Feenwesen wollen verhindern, dass ein Geheimnis ans Licht kommt.

»Dann habe ich ihn also nicht vertrieben?«, fragte Catarina. »Die ganze Zeit ... Rollo ...«

Catarina schüttelte den Kopf und musste sich sichtlich zusammennehmen. Sie ergriff das Tablett und stellte es ans Bett.

»Tee«, sagte sie. »Ich habe unsere letzte Ration Milch und Kekse verwendet.«

Du weißt doch, dass die Brüder der Stille nichts trinken, sagte Jem.

Catarina schenkte ihm ein trauriges Lächeln. »Ich dachte, die heiße Tasse könnte dir vielleicht doch etwas Trost spenden.«

Dann wischte sie sich verstohlen die Augen, machte auf dem Absatz kehrt und verließ das Zimmer.

Du hast nichts davon gewusst?, fragte Jem.

»Sie hat es mit keinem Wort erwähnt«, sagte Tessa. »So viele Probleme entstehen durch unnötige Geheimnisse.«

Jem wandte das Gesicht ab und fuhr mit dem Finger über den Rand seiner Teetasse. Tessa nahm seine Hand. Wenn seine Hand das Einzige war, was sie haben konnte, dann würde sie eben daran festhalten.

»Warum bist du so lange fortgeblieben?«, fragte Tessa. »Wir haben beide um Will getrauert. Warum mussten wir das getrennt tun?«

Ich bin ein Bruder der Stille, und Stille Brüder können nicht ...

Jem verstummte. Tessa umklammerte seine Hand so fest, dass sie ihm fast die Finger brach.

»Du bist Jem. Mein Jem. Immer nur mein Jem.«

Ich bin Bruder Zachariah, erwiderte Jem.

»Von mir aus! Dann bist du eben Bruder Zachariah und mein Jem«, entgegnete Tessa. »Du bist ein Bruder der Stille. Aber das heißt nicht, dass du mir nichts bedeutest. Du warst mir immer wichtig, und du wirst es immer sein. Glaubst du wirklich, dass uns irgendetwas trennen könnte? Hältst du uns für so schwach? Nach allem, was wir gesehen und getan haben? Ich bin jeden Tag aufs Neue dankbar für deine Existenz. Und solange du lebst, werden wir auch Will lebendig halten.«

Sie sah, welche Wirkung diese Worte auf Jem hatten. Das Dasein als Stiller Bruder bedeutete, dass man einen Teil seiner Menschlichkeit aufgeben musste, aber ihr Jem war noch immer da.

»Wir haben so viel Zeit, Jem. Du musst mir versprechen, dass wir sie nicht mehr getrennt verbringen. Zieh dich nicht wieder von mir zurück. Lass mich an der Suche nach den verschollenen Herondales teilhaben. Ich kann dabei helfen; und du musst vorsichtiger sein!«

Ich will dich nicht in Gefahr bringen, sagte Jem.

Bei diesen Worten musste Tessa lachen – laut und herzhaft lachen.

»Gefahr?«, fragte sie. »Jem, ich bin unsterblich. Und schau mal aus dem Fenster. Die ganze Stadt brennt. Es gibt nur eines, vor dem ich mich wirklich fürchte: die Vorstellung, von denjenigen getrennt zu sein, die ich liebe.«

Endlich spürte sie, wie er den Griff ihrer Hand erwiderte und seine Finger sich um ihre schlossen.

Jenseits der Hausmauern stand London in Flammen. Aber im Inneren dieser Wohnung war die Welt einen Moment lang wieder in Ordnung.

Als der Morgen kalt und grau anbrach, brachte er den Geruch der noch immer schwelenden Brände mit sich. Doch die Stadt erwachte, schüttelte sich, griff zu Besen und Eimer und machte sich wie jeden Tag daran, die Schäden zu reparieren. Die Verdunklungsvorhänge wurden aufgerissen, um die Morgenluft hereinzulassen. Londons Bewohner gingen zur Arbeit, die Busse fuhren, und die Geschäfte öffneten ihre Ladentüren. Die Angst hatte nicht gesiegt. Tod, Feuer und Krieg hatten nicht triumphiert.

Tessa war in den frühen Morgenstunden eingenickt, während sie an Jems Seite gesessen hatte, den Kopf an die Wand gelehnt und seine Hand fest in ihrer. Als sie schließlich aufwachte, fand sie das Bett leer vor. Die Decke war ordentlich zurückgeschlagen und die Kleidung auf der Fensterbank verschwunden.

»Jem«, stieß Tessa panisch hervor.

Catarina schlief am Küchentisch, den Kopf auf die verschränkten Arme gelegt.

»Jem ist weg«, sagte Tessa, als sie den Raum betrat. »Hast du gesehen, wann er gegangen ist?«

»Nein«, sagte Catarina und rieb sich die Augen.

Tessa kehrte ins Schlafzimmer zurück und schaute sich um. War das vielleicht alles nur ein Traum gewesen? Hatte der Krieg ihr den letzten Rest Verstand geraubt? Als sie sich umdrehte, entdeckte sie auf der Frisierkommode einen Zettel, auf dem in Großbuchstaben TESSA stand. Hastig faltete sie ihn auseinander:

Meine Tessa,
 uns wird nichts voneinander trennen. Wo du bist, bin auch ich. Wo wir sind, ist auch Will.
 Was auch immer ich sein mag, ich bleibe immer
 Dein Jem

Bruder Zachariah schritt durch London. Die Stadt war nachtgrau, ihre Gebäude nur noch Reste dessen, was sie einst gewesen waren ... fast eine Stadt aus Asche und Gebeinen. Vielleicht verwandelten sich ja alle Städte eines Tages in die Stadt der Stille.

Jem war in der Lage, manche Dinge vor seinen Mitbrüdern zu verbergen, auch wenn sie mühelos auf seinen Geist zugreifen konnten. Zwar kannten sie nicht all seine Geheimnisse, aber sie wussten genug. In der letzten Nacht war jede Stimme in seinem Kopf verstummt, überwältigt von dem, was er gefühlt und fast getan hatte.

Er schämte sich furchtbar für seine Worte in den letzten Stunden. Tessa trauerte noch immer um Will. Sie teilten diesen Kummer, und sie liebten einander. Sie liebte ihn noch immer, das wusste er. Aber sie konnte unmöglich das für ihn fühlen, was sie einst für ihn empfunden hatte. Dem Erzengel sei Dank, hatte sie nicht sein Leben geführt, umgeben von Knochen und Stille und von vergangenen Momenten der Liebe zehrend. Tessa hatte Will gehabt und ihn so viele Jahre geliebt. Und jetzt war Will für immer gegangen. Jem machte sich Sorgen, dass er ihren Kummer vielleicht ausgenutzt hatte. In einer Welt, die verrückt und seltsam geworden war, klammerte sie sich möglicherweise ja nur an etwas, das ihr vertraut war.

Aber sie war so tapfer, seine Tessa; sie bemühte sich um ein neues Leben, jetzt, da ihr altes Leben vergangen war. Das hatte sie schon einmal getan, als sie als junges Mädchen aus Amerika nach England gekommen war. Damals hatte er eine Verbundenheit mit ihr empfunden: Sie waren beide über weite Meere nach London gesegelt, um dort eine neue Heimat zu suchen. Und er hatte gedacht, dass sie diese neue Heimat gemeinsam finden würden.

Inzwischen wusste er, dass das nur ein schöner Traum gewesen war. Aber das, was für ihn ein Traum war, konnte für Tessa immer noch Wirklichkeit werden. Sie war unsterblich und mutig. Sie würde sich in dieser neuen Welt ein neues Leben aufbauen. Vielleicht würde sie auch wieder jemanden lieben, falls sie einen Mann fand, der es mit Will aufnehmen konnte – obwohl Jem bisher niemanden kennengelernt hatte, der dazu auch nur annähernd in der Lage gewesen wäre. Tessa verdiente ein erfülltes Leben und die größte Liebe, die man sich vorstellen konnte.

Sie verdiente mehr als eine Kreatur, die nie wieder wahrhaftig ein Mann sein ... und sie nicht von ganzem Herzen lieben konnte. Und obwohl er sie mit allen Fragmenten seines gebrochenen Herzens liebte, reichte das nicht aus. Tessa verdiente mehr, als er ihr bieten konnte.

Er hätte sie niemals küssen dürfen.

Trotzdem erfüllte ihn eine fast egoistische Freude und Wärme, die er sogar in die totenartige Kälte der Stadt der Stille mitnehmen konnte. Tessa hatte ihn geküsst und sich an ihn geklammert. Eine wundervolle Nacht lang hatte er sie wieder in seinen Armen gehalten.

Tessa, Tessa, Tessa, dachte er. Sie konnte nie wieder ihm gehören, aber er würde für immer ihr gehören. Und das musste für den Rest seines Lebens reichen.

An diesem Abend liefen Catarina und Tessa erneut in Richtung des St. Bart's Hospital.

»Ein Schinkenspecksandwich«, sagte Catarina. »So hoch mit Speckscheiben beladen, dass man es kaum in den Händen halten kann. Und so dick mit Butter bestrichen, dass die Speckscheiben vom Brot herunterrutschen. Das werde ich mir als Erstes gönnen. Und was ist mit dir?«

Tessa lächelte, leuchtete mit ihrer Taschenlampe auf den Boden und trat über einen Mauerbrocken auf dem Gehweg. Um sie herum standen nur noch die Ruinen der Gebäude. Alles war zu verbrannten Ziegelsteinen und Asche zerbombt worden. Aber die Bewohner der Stadt hatten sich bereits wieder darangemacht, die Trümmer aufzuräumen. Die Dunkelheit war wie eine Umarmung. Ganz London lag unter einer Decke, die sie alle zusammenhielt.

»Vanilleeis«, sagte Tessa. »Mit Erdbeeren. Jede Menge Erdbeeren.«

»Ah, das gefällt mir«, sagte Catarina. »Ich glaube, ich werde meinen Wunsch ändern.«

In diesem Moment ging ein Mann an ihnen vorbei und tippte sich an den Hut.

»Guten Abend, Schwestern«, sagte er. »Haben Sie das gesehen?«

Er deutete auf St. Paul's, das imposante Gotteshaus, das seit Jahrhunderten über London wachte.

»Letzte Nacht haben sie versucht, unsere Kathedrale niederzubrennen, aber es ist ihnen nicht gelungen!« Der Mann lächelte. »Nein, es ist ihnen nicht gelungen. Sie können unseren Willen nicht brechen. Noch einen schönen Abend, Schwestern. Und alles Gute.«

Der Mann ging weiter, während Tessa zur Kathedrale hinaufblickte. Um sie herum waren alle Gebäude verschwunden, doch das Gotteshaus stand unversehrt da. St. Paul's war unfassbarerweise von Tausenden von Bomben verschont geblieben. London würde nicht zulassen, dass die Kathedrale unterging. Sie hatte den Bombenangriff überstanden.

Tessa griff nach dem Jadeanhänger um ihren Hals und berührte ihn andächtig.

Cassandra Clare
Robin Wasserman

Die Bösen

Paris, 1989

In Schattenjägerkreisen galt die Ansicht: Erst wer die glänzenden Türme Alicantes gesehen hat, weiß, was wahre Schönheit ist. Denn keine Stadt auf der ganzen Welt kann es mit den Wundern der Schattenjägermetropole aufnehmen. Und kein Schattenjäger würde sich an irgendeinem anderen Ort wahrhaftig zu Hause fühlen.

Hätte jemand Céline Montclaire nach ihrer Meinung zu diesem Thema gefragt, dann hätte sie geantwortet: Offensichtlich waren all diese Schattenjäger noch nie in Paris gewesen.

Sie hätte von den hoch in die Wolken aufragenden, gotischen Kirchtürmen geschwärmt und den regenfeucht schimmernden Kopfsteingassen, von der Sonne, deren Strahlen auf der Seine tanzten und – *bien sûr* – von der unendlichen Vielfalt der französischen Käsesorten. Dann hätte sie noch darauf hingewiesen, dass Paris die Heimat von Baudelaire und Rimbaud, von Monet und Gauguin, von Descartes und Voltaire war und dass diese Stadt neue Formen der Sprache, des Sehens, des Denkens und des *Daseins* hervorgebracht hatte – wodurch selbst die Irdischsten aller Irdischen dem Himmel ein Stückchen näher gerückt waren.

Paris war in jeder Hinsicht *la ville de la lumière*. Die Stadt des Lichts. *Wenn du mich fragst,* hätte Céline geantwortet, *gibt es nichts Schöneres als Paris.*

Aber niemand fragte sie. Generell fragte niemand Céline Montclaire jemals nach ihrer Meinung, zu welchem Thema auch immer.

Bis heute.

»Und du bist dir sicher, dass es keine Rune gibt, die diese abscheulichen Bestien fernhält?«, fragte Stephen Herondale, während sich ein Schwarm donnernd flatternder Schwingen herabsenkte und er blindlings nach seinen gefiederten Feinden schlug.

Die Tauben flogen rasch weiter, ohne ihnen irgendwelche tödlichen Verwundungen zuzufügen. Céline wedelte ein paar Nachzügler fort, woraufhin Stephen erleichtert aufatmete.

»Meine Heldin«, sagte er.

Céline spürte, wie ihre Wangen beunruhigend heiß wurden. Sie hasste es, dass sie ständig errötete. Vor allem in Gegenwart von Stephen Herondale. »Der große Herondale-Krieger hat Angst vor Tauben?«, neckte sie ihn und hoffte, dass er das Zittern in ihrer Stimme nicht hörte.

»Ich habe keine Angst. Ich lasse einfach nur ein gebührendes Maß an Vorsicht walten im Angesicht einer potenziell dämonischen Kreatur.«

»Dämonen-Tauben?«

»Es schadet nichts, vorsichtig zu sein«, erwiderte Stephen mit all der Würde, die ein Tauben-Phobiker aufbringen konnte. Dann tippte er gegen das Langschwert an seiner Hüfte. »Und dieser große Krieger ist jederzeit bereit, mir beizustehen, falls das nötig werden sollte.«

Während er sprach, erhob sich ein weiterer Taubenschwarm vom Kopfsteinpflaster, und einen Moment lang war die Luft von Flügeln und Federn erfüllt – und von Stephens ziemlich spitzen Schreien.

Céline lachte. »Ja, ich sehe deutlich deine Tapferkeit im Angesicht der Gefahr … wenn auch nicht im Angesicht des Geflügels.«

Stephen funkelte sie an. Ihr Puls beschleunigte sich. War sie zu weit gegangen? Doch dann zwinkerte er ihr zu.

Manchmal wollte sie ihn so sehr, dass sie das Gefühl hatte, ihr Herz würde jeden Moment explodieren.

»Bist du sicher, dass wir noch immer in die richtige Richtung gehen?«, fragte Stephen. »Ich habe den Eindruck, wir laufen im Kreis.«

»Vertrau mir«, erwiderte Céline.
Stephen schlug sich mit der Hand auf die Brust. »*Bien sûr, Mademoiselle.*«

Abgesehen von der Hauptrolle, die Stephen in Célines Tagträumereien spielte, hatte sie ihn seit seinem Abschluss an der Akademie vor vier Jahren nicht mehr gesehen. Damals hatte er sie kaum wahrgenommen. Er war zu sehr beschäftigt gewesen: mit seinem Training, seiner Freundin und seinen Freunden in Valentin Morgensterns Kreis. Viel zu beschäftigt, um einem schmächtigen Mädchen Beachtung zu schenken, das jeden seiner Schritte mit verstohlenen Blicken verfolgt hatte. Aber jetzt waren sie praktisch ebenbürtig, dachte Céline, und ihre Wangen glühten erneut. Okay, sie war siebzehn und noch immer Schülerin der Akademie, während er mit zweiundzwanzig Jahren nicht nur als Erwachsener, sondern auch als Valentins getreuester Gefolgsmann im Kreis galt – eine Elitegruppe junger Schattenjäger, die sich geschworen hatten, den Rat zu reformieren, damit die Gemeinschaft der Nephilim zu ihrer ursprünglichen Reinheit und Größe zurückkehren konnte. Inzwischen gehörte Céline ebenfalls dem Kreis an, von Valentin persönlich auserwählt.

Valentin hatte zusammen mit Stephen und den anderen Gründungsmitgliedern des Kreises an der Akademie studiert. Doch im Gegensatz zu ihnen hatte er nie jung gewirkt. Die meisten Schüler und Tutoren der Akademie hatten Valentins Clique für eine harmlose Schülergruppe gehalten, die nur insofern etwas merkwürdig war, als dass sie lieber politische Debatten veranstaltete, statt irgendwelche Partys zu feiern. Aber schon damals hatte Céline verstanden, dass dieses Bild genau dem Image entsprach, das Valentin erzeugen wollte: eine harmlose Gruppe von Schülern. Wer allerdings genauer hinsah, erkannte, dass sich mehr dahinter verbarg. Valentin Morgenstern war ein unbeugsamer Krieger mit einem noch unbeugsameren Willen. Wenn er den Blick seiner tintenschwarzen Augen einmal auf ein Ziel geheftet hatte, konnte ihn nichts mehr davon abbringen, dieses Ziel zu erreichen. Er hatte seinen Kreis aus jungen Schattenjägern zusammengestellt, von denen er wusste, dass sie nicht nur außerordentlich begabt, sondern auch loyal waren. Nur die Besten, hatte er ihr an jenem Tag erklärt, an dem er sie angesprochen hatte.

»Jedes Mitglied des Kreises ist *außergewöhnlich*«, hatte er gesagt. »Das gilt auch für dich, falls du mein Angebot annimmst.« Nie zuvor hatte irgendjemand Céline als außergewöhnlich bezeichnet.

Seit diesem Tag hatte sie sich anders gefühlt. Stärker. *Auserwählt.* Und an seinen Worten musste etwas Wahres gewesen sein, denn obwohl sie noch ein letztes Jahr an der Akademie bleiben musste, war sie jetzt hier und verbrachte ihre Sommerferien mit einem offiziellen Auftrag, zusammen mit Stephen Herondale. Stephen war einer der besten Schattenjäger seiner Generation und seit Lucian Graymarks unglücklicher Verwandlung zum Werwolf Valentins getreuer Stellvertreter. Aber Céline kannte sich in Paris aus, kannte alle Straßen der Stadt und ihre Geheimnisse. Es war die perfekte Gelegenheit, Stephen zu zeigen, dass sie sich verändert hatte ... dass auch sie außergewöhnlich war. Und dass er diesen Auftrag ohne sie nicht erledigen konnte.

Das hatte er selbst gesagt. *Ohne dich könnte ich das hier nicht schaffen, Céline.*

Sie liebte den Klang ihres Namens auf seinen Lippen. Im Grunde liebte sie jedes Detail an ihm: die blauen Augen, funkelnd wie das Meer an der Côte d'Azur. Die hellblonden Haare, schimmernd wie die goldene Kuppel des Opernhauses Palais Garnier. Sein elegant geschwungener Hals, seine straffen Muskeln, die glatten Linien seines Körpers ... wie eine von Rodin gemeißelte Statue: ein Abbild menschlicher Perfektion. Irgendwie war er seit ihrer letzten Begegnung noch attraktiver geworden.

Außerdem war er inzwischen verheiratet.

Céline versuchte, nicht daran zu denken.

»Können wir vielleicht mal etwas zügiger gehen?«, murrte Robert Lightwood. »Je eher wir die Sache hinter uns bringen, desto schneller können wir in die Zivilisation zurückkehren. Und zu einer Klimaanlage.«

Robert war noch etwas, an das Céline lieber nicht denken wollte. Seine mürrische Anwesenheit machte es äußerst schwer, an der Vorstellung festzuhalten, dass Stephen und sie einen romantischen Abendspaziergang im Mondschein machten.

»Je schneller wir gehen, desto stärker schwitzt du«, erwiderte Stephen. »Und glaub mir: Das will kein Mensch.« Im August war es in Paris schätzungsweise zehn Grad heißer als in der Hölle. Selbst nach Anbruch der Dunkelheit fühlte sich die Luft noch immer an wie eine in heiße Suppe getränkte Decke. Um nicht aufzufallen, hatten Céline, Stephen und Robert ihre Schattenjägermonturen gegen die Kleidung der Irdischen getauscht, mit langen Ärmeln, die ihre Runenmale verdeckten. Das weiße T-Shirt, das Céline für Stephen ausgesucht hatte, war inzwischen durchgeschwitzt – obwohl ihr das gar nicht mal so unrecht war.

Robert brummte nur. Er hatte sich seit seiner Zeit an der Akademie verändert. Damals war er zwar etwas steif und schroff gewesen, aber nicht absichtlich grausam. Doch jetzt sah Céline in seinen Augen etwas, das ihr nicht gefiel. Eine eisige Kälte. Und die erinnerte sie zu sehr an ihren Vater.

Stephen hatte ihr erzählt, dass Robert sich mit seinem *Parabatai* zerstritten hatte und verständlicherweise schlecht gelaunt war. *Kümmere dich nicht darum*, hatte Stephen gesagt, *Robert ist einfach nur Robert: Ein großartiger Krieger, aber er macht aus allem ein Drama. Kein Grund zur Sorge.*

Aber Céline machte sich ständig Sorgen.

Sie trotteten den letzten Hügel der Rue Mouffetard hinauf. Am Tag befand sich hier eine der geschäftigsten Marktstraßen von Paris, wo frische Lebensmittel, farbenfrohe Halstücher, Falafel-Stände und Eiskarren um die Aufmerksamkeit der zahlreichen Touristen warben. Doch bei Nacht waren die Läden geschlossen, und die Straße lag still da. Paris war zwar eine Marktstadt, aber sämtliche Märkte fielen nach Einbruch der Dunkelheit in einen Dornröschenschlaf – mit einer Ausnahme.

Céline führte Stephen und Robert um eine Ecke und dann durch eine weitere enge, gewundene Straße. »Wir sind gleich da«, sagte sie in bemüht ruhigem Ton, in der Hoffnung, dass man ihrer Stimme die Aufregung nicht anhörte. Robert und Stephen hatten keinen Zweifel daran gelassen, dass der Kreis nichts von Schattenmärkten hielt. Schattenweltler, die sich mit Irdischen trafen, illegale Waren, die unter der Hand den Besitzer wechselten, Geheimnisse, die getauscht und verkauft wurden … Laut Valentin waren das die hässlichen Konsequenzen der nachlässigen und korrupten Haltung des Rats. Sobald der Kreis die Macht übernommen hatte, würden sämtliche Schattenmärkte für immer geschlossen werden, hatte Stephen ihr eifrig versichert.

Céline gehörte dem Kreis zwar erst seit ein paar Monaten an, aber eines hatte sie bereits gelernt: Wenn Valentin etwas hasste, war es ihre Pflicht, das Ganze ebenfalls zu hassen.

Und sie bemühte sich nach Kräften.

Im Grunde existierte kein Gesetz, nach dem ein Schattenmarkt an einem von dunklen Mächten beherrschten Ort stattfinden musste, dessen Grund vom Blut seiner gewalttätigen Vergangenheit getränkt war – aber es half ungemein.

Und die französische Hauptstadt bot dafür mehr als genug Plätze. Paris war eine Stadt der Geister, von denen die meisten wütend und zornig waren. Eine Revolution nach der anderen, blutbespritzte Barrikaden und von der Guillotine herabrollende Köpfe, die Septembermassaker, die Blutige Maiwoche, der Brand des Tuilerienpalasts, die Terrorherrschaft … Als Kind war Céline während vieler schlafloser Nächte durch die Stadt gestreift und hatte sich die schlimmsten Gräueltaten der Vergangenheit ausgemalt. Sie hatte sich eingebildet, dass sie die Schreie durch die Jahrhunderte hindurch hören könne. Dadurch hatte sie sich weniger allein gefühlt.

Natürlich wusste sie, dass das keine normale Beschäftigung für ein Kind war.

Aber Céline hatte auch keine normale Kindheit gehabt – was sie jedoch erst bei ihrer Ankunft an der Akademie herausfand. Dort hatte sie zum ersten Mal andere Schattenjäger in ihrem Alter kennengelernt. An jenem ersten Schultag hatten die meisten Kinder von ihrem idyllischen Leben in Idris erzählt, wo sie mit ihren Pferden über die Brocelind-Ebene galoppiert waren. Von ihrem idyllischen Leben in London, New York oder Tokio, wo sie unter der liebevollen Anleitung ihrer Eltern und Institutstutoren trainiert hatten. Oder von ihrem idyllischen Leben an irgendeinem anderen Ort der Welt.

Nach einer Weile hatte Céline nicht mehr zugehört und sich unbemerkt zurückgezogen. Sie war zu sehr von bitterer Eifersucht erfüllt gewesen und hatte den Moment gefürchtet, in dem jemand sie nach ihrer Vorgeschichte fragte. Schließlich war sie in der Provence aufgewachsen, auf dem Anwesen ihrer Eltern, umgeben von Obstplantagen, Weinbergen und weiten Lavendelfeldern: also allem Anschein nach ein Leben wie in der »Belle Époque«.

Céline wusste, dass ihre Eltern sie liebten, weil sie ihr das wieder und wieder versichert hatten.

Wir tun das nur, weil wir dich lieben, hatte ihre Mutter immer gesagt, bevor sie Céline im Keller eingeschlossen hatte.

Wir tun das nur, weil wir dich lieben, hatte ihr Vater gesagt, bevor er sie ausgepeitscht hatte.

Wir tun das nur, weil wir dich lieben, hatten sie gesagt, bevor sie den Drachendämon auf Céline losgelassen hatten. Bevor sie Céline – kaum acht Jahre alt – ohne Waffen in einem von Werwölfen bevölkerten Wald ausgesetzt hatten. Bevor sie Céline die blutigen Konsequenzen von Schwäche, Unbeholfenheit und Angst hatten spüren lassen.

Im Alter von acht Jahren war sie dann auch zum ersten Mal davongelaufen, nach Paris ... jung genug, um zu glauben, ihren Eltern für immer entkommen zu sein. Damals hatte sie einen Weg in die *Arènes de Lutèce* gefunden, zu den Überresten eines römischen Amphitheaters aus dem ersten Jahrhundert und vermutlich den ältesten blutgetränkten Ruinen der Stadt. Zweitausend Jahre zuvor hatten hier Gladiatoren auf Leben und Tod gekämpft, angefeuert von einer jubelnden, blutrünstigen Menge, bis die Arena – und die Menge – von ebenso blutrünstigen Barbarenhorden überrannt und niedergemacht worden war. Eine Zeit lang hatte das Gelände als Friedhof gedient; jetzt war es eine Touristenfalle – ein weiterer antiker Steinhaufen, den gelangweilte Schulkinder ignorieren konnten. Zumindest tagsüber. Aber im Schein des Mitternachtsmondes erwachte das Gelände zum Leben: Schattenweltler, eine Unmenge von Früchten und Weinen aus dem Elbenreich, von Hexenmagie verzauberte Wasserspeier, Walzer tanzende Werwölfe, Vampire mit Baskenmützen, die für ihre Porträtgemälde Blut statt Farbe verwendeten, und ein Ifrit, der seinem Akkordeon Melodien entlockte, die jeden Zuhörer zu nahezu untröstlichen Tränen rührten. Das hier war der Pariser Schattenmarkt – und gleich beim allerersten Besuch hatte Céline sich endlich zu Hause gefühlt.

Damals hatte sie zwei Nächte hier verbracht. Sie hatte die Stände begutachtet, sich mit einem schüchternen Werwolfwelpen angefreundet und ihren quälenden Hunger mit einer Nutella-Crêpe gestillt, die ein Grigori für sie gekauft hatte, ohne ihr irgendwelche Fragen zu stellen. Sie hatte unter der langen Tischdecke eines Vampirjuwelierstands geschlafen, mit gehörnten Kindern einen improvisierten Feenreigen getanzt und schließlich entdeckt, was es bedeutet, glücklich zu sein. Doch in der dritten Nacht hatten die Schattenjäger des Pariser Instituts sie aufgespürt und wieder nach Hause verfrachtet.

Damals hatte sie – nicht zum letzten Mal – die mit ihrer Flucht verbundenen Konsequenzen zu spüren bekommen.

Wir lieben dich zu sehr, um dich zu verlieren.

In jener Nacht hatte Céline zusammengekrümmt und mit noch blutigem Rücken in einer Ecke des Kellers gelegen und gedacht: *Also so fühlt es sich an, wenn man zu sehr geliebt wird.*

Ihr Auftrag war im Grunde ganz einfach: Zuerst mussten sie den Stand der Hexe Dominique du Froid auf dem Pariser Schattenmarkt ausfindig machen und danach Beweise für ihre zwielichtigen Geschäfte mit zwei abtrünnigen Nephilim sammeln.

»Ich habe Grund zu der Annahme, dass sie Schattenweltlerblut und -organe im Tausch für illegale Dienste angeboten haben«, hatte Valentin ihnen erklärt. Doch er brauchte Beweise. Und jetzt war es Célines, Stephens und Roberts Aufgabe, ihm diese zu liefern.

»Aber diskret«, hatte Valentin sie gewarnt. »Ich will nicht, dass unsere Hexe ihre Komplizen informiert.« Aus Valentins Mund klang das Wort »Komplizen« wie eine unerträgliche Geschmacklosigkeit. Und für ihn war es das auch: Schattenweltler waren schon schlimm genug, aber Schattenjäger, die einem Schattenwesen erlaubten, sie zu korrumpieren? Das war unverzeihlich.

Der erste Teil ihres Auftrags erwies sich als einfach. Dominique du Froid war mühelos zu finden. Sie hatte ihren Namen in Neonbuchstaben förmlich aus der Luft gezaubert: Die Buchstaben leuchteten grell etwa einen Meter über ihrem Stand, während ein Neonpfeil nach unten zeigte. DOMINIQUE DU FROID, LES SOLDES, TOUJOURS!

»Typisch Hexenwesen«, sagte Robert verächtlich. »Jederzeit käuflich.«

»Jederzeit verkaufsbereit«, berichtigte Céline, aber so leise, dass er sie nicht hörte.

Der Marktstand entpuppte sich als elegantes Zelt mit Präsentationstischen, wobei der hintere Teil des Zelts durch einen Vorhang abgetrennt war. Auf den Tischen stapelten sich Unmengen geschmackloser Schmuckstücke und farbenfroher Zaubertränke – allerdings nicht annähernd so geschmacklos oder farbenfroh wie ihre Besitzerin. Dominiques platinblonde Haare waren von knallrosa Strähnchen durchzogen und an einer Seite zu einem Pferdeschwanz gebunden. Die andere Hälfte war gekräuselt und so ausgiebig mit Haarspray behandelt, dass sie förmlich glänzte. Die Hexe trug ein halb zerrissenes, mit Spitze besetztes T-Shirt, einen schwarzen Minilederrock, violette Halbfingerhandschuhe und allem Anschein nach eine nicht unbeträchtliche Menge ihrer gesamten Schmuckwaren um den Hals. Ihr Lilithmal – ein langer knallrosa Fiederschwanz – lag wie eine Federboa um ihre Schultern.

»Ihr Anblick erinnert an einen Eidolon-Dämon, der versucht hat, sich in Cyndi Lauper zu verwandeln und nach der Hälfte aufgegeben hat«, scherzte Céline.

»Hä?«, fragte Robert. »Ist das eine andere Hexe?«

Stephen grinste. »Ja, Robert. Eine andere Hexe. Der Rat hat sie exekutiert, weil sie einfach nur Spaß haben wollte.«

Céline und Stephen lachten, und Roberts offensichtliche Wut darüber, dass sie ihn aufzogen, ließ sie nur noch lauter lachen. Wie die meisten Schattenjäger war auch Céline ohne jede Ahnung von irdischer Popkultur aufgewachsen. Aber als Stephen an die Akademie gekommen war, quoll er förmlich über vor geheimnisvollem Wissen über Bands, Bücher, Songs und Filme, von denen in Schattenjägerkreisen noch nie jemand etwas gehört hatte. Nach seinem Beitritt zum Kreis hatte er seine Begeisterung für die Sex Pistols zwar genauso schnell abgelegt wie seine ausgefranste Jeansjacke und sie gegen die von Valentin bevorzugte schwarze Montur getauscht. Dennoch hatte Céline die vergangenen Jahre mit dem Studium irdischer Fernsehserien verbracht ... für alle Fälle.

Ich kann für dich alles sein, was du nur willst, dachte sie und wünschte, sie hätte den Mut, ihren Gedanken laut auszusprechen.

Céline kannte Amatis, Stephens Frau. Kennen war vielleicht zu viel gesagt, aber zumindest wusste sie genug über sie: Amatis war scharfzüngig und hochnäsig. Sie war eigensinnig, streitsüchtig, stur und nicht einmal besonders hübsch. Außerdem ging das Gerücht um, dass sie insgeheim noch immer Kontakt zu ihrem Werwolf-Bruder hatte. Im Grunde interessierte Céline das nicht: Sie hatte nichts gegen Schattenweltler. Aber sie hatte eine Menge gegen Amatis, die offensichtlich nicht zu schätzen wusste, was sie hatte. Stephen brauchte jemanden, der ihn bewunderte, ihm beipflichtete, ihn unterstützte. Jemanden wie Céline. Wenn sie ihn doch nur dazu bewegen könnte, das von sich aus zu erkennen.

Gemeinsam behielten sie die Hexe ein oder zwei Stunden im Auge. Dominique du Froid verließ ihren Stand alle paar Minuten, um mit anderen Standbetreibern zu schwatzen oder zu handeln. Es schien fast, als wollte sie, dass jemand in ihren unbewachten Sachen herumschnüffelte.

Stephen gähnte theatralisch. »Ich hatte auf eine etwas größere Herausforderung gehofft. Kommt, lasst uns die Sache hinter uns bringen und schleunigst verschwinden. Hier stinkt's nach Schattenweltlern. Ich hab schon jetzt das Gefühl, dass ich dringend eine Dusche brauche.«

»*Oui, c'est terrible*«, log Céline.

Als Dominique das nächste Mal ihren Stand verließ, heftete Stephen sich an ihre Fersen. Robert schlüpfte hinter den Vorhang, um in ihrem Privatbereich nach Beweisen für schmutzige Geschäfte zu suchen. Und Céline sollte am Nebenstand Wache stehen, von wo aus sie Robert ein Zeichen geben konnte, falls Dominique unerwartet zurückkehrte.

Natürlich hatte man ihr mal wieder die langweiligste Aufgabe zugeteilt – den Teil, bei dem sie nur herumstehen und sich für Schmuckstücke interessieren musste. Die beiden hielten sie für völlig nutzlos.

Céline tat ihre Pflicht und heuchelte Interesse an der hässlichen Auslage: verzauberte Ringe, klobige Goldketten und Armbänder, an denen Dämonenfürsten-Amulette aus Messing und Zinn baumelten. Doch dann entdeckte sie etwas, das sie tatsächlich interessierte: einen Bruder der Stille, der sich auf jene beunruhigend unmenschliche, fast schwebende Art und Weise auf den Stand zubewegte. Aus dem Augenwinkel beobachtete sie, wie der Schattenjäger in seiner Robe die präsentierten Schmuckstücke sorgfältig betrachtete. Wonach um alles in der Welt konnte jemand wie dieser Grigori an einem Ort wie diesem suchen?

Der schmuddelige Werwolfjunge, der den Stand bewachte, hatte von Célines Anwesenheit kaum Notiz genommen, aber beim Anblick des Stillen Bruders hastete er mit furchterfüllten Augen auf ihn zu. »Du darfst hier nicht herumschnüffeln«, sagte er. »Mein Boss macht nicht gern Geschäfte mit Leuten wie dir.«

Bist du nicht etwas zu jung, um einen Boss zu haben?

Die Worte hallten in Célines Kopf wider, und einen Moment fragte sie sich, ob der Stille Bruder vielleicht wollte, dass sie sie hörte. Doch das schien unwahrscheinlich – sie stand ein paar Schritte entfernt, und es gab keinen Grund, warum er ihr Beachtung schenken sollte.

»Meine Eltern haben mich rausgeworfen, nachdem ich gebissen worden war. Also kann ich entweder arbeiten oder verhungern. Und ich ess nun mal gern«, sagte der kleine Junge achselzuckend. »Und genau deshalb musst du jetzt gehen, bevor der Boss zurückkommt und denkt, ich würde mit einem Schattenjäger Geschäfte machen.«

Ich bin auf der Suche nach einem Schmuckstück.

»Hör zu, Mann, hier gibt's nichts, was du nicht auch woanders finden kannst, noch dazu besser und billiger. Dieses ganze Zeug ist nur Schrott.«

Ja, das sehe ich. Aber ich suche nach einem bestimmten Schmuckstück ... etwas, von dem man mir erzählt hat, dass es nur hier zu bekommen sei. Eine Silberkette mit einem Anhänger in Gestalt eines Reihers.

Beim Wort »Reiher« spitzte Céline die Ohren. Das war kein gewöhnlicher Wunsch: Der Grigori suchte nach einem Anhänger, der perfekt für einen Herondale geeignet war. Schließlich war der Reiher das Wappentier der Familie.

»Hm, ja, ich weiß ja nicht, wo du davon gehört hast, aber es könnte sein, dass wir so ein Schmuckstück haben. Trotzdem kann ich es dir nicht verkaufen. Ich hab dir ja gesagt, dass ...«

Was ist, wenn ich den Preis verdopple?

»Du kennst den Preis doch noch gar nicht.«

Nein, ich kenne ihn nicht. Aber ich könnte mir vorstellen, dass du kein besseres Angebot bekommen wirst – vor allem wenn man bedenkt, dass die Kette nicht für andere Käufer sichtbar in der Auslage liegt.

»Ja, darauf hab ich meinen Boss auch schon hingewiesen, aber ...« Der Junge beugte sich vor und senkte die Stimme. Céline bemühte sich, nicht zu offensichtlich zu lauschen. »Der Boss will nicht, dass seine Frau erfährt, dass er die Kette verkauft. Er meinte, er müsse nur das Gerücht in Umlauf setzen, und dann würde sich schon ein Käufer finden.«

Und jetzt hat sich ein Käufer gefunden. Stell dir vor, wie sehr dein Arbeitgeber sich freuen wird, wenn du ihm erzählst, dass du mehr als seinen geforderten Preis dafür bekommen hast.

»Vermutlich braucht er ja nicht zu wissen, wer die Kette gekauft hat ...«

Von mir wird er es jedenfalls nicht erfahren.

Der Junge dachte einen Moment nach, tauchte dann kurz unter den Verkaufstisch und kehrte mit einem silbernen Anhänger in der Hand zurück. Céline unterdrückte ein Keuchen. Es handelte sich um einen kunstvoll geschmiedeten Reiher, der im Mondlicht glänzte – das perfekte Geschenk für einen jungen Herondale, der stolz auf seine Abstammung war. Céline schloss die Augen und erlaubte sich einen Ausflug in eine andere Realität, in der es ihr gestattet war, Stephen Geschenke zu machen. Sie stellte sich vor, wie sie die Kette um seinen Hals legte, dabei mit der Nase seine weiche Haut berührte und seinen Duft einatmete. Woraufhin er ihr sagte: *Ich liebe das Geschenk. Fast so sehr, wie ich dich liebe.*

Er ist wunderschön, oder?

Céline zuckte zusammen, als sie die Stimme des Stillen Bruders in ihrem Kopf hörte. Natürlich konnte er nicht wissen, was sie gerade gedacht hatte. Trotzdem brannten ihre Wangen vor Scham. Der Junge hatte sich in den hinteren Bereich des Marktstandes zurückgezogen und zählte sein Geld. Und der Bruder der Stille hatte jetzt seinen blinden Blick auf sie geheftet.

Dieser Grigori unterschied sich von den anderen Brüdern der Stille, die sie bisher gesehen hatte: Er besaß ein junges, sogar attraktives Gesicht. Silberne Strähnen durchzogen seine pechschwarzen Haare, und seine Lippen und Augen waren geschlossen, aber nicht zugenäht. Auf seinen Wangen prangten dunkle Runenmale. Céline erinnerte sich daran, wie sehr sie einst die Bruderschaft beneidet hatte. Die Brüder der Stille hatten Narben, genau wie sie; sie erduldeten starke Schmerzen, genau wie sie. Aber ihre Narben verliehen ihnen Macht, und ihre Schmerzen bereiteten ihnen keine Probleme, denn sie konnten nichts fühlen. Doch als Mädchen durfte man der Bruderschaft nicht beitreten – was Céline als sehr unfair empfunden hatte. Frauen stand es nur offen, sich den Eisernen Schwestern anzuschließen. Als kleines Mädchen hatte Céline der Gedanke gereizt, aber inzwischen verspürte sie nicht mehr das geringste Interesse, in einem Kloster auf einer Vulkanebene zu leben und tagaus, tagein nichts anderes zu tun, als Waffen aus *Adamant* zu schmieden. Schon bei der Vorstellung bekam sie Beklemmungen.

Tut mir leid, dass ich dich erschreckt habe. Aber mir war dein Interesse an dem Anhänger aufgefallen.

»Es … es ist nur so, dass er mich an jemanden erinnert hat.«

Jemand, der dir viel bedeutet, wie ich spüren kann.

»Ja, vermutlich schon.«

Ist dieser Jemand vielleicht ein Herondale?

»Ja, und er ist einfach umwerfend.« Die Worte kamen ihr zwar ungewollt über die Lippen, aber gleichzeitig war mit ihnen eine unerwartete Freude verbunden. Endlich hatte sie es laut ausgesprochen – etwas, das sie sich nie zuvor gestattet hatte. Weder in Gegenwart anderer noch allein in aller Stille.

Aber das war das Besondere an den Grigori. Ihre Gegenwart ließ sich nicht mit der Gesellschaft anderer vergleichen. Wenn man sich einem Stillen Bruder anvertraute, war das so, als würde man sich niemandem anvertrauen, dachte Céline. Denn wem sollte er ihr Geheimnis schon erzählen?

»Stephen Herondale«, sagte sie mit leiser, aber fester Stimme. »Ich liebe Stephen Herondale.«

Das Aussprechen dieser Worte war mit einem Gefühl der Macht verbunden, so als würde ihre Aussage dadurch Wirklichkeit werden.

Die Liebe eines Herondale kann ein großes Geschenk sein.

»Ja, einfach toll«, erwiderte sie so bitter, dass selbst der Stille Bruder aufhorchte.

Ich habe dich verärgert.
»Nein, es ist nur ... Ich habe gesagt, dass ich *ihn* liebe. Aber er weiß kaum, dass ich existiere.«
Ah.
Es war dumm, auf die Sympathie eines Stillen Bruders zu hoffen. Genauso gut konnte man hoffen, dass ein Felsbrocken Mitgefühl hatte. Sein Gesicht wirkte vollkommen unbeteiligt. Aber seine Stimme in ihrem Kopf klang sanft, wenn nicht sogar freundlich, dachte Céline.
Das muss sehr schwierig für dich sein.
Wenn Céline ein anderer Typ Mädchen gewesen wäre – die Sorte Mädchen, die Freundinnen hatte oder Schwestern oder eine Mutter, die sie nicht nur mit kalter Verachtung strafte –, dann hätte sie vermutlich mit diesen über Stephen gesprochen. Möglicherweise hätte sie stundenlang jeden Unterton in seiner Stimme analysiert und die Art und Weise, wie er manchmal mit ihr zu flirten schien oder wie er einmal dankbar ihre Schulter berührt hatte, nachdem sie ihm ihren Dolch geliehen hatte. Vielleicht hätten die Gespräche über ihn den Schmerz ihrer Liebe auf Dauer gemildert; vielleicht hätte sie sogar so lange über ihn geredet, bis ihre Liebe abgeebbt wäre. Dann wäre das Thema Stephen so alltäglich geworden wie ein Gespräch übers Wetter. Einfach nur ein flüchtiger Gedanke.
Aber Céline hatte niemanden, mit dem sie reden konnte. Sie hatte nur ihre Geheimnisse, und je länger sie sie für sich behielt, umso größere Schmerzen verursachten sie.
»Er wird mich niemals lieben«, sagte sie. »All die Jahre habe ich mir nichts anderes gewünscht, als bei ihm zu sein. Und jetzt ist er hier in Paris, aber ich kann ihn nicht haben. Und in gewisser Hinsicht ist das noch schlimmer. Ich ... Es ... es tut einfach furchtbar weh.«
Manchmal denke ich, dass nichts mehr schmerzt, als wenn eine Liebe versagt wird. Jemanden zu lieben, den man nicht haben kann ... seinen Herzenswunsch nicht erfüllen und den geliebten Menschen nicht in die Arme nehmen zu können. Eine Liebe, die

nicht erwidert werden kann. Ich kann mir nichts Schmerzhafteres vorstellen.

Es konnte doch nicht sein, dass ein Stiller Bruder verstand, was sie empfand, oder? Und dennoch …

Er klang, als würde er ihre Gefühle genau verstehen.

»Ich wünschte, ich wäre mehr wie du«, gestand sie.

Inwiefern?

»Na ja, du weißt schon: einfach meine Gefühle abschotten. Nichts mehr fühlen. Für niemanden.«

Einen Moment lang herrschte Schweigen, und Céline fragte sich, ob sie ihn gekränkt hatte. War das überhaupt möglich? Endlich ertönte seine ruhige, beständige Stimme erneut in ihrem Kopf.

Auf diesen Wunsch solltest du lieber verzichten. Gefühle machen uns zu Menschen. Selbst die schwierigsten Gefühle. Diese vielleicht sogar ganz besonders. Liebe, Verlust, Sehnsucht – genau das macht uns wahrhaft lebendig.

»Aber du bist ein Bruder der Stille. Du solltest nichts von all diesen Dingen fühlen, oder?«

Ich … Erneut entstand eine lange Stille. *Ich erinnere mich an diese Gefühle. Und manchmal ist die Erinnerung das Einzige; näher komme ich nicht mehr heran.*

»Und du bist noch immer lebendig, soweit ich das beurteilen kann.«

Gelegentlich fällt es mir schwer, mich auch daran zu erinnern.

Obwohl das unmöglich war, glaubte sie für einen Moment, dass er tatsächlich geseufzt hatte.

Der Stille Bruder, dem sie bei ihrem ersten Besuch auf dem Schattenmarkt begegnet war, war ähnlich freundlich gewesen. Als er ihr die Crêpe gekauft hatte, hatte er nicht gefragt, wo ihre Eltern waren oder warum sie allein auf dem Markt umherirrte und wieso ihre Augen tränengerötet waren. Er hatte sich nur vor sie gekniet und seinen blinden Blick auf sie geheftet. *Die Welt ist ein harter Ort, wenn man ihr allein gegenübertreten muss*, hatte er in ihrem Kopf gesagt. *Aber du brauchst das nicht allein zu tun.*

Und dann hatte er das getan, was die Stillen Brüder am besten konnten: Er hatte geschwiegen. Selbst damals als kleines Mädchen hatte sie gewusst, dass er warten würde, bis sie ihm sagte, was sie brauchte. Und wenn sie um Hilfe gebeten hätte, hätte er sie ihr möglicherweise sogar gewährt.

Aber ihr konnte niemand helfen. Auch das hatte sie bereits als Kind gewusst. Die Montclaires waren eine angesehene, mächtige Schattenjägerfamilie. Ihre Eltern genossen das Vertrauen des Konsuls. Wenn Céline dem Stillen Bruder erzählte, wer sie war, würde er sie nur nach Hause bringen. Wenn sie ihm sagte, was sie dort erwartete und wie ihre Eltern in Wahrheit waren, dann würde er ihr vermutlich nicht glauben. Möglicherweise würde er ihren Eltern sogar mitteilen, dass Céline Lügen über sie verbreitete. Und das wiederum würde Konsequenzen nach sich ziehen.

Deshalb hatte sie ihm nur für die Crêpe gedankt und sich dann schnell verdrückt.

Seither hatte sie viele Jahre die Misshandlungen ihrer Eltern erduldet. Nach diesem Sommer würde sie an die Akademie zurückkehren und im nächsten Jahr ihren Abschluss machen. Und danach musste sie nie wieder im Haus ihrer Eltern leben. Sie war fast schon frei. Und sie brauchte keine Hilfe, von niemandem.

Trotzdem war die Welt noch immer ein harter Ort, wenn man ihr allein gegenübertreten musste.

Und sie war so schrecklich allein.

»Möglicherweise mag ja der Schmerz einer unerfüllten Liebe zum Leben gehören, aber denkst du wirklich, dass ... jeder Schmerz dazugehört? Meinst du nicht, es wäre besser, wenn man den Schmerz stoppen könnte, damit es nicht mehr so wehtut?«

Tut dir jemand weh?

»Ich ...« Céline fasste sich ein Herz: Sie schaffte das. Fast glaubte sie es selbst. Sie konnte diesem Fremden von ihrem kalten Elternhaus erzählen. Von ihren Eltern, die nur dann von ihr Notiz zu nehmen schienen, wenn sie etwas falsch gemacht hatte. Und von den damit verbundenen Konsequenzen. »Die Sache ist die ...«

Céline verstummte abrupt, als sich der Bruder der Stille abwandte. Seine blinden Augen schienen einem Mann in einem schwarzen Trenchcoat zu folgen, der auf den Stand zueilte. Doch als er den Stillen Bruder bemerkte, blieb er ruckartig stehen, und sein Gesicht wurde aschfahl. Dann machte er auf dem Absatz kehrt und hastete davon. In letzter Zeit waren die meisten Schattenweltler in der Gegenwart von Schattenjägern nervös – die Nachrichten von den Aktivitäten des Kreises hatten sich anscheinend herumgesprochen. Aber das Verhalten dieses Mannes hatte etwas an sich, das fast schon auf eine persönliche Fehde schließen ließ.

»Kennst du diesen Kerl?«

Bitte entschuldige, aber ich muss mich um diese Angelegenheit kümmern.

Die Brüder der Stille zeigten normalerweise keinerlei Emotionen, und soweit Céline wusste, besaßen sie auch keine Gefühle. Aber wenn sie es nicht besser gewusst hätte, dann hätte sie gesagt, dass dieser Stille Bruder sehr wohl etwas empfand. Angst vielleicht oder Aufregung – oder jene seltsame Mischung dieser beiden Emotionen, die man kurz vor einem Kampf verspürte.

»Okay, ich ...«

Doch der Stille Bruder war bereits verschwunden. Sie war wieder allein. Und dem Erzengel sei Dank dafür, dachte sie. Es war nachlässig von ihr gewesen, auch nur mit dem Gedanken zu spielen, ihr dunkles Geheimnis ans Licht zu zerren. Wie töricht und wie schwächlich, den Wunsch zu verspüren, gehört werden zu wollen ... von irgendjemandem wahrhaftig gesehen zu werden – ganz zu schweigen von einem Mann mit fest verschlossenen Augen. Ihre Eltern hatten immer gesagt, dass sie dumm und schwach sei. Und vielleicht hatten sie damit ja recht.

Bruder Zachariah schlängelte sich durch den stark besuchten Schattenmarkt, sorgsam darauf bedacht, immer ein paar Schritte Abstand zwischen sich und seinem Zielobjekt zu lassen. Sie beide spielten ein seltsames Spiel. Der Mann, der auf den Namen Jack

Crow hörte, wusste eindeutig, dass Jem ihm folgte. Und eigentlich hätte Jem seine Schritte beschleunigen und den Mann einholen können. Doch aus welchen Gründen auch immer wollte Crow nicht stehen bleiben, und Jem wollte ihn nicht dazu zwingen. Also durchquerte Crow die Arena und bog in das unübersichtliche Straßengewirr jenseits der Schattenmarkttore ein.

Jem folgte ihm.

Es tat ihm leid, dass er das Mädchen einfach hatte stehen lassen müssen, da er eine gewisse Verbundenheit mit ihr empfand. Sie hatten beide einem Herondale einen Teil ihres Herzens geschenkt. Und sie liebten beide eine Person, die sie nicht haben konnten.

Natürlich war seine Liebe, die eines Stillen Bruders, nur noch ein schwacher Aufguss wahrer, unverfälschter, menschlicher Liebe. Er liebte durch einen Filter. Und jedes Jahr fiel es ihm schwerer, sich daran zu erinnern, was hinter diesem Filter lag und wie es sich angefühlt hatte, sich wie ein lebendiger, atmender Mensch nach Tessa zu sehnen. Sie zu brauchen. Denn inzwischen brauchte Zachariah kaum noch etwas. Weder Nahrung noch Schlaf – und nicht einmal mehr Tessa, auch wenn er sich bemühte, dieses Gefühl tief in seinem Inneren immer wieder wachzurütteln. Seine Liebe war nicht vergangen, aber sie war stumpf geworden. Dagegen hatte die Liebe dieses Mädchens etwas Raues, Scharfes an sich, und das Gespräch mit ihr hatte ihm geholfen, sich wieder daran zu erinnern.

Und sie hätte seine Hilfe gern angenommen, das hatte er deutlich gespürt. Der menschliche Teil in ihm war versucht gewesen, bei ihr zu bleiben. Sie hatte so zerbrechlich gewirkt – und dabei so entschlossen, den genau entgegengesetzten Eindruck zu erwecken. Dieses Verhalten hatte sein Herz berührt. Aber Bruder Zachariahs Herz war von Stein ummauert.

Natürlich versuchte er, sich selbst vom Gegenteil zu überzeugen. Schließlich war seine Anwesenheit auf dem Schattenmarkt der Beweis für sein noch immer menschliches Herz. Jahrzehntelang hatte er gesucht ... wegen Will, wegen Tessa und weil ein

Teil von ihm noch immer Jem, der junge Schattenjäger, war, der beide geliebt hatte.

Der beide noch immer liebte, ermahnte er sich. Nicht die Vergangenheits-, sondern die Gegenwartsform.

Der Reiher-Anhänger hatte seinen Verdacht bestätigt: Dieser Mann war definitiv die Person, die er suchte. Jem durfte nicht zulassen, dass er ihm entkam.

Crow bog in eine enge, kopfsteingepflasterte Gasse ein. Jem folgte ihm wachsam. Er spürte, dass sich ihre Zeitlupenverfolgungsjagd ihrem Ende näherte. Und tatsächlich: Die Straße entpuppte sich als Sackgasse. Crow wirbelte zu Jem herum, ein Messer in der Hand. Er war noch jung, vermutlich gerade einmal Anfang zwanzig, mit einer stolzen Miene und einer Fülle blonder Haare.

Bruder Zachariah hatte eine Waffe und war in ihrem Umgang geübt. Aber er machte keine Anstalten, den Kampfstab zu erheben. Dieser Mann konnte für ihn niemals eine Gefahr darstellen.

»Okay, Schattenjäger, du hast mich gesucht, und jetzt hast du mich gefunden«, sagte Crow. Er stand mit gespreizten Beinen da, das Messer kampfbereit. Offensichtlich erwartete er einen Angriff.

Jem musterte sein Gesicht, auf der Suche nach Familienähnlichkeiten. Doch da war nichts. Nichts außer vorgetäuschtem Heldenmut. Als Bruder der Stille konnte er mit seinen blinden Augen hinter die Fassade sehen. Und er sah nackte Angst.

Plötzlich ertönte hinter ihm ein Rascheln. Und dann die Stimme einer Frau. »Du kennst ja die Redensart, Schattenjäger: Bedenke, was du dir wünschst – es könnte in Erfüllung gehen.«

Langsam drehte Zachariah sich um und zog erstaunt die Augenbrauen hoch. Am Eingang der Gasse stand eine junge Frau, noch jünger als Crow. Sie war fast überirdisch schön, mit glänzenden blonden Haaren und jener Sorte rubinroter Lippen und kobaltblauer Augen, die Dichter seit Jahrtausenden zu schlechter Poesie inspiriert hatten. Ein zuckersüßes Lächeln umspielte ihre Mundwinkel. Und sie hielt eine Armbrust direkt auf Zachariahs Herz gerichtet.

Die Bösen

In diesem Moment jagte eine Woge der Angst durch seine Adern. Aber nicht wegen des Messers oder der Armbrust; von diesen beiden Menschen hatte er nichts zu befürchten. Natürlich zog er es vor, nicht kämpfen zu müssen, aber im Notfall hätte er sie mühelos entwaffnen können. Die beiden waren nicht in der Lage, sich vernünftig zu schützen. Und genau darin lag das Problem.

Seine Angst gründete sich auf die Erkenntnis, dass er sein Ziel erreicht hatte. Diese Suche war das Einzige, was ihn noch mit Tessa, mit Will und seinem früheren Ich verband. Was wäre, wenn er heute die letzte Verbindung zu Jem Carstairs verlor? Und wenn das hier seine letzte menschliche Handlung war?

»Mach endlich, Schattenjäger, rück schon mit der Sprache heraus«, sagte die Frau. »Und wenn du Glück hast, lassen wir dich vielleicht am Leben.«

Ich will nicht gegen euch kämpfen. Ihrer Reaktion nach zu urteilen, hatten die beiden nicht damit gerechnet, seine Stimme in ihren Köpfen zu hören. Die zwei wussten gerade genug, um einen Schattenjäger zu erkennen, aber offensichtlich wussten sie längst nicht so viel, wie sie dachten. *Ich habe nach dir gesucht, Jack Crow.*

»Ja, davon hab ich gehört. Jemand hätte dich warnen sollen, dass diejenigen, die nach mir suchen, es in der Regel bereuen.«

Ich will dir nichts Böses, sondern nur eine Nachricht überbringen. Du solltest wissen, wer du bist und woher du stammst. Möglicherweise wird es dir schwerfallen, das zu glauben, aber ...

»Ja, ja, ich bin ein Schattenjäger.« Crow zuckte die Achseln. »Hast du auch etwas Neues auf Lager?«

»Bist du hier, um etwas zu kaufen oder um zu klauen?«
Céline ließ die kleine Phiole mit dem Zaubertrank fallen. Sie zersplitterte auf dem Boden, woraufhin eine übel riechende blaue Rauchwolke in die Luft aufstieg.

Nachdem der Stille Bruder sie für den scharfen Typ im Trenchcoat hatte stehen lassen, hatte der Werwolfjunge den Marktstand geschlossen. Und er hatte sie so lange angefunkelt, bis Céline akzeptieren musste, dass es Zeit wurde weiterzuziehen. Also war sie zu Dominique du Froids Stand geschlendert und hatte versucht, einen harmlosen Eindruck zu erwecken. Was auch funktioniert hatte, bis die Hexe scheinbar aus dem Nichts vor ihr aufgetaucht war.

»Oder bist du einfach nur hier, um Ärger zu machen?«, fragte Dominique auf Französisch.

Céline fluchte innerlich. Sie hatte eine einzige Aufgabe gehabt – noch dazu eine beschämend simple Aufgabe – und hatte es dennoch geschafft, es zu vermasseln. Stephen war nirgends zu sehen, und Robert durchsuchte noch immer den Privatbereich des Zelts.

»Ich habe nur auf deine Rückkehr gewartet«, erwiderte Céline laut und auf Englisch, damit Robert sie hören konnte. »Gott sei Dank bist du endlich da. Ich vergehe hier bald in der Hitze.« Diese letzten Worte sagte sie noch lauter. Es handelte sich um das vorher vereinbarte Zeichen, nur für alle Fälle. Und die Übersetzung lautete: Verdrück dich, *sofort*! Hoffentlich gelang es ihr, die Hexe lange genug abzulenken, dass Robert unbemerkt aus dem Zelt schlüpfen konnte.

Wo steckte Stephen?

»*Bien sûr.*« Die Hexe hatte einen schrecklichen Akzent – Französisch, mit südkalifornischem Einschlag. Céline fragte sich, ob Hexenwesen surfen konnten. »Und was suchst du, *Mademoiselle*?«

»Einen Liebestrank.« Das war der erste Gedanke, der ihr durch den Kopf schoss. Vielleicht lag es daran, dass sie gerade Stephen entdeckt hatte, der auf sie zueilte – wobei er sich größte Mühe gab, den genau entgegengesetzten Eindruck zu erwecken. Céline fragte sich, wie Dominique es geschafft hatte, ihn abzuschütteln, und ob sie das absichtlich getan hatte.

»Soso, einen Liebestrank, wie?« Die Hexe folgte Célines Blick und schnalzte anerkennend mit der Zunge. »Nicht schlecht, wenn auch ein wenig zu muskulös für meinen Geschmack. Je schöner der Körper, desto hässlicher der Geist, habe ich schon oft festgestellt. Aber vielleicht stehst du ja auf dumm und schön. *Chacun à son goût,* wie?«

»Äh, *oui,* dumm und schön, *bien sûr.* Also ...« Was zum Teufel machte Robert dahinten? Céline hoffte, dass es ihm inzwischen gelungen war, unbemerkt aus dem Zelt zu schlüpfen, wollte aber lieber kein Risiko eingehen. »Kannst du mir helfen?«

»Liebe ist nicht gerade meine Spezialität, *chérie.* Jeder, der dir hier auf dem Schattenmarkt etwas anderes erzählt, lügt. Aber ich kann dir anbieten, dass ich ...«

Sie verstummte, als Stephen an den Stand trat und etwas mitgenommen wirkte. »Alles in Ordnung hier?«

Er warf Céline einen besorgten Blick zu. Ihr Herz begann schneller zu schlagen: Stephen machte sich ihretwegen Sorgen. Céline nickte. »Alles okay. Wir haben nur gerade ...«

»Deine Freundin hier will, dass ich ihr einen Trank verkaufe, der dafür sorgt, dass du dich in sie verliebst«, sagte die Hexe. Céline wäre am liebsten tot umgefallen. »Und ich wollte ihr gerade mitteilen, dass ich ihr nur das Zweitbeste anbieten kann.« Sie holte etwas unter dem Verkaufstisch hervor, das an eine Haarspraydose erinnerte, und sprühte Stephen damit direkt ins Gesicht, woraufhin seine Züge erschlafften.

»Was hast du getan?«, rief Céline bestürzt. »Und warum hast du das *gesagt*?«

»Ach, entspann dich. Vertrau mir: In seinem Zustand interessiert es ihn nicht mehr, was irgendwer sagt. Pass mal auf.«

Stephen starrte Céline an, als hätte er sie noch nie zuvor gesehen. Dann streckte er die Hand aus und berührte sanft ihre Wange, wobei er sie verwundert betrachtete. So als würde er denken: *Kannst du wirklich* real *sein?*

»Wie sich herausstellt, hat deine kleine blonde Freundin hier einen ziemlich schweren Anfall von Dämonenpocken«, teilte Dominique Stephen mit. In diesem Moment beschloss Céline, dass sie keineswegs tot umfallen, sondern stattdessen die Hexe umbringen würde.

»Dämonenpocken sind so sexy«, sagte Stephen. »Wird sie auch Warzen bekommen?« Er schaute Céline an und klimperte mit den Wimpern. »Du würdest mit Warzen wunderschön aussehen.«

»Da, bitte! Er wartet nur auf dich«, wandte die Hexe sich an Céline.

»Was hast du mit ihm *gemacht*?«

»Ist das nicht offensichtlich? Ich habe genau das getan, worum du mich gebeten hast. Okay, es ist nur eine mehr oder weniger gelungene Kopie. Aber was willst du auf dem Schattenmarkt auch anderes erwarten?«

Céline wusste nicht, was sie sagen sollte. Aber stellvertretend für Stephen war sie furchtbar wütend.

In ihrem eigenen Interesse war sie jedoch … etwas anderer Meinung. Einer Meinung, die sie eigentlich besser für sich behielt.

»Hat dir schon mal jemand gesagt, dass du wunderschön aussiehst, wenn du so verwirrt bist?«, sagte Stephen schwärmerisch und schenkte ihr ein verträumtes Lächeln. »Natürlich bist du auch wunderschön, wenn du wütend bist oder traurig oder glücklich oder wenn du lachst oder wenn du …«

»Wenn ich *was*?«

»Wenn du mich küsst«, sagte er. »Aber das ist bisher nur Theorie. Möchtest du es ausprobieren?«

»Stephen, ich bin mir nicht sicher, ob du wirklich weißt …«

Doch dann küsste er sie.

Stephen Herondale küsste sie.

Stephen Herondales Lippen lagen auf ihren Lippen, seine Hände streiften über ihre Hüften, streichelten ihren Rücken, umfassten ihre Wangen. Stephen Herondales Finger glitten durch ihre Haare.

Stephen Herondale zog sie an sich, immer fester, als wollte er mehr von ihr, als er im Moment haben konnte … als wollte er sie ganz.

Céline versuchte, ihn auf Abstand zu halten. Das hier war nicht real, ermahnte sie sich. Das hier war nicht er selbst. Aber es fühlte sich real an. *Er* fühlte sich real an, wie Stephen Herondale, warm in ihren Armen und mit einem verlangenden Blick. Und Célines Widerstand brach.

Einen unendlich langen Moment schwelgte sie in purer Seligkeit.

»Genieß es, solange du kannst. Die Wirkung lässt nach etwa einer Stunde nach.«

Dominique du Froids Stimme riss sie in die Wirklichkeit zurück – in die Wirklichkeit, in der Stephen mit einer anderen verheiratet war. Céline zwang sich, sich von ihm zu lösen. Er stieß einen kleinen, wimmernden Laut aus und machte den Eindruck, als wollte er jeden Moment in Tränen ausbrechen.

»Der erste Schuss aus der Spraydose ist umsonst. Wenn du eine permanente Wirkung willst, musst du dafür zahlen«, sagte die Hexe. »Aber vermutlich könnte ich dir einen Schattenjägerrabatt einräumen.«

Céline erstarrte. »Woher weißt du, dass ich eine Schattenjägerin bin?«

»Bei deiner Anmut und Schönheit ... was könntest du da sonst sein?«, bemerkte Stephen. Céline ignorierte ihn. Irgendetwas lief hier gewaltig schief. Ihre Runenmale waren bedeckt, ihre Kleidung typisch für die Irdischen, ihre Waffen versteckt. Nichts an ihr deutete auf ihre wahre Identität hin.

»Aber vielleicht möchtest du ja gleich zwei Spraydosen kaufen?«, fragte die Hexe. »Eine für diesen Idioten hier und die andere für den Schwachkopf hinter dem Vorhang. Natürlich ist er nicht ganz so attraktiv wie der hier, aber diese verklemmten Typen können ziemlich viel Spaß machen, wenn sie erst einmal etwas lockerer geworden sind.«

Célines Hand tastete nach ihrem versteckten Dolch.

»Du wirkst überrascht, Céline«, sagte die Hexe. »Hast du ernsthaft geglaubt, ich wüsste nicht, dass ihr drei kleinen Strolche mich beobachtet habt? Hast du geglaubt, ich würde meinen Stand einfach so zurücklassen, ohne Überwachungssystem? Ich schätze, dein Loverboy hier ist nicht der Einzige aus der Abteilung dumm und schön.«

»Woher kennst du meinen Namen?«

Die Hexe warf den Kopf in den Nacken und lachte, sodass Céline ihre goldenen Backenzähne funkeln sehen konnte. »Jeder Schattenweltler in Paris kennt die arme Céline Montclaire, die wie eine blutrünstige kleine Éponine durch die Stadt streift. Wir haben alle ein wenig Mitleid mit dir.«

Céline lebte zwar mit einer beständigen, im Geheimen simmernden Wut, aber jetzt spürte sie, wie diese Wut in ihr hochkochte.

»Natürlich kann ich es mir nicht erlauben, irgendwelche Schattenjäger in meinen Sachen herumschnüffeln zu lassen. Deshalb werde ich mich um euch kümmern müssen. Aber irgendwie tut es mir trotzdem leid, dass du jetzt sterben wirst.«

Céline zog ihren Dolch, als ein Schwarm Halphas-Dämonen explosionsartig aus dem Zelt hervorbrach. Die geflügelten Kreaturen flogen auf sie und Stephen zu, mit ausgestreckten, rasiermesserscharfen Krallen und weit geöffneten Schnäbeln, aus denen grässliche Schreie drangen.

»Dämonen-Tauben!«, brüllte Stephen angewidert, sein Langschwert in der Hand. Die Klinge blitzte im Sternenlicht silbern auf, als er damit um sich schlug und etliche geschuppte Flügel aufschlitzte.

Tänzelnd wich Céline zwei vogelähnlichen Dämonen aus und wehrte sie mit ihrem Dolch ab, während sie mit der anderen Hand zwei Seraphklingen aus ihrem Gürtel zog. »*Zuphlas*«, flüsterte sie. »*Jophiel.*« Als die Klingen zu glühen begannen, warf sie sie in entgegengesetzte Richtungen. Beide Waffen flogen schnurgerade auf direktem Weg jeweils in die Kehle eines Dämons. Die beiden Halphas-Dämonen explodierten in einer Wolke aus blutigen Federn und Dämonensekret. Céline nutzte ihren Schwung und sprang durch den Vorhang des Hexenzelts. »Robert!«, brüllte sie.

Robert hockte in einem Gestell, das an einen riesigen, antiken Vogelkäfig erinnerte und dessen Boden mit Halphas-Federn bedeckt war – genau wie er selbst. Er wirkte unversehrt. Aber sehr unglücklich.

Céline zertrümmerte das Schloss, so schnell sie konnte, und im nächsten Moment gesellte sich Stephen zu ihnen. Es war ihm gelungen, mehrere der Dämonen zu vernichten, aber eine Handvoll Halphas flog schwirrend in die Höhe und verschwand in der Nacht. Dominique hatte in der Zwischenzeit ein Portal geöffnet und war im Begriff hindurchzuspringen. Doch Robert packte sie an der Kehle und schlug ihr den stumpfen Knauf seines Schwerts über den Schädel. Und die Hexe sank ohnmächtig zu Boden.

»So viel zum Thema ›diskret‹«, sagte er.

»Céline, du bist ja verletzt!«, rief Stephen entsetzt.

Erst jetzt wurde Céline bewusst, dass einer der Dämonenschnäbel ihr in die Wade gehackt hatte. Das Blut war durch ihre Jeans gesickert. Während des Kampfs hatte sie die Wunde kaum wahrgenommen, doch jetzt, da der Adrenalinspiegel langsam abebbte, spürte sie einen scharfen, stechenden Schmerz.

Stephen hatte bereits seine Stele gezückt, um ihr eine *Iratze* aufzutragen. »Du bist sogar noch schöner, wenn du blutest«, sagte er.

Kopfschüttelnd wich Céline einen Schritt zurück. »Das kann ich selbst.«

»Aber es wäre mir eine Ehre, deiner Haut wieder zu ihrer ursprünglichen Perfektion zu verhelfen«, protestierte Stephen.

»Hat er einen Schlag auf den Kopf bekommen?«, fragte Robert.

Die ganze Angelegenheit war Céline zu peinlich, um sie zu erklären. Glücklicherweise hallte in diesem Augenblick das Krächzen der Halphas-Dämonen in der Ferne wider, dicht gefolgt vom Schrei einer Frau. »Ihr zwei passt auf die Hexe auf«, sagte sie. »Ich kümmere mich um die restlichen Dämonen, bevor sie jemanden auffressen.« Und dann stürmte sie los, ehe Robert weitere Fragen stellen konnte.

»Du wirst mir fehlen«, rief Stephen ihr nach. »Du bist so süß, wenn du blutrünstig bist!«

Fast zweihundert Jahre zuvor hatte der Rat den Schattenjäger Tobias Herondale wegen Feigheit vor dem Feind verurteilt – ein

Verbrechen, das mit der Todesstrafe geahndet wurde. Denn das Gesetz war damals nicht nur hart, sondern gnadenlos. Tobias verlor den Verstand und floh, bevor er hingerichtet werden konnte. Daraufhin ließ der Rat das Urteil in Tobias' Abwesenheit an seiner Frau Eva vollziehen: die Todesstrafe für sie und die Todesstrafe für ihr ungeborenes Kind.

So lautete zumindest die Geschichte, die man sich erzählte.

Viele Jahrzehnte zuvor hatte Zachariah jedoch die Wahrheit erfahren, die sich hinter dieser Legende verbarg. Er hatte die Hexe kennengelernt, die Evas Kind gerettet und nach dem Tod der Mutter wie ihren eigenen Sohn aufgezogen hatte.

Dieser Sohn war später selbst Vater geworden, und sein Kind hatte weitere Kinder in die Welt gesetzt und so weiter: ein geheimer Familienzweig der Herondales, der der Welt der Schattenjäger verborgen geblieben war. Bis jetzt.

Das letzte überlebende Mitglied dieses Familienzweigs schwebte in großer Gefahr. Lange Zeit hatte Bruder Zachariah nur diese Information gehabt. Aber Tessa und Will zuliebe hatte er sein ganzes Sinnen und Trachten darauf ausgerichtet, mehr herauszufinden. Er war jeder noch so kleinen Spur nachgegangen, die oft in einer Sackgasse geendet hatte. Und bei seiner Suche wäre er fast von einem Elben getötet worden, der wollte, dass die verschollenen Herondales nicht entdeckt wurden. Oder sogar Schlimmeres im Schilde führte, fürchtete Zachariah.

Tobias Herondales verschollener Nachfahre hatte sich in eine Elfe verliebt. Ihr gemeinsames Kind – und sämtliche Nachkommen – waren daher Halb-Nephilim und Halb-Feenwesen.

Und das bedeutete, dass Zachariah nicht der Einzige war, der nach ihnen suchte. Allerdings hatte er den starken Verdacht, dass er der einzige Suchende war, der den Herondales nichts Böses wollte. Wenn ein Abgesandter des Feenreichs einen Angriff auf die Nephilim riskierte – und zwar nicht nur auf einen normalen Schattenjäger, sondern auf einen Bruder der Stille – und damit auf ungeheuerliche Weise gegen das Abkommen verstieß, nur um die Suche zu unterbinden, dann musste es dafür einen zwingenden Grund geben. Und das bedeutete, es handelte sich bei der Gefahr, in der die verschollenen Herondales schwebten, um eine tödliche Gefahr.

Jahrzehnte diskreter Nachforschungen hatten Bruder Zachariah jetzt hierhergeführt, zum Pariser Schattenmarkt, zu dem Mann, der Gerüchten zufolge im Besitz eines kostbaren Herondale-Familienerbstücks war: ein Anhänger in Gestalt eines Reihers. Dieser Mann namens Crow, von dem die meisten Schattenmarktbesucher dachten, dass er ein Irdischer mit dem Zweiten Gesicht sei, galt als clever, aber nicht vertrauenswürdig – ein Mann, der mit seinem Leben im Schatten nur allzu zufrieden war.

Zachariah hatte zuerst von dem Erbstück erfahren. Ein Pariser Hexenwesen hatte von seiner Suche gehört und ihn kontaktiert. Sie bestätigte seinen Verdacht: Der Besitzer des Anhängers – welchen Namen er sich auch immer gegeben haben mochte – war ein Herondale.

Und diese Tatsache wiederum war offenbar allen bekannt, nur nicht Zachariah.

Du hast die ganze Zeit von deiner Abstammung gewusst? Und dich trotzdem nie zu erkennen gegeben?

»Liebes, ich denke, du kannst die Armbrust jetzt herunternehmen«, wandte Crow sich an die Frau. »Dieser telepathische Mönch scheint uns nichts Böses zu wollen.«

Die Frau senkte die Waffe, obwohl sie nicht allzu glücklich darüber wirkte.

Danke.

»Und vielleicht solltest du uns jetzt allein lassen, damit wir unter vier Augen reden können«, fügte Crow hinzu.

»Ich halte das für keine gute Idee.«

»Rosemary, vertrau mir. Ich habe alles im Griff.«

Die Frau, bei der es sich um seine Ehefrau handeln musste, seufzte – das typische Seufzen eines Menschen, der nicht zum ersten Mal mit Sturheit konfrontiert wurde und längst aufgehört hatte, dagegen ankämpfen zu wollen. »Also gut. Aber du ...«

Sie stieß Bruder Zachariah so fest mit der Armbrust gegen die Schulter, dass er es selbst durch seine dicke Robe spürte. »Wenn ihm irgendetwas zustößt, werde ich dich jagen und dafür bluten lassen.«

Ich will nicht, dass einem von euch beiden irgendetwas zustößt. Genau deshalb bin ich ja hier.

»Ja, ja – das sagen sie alle.« Dann umarmte sie Crow. Die beiden hielten einander einen Moment lang fest umschlungen. Zachariah hatte den Ausdruck »sich mit aller Kraft festklammern« schon öfter gehört, aber selten in die Tat umgesetzt gesehen. Doch dieses Paar klammerte sich mit aller Kraft aneinander, als wäre das ihre einzige Überlebenschance.

Und in diesem Moment erinnerte Zachariah sich daran, wie es war, jemanden so zu lieben. Und daran, wie unfassbar schwer es war, sich zu verabschieden. Die Frau flüsterte Crow etwas zu, schulterte dann ihre Armbrust und verschwand in der Dunkelheit der Nacht.

»Wir haben erst vor Kurzem geheiratet, und sie ist etwas überfürsorglich«, sagte Crow. »Du weißt ja, wie das ist.«

Ich fürchte, das weiß ich nicht.

Crow musterte ihn von Kopf bis Fuß, und Zachariah fragte sich, was er wohl sah. Allem Anschein nach war er nicht sehr beeindruckt. »Tja, vermutlich weißt du das wirklich nicht.«

Ich habe schon so lange nach dir gesucht – viel länger, als du dir vorstellen kannst.

»Hör zu, tut mir leid, wenn du deine Zeit vergeudet hast, aber ich will mit dir und deinen Leuten nichts zu tun haben.«

Ich fürchte, du begreifst nicht, in welcher Gefahr du schwebst. Ich bin nicht der Einzige, der nach dir sucht.

»Aber du bist der Einzige, der mich beschützen kann, richtig? ›Komm mit mir, wenn dir dein Leben lieb ist‹ und dieser ganze Quatsch? Lass nur – die Nummer kenn ich schon.«

Der junge Mann war ziemlich von sich überzeugt, dachte Zachariah und verspürte den seltsamen Drang zu lächeln. Vielleicht war da ja doch eine gewisse Familienähnlichkeit.

»Ein Mann wie ich macht sich durchaus Feinde. Aber ich habe mein ganzes Leben lang selbst auf mich aufgepasst, und ich wüsste nicht, warum ich ...«

Was auch immer er hatte sagen wollen, seine Worte wurden von einem schrecklichen Schrei übertönt. Ein riesiger vogelähnlicher Dämon stieß vom Himmel herab, durchbohrte Crows Mantel mit seinem rasiermesserscharfen Schnabel und hob ihn hoch in die Lüfte.

Zachariah zückte eine der Seraphklingen, die er sicherheitshalber mitgebracht hatte. *Mebahiah* – er nannte ihren Namen und schleuderte sie dem Vogeldämon nach. Die Klinge bohrte sich in dessen gefiedertes Brustbein, woraufhin der Dämon mitten in der Luft explodierte. Crow stürzte mehrere Meter in die Tiefe und landete in einem wirren Haufen aus Federn und Dämonensekret. Zachariah hastete zu ihm, um ihm auf die Beine zu helfen, doch seine Bemühungen wurden abgelehnt.

Angewidert betrachtete Crow das große, zerklüftete Loch in seinem Trenchcoat. »Der Mantel war nagelneu!«

Das ist in der Tat ein sehr schöner Mantel ... oder er war es zumindest. Zachariah verzichtete darauf, Crow darauf hinzuweisen, welches Glück er gehabt hatte, dass der Halphas-Dämon mit seinem Schnabel nichts Wertvolleres durchbohrt hatte. Zum Beispiel Crows Brustkorb.

»Ist das also die Gefahr, vor der du mich warnen wolltest? Dass mein neuer Mantel von einer Dämonen-Möwe durchlöchert werden könnte?«

Die Kreatur erinnerte mich eher an eine Dämonen-Taube.

Crow wischte den Staub von seinem Mantel und warf einen misstrauischen Blick in Richtung Himmel, als rechnete er mit einem weiteren Angriff. »Hör zu, Mr ...«

Bruder. Bruder Zachariah.

»Okay, Bruder, ich verstehe jetzt, dass ein Typ wie du bei einem Kampf nützlich sein kann. Und wenn du so fest entschlossen bist, mich vor einer großen, bösen Gefahr zu schützen, habe ich eigentlich nichts dagegen.«

Der plötzliche Sinneswandel überraschte Zachariah. Aber wenn man beinahe von einem taubenartigen Dämon zu Tode gepickt worden wäre, konnte man schon mal seine Meinung ändern.
Ich würde dich gern an einen sicheren Ort bringen.
»Klar. Von mir aus. Gib mir ein paar Stunden, um noch ein paar Dinge zu erledigen. Rosemary und ich treffen dich dann morgen früh bei Sonnenaufgang an der *Pont des Arts*. Wir werden auch alles tun, was du willst. Versprochen.«
Ich kann dich begleiten, während du diese Dinge erledigst.
»Hör zu, Bruder, die Dinge, die ich noch erledigen muss, sind nicht sonderlich scharf auf die Bekanntschaft mit einem Schattenjäger. Wenn du verstehst, was ich meine …«
Das klingt entfernt nach kriminellen Aktivitäten.
»Willst du mich etwa festnehmen?«
Ich bin nur um deine Sicherheit besorgt.
»Ich habe es zweiundzwanzig Jahre lang ohne deine Hilfe geschafft. Da werde ich doch wohl auch die nächsten sechs Stunden überstehen können, oder?«
Zachariah hatte nicht nur Jahre, sondern viele Jahrzehnte in diese Suche gesteckt. Es erschien ihm äußerst unklug, diesen Mann jetzt gehen zu lassen, nur mit dem vagen Versprechen, dass er am nächsten Morgen zurückkehren würde. Vor allem in Anbetracht seines Rufs hegte Zachariah berechtigte Zweifel an seinem Versprechen.
»Hör zu, ich weiß, was du jetzt denkst. Und ich weiß auch, dass ich dich nicht daran hindern kann, mir zu folgen. Deshalb frag ich dich direkt: Willst du, dass ich dir vertraue? Dann solltest du versuchen, mir zu vertrauen. Und ich schwöre – bei allem, was du willst –, dass dein kostbarer, verschollener Nephilim bei Sonnenaufgang an besagter Brücke auf dich warten wird.«
Bruder Zachariah nickte wider besseres Wissen.
Also gut, dann geh.

Céline fand keinen Gefallen am Foltern. Natürlich bezeichneten sie das, was sie mit der Hexe vorhatten, nicht als »Folter«:

Valentin hatte die Mitglieder seines Kreises gelehrt, ihre Worte mit Bedacht zu wählen. Deshalb würden Robert und Stephen Dominique du Froid nur »verhören«, allerdings mithilfe jeder Methode, die sie für angebracht hielten. Sobald sie die gewünschten Antworten hatten – die Namen ihrer Schattenjäger-Kontakte und Details der begangenen Verbrechen –, würden sie die Hexe und eine Liste ihrer Vergehen an Valentin übergeben.

In der billigen Wohnung, die sie als ihren Rückzugsort in Paris nutzten, hatten sie Dominique an einen Klappstuhl gefesselt. Die Hexe war bewusstlos; Blut sickerte aus einer Platzwunde an ihrer Stirn.

Robert und Stephen bezeichneten sie nur als »die Hexe« und nannten sie nicht bei ihrem Namen – als wäre sie ein Objekt und keine Person.

Valentin hatte ihnen aufgetragen, ihre Erkundigungen diskret durchzuführen, ohne die Hexe auf ihre Anwesenheit aufmerksam zu machen. Und obwohl sie gerade mal einen Tag in Paris waren – es war noch nicht einmal Mitternacht –, hatten sie bereits alles vermasselt.

»Wenn wir ihm ein paar Antworten liefern, kann er nicht allzu sauer auf uns sein«, sagte Stephen. Aber seine Worte klangen eher nach Wunschdenken als nach einer zutreffenden Voraussage.

Inzwischen hatte Stephen seine Bemerkungen über die knabenhafte Schönheit von Célines Beinen und die suchterzeugenden Eigenschaften ihrer Porzellanhaut eingestellt. Er behauptete, er könne sich an die Wirkung des Zaubertranks nicht erinnern. Dennoch schweifte sein Blick immer dann zu Céline, wenn er davon überzeugt war, dass sie es nicht bemerkte. Und Céline fragte sich im Stillen: Was wäre, wenn er sich doch erinnerte?

Was wäre, wenn er jetzt, da er sie endlich berührt, sie umarmt und geküsst hatte, tief in seinem Inneren ein neu erwachstes Verlangen entdeckt hatte?

Natürlich war er noch immer mit Amatis verheiratet. Selbst wenn er Céline begehrte – und sie vielleicht sogar ein klitzekleines bisschen liebte –, ließ sich an dieser Tatsache nichts ändern.

Aber was wäre, wenn doch?

»Habt ihr auch Hunger?«, fragte Céline.

»Wann bin ich jemals nicht hungrig gewesen?«, erwiderte Stephen und schlug der Hexe kräftig ins Gesicht. Dominique rührte sich, wachte aber nicht auf.

Céline wich zur Wohnungstür zurück. »Wisst ihr was? Ich besorge uns etwas zu essen, während ihr ... euch um sie kümmert.«

Robert packte die Hexe an den Haaren und riss ihren Kopf zurück, woraufhin sie aufschrie und ruckartig die Augen öffnete. »Das sollte nicht allzu lange dauern.«

»Wunderbar.« Céline hoffte, dass man ihrer Stimme nicht anhören konnte, wie dringend sie die Wohnung verlassen wollte. Sie hatte nicht die Nerven für diese Vorgehensweise, aber sie konnte auch nicht zulassen, dass die beiden Valentin davon berichteten. Schließlich hatte sie viel zu hart daran gearbeitet, sich seinen Respekt zu verdienen.

»He, du humpelst ja«, bemerkte Stephen. »Brauchst du noch eine *Iratze*?«

Er machte sich Sorgen um sie. Doch Céline ermahnte sich, besser nichts in seine Worte hineinzuinterpretieren. »Tut kaum noch weh«, log sie. »Mir geht's gut.«

Sie hatte die Heilrune nur halbherzig aufgetragen, wodurch sich die Wunde nicht vollständig geschlossen hatte. Manchmal war es ihr lieber, den Schmerz zu spüren.

Während ihrer Kindheit hatten ihre Eltern ihr nach dem Training oft eine *Iratze* verweigert, vor allem wenn ihre Verletzungen durch ihre eigenen Fehler entstanden waren. *Der Schmerz soll dich daran erinnern, dass du dir beim nächsten Mal mehr Mühe gibst*, hatten ihre Eltern gesagt. Und all die Jahre später machte sie noch immer so viele Fehler.

Céline war gerade die Hälfte der baufälligen Treppe hinuntergestiegen, als ihr einfiel, dass sie ihr Portemonnaie vergessen hatte. Mühsam humpelte sie wieder hinauf, zögerte dann aber vor der Wohnungstür, als sie ihren Namen durch das Holz hörte.

»Ich und Céline?«, hörte sie Stephen fragen.

Obwohl Céline sich etwas lächerlich vorkam, zückte sie ihre Stele und trug eine Rune für Lautverstärkung auf die Tür auf. Jetzt konnte sie die Stimmen der beiden Männer klar und deutlich hören.

Stephen lachte. »Du machst wohl Witze.«

»Wenn ich das richtig mitbekommen habe, muss das ein ziemlich heißer Kuss gewesen sein.«

»Ich stand unter Drogen!«

»Trotzdem. Sie ist hübsch, findest du nicht?«

Einen Moment lang herrschte eine qualvolle Stille. »Keine Ahnung. Hab bisher noch nie darüber nachgedacht.«

»Dir ist aber schon klar, dass eine Ehe nicht bedeutet, dass du nie wieder eine andere Frau auch nur ansehen darfst, oder?«

»Darum geht's gar nicht«, sagte Stephen. »Es ist eher …«

»… die Art und Weise, wie sie dir überallhin folgt, wie ein eifriges Hündchen?«

»Stimmt, das ist auch nicht gerade hilfreich«, räumte Stephen ein. »Aber sie ist noch solch ein Kind. Ganz gleich, wie alt sie auch werden wird: Sie wird immer jemanden brauchen, der ihr sagt, was sie zu tun hat.«

»Ja, da ist was dran«, sagte Robert. »Aber Valentin scheint davon überzeugt zu sein, dass mehr in ihr steckt.«

»Niemand hat immer recht«, erwiderte Stephen, woraufhin die beiden lachten. »Nicht einmal Valentin.«

»Lass ihn das bloß nicht hören!«

Céline wurde erst bewusst, dass sie sich in Bewegung gesetzt hatte, als sie den Regen auf ihrem Gesicht spürte. Sie ließ sich gegen die kühlen Mauersteine eines Gebäudes sinken und wünschte, sie könnte mit ihnen verschmelzen. Sich selbst in Stein verwandeln und ihre Empfindungen, ihr Herz abschotten, damit sie *nichts* mehr fühlte. Wenn sie das doch nur könnte.

Das Gelächter der beiden hallte in ihren Ohren nach.

Sie war eine Witzfigur.

Sie war erbärmlich.

Sie war jemand, an den Stephen nie einen Gedanken verschwendet hatte, ein Mädchen, das ihn nicht interessierte, das er nie begehrt hatte. Und nie begehren würde, unter keinen Umständen.

Sie war eine jämmerliche Kreatur. Ein Kind. Ein Fehler.

Die Gehwege waren menschenleer, und die Straßen schimmerten regenfeucht. Das leuchtturmartige Signallicht des Eiffelturms hatte sich zur Ruhe begeben, genau wie der Rest der Stadt. Céline fühlte sich unendlich allein. Ihr Bein schmerzte. Die Tränen wollten nicht versiegen. Ihr Herz schrie. Sie konnte nirgendwohin, aber sie konnte auch nicht zurück in die Wohnung, zurück zum Gelächter der beiden. Hastig setzte sie sich in Bewegung und rannte blindlings in die Pariser Nacht hinein.

In den dunklen, stillen Straßen fühlte sie sich zu Hause. Sie irrte stundenlang durch die Dunkelheit. Durch den Stadtteil Marais, am Centre Pompidou vorbei, dann vom rechten Seine-Ufer zum linken und wieder zurück. Ihr Weg führte sie zu den Drolerien von Notre-Dame, den grotesken Wasserspeiern – jenen hässlichen Steindämonen, die sich an gotische Kirchtürme klammerten und nur auf eine Chance warteten, die Gläubigen zu verschlingen. Es erschien Céline unfair, dass die Stadt voller Steinkreaturen war, die nichts fühlen konnten, während sie unerträglich viel empfand.

Sie lief gerade durch die Tuilerien – weitere blutige Geister, weitere aus Stein gemeißelte Kreaturen –, als sie eine Dämonensekretspur entdeckte. Da sie noch immer eine Schattenjägerin war, noch dazu eine Schattenjägerin, die dringend Ablenkung brauchte, folgte sie der Spur. Im Opernviertel schloss sie zu dem Shax-Dämon auf, hielt sich aber in den Schatten, um ihn zu beobachten. Shax-Dämonen gingen wie Spürhunde vor und jagten Personen, die nicht gefunden werden wollten. Und dieser Dämon hatte sich definitiv an die Fersen einer Person geheftet.

Also heftete Céline sich an seine Fersen.

Sie verfolgte ihn durch die stillen Höfe des Louvre. Der Dämon verlor Sekret aus einer Wunde, bewegte sich aber nicht wie eine Kreatur, die sich zurückziehen wollte, um ihre Wunden zu lecken. Seine riesigen Scheren schleiften über das Kopfsteinpflaster, während er an Ecken zögerte und überlegte, in welche Richtung er sich wenden sollte. Das hier war ein Raubtier, das seiner Beute nachspürte.

Im Torbogen des Louvre, mit Blick auf die *Pont des Arts*, hielt der Dämon inne. Der Eisengitterzaun der kleinen Fußgängerbrücke über die Seine war übersät mit Liebesschlössern. Denn es hieß, wenn ein Paar ein Schloss an der *Pont des Arts* befestigte, würde die Liebe der beiden bis in alle Ewigkeit halten. Zu dieser frühen Morgenstunde lag die Brücke fast verlassen da – bis auf ein junges Paar, das sich innig umarmte. Und überhaupt nicht bemerkte, wie der Shax-Dämon aus den Schatten glitt und in freudiger Erwartung mit den Scheren klapperte.

Céline trug immer ein Stilett bei sich. Dessen schmale Spitze war genau das Richtige, um den insektenartigen Rückenpanzer des Dämons zu durchbohren.

Das hoffte sie zumindest.

»*Gadreel*«, flüsterte sie und gab der Seraphklinge damit einen Namen. Dann schlich sie sich hinter den Dämon, exakt so beständig und leise wie er. Auch sie konnte ein Raubtier sein. Mit einer geschmeidigen Handbewegung rammte sie das Stilett durch den Panzer und schob blitzschnell ihre Seraphklinge in die geöffnete Wunde.

Und der Dämon löste sich sofort auf.

Das Ganze geschah so schnell und so lautlos, dass das Paar auf der Brücke seine Umarmung nicht unterbrach. Die beiden waren zu sehr aufeinander konzentriert, um überhaupt zu begreifen, dass nicht viel gefehlt hätte und sie als mitternächtlicher Dämonenhappen geendet wären.

Céline zögerte einen Moment und versuchte, sich vorzustellen, wie sie selbst auf der Brücke stand mit jemandem, der sie liebte – ein Mann, der ihr so tief in die Augen schaute, dass er nicht einmal bemerkte, wie um ihn herum die Welt unterging.

Aber ihre Fantasie ließ sie im Stich. Die Realität hielt sie unweigerlich gefangen. Solange Céline angenommen hatte, dass Stephen sie einfach nicht bemerkt hatte, konnte sie sich in ihrer Vorstellung ausmalen, was passieren würde, wenn er sie eines Tages doch wahrnahm.

Doch jetzt wusste sie es. Und dieses Wissen ließ sich nicht rückgängig machen.

Céline wischte ihre Waffe ab und steckte sie wieder in die Scheide. Dann schlich sie sich näher an das Paar heran, bis sie das Gespräch der beiden verfolgen konnte. Da sie durch Zauberglanz getarnt war, bestand keine Gefahr, wenn sie Irdische belauschte. Was sagte ein Mann zu der Frau, die er liebte, wenn er glaubte, dass kein Fremder ihnen zuhören konnte? Möglicherweise würde Céline es nie herausfinden, wenn sie darauf wartete, dass jemand ihr diese Worte zuflüsterte.

»Ich sage es ja nur ungern, aber ich hab's dir ja gleich gesagt«, bemerkte die Frau.

»Wer hätte gedacht, dass er bereit ist, einem Hexenwesen zu trauen?«

»Wer hätte gedacht, irgendjemand würde glauben, dass *du* der verschollene Spross einer noblen Schattenjägerfamilie bist?«, erwiderte sie und lachte. »Ach, Moment mal – ich habe es gewusst. Gib's zu: Tief in deinem Inneren hast auch du gewusst, dass es funktionieren würde. Du wolltest nur nicht, dass der Plan aufgeht.«

»Natürlich wollte ich das nicht.« Mit einer unfassbar sanften Geste berührte er ihre Wange. »Ich hasse das. Ich hasse es, dass ich dich hier zurücklassen muss.«

»Es ist doch nur für kurze Zeit. Und es ist zu unserem Besten, Jack, das versichere ich dir.«

»Du kommst nach L.A., sobald diese Geschichte hier erledigt ist? Versprichst du das?«

»Ja, zum Schattenmarkt. Zu unserem alten Standort. Das verspreche ich. Sobald ich sicher sein kann, dass unsere Spuren verwischt sind.« Sie küsste ihn lang und leidenschaftlich. Als sie ihre

Hand an seine Wange legte, sah Céline, wie ein Ehering an ihrem Finger aufblitzte.

»Rosemary ...«

»Ich möchte nicht, dass du auch nur in der Nähe dieser Leute bist. Es ist einfach zu gefährlich.«

»Aber für dich ist es nicht gefährlich?«

»Du weißt, dass ich recht habe«, sagte sie.

Der Mann ließ den Kopf hängen und schob die Hände in die Taschen seines Trenchcoats. Der Mantel wirkte teuer – abgesehen von dem riesigen, klaffenden Loch auf der linken Seite. »Ja.«

»Bist du bereit?«

Er nickte, woraufhin die Frau eine kleine Flasche aus ihrem Beutel hervorholte. »Hoffen wir mal, dass das Zeug auch das tut, was es soll.« Sie reichte die Flasche ihrem Mann, der den Korken entfernte, den Inhalt hinunterschluckte und die Flasche in den Fluss warf.

Eine Sekunde später schlug er die Hände vors Gesicht und schrie gequält auf.

Panik erfasste Céline. Es war zwar nicht ihre Aufgabe, sich in anderer Leute Angelegenheiten einzumischen, aber sie konnte auch nicht einfach dastehen und zusehen, wie diese Frau ihren Mann ermordete.

»Jack, Jack, es ist alles in Ordnung. Dir wird es gleich wieder besser gehen.«

Sie drückte ihn an sich, während er stöhnte und zitterte und schließlich in ihren Armen erschlaffte. »Ich glaube, es hat funktioniert«, sagte er nach einem Moment.

Als die beiden sich voneinander lösten, schnappte Céline nach Luft. Selbst im Schein der Straßenlaternen konnte sie erkennen, dass sich sein Gesicht verändert hatte. Der Mann war etwa in Stephens Alter gewesen und fast so gut aussehend: blonde Haare, funkelnde grüne Augen und klare, markante Züge. Doch jetzt wirkte er zehn Jahre älter; Sorgenfalten hatten sich in sein Gesicht gegraben, seine Haare waren schlammbraun, und er hatte ein verschlagenes Lächeln.

»Hässlich«, sagte die Frau – Rosemary – anerkennend. Dann küsste sie ihn erneut, genauso verzweifelt und leidenschaftlich wie zuvor, als hätte sich nichts geändert. »Und jetzt geh.«

»Bist du sicher?«

»So sicher, wie ich mir sicher bin, dass ich dich liebe.«

Der Mann lief in die Nacht hinein, und sein Mantel verschmolz mit der Dunkelheit.

»Und wirf den Trenchcoat weg!«, rief Rosemary ihm nach. »Er ist zu auffällig.«

»Niemals!«, rief er zurück; dann war er verschwunden.

Rosemary ließ sich gegen die Brücke sinken und vergrub das Gesicht in den Händen. Deshalb sah sie nicht, wie der groteske Wasserspeier hinter ihr blinzelte und dann seine steinerne Schnauze in ihre Richtung drehte.

Und plötzlich erinnerte Céline sich: Die *Pont des Arts* besaß überhaupt keine Wasserspeier. Vor ihr kauerte ein ausgewachsener Achaieral-Dämon, und er wirkte sehr hungrig.

Mit einem wilden Schrei löste sich der monströse Schatten von der Brücke und entfaltete zwei gewaltige, fledermausartige Schwingen, die die Nacht verdunkelten. Der Dämon riss die Schnauze weit auf, bleckte seine rasiermesserscharfen Zähne und stürzte sich direkt auf Rosemarys Kehle.

Doch Rosemary zog mit erstaunlicher Geschwindigkeit ein Schwert und wehrte ihn ab. Getroffen kreischte der Dämon auf, schlug aber mit seinen Krallen so heftig gegen die Metallklinge, dass sie der Frau aus der Hand fiel. Rosemary taumelte zu Boden, und der Dämon nutzte seine Chance. Er sprang auf ihre Brust, presste sie mit seinen massigen Flügeln auf das Pflaster und zischte. Scharfe Zähne näherten sich ihrer Kehle.

»*Sariel*«, flüsterte Céline und rammte dem Dämon eine Seraphklinge in den Nacken. Der Dämon schrie vor Schmerz und wirbelte zu ihr herum; seine Eingeweide brachen bereits durch die Haut hindurch, als er trotz seiner tödlichen Verwundung versuchte, sie anzugreifen.

Rosemary hob ihr Schwert und trennte der Kreatur den Kopf

ab, Sekunden bevor Schädel und Rumpf des Dämons in einer Wolke aus Staub explodierten. Langsam ließ sie sich wieder auf den Rücken sinken, während Blut aus einer Wunde an ihrer Schulter strömte.

Céline konnte ihr ansehen, wie sehr die Verletzung schmerzte – und wie entschlossen sie war, keinen Schmerz zu zeigen. Hastig kniete sie sich neben die Frau, die jedoch zurückzuckte. »Lass mich mal sehen – ich kann dir helfen.«

»Ich würde niemals um die Hilfe einer Nephilim bitten«, sagte Rosemary bitter.

»Du hast ja nicht darum gebeten. Und das mit dem Dämon hab ich gern getan.«

Die Frau seufzte und untersuchte dann ihre Verletzung. Vorsichtig berührte sie die blutende Wunde und zuckte zusammen. »Wenn du schon mal da bist, kannst du mir eine *Iratze* auftragen?«

Es war offensichtlich, dass die Frau keine Irdische war. Selbst eine Irdische mit dem Zweiten Gesicht hätte nicht auf diese Weise kämpfen können. Aber das bedeutete nicht, dass sie eine Heilrune vertragen konnte. Niemand außer den Schattenjägern konnte das.

»Hör zu, ich hab jetzt nicht die Zeit für lange Erklärungen. Und ich kann ja wohl schlecht ins nächste Krankenhaus gehen und den Ärzten erzählen, dass mich ein Dämon angenagt hat, oder?«

»Wenn du über Heilrunen Bescheid weißt, dann weißt du ja auch, dass nur ein Nephilim eine *Iratze* auf der Haut ertragen kann«, sagte Céline.

»Ja, das weiß ich.« Rosemary sah sie mit ruhigem Blick an.

Sie trug keine Voyance-Rune auf der Hand. Aber die Art und Weise, wie sie sich bewegt und gekämpft hatte …

»Hat man dich schon einmal mit einem Runenmal versehen?«, fragte Céline zögernd.

Rosemary grinste. »Na, was glaubst du denn?«

»Wer *bist* du?«

»Niemand, um den du dir Sorgen machen musst. Willst du mir nun helfen oder nicht?«

Céline zückte ihre Stele. Wenn man jemanden ohne Schattenjägerblut in den Adern mit einem Runenmal versah, bedeutete das in der Regel einen qualvollen Tod. Céline holte tief Luft und setzte dann die Stele vorsichtig auf Rosemarys Haut auf.

Erleichtert atmete Rosemary auf.

»Wirst du mir jetzt verraten, wer einen Shax-Dämon losgeschickt hat, um dich zu verfolgen?«, fragte Céline. »Und ob das vielleicht dieselbe Person war, die dafür gesorgt hat, dass ein Achaieral-Dämon hier auf dich wartet, nur um sicherzugehen, dass du auf jeden Fall erledigt wirst?«

»Nein. Wirst du mir verraten, warum du mitten in der Nacht durch die Stadt läufst und dabei aussiehst, als hätte gerade jemand deinen Lieblingsstein in die Seine geworfen?«

»Nein.«

»Okay. Na dann. Und danke.«

»Der Mann, der zusammen mit dir hier war, bevor ...«

»Du meinst: ›Der Mann, den du nicht gesehen hast und über den du unter keinen Umständen ein Wort verlieren wirst, wenn du weißt, was gut für dich ist‹?«

»Du liebst ihn, und er liebt dich, stimmt's?«, fragte Céline.

»Ich schätze schon, denn da draußen laufen ein paar wirklich gefährliche Typen herum, die nach mir suchen«, sagte Rosemary. »Und er hat alles getan, damit diese Irren denken, sie müssten nicht nach mir, sondern nach ihm suchen.«

»Das verstehe ich nicht.«

»Und das brauchst du auch nicht. Aber du hast recht: Er liebt mich. Und ich liebe ihn. Warum?«

»Ich wollte nur ...« Eigentlich wollte sie Rosemary fragen, wie es sich anfühlt, geliebt zu werden. Außerdem wollte sie das Gespräch gern noch etwas in die Länge ziehen. Denn sie fürchtete sich davor, wieder allein zu sein, einsam und allein auf der Brücke, gestrandet zwischen dem endlosen Schwarz des Flusses und dem dunklen Himmel. »Ich wollte nur sichergehen, dass du jemanden hast, der sich um dich kümmert.«

»Wir kümmern uns umeinander. So läuft das. Apropos ...« Sie

schenkte Céline ein anerkennendes Lächeln. »Ich stehe jetzt in deiner Schuld. Weil du mir mit dem Dämon geholfen hast. Und weil du mein Geheimnis bewahrst.«

»Ich habe nicht gesagt, dass ich …«

»Doch, du wirst den Mund halten. Und da ich anderen ungern etwas schuldig bin, will ich dir jetzt sofort einen Gefallen tun.«

»Ich brauche nichts«, erwiderte Céline, meinte damit aber: *Ich brauche nichts, was du oder sonst irgendjemand mir geben könnte.*

»Ich bin für gewöhnlich gut informiert und verfolge, was in der Schattenjägerwelt passiert. Und du brauchst mehr, als du denkst. Aber vor allem solltest du dich von Valentin Morgenstern fernhalten.«

Céline erstarrte. »Was weißt du über Valentin?«

»Ich weiß, dass du genau sein Typ bist: jung und leicht beeinflussbar. Und ich weiß auch, dass man ihm nicht vertrauen kann. Ich achte auf jede Kleinigkeit, und das solltest du auch. Er erzählt dir längst nicht alles. Das weiß ich genau.« Sie blickte über Célines Schulter, und ihre Augen weiteten sich. »Da kommt jemand. Am besten verschwindest du jetzt.«

Céline drehte sich um. Ein Bruder der Stille bewegte sich am linken Flussufer auf die Brücke zu. Sie konnte zwar nicht sagen, ob es sich um denselben Stillen Bruder handelte, den sie auf dem Schattenmarkt kennengelernt hatte. Aber sie durfte nicht riskieren, hier erneut auf ihn zu treffen. Nicht nach dem, was sie ihm erzählt hatte. Das wäre zu peinlich.

»Vergiss nicht: Valentin kann man nicht trauen«, mahnte Rosemary.

»Und warum sollte ich dir trauen?«

»Einfach so«, erwiderte Rosemary, und dann ging sie ohne ein weiteres Wort auf den Stillen Bruder am Ende der Brücke zu.

Der Himmel hatte eine rosa Tönung angenommen. Die endlose Nacht war endlich der Morgenröte gewichen.

Ich hatte erwartet, deinen Mann hier auf der Brücke anzutreffen. Doch selbst in dem Augenblick, als er die Worte formulierte, spürte Bruder Zachariah bereits, dass sie nicht der Wahrheit entsprachen.

Er hatte einem Mann vertraut, von dem bekannt war, dass man ihm nicht vertrauen konnte. Er hatte zugelassen, dass mehrere Dinge sein Urteil trübten: seine Sympathie für diesen Zweig der Herondales und sein Wunschglaube an noch existierende Verbindungen zwischen den Carstairs und den Herondales – auch wenn dieser Mann kaum noch ein Herondale war und er selbst kaum noch ein Carstairs. Und jetzt war Jack Crow derjenige, der möglicherweise die Konsequenzen tragen musste.

»Er ist nicht hier. Und du wirst ihn nie wieder zu Gesicht bekommen, Schattenjäger. Deshalb schlage ich vor, dass du deine Suche einstellst.«

Ich verstehe, dass wir Nephilim deiner Familie allen Grund gegeben haben, uns nicht zu trauen, aber ...

»Nimm es nicht persönlich, aber ich traue niemandem«, erwiderte Rosemary. »Nur so habe ich es geschafft, all die Jahre lang am Leben zu bleiben.«

Sie war stur und schroff, und Zachariah konnte einfach nichts dagegen tun: Sie gefiel ihm.

»Ich meine, wenn ich überhaupt jemandem vertrauen würde, dann bestimmt nicht einer Kultgemeinschaft brutaler Fundamentalisten, denen es Spaß macht, einen der ihren hinzurichten ... Aber wie ich schon sagte: Ich traue niemandem.«

Bis auf Jack Crow.

»So heißt er nicht mehr.«

Welchen Namen er sich auch immer geben mag, er wird stets ein Herondale sein.

Rosemary lachte, und dabei entdeckte Zachariah in ihrem Gesicht seltsam vertraute Züge. Eine Vertrautheit, die Jack Crow nie besessen hatte. »Du weißt nicht annähernd so viel, wie du denkst, Schattenjäger.«

Zachariah griff in die Tasche seiner Robe und holte die Kette mit dem Reiher-Anhänger hervor, die er auf dem Schattenmarkt gekauft hatte. Die Kette, die Crow ohne Wissen oder Einverständnis seiner Frau verkauft hatte. Wie ein Mann, der etwas veräußert, das ihm eigentlich nicht gehört. Der Anhänger glitzerte im Schein der aufgehenden Sonne. Zachariah bemerkte den überraschten Ausdruck in Rosemarys Augen und hielt ihr die Kette entgegen.

Sie streckte die Hand aus und erlaubte ihm, die Kette sanft in ihre Handfläche zu legen. Und während sich ihre Finger um den Reiher-Anhänger schlossen, erweckte sie den Eindruck, als würde sich tief in ihrem Inneren ein zufriedenes Gefühl ausbreiten – als hätte sie ein entscheidendes Fragment ihrer Seele verloren und es jetzt zurückerhalten.

»Eine Taube?« Sie zog die Augenbrauen hoch.

Ein Reiher. Erkennst du ihn wieder?

»Warum sollte ich?«

Weil ich ihn von deinem Mann erworben habe.

Rosemary presste die Lippen zu einem dünnen Strich zusammen und ballte die Hand um die Kette. Offensichtlich hatte der Junge am Marktstand die Wahrheit gesagt: Sie hatte nicht gewusst, dass ihr Mann den Anhänger zum Verkauf angeboten hatte.

»Und warum gibst du ihn dann mir?«

Natürlich konnte sie vorgeben, sich nicht dafür zu interessieren, aber Zachariah fragte sich, wie sie wohl reagieren würde, wenn er den Anhänger zurückforderte: Vermutlich hätte es in einem Kampf geendet.

Weil ich das Gefühl habe, dass der Anhänger dir gehört ... dir und deiner Familie.

Rosemary erstarrte, und Zachariah bemerkte das kurze Zucken ihrer Hand, als wollte sie instinktiv nach einer Waffe greifen. Sie hatte wache Reflexe, verfügte aber auch über Selbstbeherrschung – und Arroganz, Anmut, Loyalität, die Fähigkeit, leidenschaftlich zu lieben, und über ein Lachen, das den Himmel zum Strahlen bringen konnte.

Zachariah war nach Paris gekommen, um den letzten Spross der verschollenen Herondales zu suchen.

Und jetzt hatte er ihn gefunden.

»Ich weiß nicht, wovon du redest.«

Du bist die gesuchte Herondale. Nicht dein Mann. Du. Die verschollene Erbin einer edlen Kriegerfamilie.

»Ich bin niemand«, fauchte Rosemary. »Zumindest niemand, für den du dich interessieren solltest.«

Ich könnte in deinen Verstand blicken und dort die Wahrheit sehen.

Sie zuckte zurück. Zachariah brauchte gar nicht erst ihre Gedanken zu lesen, um ihre Panik zu verstehen und ihre aufkommenden Selbstzweifel, während sie herauszufinden versuchte, auf welche Weise er ihre List durchschaut hatte.

Aber ich würde niemals gegen deinen Willen auf deine Geheimnisse zugreifen. Ich möchte dir nur helfen.

»Meine Eltern haben mir alles erzählt, was ich über die Schattenjäger wissen muss«, erwiderte sie. Und Zachariah verstand, dass diese Aussage ihr einziges Eingeständnis sein würde. »Über euren ach so kostbaren Rat. Und über euer *Gesetz*.« Das letzte Wort spuckte sie aus, als würde es sich dabei um Gift handeln.

Ich bin nicht als Vertreter des Rats hier. Die Ratsmitglieder haben keine Ahnung, dass ich in Paris bin – sie wissen nicht einmal von deiner Existenz. Ich habe meine eigenen Gründe für die Suche nach dir. Und für den Wunsch, dich schützen zu wollen.

»Und die wären?«

Ich respektiere deine Geheimnisse, also bitte respektiere auch die meinen. Du solltest nur wissen, dass ich deiner Familie zu großem Dank verpflichtet bin. Der Bund, der mich mit den Herondales verbindet, ist dicker als Blut.

»Na, das ist ja sehr schön und so weiter, aber niemand hat dich aufgefordert, diese Schuld zu begleichen«, erwiderte Rosemary. »Jack und ich kommen auch so gut zurecht; wir passen auf uns auf, und das werden wir auch weiterhin tun.«

Es war sehr clever von dir, den Eindruck zu erwecken, dein Mann wäre die gesuchte Person, aber ...

»Es war clever von Jack. Die Leute unterschätzen ihn. Und das kommt sie im Normalfall teuer zu stehen.«

... aber wenn ich eure List durchschauen konnte, werden auch andere, die nach dir suchen, dazu in der Lage sein. Und diese Leute sind gefährlicher, als du ahnst.

»Diese ›anderen‹, von denen du redest, haben meine Eltern niedergemetzelt.« Auf Rosemarys Gesicht zeigte sich nicht die geringste Gefühlsregung. »Jack und ich sind seit Jahren auf der Flucht. Glaub mir, ich weiß genau, wie gefährlich diese Leute sind. Und ich weiß auch, wie gefährlich es ist, einem Fremden zu vertrauen – selbst einem Fremden mit telepathischen Ninja-Kräften und einem äußerst fragwürdigen Modegeschmack.«

Eines hatte Zachariah in der Bruderschaft gelernt: die Kunst der Akzeptanz. Manchmal war es besser, einen Kampf einzustellen, den man nicht gewinnen konnte, und seine Niederlage zu akzeptieren – umso eher konnte man das Fundament für die nächste Schlacht legen.

Obwohl das hier natürlich kein Kampf war, ermahnte er sich. Man konnte das Vertrauen eines Menschen nicht durch einen Krieg gewinnen. Man konnte es nur verdienen.

Dein Anhänger ist jetzt mit einem Zauber versehen. Solltest du in Not geraten und dir nicht selbst helfen können, brauchst du mich nur zu rufen. Und ich werde sofort kommen.

»Wenn du glaubst, du könntest uns mit diesem Ding orten ...«

Dein Mann hat gesagt, man kann Vertrauen nur dadurch gewinnen, dass man es selbst anbietet. Ich werde nicht versuchen, dich aufzuspüren, wenn du nicht möchtest, dass man dich findet. Aber mithilfe dieses Anhängers kannst du mich jederzeit finden. Ich vertraue darauf, dass du mich zu Hilfe rufst, wann immer du mich brauchst. Und bitte glaub mir: Ich werde sofort auf deinen Hilferuf reagieren.

»Und wer bist du genau?«

Du kannst mich Bruder Zachariah nennen.

»Klar, das könnte ich, aber falls ich wirklich einmal in diese hypothetische Situation geraten sollte, dass mir ein blutrünstiger Mönch das Leben retten muss, wüsste ich doch gern seinen richtigen Namen.«

Ich war einst ... Inzwischen lag es so lange zurück. Er hatte fast nicht mehr das Gefühl, dass er Anspruch auf den Namen erheben durfte. Aber dann empfand er ein tiefes, beinahe menschliches Vergnügen daran, ihn doch für sich zu beanspruchen. *Ich war einst unter dem Namen James Carstairs bekannt. Jem.*

»Und wen wirst *du* zu Hilfe rufen, wenn *du* in eine Situation gerätst, die du allein nicht bewältigen kannst, Jem?« Rosemary legte die Kette um ihren Hals, und Zachariah spürte einen Hauch von Erleichterung. Zumindest dieses Ziel hatte er erreicht.

Davon gehe ich nicht aus.

»Dann bist du aber nicht aufmerksam genug.«

Im nächsten Moment berührte sie ihn überraschenderweise und mit erstaunlicher Sanftheit an der Schulter. »Danke dafür, dass du es versucht hast«, sagte sie. »Das ist zumindest ein Anfang.«

Und dann sah er ihr nach, wie sie die Brücke verließ.

Eine Weile beobachtete Zachariah, wie das Wasser unter der Brücke hindurchströmte. Seine Gedanken wanderten zu einer anderen Brücke, in einer anderen Stadt, zu der er einmal im Jahr zurückkehrte, um sich an den Mann zu erinnern, der er einst gewesen war, und an die Träume, die dieser Mann einst gehabt hatte.

Am anderen Ende der *Pont des Arts* klappte ein junger Straßenmusiker einen Geigenkasten auf und hob sein Instrument ans Kinn. Einen Moment lang dachte Zachariah, dass er es sich nur einbildete ... dass er eine Fantasie seines früheren Ichs heraufbeschworen hatte. Doch als er näher kam – denn er konnte einfach nicht fernbleiben –, erkannte er, dass es sich um eine Musikerin handelte. Ein junges Mädchen, kaum älter als vierzehn oder fünfzehn, die Haare unter eine Ballonmütze gesteckt und mit einer ordentlichen, altmodischen Frackschleife am Kragen ihrer weißen Bluse.

Sie setzte den Bogen auf die Saiten und spielte dann eine sehnsuchtsvolle Melodie. Zachariah erkannte das Stück: ein Violinkonzert von Bartók, das komponiert worden war, lange nachdem Jem Carstairs seine Geige an den Nagel gehängt hatte.

Die Brüder der Stille machten keine Musik. Sie hörten auch keine Musik, jedenfalls nicht auf herkömmliche Weise. Aber obwohl ihre Sinne irdischen Vergnügungen verschlossen waren, konnten sie dennoch zuhören.

Und Jem hörte zu.

Da er durch Zauberglanz getarnt war, musste die Musikerin davon ausgegangen sein, dass sie allein war. Hier gab es kein Publikum für ihre Musik, keine Gelegenheit, Geld zu verdienen. Und sie spielte auch nicht für ein paar Cent, sondern rein zu ihrem eigenen Vergnügen. Ihr Gesicht war dem Wasser und dem Himmel zugewandt. Ihre Melodie diente als Gruß an die aufgehende Sonne.

Vage erinnerte sich Jem an den sanften Druck des Kinnhalters. Daran, wie seine Fingerspitzen über die Saiten gehüpft waren. An den Tanz des Bogens auf dem Instrument.

Und auch daran, wie er manchmal das Gefühl gehabt hatte, dass nicht er die Musik, sondern die Musik ihn spielte.

In der Stadt der Stille gab es keine Musik, keine Sonne, keine Morgenröte. Dort herrschte nur tiefe Finsternis. Und absolute Stille.

Paris dagegen war eine Stadt, in der man mit allen Sinnen genießen konnte: Essen, Wein, Kunst, Liebe. An jeder Ecke stieß er auf eine Erinnerung an das, was er verloren hatte – die Vergnügungen einer Welt, der er nicht länger angehörte. Im Laufe der Zeit hatte er gelernt, mit dem Verlust zu leben. Es fiel ihm zwar schwerer, wenn er in eine Welt wie diese eintauchte, aber es ließ sich aushalten.

Doch das hier war etwas vollkommen anderes.

Sein Mangel an Gefühlen, während er der Melodie lauschte und den Bogen beim Tanz auf den Saiten verfolgte ... die unendliche Leere, die das Spiel tief in seinem Inneren offenbarte und in der nur vergangene Zeiten widerhallten – all das bewirkte, dass er sich vollkommen schrecklich unmenschlich fühlte.

Doch die Sehnsucht, die er spürte, das Verlangen, wahrhaftig zu hören, zu begehren, zu *fühlen* – das bewirkte, dass er sich fast wieder lebendig fühlte.

Komm nach Hause, flüsterten die Stillen Brüder in seinem Verstand. *Es wird Zeit.*

Im Laufe der Jahre hatte Zachariah gelernt, wie er sich im Bedarfsfall von den Stimmen der Brüder abschotten konnte. Die Bruderschaft war eine eigenartige Gemeinschaft. Die meisten Schattenjäger nahmen an, dass es sich um ein einsames, abgeschiedenes Leben handelte. Und abgeschieden war es tatsächlich, doch Zachariah fühlte sich nie wirklich allein. Die Bruderschaft war immer da, immer am Rande seines Bewusstseins. Beobachtend, abwartend. Zachariah brauchte nur eine Hand auszustrecken, und die Stillen Brüder würden ihn wieder in ihrer Mitte aufnehmen.

Bald, versprach er ihnen. *Aber noch nicht. Ich muss hier erst noch etwas erledigen.*

Zachariah war zwar mehr Stiller Bruder als herkömmlicher Nephilim. Aber er war weniger ein Bruder der Stille als die anderen Mitglieder der Bruderschaft. Er bewegte sich in einem seltsamen Zwischenreich, das ihm ein gewisses Maß an Privatsphäre gestattete und den brennenden Wunsch danach wachhielt – ein Wunsch, den seine Mitbrüder längst aufgegeben hatten. Einen Moment lang schottete Zachariah sich von ihnen ab. Angesichts seines Versagens hier verspürte er ein tiefes Bedauern. Aber es war gut, es war *menschlich,* Bedauern zu empfinden – und er wollte diesen Augenblick auskosten, nur für sich allein.

Aber womöglich doch nicht ganz allein.

Denn vor seiner Rückkehr in die Stadt der Stille hatte er noch eine Aufgabe zu erledigen. Er musste mit der Person reden, der an den Herondales genauso viel lag wie ihm.

Er musste zu Tessa.

Céline ging nicht mit der Absicht zu Valentins Wohnung, dort einzubrechen. Das wäre völliger Irrsinn gewesen. Außerdem war sie nach ihrer stundenlangen Wanderung durch Paris so übermüdet, dass sie ohnehin keinen klaren Gedanken fassen konnte. Stattdessen folgte sie einfach einer Laune. Sie sehnte sich nach dem Gefühl der Gewissheit, das sie in Valentins Gegenwart immer spürte – nach seiner Kraft, die ihr Glauben schenkte. Nicht nur an ihn, sondern auch an sich selbst.

Nach der merkwürdigen Begegnung auf der Brücke hatte sie darüber nachgedacht, in die Wohnung in Marais zurückzukehren. Sie wusste, dass Stephen und Robert über die unerwarteten Dämonenaktivitäten informiert werden mussten und über den potenziellen Ärger, den eine abtrünnige Schattenjägerin mit ihren Verdächtigungen gegenüber dem Kreis verursachen konnte.

Aber sie wollte die beiden einfach nicht sehen. Sollten sie sich doch Sorgen über Célines Verbleib machen. Oder auch nicht. Es interessierte sie nicht mehr.

Zumindest bemühte sie sich nach Kräften darum, dass es sie nicht mehr interessierte.

Sie hatte den Tag im Louvre verbracht, in Museumssälen, die kaum ein Tourist aufsuchte, mit alten Etruskermasken und mesopotamischen Münzen. Während ihrer Kindheit war sie hier stundenlang herumgelaufen und hatte sich unter die zahlreichen Schulklassen gemischt. Als Kind war es leicht gewesen, nicht aufzufallen, nicht bemerkt zu werden.

Die Herausforderung bestand jedoch darin, bemerkt zu werden – und danach einer Beurteilung standzuhalten. Das verstand Céline inzwischen.

Ihre Gedanken kehrten ständig zu dem Paar auf der Brücke zurück, zu der Art und Weise, wie sie einander angesehen hatten. Einander berührt hatten – mit so viel Liebe und so viel Verlangen. Und auch die Warnung der Frau bezüglich Valentin ging ihr wieder und wieder durch den Kopf. Céline war sich sicher, dass sie Valentin hundertprozentig trauen konnte.

Aber wenn sie sich bei Stephen so sehr geirrt hatte, woher nahm sie dann die Gewissheit, dass sie sich nicht auch in allem anderen irrte?

Valentin hatte eine opulente Wohnung im sechsten Arrondissement bezogen, in einer Straße mit einem berühmten Meister-Chocolatier und einer *Mercerie*, in der die handgefertigten Hüte mehr kosteten als die Monatsmiete der meisten Pariser. Céline klopfte laut an die Wohnungstür. Als niemand reagierte, knackte sie das Türschloss mit überraschender Leichtigkeit.

Ich breche in Valentin Morgensterns Wohnung ein, dachte sie, über sich selbst verblüfft. Der Gedanke erschien nicht ganz real.

Die Wohnung wirkte elegant, fast schon fürstlich, mit goldenen Wappenlilien-Tapeten und samtgepolsterten Möbeln. Plüschteppiche waren über das glänzende Parkett verteilt, und schwere goldene Vorhänge filterten das Licht. Der einzige Anachronismus bestand in einer großen Glasvitrine in der Mitte des Raums, in der Dominique du Froid lag: gefesselt, misshandelt und bewusstlos.

Bevor Céline einen Entschluss fassen konnte, was sie als Nächstes tun sollte, ertönte das Schaben eines Schlüssels in der Haustür. Der Türknauf wurde gedreht. Ohne lange nachzudenken, versteckte sich Céline hinter den schweren Vorhängen.

Von ihrem Versteck aus konnte sie nicht sehen, wie Valentin ruhelos auf und ab lief. Aber sie konnte alles hören.

»Wach auf«, zischte er.

Einen Moment herrschte Stille, gefolgt von einem Rascheln und dem schmerzerfüllten Schrei einer Frau.

»Halphas-Dämonen?«, fragte Valentin; in seiner Stimme schwang eine Mischung aus Belustigung und Wut mit. »Im Ernst?«

»Du hast mir doch gesagt, ich soll dafür sorgen, dass es echt aussieht«, wimmerte Dominique.

»Ja, ich habe dir aufgetragen, dafür zu sorgen, dass es echt aussieht – aber nicht, sie in Gefahr zu bringen.«

»Du hast mir auch gesagt, du würdest mich bezahlen. Aber jetzt sitze ich hier, in einer Art Käfig. Mit einem leeren Portemonnaie. Und einer Reihe unschöner Beulen am Kopf.«

Valentin seufzte schwer, als wäre das Ganze eine ärgerliche

Verschwendung seiner Zeit. »Du hast ihnen genau das gestanden, was wir abgesprochen hatten, oder? Und das Geständnis unterschrieben?«

»Haben dir die kleinen Mistkerle das nicht gesagt, als sie mich hier abgeliefert haben? Wie wäre es, wenn du mich jetzt für meine Dienste bezahlst? Dann können wir einfach vergessen, dass das Ganze überhaupt passiert ist.«

»Mit dem größten Vergnügen.«

Céline hörte ein merkwürdiges Geräusch, das sie nicht einordnen konnte. Dann nahm sie einen Geruch wahr, den sie durchaus wiedererkannte: den Gestank von verbrannter Haut.

Valentin räusperte sich. »Du kannst jetzt rauskommen, Céline.«

Céline erstarrte. Ihr stockte nicht nur der Atem – sie hatte das Gefühl, als hätte sie ihre Fähigkeit zum Atmen verloren.

»In letzter Zeit hast du nicht viel Glück bei deinen Täuschungsmanövern, hab ich recht? Komm raus und zeig dich.« Er klatschte laut in die Hände, als würde er ein Haustier herbeirufen. »Lass die Spielchen.«

Céline trat hinter dem Vorhang hervor und fühlte sich wie eine Närrin.

»Du hast gewusst, dass ich hier war? Die ganze Zeit?«

»Es würde dich überraschen, was ich so alles weiß, Céline.« Valentin schenkte ihr ein kaltes Lächeln. Wie üblich war er ganz in Schwarz gekleidet, wodurch seine weißblonden Haare fast zu leuchten schienen. Nach objektiven Maßstäben war er vermutlich genauso gut aussehend wie Stephen, aber sie konnte ihn unmöglich auf diese Weise betrachten. Er war so attraktiv wie eine Statue: perfekt skulpturiert und hart wie Stein. An der Akademie hatte sie ihn ein paarmal mit Jocelyn beobachtet und sich gewundert, dass eine einzige Berührung von ihr sein Eis zum Schmelzen bringen konnte. Bei einer Gelegenheit war sie auf die beiden gestoßen, als sie sich gerade umarmten, und hatte aus den Schatten zugesehen, wie sie sich küssten, für die Welt verloren. Als sie sich danach voneinander gelöst hatten, hatte Valentin eine Hand an Jocelyns Wange gelegt und sie unfassbar sanft gestrichelt.

Und sein Gesichtsausdruck war fast menschlich gewesen, als er seine erste und einzige Liebe betrachtet hatte.

Doch davon war jetzt nichts zu sehen. Im nächsten Moment breitete er die Arme aus, als würde er Céline einladen, es sich in seiner opulenten Wohnung bequem zu machen. Die Vitrine in der Raummitte war leer; auf dem Boden lag nur ein schwelender Haufen schwarzer Seide und Leder. Dominique du Froid war verschwunden.

Valentin folgte Célines Blick.

»Sie war eine Verbrecherin«, sagte er. »Ich habe lediglich ihre unvermeidliche Strafe vorangetrieben.«

Über Valentin kursierten viele Gerüchte – darüber, dass er sich nach dem gewaltsamen Tod seines Vaters verändert hatte. Man munkelte von den Grausamkeiten, die er nicht nur an gesetzesbrüchigen Schattenweltlern beging, sondern an jedem, der ihm in die Quere kam. An jedem, der ihn hinterfragte.

»Du wirkst besorgt, Céline. Wenn nicht sogar … ängstlich.«

»Nein«, beteuerte sie hastig.

»Es scheint fast, als würdest du fürchten, dass der Einbruch in meine Wohnung und dein Herumschnüffeln irgendwelche unangenehmen Konsequenzen nach sich ziehen könnten.«

»Ich habe nicht herumgeschnüffelt, ich wollte nur …«

In diesem Moment schenkte er ihr ein derart warmes, sonniges Lächeln, dass Céline sich lächerlich vorkam, weil sie tatsächlich große Angst gehabt hatte. »Möchtest du eine Tasse Tee? Und vielleicht etwas Gebäck? Du siehst aus, als hättest du seit einer Ewigkeit nichts gegessen.«

Und dann fuhr er ein wahres Festmahl auf: nicht nur Tee und Kekse, sondern auch frisch geschnittenes Baguette, aromatischen Ziegenkäse, ein kleines Glas Honig und eine Schüssel Blaubeeren, die so schmeckten, als wären sie gerade erst gepflückt worden. Céline hatte gar nicht gemerkt, wie hungrig sie gewesen war – erst beim Geschmack des Honigs auf ihrer Zunge erkannte sie, wie sehr ihr Magen knurrte.

Eine Weile plauderten sie über Paris: ihre Lieblingscafés, ihre bevorzugten Plätze für ein Picknick, die besten Crêpe-Stände, die jeweiligen Vorteile des Musée d'Orsay und des Centre Pompidou. Dann biss Valentin herzhaft in seine mit Käse bestrichene Baguettescheibe und meinte fast heiter: »Du weißt natürlich, dass dich die anderen für schwach und nicht besonders clever halten.«

Céline verschluckte sich fast an einer Blaubeere.

»Wenn es nach den meisten Mitgliedern des Kreises ginge, wärst du erst gar nicht aufgenommen worden. Aber glücklicherweise handelt es sich nicht um eine Demokratie. Die anderen denken, sie würden dich kennen, Céline, aber sie ahnen nicht einmal die Hälfte, oder?«

Langsam schüttelte sie den Kopf. Niemand kannte sie wirklich.

»Ich dagegen habe an dich geglaubt. Dir vertraut. Und du zahlst mir mein Vertrauen mit Verdächtigungen heim?«

»Ich habe wirklich nicht …«

»Natürlich hast du keinen Verdacht gehegt. Du wolltest einfach nur mal vorbeischauen. Und dich hinterm Vorhang verstecken. Während ich nicht da war.«

»Okay. *Oui*. Ich war misstrauisch.«

»Siehst du: Du bist clever.« Erneut schenkte er ihr dieses warme, anerkennende Lächeln, als hätte sie genau seine Erwartungen erfüllt. »Und was hast du bei deinen unerschrockenen Nachforschungen über mich herausgefunden?«

Es hatte keinen Zweck, ihm noch irgendetwas vorspielen zu wollen. Und Céline war fast so neugierig wie von Furcht erfüllt. Also erzählte sie ihm die Wahrheit oder zumindest das, was sie vermutete. »Dominique du Froid hat gar keine zwielichtigen Geschäfte mit zwei Schattenjägern betrieben – sie hat mit dir verhandelt. Du versuchst, jemandem etwas anzuhängen, und du benutzt uns dazu, dir dabei zu helfen.«

»Uns?«

»Mich. Robert. Stephen.«

»Robert und Stephen, ja. Ich benutze die beiden tatsächlich. Aber dich? Du bist doch hier, oder? Du erfährst die ganze Geschichte.«

»Ah ja?«

»Wenn du willst ...«

Céline hatte keine Eltern gehabt, die ihr abends irgendwelche Märchen vorgelesen hätten. Aber sie hatte selbst hinreichend viele Erzählungen gelesen, um das oberste Gebot dieser Geschichten genau zu kennen: Bedenke, was du dir wünschst.

Und wie alle Nephilim wusste auch sie: Alle Mythen sind wahr.

»Ich möchte die ganze Geschichte hören«, sagte sie.

Und so erzählte Valentin ihr, dass sie mit ihrem Verdacht recht hatte. Er plante eine Intrige gegen zwei Schattenjäger, die zwar diese behaupteten Verbrechen nicht begangen, sich aber eines viel schwerwiegenderen Vergehens schuldig gemacht hatten: Sie standen dem Kreis im Weg. »Die beiden haben sich überholten Traditionen verschrieben, sie sind dem korrupten Rat verpflichtet. Und sie sind fest entschlossen, mich zu vernichten. Deshalb bin ich ihnen zuvorgekommen.« Er habe die Hexe dazu benutzt, Beweise zu fälschen, räumte Valentin ein. Und jetzt würde er Stephen und Robert als Zeugen für das Geständnis der Hexe anführen. »Denn bedauerlicherweise ist sie ja nicht länger in der Lage, selbst auszusagen.«

»Was ist mit dem Engelsschwert?«, fragte Céline. »Machst du dir keine Sorgen, was passiert, wenn die angeklagten Schattenjäger verhört werden?«

Valentin schnalzte missbilligend mit der Zunge, als wäre er enttäuscht, dass sie nicht die richtige Schlussfolgerung gezogen hatte. »Bedauerlicherweise werden sie es nicht bis zum Verhör schaffen. Ich weiß zufällig, dass diese beiden Schattenjäger während des Transports in die Stadt der Stille einen Fluchtversuch unternehmen werden. Im daraufhin entstehenden Chaos verlieren sie leider ihr Leben. Einfach tragisch.«

Die Worte hingen schwer in der Luft, und Céline versuchte, sie zu verarbeiten. Valentin hatte nicht nur vor, zwei unschuldigen Schattenjägern etwas anzuhängen – er plante einen eiskalten Mord. Und das war ein unvorstellbares Verbrechen, für das im Gesetz die Todesstrafe vorgesehen war.

»Warum erzählst du mir das alles?«, fragte sie und gab sich Mühe, das Zittern in ihrer Stimme zu unterdrücken. »Wie kommst du auf die Idee, dass ich dich nicht verraten werde? Es sei denn ...«

Es sei denn, er hatte nicht die Absicht, sie lebend aus seiner Wohnung zu lassen.

Ein Mann, der im Begriff war, zwei Nephilim eiskalt zu töten, würde vermutlich auch vor dem Tod einer dritten Schattenjägerin nicht zurückschrecken. Alles in ihr schrie ihr zu, aufzuspringen, ihre Waffe zu ziehen und sich ihren Weg aus der Wohnung zu kämpfen, um anschließend direkt zum Pariser Institut zu laufen und dort alles zu berichten. Um diesen Plan – um *Valentin* – aufzuhalten, bevor er ihn in die Tat umsetzen konnte.

Valentin musterte sie gelassen, die Hände auf dem Tisch, als wollte er sagen: *Jetzt bist du an der Reihe.*

Céline rührte sich nicht von der Stelle.

Die Familie Verlac, die das Pariser Institut leitete, war mit ihren Eltern befreundet. Mehr als nur einmal hatte ein Verlac Céline in ihrem Versteck aufgestöbert und wieder nach Hause geschleppt. Bei ihrem ersten Fluchtversuch hatte sie um Asyl im Institut gefleht, wo doch alle Schattenjäger eine sichere Zuflucht finden konnten. Aber man hatte ihr mitgeteilt, dass sie zu jung sei, um irgendwelche Ansprüche zu erheben, zu jung, um überhaupt zu wissen, was *sichere Zuflucht* bedeutete. Die Verlacs hatten ihr erklärt, dass ihre Eltern sie liebten, und sie dann aufgefordert, ihnen nicht dauernd solchen Ärger zu machen.

Céline schuldete diesen Leuten gar nichts.

Valentin dagegen hatte sie auserkoren. Ihr einen Auftrag gegeben, eine Familie. Ihm verdankte sie alles.

Jetzt beugte er sich vor und streckte die Hand aus. Céline zwang sich, nicht zusammenzuzucken. Leicht berührte er die Stelle an ihrem Hals, an der der Achaieral-Dämon ihr eine Kratzwunde zugefügt hatte. »Du bist verletzt.«

»Nicht der Rede wert«, sagte sie.

»Und du hast gehumpelt.«

»Mir geht's gut.«

»Falls du eine weitere *Iratze* brauchst ...«

»Mir geht es *gut*.«

Valentin nickte, als hätten ihre Worte seinen Verdacht bestätigt. »Ja. Dir ist es so lieber, stimmt's? Auf diese Weise.«

»Auf welche Weise?«

»Mit Schmerzen verbunden.«

Jetzt zuckte Céline doch zusammen. »Das stimmt nicht«, beharrte sie. »So was wäre krank.«

»Und weißt du auch, *warum* es dir auf diese Weise lieber ist? Warum du den Schmerz suchst?«

Céline hatte dieses Verhalten selbst nie verstanden. Sie wusste nur, dass es tief in ihr verwurzelt war ... dass es ihrem innersten Wesen entsprang.

Schmerzen hatten etwas an sich, das ihr das Gefühl schenkte, wahrhaftiger, realer zu sein. Eher in der Lage, Kontrolle auszuüben. Manchmal fühlte sich der Schmerz so an, als wäre er das Einzige, was sie überhaupt beherrschen konnte.

»Du sehnst dich nach dem Schmerz, weil du weißt, dass er dich stark macht«, sagte Valentin. Céline hatte das Gefühl, als hätte er ihrer namenlosen Seele einen Namen gegeben. »Und weißt du, warum ich dich besser verstehe als die anderen? Weil wir uns ähnlich sind. Wir beide haben unsere Lektion früh gelernt, habe ich recht? Grausamkeit, Härte, Schmerz: Uns hat niemand vor der harten Realität des Lebens geschützt, und das macht uns stark. Die meisten Menschen lassen sich von ihrer Angst beherrschen. Sie fliehen vor dem Gespenst des Schmerzes, und das macht sie schwach. Aber du und ich, wir beide wissen, dass der einzige Weg darin besteht, sich dem Schmerz zu stellen. Die Grausamkeit der Welt herauszufordern – und sie zu beherrschen.«

Céline hatte sich bisher nie auf diese Weise betrachtet: als hart und stark. Und ganz gewiss hatte sie es nie gewagt, sich selbst auf einer Ebene mit Valentin zu sehen.

»Und genau aus diesem Grund wollte ich dich in meinem Kreis haben. Robert, Stephen und die anderen ... das sind alles nur kleine Jungen. Kinder, die sich an Erwachsenenspielen versuchen. Sie wurden noch nicht auf die Probe gestellt – was sicher eines Tages passieren wird, doch jetzt noch nicht. Aber du und ich, wir sind etwas Besonderes. Unsere Kindheit hat nicht lange gedauert.«

Niemand hatte sie je als stark bezeichnet. Oder als etwas Besonderes.

»Die Dinge kommen langsam ins Rollen«, fuhr Valentin fort. »Und ich muss wissen, wem ich vertrauen kann und wem nicht. Deshalb verstehst du jetzt sicher, warum ich dir die Wahrheit über diese ...« – er deutete auf die angesengten Kleider der Hexe – »... Angelegenheit erzählt habe.«

»Das ist ein Test«, mutmaßte Céline. »Ein Loyalitätstest.«

»Es ist eine Chance«, berichtigte er sie. »Eine Chance, mein Vertrauen zu genießen und dich für dein Vertrauen zu belohnen. Ich mache dir einen Vorschlag: Du erzählst niemandem, was du hier erfahren hast, und lässt den Dingen ihren Lauf. Im Gegenzug liefere ich dir Stephen Herondale auf einem Silbertablett.«

»Was? Ich ... nein, ich ...«

»Ich habe es dir ja schon gesagt, Céline. Ich weiß viele Dinge. Und ich kenne dich. Ich kann dir geben, was du dir wünschst, wenn du es wirklich willst.«

Bedenke, was du dir wünschst, dachte sie erneut. Aber sie wünschte sich Stephen so sehr. Selbst jetzt, da sie wusste, was er von ihr hielt, und obwohl sein spöttisches Lachen noch immer in ihren Ohren klang. Obwohl sie Valentins Worten glaubte – sie war stark, und Stephen war schwach. Obwohl sie die Wahrheit kannte: Stephen liebte sie nicht und würde sie niemals lieben. Selbst jetzt wünschte sie sich ihn. Jetzt und für immer.

»Oder du kannst aus der Wohnung stürmen, zum Rat laufen und den Mitgliedern erzählen, was immer du willst. Du kannst diese beiden ›unschuldigen‹ Schattenjäger retten – und damit die einzige Familie verlieren, der je etwas an dir gelegen hat«, sagte Valentin. »Du hast die Wahl.«

Tessa Gray atmete den Geruch der Stadt ein, die einst für kurze, aber unauslöschliche Zeit ihr Zuhause gewesen war. Wie viele Nächte hatte sie genau auf dieser Brücke gestanden? Den Blick auf die wuchtigen Umrisse von Notre-Dame geheftet, auf die wirbelnden Fluten der Seine, das stolze Eisenfachwerk des Eiffelturms. Wie viele Nächte hatte sie die herzzerreißende Schönheit der Stadt nur durch den Schleier ihrer nie versiegenden Tränen gesehen? Und im Fluss ihr altersloses Spiegelbild gesucht und sich die Sekunden, Tage, Jahre, Jahrhunderte vorgestellt, die sie vielleicht noch leben würde – allesamt in einer Welt ohne Will.

Nein, nicht vorgestellt.

Denn es war einfach unvorstellbar gewesen.

Unvorstellbar. Aber hier stand sie nun, mehr als fünfzig Jahre später, noch immer lebendig. Noch immer ohne ihn. Ein für alle Zeiten gebrochenes Herz, das aber noch immer schlug, noch immer stark war.

Noch immer fähig war zu lieben.

Nach Wills Tod war sie nach Paris geflohen und so lange geblieben, bis sie sich stark genug gefühlt hatte, ihrer Zukunft entgegenzusehen. Seitdem war sie nicht mehr in die Stadt zurückgekehrt. Dem äußeren Schein nach hatte sich Paris nicht verändert. Andererseits hatte auch sie sich dem äußeren Schein nach nicht verändert. Aber man durfte nicht dem äußeren Schein glauben, wenn man die Wahrheit sehen wollte. Für dieses Wissen brauchte man keine Gestaltwandlerin zu sein.

Es tut mir so leid, Tessa. Ich habe sie gefunden, aber wieder gehen lassen.

Selbst nach all den Jahren hatte sie sich noch immer nicht an die kühle Version von Jems Stimme in ihrem Kopf gewöhnt – eine Stimme, die zugleich so nah und doch so fern klang. Seine Hände lagen auf dem Brückengeländer, nur wenige Zentimeter neben ihren. Tessa hätte ihn berühren können. Und er hätte seine Hand bestimmt nicht weggezogen. Aber seine Haut würde sich so kalt und trocken anfühlen wie aus Stein.

Alles an ihm wirkte wie aus Stein.

»Du hast sie gefunden – das war doch unser Plan, oder? Uns ging es schließlich nie darum, die verschollene Herondale-Nachfahrin in die Schattenjäger-Welt zurückzuholen und für sie zu entscheiden, welchen Weg sie einzuschlagen hat.«

Das vertraute, warme Gewicht des Jade-Anhängers um ihren Hals schenkte ihr Trost. Sie trug ihn seit jenem Tag, an dem Jem ihn ihr geschenkt hatte, seit über einhundert Jahren. Doch das wusste er nicht.

Du hast zwar recht, aber ... es erscheint mir nicht richtig, dass eine Herondale in Gefahr schwebt, während wir untätig zusehen. Ich fürchte, dass ich dich enttäuscht habe, Tessa. Dass ich ihn enttäuscht habe.

Was Jem und sie betraf, gab es immer nur einen *ihn*.

»Wir haben sie gefunden, für Will. Und du weißt genau, Will hätte gewollt, dass sie selbst ihren Weg bestimmt. So wie er damals auch.«

Wenn der Mann neben ihr noch der Jem von damals gewesen wäre, hätte sie jetzt die Arme um ihn geschlungen. Sie hätte ihn mit ihrer Umarmung, ihrem Atem, ihrem Herzschlag spüren lassen, dass er gar nicht fähig war, sie oder Will zu enttäuschen.

Aber er war Jem und war es auch wieder nicht – sowohl er selbst als auch unbegreiflicherweise jemand anderes. Und Tessa konnte nur neben ihm stehen und ihm mit nutzlosen Worten versichern, dass er alles in seiner Macht Stehende getan hatte.

Vor Jahren hatte er sie gewarnt, was eines Tages passieren würde, wenn er sich immer weiter von sich selbst entfernte und immer mehr in einen Bruder der Stille verwandelte. Und er hatte ihr versprochen, dass diese Transformation nie vollständig abgeschlossen sein würde. *Wenn ich diese Welt nicht mehr mit menschlichen Augen sehe, wird ein Teil von mir dennoch immer der Jem bleiben, den du gekannt hast. Und ich werde dich mit dem Herzen sehen.* Will hatte ihr einmal erzählt, dass sich Jem mit diesen Worten von ihm verabschiedet hatte.

Und jedes Mal wenn sie ihn jetzt betrachtete, seine verschlossenen Lippen und Augen, seine kühlen Gesichtszüge ... wenn sie seinen unmenschlichen Geruch einatmete, wie altes Gemäuer oder Papier, wie nichts, was jemals gelebt oder geliebt hatte, dann versuchte sie, sich an diese Worte zu erinnern und fest daran zu glauben, dass dieser Teil von ihm noch immer da war, sie sah und sich danach sehnte, gesehen zu werden.

Doch es wurde von Jahr zu Jahr schwieriger. Im Laufe der Jahrzehnte hatte es Momente gegeben, in denen der Jem aus ihren Erinnerungen zum Vorschein gekommen war. Bei einer Gelegenheit, inmitten eines der zahllosen Kriege der Irdischen, war es sogar zu einem Kuss zwischen ihnen gekommen ... und beinahe zu noch mehr. Doch Jem hatte Tessa von sich geschoben, bevor sie zu weit gingen. Danach hatte er sich sogar noch mehr als zuvor von Tessa ferngehalten – als fürchtete er sich vor dem, was geschehen könnte, wenn er ihr zu nahe kam. Diese Umarmung, an die sie fast täglich dachte, lag nun schon über vierzig Jahre zurück. Und mit jedem Jahr erschien er ihr etwas weniger als der Jem von früher, etwas weniger menschlich. Sie fürchtete, dass er die Erinnerung an sich selbst vergaß, sich Stück für Stück verlor.

Aber sie durfte ihn nicht verlieren – nicht auch noch ihn. Sie würde sein Gedächtnis sein.

Ich habe hier eine junge Frau kennengelernt, die einen Herondale liebt, berichtete er.

Tessa glaubte, ein leichtes Lächeln in seiner Stimme zu hören.

»Und hat sie dich an jemanden erinnert?«, fragte sie neckend.

Ihre Liebe schien ihr viel Kummer zu bereiten. Ich wünschte, ich hätte ihr helfen können.

Diese Eigenschaft zählte zu den Dingen, die Tessa an ihm liebte: sein unermüdliches Verlangen, anderen in Not zu helfen. Nicht einmal die Bruderschaft hatte ihm das nehmen können.

»Als ich damals ... nach Will ... hier in Paris gelebt habe, bin ich jeden Tag zu dieser Brücke gekommen.«

Es ist ein sehr friedlicher Ort. Und ein sehr schöner.

Wie gern hätte sie ihm gesagt, dass es nicht daran lag. Sie hatte die Brücke nicht wegen ihrer Ruhe oder Schönheit aufgesucht, sondern weil sie sie an die Blackfriars Bridge erinnerte, an Jems und ihre Brücke in London. Sie war hierhergekommen, weil sie dieser Ort – zwischen Land und Wasser, die Hände auf dem Eisengeländer und das Gesicht gen Himmel gehoben – an Jem erinnerte. Die Brücke erinnerte sie daran, dass es in der weiten Welt noch immer jemanden gab, den sie liebte. Selbst wenn die eine Hälfte ihres Herzens für immer gegangen war, war die andere Hälfte weiterhin bei ihr. Möglicherweise unerreichbar, aber noch immer *hier*.

Sie hätte ihm all das so gern gesagt, aber sie konnte sich nicht dazu überwinden. Es wäre ihm gegenüber nicht fair gewesen. Denn dadurch würde sie etwas von Jem verlangen, das er ihr nicht geben konnte – und die Welt hatte ihm schon viel zu viel abverlangt.

»Will hätte den Gedanken gehasst, dass irgendwo dort draußen eine Herondale umherirrt, die davon überzeugt ist, dass sie den Schattenjägern nicht trauen kann. Die *uns* für die Bösen hält.«

Er hätte es möglicherweise verstanden.

Jem hatte recht. Will war selbst in einer Familie aufgewachsen, die ihn Misstrauen gegenüber den Nephilim gelehrt hatte. Mehr als jeder andere hatte er gewusst, wie harsch der Rat diejenigen behandelte, die sich von ihm abgewandt hatten. Will hätte es empört, wenn er von diesem verschollenen Zweig seiner Familie erfahren hätte und vom Vorhaben des Rats, eine Mutter und ihr Kind für die Sünden des Vaters hinrichten zu lassen. Tessa fürchtete um die Sicherheit dieser verschollenen Herondale, aber im gleichen Maße sehnte sie sich danach, die junge Frau davon zu überzeugen, dass man manchen Schattenjägern durchaus trauen konnte. Sie wollte ihr begreiflich machen, dass nicht alle Nephilim hart und gefühllos waren … dass einige von ihnen wie ihr Will waren.

»Manchmal werde ich so wütend auf sie alle … die Schattenjäger, die vor uns gelebt haben … die Fehler, die sie gemacht haben. Wenn man bedenkt, wie viele Leben durch die Entscheidungen früherer Generationen ruiniert worden sind …« Tessa dachte nicht nur an Tobias Herondale, sondern auch an Axel

Mortmain, dessen Eltern man vor seinen Augen getötet hatte, und an Aloysius Starkweather, der für diese Sünde mit dem Leben seiner Enkelin bezahlt hatte. Tessa dachte sogar an ihren eigenen Cousin, den sie für ihren Bruder gehalten und dessen Mutter ihn verleugnet hatte: Nathaniel, der sich möglicherweise zu einem besseren Menschen entwickelt hätte, wenn seine leibliche Mutter ihn geliebt hätte.

Es wäre ungerecht, die Vergangenheit für die Entscheidungen in der Gegenwart verantwortlich zu machen. Genauso wenig können wir unsere jetzigen Entscheidungen durch das Heraufbeschwören der Sünden der Vergangenheit rechtfertigen. Du und ich, wir wissen das besser als die meisten Menschen.

Auch Jem hatte zusehen müssen, wie man seine Eltern vor seinen Augen getötet hatte. Er hatte ein Leben voller Schmerzen ertragen, aber nie zugelassen, dass diese Umstände seinen Charakter veränderten – er hatte nie auf Rache oder Vergeltung gesinnt. Und Tessa war buchstäblich als ein dämonisches Werkzeug gezeugt worden. Sie hätte sich dafür entscheiden können, dieses Schicksal zu akzeptieren. Oder aus der Schattenwelt zu fliehen und zu ihrem früheren irdischen Leben zurückzukehren und vorzugeben, dass sie diese dunklen Seiten ihres Ichs nicht sah. Und natürlich hätte sie sich auch dafür entscheiden können, diese dunkle Seite mit ganzer Seele anzunehmen.

Aber sie hatte sich für einen anderen Weg entschieden. Genau wie Jem.

Wir haben immer die Wahl, sagte Jem, und ausnahmsweise klang die Stimme in Tessas Kopf nach ihm – warm und nah. *Es mag nicht immer die Wahl sein, die wir uns wünschen, aber es bleibt dennoch eine Wahl. Die Vergangenheit widerfährt uns. Aber wir wählen unsere Zukunft. Wir können nur hoffen, dass unsere verschollene Herondale sich letztendlich dafür entscheidet, sich selbst zu retten.*

»Vermutlich gilt diese Hoffnung für uns alle.«

Jem schob seine Hand über das Geländer und legte sie auf Tessas. Erwartungsgemäß fühlte sie sich kalt an. Unmenschlich.

Aber andererseits war das hier Jem: aus Fleisch und Blut. Unbestreitbar lebendig. Und wo Leben war, da war auch Hoffnung. Vielleicht nicht sofort, aber eines Tages hatten sie vielleicht doch eine gemeinsame Zukunft vor sich. Tessa entschied sich dafür, fest daran zu glauben.

Die Gründung der Kirche Saint-Germain-des-Prés ging auf das Jahr 558 n. Chr. zurück, wobei die ursprüngliche Abtei auf den Ruinen eines antiken römischen Tempels errichtet und zweihundert Jahre später von Wikingerhorden niedergebrannt worden war. Die im zehnten Jahrhundert wieder aufgebaute Kirche bestand also in dieser oder anderer Form seit einem ganzen Jahrtausend. In ihren Grabmalen lagen nicht nur merowingische Könige, sondern auch das herausgerissene Herz des Königs Johann II. Kasimir und der Rumpf des Philosophen René Descartes.

An den meisten Vormittagen wurde die Kirche von Touristen und religiösen Einheimischen besucht, die durch die Apsis wandelten, Kerzen anzündeten und mit gesenkten Köpfen Gebete flüsterten. Doch an diesem nieseligen Augustmorgen gab ein Schild an der Tür bekannt, dass die Kirche für die Öffentlichkeit nicht zugänglich war. Denn in ihrem Inneren hatte sich die Pariser Division versammelt. Schattenjäger aus ganz Frankreich hörten mit ernsten Mienen zu, wie gegen zwei Nephilim aus ihren eigenen Reihen schwere Vorwürfe erhoben wurden.

Jules und Lisette Montclaire standen schweigend und mit gesenkten Häuptern da, während Robert Lightwood und Stephen Herondale ihre Verbrechen bezeugten.

Ihre Tochter, Céline Montclaire, wurde nicht in den Zeugenstand berufen, denn sie war natürlich nicht anwesend gewesen, als die Hexe die Verbrechen ihrer Eltern offenbart hatte.

Das gesamte Verfahren spielte sich genau so ab, als hätte Valentin es persönlich inszeniert, und genau wie alle anderen Anwesenden tat Céline exakt das, was Valentin von ihr erwartete: nichts.

Nur in ihrem Inneren tobte ein Kampf. Sie war wütend auf Valentin, weil er sie zur Komplizin bei der Vernichtung ihrer Eltern gemacht hatte. Wütend auf sich selbst, weil sie schweigend dasaß, während das Schicksal der beiden besiegelt wurde. Und noch wütender auf ihr eigenes Mitgefühl. Schließlich hatten ihre Eltern ihr gegenüber nicht einen Hauch Mitgefühl gezeigt. Sie hatten sich nach Kräften bemüht, ihr beizubringen, dass Mitgefühl eine Schwäche war und Grausamkeit Stärke. Also wappnete sich Céline, um stark zu sein. Sie redete sich ein, dass es nichts Persönliches war. Hier ging es nur um den Schutz des Kreises. Wenn Valentin glaubte, dass dies der richtige Weg war, dann war es der *einzige* Weg.

Sie beobachtete, wie ihre Eltern unter dem kalten Blick des Inquisitors vor Furcht zitterten, und erinnerte sich wieder daran, wie die beiden sich zurückzogen, Célines Weinen ignoriert und sie allein in der Dunkelheit eingesperrt hatten – und sie schwieg. Sie saß reglos da, mit gesenktem Kopf, und ertrug das Ganze. Auch das hatten ihre Eltern sie gelehrt.

Alle Schattenjäger in Frankreich kannten Céline oder glaubten sie zu kennen: die nette und gehorsame Tochter vom Land. Jeder wusste, wie ergeben sie ihren Eltern war. Solch eine pflichtbewusste Tochter. Natürlich würde sie das große Anwesen in der Provence erben.

Céline ertrug die Last der mitleidigen Blicke mit Würde und reagierte nicht darauf. Als das Urteil verkündet wurde, hielt sie den Kopf gesenkt und sah deshalb die entsetzten Mienen ihrer Eltern nicht. Und sie sah auch nicht, wie sie den Stillen Brüdern überstellt wurden, zum Transport in die Stadt der Stille. Céline rechnete nicht damit, dass ihre Eltern lange genug überlebten, um mithilfe des Engelsschwertes befragt zu werden.

Nach der Verhandlung wechselte sie kein Wort mit Robert oder Stephen und ließ sie in dem Glauben, nicht mit ihnen reden zu wollen, weil sie ihre Eltern gerade zum Tode verurteilt hatten.

Valentin holte Céline außerhalb der Kirche ein. Er bot ihr eine Nutella-Crêpe an. »Von dem Stand gegenüber *Les Deux Magots*«, sagte er. »Deine Lieblingscrêpe, oder?«

Céline zuckte die Achseln, nahm sein Angebot aber an. Der erste Bissen – warme Haselnussschokolade in süßem Feingebäck – war wie immer perfekt und versetzte sie wieder in ihre Kindheit. Manchmal konnte sie kaum glauben, dass sie jemals jung gewesen war.

»Du hättest es mir sagen können«, murrte sie.

»Und damit die ganze Überraschung verderben?«

»Die beiden sind meine Eltern.«

»Richtig.«

»Und du hast sie getötet.«

»Soweit ich weiß, leben sie noch«, erwiderte Valentin. »Und vermutlich könnten sie auch am Leben bleiben – du bräuchtest nur ein Wort zu sagen. Aber ich habe dich bei der Versammlung nicht protestieren hören.«

»Du bist ein ziemlich großes Risiko eingegangen, mir nicht die ganze Wahrheit zu sagen und von mir zu erwarten, dass ich dich ... dass ich sie nicht retten werde.«

»Tatsächlich?«, fragte er. »Oder kenne ich dich einfach nur gut genug, um genau zu wissen, wofür du dich entscheiden würdest? Und dass ich dir damit einen Gefallen tue?«

Er schaute ihr in die Augen. Céline konnte den Blick nicht abwenden, und zum ersten Mal in ihrem Leben wollte sie es auch nicht.

»Du musst es nicht eingestehen, Céline. Du brauchst nur zu wissen, dass ich Bescheid weiß. Du stehst nicht allein da.«

Valentin sah sie, er verstand sie. Plötzlich hatte sie das Gefühl, als ob sich ein Muskel, den sie ihr ganzes Leben lang angespannt hatte, endlich lockerte.

»Aber abgemacht ist abgemacht«, fuhr er fort. »Auch wenn du mit dieser Entwicklung nicht gerechnet hattest. Stephen gehört dir – sofern du das noch immer möchtest.«

»Und wie genau willst du das anstellen?«, fragte sie. Inzwischen wusste sie, wozu Valentin fähig war. »Du würdest ... ihm doch nicht wehtun, oder?«

Valentin musterte sie mit vorwurfsvoller Miene. »Stephen ist mein bester Freund, mein getreuester Gefolgsmann. Die Tatsache, dass du überhaupt diese Frage stellst, lässt mich an deiner Loyalität zweifeln, Céline. Möchtest du, dass ich an deiner Loyalität zweifle?«

Céline schüttelte den Kopf.

Im nächsten Moment schenkte er ihr wieder dieses warme, wachsweiche Lächeln. Aber sie konnte nicht sagen, ob dabei das Gesicht des wahren Valentin zum Vorschein kam oder ob nur seine Maske an ihren Platz zurückrutschte. »Andererseits wäre es natürlich dumm gewesen, diese Frage nicht zu stellen. Und wir beide wissen ja, dass du nicht dumm bist – ganz gleich, was die anderen denken. Also, hier bekommst du deine Antwort: nein. Ich schwöre beim Erzengel, dass ich Stephen bei der Erfüllung unserer Abmachung keinen Schaden zufügen werde.«

»Und ihm auch nicht drohen?«

»Hast du eine so geringe Meinung von dir selbst, dass du annimmst, ein Mann müsste bedroht werden, bevor er dich lieben kann?«

Céline reagierte nicht darauf. Und das brauchte sie auch nicht: Er konnte ihre Antwort bestimmt in ihrem Gesicht lesen.

»Stephen ist mit der falschen Frau zusammen«, sagte Valentin in fast sanftem Ton. »Tief in seinem Inneren weiß er das genau. Ich werde es ihm einfach nur klarmachen, so klar, wie wir anderen es sehen können. Und der Rest wird so leicht sein, als würde man von einer Klippe stürzen. Man braucht sich nur zu entspannen und die Schwerkraft ihre Arbeit erledigen lassen. Hab keine Angst, nach den Dingen zu greifen, die du dir wirklich wünschst, Céline. Das ist doch unter deiner Würde.«

Was sie sich wirklich wünschte …

Es war noch nicht zu spät, vor den Rat zu treten und ihre Eltern zu retten.

Oder aber sie konnte Wort halten und Valentins Geheimnis wahren. Sie konnte ihre Eltern für all das büßen lassen, was sie ihr angetan hatten. Für das Narbengeflecht auf ihrer Haut und in ihrem Herzen. Für die Eiseskälte in ihrem Blut. Wenn sie zu der Sorte Tochter geworden war, die ihre Eltern dem Tod ausliefern konnte, dann hatten sie das nur sich selbst zuzuschreiben.

Doch das bedeutete nicht, dass sie die gesamte Abmachung akzeptieren musste. Selbst wenn sie schwieg, konnte sie einfach gehen: fort von Valentin, jetzt, da sie wusste, wozu er fähig war. Fort von Stephen, jetzt, da sie wusste, was er von ihr hielt. Sie konnte die Tür hinter sich schließen und einen Neuanfang versuchen. Sie konnte sich für ein Leben ohne Schmerz, ohne Leid oder Furcht entscheiden.

Aber wer wäre sie ohne den Schmerz?

Was war Stärke anderes als das Erdulden von Leid?

Manchmal denke ich, dass nichts mehr schmerzt, als wenn eine Liebe versagt wird, hatte dieser merkwürdige Bruder der Stille gesagt. *Eine Liebe, die nicht erwidert werden kann. Ich kann mir nichts Schmerzhafteres vorstellen.*

Wenn Valentin sagte, dass er ihr Stephen Herondale geben konnte, dann meinte er das auch. Céline hatte nicht den geringsten Zweifel daran. Valentin schaffte alles, was er sich vornahm – er würde einen Weg finden, Stephen in ihr Leben und ihre Arme zu treiben. Aber nicht einmal er konnte Stephen dazu bringen, sie zu lieben.

Doch Stephen in ihrem Leben zu haben bedeutete, ihn nicht zu haben. Es bedeutete, dass sie wusste, wie sehr er sich die ganze Zeit und bei jeder Umarmung nach einer anderen sehnte. Es war die lebenslängliche Sehnsucht nach genau der einen Sache, die sie nicht haben konnte. Der Stille Bruder war weise gewesen und hatte die Wahrheit gesagt. Es konnte nichts Schmerzhafteres geben.

»Lass dir Zeit«, sagte Valentin. »Es ist eine wichtige Entscheidung.«

»Ich brauche keine Zeit zum Nachdenken«, teilte sie Valentin mit. »Ich bin einverstanden: Ich will Stephen.«

Allerdings fühlte es sich nicht nach einer freien Wahl an. Im Grunde gab es nichts zu entscheiden – es war der einzige Weg.

Cassandra Clare
Sarah Rees Brennan

Sohn der Dämmerung

New York, 2000

Jede Welt enthält weitere Welten. Und der Mensch wandert durch alle Welten, die er finden kann, immer auf der Suche nach seinem Zuhause.

Manche Menschen denken, ihre Welt wäre die einzige existierende Welt. Sie ahnen nichts von den anderen Welten, die der ihren so nah sind wie der nächste Raum, oder von den Dämonen, die nach einem Tor zu dieser Welt suchen, und den Schattenjägern, die diese Tore versperren. Und noch weniger wissen sie von der Schattenwelt, der Gemeinschaft magischer Wesen, die ihre Welt teilen und sich ihre eigenen kleinen Nischen darin geschaffen haben.

Jede Gemeinschaft braucht ein Zentrum. Einen Ort, an dem alle zusammenkommen, mit Gütern und Geheimnissen handeln, Liebe finden und zu Wohlstand gelangen können. Genau das ist die Funktion der Schattenmärkte. Diese Märkte, auf denen sich Schattenweltler und Menschen mit dem Zweiten Gesicht treffen, gibt es auf der ganzen Welt, und meist werden sie unter freiem Himmel abgehalten.

Aber selbst in Fragen der Magie nahm New York eine Sonderstellung ein.

Das verlassene Lichtspielhaus in der Canal Street hatte seit den 1920er-Jahren das hektische Treiben der Stadt stumm verfolgt. Menschen ohne Zweites Gesicht hasteten achtlos an der kunstvoll verzierten Terrakottafassade vorüber, und falls sie das alte Kino doch eines Blickes würdigten, erschien es ihnen so dunkel und still wie immer.

Dabei konnten sie die bunten Lichterketten nur nicht sehen,

die den ausgeschlachteten Zuschauersaal und die nackten Betonwände in goldenes Licht tauchten. Im Gegensatz zu Bruder Zachariah.

Langsam schlenderte er – ein Wesen der Stille und der Dunkelheit – durch Gänge mit sonnengelben Kacheln und roten und goldenen Stuckpaneelen an der Decke. In den Alkoven entlang der Wände standen vom Alter gezeichnete Büsten, die an diesem Abend von den Feenwesen mit Blumen- und Efeugirlanden geschmückt worden waren. Werwölfe hatten in den verbretterten Fenstererkern funkelnde mond- und sternenförmige Amulette aufgehängt, die den zerschlissenen roten Vorhängen neues Leben einhauchten. Von der Decke hingen riesige Lampen, deren Gehäuse Bruder Zachariah an eine längst vergangene Zeit erinnerten, als er und diese Welt noch vollkommen anders gewesen waren. In einem der großen Kinosäle prangte ein seit vielen Jahren defekter Kronleuchter, doch an diesem Abend ließ Hexenmagie jede Glühbirne in einem anderen Licht leuchten wie brennende Edelsteine – Amethyst, Rubin, Saphir und Opal. Ihr Licht erzeugte eine geheime Welt, die sowohl neu als auch alt wirkte und das ehemalige Kino in seiner früheren Pracht erstrahlen ließ. Aber manche Welten existierten nur für eine einzige Nacht.

Wenn der Schattenmarkt die Macht besessen hätte, Bruder Zachariah nur für eine einzige Nacht Wärme und Licht zu schenken, dann hätte er diese Gelegenheit ergriffen.

Eine hartnäckige Elfe versuchte, ihm nun zum vierten Mal ein Liebesamulett zu verkaufen. Zachariah wünschte, solche Zauber würden bei ihm wirken. Wesen, die so unmenschlich waren wie er, brauchten zwar keinen Schlaf, aber manchmal legte er sich zur Ruhe nieder, in der Hoffnung auf so etwas wie inneren Frieden. Doch bisher wartete er vergebens. Stattdessen spürte er während seiner langen, ruhelosen Nächte, wie ihm die Liebe zwischen den Fingern zerrann – inzwischen eher eine Erinnerung als ein Gefühl.

Bruder Zachariah gehörte nicht zur Schattenwelt. Er war ein Schattenjäger – doch nicht einfach nur ein Schattenjäger, sondern ein Mitglied der robentragenden Brüder der Stille, die sich uralten Mysterien und den Toten verschrieben hatten und fernab der Welt lebten. Obwohl sogar manche Schattenjäger die Bruderschaft fürchteten und Schattenwesen generell allen Schattenjägern aus dem Weg gingen, waren die Schattenweltler an die Anwesenheit dieses Schattenjägers gewöhnt. Denn Bruder Zachariah kam seit hundert Jahren zu den Schattenmärkten, immer auf der Suche. Inzwischen glaubte er fast selbst, dass seine Suche ergebnislos bleiben würde. Aber trotzdem würde er nicht aufgeben. Wenn er auch sonst kaum etwas besaß, Zeit hatte er im Überfluss. Und er hatte sich immer bemüht, sich in Geduld zu üben.

An diesem Abend war seine Hoffnung allerdings bereits enttäuscht worden. Der Hexenmeister Ragnor Fell hatte keine Neuigkeiten für ihn. Und von seinen wenigen anderen Kontakten, die er im Laufe der Jahrzehnte sorgsam geknüpft hatte, war niemand auf dem Schattenmarkt erschienen. Dennoch verweilte er noch einen Moment – nicht weil er diesen Markt genoss, sondern weil er sich daran erinnerte, dass er früher den Besuch der Schattenmärkte genossen hatte.

Hier hatte er immer das Gefühl gehabt, für eine Weile entkommen zu sein. Inzwischen erinnerte er sich jedoch kaum noch an seinen Wunsch, der Stadt der Stille zu entfliehen – dem Ort, an den er jetzt gehörte. Und in den Tiefen seines Verstands raunten unablässig die Stimmen seiner Brüder, so kalt wie eine Flutwelle, die nur darauf wartete, alles andere fortzuspülen.

Sie drängten ihn zur Rückkehr.

Bruder Zachariah machte auf dem Absatz kehrt und fädelte sich gerade durch die lachende und feilschende Menge, als er eine Frauenstimme seinen Namen sagen hörte.

»Erklär mir noch einmal, warum wir diesen Bruder Zachariah brauchen. Die normalen Nephilim sind schon schlimm genug. Engelsblut in den Adern, Stock im Hintern – und ich wette, die Brüder der Stille haben einen ganzen Stab im A... Zum Karaoke könnten wir diesen Zachariah jedenfalls garantiert nicht mitnehmen.«

Die Frau sprach Englisch, aber der Junge erwiderte auf Spanisch: »Sei still. Ich kann ihn sehen.«

Bruder Zachariah drehte sich um. Bei den beiden handelte es sich um Vampire, und der Junge hob jetzt die Hand, um Zachariah auf sich aufmerksam zu machen. Er sah aus, als wäre er höchstens fünfzehn und seine Begleiterin vielleicht neunzehn Jahre alt, aber das Äußere sagte Zachariah gar nichts. Schließlich wirkte er selbst ebenfalls sehr jung.

Es war seltsam, dass ein ihm unbekannter Schattenweltler seine Aufmerksamkeit erregen wollte.

»Bruder Zachariah?«, fragte der Junge. »Ich bin extra deinetwegen hergekommen.«

Die Frau stieß einen anerkennenden Pfiff aus. »Jetzt versteh ich, warum wir ihn brauchen. Halloooo, Bruder *Macker*iah.«

Tatsächlich?, wandte Zachariah sich an den Jungen; früher hätte er angesichts einer solchen Einleitung Überraschung empfunden, aber jetzt spürte er nur noch mildes Interesse. *Kann ich dir irgendwie helfen?*

»Das will ich doch hoffen«, erwiderte der Vampir. »Ich bin Raphael Santiago, stellvertretender Anführer des New Yorker Clans, und ich mag Leute nicht sonderlich, die mir *nicht* helfen können.«

Die Frau wedelte mit der Hand. »Ich bin Lily Chen. So ist er übrigens immer.«

Zachariah musterte die beiden mit neu erwachtem Interesse. Die Frau hatte neongelbe Strähnchen in den Haaren und trug einen scharlachroten *Qipao*, der ihr gut stand. Trotz ihrer Bemerkung lächelte sie über die Worte ihres Begleiters. Der Junge hatte schwarze Locken, ein hübsches Gesicht und eine überhebliche Ausstrahlung. An seiner Kehlgrube schimmerte eine kruzifixartige Narbe.

Ich glaube, wir haben einen gemeinsamen Freund, sagte Bruder Zachariah.

»Das glaube ich nicht«, erwiderte Raphael Santiago. »Ich habe keine Freunde.«

»Na, schönen Dank auch«, bemerkte die Frau an seiner Seite.

»Du, Lily, bist meine Untergebene«, sagte Raphael kalt. Dann wandte er sich wieder Bruder Zachariah zu. »Ich nehme an, du meinst damit den Hexenmeister Magnus Bane. Er ist ein Kollege, der sich aber für meinen Geschmack zu intensiv mit den Schattenjägern befasst.«

Zachariah fragte sich, ob Lily Mandarin sprach. Alle Brüder der Stille kommunizierten mithilfe ihrer Gedanken und benötigten daher keine gesprochenen Worte. Aber manchmal fehlte Zachariah seine Muttersprache. Er hatte so manche Nacht in der Stadt der Stille verbracht – dort herrschte immer Nacht –, in der er sich nicht an seinen eigenen Namen erinnern konnte. Doch den Klang der Stimmen seiner Mutter oder seines Vaters oder seiner Verlobten vergaß er nie. Seine Verlobte hatte angefangen, seinetwegen Mandarin zu lernen – damals, als er noch geglaubt hatte, dass er lange genug leben würde, um sie zu heiraten. Er hätte sich gern etwas länger mit Lily unterhalten, aber das Benehmen ihres Begleiters gefiel ihm nicht.

Da du allem Anschein nach keine allzu hohe Meinung von Schattenjägern hast und dich nicht für unseren gemeinsamen Bekannten interessierst, frage ich mich, warum du mich angesprochen hast, bemerkte Bruder Zachariah.

»Ich wollte mit einem Schattenjäger reden«, sagte Raphael.

Und warum gehst du dann nicht zu deinem Institut?

Raphael verzog verächtlich die Lippen, wodurch seine Fangzähne zum Vorschein kamen. Niemand konnte so verächtlich den Mund verziehen wie Vampire, und dieser Vampir hier war darin besonders gut. »Mein *Institut,* wie du es nennst, wird von gewissen Personen geführt, die – wie soll ich es taktvoll formulieren? – Fanatiker und Mörder sind.«

Ein Elbe, der mit Feenzauber durchwirkte Bänder verkaufte, ging an ihnen vorbei, mit blauen und violetten Bannern im Schlepptau.

Deine Formulierung war nicht besonders taktvoll, stellte Bruder Zachariah klar.

»Nein, ich bin in dieser Hinsicht nicht sonderlich begabt«, sagte Raphael nachdenklich. »In New York waren die Schattenweltleraktivitäten schon immer stärker als anderswo. Die Lichter dieser Stadt üben auf uns alle eine Wirkung aus, als wären wir Werwölfe, die einen elektrischen Mond anheulen. Einst hat ein Hexenwesen hier versucht, die Welt zu zerstören ... das war vor meiner Zeit. Und die Anführerin meines Clans hat hier, gegen meinen *ausdrücklichen* Rat, katastrophale Experimente mit Drogen durchgeführt und ein Blutbad in der Stadt angerichtet. Die tödlichen Machtkämpfe um die Leitung eines Werwolfrudels finden in New York wesentlich häufiger statt als an anderen Orten. Die Whitelaws vom New Yorker Institut haben uns verstanden und wir sie. Aber sie starben bei dem Versuch, uns Schattenweltler genau vor den Leuten zu schützen, die jetzt in ihrem Institut hocken. Natürlich hat der Rat sich nicht mit uns abgestimmt, als er den Beschluss fasste, uns zur Geißel der Lightwoods zu machen. Seitdem unterhalten wir keinerlei Kontakte mehr mit dem New Yorker Institut.«

Raphaels Stimme klang unnachgiebig, was Bruder Zachariah besorgt stimmte. Er hatte bei der Niederschlagung des Aufstands mitgekämpft, als eine Gruppe abtrünniger junger Schattenjäger sich gegen die eigene Führung und gegen den Frieden mit der Schattenwelt erhoben hatte. Er kannte die Geschichte von Valentins Kreis, der Werwölfe in New York gejagt hatte, woraufhin sich die Whitelaws ihnen in den Weg gestellt hatten. Das Ganze hatte in einer Tragödie geendet, die selbst diese zornigen Jugendlichen, die die Schattenweltler hassten, nicht beabsichtigt hatten. Zachariah war nicht damit einverstanden gewesen, dass der Rat die Lightwoods und Hodge Starkweather ins New Yorker Institut verbannt hatte. Doch es hieß, dass die Lightwoods sich mit ihren drei Kindern dort eingerichtet hatten und ihre Taten aufrichtig bereuten.

Der Schmerz und die Machtkämpfe dieser Welt schienen in der Stadt der Stille weit entfernt zu sein.

Es war Zachariah nicht in den Sinn gekommen, dass die Schattenweltler die Lightwoods so sehr hassen könnten, dass sie auf deren Unterstützung sogar dann verzichteten, wenn Hilfe vonseiten der Nephilim wirklich gebraucht wurde. Vielleicht hätte er früher daran denken sollen.

Schattenweltler und Schattenjäger verbindet eine lange, komplizierte Vergangenheit voller Schmerz, und einen Großteil dieses Schmerzes haben die Nephilim verursacht, räumte Bruder Zachariah ein. *Und dennoch haben sie im Lauf der Jahrhunderte immer Mittel und Wege zur Zusammenarbeit gefunden. Ich weiß, dass die Lightwoods während ihrer Zeit in Valentins Kreis schreckliche Dinge getan haben, aber wenn sie tatsächlich aufrichtige Reue empfinden, könntest du ihnen dann nicht vergeben?*

»Als verdammte Seele habe ich keine moralischen Bedenken gegenüber den Lightwoods«, sagte Raphael in moralistischem Ton. »Aber ich habe entschieden etwas dagegen, dass man mir den Kopf abschlägt. Die Lightwoods würden schon beim Hauch eines Verdachts meinen gesamten Clan ausrotten.«

Die einzige Frau, die Zachariah je geliebt hatte, war ein Hexenwesen gewesen. Er hatte mit eigenen Augen gesehen, wie sie über den Kreis und dessen Auswirkungen Tränen vergossen hatte. Und er hatte nicht den geringsten Grund, die Lightwoods zu unterstützen. Aber jeder verdiente eine zweite Chance, wenn er sich aufrichtig darum bemühte.

Außerdem war eine Vorfahrin von Robert Lightwood eine Frau namens Cecily Herondale gewesen.

Mal angenommen, sie schlagen dir nicht den Kopf ab – wäre es dann nicht besser, die Beziehungen zum Institut wiederherzustellen, als darauf zu hoffen, einen Bruder der Stille auf dem Schattenmarkt anzutreffen?, fragte Bruder Zachariah.

»Natürlich wäre das besser«, sagte Raphael. »Es ist mir durchaus bewusst, dass diese Situation alles andere als ideal ist. Das hier ist nicht die erste List, die ich anwenden musste, um eine Audienz bei den Schattenjägern zu bekommen. Vor fünf Jahren habe ich einen Kaffee mit einer Ashdown auf der Durchreise getrunken.«

Er und seine Begleiterin schauderten angewidert.

»Ich hasse die Ashdowns«, bemerkte Lily. »Sie sind so ermüdend. Wenn ich bei einem von ihnen Blut saugen würde, würde ich wahrscheinlich mittendrin einschlafen.«

Raphael warf ihr einen warnenden Blick zu.

»Nicht, dass es mir im Traum einfallen würde, ohne vorheriges Einverständnis das Blut irgendeines Schattenjägers zu trinken, denn das würde ja gegen das Abkommen verstoßen!«, verkündete Lily laut. »Und das Abkommen ist mir heilig.«

Mit einem gequälten Gesichtsausdruck schloss Raphael kurz die Augen, öffnete sie dann aber wieder und nickte.

»Also, Bruder Schmatzeriah, wie steht's: Wirst du uns helfen?«, fragte Lily strahlend.

Ein kaltes Gefühl der Missbilligung machte sich aus der Stadt der Stille bemerkbar wie Felsbrocken, die auf sein Gemüt drückten. Die Stillen Brüder gestatteten Zachariah viele Freiheiten, aber seine häufigen Besuche des Schattenmarktes und sein jährliches Treffen mit einer ganz bestimmten Dame auf der Blackfriars Bridge stießen bereits an die Grenzen des Erlaubten.

Wenn er sich jetzt mit Schattenweltangelegenheiten befasste, die jedes Institut problemlos übernehmen konnte, lief er Gefahr, seine Privilegien zu verlieren.

Und er konnte das Risiko nicht eingehen, das jährliche Treffen in London zu versäumen. Auf keinen Fall.

Den Brüdern der Stille ist es untersagt, sich mit weltlichen Dingen zu beschäftigen. Ich empfehle dir dringend, dich mit deinem Problem an dein Institut zu wenden, sagte Bruder Zachariah.

Damit neigte er kurz den Kopf und wandte sich zum Gehen.

»Mein Problem besteht darin, dass Werwölfe *Yin Fen* nach New York schmuggeln«, rief Raphael ihm nach. »Schon mal von *Yin Fen* gehört?«

Die Geräusche des Schattenmarktes schienen abrupt zu verstummen.

Bruder Zachariah wirbelte herum. Raphael Santiago starrte ihn mit einem Glitzern in den Augen an, das keinen Zweifel daran ließ, dass er ziemlich viel über Zachariahs Vergangenheit wusste.

»Ah«, sagte der Vampir. »Wie ich sehe, *hast* du schon mal davon gehört.«

Normalerweise versuchte Zachariah, die Erinnerungen an sein Leben als Sterblicher zu bewahren. Doch jetzt musste er sich Mühe geben, die schrecklichen Bilder von damals zu verdrängen – als er als Kind aus einem Koma erwacht war und hatte feststellen müssen, dass er seine geliebten Eltern verloren hatte und ein silbernes Feuer in seinen Adern brannte.

Wer hat dir von diesem Yin Fen *erzählt?*

»Ich habe nicht vor, dir meine Quelle zu verraten«, erwiderte Raphael. »Aber genauso wenig werde ich zulassen, dass das Zeug in meiner Stadt frei erhältlich ist. Eine große Menge *Yin Fen* befindet sich auf dem Weg nach New York, an Bord eines Schiffs mit Fracht aus Shanghai, Saigon, Wien und Idris. Das Schiff wird am New Yorker Passagierterminal entladen werden. Wirst du mir nun helfen oder nicht?«

Raphael hatte bereits die katastrophalen Drogenexperimente seines Clanoberhaupts erwähnt, und Zachariah vermutete, dass sich auch auf diesem Markt viele potenzielle Abnehmer des *Yin Fen* befanden. Die Tatsache, dass ein Schattenweltler mit konservativen Ansichten davon Wind bekommen hatte, war ein Glücksfall.

Ich werde dir helfen, sagte Bruder Zachariah. *Aber wir müssen uns mit dem New Yorker Institut beraten. Wenn du willst, kann ich dich begleiten und alles erklären. Die Lightwoods werden diese Information zu schätzen wissen und auch die Tatsache, dass sie von dir kommt. Es ist eine gute Gelegenheit, die Beziehungen zwischen dem Institut und allen Schattenweltlern in New York zu verbessern.*

Raphael wirkte zwar nicht überzeugt, nickte aber nach einem Moment.

»Du wirst mich begleiten? Und mich nicht im Stich lassen?«, fragte er. »Einem Vampir würden sie bestimmt nicht zuhören, aber es ist denkbar, dass sie einen Bruder der Stille anhören.«

Ich werde alles in meiner Macht Stehende tun, versicherte Bruder Zachariah.

Ein verschlagener Ton schlich sich in Raphaels Stimme. »Und wenn sie mir nicht helfen ... wenn sie oder die Ratsmitglieder sich weigern, mir zu glauben ... was wirst du dann tun?«

Dann werde ich dir trotzdem helfen, sagte Bruder Zachariah. Er ignorierte das eisige Heulen der Bruderschaft in seinem Verstand und dachte stattdessen an Tessas klare Augen.

Natürlich fürchtete er sich davor, eine Verabredung mit Tessa zu versäumen, aber bei ihrem nächsten Treffen wollte er ihr nicht mit einem Fleck auf der Seele begegnen. Er durfte nicht zulassen, dass irgendein Kind das erleiden musste, was er erlitten hatte – nicht wenn er die Chance hatte, dies zu verhindern.

Zachariah konnte zwar nicht mehr alles empfinden, was er früher als Sterblicher gefühlt hatte, aber das galt nicht für Tessa. Er durfte sie nicht enttäuschen. Sie war der letzte Stern, an dem er sich orientierte.

»Ich werde dich zum Institut begleiten«, bot Lily an.

»Kommt nicht infrage«, fauchte Raphael. »Dort ist es nicht sicher. Vergiss nicht: Der Kreis hat Magnus Bane angegriffen.«

Das Eis in Raphaels Stimme hätte selbst im Hochsommer die gesamte Stadt mit einer dicken Frostschicht überziehen können. Missbilligend musterte er Bruder Zachariah.

»Magnus hat eure Portale erfunden, aber das wurde von euch Schattenjägern mit keinem Wort erwähnt. Er ist einer der mächtigsten Hexenmeister der Welt und gleichzeitig so weichherzig, dass er brutalen Mördern zu Hilfe eilt. Er ist das Beste, was die Schattenwelt zu bieten hat. Wenn die Mitglieder des Kreises *ihn* angegriffen haben, würden sie auch über jeden anderen von uns herfallen.«

»Wenn sie ihn getötet hätten, wäre das eine verdammte Schande gewesen«, pflichtete Lily ihm bei. »Magnus schmeißt nämlich fantastische Partys.«

»Davon weiß ich nichts«, sagte Raphael und warf einen verächtlichen Blick auf das bunte Treiben auf dem Schattenmarkt. »Ich mag keine Leute. Oder Versammlungen.«

Ein Werwolf mit einem verzauberten Pappmaché-Vollmond

als Kopf schob sich an Raphael vorbei und rief: »Awuuuh!« Als Raphael ihm einen finsteren Blick zuwarf, wich der Werwolf mit abwehrend erhobenen Händen zurück und murmelte: »'tschuldigung. Tut mir leid.«

Trotz leichtem Mitgefühl für den Werwolf entspannte Bruder Zachariah sich etwas angesichts dieses Beweises, dass der Vampir nicht vollkommen unerträglich war.

Ich verstehe, dass du eine hohe Meinung von Magnus hast. Das Gleiche gilt für mich. Vor langer Zeit hat er einmal jemandem geholfen, der mir sehr am Herzen ...

»Ganz im Gegenteil«, fiel Raphael ihm ins Wort. »Und deine kleine Geschichte interessiert mich auch nicht. Verrat ihm bloß nicht, dass ich das über ihn gesagt habe. Man wird ja wohl noch mal eine Meinung über seine Kollegen äußern dürfen. Aber das bedeutet noch lange nicht, dass ich auch irgendwelche privaten Gefühle für sie hege.«

»Na, mein Alter? Schön, dich zu sehen«, sagte Ragnor Fell, der gerade an ihnen vorbeiging.

Raphael drehte sich zu ihm um und begrüßte den grünen Hexenmeister mit einem Fist Bump, bevor Ragnor zwischen den bunten Ständen und Lichtern des Schattenmarktes verschwand. Lily und Bruder Zachariah musterten Raphael.

»Er ist nur ein Kollege!«, protestierte Raphael.

Ich mag Ragnor, sagte Bruder Zachariah.

»Wie schön für dich«, fauchte Raphael. »Dann genieß dein Hobby, jedermann zu mögen und zu vertrauen. Für mich ist das so attraktiv wie ein Sonnenbad.«

Zachariah hatte den Eindruck, abgesehen von Magnus' bösartiger Ex jetzt einen zweiten Grund dafür zu kennen, warum Magnus bei der Erwähnung des New Yorker Vampirclans sofort Migräne zu bekommen schien. Langsam setzten er, Lily und Raphael ihren Weg über den Markt fort.

»Ein Liebesamulett für den attraktivsten Bruder der Stille?«, fragte die Elfe zum fünften Mal und spähte anzüglich grinsend unter ihren pusteblumenartigen Haaren hervor. Manchmal wünschte Zachariah, der Schattenmarkt hätte sich nicht so sehr an seine Anwesenheit gewöhnt.

Er glaubte, sich an diese Elfe zu erinnern: Sie hatte einst einem Kind mit goldenen Haaren schweren Schaden zugefügt. Das lag so lange zurück, dass er nur vage Bilder im Kopf hatte. Allerdings hatte es ihm damals sehr viel ausgemacht.

Lily schnaubte. »Ich denke nicht, dass Bruder Attraktiveriah ein Liebesamulett braucht.«

Nein danke, wandte Bruder Zachariah sich an die Elfe. *Ich fühle mich sehr geschmeichelt, obwohl Bruder Enoch ja das wahre Mannsbild in unserer Bruderschaft ist.*

»Oder vielleicht möchtest du und die Dame deines Herzens ja eine Phiole mit Phönixtränen für eine Nacht voll brennender Leidenscha…« Die Elfe verstummte abrupt, und um sie herum verließen die anderen Marktbesucher hastig ihren Stand. »Ups, schon gut! Ich hatte dich gar nicht gesehen, Raphael.«

Raphaels dünne Augenbrauen schossen wie eine Guillotine hoch und dann herab.

»Ein schlimmerer Miesepeter als der Stille Bruder«, murmelte Lily. »Es ist echt beschämend.«

Raphael zog eine selbstgefällige Miene. In Zachariahs Kopf schimpfte Bruder Enoch darüber, dass man ihn zum Gegenstand eines Witzes gemacht hatte. Der Glanz und Trubel des Schattenmarktes spiegelte sich in Bruder Zachariahs Augen. Ihm missfiel die Vorstellung, dass sich das *Yin Fen* wie ein silbernes Lauffeuer in einer weiteren Stadt ausbreiten könnte und so schnell wie eine Stichflamme – odcr so langsam wie giftiger Qualm – töten würde. Wenn das Zeug auf dem Weg hierher war, musste er es aufhalten. Dann war dieser Besuch des Schattenmarktes doch zu etwas nütze gewesen. Selbst wenn er kaum noch etwas fühlte, so konnte er wenigstens noch handeln.

Vielleicht werden die Lightwoods morgen Abend dein Vertrauen gewinnen, sagte er, während er mit den beiden Vampiren in die belebte Canal Street hinaustrat.

»Eher unwahrscheinlich«, erwiderte Raphael.

Ich habe im Laufe der Jahre festgestellt, dass es immer besser ist zu hoffen, als zu verzweifeln, erwiderte Bruder Zachariah sanft. *Ich erwarte dich morgen vor dem Institut.*
Hinter ihnen funkelten die Lichterketten, und der Klang der Feenmusik hallte durch die Säle des alten Kinos. Eine Irdische drehte den Kopf in Richtung des Gebäudes. Glitzerndes blaues Licht ließ ihre nichtsehenden Augen seltsam schimmern.

Die beiden Vampire entfernten sich in Richtung Osten, aber nach etwa fünfzig Metern kehrte Raphael noch einmal zu Bruder Zachariah zurück. Im Dunkel der Nacht, weit entfernt von den Lichtern des Schattenmarktes, leuchtete seine Narbe weiß, während seine Augen, die schon zu viel gesehen hatten, schwarz schimmerten.

»Hoffnung ist nur etwas für Narren. Ich seh dich dann morgen Abend, aber vergiss eines nicht, Bruder der Stille: Ein Hass wie dieser wird nie verblassen«, sagte er. »Die Arbeit des Kreises ist noch nicht erledigt. Das Morgenstern-Vermächtnis wird weitere Todesopfer fordern. Aber ich habe nicht vor, eines dieser Opfer zu werden.«

Einen Moment noch, bat Bruder Zachariah. *Weißt du zufällig, warum das Schiff seine Fracht am Passagierterminal entladen wird?*

Raphael zuckte die Achseln. »Ich hab dir ja schon gesagt, dass das Schiff Fracht aus Idris dabeihat. Irgendein Schattenjägerbalg, soweit ich weiß.«

Während Bruder Zachariah sich vom Schattenmarkt entfernte, dachte er über ein Kind an Bord eines Schiffs mit tödlicher Fracht nach ... und über die Gefahr weiterer Opfer.

Isabelle Lightwood war es nicht gewöhnt, dass sie sich wegen irgendetwas unsicher fühlte. Aber bei der Aussicht auf Familienzuwachs würde sich wahrscheinlich jeder etwas Sorgen machen.

Denn das hier war nicht wie bei Max' Geburt, als Isabelle und Alec gewettet hatten, ob es ein Junge oder ein Mädchen werden würde, und ihre Eltern ihnen vertraut und ihnen beiden den neugeborenen Bruder nacheinander in den Arm gedrückt hatten – das winzigste und empfindlichste Bündel, das man sich vorstellen konnte.

Bald würde ein Junge, der älter war als Isabelle, auf ihrer Türschwelle stehen und fortan mit ihnen leben: Jonathan Wayland, der Sohn von Dads *Parabatai*, Michael Wayland. Dieser war weit weg in Idris gestorben, und jetzt brauchte Jonathan ein neues Zuhause.

Isabelle fand das Ganze sogar ein wenig spannend: Sie mochte Abenteuer und hatte gern viele Menschen um sich. Falls Jonathan Wayland so lustig war und so gut kämpfen konnte wie Aline Penhallow, die manchmal mit ihrer Mutter zu Besuch kam, würde sie sich über seine Anwesenheit freuen.

Aber sie musste auch an die anderen denken.

Seit der Nachricht von Michaels Tod hatten ihre Eltern sich ständig gestritten. Isabelle hatte das Gefühl, dass ihre Mom Michael Wayland nicht gemocht hatte. Und sie war sich nicht einmal sicher, ob ihr Dad ihn gemocht hatte. Sie selbst war Michael Wayland nie begegnet. Sie hatte ja nicht einmal gewusst, dass ihr Vater einen *Parabatai* gehabt hatte. Weder ihre Mom noch ihr Dad hatten viel über ihre Jugend erzählt; nur einmal hatte ihre Mutter eingeräumt, dass sie viele Fehler gemacht hatten. Manchmal fragte Isabelle sich, ob sie irgendwie in den gleichen Ärger verstrickt gewesen waren wie ihr Tutor Hodge. Ihre Freundin Aline behauptete, dass Hodge ein Verbrecher sei.

Aber ganz gleich, was ihre Eltern auch getan haben mochten: Isabelle glaubte nicht, dass ihre Mutter durch Jonathan Waylands Anwesenheit in ihrem eigenen Haus an ihre früheren Fehler erinnert werden wollte.

Dad schien zwar nicht gern über seinen *Parabatai* zu reden, aber er wirkte fest entschlossen, Jonathan nach New York zu holen. Der Junge konnte sonst nirgendwohin, beharrte er. Jonathan gehörte zu ihnen – das bedeutete es schließlich, ein *Parabatai* zu sein. Als Isabelle einmal eine ihrer Streitigkeiten belauscht hatte, hatte Dad gesagt: »Das bin ich Michael schuldig.«

Schließlich hatte Mom eingewilligt, Jonathan für eine Probephase im Institut wohnen zu lassen. Aber jetzt, nachdem sich die beiden nicht mehr lauthals stritten, war trotzdem noch kein Frieden eingekehrt. Denn ihre Mom redete nicht mehr richtig mit ihrem Dad. Isabelle machte sich Sorgen um ihre Eltern, vor allem um ihre Mom.

Außerdem durfte sie ihren Bruder nicht vergessen.

Alec mochte keine fremden Leute. Jedes Mal wenn irgendwelche Schattenjäger aus Idris im Institut eintrafen, verschwand er auf mysteriöse Weise. Isabelle hatte ihn einmal dabei ertappt, wie er sich hinter einer großen Vase versteckt und behauptet hatte, er hätte sich auf dem Weg zum Fechtsaal verirrt.

Jonathan Wayland kam mit dem Schiff nach New York und sollte übermorgen im Institut eintreffen.

Isabelle trainierte gerade im Fechtsaal mit ihrer Peitsche und dachte dabei über das Problem Jonathan Wayland nach, als sie hastige Schritte hörte. Kurz darauf steckte ihr Bruder den Kopf durch die Tür; seine blauen Augen funkelten.

»Komm schnell, Isabelle!«, rief er. »Im Sanktuarium ist ein Stiller Bruder, der sich mit Mom und Dad unterhält. Und er hat einen *Vampir* mitgebracht!«

Sofort stürmte Isabelle in ihr Zimmer, um ihre Schattenjägerkluft abzulegen und ein Kleid anzuziehen. Der Bruder der Stille war sicher ein wichtiger Besucher – fast so, als wäre der Konsul zu ihnen gekommen.

Als sie endlich das Sanktuarium erreichte, beobachtete Alec bereits die Szenerie. Ihre Eltern unterhielten sich mit dem Stillen Bruder. Isabelle hörte, wie ihre Mom etwas sagte, das wie »Joghurt! Unfassbar!« klang.

Vielleicht nicht *Joghurt*. Vielleicht hatte sie ja ein anderes Wort gesagt.

»Auf demselben Schiff, auf dem Michaels Sohn reist!«, fügte Dad hinzu.

Dann konnte es sich nicht um *Joghurt* handeln – es sei denn, Jonathan Wayland war gegen Milchprodukte allergisch.

Der Bruder der Stille war nicht annähernd so furchterregend, wie Isabelle erwartet hatte. Nach allem, was sie von seinem Gesicht unter der Kapuze erkennen konnte, besaß er sogar Ähnlichkeit mit einem der irdischen Sänger, die sie auf den Plakaten in der Stadt gesehen hatte. Und da ihr Vater Robert bei allem nickte und ihre Mutter Maryse sich auf ihrem Stuhl zum Stillen Bruder vorbeugte, schloss Isabelle, dass die drei sich gut verstanden.

Der Vampir dagegen unterhielt sich nicht mit ihren Eltern. Er lehnte mit verschränkten Armen an der Wand und starrte auf den Boden. Offenbar war er nicht daran interessiert, sich mit irgendjemandem gut zu verstehen. Der Vampir sah aus wie ein Kind, kaum älter als Isabelle und Alec, und wenn er nicht so eine saure Miene gezogen hätte, wäre er fast so attraktiv gewesen wie der Stille Bruder. Seine schwarze Lederjacke passte hervorragend zu seinem mürrischen Gesicht. Isabelle wünschte, sie könnte seine Fangzähne sehen.

»Kann ich dir einen Kaffee anbieten?«, fragte Maryse den Vampir in kühlem, gestelztem Ton.

»Ich trinke keinen ... Kaffee«, sagte der Vampir.

»Seltsam«, erwiderte Maryse. »Ich habe gehört, dass du einen herrlichen Kaffeeklatsch mit Catherine Ashdown hattest.«

Der Vampir zuckte die Achseln. Isabelle wusste zwar, dass Vampire tot waren und keine Seele besaßen und dergleichen, aber das bedeutete doch nicht, dass sie unhöflich sein mussten.

Sie stieß Alec mit dem Ellbogen an. »Jetzt sieh dir mal diesen Vampir an. Ist das denn zu fassen?«

»Ich weiß!«, erwiderte Alec leise. »Ist er nicht *fantastisch?*«

»Was?« Isabelle packte Alecs Arm.

Aber ihr Bruder kümmerte sich nicht um sie – er hatte nur Augen für den Vampir. Auf einmal spürte Isabelle wieder dieses unbehagliche Gefühl, das sie jedes Mal empfand, wenn Alec die gleichen Poster von irdischen Sängern betrachtete, die sie selbst mochte. Er wurde dann immer rot und wütend, wenn er merkte, dass sie ihn beobachtet hatte. Manchmal hätte sie es nett gefunden, sich über die Sänger zu unterhalten – so wie die irdischen

Mädchen –, aber sie wusste, dass Alec das nicht wollte. Einmal hatte ihre Mom sie gefragt, was an den Plakaten denn so interessant sei, woraufhin Alec beunruhigt gewirkt hatte.

»Geh nicht in seine Nähe«, drängte Isabelle jetzt. »Ich finde Vampire abstoßend.«

Sie war daran gewöhnt, sich in einer irdischen Menge ungehört mit ihrem Bruder unterhalten zu können. Aber der Vampir drehte leicht den Kopf, und sie erinnerte sich wieder daran, dass Vampire kein so schlechtes Gehör hatten wie die Irdischen. Und der Vampir hier hatte sie *definitiv* gehört.

Diese unangenehme Erkenntnis bewirkte, dass Isabelle den Griff um den Arm ihres Bruders lockerte. Entsetzt sah sie zu, wie er sich von ihr löste und mit einer Mischung aus Nervosität und Entschlossenheit auf den Vampir zuging. Da Isabelle nicht allein zurückbleiben wollte, folgte sie ihm mit ein paar Schritten Abstand.

»Hallo«, sagte Alec. »Es ist, äh, schön, dich kennenzulernen.«

Doch der Vampir bedachte ihn mit einem Tausend-Meter-Blick, der die Vermutung nahelegte, dass selbst tausend Meter Entfernung noch zu nah waren und er sich wünschte, man würde ihn in Ruhe lassen, damit er seine Einsamkeit in den unendlichen Weiten des Weltraums ungestört genießen konnte. »Hallo.«

»Ich heiße Alexander Lightwood«, sagte Alec.

Der Vampir zog eine Grimasse, als wäre sein Name eine wichtige Information, die er nur unter Folter preisgab: »Ich heiße Raphael.«

Dabei kamen seine Fangzähne zum Vorschein. Sie waren aber nicht so cool, wie Isabelle gehofft hatte.

»Ich bin quasi zwölf«, fuhr Alec fort, der definitiv noch elf war. »Du siehst nicht viel älter aus als ich. Aber ich weiß, dass das bei Vampiren anders läuft. Ihr bleibt ungefähr in dem Alter stehen, in dem ihr verwandelt wurdet, oder? Du siehst zwar aus wie fünfzehn, aber das könntest du schon seit hundert Jahren sein. Wie lange bist du schon fünfzehn?«

Raphael erwiderte tonlos: »Ich bin dreiundsechzig.«

»Ach«, sagte Alec. »Okay. Das ist cool.«

Er ging noch ein paar Schritte auf den Vampir zu. Raphael wich zwar nicht zurück, machte aber den Eindruck, als würde er am liebsten von hier verschwinden.

»Und deine Jacke finde ich auch cool«, fügte Alec schüchtern hinzu.

»Warum redest du mit meinen *Kindern*?«, fragte Mom in scharfem Ton.

Sie war aufgesprungen und packte Alec und Isabelle am Arm. Ihre Finger gruben sich so fest in Isabelles Haut, dass die Furcht ihrer Mutter sich auf Isabelle zu übertragen schien, obwohl sie bis jetzt gar keine Angst vor dem Vampir gehabt hatte.

Schließlich hatte er sie nicht so angesehen, als fände er sie beide besonders appetitlich. Aber vielleicht war das ja sein Trick, um sie anzulocken, überlegte Isabelle. Vielleicht war Alec nur von der Tücke des Vampirs bezaubert worden. Es wäre schön, wenn sie dem Schattenweltler die Schuld daran geben konnte, dass sie sich jetzt Sorgen machte.

Der Bruder der Stille erhob sich von seinem Stuhl und kam geräuschlos auf sie zu. Isabelle hörte, wie der Vampir dem Stillen Bruder etwas zuflüsterte, und sie war sich ziemlich sicher, dass er »Das hier ist mein schlimmster Albtraum« gesagt hatte.

Isabelle streckte ihm die Zunge heraus. Raphael verzog leicht die Lippen, wodurch seine Fangzähne noch weiter zum Vorschein kamen. Daraufhin blickte Alec zu Isabelle, um sich zu vergewissern, dass sie keine Angst hatte. Im Grunde jagte ihr kaum etwas Angst ein, aber Alec machte dauernd einen Riesenwirbel um sie.

Raphael ist aus Sorge um ein Schattenjägerkind hierhergekommen, sagte der Stille Bruder.

»Nein, bin ich nicht«, sagte Raphael spöttisch. »Pass besser auf deine Kinder auf. Vor ein paar Jahren hab ich mal eine ganze Gruppe von Jungen getötet, die nicht viel älter als dein Sohn waren. Darf ich das also als Weigerung verstehen? Ihr werdet uns nicht helfen mit dieser Fracht? Ich bin zutiefst schockiert. Okay, wir haben es versucht. Zeit zum Aufbruch, Bruder Zachariah.«

»Moment«, sagte Robert. »Selbstverständlich werden wir dir helfen. Wir treffen uns am Übergabeort in New Jersey.«

Natürlich würde ihr Dad dem Vampir helfen, dachte Isabelle empört. Was für ein Idiot dieser Kerl war! Welche Fehler ihre Eltern in ihrer Jugend auch immer gemacht hatten, sie leiteten jetzt dieses ganze Institut und hatten schon viele, viele bösartige Dämonen getötet. Jeder mit auch nur einem Funken Verstand musste doch wissen, dass man sich auf ihren Dad immer verlassen konnte.

»Du kannst auch in anderen Schattenjägerangelegenheiten jederzeit zu uns kommen«, fügte ihre Mutter hinzu, gab Alec und Isabelle aber erst frei, nachdem der Vampir und Bruder Zachariah das Institut verlassen hatten.

Isabelle hatte gedacht, dass dieser Besuch spannend werden würde, doch jetzt fühlte sie sich mies. Sie wünschte, Jonathan Wayland würde nicht kommen.

Gäste waren schrecklich, und sie brauchte wirklich keine weiteren.

Der Plan bestand darin, sich an Bord des Schiffs zu verstecken, die Schmuggler zu überwältigen und das *Yin Fen* zu vernichten. Und das Kind brauchte nicht das Geringste von alldem zu erfahren.

Zachariah fand beinahe Gefallen daran, wieder in einem der eleganten Schattenjägerboote zu sitzen. Als Kind war er oft in einem Dreirumpfboot auf den Seen in Idris gepaddelt, und in London hatte sein *Parabatai* einmal ein Boot entwendet, mit dem sie dann über die Themse gerudert waren. Jetzt hatten Zachariah, ein angespannter Robert Lightwood und zwei Vampire eines dieser Boote genutzt, um sich durch die nächtlichen Gewässer des Delaware fortzubewegen, am Hafen von Camden vorbei. Lily murrte ständig, dass sie praktisch schon in Philadelphia waren, bis sich das Boot endlich einem großen Frachtschiff näherte. *Dawn Trader* stand in dunkelblauen Buchstaben auf dem grauen Rumpf. Die vier warteten auf einen günstigen Moment, dann warf Robert einen Enterhaken.

Zachariah, Raphael, Lily und Robert Lightwood kletterten unbemerkt an Bord und schlichen sich in eine leere Kabine. Auf dem kurzen Weg dorthin hatten sie den Eindruck gewonnen, dass sich auf diesem Schiff kein einziger Irdischer befand. Von ihrem Versteck aus zählten sie die Stimmen der Schmuggler und erkannten, dass es sich um deutlich mehr Personen handelte als erwartet.

»O nein, Bruder Leckeriah, ich fürchte, wir müssen gegen sie kämpfen«, flüsterte Lily.

Dabei zog sie jedoch eine vergnügte Miene und nahm ihr Federband aus den gelb gesträhnten Haaren.

»Das ist ein Original aus den Zwanzigerjahren, und ich möchte nicht, dass es beschädigt wird«, erklärte sie und deutete mit dem Kopf auf Raphael. »Ich habe es schon länger als ihn hier. Er stammt aus den Fünfzigerjahren. Jazz Baby und Schmalztolle – wir nehmen es mit der ganzen Welt auf.«

Raphael verdrehte die Augen. »Jetzt lass endlich diese Spitznamen. Sie werden immer schlimmer.«

Lily lachte. »Kommt nicht infrage. Wenn man erst einmal damit angefangen hat, gibt es kein Zurück-ariah.«

Raphael und Robert Lightwood musterten sie entsetzt, aber Zachariah hatte kein Problem mit ihren Spitznamen. Es kam nicht oft vor, dass er jemanden lachen hörte.

Allerdings machte er sich große Sorgen um das Kind.

Wir dürfen nicht zulassen, dass Jonathan Angst bekommt oder verletzt wird, sagte er.

Robert nickte, die beiden Vampire dagegen zogen eine total uninteressierte Miene. Plötzlich drang die Stimme eines Jungen durch die Tür.

»Ich fürchte mich vor nichts«, sagte er.

Jonathan Wayland, vermutete Zachariah.

»Und warum fragst du mich dann ständig nach den Lightwoods?«, erkundigte sich eine gereizte Frauenstimme. »Immerhin nehmen sie dich auf. Also werden sie dich schon nicht schlecht behandeln.«

»Ich war nur neugierig«, erwiderte Jonathan.

Es war offensichtlich, dass er sich alle Mühe gab, möglichst unbeteiligt und von oben herab zu klingen – und das gelang ihm ganz gut. Seine Stimme hatte einen großspurigen Tonfall, der die meisten Gesprächspartner vermutlich überzeugt hätte, dachte Bruder Zachariah.

»Robert Lightwood hat einflussreiche Beziehungen beim Rat«, bemerkte die Frau. »Ein zuverlässiger Mann. Ich bin sicher, dass er bereit ist, dir ein Vater zu sein.«

»Ich hatte schon einen Vater«, sagte Jonathan so kalt wie der Nachtwind.

Die Frau schwieg. Auf der anderen Seite der Kabine ließ Robert Lightwood den Kopf hängen.

»Aber was ist mit der Mutter?«, setzte Jonathan zögernd an. »Wie ist Mrs Lightwood?«

»Maryse? Ich kenne sie kaum«, erwiderte die Frau. »Sie hat schon drei Kinder. Vier zu versorgen ist eine ziemlich große Aufgabe.«

»Ich bin kein Kind mehr – ich werde ihr nicht zur Last fallen«, sagte Jonathan und fuhr dann nach einem Moment fort: »Wir haben erstaunlich viele Werwölfe an Bord dieses Schiffs.«

Die Frau stöhnte. »Kinder aus Idris sind ja so ermüdend. Werwölfe gehören nun mal bedauerlicherweise zu unserem Leben. Diese Kreaturen gibt es überall. Und jetzt geh ins Bett, Jonathan.«

Bruder Zachariah hörte, wie eine andere Kabinentür verschlossen und dann verriegelt wurde.

»Jetzt«, sagte Robert Lightwood. »Vampire: Ihr geht auf die Steuerbordseite. Bruder Zachariah und ich zur Backbordseite. Überwältigt die Werwölfe mit allen erforderlichen Mitteln. Dann sucht nach dem *Yin Fen*.«

Gemeinsam schlichen sie aus der Kabine. Der raue Wind drückte Zachariahs Kapuze noch weiter nach hinten, während das Deck unter seinen Füßen schwankte. Er hätte gern das Salz in der Luft gekostet, konnte aber den Mund nicht öffnen.

New York schimmerte am Horizont, funkelnd wie die Lichter des Schattenmarktes in der Dunkelheit. Zachariah durfte nicht zulassen, dass das *Yin Fen* die Stadt erreichte.

An Deck lungerten zwei Werwölfe herum. Einer hatte seine Wolfsgestalt angenommen, und Zachariah konnte silberne Strähnen in seinem Fell erkennen. Die Fingerspitzen des anderen hatten bereits jegliche Farbe verloren. Zachariah fragte sich, ob die beiden wussten, dass sie bald sterben würden. Er erinnerte sich noch gut daran, wie es sich angefühlt hatte, als das *Yin Fen* ihn langsam getötet hatte.

Gelegentlich war es ganz gut, dass er keine Gefühle mehr empfand. Denn manchmal schmerzte es zu sehr, ein Mensch zu sein – und Zachariah konnte sich jetzt kein Mitleid erlauben.

Blitzschnell zog er einem der Werwölfe seinen Kampfstab über den Schädel, und als er sich umdrehte, hatte Robert Lightwood den anderen bereits aus dem Verkehr gezogen. Dann standen sie schweigend da, lauschten auf das Heulen des Winds und die Brandung und warteten darauf, dass weitere Lykanthropen unter Deck aufmerksam werden und nach oben kommen würden. Doch plötzlich hörte Zachariah Kampfgeräusche auf der anderen Seite des Schiffs.

Bleib hier, forderte er Robert auf. *Ich werde den Vampiren helfen.*

Auf dem Weg zu den beiden musste er sich förmlich durch ein Rudel von Werwölfen kämpfen – ihre Zahl war viel größer als erwartet. Über deren Köpfe hinweg konnte er Raphael und Lily sehen, die so unwirklich wie Schatten durch die Luft wirbelten. Im Mondschein schienen ihre Fangzähne regelrecht zu leuchten.

Aber er konnte auch die Zähne der Werwölfe erkennen. Zachariah beförderte einen Lykanthropen über die Reling und schlug einem anderen mit demselben Schwung die Zähne aus. Doch dann musste er einer Pranke ausweichen – eine Bewegung, die ihn fast ebenfalls über Bord befördert hätte. Die Werwölfe attackierten ihn von allen Seiten, und es waren viele.

Mit milder Überraschung kam Zachariah der Gedanke, dass dies das Ende sein könnte. Eigentlich hätte ihn das nicht nur überraschen, sondern auch mit anderen Emotionen erfüllen müssen. Aber er konnte sich nur an das hohe Gefühl erinnern, das er beim Besuch des Schattenmarktes empfunden hatte, und an die Stimmen der Bruderschaft, kälter als das Meer. Er sorgte sich nicht um diese Vampire und auch nicht um sich selbst.

Das Brüllen eines Werwolfs drang an sein Ohr, und hinter ihm klatschte eine Welle aufs Deck. Allmählich schmerzte sein Arm, mit dem er den Kampfstab schwang. Eigentlich hätte sein Leben ohnehin längst beendet sein sollen. Er konnte sich kaum noch erinnern, wofür er überhaupt kämpfte.

Auf der anderen Seite des Decks griff ein fast vollkommen verwandelter Werwolf mit seiner krallenbewehrten Klaue nach Lilys Herz. Die Hände der Vampirin lagen fest um den Hals eines anderen Lykanthropen ... sie hatte nicht die geringste Chance, sich zu verteidigen.

In diesem Moment schwang eine Tür auf, und eine Schattenjägerin stürmte mitten hinein in das Rudel der Werwölfe. Allerdings war sie vollkommen unvorbereitet. Einer der Lykanthropen riss ihr die Kehle auf, und als Zachariah versuchte, zu ihr zu gelangen, versetzte ihm ein anderer Werwolf einen Hieb in den Rücken. Der Kampfstab entglitt seinen Fingern. Ein zweiter Werwolf stürzte sich auf ihn, schlug ihm die Krallen in die Schulter und zwang ihn auf die Knie. Dann warf sich ein weiterer Lykanthrop mit solcher Wucht auf ihn, dass sein Kopf auf das Deck schlug. Dunkelheit stieg vor seinen Augen auf. Die Stimmen der Bruderschaft waren verschwunden, zusammen mit dem Tosen des Meeres und dem Licht der Welt, das ihn nicht länger berührte.

Die starren Augen der toten Schattenjägerin blickten ihm entgegen – ein letzter leerer Schimmer, bevor die Dunkelheit alles um ihn herum verschlang. Zachariah fühlte sich so leer wie ihr Blick. Warum hatte er überhaupt gekämpft?

Doch dann erinnerte er sich plötzlich. Er würde es sich nicht erlauben, sie zu vergessen.

Tessa, dachte er. *Will*.

Wie immer besaß die Verzweiflung geringere Macht über ihn

als der Gedanke an die beiden. Er durfte sie nicht enttäuschen, indem er jetzt aufgab.

Die beiden waren Will und Tessa – und du warst einst Ke Jian Ming. Du warst James Carstairs. Du warst Jem.

Jem zog einen Dolch aus dem Gürtel. Kämpfend rappelte er sich auf, beförderte einen der Werwölfe mit einem Schlag durch die offene Kabinentür und schaute dann zu Lily.

Raphael stand vor ihr, einen Arm erhoben, um sie zu schützen. Sein Blut bildete eine makabre rote Lache auf den Holzplanken. Menschliches Blut wirkte nachts schwarz, aber Vampirblut leuchtete immer scharlachrot. Lily schrie seinen Namen.

Bruder Zachariah brauchte dringend seinen Kampfstab. Doch der rollte silberhell und klappernd wie ein Knochen über das Deck. Die Gravur zeichnete sich deutlich ab, als der Kampfstab vor den Füßen eines Jungen liegen blieb, der gerade aus der Kabine in dieses blutige Chaos getreten war.

Der Junge, bei dem es sich um Jonathan Wayland handeln musste, starrte in die Runde: zu Bruder Zachariah, zu den Werwölfen, zu der Frau mit der aufgeschlitzten Kehle. Im nächsten Moment stürmte eine Werwölfin in seine Richtung. Jonathan war noch so jung ... zu jung für Kriegerrunen.

Bruder Zachariah wusste, dass er ihn nicht rechtzeitig erreichen würde.

Doch der Junge drehte den Kopf, wodurch seine Haare im Mondlicht golden aufleuchteten, und hob Zachariahs Kampfstab auf. Und dann attackierte diese kleine, schlanke Gestalt – die schwächste und zerbrechlichste Barriere gegen die Dunkelheit, die man sich nur vorstellen konnte – die Werwölfin mit ihren gefletschten Zähnen und ausgefahrenen Krallen und schlug sie nieder.

Zwei weitere Lykanthropen warfen sich auf den Jungen, aber Zachariah tötete den einen, und Jonathan drehte sich um seine eigene Achse und knüppelte den anderen nieder. Beim Anblick des wirbelnden Jungen dachte Zachariah nicht an Schatten, wie bei den beiden Vampiren, sondern an Licht.

Als Jonathan mit gespreizten Beinen auf dem Deck landete und den Kampfstab in den Händen drehte, lachte er. Doch es war nicht das glockenhelle Lachen eines Kindes: Sein Lachen wirkte wild und überschwänglich ... stärker als das Meer oder der Himmel oder stumme Stimmen. Es klang jung und herausfordernd und erfreut und ein klein wenig verrückt.

Zu Beginn des Abends hatte Bruder Zachariah noch gedacht, dass es nicht oft vorkam, dass er jemanden lachen hörte. Jetzt erschien es ihm schmerzhaft lange her, dass er ein solches Lachen gehört hatte.

Er erledigte einen weiteren Werwolf, der es auf den Jungen abgesehen hatte, und dann noch einen, wobei er sich zwischen den Jungen und die Lykanthropen warf. Allerdings schlüpfte einer der Werwölfe an ihm vorbei und verpasste dem Jungen einen Hieb. Zachariah hörte, wie Jonathan zwischen zusammengebissenen Zähnen kurz aufstöhnte.

Alles in Ordnung mit dir?, fragte Zachariah.

»Ja!«, rief der Junge. Zachariah konnte ihn hinter sich keuchen hören.

Hab keine Angst, sagte er. *Ich kämpfe an deiner Seite.*

Zachariahs Blut war kälter als das Meer, und sein Herz raste, bis er hörte, dass Robert Lightwood und Lily ihnen zu Hilfe eilten.

Nachdem die restlichen Werwölfe überwältigt waren, nahm Robert Jonathan mit auf die Brücke, und Zachariah wandte sich den Vampiren zu. Raphael hatte seine Lederjacke ausgezogen. Lily hatte mehrere Streifen von ihrem T-Shirt gerissen und band diese um seinen Arm. Tränen liefen ihr übers Gesicht.

»Raphael«, sagte sie. »Das hättest du nicht tun sollen.«

»Was? Mir eine Wunde zuziehen, die innerhalb weniger Stunden heilen wird, statt ein wertvolles Mitglied des Clans zu verlieren?«, fragte Raphael. »Ich habe aus rein egoistischen Gründen gehandelt. So wie ich das immer tue.«

»Wehe, wenn nicht«, murmelte Lily und wischte sich mit einer ungeduldigen Handbewegung die Tränen weg. »Was soll ich denn machen, wenn dir etwas zustößt?«

»Hoffentlich irgendetwas Nützliches«, sagte Raphael. »Beim nächsten Mal schnapp dir einfach irgendwelche Waffen von einem der toten Werwölfe. Und hör auf, den Clan in Anwesenheit von Schattenjägern zu blamieren.«

Lily folgte Raphaels Blick über ihre Schulter zu Bruder Zachariah. Blut hatte sich mit ihrem verwischten Eyeliner vermischt, aber sie schenkte ihm ein kesses Lächeln, das ihre Fangzähne entblößte.

»Vielleicht wollte ich ja mein T-Shirt für Bruder Busenfreundariah zerreißen.«

Raphael verdrehte die Augen gen Himmel, und da er Lily gerade nicht ansah, konnte sie ihn betrachten. Bruder Zachariah beobachtete, wie sie ihre Hand mit den rot und golden lackierten Fingernägeln hob und nach seinen Locken ausstreckte. Es sah so aus, als würde sie die Schatten über seinem Kopf streicheln. Doch dann ballte sie die Finger zur Faust – diesen Luxus gestattete sie sich nicht.

Raphael scheuchte sie zur Seite und rappelte sich auf.

»Wir sollten das *Yin Fen* suchen.«

Die Substanz war leicht zu finden: Sie lag in einer großen Kiste in einer der Kabinen unter Deck. Lily und Bruder Zachariah trugen die Kiste gemeinsam nach oben; Lily hatte angedroht, dass sie eine Szene machen würde, wenn Raphael zu helfen versuchte.

Selbst nach all diesen Jahren bewirkte der Anblick des im Mondlicht schimmernden *Yin Fen,* dass Zachariah sich der Magen umdrehte – als wäre er auf einem Schiff in einem anderen Meer und nicht mehr in der Lage, jemals das Gleichgewicht wiederzufinden.

Lily machte Anstalten, die Kiste über die Reling zu kippen, damit sie von den hungrigen Fluten verschlungen wurde.

»Nein, Lily!«, protestierte Raphael. »Ich will nicht, dass Meerjungfrauen mit von Drogen umnebeltem Verstand die Flüsse meiner Stadt verseuchen. Was wäre, wenn auf einmal silbern leuchtende Alligatoren in der Kanalisation schwimmen? Das würde zwar niemanden überraschen, aber ich wüsste, dass das deine Schuld wäre, und ich wäre furchtbar enttäuscht von dir.«

»Du gönnst mir aber auch nicht das kleinste bisschen Spaß«, murrte Lily.

»Ich gönne niemandem das kleinste bisschen Spaß«, erwiderte Raphael und zog eine selbstgefällige Miene.

Bruder Zachariah starrte in die Kiste mit dem silbernen Pulver. Einst hatte es für ihn den Unterschied zwischen einem schnellen und einem langsamen Tod bedeutet. Mithilfe einer Rune, die nur von den Stillen Brüdern angewendet werden konnte und die dazu diente, schädliche Magie zu verbrennen, ließ er die Substanz in Flammen aufgehen. Leben und Tod waren nichts als Asche in der Luft.

Danke, dass du mir von dem Yin Fen berichtet hast, wandte er sich an Raphael.

»Von meinem Standpunkt aus betrachtet habe ich einfach nur deine Schwäche für das Zeug ausgenutzt«, sagte Raphael. »Soweit ich weiß, hast du es früher nehmen müssen, um am Leben zu bleiben. Aber das hat wohl nicht funktioniert, wie man sieht. Na, jedenfalls ist dein emotionaler Zustand für mich persönlich bedeutungslos. Hauptsache, die Gefahr ist gebannt und die Stadt nicht länger bedroht. Auftrag erledigt.«

Er wischte sich die mit Blut und silbernem Pulver beschmutzten Hände in den heraufschwappenden Wellen ab.

Weiß dein Oberhaupt eigentlich von dieser Mission?, wandte Zachariah sich an Lily.

Ihr Blick war auf Raphael geheftet.

»Selbstverständlich«, sagte sie. »Mein Oberhaupt hat dir doch davon erzählt, oder etwa nicht?«

»Lily! Das ist nicht nur dumm, das ist Hochverrat.« Raphaels Stimme klang so kalt wie die Meeresbrise. »Wenn man mir befehlen würde, dich zu exekutieren, würde ich das tun – gib dich da keinen Illusionen hin. Ich würde keine Sekunde zögern.«

Lily biss sich auf die Lippe und versuchte zu überspielen, wie sehr sie seine Worte verletzten. »Ach, ich habe ein gutes Gefühl bei Bruder Zachareit-ihn. Er wird niemandem davon erzählen.«

»Gibt es hier einen Ort, wo ein Vampir sich vor dem Sonnenaufgang verstecken kann?«, fragte Raphael.

Zachariah war es nicht in den Sinn gekommen, dass sich der Kampf mit den Werwölfen so in die Länge gezogen hatte, dass die Sonne bald aufgehen würde. Raphael warf ihm einen scharfen Blick zu, als er nicht sofort reagierte.

»Reicht der Platz denn wenigstens für einen? Lily muss in Sicherheit gebracht werden. Ich trage die Verantwortung für sie.«

Lily drehte den Kopf weg, damit Raphael ihre Miene nicht sehen konnte. Aber Zachariah sah ihren Gesichtsausdruck und erkannte ihn aus einer Zeit wieder, als er selbst noch in der Lage gewesen war, auf diese Weise zu empfinden. Die Vampirin wirkte liebeskrank.

Glücklicherweise bot der Laderaum beiden Vampiren genügend Platz. Auf dem Weg dorthin stolperte Lily fast über die tote Schattenjägerin.

»Ach, sieh mal, Raphael!«, rief sie strahlend. »Das ist Catherine Ashdown!«

Die Erkenntnis, wie wenig sie sich für ein Menschenleben interessierte, traf Bruder Zachariah wie die kalte Gischt des Meeres. Er sah, wie sie sich zu spät an seine Anwesenheit erinnerte.

»O nein«, fügte sie in wenig überzeugendem Ton hinzu. »Was für eine schreckliche Tragödie.«

»Geh in den Laderaum, Lily«, befahl Raphael.

Wollt ihr euch nicht beide dort vor der Sonne verbergen?, fragte Bruder Zachariah.

»Ich ziehe es vor, so lange wie möglich zu warten ... bis kurz vor der Morgendämmerung ... um mich selbst auf die Probe zu stellen«, sagte Raphael.

Lily seufzte. »Er ist katholisch. So durch und durch katholisch.«

Ihre Hände zuckten ruhelos an ihren Seiten, als ob sie sie ausstrecken und Raphael mit sich ziehen wollte. Stattdessen winkte sie Zachariah kurz zu, genau wie bei ihrer ersten Begegnung.

»Bruder Sixpackariah«, sagte sie. »Es war mir ein Vergnügen.«

Danke gleichfalls, erwiderte Zachariah und lauschte darauf, wie sie leichtfüßig die Stufen zum Laderaum hinabhüpfte.

Zumindest hatte sie ihm den Namen der toten Schattenjägerin geliefert. Jetzt konnte er sie zu ihrer Familie und der Stadt der Stille bringen, wo sie im Gegensatz zu ihm Ruhe finden würde.

Er kniete sich neben die tote Frau und schloss ihre starren Augen.

Ave atque vale, Catherine Ashdown, murmelte er.

Als er sich wieder erhob, stellte er fest, dass Raphael noch immer bei ihm war. Allerdings war sein Blick auf das schwarze Meer geheftet, auf dem sich das Mondlicht spiegelte, und auf den schwarzen Himmel, an dessen Horizont sich die ersten silbernen Streifen abzeichneten.

Ich bin froh, dass ich euch beide kennengelernt habe, sagte Zachariah.

»Keine Ahnung, wieso«, erwiderte Raphael. »Diese Spitznamen, die Lily für dich erfunden hat, sind wirklich übel.«

Nur die wenigsten Leute erlauben sich in Gegenwart der Stillen Brüder einen Scherz.

Raphael zog eine wehmütige Miene: Der Gedanke, dass sich in seiner Gegenwart niemand einen Scherz erlaubte, klang in seinen Ohren ziemlich verlockend. »Das Dasein als Bruder der Stille muss schön sein. Natürlich abgesehen von der Tatsache, dass alle Schattenjäger nervig und erbärmlich sind. Außerdem bin ich mir nicht sicher, ob Lily wirklich einen Scherz gemacht hat. An deiner Stelle wäre ich beim nächsten Aufenthalt in New York vorsichtig.«

Natürlich hat sie gescherzt, sagte Zachariah. *Sie liebt nur dich.*

Raphael verzog das Gesicht. »Warum müssen Schattenjäger immer über Gefühle reden? Wieso kann sich hier niemand wie ein Profi verhalten? Nur zu deiner Information: Ich bin nicht an irgendwelchen Romanzen interessiert, und das gilt auch für die Zukunft. Können wir dieses widerliche Thema jetzt beenden?«

Selbstverständlich, sagte Zachariah. *Vielleicht möchtest du lieber über die Gruppe von Jungen reden, deren Tod du angeblich verursacht hast?*

»Ich habe viele Leute getötet«, sagte Raphael distanziert.

Eine Gruppe Kinder? In deiner Stadt? Und das soll in den Fünfzigerjahren passiert sein?

Der Vampir hatte vielleicht Maryse Lightwood täuschen können. Aber Zachariah wusste genau, wie jemand aussah, der sich selbst die Schuld am Schicksal seiner Lieben gab und sich dafür hasste.

»Damals machte ein Vampir in unserem Viertel Jagd auf kleine Kinder ... in den Straßen, in denen meine Brüder spielten«, sagte Raphael, noch immer distanziert. »Ich hab ihn zusammen mit meinen Freunden in seinem Unterschlupf aufgespürt, um ihn zu stoppen. Keiner von uns hat es überlebt.«

Bruder Zachariah bemühte sich um einen sanften Ton.

Wenn ein Vampir sich gerade erst aus der Erde gegraben hat, hat er keine Kontrolle über sein Verhalten.

»Ich war der Anführer«, erwiderte Raphael; seine harte Stimme duldete keinen Widerspruch. »Ich war dafür verantwortlich. Na ja, jedenfalls haben wir den Vampir aufgehalten, und alle Mitglieder meiner Familie konnten unversehrt aufwachsen.«

Alle bis auf einen.

»Im Allgemeinen erreiche ich immer, was ich mir vorgenommen habe«, sagte Raphael.

Daran besteht nicht der geringste Zweifel, sagte Zachariah.

Er lauschte auf das Geräusch der Wellen, die gegen den Rumpf des Schiffs schlugen, das sie nach New York brachte. Am Abend des Schattenmarktes hatte er sich weit entfernt von der Stadt und ihren Bewohnern gefühlt und hatte ganz bestimmt nichts für einen Vampir empfunden, der fest entschlossen war, sich selbst keine Gefühle zu gestatten.

Doch dann war da ein Lachen gewesen, und dessen Klang hatte tief in seinem Inneren Empfindungen geweckt, die er längst für unwiederbringlich verloren gehalten hatte. Und jetzt, da er die Welt wieder sehen konnte, wollte er nicht mehr zu diesem Zustand der Blindheit zurück.

Du hast heute viele Menschen gerettet. Die Schattenjäger haben heute viele Menschen gerettet, auch wenn sie dich nicht gerettet haben, als du als Jugendlicher gegen Monster kämpfen musstest.

Raphael zuckte kurz zusammen – so als wäre diese Vermutung bezüglich des wahren Grunds für seine Abneigung gegenüber den Nephilim eine Fliege, die auf ihm gelandet war.

»Nur wenige werden gerettet«, sagte Raphael. »Niemand wird verschont. Einst hat jemand versucht, mich zu retten, und dafür werde ich mich eines Tages revanchieren. Aber ich will nicht, dass ich noch jemandem etwas schulde oder dass mir jemand etwas schuldet. Wir haben alle bekommen, was wir wollten. Die Schattenjäger und ich sind fertig miteinander.«

Möglicherweise kommt eines Tages ein weiterer Moment, um sich gegenseitig zu helfen oder zusammenzuarbeiten, sagte Zachariah. *Die Lightwoods sind wirklich bemüht. Vielleicht kannst du es ja in Erwägung ziehen, den anderen Schattenweltlern davon zu berichten, dass du die Zusammenarbeit mit ihnen überlebt hast.*

Raphael brachte einen unverbindlichen Laut hervor.

Es gibt so viele Formen der Liebe, wie es Sterne gibt, sagte Zachariah. *Wenn du eine Form der Liebe nicht empfindest, bleiben noch viele andere. Du weißt, was es heißt, wenn einem Familie und Freunde sehr am Herzen liegen. Das, was uns heilig ist, schützt uns. Bitte bedenke Folgendes: Wenn du dich vor potenziellen Verletzungen abzuschotten versuchst, verschließt du dich auch der Liebe und lebst in der Dunkelheit.*

Raphael taumelte zur Reling und tat so, als würde er sich übergeben. Dann richtete er sich auf.

»Ach, Moment mal: Ich bin ein Vampir, und Vampire werden nicht seekrank«, sagte er. »Einen Augenblick lang war mir plötzlich furchtbar schlecht. Ich versteh gar nicht, wieso. Die Leute haben mir immer erzählt, die Stillen Brüder wären verschlossen. Ich hatte mich so auf einen verschlossenen Bruder gefreut!«

Ich bin kein typischer Bruder der Stille, bemerkte Zachariah.

»War ja klar! Ausgerechnet ich bekomme den gefühlsduseligen Bruder der Stille. Kann ich beim nächsten Mal einen anderen verlangen?«

Dann glaubst du also, dass sich deine Pfade wieder mit denen der Schattenjäger kreuzen werden?

Raphael schnaubte und drehte sich von der Reling weg. Sein Gesicht war bleich wie das Mondlicht, eisweiß wie die Wange eines längst verstorbenen Kindes.

»Ich gehe unter Deck. Es sei denn, du hast noch irgendwelche anderen brillanten Vorschläge?«

Zachariah nickte. Der Schatten seiner Kapuze fiel auf die kruzifixartige Narbe an der Kehle des Vampirs.

Hab Vertrauen, Raphael. Ich weiß, dass du dich noch daran erinnerst, wie das geht.

Als der Vampir sicher unter Deck war und Robert Lightwood das Schiff in Richtung Manhattan steuerte, machte Bruder Zachariah sich daran, das Deck aufzuräumen und die Leichen außer Sichtweite zu schaffen. Er hatte die anderen Brüder der Stille gerufen, um sich um die Toten und die Überlebenden zu kümmern, die in einer der Kabinen eingesperrt waren. Auch wenn Enoch und die restlichen Brüder seine Entscheidung, Raphael zu helfen, nicht billigten, so würden sie ihr Mandat – den Schutz der Schattenwelt vor den Augen der Welt – niemals ignorieren.

Nachdem Bruder Zachariah seine Pflicht erfüllt hatte, blieb ihm nur noch das Warten darauf, dass das Schiff sie alle in den Hafen brachte. Danach würde er in seine eigene Stadt zurückkehren müssen. Er ließ sich auf einer Bank nieder und genoss es, das Licht des anbrechenden Tages auf seinem Gesicht zu spüren.

Es lag lange zurück, dass er das Licht gefühlt hatte – und noch länger zurück, dass er dieses schlichte Vergnügen hatte genießen können.

Er saß in der Nähe der Brücke, wo er Robert und Jonathan Wayland in der Morgendämmerung sehen konnte.

»Ist mit dir auch wirklich alles in Ordnung?«, fragte Robert.

»Ja«, antwortete Jonathan.

»Du hast nicht viel Ähnlichkeit mit Michael«, bemerkte Robert unbeholfen.

»Nein. Ich habe mir immer gewünscht, ich würde ihm ähnlicher sehen«, sagte Jonathan. Der Junge straffte die schmächtigen Schultern, als wappnete er sich dafür, dass man von ihm enttäuscht war.

»Ich bin mir sicher, dass du ein guter Junge bist«, sagte Robert. Jonathan schien sich da nicht ganz so sicher zu sein. Aber Robert ersparte ihm weitere Peinlichkeiten, indem er sich angelegentlich mit den Steuerinstrumenten des Frachters beschäftigte.

Schließlich verließ der Junge die Brücke und lief über das Deck. Seine Bewegungen waren anmutig, obwohl das Schiff stark schwankte und er doch sehr erschöpft sein musste. Erstaunt stellte Zachariah fest, dass er direkt auf ihn zukam.

Sofort zog er seine Kapuze tiefer ins Gesicht. Manche Schattenjäger beunruhigte der Anblick eines Stillen Bruders, der nicht wie die anderen Brüder der Stille aussah – auch wenn deren Anblick immer etwas Furchterregendes hatte. Er wollte den Jungen nicht verunsichern.

Jonathan balancierte Zachariahs Kampfstab auf der Handfläche und legte ihn mit einer respektvollen Verbeugung auf Zachariahs Knie. Aus den Bewegungen des Jungen sprach eine militärische Disziplin – ungewöhnlich für jemanden, der noch so jung war, selbst wenn es sich dabei um einen Schattenjäger handelte. Bruder Zachariah hatte Michael Wayland zwar nicht gekannt, doch er vermutete, dass er ein harscher Mann gewesen sein musste.

»Bruder Enoch?«, fragte der Junge.

Nein, erwiderte Zachariah. Enoch hatte den Jungen untersucht, und Zachariah kannte Enochs Gedanken so gut wie seine eigenen, obwohl das mangelnde Interesse an dem Jungen dessen Erinnerungen an Jonathan vage und farblos erscheinen ließ. Zachariah wünschte, er wäre der Stille Bruder gewesen, der sich um dieses Kind gekümmert hatte.

»Nein«, wiederholte der Junge gedehnt. »Ich hätte es wissen müssen. Du bewegst dich anders. Ich hatte es nur deshalb angenommen, weil du deinen Kampfstab nicht sofort zurückgefordert hast.«

Er senkte den Kopf. Zachariah fand es traurig, dass der Junge von einem Fremden nicht einmal das geringste Entgegenkommen erwartete.

»Danke, dass ich ihn benutzen durfte«, fügte Jonathan hinzu.

Es freut mich, dass er dir nützlich war, erwiderte Bruder Zachariah.

Als der Junge wieder aufsah, erinnerte ihn der Anblick an zwei leuchtende Sonnen in einer fast noch dunklen Nacht. Das waren nicht die Augen eines Soldaten, sondern die eines Kriegers. Zachariah hatte beides schon einmal gesehen, und er kannte den Unterschied.

Der Junge trat zurück, nervös und geschmeidig. Doch dann blieb er mit hocherhobenem Kinn stehen. Offenbar hatte er eine Frage.

Seine nächsten Worte trafen Zachariah vollkommen unvorbereitet.

»Was bedeuten die Initialen? Auf deinem Kampfstab. Haben alle Stillen Brüder die gleichen auf ihren Stäben?«

Gemeinsam betrachteten sie den Stab. Die Buchstaben – *W* und *H* – waren im Lauf der Zeit durch den Gebrauch abgenutzt, aber sie saßen genau an den Stellen tief im Holz, an denen Zachariahs Hände lagen, wenn er mit dem Stab kämpfte. In gewisser Hinsicht kämpften sie auf diese Weise noch immer zusammen.

Nein, ich bin der Einzige, sagte Zachariah. *Ich habe sie während meiner ersten Nacht in der Stadt der Stille in das Holz geschnitzt.*

»Waren das deine Initialen?«, fragte der Junge mit gesenkter, zögerlicher Stimme. »Damals, als du noch ein Schattenjäger warst, so wie ich?«

Bruder Zachariah betrachtete sich noch immer als Schattenjäger, aber Jonathan hatte seine Bemerkung eindeutig nicht als Beleidigung gemeint.

Nein, sagte Jem – denn er war immer James Carstairs, wenn er über Dinge sprach, die ihm besonders am Herzen lagen. *Es sind nicht meine Initialen, sondern die meines* Parabatai.

W und *H*. William Herondale. Will.

Auf dem Gesicht des Jungen spiegelte sich eine Mischung aus Verwunderung und Argwohn. Er strahlte eine gewisse Zurückhaltung aus, als würde er Zachariahs Worten schon im Vorhinein misstrauen.

»Mein Vater sagt ... hat gesagt ... dass ein *Parabatai* eine große Schwäche sein kann.«

Jonathan sprach das Wort *Schwäche* mit einem angewiderten Unterton aus. Zachariah fragte sich, was ein Mann, der einen Jungen so zu kämpfen gelehrt hatte, wohl unter Schwäche verstanden hatte.

Aber da er nicht vorhatte, den verstorbenen Vater eines Waisenjungen zu beleidigen, überlegte er sich seine Antwort sorgfältig. Hinzu kam, dass der Junge einsam war. Zachariah rief sich ins Gedächtnis, wie kostbar solch eine neue Verbindung sein konnte, vor allem, wenn man sonst niemanden hatte. Es konnte die letzte Brücke sein, die einen noch mit einem verlorenen Leben verband.

Denn er erinnerte sich daran, wie er selbst nach dem Tod seiner Familie übers Meer gereist war, nicht ahnend, dass er auf dem Weg zu seinem späteren besten Freund war.

Vermutlich kann ein Parabatai *eine Schwäche sein – es hängt davon ab, um wen es sich handelt,* erwiderte er. *Ich habe seine Initialen in meinen Stab geschnitzt, weil ich mit ihm an der Seite immer am besten gekämpft habe.*

Jonathan Wayland, das Kind, das wie ein himmlischer Krieger kämpfte, musterte ihn interessiert.

»Ich glaube, mein Vater hat es bereut, dass er einen *Parabatai* hatte«, sagte er. »Und jetzt muss ich bei dem Mann leben, dessen Existenz mein Vater bereut hat. Ich will nicht schwach sein und auch nichts bereuen – ich will der Beste sein.«

Wenn man vorgibt, nichts zu empfinden, dann bewahrheitet sich das möglicherweise eines Tages, sagte Jem. *Und das wäre ein Jammer.*

Sein *Parabatai* hatte eine Weile versucht, nichts zu empfinden – vielleicht abgesehen von dem, was er für Jem empfunden hatte. Und das hatte ihn fast zugrunde gerichtet. Und Jem gab jeden Tag vor, etwas zu empfinden und nett zu sein und Zerbrochenes zu reparieren und sich an fast vergessene Namen und Stimmen zu erinnern – in der Hoffnung, dass sich diese Empfindungen eines Tages bewahrheiten würden.

Der Junge runzelte die Stirn. »Warum wäre das ein Jammer?«

Wir kämpfen dann am härtesten, wenn es um etwas geht, das uns wichtiger ist als unser eigenes Leben, sagte Jem. *Ein Parabatai ist sowohl eine Klinge als auch ein Schild. Parabatai gehören nicht deshalb zusammen, weil sie identisch sind, sondern weil ihre unterschiedlichen Eigenschaften sich zu einem besseren Ganzen zusammenfügen, zu einem hervorragenden Krieger für einen höheren Zweck. Ich war immer der Ansicht, dass wir zusammen nicht nur immer unser Bestes gegeben haben, sondern auch besser waren, als jeder Einzelne von uns es jemals hätte sein können.*

Ein Lächeln breitete sich langsam auf dem Gesicht des Jungen aus wie ein Sonnenaufgang, dessen Strahlen gleißend über dem Wasser aufleuchteten.

»Das würde mir gefallen«, sagte Jonathan und fügte hastig hinzu: »Ein hervorragender Krieger zu werden.«

Im nächsten Moment nahm er jedoch wieder seine arrogante Haltung ein, damit niemand auf die Idee kam, dass er vielleicht etwas anderes gemeint haben könnte: die Tatsache, dass er zu jemandem gehören wollte.

Zachariah schüttelte den Kopf. Dieser Junge war wild entschlossen, lieber zu kämpfen, als eine Familie zu finden. Die Lightwoods waren misstrauisch gegenüber einem Vampir, während sie doch nur etwas Vertrauen hätten zeigen sollen. Und dann der Vampir, der jeden Freund auf Abstand hielt: Sie alle hatten tiefe Wunden davongetragen. Aber Zachariah nahm es ihnen unwillkürlich übel, weil sie das Privileg hatten, sich verletzt zu fühlen.

All diese Leute versuchten, nichts zu empfinden und ihre Herzen so lange auf Eis zu legen, bis die Kälte sie zerbrechen und zerspringen ließ. Wohingegen Jem jeden noch kommenden kalten Tag gegen einen einzigen letzten Tag mit einem warmen Herzen getauscht hätte, um so lieben zu können wie früher.

Dabei war Jonathan nur ein Kind, das noch immer versuchte, einen weit entfernten Vater mit Stolz zu erfüllen – selbst wenn der Tod die Entfernung zwischen ihnen unüberbrückbar gemacht hatte. Der Junge verdiente es, dass er sich ihm gegenüber freundlich verhielt, überlegte Jem.

Er dachte an Jonathans Schnelligkeit und furchtlosen Umgang mit einer ihm unbekannten Waffe in einer seltsamen, blutigen Nacht.

Ich bin mir sicher, dass du einmal ein hervorragender Krieger werden wirst, sagte er.

Jonathan senkte seinen zerzausten Lockenkopf, um die leichte Röte auf seinen Wangen zu verbergen.

Die Einsamkeit des Jungen weckte zu lebendige Erinnerungen an die Nacht, in der er die Initialen in seinen Kampfstab geschnitzt hatte – eine lange, kalte Nacht, erfüllt von der fremdartigen Eiseskälte der Stillen Brüder in seinem Kopf. Er hatte nicht sterben wollen, aber er hätte den Tod diesem schrecklichen Verlust von Liebe und Wärme vorgezogen. Wenn er doch nur in Tessas Armen hätte sterben können, mit Will an seiner Seite. Jem hatte das Gefühl, dass man ihm seinen Tod vorenthalten hatte.

Und es erschien ihm als eine kaum zu bewältigende Aufgabe, sich inmitten der Toten und der endlosen Dunkelheit noch eine menschliche Seite zu bewahren.

Jedes Mal wenn die fremdartige Kakofonie der Stillen Brüder all das zu verschlingen drohte, was er einst gewesen war, klammerte er sich an seine Rettungsanker. Kein anderer Rettungsanker war stärker gewesen als dieser eine – und es hatte nur einen anderen gegeben, der ebenso stark war. Der Name seines *Parabatai* war ein Schrei in den Abgrund gewesen, ein Schrei, der immer beantwortet worden war. Selbst in der Stadt der Stille, selbst wenn das stumme Heulen der Bruderschaft darauf beharrte, dass Jems Leben nicht länger ihm allein gehörte und er es jetzt mit den Brüdern teilte. Nicht länger meine Gedanken, sondern unsere Gedanken. Nicht länger mein Wille, sondern unser Wille. Doch das würde er nicht akzeptieren. *Mein Wille.* Diese Worte hatten für Jem eine andere Bedeutung als für jeden anderen: mein Widerstand gegen die heranrückende Dunkelheit. Meine Rebellion. Mein Wille, *mein Will,* für immer.

Jonathan bohrte die Spitze seines Stiefels in die Holzplanken und spähte zu Jem hoch. Und Jem erkannte, dass er versuchte, sein Gesicht im Schatten der Kapuze zu sehen. Er zog die Kapuze tiefer. Und obwohl Jonathan eine Abfuhr erlitten hatte, schenkte er Jem ein kleines Lächeln.

Jem hatte von diesem verletzten Kind keine Freundlichkeit erwartet, und sein Verhalten brachte ihn zu der Überzeugung, dass aus Jonathan Wayland einmal mehr werden würde als nur ein hervorragender Krieger.

Und vielleicht würde er eines Tages einen eigenen *Parabatai* haben, der ihm beibrachte, der Mann zu werden, der er gern sein wollte.

Dies ist eine Verbindung, die stärker ist als jede Magie, hatte Jem sich damals in jener Nacht gesagt und mit dem Messer tiefe Einkerbungen in den Kampfstab geschnitzt. *Dies ist der Bund, den ich gewählt habe.*

Er hatte sein Zeichen gesetzt. Er hatte den Namen *Zachariah* angenommen, der *erinnern* bedeutete. *Erinnere dich an ihn,* hatte Jem sich ermahnt. *Erinnere dich an sie. Erinnere dich an die Gründe. Erinnere dich an die einzige Antwort auf die einzige Frage. Vergiss sie nicht.*

Als Jem jetzt den Kopf hob, war Jonathan verschwunden. Er wünschte, er hätte dem Jungen danken können – dafür, dass er ihm geholfen hatte, sich zu erinnern.

Isabelle war noch nie am New Yorker Passagierterminal gewesen, und der Anblick beeindruckte sie nicht sonderlich. Das Gebäude sah aus wie eine Schlange aus Glas und Metall, und sie mussten in deren Bauch hocken und warten. Die Schiffe waren wie Lagerhäuser auf dem Wasser; dabei hatte Isabelle sich ein Schiff aus Idris eher wie ein Piratenschiff vorgestellt.

Beim Aufstehen war es noch dunkel gewesen, und jetzt brach bereits der Morgen an. Außerdem war es furchtbar kalt. Zum Schutz gegen den Wind über dem blauen Wasser hatte Alec seine Kapuzenjacke fest zugezogen, und Max drängte sich an ihre Mutter und quengelte, weil er so früh hatte aufstehen müssen. Im Grunde waren sowohl ihr kleiner als auch ihr großer Bruder schlecht gelaunt, und auch Isabelle wusste nicht recht, wie sie sich verhalten sollte.

Dann sah sie ihren Vater die Gangway herunterkommen, mit einem Jungen an seiner Seite. Die Morgendämmerung zeichnete eine dünne goldene Linie über dem Wasser. Der Wind zauberte kleine weiße Häubchen auf jede Welle und spielte mit den goldenen Locken des Jungen. Er hielt sich kerzengerade wie ein Degen und trug dunkle, eng anliegende Kleidung, die fast wie eine Schattenjägermontur aussah. Und die mit Blut besprizt war! Dann hatte er tatsächlich am Kampf teilgenommen. Mom und Dad erlaubten ihr oder Alec nicht einmal, gegen einen winzigen Dämon zu kämpfen!

Isabelle drehte sich zu Alec um, voller Zuversicht, dass er ihre Empörung angesichts dieser unfairen Behandlung teilen würde. Doch er starrte den Neuankömmling mit großen Augen an, als erlebte er gerade eine Offenbarung.

»Wow«, stieß Alec leise hervor.

»Und was ist mit diesem Vampir?«, fragte Isabelle entrüstet.

Alec sah sie an. »Welcher Vampir?«

Mom zischte, sie sollten Ruhe geben.

Jonathan Wayland hatte goldene Haare und goldene Augen. Aber diese Augen wirkten nicht tief, sondern wie glänzende Oberflächen. Sie gaben so wenig preis wie die Metalltüren eines fest verschlossenen Tempels. Er schenkte ihnen nicht einmal ein Lächeln, als er sich vor ihnen aufbaute.

Da ist mir ja sogar der Stille Bruder noch lieber, dachte Isabelle.

Sie schaute zu ihrer Mutter, aber diese starrte den Jungen mit einem seltsamen Gesichtsausdruck an. Der Junge erwiderte ihren Blick aufmerksam. »Ich bin Jonathan«, sagte er.

»Hallo, Jonathan«, sagte Isabelles Mutter. »Ich bin Maryse. Schön, dich kennenzulernen.«

Dann streckte sie die Hand aus und fuhr dem Jungen über die Haare. Jonathan zuckte kurz zusammen, wehrte sich aber nicht dagegen, dass Maryse seine vom Wind zerzausten goldenen Locken glatt strich.

»Ich denke, du brauchst dringend einen neuen Haarschnitt«, sagte sie.

Das war so typisch für ihre Mom, dass Isabelle lächeln und gleichzeitig die Augen verdrehen musste. Aber der Junge hatte tatsächlich einen Besuch beim Friseur nötig. Die Spitzen seiner Locken reichten über seinen Kragen hinaus und wirkten fransig, so als hätte sich derjenige, der ihm – vor viel zu langer Zeit – seinen letzten Haarschnitt verpasst hatte, keine besondere Mühe gegeben. Irgendwie wirkte der Junge wie eine streunende Katze, mit rauem Fell und jederzeit bereit, jeden in seiner Nähe anzufauchen ... obwohl das bei einem Kind eigentlich keinen Sinn ergab.

Mom zwinkerte ihm zu. »Dann wirst du sogar noch besser aussehen.«

»Ist das denn überhaupt möglich?«, fragte Jonathan trocken.

Alec lachte, woraufhin Jonathan überrascht wirkte, als hätte er ihren Bruder erst jetzt bemerkt. Anscheinend hatte er bisher seine gesamte Aufmerksamkeit auf ihre Mutter konzentriert, dachte Isabelle.

»Kinder, kommt und begrüßt Jonathan«, sagte Isabelles Dad.

Max starrte ehrfürchtig zu Jonathan hoch. Er ließ sein Stoffkaninchen auf den Betonboden fallen, tapste vorwärts und umarmte Jonathans Bein. Erneut zuckte Jonathan zurück, dieses Mal jedoch eher instinktiv ... bis dem Schlaukopf auffiel, dass ihm von einem Dreijährigen keine Gefahr drohte.

»Hallo, Jonathing«, murmelte Max in den Stoff von Jonathans Hose.

Jonathan tätschelte äußerst zaghaft Max' Rücken.

Isabelles Brüder zeigten nicht die geringste Geschwistersolidarität, was Jonathan Wayland betraf. Und das Ganze wurde nur noch schlimmer, als sie zu Hause waren und verlegen Small Talk machten, obwohl sie sich doch alle nur zurück ins Bett wünschten.

»Jonathing kann bei mir schlafen, denn wir haben uns sehr lieb«, verkündete Max.

»Jonathan hat sein eigenes Zimmer. Und jetzt sag ›Schlaf gut, Jonathan‹«, erwiderte Maryse. »Du kannst ihn später wiedersehen, wenn wir uns alle etwas ausgeruht haben.«

Isabelle ging auf ihr Zimmer, aber sie war noch immer zu aufgeregt, um schlafen zu können. Sie lackierte gerade ihre Fußnägel, als sie eine Tür im Flur leise knarren hörte.

Sofort sprang sie auf und lief zu ihrer eigenen Zimmertür, mit leuchtend schwarz lackierten Nägeln am linken Fuß, während der rechte Fuß noch in einer flauschigen rosa Socke steckte. Vorsichtig öffnete sie die Tür und spähte hinaus. Und dann entdeckte sie Alec, der den Kopf aus seiner Zimmertür steckte. Schweigend beobachteten sie, wie Jonathan Waylands Silhouette durch den Flur schlich. Isabelle machte eine Reihe komplizierter Handzeichen, um herauszufinden, ob sie dem Jungen gemeinsam folgen sollten.

Doch Alec starrte sie nur total verwundert an. Isabelle liebte ihren großen Bruder, aber manchmal verzweifelte sie bei dem Gedanken an ihre zukünftigen gemeinsamen Dämonenjagden. Er konnte sich ihre coolen, militärisch angehauchten Zeichen einfach nicht merken.

Isabelle gab auf, und dann liefen sie lautlos Jonathan nach, der sich im Institut noch nicht auskannte und nur wusste, welcher Weg in die Küche zurückführte.

Und genau dort fanden sie ihn auch. Jonathan hatte sein T-Shirt hochgezogen und tupfte mit einem feuchten Geschirrhandtuch über eine rote Schnittwunde an seinen Rippen.

»Beim Erzengel«, sagte Alec. »Du bist verletzt. Warum hast du denn nichts gesagt?«

Isabelle boxte Alec gegen den Arm, weil er ihre Tarnung aufgegeben hatte.

Jonathan starrte sie beide an, mit einem schuldbewussten Gesichtsausdruck, so als hätte er sich unerlaubt aus der Keksdose bedient, statt nur seine Wunde versorgt.

»Erzählt bloß nichts euren Eltern davon«, sagte er.

Alec lief zu Jonathan, warf einen Blick auf die Wunde und drängte den Jungen auf einen Stuhl – was Isabelle nicht überraschte. Ihr Bruder machte jedes Mal einen Riesenwirbel, wenn Max oder sie gestürzt waren.

»Die Wunde ist nicht tief«, sagte Alec nach einem Moment, »aber unsere Eltern sollten unbedingt davon erfahren. Mom könnte dir eine *Iratze* auftragen oder etwas in der Art ...«

»Nein! Es ist besser, wenn eure Eltern nichts davon erfahren. Es war einfach nur Pech, dass mich einer der Werwölfe erwischt hat. Ich bin ein guter Kämpfer«, entgegnete Jonathan scharf.

Sein Protest war fast schon beunruhigend heftig. Wenn er nicht erst zehn gewesen wäre, dann hätte Isabelle angenommen, dass er sich Sorgen machte, man könnte ihn für einen schlechten Krieger halten und fortschicken.

»Du bist ganz offensichtlich sehr gut«, sagte Alec. »Du brauchst nur jemanden, der dir den Rücken freihält.«

Dabei legte er seine Hand leicht auf Jonathans Schulter. Es handelte sich um eine kleine Geste, die Isabelle normalerweise nicht einmal registriert hätte – wenn da nicht die Tatsache gewesen wäre, dass Alec bisher noch niemanden außerhalb der Familie auf diese Weise berührt hatte. Und Jonathan Wayland verharrte vollkommen reglos, als fürchtete er, dass schon die kleinste Bewegung Alec verscheuchen könnte.

»Tut es sehr weh?«, fragte Alec voller Mitgefühl.

»Nein«, flüsterte Jonathan Wayland.

Isabelle war sich ziemlich sicher: Jonathan Wayland würde selbst mit abgetrenntem Bein noch behaupten, dass er keine Schmerzen hatte. Doch ihr Bruder war eine ehrliche Haut.

»Okay«, sagte Alec. »Ich hol schnell ein paar Sachen aus der

Krankenstation. Und dann kümmern wir uns gemeinsam darum.«

Er nickte Jonathan aufmunternd zu und lief dann los, sodass Isabelle mit diesem seltsamen, blutenden Jungen allein zurückblieb.

»Dein Bruder und du ... ihr scheint euch ziemlich nahezustehen«, sagte Jonathan.

Isabelle blinzelte. »Ja, klar.«

Was für eine Idee, seinen Geschwistern nahezustehen! Doch Isabelle verkniff sich ihre sarkastische Bemerkung, da Jonathan nicht nur verletzt, sondern auch ein Gast war.

»Dann ... werdet ihr vermutlich mal *Parabatai*?«, fragte Jonathan.

»Nein, ganz bestimmt nicht«, erwiderte Isabelle. »Dieses ganze Konzept ist ziemlich altmodisch, oder? Außerdem will ich meine Unabhängigkeit nicht aufgeben. Ich bin nicht nur die Tochter meiner Eltern und die Schwester meiner Brüder, sondern in erster Linie ich selbst. Ich spiele schon so viele Rollen für andere, da brauch ich nicht noch eine zusätzliche Rolle. Jedenfalls nicht in absehbarer Zukunft. Verstehst du, was ich meine?«

Jonathan lächelte. Einem seiner oberen Schneidezähne fehlte eine winzige Ecke. Isabelle fragte sich, wie das wohl passiert war – hoffentlich in einem mächtigen Kampf. »Keine Ahnung. Ich spiele für niemanden eine Rolle.«

Isabelle biss sich auf die Lippe. Ihr war nie bewusst gewesen, für wie selbstverständlich sie es gehalten hatte, dass sie sich in ihrer Familie sicher aufgehoben fühlte.

Jonathan hatte Isabelle während des Gesprächs angesehen, doch jetzt wanderte sein Blick wieder zu der Tür, durch die Alec verschwunden war.

Isabelle hatte irgendwie das Gefühl, dass Jonathan Wayland zwar noch keine drei Stunden in ihrem Zuhause verbracht hatte, aber bereits versuchte, sich einen *Parabatai* zu sichern.

Dann ließ er sich jedoch wieder auf seinen Stuhl zurücksacken und strahlte erneut diese *Ich-bin-zu-cool-für-dieses-Institut-*

Haltung aus. Und Isabelle vergaß den Gedanken, weil sie sich darüber ärgerte, dass er so ein Paradiesvogel war. Dieses Institut brauchte nur *einen* Paradiesvogel – und das war sie selbst.

Schweigend starrten sie einander an, bis Alec schließlich zurückkehrte.

»Äh ... soll ich dich verbinden, oder willst du das lieber selbst machen?«

Jonathans Gesichtsausdruck ließ keine Schlüsse zu. »Ich kann das selbst. Ich brauche keine Hilfe.«

»Okay«, sagte Alec unglücklich. Isabelle wusste nicht, ob Jonathans ausdruckslose Miene dazu diente, sie auf Abstand zu halten oder sich selbst zu schützen, aber ihr Bruder war eindeutig verletzt.

Alec war im Umgang mit Fremden immer schüchtern, und Jonathan war ein verschlossener Mensch, was bedeutete, dass sie verlegen und untätig herumstehen würden, obwohl Isabelle ihnen ansehen konnte, dass sie sich mochten. Isabelle seufzte. Jungs waren echt hoffnungslos – also musste sie jetzt das Kommando übernehmen.

»Halt still, du Blödmann«, befahl sie Jonathan, nahm Alec die Salbe aus den Händen und schmierte sie auf Jonathans Schnittwunde. »Ich werde jetzt dein barmherziger Engel sein.«

»Äh«, setzte Alec an, »das ist ziemlich viel Salbe.«

Das Ganze sah tatsächlich so aus, als hätte jemand zu hart auf die Mitte einer Zahnpastatube gedrückt. Aber Isabelle war der Ansicht, dass man keine vernünftigen Ergebnisse erzielen konnte, wenn man nicht bereit war, sich dabei die Hände schmutzig zu machen.

»Kein Problem«, versicherte Jonathan hastig. »Das ist prima. Danke, Isabelle.«

Isabelle schaute hoch und grinste ihn an. Dann wickelte Alec gewandt ein Verbandspäckchen auf. Jetzt, da sie die Sache ins Rollen gebracht hatte, trat Isabelle einen Schritt zurück. Ihre Eltern hätten bestimmt etwas dagegen, wenn sie ihren Gast versehentlich in eine Mumie verwandelte.

»Was ist hier los?«, fragte die Stimme ihres Vaters von der Tür aus. »Jonathan! Du hast doch gesagt, du wärst nicht verletzt.«

Als Isabelle den Kopf drehte, sah sie sowohl ihren Dad als auch ihre Mom in der Küchentür stehen, die Arme verschränkt und die Augen zu Schlitzen verengt. Vermutlich hatten sie etwas dagegen, dass Alec und sie mit dem neuen Jungen Doktorspiele spielten.

»Wir haben Jonathan nur verarztet«, erwiderte Alec nervös und baute sich vor Jonathans Stuhl auf. »Keine große Sache.«

»Es war meine Schuld, dass ich verletzt wurde«, sagte Jonathan. »Ich weiß, Entschuldigungen sind nur was für Nichtskönner. Es wird nicht wieder vorkommen.«

»Ach, tatsächlich?«, fragte Isabelles Mutter. »Alle Krieger werden irgendwann einmal verletzt. Oder hattest du vor, wegzulaufen und ein Bruder der Stille zu werden?«

Jonathan zuckte die Achseln. »Ich habe mich bei den Eisernen Schwestern beworben, aber sie haben mir eine kränkende und sexistische Absage erteilt.«

Alle lachten. Jonathan wirkte erneut erstaunt und dann einen kurzen Moment erfreut, bevor sich sein Gesicht wieder so schnell verschloss wie der Deckel einer Schatztruhe. Isabelles Mutter ging zu ihm und versorgte seine Wunde, während ihr Vater an der Tür stehen blieb.

»Jonathan? Hat man dich schon einmal irgendwie anders genannt?«, fragte Maryse.

»Nein«, antwortete Jonathan. »Mein Vater hat früher immer einen Witz gemacht und gesagt, dass er noch einen anderen Jonathan in Reserve hätte ... wenn ich mich nicht als gut genug erweisen würde.«

Isabelle fand das überhaupt nicht lustig.

»Ich habe ja immer das Gefühl, wenn wir eines unserer Kinder Jonathan nennen, ist das so wie bei den Irdischen, die ihre Kinder Jebediah taufen«, sagte Isabelles Mutter.

»John«, berichtigte ihr Vater. »Irdische nennen ihre Kinder oft John.«

»Ach, tatsächlich?«, fragte Maryse und zuckte die Achseln. »Ich hätte schwören können, sie würden sie Jebediah nennen.«

»Mein zweiter Vorname ist Christopher«, sagte Jonathan. »Ihr könnt ... mich Christopher nennen, wenn ihr wollt.«

Isabelle und Maryse tauschten einen vielsagenden Blick. Sie und ihre Mutter hatten sich schon immer auf diese Weise verständigen können. Vielleicht lag es ja daran, dass sie die einzigen weiblichen Wesen in der Familie waren und deshalb einander viel bedeuteten. Sie konnte sich nicht vorstellen, dass ihre Mutter ihr jemals irgendetwas erzählen würde, das sie nicht hören wollte.

»Wir werden dich nicht *umtaufen*«, sagte Mom traurig.

Isabelle war sich nicht sicher, ob ihre Mutter traurig war, weil Jonathan gedacht hatte, sie würden ihm einen neuen Namen verpassen, als wäre er ein Haustier. Oder ob sie traurig war, weil er es ihnen erlaubt hätte.

Dagegen war Isabelle sich aber ziemlich sicher, dass ihre Mutter Jonathan auf die gleiche Weise betrachtete wie früher Max, als er gerade laufen gelernt hatte. Die Frage der Probephase war vom Tisch: Jonathan würde ganz sicher bei ihnen bleiben.

»Wie wäre es mit einem Spitznamen?«, schlug Maryse vor. »Was hältst du von Jace?«

Jonathan schwieg einen Moment und musterte Isabelles Mutter aus dem Augenwinkel. Dann schenkte er ihr ein Lächeln, das so schwach und kühl begann wie das Licht der Morgendämmerung, sich aber zu einem warmen, hoffnungsvollen Strahlen entwickelte.

Und dann meinte er: »Ich glaube, Jace ist okay.«

Während ein Junge in eine Familie eingeführt wurde und zwei Vampire kalt, aber zusammengekuschelt im Laderaum eines Frachters schliefen, wanderte Bruder Zachariah durch eine Stadt, die nicht seine eigene war. Die vorbeihastenden Menschen konnten ihn nicht sehen, aber er sah das Licht in ihren Augen, als wäre es gerade erst neu entstanden. Der Lärm der Autohupen, das Reifenquietschen der anfahrenden gelben Taxis und das Geschwätz vieler vielsprachiger Stimmen bildeten ein langes, lebendiges Lied. Bruder Zachariah konnte sich an diesem Lied zwar nicht beteiligen, aber er konnte zuhören.

Es war nicht das erste Mal, dass er in der Gegenwart Spuren der Vergangenheit wahrnahm. Zwar stimmten die Farben nicht überein, und der Junge hatte nicht wirklich etwas mit Will gemein, das wusste Jem genau. Jem – denn in den Momenten, in denen er sich an Will erinnerte, war er immer Jem – war daran gewöhnt, seinen verlorenen und liebsten Schattenjäger in den Gesichtern und Gesten Tausender anderer Schattenjäger zu sehen, in der Bewegung eines Kopfes oder im Tonfall einer Stimme. Natürlich nie den Kopf seines Freundes und nie dessen längst verstummte Stimme, aber manchmal etwas, das dem nahekam – auch wenn diese Momente immer seltener wurden.

Jem hielt seinen Kampfstab fest in der Hand. Seit vielen langen Jahren hatte er den Initialen darauf nicht mehr so viel Beachtung geschenkt wie an diesem Morgen.

Dies ist eine Erinnerung an meinen Glauben. Wenn es einen Teil von ihm gibt, der bei mir sein kann – und davon bin ich überzeugt –, dann ist er jetzt zur Stelle. Nichts kann uns trennen. Er gestattete sich selbst ein Lächeln. Zwar konnte er seinen Mund nicht mehr öffnen, aber er konnte noch immer lächeln. Und er konnte noch immer mit Will reden, auch wenn er dessen Antworten nicht länger hörte.

Das Leben ist kein Schiff, das uns auf einer grausamen, unerbittlichen Woge von allem forttträgt, was wir lieben. Du bist für mich nicht unerreichbar an einer auf ewig entfernten Küste gestrandet. Das Leben ist ein Kreislauf. Ein Lebensrad.

Aus dem Fluss drangen die Stimmen der Meerjungfrauen zu ihm hoch. Sämtliche Funken der Stadt in der Morgendämmerung entzündeten ein neues Feuer. Ein neuer Tag erblickte das Licht der Welt.

Und dieses Lebensrad wird dich zu mir zurückbringen. Ich muss nur etwas Vertrauen haben.

Selbst wenn der Besitz eines Herzens kaum erträgliche Schmerzen mit sich bringen konnte, war das immer noch besser als die

Alternative. Selbst wenn Bruder Zachariah das Gefühl hatte, den Kampf zu verlieren und alles zu verlieren, was er jemals gewesen war, gab es immer noch Hoffnung.

Manchmal scheinst du sehr weit von mir entfernt zu sein, mein Parabatai.

Nicht einmal das Licht auf dem Wasser hatte dem Lächeln des Jungen Konkurrenz machen können – diesem fantastisch widersprüchlichen Lächeln, das unbezähmbar und zugleich so verletzlich gewesen war. Ein Junge auf dem Weg in seine neue Heimat, so wie Will und er selbst einst als einsame und verlorene Kinder zu dem Ort gereist waren, an dem sie einander begegnen sollten. Jem hoffte, dass Jonathan ebenso viel Glück finden würde wie er damals.

Jem lächelte bei dem Gedanken an den längst verstorbenen Freund.

Manchmal, Will, dachte er, *scheinst du mir sehr nahe zu sein.*

Cassandra Clare
Sarah Rees Brennan

Mein verlorenes Land

New York, 2012

Die Abenddämmerung hüllte den Himmel in ein sanftes graues Licht, aber die Sterne waren noch nicht zu sehen. Alec Lightwood lag dösend im Bett, weil er und sein *Parabatai* Jace Herondale die ganze Nacht gegen Lauerdämonen gekämpft hatten. Und weil Jace – der in Nephilimkreisen als großartiger Militärstratege galt – offensichtlich der Ansicht war, dass »etwa ein Dutzend Dämonen« eine zutreffende Einschätzung für tatsächlich siebenunddreißig Dämonen sei. (Alec war nach dem Kampf aus reiner Gehässigkeit herumgelaufen und hatte jeden einzelnen gezählt.)

»Gönn dir etwas Schönheitsschlaf«, hatte Magnus ihm geraten. »Ich bin sowieso mit der Herstellung eines Zaubertranks beschäftigt, und Max hat heute Abend seine nächste Versuchungslektion.«

Alec erwachte in einem Nest aus lavendelblauen und grünen Seidenlaken. Durch den Spalt unter der Schlafzimmertür drang flirrendes, unheimliches silbernes Licht. Der Geruch von Schwefel hing in der Luft. Alec hörte das Fauchen eines Dämons und dann den Klang vertrauter Stimmen. Lächelnd ließ er den Kopf zurück in die Kissen sinken.

Doch in dem Moment, als er sich aus dem Bett schwingen wollte, tauchten an der Schlafzimmerwand flammende Buchstaben auf.

Alec, wir brauchen deine Hilfe. Wir suchen schon seit Jahren nach einer Familie, die in großer Gefahr schwebt, und nach den

Gründen, warum sie verfolgt werden. Inzwischen denken wir, dass wir eine entscheidende Spur gefunden haben, die uns zum Schattenmarkt in Buenos Aires führt.

Aber in dieser Stadt kommt es immer wieder zu Unruhen zwischen den Schattenjägern und den Schattenweltlern. Der dortige Schattenmarkt wird bewacht wie eine Schatzkammer und steht unter der Leitung einer Werwölfin, die als »Königin des Schattenmarktes« bekannt ist. Sie sagt, die Tore ihres Marktes seien allen verschlossen, die etwas mit den Nephilim zu tun haben – allen außer Alexander Lightwood, dessen Hilfe sie gebrauchen könnte. Wir müssen diesen Schattenmarkt unbedingt betreten. Es geht um Leben und Tod.

Wirst du die Tore für uns öffnen? Kannst du herkommen?

Jem und Tessa

Alec starrte lange auf die Nachricht. Dann seufzte er, angelte sich seinen Pullover vom Boden und stolperte, noch immer nicht ganz wach, aus dem Schlafzimmer.

Im Wohnzimmer stieß er auf Magnus. Der Hexenmeister lehnte mit einem Ellbogen lässig gegen den Kaminsims, während er eine Phiole mit türkisblauer Flüssigkeit in ein Gefäß mit schwarzem Pulver goss. Seine goldgrünen Augen waren voller Konzentration auf seine Aufgabe geheftet. Auf den abgewetzten Holzdielen und dem Webteppich lagen überall die Spielzeuge ihres gemeinsamen Sohnes Max herum. Der Kleine steckte in einem Matrosenanzug mit kunstvollen marineblauen Bändern, die zur Farbe seiner Haare passten, und hockte mit dem Großen Vorsitzenden Miau Tse-tung auf dem Teppich.

»Du bist mein Miau-Freund«, teilte er dem Kater mit und drückte ihn fest an sich.

»Miau«, protestierte Miau Tse-tung. Seit Max laufen konnte, hatte der Kater keine ruhige Minute mehr.

In sicherer Entfernung zum Teppich prangte ein Pentagramm auf dem Boden. Silbernes Licht und schimmernder Nebel stiegen aus den Linien auf und verhüllten die Gestalt in ihrer

Mitte. Aber der lange, zuckende Schatten des Dämons bildete dunkle Flächen auf der grünen Tapete und den gerahmten Familienfotos.

Magnus zog eine Augenbraue hoch. »Entspann dich«, sagte er in Richtung des Pentagramms. »Hier sieht's aus, als hätte jemand einer Gruppe übereifriger Schüler eine Trockeneismaschine für ihre Highschoolaufführung von *Dämonen am Rio Bravo!* geliehen.«

Alec grinste. Der silberne Nebel löste sich so weit auf, dass der Dämon Elyaas im Pentagramm erkennbar wurde; beleidigt ließ er seine Fangarme hängen.

»Kind«, wandte er sich zischend an Max. »Du weißt nicht, welch dunkler Ahnenreihe du entstammst. Jede Faser deines Körpers ist dem Bösen verschrieben. Schließ dich mir an, höllischer Findling, begleite mich bei meinen Vergnügungen …«

»Mein Papa ist Ultra Magnus«, verkündete Max stolz. »Und Daddy ist ein Schattenjäger.«

Alec vermutete, dass Max den Namen »Ultra Magnus« von einem seiner Spielzeuge übernommen hatte. Magnus schien die Bezeichnung zu gefallen.

»Unterbrich mich nicht, wenn ich dir dunkle, dämonische Diebesfreuden in Aussicht stelle«, nörgelte Elyaas. »Warum musst du mich ständig unterbrechen?«

Bei dem Wort »dämonisch« hellte sich Max' Miene auf.

»Onkel Jace sagt, wir werden alle Dämonschen töten«, berichtete er strahlend. »Alle Dämonschen!«

»Hast du schon mal darüber nachgedacht, dass dein Onkel Jace eine durch und durch brutale Person ist?«, fragte der Dämon. »Ständig sticht er rüde auf andere ein, und dann ist er immer so sarkastisch!«

Max musterte ihn finster. »Ich hab Onkel Jace lieb. Aber Dämonschen nicht.«

Mit der freien Hand nahm Magnus einen Stift und malte eine weitere Blaubeere auf die Weißwandtafel als Beleg für Max' erfolgreichen Widerstand gegenüber dämonischen Tricks und Tücken.

Sobald er zehn Blaubeeren gesammelt hatte, durfte er sich eine Belohnung aussuchen.

Alec gesellte sich zu Magnus an die Weißtafel. Da sein Freund ein blubberndes Gefäß in der Hand hielt, schlang er vorsichtig die Arme um Magnus' Hüfte und verschränkte die Finger über der wuchtigen Gürtelschnalle des Hexenmeisters. Magnus trug ein tief ausgeschnittenes T-Shirt, sodass Alec sein Gesicht auf dessen glatte Haut pressen und seinen Duft einatmen konnte: eine Mischung aus Sandelholz und Zutaten für die Beschwörungsformel.

»Hi«, murmelte er.

Magnus griff mit der freien Hand nach hinten, und Alec spürte das leichte, sanfte Ziehen der Ringe in seinen Haaren. »Selber hi. Konntest du nicht schlafen?«

»Ich habe geschlafen«, protestierte Alec. »Hör zu, es gibt Neuigkeiten.«

Er berichtete Magnus von der Flammenbotschaft, die Jem Carstairs und Tessa Gray geschickt hatten: von der Familie, nach der sie suchten; vom Schattenmarkt, den sie ohne seine Hilfe nicht betreten konnten. Während Alec erzählte, seufzte Magnus leise und lehnte sich gegen ihn – eine der kleinen, unbewussten Gesten, die Alec wahnsinnig viel bedeuteten. Es erinnerte ihn an den Tag, an dem er Magnus zum allerersten Mal berührt hatte … der Tag, an dem er sich zu einem anderen Mann hingezogen gefühlt und ihn geküsst hatte … jemanden, der sogar noch größer war als er selbst, mit einem schlanken, geschmeidigen Körper, der sich gegen Alecs Körper gedrängt hatte. Damals war ihm regelrecht schwindlig geworden, vor Erleichterung und Freude darüber, dass er endlich jemanden berührte, von dem er selbst gern berührt werden wollte – wo er doch gedacht hatte, dass so etwas möglicherweise nie passieren würde. Inzwischen war er der Überzeugung, dass er so empfunden hatte, weil es sich um Magnus gehandelt hatte … dass er es damals schon gewusst hatte. Heute sprachen aus dieser Geste all die Tage, die seit jenem ersten Moment vergangen waren.

Als er jetzt spürte, wie Magnus sich in seiner Umarmung entspannte, hatte er den Eindruck, dass auch er sich entspannen konnte.

Welch seltsamen Auftrag Jem und Tessa auch immer für ihn hatten – er würde es schaffen. Und danach konnte er wieder nach Hause zurückkehren.

Als Alec verstummte, wand Miau Tse-tung sich aus Max' liebevollem Würgegriff und schoss durch den Raum und die geöffnete Tür in Alecs und Magnus' Schlafzimmer, wo er sich vermutlich den Rest des Abends unter dem Bett verkriechen würde. Max sah dem Kater traurig nach, hob dann aber den Kopf und grinste, wobei seine kleinen perlweißen Zähne zum Vorschein kamen. Sekunden später warf er sich Alec in die Arme, als hätte er ihn wochenlang nicht gesehen. Bei jeder Rückkehr begrüßte er Alec mit überwältigender Begeisterung – ob Alec nun von einer Reise heimkehrte oder von einer Patrouille oder einfach nur fünf Minuten in einem anderen Raum verbracht hatte.

»Hi, Daddy!«

Alec stützte ein Knie auf den Boden und breitete die Arme aus, um ihn an sich zu ziehen. »Hi, mein Baby.«

Einen Moment stand er mit Max an seiner Brust da – ein warmes, weiches Bündel aus Bändern und rundlichen Gliedmaßen, das leise an seinem Ohr kicherte. Als Max noch ein Säugling gewesen war, hatte Alec jedes Mal wieder gestaunt, wie perfekt sein winziger Körper in Alecs Armbeuge passte. Damals hatte er sich kaum vorstellen können, dass Max irgendwann einmal größer werden könnte. Aber Alec hätte sich keine Sorgen zu machen brauchen. Wie groß sein Junge auch werden würde – er würde immer in Alecs Arme passen.

Vorsichtig zupfte Alec an Max' Matrosenanzug. »Das sind aber verdammt viele Bänder, Kumpel.«

Max nickte traurig. »Zu viele Bänder.«

»Was ist mit deinem Pullover passiert?«

»Das ist eine gute Frage, Alexander. Gestatte mir, dir die Geschichte seines Schicksals zu erzählen. Max hat sich mit dem

Pullover im Katzenklo gewälzt, damit er ›genau wie Daddy‹ aussieht«, berichtete Magnus. »Und deshalb muss er jetzt den Matrosenanzug der Schande tragen. Sieh mich nicht so an; ich bin nicht derjenige, der hier die Regeln aufstellt. Ach – Moment mal, das bin ja doch ich!«

Er wedelte tadelnd mit dem Finger, woraufhin Max erneut lachte und versuchte, nach den glitzernden Ringen zu grapschen.

»Es ist wirklich eine Freude, euch Kindern beim Spielen zuzusehen«, meldete sich Elyaas, der Tentakeldämon, zu Wort. »Ich hab ja nicht so viel Glück in der Liebe. Jeder, dem ich begegne, ist hinterhältig und herzlos. Okay, wir sind Dämonen. Wahrscheinlich liegt es in unserer Natur.«

Magnus hatte darauf bestanden, dass jedes Hexenwesen wissen musste, was das Heraufbeschwören eines Dämons beinhaltete. Er vertrat die Ansicht, je stärker Max an deren Gegenwart gewöhnt war, desto geringer war die Gefahr, dass er sich von seinem ersten heraufbeschworenen Dämon austricksen ließ oder Angst vor ihm bekam. Deshalb hatte er die Versuchungslektionen eingeführt. Für einen Dämon war Elyaas gar nicht mal so schlecht – was nicht bedeutete, dass er nicht immer noch ziemlich schrecklich war. Als Max an dem Pentagramm vorbeigetappt war, hatte Alec gesehen, wie sich ein tückischer silberner Fangarm gierig am Rand entlangbewegt hatte – immer in der Hoffnung, dass Max einen falschen Schritt machte.

Alec musterte Elyaas mit düsterer Miene.

»Glaub ja nicht, ich würde vergessen, wer du bist«, sagte er grimmig. »Ich hab dich genau im Blick.«

Elyaas hielt resigniert seine Fangarme hoch und huschte auf die andere Seite des Pentagramms. »Das war nur ein Reflex! Ich habe mir nichts dabei gedacht.«

»Dämonschen«, sagte Max finster.

Mit einem Fingerschnippen und einem Murmeln ließ Magnus den Dämon in seine Dimension zurückkehren, dann wandte er sich wieder an Alec.

»Also, dann wirst du in Buenos Aires gebraucht«, sagte er.

»Ja«, bestätigte Alec. »Keine Ahnung, warum man ausgerechnet mich auf diesem Schattenmarkt braucht statt irgendeines anderen Schattenjägers.«

Magnus lachte. »Ich kann mir schon vorstellen, warum.«

»Okay, davon mal abgesehen.« Alec grinste. »Ich kann doch gar kein Spanisch.«

Magnus sprach fließend Spanisch, und Alec wünschte, er könnte ihn begleiten. Aber sie waren immer darum bemüht, dass einer von ihnen zu Hause bei Max blieb. Als Max noch ein Säugling gewesen war, hatten sie ihn einmal zurücklassen müssen, doch keiner von ihnen wollte diese Erfahrung wiederholen.

Alec versuchte zurzeit, Spanisch zu lernen, neben diversen anderen Sprachen. Denn die Wirkung der Sprachbegabungsrune hielt nie lange an, und außerdem hatte er damit das Gefühl zu schummeln. Schattenwesen aus aller Welt kamen nach New York, um seinen Rat einzuholen, und Alec wollte in der Lage sein, persönlich mit ihnen zu reden. An oberster Stelle auf der Liste der zu lernenden Sprachen stand jedoch Indonesisch – Magnus zuliebe.

Leider war Alec nicht besonders sprachbegabt. Er konnte die eine oder andere Fremdsprache lesen, aber wenn es ums Reden ging, suchte er immer nach Worten, ganz gleich in welcher Sprache. Inzwischen hatte Max mehr Wörter in diversen Sprachen aufgeschnappt, als Alec je auswendig gelernt hatte.

»Mach dir deswegen keine Sorgen«, hatte Magnus einst dazu gesagt. »In all den Jahren habe ich keinen einzigen Lightwood kennengelernt, der ein Talent für Sprachen hatte ... bis auf einen.«

»Und wer war das?«, hatte Alec gefragt.

»Er hieß Thomas. Groß wie ein Baum. Sehr schüchtern.«

»Kein Monster wie die anderen Lightwoods, von denen du erzählt hast?«

»Ach, ich weiß nicht recht«, hatte Magnus erwidert. »Er hatte durchaus etwas von einem kleinen Monster an sich.«

Dann hatte er Alec mit dem Ellbogen angestoßen und gelacht.

Alec erinnerte sich an eine Zeit, als Magnus nicht über seine Vergangenheit gesprochen und Alec deshalb gedacht hatte, er hätte etwas falsch gemacht oder Magnus würde nichts an ihm liegen. Inzwischen verstand er, dass es nur daran gelegen hatte, dass man Magnus schon mehrfach das Herz gebrochen und er deshalb Angst hatte, auch Alec könnte ihn verletzen.

»Ich dachte, ich nehme Lily mit. Sie spricht Spanisch«, sagte Alec jetzt. »Außerdem heitert der Ausflug sie vermutlich auf. Sie mag Jem.«

Niemand, auf welchem Schattenmarkt auch immer, würde Lilys Anwesenheit hinterfragen. Inzwischen hatten alle von der Schattenweltler-Nephilim-Allianz zumindest gehört, und es war weithin bekannt, dass sich die Mitglieder der Allianz gegenseitig unterstützten.

Magnus zog eine Augenbraue hoch. »Und ob Lily Jem mag – ich habe gehört, welche Spitznamen sie ihm gibt.«

Max schaute mit strahlender Miene von Alec zu Magnus und wieder zurück.

»Bring ein Brüderchen oda Schwesterchen mit, ja?«, fragte er hoffnungsvoll.

Magnus und Alec hatten nicht nur untereinander über ein zweites Kind gesprochen, sondern auch mit Max. Aber sie hatten nicht damit gerechnet, dass Max der Gedanke derart gefallen würde. Seitdem fragte der Kleine jedes Mal, wenn einer von ihnen das Haus verließ, nach einem Brüderchen oder Schwesterchen. Erst vor wenigen Tagen hatte Magnus die Frage umgangen, indem er beim Verlassen der Wohnung gerufen hatte: »Nein, ich besorge kein Baby, ich geh nur schnell in die Drogerie. Und die verkaufen keine Babys!« Und vor nicht allzu langer Zeit hatte sich Max im Park einen Kinderwagen mit einem irdischen Säugling geschnappt. Glücklicherweise war er zu diesem Zeitpunkt durch Zauberglanz getarnt gewesen, sodass die irdische Mutter dachte, es würde sich um einen heftigen Windstoß handeln statt um Alecs kleinen Wirbelwind.

Es wäre nett, wenn Max ein Geschwisterchen hätte, mit dem

er aufwachsen könnte. Und es wäre nett, mit Magnus ein weiteres Kind zu haben. Aber Alec erinnerte sich nur zu gut daran, wie sein Herz bei seiner ersten Begegnung mit Max ganz ruhig geworden und er sich absolut sicher gewesen war. Und er wollte lieber warten, bis er sich wieder genau so fühlte wie damals.

Alecs Schweigen vermittelte Max wohl den Eindruck, dass hier Verhandlungsspielraum bestand. »Bring ein Brüderchen un' ein Schwesterchen un' einen Dinosaurier mit, ja?«, fragte er.

Alec machte Max' Tante Isabelle verantwortlich für das Verhalten des Kleinen; seiner Meinung nach setzte seine Schwester Max überhaupt keine Grenzen.

Jace' Signal – ein aus einem Feenblatt gefaltetes Flugzeug, das von außen gegen die Fensterscheibe klatschte – bewahrte ihn vor einer längeren Erklärung.

Rasch gab er Max einen Kuss auf seine blauen Locken, genau zwischen die Hörner. »Nein, ich breche zu einem Einsatz auf.«

»Ich komm mit«, schlug Max vor. »Ich bin ein Schattenjäger.«

Max sagte das oft, wofür Alec wiederum Max' Onkel Jace verantwortlich machte. Alec warf Magnus über den Kopf des Kleinen hinweg einen flehentlichen Blick zu.

»Komm zu Papa, mein kleines Blausternchen«, sagte Magnus, woraufhin sich Max nichtsahnend in seine weit geöffneten Arme warf.

»Hol Lily ab«, wandte Magnus sich an Alec. »Ich werde ein Portal für euch öffnen.«

Max kreischte empört: »Runter!«

Sanft setzte Magnus ihn auf den Boden. Alec hielt an der Tür inne, um einen letzten Blick auf die beiden zu werfen. Magnus schaute zu ihm hoch, berührte sein Herz und bewegte leicht die Finger. Alec grinste und öffnete seine Hand, wo eine winzige blaue, magische Flamme kurz aufflackerte.

»Ich hasse dich, Daddy«, schmollte Max.

»Ein Jammer«, erwiderte Alec. »Denn ich liebe euch beide«, fügte er rasch hinzu und schloss dann die Tür, bevor er erröten konnte.

Diese Worte kamen ihm nie leicht über die Lippen, aber er sprach sie jedes Mal laut aus, wenn er zu einem Einsatz musste – nur für den Fall, dass es seine letzten Worte sein sollten.

Jace wartete auf dem Gehweg auf ihn. Er lehnte an einem mickrigen Stadtbaum und warf sein Wurfmesser von einer Hand in die andere.

Als Alec den Gehweg erreichte, ertönte über ihm ein Geräusch. Alec schaute hoch, in der Erwartung, dort Magnus zu sehen, doch stattdessen entdeckte er Max' rundes Gesichtchen. Vermutlich wollte er einen Blick auf seinen fabelhaften Onkel Jace werfen. Aber im nächsten Moment bemerkte Alec, dass Max ihn ansah mit einem traurigen Ausdruck in den großen blauen Augen. Er legte eine Hand auf seinen Matrosenanzug und machte dann die gleiche Geste, die Magnus zuvor gemacht hatte – so als könnte er bereits Magie betreiben.

Alec tat so, als würde er eine blaue Flamme in seiner Hand sehen und den magischen Kuss in seine Tasche stecken. Dann winkte er Max ein letztes Mal zu, bevor Jace und er sich auf den Weg machten.

»Was war los?«, fragte Jace.

»Max wollte auf eine Patrouille mitkommen.«

Jace' Augen bekamen einen weichen Ausdruck. »Guter Junge! Er sollte …«

»Nein!«, unterbrach Alec ihn. »Und dir wird niemand eigenen Nachwuchs gestatten, solange du nicht aufhörst, anderer Leute Kinder in Waffensäcke zu stecken und zu einer Patrouille zu schmuggeln.«

»Es wäre mir fast gelungen, dank meiner übernatürlichen Geschwindigkeit und unvergleichlichen Gerissenheit«, behauptete Jace.

»Nein. Der Sack hat sich nämlich bewegt«, entgegnete Alec.

Jace zuckte gelassen die Achseln. »Bist du bereit für eine weitere Runde heroischer Heldentaten, um die Welt vor dem Bösen zu schützen? Oder um Simon einen Streich zu spielen, falls es eine ruhige Nacht wird?«

»Ehrlich gesagt: Ich kann nicht mitkommen«, sagte Alec und erzählte Jace von Jems und Tessas Nachricht.

»Ich kann dich begleiten«, bot Jace sofort an.

»Und du willst Clary das Institut allein führen lassen? Eine Woche vor ihrer Ausstellung?«

Bei diesem Argument zog Jace eine zerknirschte Miene.

»Du wirst Clary nicht im Stich lassen. Lily und ich schaffen das schon«, sagte Alec. »Außerdem ist es ja nicht so, als ob Jem und Tessa sich nicht zu helfen wüssten. Wir werden ein Team bilden.«

»Also gut«, sagte Jace widerstrebend. »Vermutlich sind drei andere Kämpfer ein akzeptabler Ersatz für mich.«

Alec versetzte ihm einen freundschaftlichen Knuff gegen die Schulter, woraufhin Jace lächelte.

»Also dann«, sagte er. »Auf zum Hotel Dumort.«

Die Fassade des Hotels wirkte schmierig, und die Graffiti hatten die bräunliche Farbe von getrocknetem Blut.

Aber das Innere hatte Lily renovieren lassen. Alec und Jace öffneten eine zersplitterte Holztür und fanden dahinter eine strahlende Eingangshalle vor. Die weit geschwungene Treppe und die Galerie über ihnen waren mit einem glitzernden Geländer ausgestattet, dessen vergoldetes Gitterwerk mit Schlangen und Rosen verziert war. Lily mochte alles, was sie an die Zwanzigerjahre erinnerte – ihrer Meinung nach das beste Jahrzehnt überhaupt. Aber nicht nur das Dekor hatte sich verändert: Inzwischen war das Hotel Dumort in Hipsterkreisen ein Begriff, und obwohl Alec den Reiz nicht verstehen konnte, den das Hotel auf bestimmte Leute ausübte, existierte bereits eine Warteliste für potenzielle Partyopfer.

Zwei Beine ragten unter der geschwungenen Treppe hervor. Alec marschierte darauf zu und spähte in die schattige Nische, wo er einen Mann mit Hosenträgern, einem blutverschmierten Hemd und einem Grinsen auf dem Gesicht entdeckte.

»Hi«, begrüßte Alec ihn. »Nur eine kurze Frage: Bist du freiwillig hier?«

Der Mann blinzelte. »Aber ja. Ich habe die Einverständniserklärung unterzeichnet!«

»Die haben jetzt eine Einverständniserklärung?«, murmelte Jace.

»Ich habe ihnen gesagt, dass das nicht nötig ist«, erwiderte Alec leise.

»Meine fantastische Lady mit den Fangzähnen hat gesagt, dass ich unterschreiben muss, weil der Rat in der Hinsicht sehr streng ist. Bist du der Rat?«

»Nein«, sagte Alec.

»Aber Hetty hat gesagt, wenn ich die Einverständniserklärung nicht unterschreibe, würde der Rat mit seinen enttäuschten blauen Augen auf sie niederblicken. Deine Augen sind sehr blau.«

»Und sehr enttäuscht«, erwiderte Alec streng.

»Fällst du Alec etwa auf die Nerven?«, fragte eine junge Vampirin in forderndem Ton, während sie aus dem Salon in die Eingangshalle stürmte. »Fall Alec gefälligst nicht lästig!«

»Du meine Güte«, sagte der Mann entzückt. »Ist meine sterbliche Seele jetzt dem Untergang geweiht? Wirst du mich in die Abgründe deines untoten Zornes blicken lassen?«

Hetty fauchte und tauchte dann kichernd unter die Treppe. Alec wandte den Blick ab und ging in Richtung des Salons, dicht gefolgt von Jace. Im Umgang mit den Vampiren ließ Jace Alec den Vortritt. Als Leiter des New Yorker Instituts wäre ein Tadel von ihm einer Drohung gleichgekommen. Jace und Alec hatten darüber gesprochen, wie sie die Stadt für alle Schattenweltler attraktiver und einladender machen konnten – jetzt, da sich New York während des Kalten Friedens zu einem Zufluchtsort entwickelt hatte.

Durch die Salontüren drang Musik: allerdings nicht Lilys üblicher Jazz, sondern ein dröhnender Sound, der wie eine Mischung aus Rap und Jazz klang. Im Inneren des Salons erwarteten sie Plüschsessel, ein hochglanzpoliertes Klavier und ein komplizierter Aufbau aus Plattentellern und Kabeln. Bat Velasquez, der

Werwolf-DJ, hockte im Schneidersitz auf einem üppig gepolsterten Samtsofa und hantierte an den Reglern herum.

In anderen Städten kamen Vampire und Werwölfe nicht gut miteinander aus. Aber New York war keine Stadt wie alle anderen.

Elliott, Lilys Stellvertreter, tanzte selbstvergessen für sich allein. Seine Arme und Dreadlocks waberten zum Beat wie Unterwasserpflanzen.

»Ist Lily schon wach?«, fragte Alec.

Plötzlich machte Elliott einen gehetzten Eindruck. »Noch nicht. Gestern Morgen ist es etwas spät geworden. Wegen eines unschönen Vorfalls. Oder eher einer Katastrophe.«

»Und was war die Ursache der Katastrophe?«

»Na ja«, setzte Elliott an, »ich wie üblich. Aber dieses Mal war es wirklich nicht meine Schuld! Das Ganze war definitiv ein Unfall, der jedem hätte passieren können. Du musst wissen, dass donnerstagabends immer diese Selkie für Gelegenheitssex vorbeikommt.«

Selkies waren Wasserwesen, die ihre Robbenhaut ablegen konnten, um Menschengestalt anzunehmen – eine sehr seltene Feenart.

Alec musterte ihn eindringlich. »Dann hätte diese Katastrophe also jedem passieren können, der mit einer Selkie regelmäßig Gelegenheitssex hat.«

»Ja, ganz genau«, bestätigte Elliott. »Oder eher jedem, der mit zwei verschiedenen Selkies regelmäßig Gelegenheitssex hat. Eine von ihnen hat die abgelegte Robbenhaut der anderen in meinem Schrank gefunden. Daraufhin kam es zu einer Szene. Ihr wisst ja, wie Selkies sind.«

Alec, Jace und Bat schüttelten den Kopf.

»Nur eine einzige, winzige Mauer ging zu Bruch, aber jetzt ist Lily stinksauer auf mich.«

Lily hatte Elliott zu ihrem Stellvertreter gemacht, weil sie befreundet waren – und nicht weil Elliott besondere Führungsqualitäten besaß. Manchmal machte Alec sich wirklich Sorgen um den New Yorker Vampirclan.

»Junge, Junge, warum musst du ständig allen Leuten einen Dreier vorschlagen?«, fragte Bat kopfschüttelnd. »Warum seid ihr Vampire nur so drauf?«

Elliott zuckte die Achseln. »Vampire lieben flotte Dreier. Lebe lang und werde dekadent. Aber natürlich sind wir nicht alle gleich.« Sein Gesicht leuchtete auf, da ihm offenbar eine schöne Erinnerung kam. »Der Boss war wirklich kein Freund von Dekadenz. Aber ehrlich: Ich bin bereit, mich auf eine Beziehung einzulassen. Und ich denke, du und ich und Maia …«

»Meine *abuela* würde dich nicht mögen«, erwiderte Bat fest. »Meine *abuela* liebt Maia. Maia lernt für sie Spanisch.«

Bats leicht raue Stimme bekam jedes Mal einen weichen, warmen Klang, wenn er von Maia sprach – Anführerin des Werwolfrudels und seine feste Freundin. Alec konnte es ihm nachfühlen. Über das Werwolfrudel brauchte er sich nie Gedanken zu machen. Maia hatte immer alles im Griff.

»Apropos Spanisch«, sagte Alec. »Ich muss nach Buenos Aires und wollte Lily fragen, ob sie mitkommt, weil sie die Sprache fließend spricht. Bis wir wieder zurückkommen, wird sie sich abgeregt haben.«

Elliott nickte. »Eine Reise würde ihr guttun«, sagte er in ungewöhnlich ernstem Ton. »In letzter Zeit geht es ihr nicht besonders. Ihr fehlt der Boss. Okay, er fehlt uns allen, aber für Lily ist es noch etwas anderes. Jeden von uns erwischt es irgendwann auf diese Weise.« Er warf Alec einen Blick zu und erklärte: »Uns Unsterbliche. Wir sind daran gewöhnt, einander im Laufe der Jahrhunderte immer wiederzusehen. Manchmal vergehen Jahre dazwischen, aber dann trifft man sich wieder, und alles ist wie früher. Denn wir verändern uns nicht, auch wenn die Welt sich um uns herum verändert. Und wenn dann doch jemand von uns stirbt, brauchen wir eine Weile, um das zu verarbeiten. Man fragt sich, wann man denjenigen wohl wiedersehen wird. Aber dann erinnert man sich, und es ist jedes Mal wieder ein Schock. Und man muss es sich wieder und wieder sagen, bis man es selbst glaubt: Ich werde ihn nie wieder zu Gesicht bekommen.«

In Elliotts Stimme schwang tiefe Trauer mit. Alec nickte. Er wusste, dass Magnus eines Tages das Gleiche über ihn denken würde: »Nie wieder.«

Und er wusste auch, wie stark jemand sein musste, um die Einsamkeit der Unsterblichkeit ertragen zu können.

»Außerdem könnte Lily etwas Hilfe bei der Leitung des Clans gebrauchen.«

»Du könntest ihr helfen«, erwiderte Alec. »Wenn du nur etwas mehr Verantwortung zeigen …«

Elliott schüttelte den Kopf. »Das kannst du vergessen. Hey, Mister Institutsleiter, *du* hast doch Führungsqualitäten! Wie wär's? Ich mach dich zum Vampir, dafür hilfst du bei der Leitung des Clans und bleibst für immer umwerfend gut aussehend.«

»Das wäre durchaus ein Geschenk an zukünftige Generationen«, bemerkte Jace nachdenklich. »Aber nein danke.«

»Elliott!«, sagte Alec scharf. »Hör auf, anderen Leuten die Unsterblichkeit anzubieten! Darüber haben wir doch gesprochen!«

Elliott nickte leicht beschämt, aber mit einem kleinen, verstohlenen Lächeln um die Mundwinkel. Aus der Eingangshalle drang eine Stimme in den Salon.

»Ich höre, dass jemand meine Leute herumkommandiert. Alec?«

Eine der beunruhigendsten Eigenschaften der Vampire des New Yorker Clans war die Tatsache, dass man zwar nicht vernünftig mit ihnen reden konnte, sie aber entzückt waren, wenn man mit ihnen schimpfte. Raphael Santiago hatte diesen Leuten wahrhaft seinen Stempel aufgedrückt.

Alec marschierte zur Eingangshalle und blickte nach oben. Lily stand auf der Galerie. Sie trug einen zerknitterten rosa Pyjama mit Schlangenmuster und den Worten »STEH AUF UND SCHLAG DRAUF«. Aus ihrer Haltung sprach Erschöpfung.

»Ja«, bestätigte Alec. »Hi, Lily. Jem hat mich gebeten, nach Buenos Aires zu kommen und ihm zu helfen. Willst du mich begleiten?«

Lilys Miene hellte sich auf. »Fragst du ernsthaft, ob ich mit dir mitkommen und helfen will, den hinreißenden Mjamm-mjamm-mjem Carstairs aus einer Notlage zu retten?«

»Dann ist das ein Ja?«

Lily grinste so breit, dass ihre Fangzähne zum Vorschein kamen. »Und ob das ein Ja ist.«

Sie lief von der Galerie in ein Zimmer. Alec merkte sich die Tür und stieg die Treppe hinauf. Dort wartete er einen Moment, lehnte sich gegen das Geländer und klopfte schließlich an.

»Komm rein!«

Statt einzutreten, öffnete er nur die Tür. Der Raum war so schmal wie eine Zelle, mit nackten Holzdielen und nur einem Kruzifix an den kahlen Wänden. Es handelte sich um das einzige Zimmer im Hotel Dumort, das Lily nicht renoviert hatte. Die Vampirleiterin schlief wieder in Raphaels altem Zimmer.

Außerdem trug sie eine Lederjacke, die früher einmal Raphael gehört hatte. Alec sah zu, wie sie ihre rosagesträhnten Haare glatt strich und dann schnell das Kruzifix küsste, damit es ihr Glück brachte. Vampire christlichen Glaubens trugen bei der Berührung mit einem Kreuz Verbrennungen davon, aber Lily war Buddhistin. Das Kruzifix hatte für sie keinerlei Bedeutung, abgesehen von der Tatsache, dass es früher Raphael gehört hatte.

»Möchtest du …«, Alec hüstelte und folgte ihr aus dem Raum. »Möchtest du vielleicht reden?«

Lily legte den Kopf in den Nacken und schaute zu ihm hoch. »Über Gefühle? Tun wir das denn?«

»Lieber nicht, wenn's nach mir geht«, sagte Alec, lächelte dabei jedoch. »Aber wir könnten.«

»Ach nö«, winkte Lily ab. »Komm, lass uns lieber aufbrechen und ein paar scharfe Typen angraben! Wo steckt dieser Idiot Elliott?«

Leichtfüßig lief sie die Treppe hinunter, und Alec folgte ihr in den Salon.

»Elliott, ich übertrage dir die Verantwortung für den Clan!«, verkündete Lily. »Bat, ich klaue dir mal kurz die Freundin!«

Bat schüttelte den Kopf. »Warum seid ihr Vampire nur so drauf?«, murmelte er erneut.

Lily grinste. »Nur zu Verwaltungszwecken. Maia leitet die Schattenweltler-Nephilim-Allianz, bis wir wieder zurück sind.«

»Ich will aber nicht die Verantwortung für den Clan tragen«, jammerte Elliott. »Bitte werd ein Vampir und leite uns, Jace! Bitte!«

»Früher, als dieses Hotelgebäude kurz vor dem Zusammenbruch stand, bin ich hier herumgelaufen und musste dabei um mein Leben fürchten. Und heute bin ich umgeben von Samtkissen und beharrlichen Angeboten für unsterbliche Schönheit«, sinnierte Jace.

»Nur ein winzig kleiner Biss«, drängte Elliott. »Es wird dir gefallen.«

»Niemandem gefällt es, wenn man ihm das Blut aus dem Körper saugt, Elliott«, mahnte Alec ernst.

Beide Vampire lächelten, weil er mit ihnen schimpfte, zogen dann aber eine betroffene Miene, als ihnen die Bedeutung seiner Worte bewusst wurde.

»Das denkst du nur, weil Simon es völlig falsch angefangen hat«, hielt Lily dagegen. »Ich habe ihm schon so oft gesagt, dass er es für uns alle vermasselt hat.«

»Simon hat alles richtig gemacht«, murmelte Jace.

»Mir hat es nicht gefallen. Und ich will nicht mehr darüber reden«, sagte Alec. »Außerdem sollten wir jetzt aufbrechen.«

»Ah ja.« Lily strahlte. »Ich bin schon ganz gespannt, wie es dem schärfsten Schattenjäger der Welt geht.«

»Mir geht's blendend«, sagte Jace.

Ungeduldig tippte Lily mit dem Fuß auf den Boden. »Wer redet denn von dir, Jace? Hast du schon mal den Ausdruck ›groß, dunkel und gut aussehend‹ gehört?«

»Das klingt nach einem ziemlich altmodischen Ausdruck«, erwiderte Jace. »Wie etwas, das die Leute vor meiner Geburt gesagt haben.«

Er grinste Lily an, die sein Grinsen erwiderte. Jace zog nicht nur diejenigen auf, für die er schwärmte. Er zog jeden auf, den er mochte – was Simon in all den Jahren noch immer nicht kapiert hatte.

»Es gibt verdammt viele scharfe Schattenjäger«, sagte Elliott. »Das ist ihr Daseinszweck, oder?«

»Nein«, erwiderte Alec. »Wir bekämpfen Dämonen.«

»Ach«, sagte Elliott. »Verstehe.«

»Ich will ja nicht angeben, aber wenn es ein Buch mit den schärfsten Schattenjägern gäbe, dann wäre mein Bildnis auf jeder Seite zu finden«, verkündete Jace gelassen.

»Nein«, widersprach Lily. »Es wäre mit Fotos der Familie Carstairs gefüllt.«

»Redest du von Emma?«, fragte Alec.

Lily runzelte die Stirn. »Wer ist Emma?«

»Emma Carstairs«, half Jace aus. »Sie ist Clarys Brieffreundin und lebt in L. A. Manchmal füge ich Clarys Antwort noch einen Nachsatz hinzu und verrate Emma ein paar nützliche Messerwurftricks. Emma ist sehr gut.«

Emma war eine Massenvernichtungswaffe auf zwei Beinen – was Jace natürlich gefiel. Jetzt holte er sein Handy hervor und präsentierte Lily ein Foto, das Emma Clary vor Kurzem geschickt hatte und das sie lachend an einem Strand zeigte, mit einem Schwert in der Hand.

»Cortana«, keuchte Lily.

Alec warf ihr einen scharfen Blick zu.

»Emma kenn ich nicht«, sagte Lily. »Aber das würde ich gern ändern. Normalerweise stehe ich ja nicht auf Goldlöckchen, aber sie ist echt sexy. Dem Himmel sei Dank für die Familie Car-Superstars. Die lässt mich nie im Stich. Apropos: Ich bin dann mal weg, um die Aussicht in Buenos Aires zu genießen.«

»Jem ist *verheiratet*«, bemerkte Alec.

»Bitte übergib mir nicht die Verantwortung«, flehte Elliott. »Du kannst mir nicht trauen. Das ist ein schrecklicher Fehler!«

Lily ignorierte beide, fing aber Alecs Blick auf, als er sie beim Verlassen des Hotels musterte.

»Zieh doch nicht so eine besorgte Miene«, sagte sie. »Vermutlich wird Elliott die Stadt nicht niederbrennen. Bei meiner Rückkehr werden alle derartig dankbar sein, dass sie danach alles tun, was ich sage. Es ist Teil meiner Führungsstrategie, diesem Narren die Verantwortung aufzudrängen.«

Alec nickte, verriet ihr aber nicht, dass er sich um *sie* Sorgen machte.

Früher hatte der Anblick von Vampiren Alec schwer beunruhigt. Aber Lily hatte von Anfang an Hilfe gebraucht, und Alec hatte für sie da sein wollen. Inzwischen bildeten sie schon so lange mit Maia ein Team, dass Lily ihm fast so vertraut war wie Aline Penhallow – eine Freundin, die ihm so nahestand, dass sie quasi zur Familie gehörte.

Der Gedanke an Aline versetzte ihm einen allzu bekannten Stich ins Herz. Aline war ins Exil gegangen, um bei ihrer Frau Helen zu sein. Inzwischen lebten sie bereits seit Jahren in der steinigen Einöde der Wrangelinsel, und das nur, weil durch Helens Adern auch Feenblut floss.

Jedes Mal wenn Alec an Helen und Aline dachte, verspürte er den brennenden Wunsch, die Grundsätze des Rats zu ändern und die beiden nach Hause zu holen.

Doch dabei ging es ihm nicht nur um Aline und Helen: Er dachte auch an all die Hexenwesen, Vampire, Werwölfe und Feenwesen, die in Scharen nach New York kamen, um mit der Allianz zu reden, weil sie sich nicht an ihr jeweiliges Institut wenden konnten. Jeden Tag empfand er das Gleiche wie damals während seines allerersten Einsatzes, als Jace und Isabelle sich in den Kampf gestürzt hatten. *Du musst sie beschützen,* hatte er verzweifelt gedacht und hastig nach seinem Bogen gegriffen.

Alec straffte die Schultern. Es nutzte niemandem, wenn er sich Sorgen machte. Er konnte nicht jeden retten, aber er konnte vielen helfen, und jetzt beabsichtigte er, Jem und Tessa zu helfen.

Bruder Zachariah streifte durch die Stadt der Stille, durch Gänge, deren Wände von Knochen gesäumt waren. Die Steinplatten trugen Spuren der endlosen Wanderungen aller Stillen Brüder, die tagaus, tagein auf den vertrauten Pfaden durch die Dunkelheit wandelten, Monat für Monat, Jahr für Jahr. Aber für Zachariah gab es keinen Ausweg aus dieser Situation. Bald würde er vergessen, wie es sich angefühlt hatte, im Licht der Sonne zu leben und zu lieben. Jeder Schädel, der ihm von den Wänden entgegengrinste, war menschlicher als er.

Bis eines Tages die Dunkelheit, die er für unentrinnbar gehalten hatte, durch das Feuer verzehrt worden war. Einst hatte das silberne Feuer des *Yin Fen* in ihm gebrannt – das schlimmste Brennen der Welt. Aber dieses goldene Feuer war unerbittlich wie der Himmel. Zachariah hatte das Gefühl, als würde er innerlich zerrissen, als würde jede brennende Faser seines Körpers von einem grausamen Gott gewogen und für zu leicht befunden.

Doch selbst inmitten dieser schrecklichen Tortur hatte er einen Hauch von Erleichterung verspürt. *Das ist jetzt das Ende,* hatte er gedacht und verzweifelte Dankbarkeit empfunden. Wenigstens hatten das Elend und die Dunkelheit jetzt bald ein Ende. Er würde sterben, bevor auch der letzte Funke seiner Menschlichkeit vernichtet worden war. Endlich könnte er Ruhe finden. Und vielleicht würde er ja seinen *Parabatai* wiedersehen.

Das Problem war nur, dass Zachariah beim Gedanken an Will automatisch an jemand anderes denken musste. Er fühlte die sanfte, kühle Luft, die vom Fluss hochwehte, und sah vor seinem inneren Auge ihr liebliches, ernstes Gesicht, das sich in all den Jahren nicht verändert hatte – genau wie sein Herz. Beim Gedanken an Will wusste er sofort, was sein ehemaliger *Parabatai* sagen würde. Er konnte seine Stimme förmlich hören, so als würde selbst der Schleier des Todes zwischen ihnen wegbrennen und Will ihm direkt ins Ohr brüllen. *Jem, Jem. James Carstairs. Du darfst Tessa nicht allein lassen. Ich kenne dich besser als du dich selbst. Das war schon immer so. Ich weiß, dass du niemals aufgeben wirst. Jem, halt durch.*

Zachariah wollte seine Liebe nicht dadurch entehren, dass er jetzt den Mut verlor. Er beschloss, eher jeden Schmerz zu ertragen, als aufzugeben. Und er hielt durch ... durch das Feuer hindurch, genau wie er in der Dunkelheit durchgehalten hatte.

Und unfassbarerweise überlebte er das Feuer, die Dunkelheit und die Zeit.

Keuchend schreckte Jem aus dem Schlaf hoch. Er lag in einem warmen Bett, mit seiner Frau in den Armen.

Tessa schlief noch, inmitten weißer Laken in dem winzigen, weiß gestrichenen Zimmer, das sie in der kleinen Pension gemietet hatten. Sie murmelte etwas vor sich hin, während Jem sie beobachtete: eine Reihe leiser, unverständlicher Worte. Tessa redete im Schlaf, und jeder Laut aus ihrem Mund schenkte ihm Trost. Vor über einhundert Jahren hatte er sich gefragt, wie es wohl sein würde, neben Tessa aufzuwachen. Er hatte oft davon geträumt.

Und jetzt wusste er es.

Jem lauschte auf ihr schläfriges Gemurmel, beobachtete, wie sich das weiße Laken bei jedem ihrer Atemzüge hob und senkte ... und entspannte sich.

Tessas geschwungene Wimpern zuckten und streiften über ihre Wangen.

»Jem?«, fragte sie. Ihre Hand fand seinen Arm und strich über seine Haut.

»Tut mir leid. Ich wollte dich nicht stören«, sagte Jem.

»Mach dir keine Gedanken deswegen.« Tessa lächelte schläfrig.

Jem beugte sich über das Kissen und küsste die geschlossenen Lider seiner Frau. Dann beobachtete er, wie sich ihre Augen wieder öffneten, klar und kühl wie Flusswasser. Er küsste ihre Wange, ihre fein geschwungenen Lippen, ihr Kinn und strich begierig mit leicht geöffnetem Mund bis hinab zu ihrer Kehlgrube.

»Tessa, Tessa«, murmelte er. »*Wǒ yào nǐ.*«
Ich will dich.

Und Tessa flüsterte: »Ja.«

Jem hob das Laken und hauchte eine Reihe von Küssen auf ihr Schlüsselbein. Er liebte den Geschmack ihrer weichen, schlafwarmen Haut, liebte jede Faser ihres Körpers. Sein Mund wanderte nach unten, und als er die weiche Haut ihres Bauchs erreichte, schob Tessa ihre Hände in seine Haare und griff fester zu, hielt ihn einen Moment dort fest und drängte ihn dann fortzufahren. Ihre Stimme, die nicht länger leise klang, ließ seinen Namen von den Wänden hallen.

Er ging völlig in ihr auf; jeder Gedanke an vergangene Schrecken und Schmerzen war wie weggeblasen.

Als der Abend anbrach, lagen sie einander gegenüber auf dem Bett, mit verschränkten Händen und gesenkten Stimmen. Sie konnten die ganze Nacht hindurch miteinander tuscheln und lachen – eines der größten Vergnügen, die Jem kannte: einfach nur mit Tessa dazuliegen und stundenlang zu reden.

Doch dafür benötigten sie Ruhe und Frieden – was ihnen an diesem Abend leider nicht vergönnt war. Denn plötzlich erstrahlte ein grelles Licht in ihrem dämmrigen Zimmer. Jem schoss sofort in die Höhe, um Tessa vor jeder potenziellen Gefahr zu schützen.

Schimmernde blaue und silberne Worte zeichneten sich an der Wand ab. Tessa setzte sich auf und stopfte das Laken um sich herum fest. »Eine Nachricht von Magnus«, sagte sie, während sie ihre Haare zusammendrehte und zu einem Knoten hochsteckte.

Die Nachricht besagte, dass Alec und Lily Chen auf dem Weg zu ihnen waren, um ihnen zu helfen. Sobald sie ihr Gepäck im Institut abgestellt hatten, wollten sie sich mit Tessa und Jem vor dem Eingang zum Schattenmarkt treffen.

Jem warf Tessa einen Blick zu und las in ihren Augen die gleiche Sorge, die auch er empfand.

»Oh nein«, sagte Tessa. Jem war bereits aus dem Bett gesprungen und suchte ihre Kleidung zusammen. »Wir müssen sie finden. Sie aufhalten. Sie dürfen nicht zum Institut gehen.«

Das Buenos-Aires-Institut war für die Irdischen als große Krypta getarnt und befand sich auf einem verlassenen Friedhof, umgeben von einer Fülle geisterbleicher Wildblumen. Alec konnte jedoch durch den Zauberglanz hindurchsehen und wurde mit einem viel schlimmeren Anblick konfrontiert: ein hohes, rostrot gestrichenes Gebäude, von dem ein Teil in Schutt und Asche lag. Er wusste zwar, dass das Institut während des Dunklen Kriegs Schäden davongetragen hatte, aber er hatte angenommen, dass man diese längst repariert hatte.

Lily sog prüfend die Luft ein. »Sie haben Blut unter die Farbe gemischt.«

Das Institut wirkte verlassen, bis auf einen Wächter an der Tür. Alec reagierte auf diesen Umstand mit Stirnrunzeln. Im Allgemeinen bewachten die Nephilim ihre eigenen Institute nicht – es sei denn, sie befanden sich im Krieg.

Er nickte Lily zu, dann bereiteten sie sich gemeinsam darauf vor, die Schattenjäger von Buenos Aires kennenzulernen. Der Wächter an der Tür wirkte ein paar Jahre jünger als Alec. Er hatte ein hartes Gesicht; seine schwarzen Augenbrauen waren finster zusammengezogen, und er musterte sie misstrauisch.

»Äh ... Ola?«, setzte Alec an. »Ach, Moment – das ist Portugiesisch.«

Lily schenkte dem Wächter ein sonniges Lächeln, das ihre Fangzähne zum Vorschein brachte. »Lass mich das mal machen.«

»Ich spreche Englisch«, versicherte der Wächter Alec hastig.

»Wunderbar«, sagte Alec. »Ich komme vom New Yorker Institut. Und mein Name ist ...«

Der Wächter riss die dunklen Augen auf. »Du bist Alexander Lightwood!«

Alec blinzelte. »Stimmt. Der bin ich.«

»Ich war vor einiger Zeit mal im Büro des Inquisitors«, berichtete der Wächter schüchtern. »Und hinter seinem Schreibtisch hing ein Wandteppich mit deinem Porträt.«

»Ja, stimmt«, sagte Alec.

»Deshalb weiß ich, wie du aussiehst. Ich freue mich ja so, dich kennenzulernen. Ich meine, welch eine Ehre! Oh nein, was tu ich da nur? Ich heiße Joaquín Acosta Romero. Es ist mir ein Vergnügen.«

Joaquín streckte Alec die Hand entgegen. Als Alec sie ergriff, spürte er, dass der junge Mann vor Aufregung leicht zitterte. Er warf Lily einen panikerfüllten Blick zu, die grinste und mit den Lippen ein unhörbares »Wie süß« formulierte.

»Und das hier ist Lily – die mir allerdings keine große Hilfe ist«, stellte Alec sie vor.

»Ah ja, Lily ... ich freue mich natürlich, dich ebenfalls kennenzulernen«, sagte Joaquín. »Wow, kommt doch rein.«

Lily lächelte zuckersüß und zeigte ihre Fangzähne. »Geht leider nicht.«

»Ach ja, richtig! Tut mir leid. Ich zeige euch den Weg zum Hintereingang. Dort befindet sich auch die Tür zum Sanktuarium.«

Magnus hatte das New Yorker Institut mithilfe von Magie für Schattenweltler zugänglich gemacht, damit diese bestimmte Bereiche ungehindert betreten konnten. Aber die meisten Institute hielten die Schattenwesen auf Abstand und ließen sie nur ins Sanktuarium. Erfreut stellte Alec fest, dass Joaquín Lily ein Lächeln schenkte, das aufrichtig und einladend wirkte.

»Danke«, sagte Alec. »Wir treffen uns gleich mit Freunden zu einem Einsatz, aber ich hatte gehofft, dass wir unser Gepäck schon mal abstellen können, um später zurückzukommen und hier zu übernachten. Wir könnten zwei Feldbetten im Sanktuarium aufbauen.«

Joaquín führte sie durch eine dunkle, spinnwebenverhangene Gasse. Alec dachte an den Gebäudeteil, der noch immer in Schutt und Asche lag. Vermutlich besaß dieses Institut keine Feldbetten.

»Äh, benötigt deine Freundin ... benötigt sie einen Sarg?«, fragte Joaquín. »Ich glaube nicht, dass wir so was haben. Aber ich könnte natürlich einen besorgen! Der Institutsleiter ist, äh, sehr vorsichtig gegenüber fremden Besuchern. Aber ich bin mir sicher, dass er nichts gegen einen Gast einwenden kann, der von Alec Lightwood begleitet wird.«

»Ich brauche keinen Sarg«, sagte Lily. »Einfach nur einen fensterlosen Raum. Überhaupt kein Problem.«

»Du kannst sie direkt ansprechen, wenn du von ihr redest«, sagte Alec sanft.

Joaquín schaute zuerst besorgt zu Alec und warf dann Lily einen noch nervöseren Blick zu. »Natürlich! Tut mir leid. Ich hab nicht viel Erfahrung im Umgang mit ...«

»Vampiren?«, fragte Lily zuckersüß.

»Frauen«, sagte Joaquín.

»Das stimmt: Ich bin eine ein Meter fünfzig große Wuchtbrumme purer Weiblichkeit«, sinnierte Lily.

Joaquín hüstelte. »Nun ja, ich kenne auch keine anderen Vampire. Meine Mutter ist im Dunklen Krieg gestorben. Wie so viele andere Schattenjäger. Und danach sind die meisten Frauen fortgegangen. Mr Breakspear sagt, dass Frauen der Härte eines streng geführten Instituts nicht gewachsen sind.«

Ängstlich schaute er zu Alec, als wollte er überprüfen, was dieser davon hielt.

»Clary Fairchild ist eine der beiden Führungspersonen meines Instituts«, sagte Alec kurz angebunden. »Und Jia Penhallow ist die Leiterin aller Schattenjäger. Jeder, der behauptet, Frauen seien schwach, fürchtet sich nur davor, dass sie zu stark sein könnten.«

Joaquín nickte ein paarmal heftig, obwohl Alec sich nicht sicher war, ob er ihm beipflichtete oder lediglich nervös war.

»Ich bin noch in keinem anderen Institut gewesen. An meinem achtzehnten Geburtstag habe ich gedacht, ich könnte mein Auslandsjahr in einem fremden Institut verbringen und vielleicht sogar andere Nephilim kennenlernen. Aber unser Institutsleiter meinte, er könne nicht auf mich verzichten. Nicht solange die Schattenweltler auf unserem Schattenmarkt so gefährlich sind.«

Joaquín ließ den Kopf hängen. Alec versuchte, seine nächste Frage so zu formulieren, dass sie den Jungen nicht noch mehr schockieren würde: warum der Posten an diesem Institut so hart war und was genau am Buenos-Aires-Institut vor sich ging. Doch bevor er dazu kam, erreichten sie das Ende der Gasse und die verwitterte Tür zum Sanktuarium des Instituts. Der Raum selbst erinnerte Alec an das Innere einer Kirche, in der eine Bombe detoniert war: Die hohen Fenster waren verbrettert, und der Boden wirkte rußverschmiert.

In der Mitte des Raums stand ein Mann und schien einer Gruppe schweigender Schattenjäger gerade einen Vortrag zu halten. Er wirkte um die vierzig, mit silbernen Strähnen an den Schläfen, und er war der Einzige im gesamten Raum, dessen Montur nicht geflickt oder zerschlissen war.

»Das ist Clive Breakspear, der Leiter unseres Instituts«, sagte Joaquín. »Sir, wir haben einen Besucher: Alexander Lightwood.«

Er sagte etwas auf Spanisch, und da er dabei Alecs Namen wiederholte, ging Alec davon aus, dass er seinen eigenen Satz übersetzt hatte. Dann schaute sich der Junge um, als erwartete er eine begeisterte Reaktion. Die blieb jedoch aus. Einige Männer hinter dem Institutsleiter zogen sofort eine zurückhaltende Miene.

Clive Breakspear dagegen wirkte überhaupt nicht zurückhaltend. »Aha, du bist also Alec Lightwood«, sagte er gedehnt. »Dann muss deine Begleiterin hier deine Schattenweltler-Hure sein.«

Im Raum herrschte schlagartig angespannte Stille.

Eine Stille, die Lily durchbrach, als sie kurz blinzelte und dann fragte: »Wie bitte? Hast du etwa hinterm Mond gelebt? Weißt du nicht, dass Alec mit dem berühmten Hexenmeister Magnus Bane zusammen ist und sich nicht für Frauen interessiert – egal welcher Schattenwesengruppierung?«

Ein Raunen ging durch das Sanktuarium. Alec nahm jedoch nicht an, dass die Männer diese Information wirklich überraschte. Sie waren eher überrascht, dass Lily das Thema Sexualität so offen angesprochen hatte – denn anscheinend hatten sie von ihm erwartet, dass er sich dafür schämen würde.

»Ich will mal eines gleich klarstellen: Das hier ist meine gute Freundin Lily, Anführerin des New Yorker Vampirclans.« Alec legte eine Hand auf seine Seraphklinge, woraufhin das Raunen verstummte. »Überlege dir gut, auf welche Weise du über sie redest. Oder über Magnus Bane.«

Fast hätte er *mein Verlobter* hinzugefügt, aber dieses Wort war einfach blöd. Vor einiger Zeit hatte er mal »mein Anverlobter« gesagt und sich dabei wie ein totaler Idiot gefühlt. Manchmal sehnte er sich fast körperlich danach, einfach *mein Mann* sagen zu können, weil es der Wahrheit entsprach.

»Ich bin wegen eines Einsatzes hier«, fuhr Alec fort. »Und ich hatte gedacht, ich könnte auf die Gastfreundschaft des Instituts und meiner Mitnephilim zählen. Aber offensichtlich habe ich mich geirrt.«

Er schaute in die Runde. Mehrere Männer wandten den Blick ab.

»Was für ein Einsatz?«, fragte Clive Breakspear herrisch.

»Ein Einsatz, der Diskretion erfordert.«

Alec musterte ihn fest, bis Clive Breakspear errötete und ebenfalls den Blick abwandte.

»Du kannst hierbleiben«, willigte er widerstrebend ein. »Aber das Schattenwesen nicht.«

»Als ob ich das wollte«, höhnte Lily. »Ich steige nicht in Unterkünften ab, deren Interieur nicht mindestens fünf Sterne hat – und diese Bruchbude hier hat minus zehn. Okay, Alec, lass uns kurz überlegen, wo wir uns treffen, sobald ich ein nettes, fensterloses Hotelzimmer gefunden habe. Möchtest du …«

»Wovon redest du?«, fragte Alec empört. »Wenn man dich nicht hier übernachten lässt, bleibe ich auch nicht. Zum Teufel mit diesem Institut. Ich komme selbstverständlich mit.«

Lilys Gesicht nahm einen weichen Ausdruck an – für die Dauer eines einzigen Blinzelns. Dann tätschelte sie seinen Arm und erwiderte: »Aber klar.«

Verächtlich rümpfte sie die Nase und machte auf dem Absatz kehrt. Aber Clive Breakspear stürmte auf sie zu.

»Ich habe noch ein paar Fragen, die du mir beantworten wirst, Schattenwesen.«

Alec packte ihn am Arm und stellte sich vor Lily. »Bist du da auch ganz sicher?«

Lily und er waren zwar zahlenmäßig unterlegen, aber er war der Sohn des Inquisitors und Jace Herondales *Parabatai* – und dadurch auf eine Weise geschützt, von der viele andere nur träumen konnten. Das bedeutete, dass er alles in seiner Macht Stehende tun musste, um denjenigen zu helfen, die keinen Schutz hatten.

Nach langem Schweigen trat Breakspear schließlich einen Schritt zurück.

Alec wünschte, ihm würde eine wirklich vernichtende Schlussbemerkung einfallen, aber die waren noch nie seine Stärke gewesen. Er und Lily verließen das Sanktuarium, dicht gefolgt von Joaquín, der ihnen nachlief.

»Beim Erzengel! Ich hatte nicht damit gerechnet, dass ...«, setzte Joaquín an. »Ich hätte nicht gedacht ... Es tut mir so leid.«

»Das hier ist nicht das erste Institut, in dem ich nicht willkommen bin«, sagte Alec.

Vor allem wenn er zusammen mit Magnus auftauchte. Es geschah nicht oft, aber bereits ein paar Institutsleitungen hatten versucht, sie beide zu trennen, oder keinen Zweifel daran gelassen, dass sie nicht zusammen hätten erscheinen sollen. Und Alec ließ seinerseits nie einen Zweifel daran, was er von diesem Verhalten hielt.

»Es tut mir so leid«, wiederholte Joaquín hilflos.

Alec nickte ihm zu; dann marschierten er und Lily in die dunkle Nacht hinein. Nach wenigen Metern blieb er mit dem Rücken zu dem heruntergekommenen Gebäude stehen und holte tief Luft.

»Schattenjäger sind der letzte Dreck«, verkündete Lily.

Alec warf ihr einen Blick zu.

»Anwesende ausgenommen. Und Jem natürlich«, sagte Lily. »Diese Stadt geht mir furchtbar auf die Nerven. Normalerweise esse ich ja nichts, aber jetzt hab ich Lust auf einen köstlichen Teller Jem-balaya.«

»Er ist *verheiratet*!«, wies Alec sie erneut darauf hin.

»Bitte hör auf, mich ständig daran zu erinnern. Sie riecht nach Büchern. Ich mag ja unsterblich sein, aber jedes Leben ist zu kurz, um es mit Lesen zu verbringen.« Lily hielt eine Sekunde inne und fügte dann leise hinzu: »Raphael hat sie gemocht. Sie, Ragnor Fell und Raphael haben sich oft getroffen und sich irgendwelche Geheimnisse anvertraut.«

Jetzt verstand Alec die Anspannung in ihrer Stimme. Lily hegte auch gegenüber Magnus leichtes Misstrauen – eigentlich gegenüber jedem außerhalb ihres Clans, von dem sie annahm, dass Raphael Santiago ihn oder sie vielleicht geliebt hatte.

»Ich habe Jem mitgeteilt, dass wir uns vor dem Schattenmarkt treffen«, sagte Alec, womit er Lily geschickt ablenkte. »Wir können unser Gepäck einfach mitnehmen, bis wir eine Übernachtungsmöglichkeit finden. Aber jetzt sollten wir uns mal diesen Ort ansehen, vor dem das Buenos-Aires-Institut sich so schrecklich fürchtet und den nur ich betreten kann.«

Alec ging zusammen mit Magnus und Max regelmäßig zum New Yorker Schattenmarkt an der Canal Street, aber der erste Besuch eines fremden Schattenmarktes konnte sich für einen Schattenjäger schwierig gestalten.

Und der Schattenmarkt von Buenos Aires versprach eine ganze Reihe von Schwierigkeiten. Stacheldraht hing von jedem Zaun und bildete zusammen mit dem sonnengebleichten Holz eine undurchdringliche silberne Fläche. Vor Alec und Lily ragte eine hohe Metalltür auf, die eher zu einem Gefängnis als zu einem Markt passte. Und hinter dem Gitterfenster in der Tür schimmerten die Augen eines Werwolfs, der ihnen irgendetwas zufauchte.

»Er hat gesagt ›Keine Schattenjäger‹«, dolmetschte Lily fröhlich.

Hinter ihnen hatte sich eine Schlange von Schattenweltlern gebildet, die sie anstarrten und untereinander tuschelten. Alec spürte einen Hauch seines früheren Unbehagens, weil er im Zentrum der Aufmerksamkeit stand. Plötzlich hatte er Zweifel an Jems Informationen.

»Ich bin Alec Lightwood«, verkündete er. »Man hat mir gesagt, dass mir Zugang gewährt würde.«

Die Menge hinter ihm erstarrte, verstummte kurz, und dann änderte sich der Klang des Raunens – es schien, als würde sich eine Flutwelle zurückziehen.

»Du könntest auch einfach nur irgendein weiterer verlogener Nephilim sein«, knurrte der Werwolf jetzt auf Englisch. »Kannst du beweisen, dass du Alec Lightwood bist?«

Alec nickte. »Ja, kann ich.«

Er nahm die Hände aus den Taschen und hielt die rechte vor das Gitter, damit der Werwolf sie sehen konnte: narbenübersäte Haut, von seinem Bogen verursachte Schwielen, die dunklen Umrisse seiner Voyance-Rune ... und das Mondlicht, das auf seinen glitzernden Silberring mit dem umlaufenden Flammenmuster fiel, dem Familienwappen der Lightwoods.

Jetzt tauchte hinter dem Gitter ein anderes Augenpaar auf: die Augen einer Elfe, pupillenlos und so grün und unergründlich wie ein Waldteich. Sie murmelte irgendetwas auf Spanisch.

»Sie sagt, die Magie in deinem Ring sei sehr mächtig«, berichtete Lily neben ihm. »Zu mächtig. Sie sagt, diese Art von Magie entstamme den tiefsten Abgründen der Hölle.«

Alec wusste, dass sie recht hatte. Sein Ring war nicht nur mit einem einzelnen Zauber versehen, sondern mit einer ganzen Fülle von Zauber- und Beschwörungsformeln: zum Schutz und zur Abwehr von Gefahr und damit seine Pfeile und Klingen auch sicher ihr Ziel trafen. Magnus hatte seine ganze Macht in den Ring fließen lassen, einfach alles, was ihm eingefallen war, um Alec zu schützen – und sicherzustellen, dass er unversehrt zu ihm nach Hause zurückkehrte. Aber am meisten hatte Alec der Ausdruck auf Magnus' Gesicht gefallen, als er ihm den verzauberten Ring gegeben und ihm versichert hatte, dass er davon überzeugt war, sie würden eines Tages heiraten.

»Ich kenne den Ursprung dieser Macht.« Alec hob die Stimme, damit die gesamte, raunende Menge ihn hören konnte. »Ich bin Alec Lightwood. Magnus Bane hat diesen Ring für mich gefertigt.«

Im nächsten Moment öffnete der Werwolfwächter das Tor zum Schattenmarkt.

Alec und Lily gingen durch einen mit Stacheldraht ummantelten Tunnel. Alec konnte die Geräusche und Lichter eines Marktes wahrnehmen, aber der Tunnel teilte sich in zwei verschiedene Richtungen auf. Der Wächter führte sie durch den linken Gang, fort von den Lichtern und Geräuschen und in einen großen Schuppen hinein, der mit Schutzzaubern versehen und mit Metall verkleidet war. An den Wänden hingen zerbrochene Waffen, und in der Mitte des Raums befand sich ein grob gezimmertes Podium mit einem wuchtigen Thron. Gekreuzte Äxte ragten dahinter auf, und die Rückenlehne war mit einer Reihe glitzernder Speerspitzen bestückt. Am Fuß des Throns hockte ein schlankes Elfenmädchen mit wuscheligen Haaren und einem wehmütigen Gesicht.

Aber auf dem Thron saß eine junge Frau, die etwa in Alecs Alter sein musste. Sie trug Jeans und ein dickes Karohemd und hatte die Beine lässig über die Armlehne des Throns geschwungen, während die Speerspitzen hinter ihren hellen Haaren schimmerten. Das musste die Frau sein, von der Jem ihm geschrieben hatte: die Werwolfkönigin des Schattenmarktes.

Sie entdeckte Alec, und ihr Gesicht wirkte einen Moment ausdruckslos. Doch dann breitete sich ein Lächeln darauf aus, und sie rief auf Englisch, wenn auch mit starkem französischem Akzent: »Alec! Du bist es wirklich. Ich kann es kaum fassen!«

Das war jetzt sehr unangenehm.

»Entschuldige, aber sind wir uns schon begegnet?«, fragte Alec.

Die Werwölfin schwang die Beine auf den Boden und beugte sich vor. »Ich bin Juliette.«

»Ich bin zwar nicht Romeo«, sagte Lily. »Aber du bist niedlich, also erzähl uns in deinem sexy Akzent mehr über dich.«

»Äh, wer bist du?«, fragte Juliette.

»Lily Chen«, erwiderte Lily.

»Die Anführerin des New Yorker Vampirclans«, fügte Alec hinzu.

»Aber natürlich«, sagte Juliette. »Lily von der Allianz! Danke, dass du Alec begleitet hast, um uns ebenfalls zu helfen. Es ist mir eine große Ehre, dich kennenzulernen.«

Lily strahlte. »Na sicher.«

Juliette blickte wieder zu Alec. Die Art und Weise, wie sie ihn ansah, verwundert und mit großen Augen, kam ihm irgendwie bekannt vor.

»Und das hier ist meine Tochter Rose«, sagte Juliette, die Werwölfin, und legte ihre Hände auf die Schultern der jungen Elfe.

Alec erkannte die Frau zwar nicht wieder, aber er kannte diesen Tonfall. Er wusste, wie es sich anfühlte, wenn man jemanden als geliebtes Familienmitglied bezeichnete ... erst recht, wenn die Leute diese Liebe anzweifelten. Allerdings war er sich nicht sicher, was er darauf antworten sollte. Deshalb tat er das, was er ohnehin liebend gern tat: Er holte sein Handy hervor, suchte, bis er ein wirklich gutes Foto fand, ging dann zum Podium und zeigte es den beiden.

»Das hier ist mein Sohn, Max.«

Juliette und Rose beugten sich vor. Alec sah, wie die Augen der Werwölfin aufleuchteten, sah den Moment, in dem Juliette erkannte, dass Max ein Hexenwesen war.

»Oh.« Juliettes Stimme hatte einen weichen Klang angenommen. »Er ist wunderschön.«

»Ja, das finde ich auch«, sagte Alec schüchtern und zeigte ihnen noch ein paar Fotos. Es fiel ihm schwer, die besten auszuwählen. Die meisten Bilder waren einfach toll – eigentlich gab es gar keine schlechten Fotos von Max.

Juliette versetzte der jungen Elfe einen Stups zwischen die Schulterblätter. »Lauf los und hol deine Geschwister«, drängte sie. »Schnell.«

Elfenleicht sprang Rose auf die Füße, warf Alec noch einen scheuen Seitenblick zu und lief aus dem Raum.

»Woher kennst du mich?«, fragte Alec.

»Du hast mir mal das Leben gerettet«, sagte Juliette. »Vor fünf Jahren, als eine Horde Dämonen den Orient-Express attackiert hat.«

»Ah«, sagte Alec.

Magnus' und seine erste gemeinsame Urlaubsreise. Alec

versuchte, den Gedanken an die weniger angenehmen Erlebnisse dieser Reise zu verdrängen, aber er erinnerte sich an den Zug, das herabströmende warme Wasser, das Leuchten der Dämonenaugen, den tosenden Wind und den schrecklichen Abgrund. In jener Nacht hatte er furchtbare Angst um Magnus gehabt.

»Du hast im Orient-Express gegen Dämonen gekämpft?«, erkundigte sich Lily interessiert.

»Ich kämpfe an allen möglichen Orten gegen Dämonen«, sagte Alec. »Es war nichts Außergewöhnliches.«

»Etwas Derartiges hatte ich noch nie zuvor gesehen«, berichtete Juliette der Vampirin begeistert. »Überall um uns herum waren Dämonen. So viele! Sie schlugen die Fensterscheiben ein. Ich habe wirklich gedacht, dass ich jeden Moment sterben würde. Aber dann hat Alec jeden Dämon vernichtet, den er finden konnte. Er war klatschnass und trug kein Hemd.«

Alec verstand nicht, inwiefern das relevant war.

»Es war vollkommen normal«, beharrte er. »Nur mit dem Unterschied, dass ich normalerweise ein Hemd trage.«

Lilys Augen leuchteten vor Vergnügen. »Dein Urlaub muss ja wirklich außergewöhnlich gewesen sein, Alec.«

»Es war ein ganz normaler, ganz gewöhnlicher Urlaub«, erwiderte Alec.

»Ja, klingt echt danach.«

»Und ich war auch auf dieser Party in Venedig«, fuhr Juliette fort. »Als die Villa eingestürzt ist.«

»Da war ich auch!«, rief Lily. »Raphael war extrem genervt, dass er an dieser Party teilnehmen musste – einfach zum Schießen komisch. Dagegen habe ich mit einer Unmenge von Leuten rumgemacht ... mein persönlicher Rekord. Ich meine, eine davon wäre eine scharfe Blondine gewesen! Warst du das?«

Juliette blinzelte. »Äh, nein. Ich ... mache in der Regel nicht mit Frauen herum.«

Lily zuckte die Achseln. »Tut mir leid, dass du dein Leben vergeudest.«

»Ich mache auch nicht mit Frauen herum«, bemerkte Alec milde.

Juliette nickte. »Ich erinnere mich daran, dass Magnus ebenfalls bei der Party war. Er hat zu helfen versucht.«

Alec hörte, wie seine Stimme unwillkürlich einen tiefen, weichen Klang annahm. »Das versucht er immer.«

Plötzlich ertönten hinter ihm schnelle Schritte. Rose, das Elfenmädchen, war mit zwei anderen Kindern zurückgekehrt: ein weiteres Elfenmädchen mit der kräftigen Statur der Kobolde und ein dunkelhäutiger Werwolfjunge mit einem Fuchsschwanz. Sie liefen zum Thron und drängten sich um Juliette. Das Mädchen war etwa zehn, und der Junge konnte nicht älter als sechs sein.

»Kinder«, sagte Juliette, »das hier ist Alec Lightwood, von dem ich euch schon so viel erzählt habe. Alec, das sind meine Kinder.«

»Hi«, sagte Alec.

Die Kinder starrten ihn stumm an.

»Nachdem du mir im Orient-Express das Leben gerettet hast, habe ich dich gefragt, wie ich das wiedergutmachen könnte«, sagte Juliette. »Darauf hast du geantwortet, dass du auf dem Pariser Schattenmarkt ein kleines Elfenmädchen gesehen hast, das mutterseelenallein zwischen den Ständen herumirrte. Du hast mich gebeten, nach ihr Ausschau zu halten. Vor dir hatte ich noch nie mit einem Schattenjäger gesprochen. Und ich hatte nicht gedacht, dass die Nephilim so wären wie du. Ich war … überrascht, dass du mich darum gebeten hast. Also bin ich nach Paris zurückgekehrt und habe nach ihr gesucht. Und seitdem sind meine Rosey und ich unzertrennlich.«

Sie fuhr ihrer Tochter durch die wuscheligen Haare, die um ihren Kranz aus Hörnern sprossen. Das Mädchen lief leuchtend grün an.

»*Maman*. Blamier mich doch nicht vor Alec Lightwood!«

Der Pariser Schattenmarkt, den Alec und Magnus während ihrer ersten gemeinsamen Reise besucht hatten, war auch Alecs allererster Besuch auf einem Schattenmarkt gewesen. Damals waren die Schattenweltler noch nicht an ihn gewöhnt gewesen –

und das Gleiche hatte für Alec gegolten. Er erinnerte sich an das Feenmädchen, das er damals dort gesehen hatte ... daran, wie mager sie gewesen war und wie leid sie ihm getan hatte.

Sie war ungefähr im Alter seines kleinen Bruders gewesen, nach dem Max benannt worden war. Aber im Gegensatz zu seinem Bruder hatte das Mädchen überlebt und stand jetzt vor ihm.

»Rose, wie erwachsen du inzwischen wirkst«, sagte Alec.

Das Mädchen strahlte.

»Wir waren glücklich in Paris, du und ich, nicht wahr, *ma petite?*«, wandte Juliette sich in wehmütigem Ton an Rose. »Damals habe ich gedacht, das Ende des Kriegs gegen Valentin würde das Ende aller Kriege bedeuten. Aber dann brach der nächste Krieg aus ... ein Krieg, in dem so viele Schattenjäger und Schattenweltler gestorben sind. Und danach begann der Kalte Frieden.«

Sie heftete ihren Blick auf Alec. Das Licht über dem Thron spiegelte sich in ihren Augen, so wie das Licht von Autoscheinwerfern in den Augen eines Wolfs.

»Ich erfuhr von dir und Magnus und der Schattenweltler-Nephilim-Allianz, die ihr ins Leben gerufen hattet, um anderen zu helfen. Und das wollte ich auch. Auf Umwegen hörte ich von Leuten in Belgien, die Jagd auf Feenwesen machten; also bin ich dorthin gereist und habe meine jüngste Tochter gerettet.«

Rose' Hände schlossen sich um die Schultern des Koboldmädchens. Auch diese Geste erkannte Alec wieder: die ständige Sorge des Ältesten in der Familie, das Wissen, dass man für seine jüngeren Geschwister die Verantwortung trug.

»Und dann erfuhr ich von Buenos Aires«, sagte Juliette. »Das hiesige Institut war im Dunklen Krieg zerstört worden. Schattenweltler, die nach Europa flohen, erzählten düstere Geschichten von dem, was sich aus den Ruinen erhoben hatte. Ich kam her, um nachzusehen, ob ich irgendetwas tun kann.«

Der kleine Junge hob die Ärmchen, woraufhin Juliette ihn hochhob und auf ihre Knie setzte. Der Kleine betrachtete Alec und nuckelte dabei nachdenklich an der Spitze seines Fuchsschwanzes.

»Während des Kriegs wurden viele Kinder zu Waisen«, fuhr Juliette fort. »Der Schattenmarkt hier in Buenos Aires entwickelte sich zu einem Zufluchtsort für unerwünschte Kinder. Eine Art improvisiertes Waisenhaus, inmitten der Marktstände und der Magie. Und daraus erwuchs eine Gemeinschaft, die wir dringend brauchten, ein Markt, dessen Tore immer offen standen und innerhalb dessen Mauern Schattenweltler lebten. Genau hier hatte man mein jüngstes Kind ausgesetzt, weil er sein Lilithmal mit wenigen Monaten entwickelte.«

»Genau wie bei Max«, sagte Alec.

»Hier gibt es so viele elternlose Kinder.« Juliette schloss die Augen.

»Was läuft da im Institut schief?«, fragte Alec. »Warum hat sich niemand an den Rat gewandt?«

»Das haben wir doch«, entgegnete Juliette. »Aber es war sinnlos. Breakspear hat mächtige Freunde. Er hat dafür gesorgt, dass die Nachricht direkt an einen Mann namens Horace Dearborn ging. Kennst du ihn?«

Alec zog eine finstere Miene. »Ja, ich kenne ihn.«

Die Nachwehen zu vieler Kriege und der konstante Druck des Kalten Friedens hatten günstige Umstände für einen bestimmten Personenkreis geschaffen. Und Horace Dearborn zählte zu den Personen, die von den Unruhen und der Angst der Bevölkerung profitierten.

»Nachdem die Erdunkelten das Institut zerstört hatten, tauchte Clive Breakspear hier auf, als Protegé von Dearborn, und stürzte sich wie ein Aasgeier auf die Überreste. Es heißt, dass seine Schattenjäger nur bezahlte Einsätze annehmen. Wenn jemand beispielsweise einen Rivalen aus dem Weg räumen will, kümmern sich Breakspears Schattenjäger darum. Sie jagen keine Dämonen. Und auch keine Schattenweltler, die gegen das Gesetz verstoßen haben. Sie machen Jagd auf uns alle.«

Alec drehte sich der Magen um. »Das sind Söldner.«

»Die anständigen Schattenjäger haben das Institut verlassen, als sie nichts gegen die Leitung des Instituts ausrichten konnten«, berichtete Juliette. »Ich glaube nicht, dass sie über die Geschehnisse gesprochen haben. Vermutlich haben sie sich zu sehr geschämt. Dieser Schattenmarkt, mit all den Kindern darin, war nicht länger sicher. Es hatte den Anschein, als würde jemand die Anführer der jeweiligen Schattenwesengruppen gezielt beseitigen, damit die Rudel und Clans verwundbarer wurden. Bei mir haben Breakspears Schattenjäger noch keinen Versuch gewagt. Ich habe Freunde in Paris und Brüssel, die einen Riesenaufstand anzetteln würden, falls ich plötzlich verschwinden sollte. Also habe ich Zäune und Schutzschranken errichtet und mich von den Bewohnern zur Königin ausrufen lassen. Um möglichst stark und mächtig zu erscheinen, damit sie uns nicht nachstellen können. Aber die Situation wird immer schlimmer. Und jetzt sind eine Reihe von Werwölfinnen spurlos verschwunden.«

»Getötet?«, fragte Alec.

»Ich weiß es nicht«, antwortete Juliette. »Anfangs haben wir gedacht, sie wären davongelaufen. Aber es waren einfach zu viele: Mütter, die ihre Familie niemals im Stich gelassen hätten. Mädchen, so jung wie meine Rosey. Manche Schattenweltler haben erzählt, sie hätten einen merkwürdigen Hexenmeister hier herumstreichen sehen. Ich habe keine Ahnung, was mit diesen Frauen passiert ist, aber ich weiß, dass ich keinem der Schattenjäger im Institut trauen kann. Sie würden der Frage niemals auf den Grund gehen, und ich kann das Risiko nicht eingehen, irgendeinem Nephilim zu vertrauen. Außer dir. Deshalb habe ich verbreiten lassen, dass ich deine Hilfe brauche. Ich war mir nicht sicher, ob du auch kommen würdest – aber jetzt bist du hier.«

Flehentlich hob sie Alec ihr Gesicht entgegen. Und in diesem Moment wirkte die Königin des Schattenmarktes so jung wie die Kinder, die sich um sie drängten.

»Wirst du mir helfen? Noch ein weiteres Mal?«

»So oft, wie du mich brauchst«, sagte Alec. »Ich werde diese Frauen aufspüren. Und ich werde herausfinden, wer dafür verantwortlich ist, und dann werde ich den- oder diejenigen stoppen. Darauf gebe ich dir mein Wort.«

Er hielt einen Moment inne, weil er sich an Jems und Tessas Auftrag erinnerte.

»Außer Lily habe ich hier noch andere Freunde: eine Hexe und einen Mann, der einmal ein Stiller Bruder war ... mit einer silbernen Strähne in den dunklen Haaren. Dürfen die beiden den Schattenmarkt betreten? Ich schwöre, dass du ihnen bedingungslos vertrauen kannst.«

»Ich glaube, ich weiß, wen du meinst«, sagte Juliette. »Die beiden haben vor ein paar Tagen um Zutritt zum Markt gebeten, stimmt's? Wie ich gehört habe, soll der Mann sehr gut aussehend sein.«

»Da hast du richtig gehört«, bestätigte Lily.

Ein Lächeln breitete sich auf Juliettes Gesicht aus. »Hier gibt es ein paar wirklich attraktive Nephilim.«

»Äh, schon möglich«, sagte Alec. »Aber auf diese Weise habe ich Jem noch nie betrachtet.«

»Wie kann es sein, dass du im Umgang mit deinem Bogen so gut und andererseits trotzdem so blind bist?«, fragte Lily aufgebracht.

Alec verdrehte die Augen. »Danke, Juliette. Ich werde dich informieren, sobald ich etwas herausgefunden habe.«

»Ich bin so froh, dass du hier bist«, sagte Juliette leise.

»Ich werde nicht abreisen, bevor ich dein Problem gelöst habe«, sagte Alec und warf dann den Kindern, die ihn noch immer anstarrten, einen Blick zu. »Äh, macht's gut, Kinder. Schön, dass ich euch kennenlernen durfte.«

Er nickte ihnen verlegen zu und machte sich dann auf den Weg zu den Lichtern und Geräuschen des Schattenmarktes.

»Okay, ich schlage vor, wir schauen uns kurz auf dem Markt um und ziehen ein paar Erkundigungen ein, bevor wir uns mit Jem und Tessa treffen«, wandte er sich an Lily.

»Und ich schlage vor, dass wir kurz bei dem Stand vorbeischauen, der Gin aus Elbenfrüchten anbietet!«, erwiderte Lily.

Alec schüttelte den Kopf. »Nein.«

»Wir können nicht immer nur an die Pflicht denken«, protestierte Lily, die selten länger als fünf Minuten an die Pflicht dachte. »Also, erzähl schon: Wen findest du denn scharf?« Als Alec sie nur wortlos anstarrte, erklärte sie: »Wir sind Kumpel und auf einem Ausflug! Es gehört einfach dazu, dass man sich gegenseitig irgendwelche Geheimnisse anvertraut. Du hast gesagt, dass du nicht auf Jem stehst. Auf wen dann?«

Alec lehnte dankend ab, als eine Elfe ihnen Zauberamulette verkaufen wollte, obwohl sie darauf beharrte, dass es sich um echte zauberhafte Amulette handelte. Auf Alecs Frage nach den verschwundenen Frauen weiteten sich die Augen der Elfe, aber sie wusste auch nicht mehr als Juliette.

»Ich stehe auf Magnus«, sagte Alec schließlich, als sie weitergingen.

Lily verdrehte die Augen. »Wow, was seid ihr ermüdend, du und Monogamus Bane. Er ist sogar noch dümmer als du.«

»Er ist nicht dumm.«

»Ein Unsterblicher, der sein weiches Herz einer einzigen Person geschenkt hat?« Lily biss sich so fest auf die Lippe, dass ihre Fangzähne zum Vorschein kamen. »Das *ist* dumm.«

»Lily...«, setzte Alec an.

Doch Lily schüttelte den Kopf und fuhr mit bemüht leichter Stimme fort: »Lassen wir mal dein vom Schicksal auserwähltes Honigschnäuzchen außer Acht: Es hat ja auch mal Jace gegeben. Stehst du nur auf Typen mit goldenen Augen? Dann hast du einen sehr speziellen Geschmack, mein Freund ... ein Geschmack, der deine Zielgruppe ziemlich einschränkt. Also außer Jace keine anderen Schwärmereien? Nicht einmal ein winziges bisschen in deiner Jugend?«

»Warum grinst du so anzüglich, als würdest du etwas wissen, das ich nicht weiß?«, fragte Alec misstrauisch.

Lily kicherte.

Aus dem Bereich hinter einem der Stände drangen laute Geräusche zu ihnen. Automatisch drehte Alec den Kopf in die Richtung – aber auch deshalb, weil er nicht wusste, wie er Lily erklären sollte, dass es ihm nie um gelegentliche Schwärmereien gegangen war. In gewisser Hinsicht hatte er es als Erleichterung empfunden, sich einzureden, dass sein Schwärmen für Jace das Problem war ... das, was ihn unglücklich machte.

Aber bereits in seiner Kindheit hatten ihn die Plakate mit irdischen Männern in den New Yorker Straßen fasziniert. Und er hatte sich oft zu Institutsbesuchern hingezogen gefühlt und ihnen von seinem Versteck hinter der Bodenvase aus gelauscht, ihren Geschichten von Dämonenjagden. Und er hatte sie für cool gehalten. Vage, kindliche Tagträume hatten diese Zeit beherrscht, selbst erschaffene, sonnige Traumlandschaften mit unbekannten Jungen – und dann hatte er seine Träume zusammen mit seiner Kindheit verloren. Damals war er zu jung gewesen, um es zu verstehen, aber die Einsicht hatte nicht lange auf sich warten lassen. Er hatte gehört, wie andere Schattenjäger sich abfällig äußerten und wie sein Dad das Thema immer nur andeutete, als wäre es zu schrecklich, um offen angesprochen zu werden. Dagegen kannte und konnte Alec nichts anderes, als die Dinge immer nur offen anzusprechen. Außerdem hatte er jedes Mal Schuldgefühle gehabt, wenn er einen anderen Jungen angesehen hatte – selbst wenn es nur ein schneller, interessierter Blick gewesen war. Und dann war Magnus in sein Leben getreten, und Alec hatte seinen Blick gar nicht mehr abwenden können.

Der Lärm hinter den Marktständen nahm zu.

Ein immer stärkerer Lärm, der sich knapp über dem Boden auszubreiten schien.

In der nächsten Sekunde brachen die Waisenkinder des Buenos-Aires-Schattenmarktes hinter einem Stand hervor, an dem ein Werwolf heißen Eintopf anbot. Plötzlich war Alec umgeben von Schattenwesen jeder Gruppierung, und alle schienen um seine Aufmerksamkeit zu ringen und riefen ihm Namen, Fragen und Witze zu. Hauptsächlich auf Spanisch, aber Alec hörte auch noch ein paar andere Sprachen und war völlig verwirrt, welches Wort zu welcher Sprache gehörte. Bunte Lichter spiegelten sich in Dutzenden von Gesichtern. Überwältigt drehte Alec den Kopf hin und her, unfähig, in dem Chaos ein einzelnes Gesicht oder eine einzelne Stimme auszumachen.

»Hi«, sagte er, beugte sich zu den Kindern hinab und holte Proviant aus seiner Reisetasche. »Hey, hat irgendwer von euch vielleicht Hunger? Hier, nehmt die.«

»Igitt, sind das etwa Müsliriegel?«, fragte Lily angewidert. »Willst du die Waisenkinder auch noch bestrafen?«

Alec holte sein Portemonnaie hervor und gab den Kindern Geld. Magnus sorgte auf magische Weise dafür, dass Alecs Geldbörse immer gut gefüllt war für Notfälle. Aber Alec hätte das Geld niemals für sich selbst ausgegeben.

Lily lachte. Sie mochte Kinder, auch wenn sie manchmal das Gegenteil vorgab. Plötzlich erstarrte sie jedoch. Einen Moment lang wirkten ihre leuchtend schwarzen Augen ausdruckslos und tot. Sofort richtete Alec sich auf.

»Du da, Junge.« Lilys Stimme zitterte. »Was hast du gerade gesagt, wie du heißt?«

Sie schüttelte den Kopf und wiederholte die Frage auf Spanisch. Alec folgte ihrem Blick zu einem bestimmten Kind in der Menge.

Die anderen Kinder drängten und schubsten sich gegenseitig, aber um den Jungen herum hatte sich ein Leerraum gebildet. Jetzt, da er Alecs und Lilys Aufmerksamkeit hatte, schrie er auch nicht länger mit den anderen um die Wette. Er hatte seinen Lockenkopf in den Nacken gelegt und betrachtete sie eingehend mit zusammengekniffenen, sehr dunklen Augen. Alec fragte sich, ob er sich den extrem kritischen Blick des Jungen wohl eingebildet hatte – der Kleine war vermutlich erst sechs Jahre alt.

Ruhig beantwortete er Lilys Frage: »Rafael.«

»Rafael«, flüsterte Lily. »Verstehe.«

Rafaels Gesicht war eines der jüngsten in der Gruppe herzzerreißend junger Gesichter, aber er besaß eine kühle, selbstbeherrschte Ausstrahlung. Als er auf sie zukam, überraschte es Alec nicht, dass die anderen Kinder ihm hastig Platz machten: Der Junge schien seine Umgebung immer auf Abstand zu halten.

Jetzt betrachtete auch Alec den Jungen mit zusammengekniffenen Augen. Er konnte nicht sagen, um welche Art Schattenweltler es sich bei ihm handelte, aber er hatte etwas Besonderes an sich ... an der Art und Weise, wie er sich bewegte.

Rafael sagte etwas auf Spanisch. Aufgrund der herrisch angehobenen Stimme am Ende des Satzes schloss Alec, dass es sich um eine Frage oder Aufforderung handelte. Hilflos schaute er zu Lily. Sie nickte, sichtlich um Fassung bemüht.

»Der Junge fragt ...« Sie musste sich räuspern. »Er fragt: ›Bist du ein Schattenjäger? Nicht so einer wie die am Institut. Bist du ein *richtiger* Schattenjäger?‹«

Alec blinzelte. Rafaels Blick war auf sein Gesicht geheftet.

Langsam kniete Alec sich inmitten des Gewimmels auf den Boden, damit er direkt in diese dunklen, eindringlichen Augen schauen konnte.

»Ja, ich bin ein Schattenjäger. Bitte sag mir, wie ich dir helfen kann.«

Lily übersetzte Alecs Antwort. Daraufhin schüttelte Rafael den Kopf mit einem noch kühleren Blick, so als hätte Alec eine Art Test nicht bestanden. Dann fauchte er mehrere Sätze auf Spanisch.

»Er sagt, er braucht keine Hilfe«, dolmetschte Lily. »Aber er hat gehört, dass du dich nach den verschwundenen Frauen erkundigt hast.«

»Dann spricht er also ein paar Brocken Englisch?«, fragte Alec hoffnungsvoll.

Rafael verdrehte die Augen und sagte irgendetwas auf Spanisch.

Lily grinste. »Er sagt: Nein, kein Wort. Er hat jedoch ein paar Informationen für dich. Allerdings will er nicht hier darüber reden.«

Alec runzelte die Stirn. *»Boludo«*, wiederholte er. »Das hat er gesagt. Was bedeutet dieses Wort?«

Lily grinste noch breiter. »Es bedeutet, dass er dich für einen netten Menschen hält.«

Danach hatte es aber nicht geklungen. Alec musterte Rafael eindringlich, woraufhin der Junge ausdruckslos zurückstarrte.

»Okay«, sagte Alec gedehnt. »Wer kümmert sich um ihn? Wir sollten zu seinem Vormund gehen und dort in Ruhe reden.«

Obwohl der Himmel bereits dunkel war und die Lichtverhältnisse unter der Markise des Marktstandes trübe, war Alec sich ziemlich sicher, dass Rafael erneut die Augen verdrehte. Er verlagerte seine Aufmerksamkeit von Alec – den er eindeutig für einen hoffnungslosen Fall hielt – auf Lily.

»Er sagt, dass er auf sich selbst aufpasst«, berichtete Lily.

»Aber er ist doch erst sechs!«, warf Alec ein.

»Er sagt, dass er fünf ist«, erwiderte Lily mit gerunzelter Stirn, während sie zuhörte und langsam dolmetschte. »Seine Eltern sind während des Dunklen Kriegs gestorben, als das Institut in Schutt und Asche gelegt wurde. Und danach war da eine Werwölfin gewesen, die sich um eine ganze Reihe von Kindern gekümmert hat. Doch die ist jetzt verschwunden. Er sagt, dass niemand sonst ihn haben will.«

Die Werwölfin musste eine der verschwundenen Frauen sein, überlegte Alec grimmig. Aber dieser Gedanke ging in der nächsten Schrecksekunde unter, als ihm bewusst wurde, was Lily gerade gesagt hatte.

»Seine Eltern sind gestorben, als das Institut zerstört wurde?«, wiederholte er. Jede Faser seines Körpers vibrierte vor Entsetzen. »Ist dieser Junge etwa ein Nephilim?«

»Wäre das so viel schlimmer, als wenn sich ein Schattenwesenkind in der gleichen Situation befindet?«, fragte Lily kühl.

»Ja«, knurrte Alec. »Nicht weil Schattenwesenkinder so etwas verdient hätten. Mein eigener Junge ist ein Schattenweltler. Kein Kind hat so etwas verdient. Aber du hast gehört, was Juliette gesagt hat. Jeder bemüht sich nach Kräften zu helfen. Schattenjäger sterben jeden Tag im Kampf gegen Dämonen, und für deren Kinder wird sofort ein neues Zuhause gesucht. Für Schattenjägerkinder existiert ein regelrechtes Auffangsystem. Die hiesigen Nephilim sollten sich wirklich mehr Mühe geben – schließlich ist das Gesetz dazu da, die Verwundbarsten unter uns zu schützen. Was zum Teufel stimmt mit dem Buenos-Aires-Institut nicht?«

»Deinem strengen Tonfall nach zu urteilen werden wir vermutlich versuchen, es herauszufinden, oder?«, bemerkte Lily, jetzt wieder in munterem Ton.

Alecs bestürzter Blick war noch immer auf Rafael geheftet. Er sah nun, dass der Junge schmutziger und unterernährter wirkte als jedes andere Kind in der Menge. Alec hatte das Gesetz auf den Knien seiner Eltern gelernt sowie von seinen Tutoren und aus jedem Buch in der Institutsbibliothek. Selbst damals, als nur wenige Dinge einen Sinn für ihn ergaben, hatte er dieses Gesetz verstanden. Die heilige Pflicht der Nephilim, jetzt und bis in alle Ewigkeit: ein unsichtbares Bollwerk gegen die Finsternis zu bilden, zum Schutz der Unschuldigen – koste es, was es wolle.

Inzwischen war er älter und wusste, wie kompliziert die Welt sein konnte. Trotzdem traf es ihn jedes Mal wie ein Schlag, wenn dieses strahlende Ideal befleckt wurde. Wenn er doch nur die Macht hätte, etwas daran zu ändern …

Aber sie lebten nun mal nicht in dieser Art von Welt.

»Komm mit uns«, wandte er sich an den Nephilimjungen. »Ich werde für dich sorgen.«

Wenn Rafael wirklich niemanden hatte, dann konnte Alec ihn zum New Yorker Institut oder nach Alicante mitnehmen. Jedenfalls würde er ihn nicht hier allein zurücklassen, wo er ohne eine Menschenseele und vollkommen vernachlässigt umherirrte. Alec streckte die Arme aus, um Rafael hochzuheben.

Doch der Junge wich so hastig zurück wie ein scheues Wildtier. Dann warf er Alec einen finsteren Blick zu, als würde er ihn beißen, falls Alec erneut versuchen sollte, ihn auf den Arm zu nehmen.

Alec ließ die Arme sinken und hob dann kapitulierend die Hände. »Okay, okay«, sagte er. »Tut mir leid. Aber willst du trotzdem mit uns mitkommen? Wir möchten deine Informationen hören, möchten helfen.«

Lily übersetzte, woraufhin Rafael Alec erneut misstrauisch musterte. Doch schließlich nickte er. Alec richtete sich auf und hielt dem Jungen seine Hand hin, aber Rafael warf nur einen ungläubigen Blick darauf, schüttelte den Kopf und murmelte irgendetwas. Alec war sich ziemlich sicher, dass es sich wieder um dieses eigenartige Wort handelte. Er betrachtete Rafael von Kopf bis Fuß. Die Kleidung des Jungen war schmutzig und zerrissen, und er selbst war viel zu dünn und lief barfuß herum. Außerdem hatte er vor lauter Erschöpfung dunkle Ringe unter den Augen. Aber nicht einmal Alec wusste, wo sie in dieser Nacht schlafen würden.

»Okay«, sagte er schließlich. »Wir müssen ihm ein Paar Schuhe kaufen.«

Er ließ die Menge der wimmelnden Kinder hinter sich, mit Lily an seiner Seite und Rafael im Schlepptau, der die beiden umkreiste wie ein misstrauischer Mond.

»Vielleicht kann ich dir ja helfen, Schattenjäger«, rief eine Elfe mit pusteblumenartigen Haaren von einem Stand aus.

Alec wollte direkt darauf zusteuern, blieb dann aber abrupt stehen, weil Lily seinen Arm wie in einem Schraubstock festhielt. »Mach einen weiten Bogen um diese Frau«, flüsterte sie. »Ich erklär dir später, warum.«

Alec nickte und ging weiter, trotz der Rufe der Elfe, die ihn zum Kaufen an ihren Stand locken wollte. Juliette hatte recht gehabt: Dieser Markt war eine Gemeinschaft, mit Hütten und Planwagen rund um die Stände – der größte Schattenmarkt, den Alec je gesehen hatte.

Nach kurzer Suche fand er einen Koboldschuster, der ganz nett zu sein schien. Allerdings war selbst das kleinste Paar Schuhe an seinem Stand für Rafael noch immer zu groß. Alec kaufte die Schuhe dennoch und fragte den Schuster, der Englisch sprach, ob irgendjemand sich um Rafael kümmern würde. Auch wenn der Junge etwas anderes behauptete – irgendjemand musste doch für ihn sorgen.

Der Schuster stockte und schüttelte dann den Kopf. »Als die Werwölfin, die sich um die Waisenkinder gekümmert hat, verschwunden war, sind die anderen Kinder bei vielen meiner Verwandten untergekommen. Aber nichts für ungut: Feenwesen nehmen keine Schattenjäger auf.«

Jedenfalls nicht, solange der Kalte Frieden Hass zwischen Schattenjägern und Feenwesen schürte. Diese ganzen Gesetze waren völlig falsch, und die Kinder zahlten wieder mal den Preis dafür.

»Außerdem hasst dieser Junge jeden hier auf dem Markt«, sagte der Schuster. »Pass besser auf: Er beißt.«

Inzwischen befanden sie sich kurz vor dem Stacheldrahttunnel, der zum Ausgang des Schattenmarktes führte. Hier, weit vom Zentrum des Marktes entfernt, zeigten sich wieder die Spuren eines Ortes, der vom Krieg gezeichnet und nicht wieder aufgebaut worden war.

»Hey, komm mal einen Moment her«, wandte Alec sich an Rafael. *»Und mach dir keine Sorgen ...«*

»Du hast ihm gerade auf Deutsch gesagt, dass er sich keine Sorgen machen soll«, berichtete Lily fröhlich.

Alec seufzte, kniete sich auf den staubigen Geröllboden und bedeutete Rafael, sich auf eine umgestürzte Mauer zu setzen. Der Kleine musterte Alec und die Schuhe in seinen Händen mit äußerstem Misstrauen. Dann hockte er sich hin und gestattete Alec, ihm die viel zu großen Schuhe überzustreifen.

Der Junge hatte winzige Füße mit vor Dreck fast schwarzen Fußsohlen. Alec musste schlucken und schnürte die Schuhe so fest zu, wie er nur konnte, damit sie Rafael nicht von den Füßen rutschten und er vernünftig damit gehen konnte.

Rafael sprang sofort auf, nachdem Alec den letzten Schnürsenkel festgezogen hatte. Und auch Alec richtete sich auf.

»Komm«, sagte er.

Erneut musterte Rafael ihn mit einem abschätzenden Blick aus dunklen Augen. Dann stand er einen Moment vollkommen reglos da.

Und schließlich hob er beide Ärmchen mit einer auffordernden Geste. Alec war diese Geste so sehr von Max gewöhnt, dass er ohne langes Nachdenken auf den Jungen zuging und ihn hochhob.

Allerdings fühlte es sich ganz anders an, als Max zu tragen, der klein und rundlich war und immer zum Lachen und Schmusen bereit. Rafael war ziemlich groß für sein Alter und viel zu dünn. Alec konnte die Wirbel seines Rückgrats spüren. Außerdem machte der Junge sich steif, als wäre das Ganze eine unangenehme Prozedur. Alec hatte das Gefühl, eine kleine, mitleiderregende Statue im Arm zu halten.

»Wenn ich dich jetzt trage, sind deine Schuhe eigentlich überflüssig«, murmelte Alec. »Aber das macht nichts. Ich bin froh, dass du uns begleitest. Du bist jetzt in Sicherheit. Denn ich passe auf dich auf.«

»*No te entiendo*«, sagte Rafaels dünne, aber klare Stimme direkt an Alecs Ohr, gefolgt von einem erneuten: »*Boludo.*«

In diesem Moment wusste Alec zwei Dinge genau: Dieses Wort war mit Sicherheit kein nettes Wort, und dieser Junge mochte ihn ganz und gar nicht.

Jem und Tessa standen vor dem Tor zum Schattenmarkt, als sie ihn sahen. Sie hatten gehofft, Alec und Lily abfangen zu können, bevor diese das Buenos-Aires-Institut erreichten. Da sie von den beiden jedoch keine Spur gefunden hatten, hatten sie befürchtet, dass Breakspear sie festgesetzt hatte. Aber eine befreundete Hexe hatte Tessa eine Nachricht geschickt, in der stand, dass man einem Schattenjäger Zugang zum Markt gewährt hatte.

Und jetzt machten Jem und Tessa sich Sorgen, dass die Königin des Marktes die beiden vielleicht festhielt. Jem beratschlagte sich gerade mit Tessa, als das Tor aufschwang. Vor einem Hintergrund aus Stacheldraht und Sternenfunkeln entdeckten sie einen groß gewachsenen Mann mit schwarzen Haaren, der den Kopf gesenkt hatte und den Blick seiner sanften blauen Augen auf das Kind in seinen Armen geheftet hielt. *Will*, dachte Jem sofort und umklammerte Tessas Hand. Was auch immer er selbst spürte – für sie musste es noch viel schlimmer sein.

Alec hob den Kopf und rief erleichtert: »Tessa.«

»Welch ein charmantes Ende einer langen Nacht«, sagte Lily entzückt. »Wenn das nicht der frühere Bruder Snackariah ist.«

»Lily!«, stieß Alec hervor.

Aber Tessa, die noch immer Jems Hand hielt, warf ihrem Mann einen amüsierten Blick zu und lächelte freundlich. »Ah, Raphaels Lily«, sagte sie. »Wie schön, dich hier zu sehen. Bitte verzeih mir, aber ich habe das Gefühl, dich viel besser zu kennen, als es tatsächlich der Fall ist. Raphael hat oft von dir gesprochen.«

Lilys Grinsen zersplitterte, als hätte jemand einen Spiegel fallen lassen.

»Was hat er über mich gesagt?«, fragte sie mit dünner Stimme.

»Er meinte, du wärst viel effizienter und intelligenter als die meisten Mitglieder eures Clans, die allesamt Trottel seien.«

Diese Bemerkung erschien Jem ziemlich hart – aber sie klang tatsächlich nach Raphael. Lilys Lächeln kehrte zurück, warm wie eine Flamme zwischen schützend erhobenen Händen. Der Anblick erinnerte Jem an ihre erste Begegnung. Damals hatte er nicht gewusst, dass Tessa Raphael geschickt hatte, um ihm zu helfen. Aber er hatte sein Bestes getan, und jetzt war Lily eine gute Freundin.

»Danke, dass ihr hergekommen seid«, sagte Jem. »Wer ist dieser Junge?«

Alec berichtete kurz von den Ereignissen der Nacht: die Abfuhr im Buenos-Aires-Institut, die Berichte über die verschwundenen Frauen und dann Rafaels Entdeckung, ein vom Institut vernachlässigtes Schattenjägerkind.

»Es tut mir leid, dass ihr da überhaupt hingegangen seid«, sagte Jem. »Wir hätten dich warnen sollen, aber ich bin schon so lange kein Schattenjäger mehr, dass es mir gar nicht in den Sinn gekommen ist, dass du natürlich als Erstes das Institut aufsuchen würdest. In unserer Pension gibt es noch ein paar freie Zimmer, darunter auch eines ohne Fenster. Kommt, wir zeigen euch den Weg.«

Alec trug den Jungen mit einer Leichtigkeit, die auf langer Gewohnheit beruhte: eine Hand immer in der Nähe seiner Waffe, während er seine kleine, kostbare Last an sich drückte. Jem war schon so lange außer Übung, dass er dazu nicht mehr in der Lage gewesen wäre. Natürlich hatte er Tessas Kinder – James und Lucie – im Arm gehalten, als sie noch klein waren, aber das lag inzwischen über ein Jahrhundert zurück. Und nicht viele Leute hatten einen Stillen Bruder in der Nähe ihrer Kinder sehen wollen – es sei denn, das betreffende Kind war sterbenskrank.

Gemeinsam gingen sie durch die Stadt, vorbei an leuchtend bunt gestrichenen Häusern: flammenrot, meerblau und krokodilgrün. Jakaranda- und Olivenbäume säumten die Straßen. Endlich erreichten sie die Pension, deren weiße Hauswand im Licht der anbrechenden Morgendämmerung blau schimmerte. Jem stieß die rote Tür auf und bat die Wirtin um weitere Zimmer, darunter auch eines ohne Fenster.

Jem und Tessa hatten sich bereits den kleinen Innenhof im Zentrum des Pensionsgebäudes gesichert: eine Gruppe von Steinpfeilern unter freiem Himmel, umgeben vom sanften Blauviolett der Bougainvilleagewächse. Alec setzte Rafael vorsichtig auf einer der Steinbänke ab, woraufhin der Junge sofort zum anderen Ende der Bank rutschte. Er ließ den Kopf hängen und schwieg, während Tessa leise mit ihm auf Spanisch sprach und ihn nach den verschwundenen Frauen fragte. Jem war klar, dass sie bei der Suche helfen mussten. Rosemary Herondale mochte zwar in Gefahr schweben, aber das Gleiche galt für diese Werwölfinnen – und Jem wollte alles in seiner Macht Stehende tun, um sie zu finden.

Es hatte eine Weile gedauert, bis er sich wieder an den Gebrauch von Sprache statt Telepathie gewöhnt hatte. Aber Tessa beherrschte viele Sprachen und brachte ihm alles bei, was sie wusste. Jetzt unternahm Jem ebenfalls einen Versuch, Rafael zum Reden zu bringen, aber der Junge schüttelte nur missmutig den Kopf.

Lily hockte im Schneidersitz auf dem Boden, einen Ellbogen auf Alecs Knie gestützt, um in Rafaels Nähe zu sein. Sie sah den Jungen an und bat ihn, doch bitte loszulegen, denn die Sonne ging bald auf, und sie musste dringend ins Bett.

Rafael streckte die Hand aus und tätschelte eine leuchtend rosa Strähne in Lilys Haaren.

»*Bonita*«, sagte er mit ernstem Gesichtchen.

Das arme Kind lächelte nicht oft, dachte Jem. Was im Moment aber auch für Alec galt, der bei dem Gedanken an die verschwundenen Frauen eine finstere, entschlossene Miene zog.

Lily, die gern und viel lachte, schenkte ihm auch jetzt ein Lächeln. »Ah, mein niedlicher Kleiner«, gurrte sie auf Spanisch. »Möchtest du mich ›Tante Lily‹ nennen?«

Rafael schüttelte den Kopf, was Lily jedoch nicht zu betrüben schien. »Ich kenne einen Trick«, sagte sie, ließ ihre Fangzähne hervorschnellen und schnappte nach Rafael.

Der Junge musterte sie entsetzt.

»Worüber redet ihr beide?«, fragte Alec besorgt. »Warum schaut er so bestürzt? Und warum hast du das getan?«

»Max liebt es, wenn ich das mache!«, erklärte Lily und fügte auf Spanisch hinzu: »Ich wollte dir keine Angst einjagen.«

»Ich hab keine Angst gehabt«, erwiderte Rafael, ebenfalls auf Spanisch. »Das war einfach nur blöd.«

»Was hat er gesagt?«, fragte Alec.

»Er hat gesagt, dass das ein toller Trick war und er sich total gefreut hat«, berichtete Lily.

Alec musterte sie mit hochgezogener Augenbraue, während Rafael sich an ihn drängte. Tessa gesellte sich zu Lily auf den Boden und redete leise auf den Jungen ein, während Lily ihn neckte – und gemeinsam gelang es ihnen, die ganze Geschichte ans Licht zu bringen, wobei Lily fortlaufend dolmetschte und Alecs Miene von Minute zu Minute finsterer wurde.

»Rafael weiß, dass er ein Schattenjäger ist, und er versucht zu lernen …«

Rafael, der Jems Ansicht nach mehr Englisch verstand, als er zugab, unterbrach Lily, um sie zu berichten.

»Entschuldigung: Er versucht zu trainieren«, sagte Lily. »Er bespitzelt die anderen Schattenjäger, damit er weiß, was er tun muss. Schließlich ist er klein, und er achtet darauf, dass sie ihn nicht sehen. Und bei einer dieser Spionagetouren hat er einen Nephilim dabei beobachtet, wie er sich von den anderen abgesondert hat und in eine dunkle Gasse gebogen ist. Dort hat er sich mit einem Hexenmeister vor der Tür eines großen Hauses getroffen. Rafael hat sich so nah wie möglich herangeschlichen und aus dem Inneren des Gebäudes die Stimmen vieler Frauen gehört.«

»Kannst du den Schattenjäger beschreiben?«, erkundigte sich Alec, und Jem übersetzte seine Frage.

»Ich glaube, dass du das kannst«, wandte Jem sich ermutigend an den Jungen. »Du bekommst hier so vieles mit.«

Rafael warf Jem einen düsteren Blick zu, als würde er Lob nicht mögen. Dann schien er ein paar Augenblicke angestrengt nachzudenken, während er mit seinen zu großen Schuhen gegen die Steinbank kickte, und holte schließlich eine dünne Geldbörse aus seiner zerschlissenen Hose hervor und drückte sie Alec in die Hand.

»Ach.« Alec wirkte überrascht. »Hast du die dem Schattenjäger gestohlen, den du beobachtet hast?«

Rafael nickte.

»Das ist großartig. Ich meine ...« Alec stockte. »Es ist gut, dass du uns helfen willst, aber es ist sehr schlecht, anderen die Geldbörse zu stehlen. Bitte tu das nicht wieder.«

»*No te entiendo*«, verkündete Rafael mit fester Stimme.

Er behauptete, dass er Alec nicht verstand. Und seinem Tonfall nach zu urteilen hatte er nicht vor, Alec in absehbarer Zukunft besser zu verstehen – jedenfalls nicht, wenn es um dieses Thema ging.

»Spar dir das andere Wort«, sagte Alec hastig.

»Welches andere Wort?«, hakte Jem nach.

»Frag nicht«, sagte Alec und öffnete die Geldbörse.

Im Allgemeinen trugen Schattenjäger keine irdischen Papiere mit sich herum, wie etwa Pässe oder Personalausweise, aber sie hatten oft andere Dinge in ihren Börsen. Alec holte einen Waffenantragsschein hervor mit dem Familienwappen der Breakspears.

»Clive Breakspear«, sagte Alec gedehnt. »Der Leiter des hiesigen Instituts. Juliette hat uns erzählt, dass seine Schattenjäger sich als Söldner verdingen. Was wäre, wenn dieser Hexenmeister sie engagiert hat?«

»Wir müssen herausfinden, was da läuft«, sagte Jem. »Und sie aufhalten.«

Alec nickte entschlossen.

»Rafael kann uns das Haus zeigen, nachdem er sich etwas ausgeruht hat. Morgen Abend gehen wir noch mal zum Schattenmarkt, um die geheime Information zu bekommen, die ihr beide sucht, und erzählen der Königin des Marktes dann alles, was wir herausgefunden haben.«

Rafael nickte ebenfalls und streckte die Hand nach der Geldbörse aus. Doch Alec schüttelte den Kopf.

»Was ist das für ein Geheimnis, nach dem ihr sucht?«, wandte Lily sich an Jem.

»Lily, es ist ein *Geheimnis*«, tadelte Alec.

Von der anderen Seite der Hausmauern drang das Zirpen der Grillen zu ihnen – ein seltsam berührendes Geräusch.

»Ich vertraue euch beiden«, sagte Jem gedehnt. »Schließlich seid ihr hergekommen, um uns zu helfen. Und ich vertraue darauf, dass diese Informationen unter uns bleiben: Tessa und ich suchen nach einer Person, die unsere Hilfe braucht. In den Dreißigerjahren des letzten Jahrhunderts bin ich auf die Spur einer verborgenen Schattenjägerfamilie gestoßen.«

Lily schüttelte den Kopf. »Die Dreißigerjahre waren eine einzige Enttäuschung – als ob uns jedes einzelne Jahr hat klarmachen wollen, dass die Zwanzigerjahre vorbei waren.«

Will war in den Dreißigerjahren gestorben, was Tessa schrecklichen Kummer bereitet hatte. Und auch Jem hatte dieses Jahrzehnt nicht gemocht.

»Auf diese Schattenjägerfamilie wird seit Jahrzehnten Jagd gemacht«, fuhr Jem fort. »Keine Ahnung, warum. Ich habe herausgefunden, wie sie von den Nephilim getrennt wurden, aber ich weiß noch immer nicht, warum die Feenwesen sie verfolgen. Zwar habe ich mit einem Mitglied dieser Familie reden können, aber sie hat meine Hilfe abgelehnt und ist dann spurlos verschwunden. Seitdem bin ich auf der Suche nach ihnen und habe zuverlässige Freunde auf den Schattenmärkten Erkundigungen einziehen lassen. Bei unserer ersten Begegnung, Lily, hatte ich gerade Ausschau nach Ragnor Fell gehalten, um herauszufinden, was er in Erfahrung gebracht hatte. Ich möchte verstehen, warum diese Familie verfolgt wird, damit ich ihr helfen kann. Wer auch immer ihre Feinde sind – sie sind auch meine Feinde.«

Denn die Carstairs sind den Herondales zu Dank verpflichtet.

»Ich habe mich zusätzlich im Spirallabyrinth umgehört«, sagte Tessa. »Doch dort war nichts bekannt – bis wir eines Tages erfuhren, dass jemand den Kindern dieses Schattenmarktes Geschichten erzählt ... Geschichten von Liebe und Vergeltung und Leid. Dabei fiel auch der Name Herondale.«

Sie sprach den Namen, der einst auch ihr Nachname gewesen war, sehr leise aus. Aber Alec zuckte so heftig zusammen, als hätte man ihm den Namen ins Ohr gebrüllt.

Weder Jem noch Tessa erwähnten Catarina Loss, die das erste Kind der verschollenen Herondales nach Amerika gebracht und dort aufgezogen hatte. Sie hatten nicht das Recht, dieses Geheimnis preiszugeben. Jem vertraute Alec, aber er war noch immer ein Schattenjäger, und sein Vater war der Inquisitor. Jem und Tessa wussten nur zu gut, welche Strafe der Rat über Catarina verhängen würde, weil sie mit ihrer liebevollen, barmherzigen Tat gegen das Gesetz verstoßen hatte.

»Ich werde Juliette fragen und versuchen, so viel wie möglich in Erfahrung zu bringen«, sagte Alec. »Und ich werde erst dann nach Hause zurückkehren, wenn ich euch geholfen habe.«

»Danke«, sagte Jem.

»Und jetzt wird es Zeit für Rafael, ins Bett zu gehen«, verkündete Alec.

»Wir haben ein sehr nettes Zimmer für dich«, teilte Tessa dem Jungen leise und ermutigend auf Spanisch mit. Rafael schüttelte den Kopf. »Möchtest du nicht allein sein?«, fragte Tessa. »Kein Problem. Du kannst bei Jem und mir schlafen.«

Als Tessa die Hände nach ihm ausstreckte, drückte Rafael sein Gesicht in Alecs Armbeuge und heulte auf. Sofort zog Tessa sich zurück, wohingegen Alec automatisch einen Arm um das schreiende Kind legte.

»Lily ist während der Tagesstunden verwundbar«, sagte er. »Deshalb würde ich gern bei ihr bleiben. Bist du damit einverstanden, in einem fensterlosen Zimmer zu schlafen, Rafael?«

Nachdem Lily seine Frage gedolmetscht hatte, nickte Rafael entschieden.

Jem zeigte ihnen den Weg. An der Tür nahm er Alec kurz beiseite, bevor er Lily und Rafael in das Zimmer folgen konnte. »Ich weiß deine Hilfe wirklich zu schätzen«, sagte Jem. »Aber bitte erzähl Jace noch nichts von dieser ganzen Geschichte.«

Er dachte oft an Jace und an seine erste Begegnung mit dem damals wild entschlossenen Jungen auf hoher See ... und an die Zeit einige Jahre danach, als Jace sich zu einem jungen Mann entwickelt hatte, in dem das Himmlische Feuer brannte. In Gedanken hatte Jem sich Hunderte Szenarien ausgemalt, in denen er Jace geholfen hätte. Wenn er der Stille Bruder gewesen wäre, der sich nach dem Verschwinden des Vaters um den Jungen gekümmert hatte ... wenn er mehr Zeit mit ihm verbracht hätte ... wenn Jace nur etwas älter gewesen wäre ... etwa in Wills Alter bei ihrer ersten Begegnung ... dann hätte Jem vielleicht Bescheid gewusst.

Aber selbst wenn er Bescheid gewusst hätte, was hätte er für Jace schon tun können?

»Ich möchte nicht, dass Jace das Gefühl bekommt, er hätte irgendwo auf der Welt eine verschollene Familie, die er nie kennenlernen wird«, erklärte Jem. »Blutsverwandtschaft garantiert zwar keine Liebe, aber sie bietet die Chance darauf. Und Jace hatte nie Gelegenheit, Céline Montclaire oder Stephen Herondale kennenzulernen. Ich möchte nicht, dass er das Gefühl hat, eine weitere Chance zu verpassen.«

Jace lebte glücklich in New York: Er hatte seine geliebte

Freundin, seinen *Parabatai* und sein Institut. Wenn Jem ihm schon nicht helfen konnte, dann wollte er ihm wenigstens keinen weiteren Kummer bereiten.

Auch an Céline Montclaire dachte Jem noch oft. Wenn er kein Bruder der Stille gewesen wäre, dessen Herz in der Brust sich langsam in Stein verwandelte, dann hätte er möglicherweise erkannt, in welch großen Schwierigkeiten sie steckte. Vielleicht hätte er ja einen Weg gefunden, ihr zu helfen.

Er hatte Céline ganz bewusst nicht als Jace' Mutter bezeichnet, denn er hatte beobachtet, auf welche Weise Jace Maryse Lightwood immer angesehen hatte. Maryse war Jace' Mutter.

Vor vielen, vielen Jahren, als Jem selbst noch ein Junge gewesen war, hatte sein Onkel Elias eines Tages im Londoner Institut vorgesprochen und ihm angeboten, ihn mit zu sich nach Hause zu nehmen. »Denn schließlich gehörst du zur Familie«, hatte Elias damals gesagt.

»Du solltest ihn begleiten«, hatte Will daraufhin hervorgestoßen. »Mir ist das sowieso egal.«

Anschließend hatte er hitzig verkündet, er würde zu einem wilden Abenteuer aufbrechen, und die Tür hinter sich ins Schloss geknallt. Nach Elias' Abreise hatte Jem seinen *Parabatai* im Musikzimmer vorgefunden, wo er in der Dunkelheit gesessen und auf Jems Geige gestarrt hatte. Schweigend hatte Jem sich neben Will auf den Boden gehockt.

»Dringe nicht in mich, dass ich dich verlassen und umkehren und dir nicht folgen soll, du Idiot!«, hatte Jem schließlich gesagt, woraufhin Will den Kopf auf Jems Schulter gelegt hatte. Damals hatte Jem spüren können, welche Kraft es Will kostete, nicht zu lachen oder zu weinen, und er hatte gewusst, wie sehr seinem *Parabatai* nach beidem zumute war.

Blutsverwandtschaft garantierte keine Liebe.

Doch Jem vergaß auch nicht, dass Céline nie die Chance gehabt hatte, Jace eine Mutter zu sein. Die Welt war voller gebrochener Herzen und verpasster Chancen, aber Jem konnte wenigstens versuchen, einen Teil des Unrechts, das Céline widerfahren war, wiedergutzumachen. Er konnte sich nach Kräften bemühen, für Jace da zu sein.

Alec musterte Jem eindringlich.

»Ich werde Jace nichts davon sagen«, antwortete er. »Noch nicht. Sofern du es ihm selbst bald erzählst.«

»Ich hoffe, dass das möglich sein wird«, erwiderte Jem.

»Kann ich dich mal was fragen?«, wechselte Alec abrupt das Thema. »Die Nephilim des Buenos-Aires-Instituts sind korrupt, und der Kalte Frieden zerstört unsere Bündnisse mit den Schattenweltlern. Du könntest sehr viel Gutes tun, wenn du dich auf unsere Seite stellen würdest. Warum bist du kein Schattenjäger mehr?«

»Ich bin doch auf eurer Seite«, sagte Jem. »Muss ich dazu unbedingt ein Schattenjäger sein?«

»Nein«, sagte Alec, »aber ich verstehe nicht … warum du kein Nephilim mehr sein willst.«

»Wirklich nicht?«, fragte Jem. »Du hast doch einen *Parabatai*. Genau wie ich einst. Kannst du dir vorstellen, ohne ihn zu kämpfen?«

Alecs Hand lag am Türrahmen, und Jem sah, wie seine Fingerknöchel weiß hervortraten, als er das Holz umklammerte.

»Ich habe Tessa, und das bedeutet, dass ich an jedem Tag mehr Freude erlebe als manche in ihrem gesamten Leben. Viel mehr Freude, als ich verdiene. Mit meiner Frau an meiner Seite habe ich die ganze Welt gesehen, und wir haben beide unsere Aufgaben, die unserem Leben einen Sinn geben. Jeder von uns dient der guten Sache auf seine eigene Weise. Tessa kennt die Geheimnisse des Spirallabyrinths und ich die der Bruderschaft – und mit unserem verbündeten Wissen haben wir so manchem Wesen das Leben gerettet, das auf keine andere Weise hätte gerettet werden können. Natürlich will und werde ich helfen. Aber nicht als Schattenjäger, denn ich werde nie wieder einer sein.«

Alec sah ihn mit großen, kummervollen Augen an. Er besaß große Ähnlichkeit mit Will, doch er war nicht Will, genauso wenig wie Jace sein alter *Parabatai* war. Keiner von beiden konnte jemals Will sein.

»Wenn man kämpft, sollte man das von ganzem Herzen tun«, sagte Jem leise. »Mir fehlt das Herz für das Leben in den Reihen der Nephilim, für diesen besonderen Kampf. Denn zu große Teile meines Herzens liegen bereits in einem Grab.«

»Tut mir leid«, sagte Alec verlegen. »Jetzt verstehe ich es.«

»Das muss dir nicht leidtun«, erwiderte Jem.

Dann ging er in sein Zimmer, wo Tessa bereits mit einem aufgeschlagenen Buch im Schoß auf ihn wartete. Als er den Raum betrat, blickte sie auf und lächelte ihn an – das unvergleichlichste Lächeln der Welt.

»Alles in Ordnung?«, fragte sie.

Jem schaute zu ihr hinunter und nickte. »Ja.«

Tessa klappte das Buch zu, kniete sich auf das Bett und streckte die Arme nach ihm aus. Und obwohl die Welt voller gebrochener Herzen und verpasster Chancen war, gab es immer noch Tessa.

Sie küsste ihn, und Jem spürte, wie sie dabei grinste. »Komm her, Bruder Snackariah«, murmelte sie.

Das Zimmer mochte zwar keine Fenster besitzen, aber auf dem Tisch stand eine Vase mit roten Blüten. Von den beiden schlichten weißen Betten hatte Lily das an der Wand belegt, indem sie ihre Lederjacke darauf geworfen hatte.

Rafael saß auf dem anderen Bett und drehte nachdenklich einen metallischen Gegenstand in den Händen. Plötzlich verstand Alec, warum der Junge eingewilligt hatte, sich tragen zu lassen.

»Was hast du denn da, Süßer?«, wandte Lily sich an Rafael, als Alec den Raum betrat.

»Mein Handy. Das Handy, das er mir *gestohlen* hat«, erklärte Alec.

Im nächsten Moment vibrierte Alecs Mobiltelefon in Rafaels Händen. Alec wollte es sich greifen, aber der Junge wich ihm beiläufig aus. Er starrte gebannt auf das Gerät, und es schien ihn nicht zu kümmern, dass Alec versucht hatte, ihn zu packen.

Erneut streckte Alec die Hand nach dem Handy aus, hielt dann aber verblüfft inne. Während Rafael das Display betrachtete, wich der mürrische Ausdruck auf seinem Gesicht einem zaghaften Lächeln. Und dieses warme, niedliche Lächeln veränderte seine gesamte Ausstrahlung.

Alec ließ die Hand sinken. Rafael richtete seinen nun heiteren Blick auf ihn und zwitscherte eine Frage. Selbst seine Stimme klang jetzt, da er glücklich zu sein schien, vollkommen anders.

»Ich versteh dich nicht«, sagte Alec hilflos.

Rafael wedelte mit dem Handy vor Alecs Gesicht herum, woraufhin Alec einen Blick auf das Display warf. Seit seiner Ankunft in diesem Land hatte er ein mulmiges Gefühl gehabt beim Gedanken an die Verbrechen, an denen die hiesigen Schattenjäger vermutlich beteiligt waren. Doch jetzt beruhigte sich seine Welt wieder etwas.

Magnus hatte ein Foto geschickt mit der Bildunterschrift: BLAUKEHLCHEN UND ICH NACH EINEM WILDEN UND GEFÄHRLICHEN ABENTEUER AUF DEM SPIELPLATZ.

Sein Freund lehnte an der Haustür, und Max lachte übers ganze Gesicht – so wie immer, wenn Magnus zu seiner Unterhaltung irgendwelche Magie betrieb. Die beiden waren von blauen und goldenen Lichtstrahlen und riesigen, schillernden Blasen umgeben, die ebenfalls aus Licht zu bestehen schienen. Ein kleines, liebevolles Lächeln umspielte Magnus' Mundwinkel, während sich leuchtende, magische Bänder um seine stachligen schwarzen Haare wanden.

Damals, nach ihrem ersten Einsatz fern von Max, hatte Alec Magnus gebeten, ihm Fotos von zu Hause zu schicken – als Erinnerung daran, wofür Alec kämpfte.

Lily räusperte sich. »Der Junge hat gefragt: ›Wer ist dieser coole Typ?‹«

»Ah«, sagte Alec und kniete sich neben das Bett, »das ist … das ist Magnus. Er heißt Magnus Bane. Er ist mein … Ich bin sein … Er und ich werden heiraten.«

Eines Tages.

Alec hatte keine Ahnung, warum es ihm so wichtig war, dem Jungen davon zu erzählen.

Lily übersetzte seine Worte. Rafael schaute vom Handy zu Alecs Gesicht und wieder zurück, mit überrascht gerunzelter Stirn. Alec wartete. Er hatte schon zuvor Kinder schreckliche Dinge sagen hören. Die Erwachsenen vergifteten ihren Verstand – und dieses Gift strömte dann aus ihren Mündern.

Plötzlich lachte Lily. »Er hat gesagt: ›Und was will dieser coole Typ ausgerechnet von dir?‹«, berichtete sie mit unverhohlener Schadenfreude.

Alec seufzte. »Rafael, gib mir das Handy zurück.«

»Ach, lass es ihm doch noch einen Moment, bis er eingeschlafen ist«, bat Lily, die einer der Gründe dafür war, warum Max so verzogen war.

Als Alec sie anschaute, bemerkte er den ungewöhnlich ernsten Ausdruck in ihren Augen.

»Komm mal einen Moment her«, sagte Lily. »Ich hab ja versprochen, dir zu erklären, warum du dich von dieser Elfe auf dem Schattenmarkt fernhalten solltest. Ich möchte dir eine Geschichte erzählen, die auch Jem möglicherweise helfen kann. Aber ich möchte mit niemandem außer dir darüber reden.«

Also ließ Alec den Jungen mit seinem Handy spielen, woraufhin Rafael ihm erlaubte, die Bettdecke rund um ihn herum festzustecken. Danach nahm Alec den Stuhl, der an der Tür stand, und schob ihn neben Lilys Bett. Gemeinsam warteten sie, bis Rafael die Augen zufielen und das Handy auf das Kissen neben seinem kleinen Kopf rutschte.

Lily betrachtete ihr eigenes, gestreiftes Kopfkissen, als wäre es wahnsinnig faszinierend.

»Hast du Hunger?«, fragte Alec schließlich. »Wenn du ... Blut brauchst, kannst du meins trinken.«

Überrascht hob Lily den Kopf. »Nein. Ich will kein Blut. Dafür brauche ich dich nicht.«

Alec versuchte, sich seine Erleichterung nicht anmerken zu lassen, während Lily wieder auf ihr Kissen blickte und schließlich die Schultern straffte.

»Erinnerst du dich daran, dass du mich mal gefragt hast, ob

ich ein *Jazz Baby* bin, und ich dich daraufhin aufgefordert habe, mich als *das Jazz Baby schlechthin* zu bezeichnen?«

»Das werd ich auch jetzt nicht tun.«

»Und ich bin noch immer der Ansicht, dass ich ein Anrecht darauf habe«, entgegnete Lily. »Aber darum geht's jetzt gar nicht. Die Zwanzigerjahre waren mein Lieblingsjahrzehnt. Allerdings habe ich dir möglicherweise im Hinblick auf mein Alter nicht ganz die Wahrheit gesagt.« Sie grinste. »Das Vorrecht einer Frau.«

»Okay«, sagte Alec gedehnt; er war sich nicht ganz sicher, in welche Richtung dieses Gespräch führen würde. »Also ... wie alt bist du denn wirklich?«

»Ich habe im Jahr 1885 das Licht der Welt erblickt«, antwortete Lily. »Das glaube ich zumindest. Meine Mutter war ein japanisches Bauernmädchen und wurde an meinen Vater, einen reichen chinesischen Kaufmann ... verkauft.«

»Verkauft!«, stieß Alec hervor. »Das ist doch nicht ...«

»Nein, es war nicht legal, aber solche Dinge passieren nun mal«, erklärte Lily mit angespannter Stimme. »Die beiden lebten ein paar Jahre zusammen in Hongkong, wo mein Vater sein Geschäft hatte. Dort bin ich auch zur Welt gekommen. Meine Mutter hat immer gedacht, mein Vater würde uns beide mit in seine Heimat nehmen. Deshalb brachte sie mir alles bei, wovon sie glaubte, dass es ihm gefallen würde – die Sprache, die Art der Kleidung ... ganz wie eine chinesische Dame. Sie hat ihn geliebt. Aber er war ihrer bald überdrüssig. Also hat er sie verlassen, doch zuvor hat er uns beide noch weiterverkauft. Ich bin an einem Ort aufgewachsen mit dem Namen *Haus der ewigen Perle*.«

Sie hob den Kopf.

»Ich brauch dir ja nicht zu erklären, was das für ein Ort war, oder?«, fragte sie. »Ein Etablissement, wo Frauen gekauft und verkauft wurden und die Männer kamen und gingen.«

»Lily!«, keuchte Alec entsetzt.

Trotzig schüttelte Lily ihre schwarz-rosa gestreiften Haare. »Das Bordell trug den Namen *Haus der ewigen Perle*, weil ...

manche Männer nur Frauen wollen, die immer jung und schön bleiben. Perlen entstehen aus einem Staubkorn, das die Auster nicht aus ihrem Inneren herausspülen kann. Im fensterlosen Keller des Gebäudes, im Herzen dieses Hauses, hatte man Frauen in Ketten geschlagen. Diese Frauen waren kalt und wunderschön, jahrein, jahraus. Sie alterten nicht und taten alles für Blut. Da sie den reichsten Männern vorbehalten waren und die höchsten Preise erzielten, mussten sie gut ernährt werden. Irgendwann war meine Mutter zu alt für die Freier, woraufhin man sie an die Vampirinnen verfüttert hat. In jener Nacht bin ich in den Keller geschlichen und habe mit einer der Frauen eine Abmachung getroffen: Wenn sie mich in eine Vampirin verwandelte, würde ich uns alle befreien. Sie hat ihren Teil der Vereinbarung eingehalten, ich aber nicht.« Lily betrachtete die Spitzen ihrer Stiefel. »Als ich erwacht bin, habe ich viele Leute getötet. Damit meine ich nicht, dass ich ihr Blut getrunken habe … obwohl ich das natürlich auch getan habe. Aber ich habe Feuer gelegt und das gesamte Gebäude niedergebrannt. Niemand ist den Flammen entkommen, weder die Männer noch die Frauen. Nur ich. Damals habe ich mich für niemanden interessiert außer für mich selbst.«

Alec rutschte mit dem Stuhl näher heran, doch Lily zog die Beine aufs Bett und machte sich so klein wie möglich.

»Niemand kennt die ganze Geschichte«, sagte sie. »Ein paar Leute wissen den einen oder anderen Teil. Magnus weiß, dass ich nicht in den Zwanzigerjahren verwandelt wurde, aber ihm war klar, dass ich nicht darüber reden wollte. Und er hat mich nie nach meiner Vergangenheit und meinen Geheimnissen gefragt.«

»Nein, so was würde er nicht tun«, bestätigte Alec.

Magnus wusste nur zu gut, was es bedeutete, schmerzhafte Geheimnisse zu hüten – das hatte Alec im Laufe der Zeit gelernt.

»Raphael hat jemanden bestochen, um an diese Informationen zu kommen. Keine Ahnung, wen er bezahlt hat oder wie viel«, sagte Lily. »Er hätte mich auch fragen können, aber so war er nicht gestrickt. Ich weiß nur, dass er Bescheid wusste, weil er ein paar Nächte besonders nett zu mir war. Auf seine eigene Art und

Weise. Aber wir haben nie darüber gesprochen, und vor dir habe ich noch keiner Seele davon berichtet.«

»Ich werde es niemandem erzählen«, versprach Alec.

Lilys Mundwinkel zuckten. »Das weiß ich, Alec.«

Er sah, wie sich die Anspannung in ihren schmächtigen Schultern etwas löste.

»Ich habe dir das alles erzählt, damit du den nächsten Teil der Geschichte verstehst«, fuhr sie fort. »Da ich nicht in Hongkong bleiben konnte, bin ich nach London gereist. Wenn ich mich richtig erinnere, war das im Jahr 1903. Und dort bin ich zum ersten Mal auf die Nephilim gestoßen.«

»Nephilim!«, sagte Alec.

Er verstand, warum viele Schattenweltler dieses Wort so abschätzig aussprachen. Schon jetzt konnte er den Gedanken an das, was Lily widerfahren war, kaum ertragen. Und er wollte nicht von irgendwelchen Schattenjägern hören, die seiner Freundin noch Schlimmeres angetan hatten.

Doch Lily lächelte. »Eine Nephilim fiel mir besonders auf – ein Mädchen, deren Haare wie Blut im Schatten schimmerten. Ich wusste kaum, was ein Schattenjäger war, aber sie war mutig und gütig. Sie hat andere beschützt. Ihr Name war Cordelia Carstairs. Bei meinen Erkundigungen über die Nephilim erfuhr ich von einem Feenwesen, das einen Groll gegen alle Schattenjäger hegte und insbesondere gegen eine bestimmte Familie. Wir sind ihr gestern Abend auf dem Schattenmarkt begegnet. Richte Jem aus, dass er die Elfe mit den Pusteblumenhaaren nach den Herondales fragen soll. Sie weiß etwas«, beendete Lily ihren Bericht und verstummte.

Alec war bewusst, dass er jetzt irgendetwas sagen sollte, doch er wusste nicht, wie. »Danke, Lily«, sagte er schließlich. »Nicht für die Information, sondern dafür, dass du mir deine Geschichte erzählt hast.«

Lily lächelte – offenbar hielt sie Alecs Antwort nicht für völlig daneben. »Nach meinem Aufenthalt in London haben mich meine Reisen nach Russland geführt, wo ich Camille Belcourt kennengelernt habe. Camille war lustig. Sie war gerissen und herzlos und schwer zu verletzen. Deshalb wollte ich so werden wie sie. Als Camille nach New York ging und dort zur Anführerin des örtlichen Vampirclans aufstieg, habe ich sie begleitet.«

Lily ließ den Kopf hängen und saß einen langen Moment gedankenverloren da, bevor sie wieder aufschaute.

»Soll ich dir was Dummes verraten? Als Camille und ich nach dem Ersten Weltkrieg in New York ankamen, habe ich mich nach Schattenjägern umgesehen«, verkündete sie heiter. »War das nicht unglaublich dämlich? Nur die wenigsten Schattenjäger sind wie du oder Jem oder Cordelia. In Amerika begegnete ich zahlreichen Nephilim, die keinen Zweifel daran ließen, dass die himmlischen Krieger nicht dazu da waren, ein Wesen wie mich zu schützen. Damals interessierte ich mich für niemanden, und niemand interessierte sich für mich. Und daran änderte sich auch während der darauffolgenden Jahrzehnte nichts. Das war wirklich eine lustige Zeit.«

»Tatsächlich?«, fragte Alec und bemühte sich um einen neutralen Ton. Lily klang so zerbrechlich.

»Die Zwanzigerjahre in New York waren sowohl für Camille als auch für mich die beste Zeit unseres Lebens – damals wirkte die ganze Welt so manisch und fieberhaft, wie wir uns ständig fühlten. Noch Jahrzehnte später versuchte Camille, diese Zeiten wieder auferstehen zu lassen. Was mir ganz recht war, doch irgendwann hatte selbst ich das Gefühl, dass Camille zu weit ging. Tief in ihrem Inneren herrschte eine große Leere, die sie ständig zu füllen versuchte. Außerdem gestattete sie den Clanmitgliedern, sich nach Herzenslust auszutoben. In den Fünfzigerjahren erlaubte sie einem sehr alten Vampir namens Louis Karnstein, in unserem Hotel zu übernachten. Und dieser Mann machte Jagd auf kleine Kinder. Ich hielt ihn zwar für abstoßend, kümmerte mich aber nicht um ihn. Damals war ich bereits sehr gut darin, mich um nichts zu kümmern.«

Lily zuckte die Achseln und lachte. Aber ihr Lachen klang nicht sehr überzeugend. »Vielleicht hatte ich gehofft, dass die

Schattenjäger eingreifen würden, aber das taten sie nicht. Stattdessen kam jemand anderes – eine Horde schmuddeliger Jugendlicher, die ihre Straßen gegen das Ungeheuer verteidigen wollten. Dabei verloren sie alle ihr Leben, bis auf einen. Dieser eine Junge vollbrachte immer alles, was er sich vorgenommen hatte. Er tötete das Ungeheuer. Dieser Junge war mein Raphael.«

Behutsam strich sie über die Lederjacke auf ihrem Bett.

»Bevor er den Mann tötete, wurde er jedoch selbst in einen Vampir verwandelt. Damals kam Magnus – und nicht ich – Raphael zu Hilfe. Raphael hätte sterben können, und ich hätte nicht einmal von seiner Existenz gewusst. Ich bin ihm erst später begegnet. Eines Tages stieß er auf eine Gruppe von uns, als wir gerade in einer Gasse Blut saugten, und hielt uns eine furchtbare Standpauke. Er war so ernst, dass ich ihn einfach nur lustig fand. Damals habe ich ihn überhaupt nicht ernst genommen. Doch als er zu uns ins Hotel zog, war ich erfreut. Denn das versprach, sehr spaßig zu werden. Und wer möchte nicht noch mehr Spaß? Für mich gab es nichts anderes.«

Magnus hatte Alec von dieser Begebenheit erzählt, sich selbst aber nie als Raphaels Retter dargestellt. Es fühlte sich seltsam an, das Ganze jetzt aus Lilys Mund zu hören – zumal Alec wusste, wie die Geschichte geendet hatte.

»Bereits am zweiten Tag bat Raphael Camille, die Sicherheitsvorkehrungen des Hotels zu verstärken. Er begründete das mit der Tatsache, dass es einer Horde irdischer Jugendlicher gelungen war, dort einzubrechen und einen von uns zu töten. Doch Camille lachte ihn aus. Kurz darauf wurden wir von einer Gruppe abtrünniger Werwölfe angegriffen, und danach wurden Raphaels Sicherheitsvorkehrungen durchgeführt. Er richtete Wachtrupps ein und versäumte keine einzige Patrouille – nicht einmal als er zu Camilles Stellvertreter ernannt worden und von dieser Pflicht eigentlich befreit war. Ich erinnere mich daran, dass er mir Pläne des Hotels gezeigt hat ... jede Schwachstelle und potenzielle Lösungsansätze zu unserem Schutz, bevor er die allererste Wache übernahm. Er hatte sich alles genau überlegt, obwohl er noch nicht einmal eine Woche bei uns war. Als er den Raum verließ, um seinen Wachposten zu beziehen, meinte er: ›Schlaf, Lily. Ich werde die Türen bewachen.‹ Davor hatte ich nie ruhig schlafen können. Ich hatte mich einfach nicht sicher gefühlt. Aber nachdem Raphael seinen Posten bezogen hatte, habe ich geschlafen wie ein Baby.«

Lily starrte auf die Vase mit den Blumen, die so rot leuchteten wie Vampirblut. Doch vermutlich nahm sie sie gar nicht wahr.

»Später stellte sich heraus, dass Raphael die Werwölfe beauftragt hatte, uns anzugreifen, damit wir die von ihm gewünschten Sicherheitsvorkehrungen einführten«, fügte Lily in sachlichem Ton hinzu. »Er war fest entschlossen, seinen eigenen Willen durchzusetzen. Außerdem war er eine totale Arschgeige.«

»Was du nicht sagst«, bemerkte Alec.

Lily lachte erneut. Dann stand sie auf, drückte kurz Alecs Schulter und lief unruhig im Zimmer auf und ab, als handelte es sich um einen Käfig.

»Von da an war Raphael immer für uns da. Camille hat ihn zwar manchmal degradiert, nur um ihn zu ärgern, aber das hat ihn nicht gekümmert. Er hat nie gezögert, ganz gleich, was die anderen getan haben. Damals habe ich gedacht, er würde für immer bei uns bleiben. Doch dann wurde er verschleppt. Nach seinem Verschwinden habe ich mich ermahnt, dass ich den Clan zusammenhalten und eine Allianz mit den Werwölfen eingehen, eine geschlossene Front gegen den Wahnsinn bilden müsse. Nur bis zu Raphaels Rückkehr. Doch er kam nicht mehr zurück.«

Lily fuhr sich mit der Hand über die Augen. Dann ging sie zu Rafaels Bett und strich mit der tränenfeuchten Hand leicht über seine zerzausten Locken.

»Tja, ich war vierundfünfzig Jahre glücklich«, sagte sie. »Länger als die meisten Leute. Und jetzt muss ich mich um den Clan kümmern, so wie Raphael es gewollt hätte. Seit jener Nacht, in der wir von seinem Tod erfuhren, wache ich über die Vampire in dem Haus, für dessen Schutz er gesorgt hat. Ich wache über die Irdischen in den Straßen, die er geliebt hat. Jeder einzelne von ihnen erinnert mich an ein Kind, dem ich helfen sollte ... an eine potenzielle Zukunft, die ich mir nicht habe vorstellen können. Jeder einzelne von ihnen scheint kostbar, schützenswert, liebenswert zu sein. Jeder einzelne von ihnen ist Raphael.«

Der Junge regte sich im Schlaf, als würde er seinen Namen hören. Lily zog ihre Hand fort.

Nach einer langen Nacht war endlich der Morgen angebrochen.

Alec stand auf, legte Lily eine Hand auf die zitternde Schulter und führte sie zum Bett. Dort zog er ihr die Decke bis zur Nase, so als wäre sie Rafael. Dann stellte er den Stuhl zwischen Lily und Rafael und die Zimmertür und bezog dort seinen Posten.

»Schlaf, Lily«, sagte Alec leise. »Ich werde die Türen bewachen.«

Alec fand nicht viel Ruhe. Seine Gedanken drehten sich im Kreis: Lilys Geschichte, die korrupten Schattenjäger des Buenos-Aires-Instituts, verschollene Herondales und Werwölfe sowie Jems und Tessas Suche.

Er war daran gewöhnt, in dunkler Seidenbettwäsche und starken Armen aufzuwachen. Ihm fehlte sein Zuhause.

Rafael schlief durch und rührte sich erst am Nachmittag. Alec hatte den Verdacht, dass alle Waisenkinder des Schattenmarktes die Nacht zum Tag machten. Als der Junge aufwachte, nahm Alec ihn mit hinaus in den Innenhof, wo er sich auf die Steinbank hockte und missmutig einen Müsliriegel aß. Vermutlich schmollte Rafael, weil Alec sein Handy wieder an sich genommen hatte.

»Hat dir schon mal jemand einen Spitznamen gegeben?«, fragte er den Jungen. »Nennen dich die Leute vielleicht Rafe?«

Rafael musterte ihn mit ausdrucksloser Miene. Alec fürchtete, dass er sich vielleicht nicht richtig ausgedrückt hatte.

»*Rafa*«, sagte Rafael schließlich.

Er schluckte den letzten Bissen des Müsliriegels hinunter und streckte die Hand aus. Alec reichte ihm einen weiteren Riegel.

»Rafa?«, setzte Alec vorsichtig an. »Möchtest du, dass ich dich so nenne? Verstehst du mich überhaupt? Es tut mir leid, dass ich kein Spanisch spreche.«

Rafael zog eine Grimasse, als wollte er damit zum Ausdruck bringen, was er von dem Spitznamen Rafa hielt.

»Okay«, sagte Alec. »Dann werde ich dich nicht mehr so nennen. Einfach nur Rafael, richtig?«

Der Junge warf ihm einen ungeheuer gelangweilten Blick zu. *Jetzt fängt dieser Blödmann schon wieder an und redet auf mich ein, wo ich ihn doch nicht verstehe,* schien seine Haltung auszustrahlen.

Kurz darauf gesellte Jem sich zu ihnen in den Innenhof, um sich von Rafael zu dem Haus führen zu lassen, von dem er erzählt hatte.

»Ich bleibe hier und passe auf Lily auf«, sagte Tessa, die Jem begleitet hatte. Offenbar hatte sie Alecs Gedanken gelesen. »Mach dir keine Sorgen. Ich habe einen Wall aus Schutzzaubern errichtet und bin auf alles vorbereitet.«

Sie machte eine winzige Handbewegung, woraufhin ein graues Magielicht aufleuchtete – wie das Licht über den Fluten eines Flusses oder der Glanz von Perlen in den Schatten – und sich um ihre Finger wand. Alec lächelte ihr dankbar zu. Solange er nicht wusste, was es mit diesem Hexenmeister und den Schattenjägern auf sich hatte, wollte er niemanden ungeschützt zurücklassen.

»Und *du* brauchst dir auch keine Sorgen zu machen«, wandte Tessa sich an Jem, schob ihre magisch leuchtenden Finger in seine schwarz-silbernen Haare und zog ihn für einen Abschiedskuss zu sich hinunter.

»Mach ich auch nicht«, sagte Jem. »Ich weiß, dass meine Frau gut auf sich aufpassen kann.«

Meine Frau, hatte Jem gesagt, und aus seiner Stimme sprach eine Mischung aus Beiläufigkeit und Freude über die Tatsache, dass sie einander gehörten: die Abmachung, die sie beide in Gegenwart aller, die sie liebten, getroffen hatten.

Einmal hatte Alec eine Gedichtzeile gehört, die manchmal auf Hochzeiten vorgetragen wurde: *Meine wahre Liebe hat mein Herz, und ich habe seins. Nie gab es eine trefflichere Abmachung.* Eine Liebe, die in den Augen der ganzen Welt Bestand hatte, Respekt verlangte und eine Gewissheit verkündete, mit der Alec jeden Morgen aufwachte: Für mich wird es niemand anderen geben, bis zu dem Tag, an dem ich sterbe. Und alle sollen es wissen. Jem und Tessa hatten diese Liebe, genau wie Helen und Aline. Aber Schattenjäger konnten keinen Schattenweltler in Gold heiraten. Schattenjäger durften die Ehe-Rune nicht für Schattenweltler tragen, und Alec wollte Magnus nicht durch eine Zeremonie beleidigen, die die Nephilim als minderwertiger betrachteten. Magnus und er hatten beschlossen, so lange zu warten, bis das Gesetz geändert war.

Alec verspürte einen Anflug von Eifersucht – er konnte einfach nichts dagegen machen.

Als das Handy in seiner Tasche klingelte, setzte Rafael sich auf. Magnus hatte ein Foto von Max geschickt, der schlief und dabei Miau Tse-tung als Kopfkissen benutzte. Rafael zog eine finstere Miene, offensichtlich enttäuscht, dass Magnus auf der Aufnahme nicht zu sehen war.

Auch Alec war deswegen etwas enttäuscht.

Die Straßen lagen in der heißen Nachmittagssonne fast menschenleer vor ihnen, und der Weg zum Haus des Hexenmeisters führte durch gewundene Gassen, teils mit Kopfsteinpflaster, teils aber auch nur aus Schotter. Viele der kleinen Häuser entlang des Wegs leuchteten in bunten Farben – Knallgelb, Ziegelrot und Schneeweiß –, wohingegen sich das Hexenmeister-Haus als ein großes graues Gebäude am Ende der Straße entpuppte. Eine dunkle Gestalt näherte sich gerade der Eingangstür: ein Schattenjäger. Alec und Jem wechselten einen grimmigen Blick. Alec erkannte den Nephilim wieder: einer von Breakspears Männern. Hastig zog er Jem und Rafael in eine Seitengasse.

»Bleib einen Moment bei Jem«, forderte er Rafael auf und warf dann einen Enterhaken auf das Dach des Nachbarhauses.

Geräuschlos kletterte er hinauf und suchte sich einen Weg über die rutschigen Dachziegel, bis er das graue Gebäude erreichte. Dessen Fenster waren alle mit Gittern gesichert und durch einen

Wall aus starken Schutzzaubern geschützt – aufgrund der Zauber, mit denen Magnus Alecs Ring versehen hatte, konnte er die Schutzwälle mit großer Genauigkeit orten. Alec kauerte sich hinter einen Schornstein und trug geschickt mehrere Runenmale für erhöhte Klarheit und geschärftes Bewusstsein auf seinen Arm auf.

Dank seiner derart verstärkten Fähigkeiten konnte er jetzt Geräusche von jenseits der Mauern wahrnehmen: Schritte, gedämpfte Stimmen. Im Haus befanden sich zahlreiche Personen, und Alec war sogar in der Lage, ein paar Wortfetzen aufzuschnappen.

»... Breakspears nächste Lieferung trifft heute Abend gegen Mitternacht ein ...«

Plötzlich hörte er noch ein anderes Geräusch aus viel größerer Nähe und wirbelte herum: Rafael und Jem kamen über das Dach auf ihn zu.

Jem schenkte Alec ein mattes Lächeln. »Er ist mir entwischt und die Regenrinne hinaufgeklettert.«

Der ehemalige Stille Bruder ragte hinter Rafael auf, offensichtlich zu nervös, um den Jungen festzuhalten. Alec verstand, wie es Rafael gelungen war, Jem zu entwischen.

»Spürst du diese Schutzwälle?«, fragte Alec, woraufhin Jem nickte. Alec wusste, dass Tessa ihm verschiedene Methoden zur Nutzung und Wahrnehmung von Magie beigebracht hatte, auch wenn Jem nicht mehr über alle Kräfte eines Stillen Bruders oder Schattenjägers verfügte. »Kann Tessa damit fertigwerden?«

»Tessa kann mit allem fertigwerden«, antwortete Jem stolz.

Alec nickte und wandte sich an Rafael: »Ich hab dir doch gesagt, dass du bei Jem bleiben sollst.«

Rafael warf ihm einen Blick zu, bei dem es sich um eine Mischung aus Unverständnis und Herablassung handelte. Doch im nächsten Moment rutschten seine zu großen Schuhe auf den Dachziegeln weg. Jem konnte ihn gerade noch auffangen, bevor er auf das Dach stürzte, und stellte ihn wieder auf die Beine. Wenn Rafael so weitermachte, würde er sich noch die Knie aufschürfen.

»Auf einem Dach muss man anders gehen«, erklärte Alec ihm.

Dann nahm er Rafaels Hand und zeigte ihm, was er meinte. »So geht es besser, weil das Dach eine Neigung hat. Mach es mir einfach nach.«

Die Tatsache, dass er einem Kind diese Dinge beibrachte, schenkte ihm ein seltsames Gefühl der Befriedigung. Früher hatte er alle möglichen Pläne geschmiedet und überlegt, was er seinen kleinen Bruder alles lehren würde, sobald der erst einmal größer war. Aber Max hatte keine Chance gehabt, größer zu werden.

»Wann wirst du deinen Eltern ein richtiges Enkelkind schenken?«, hatte Irina Cartwright Alecs Schwester Isabelle nach einer Ratsversammlung gefragt – ein Gespräch, das Alec mit einem Ohr aufgeschnappt hatte.

»Beim Erzengel. Was glaubst du, was Max ist? Ein Fantasiewesen?«, hatte Isabelle entgegnet.

Irina hatte einen Moment geschwiegen und dann gelacht. »Ich meine ein Schattenjägerkind, dem wir unsere Sitten und Gebräuche beibringen können. Niemand würde diesen Leuten ein Nephilimkind anvertrauen. Man stelle sich das doch nur mal vor: ein Hexenmeister als Bezugsperson für einen der Unseren! Und dann erst dieses Benehmen. Kinder sind ja so beeinflussbar. Es wäre einfach nicht richtig.«

Daraufhin war Isabelle losgestürmt, um ihre Peitsche zu holen. Aber Alec hatte seine Schwester aufgehalten.

»Ihr Lightwood-Kinder seid ja völlig außer Kontrolle und nicht mehr bei Sinnen«, hatte Irina gemurmelt.

In dem Moment war Jace an Alecs und Isabelles Seite aufgetaucht und hatte Irina ein strahlendes Lächeln geschenkt. »Ja, das sind wir.«

Alec hatte es hingenommen und sich manchmal, wenn er sich besonders große Sorgen um seine Freunde machte, mit dem Gedanken getröstet, dass Magnus und Max als Hexenmeister wenigstens nicht gegen Dämonen kämpfen mussten.

Jetzt imitierte Rafael Alecs Gang mit sorgfältiger Präzision. Der Junge würde eines Tages mal sehr gut werden, dachte Alec. Wer auch immer ihn großzog, konnte stolz auf ihn sein.

»Gut gemacht, Rafe«, lobte er und stockte. Er hatte den Spitznamen nicht verwenden wollen, er war ihm nur herausgerutscht. Doch Rafael schaute zu ihm hoch und lächelte. Dann schwiegen beide und hockten sich hinter den Schornstein, als der Schattenjäger das Haus des Hexenmeisters verließ. Jem zog fragend die Augenbrauen hoch, aber Alec schüttelte den Kopf.

Nachdem der Mann verschwunden war, halfen sie Rafe vom Dach hinunter.

»Ich frage mich, wie weit die Korruption im hiesigen Institut reicht«, sagte Jem nüchtern.

»Das werden wir bald wissen«, erwiderte Alec. »Ich habe gehört, was dieser Söldner gesagt hat: ›Breakspears nächste Lieferung trifft heute Abend gegen Mitternacht ein.‹ Falls er weitere Frauen liefert, werden wir sie retten, und wir müssen Breakspears' Männer und den Hexenmeister aufhalten. Ich würde sie am liebsten alle auf einen Schlag festnehmen, aber in diesem Gebäude befinden sich zahlreiche Personen, und wir wissen nicht, wie viele davon Gefangene und wie viele Wächter sind. Außerdem brauchen wir Verstärkung, und es gibt da jemanden, mit dem ich gern noch reden möchte, bevor wir zu Tessa und Lily zurückkehren. Ich will einfach nicht glauben, dass alle Schattenjäger dieser Stadt Verräter sind.«

Jem nickte. Als sie die Gasse verließen, beschrieb Alec ihm die Elfe, die Lily und er auf dem Schattenmarkt gesehen hatten – ihr Gesicht, das an einen runzligen Apfel erinnerte, und ihre pusteblumenartigen Haare. »Lily meint, die Elfe hat vielleicht Informationen über die Familie, nach der du suchst.«

Bei diesen Worten verfinsterte sich Jems Miene. »Ich bin ihr schon zuvor begegnet und werde sie wiedererkennen. Und ich werde dafür sorgen, dass sie redet«, verkündete er mit kalter, entschlossener Stimme. Dann warf er Alec einen Blick zu. »Wie geht es Lily?«

»Äh.« Alec überlegte fieberhaft, ob er möglicherweise etwas ausgeplaudert hatte, das er für sich hätte behalten sollen.

»Du machst dir Sorgen um deine Freundin«, sagte Jem. »Vielleicht weil ihre Gefühle dich daran erinnern, was Magnus eines Tages empfinden wird.« Seine Augen waren so dunkel und traurig wie die Stadt der Stille. »Ich weiß, wie das ist.«

Alec wäre nicht in der Lage gewesen, diesen Gedanken so treffend in Worte zu fassen wie Jem. Er sah nur manchmal einen namenlosen Schatten auf Magnus' Gesicht, den Widerhall eines alten Gefühls der Einsamkeit. Und Alec sehnte sich danach, ihn bis in alle Ewigkeit zu beschützen, doch er wusste, dass das nicht möglich war.

»Du warst einst fast unsterblich. Besteht irgendeine Möglichkeit, das Ganze ... einfacher zu machen?«

»Ich habe zwar sehr lange gelebt, aber in einem Käfig aus Gebeinen und Schweigen, während ich spüren konnte, wie mein Herz sich langsam in Asche verwandelte. Ich kann dir nicht erklären, wie sich das angefühlt hat.«

Alec erinnerte sich daran, wie er im Institut aufgewachsen war, begraben unter dem zentnerschweren Gewicht der Erwartungen seines Vaters ... und wie er versucht hatte, nicht zu sehen, nicht zu reden und nicht auf etwas Glück für sich zu hoffen.

»Vielleicht weiß ich ja, was du meinst«, sagte er gedehnt. »Natürlich nicht genau. Nicht über einen Zeitraum von hundert Jahren. Aber dafür im kleinen Rahmen.«

Einen Moment fürchtete er, dass seine Bemerkung anmaßend sein könnte, doch Jem lächelte, als würde er ihn verstehen.

»Für Tessa und Magnus ist es etwas anderes. Sie sind so auf die Welt gekommen, und dafür lieben wir sie. Sie leben in einer sich ständig verändernden Welt und haben noch immer den Mut, ihre Schönheit zu sehen. Wir alle wollen unsere Lieben vor jeder möglichen Gefahr und jedem potenziellen Kummer bewahren«, sagte Jem. »Doch wir müssen ihnen auch vertrauen. Wir müssen daran glauben, dass sie die Kraft haben werden, weiterzuleben und wieder zu lachen. Wir sorgen uns um sie, aber wir sollten an sie glauben, frei von Angst.«

Alec senkte den Kopf. »Das tue ich.«

Einen Häuserblock vom Buenos-Aires-Institut entfernt vibrierte Alecs Handy erneut. Dieses Mal hatte Clary ihm eine Nachricht geschickt.

Vor wenigen Monaten hatten Magnus und er Max in Maryses Obhut zurückgelassen und waren ausgegangen. Simons alte Band spielte im Pandemonium, und Simon hatte sich bereit erklärt, für den kranken Bassisten einzuspringen. Alec, Magnus, Jace, Clary und Isabelle waren gemeinsam aufgebrochen, um sich die Band anzusehen. Simons Freund Eric hatte einen Song namens »Mein Herz ist eine überreife Melone, die vor Liebe zu dir gleich platzt« geschrieben, der sich als die schlimmste Nummer des Abends entpuppte.

Alec tanzte nicht gern, außer mit Magnus. Aber selbst dann war es ihm lieber, wenn die Musik nicht grauenhaft war. Dagegen marschierten Magnus, Jace und Isabelle auf die Tanzfläche und bildeten schon bald den Mittelpunkt des Geschehens. Eine Weile lang genoss Alec es, Magnus beim Tanzen zuzusehen, das Kinn auf die Hände gestützt. Doch irgendwann wurde ihm der Angriff auf seine Trommelfelle zu viel, und er warf einen Blick auf Clary: Sie saß kerzengerade auf ihrem Stuhl und zuckte gelegentlich zusammen.

»Die Musik ist toll«, versicherte Clary ihm und nickte tapfer.

»Die Musik ist schrecklich«, sagte Alec. »Komm, lass uns von hier verschwinden und Tacos essen gehen.«

Simon kam gerade von der Bühne, als sie ins Pandemonium zurückkehrten. Er trank einen Schluck aus seiner Wasserflasche und fragte jeden, was er oder sie vom Auftritt der Band hielt.

»Du warst da oben echt sexy«, sagte Isabelle und strahlte Simon an, als Alec und Clary sich zu ihnen gesellten.

Simon grinste schräg. »Wirklich?«

»Nein«, erwiderte Jace vernichtend.

»Du warst große Klasse!«, rief Clary und stürmte auf Simon zu. »Wow, ich weiß nicht, wie ich es sonst formulieren soll. Du warst große Klasse. Die Band war große Klasse.«

Clary war eine wahrhaftig edelmütige *Parabatai*, aber Simon war nicht dumm, und er kannte sie schon sehr lange. Sein Blick schweifte von Clarys schuldbewusster Miene zu Alecs Gesicht.

»Wart ihr etwa schon wieder Tacos essen?«, fragte er vorwurfsvoll.

Alec grinste. »Sie waren große Klasse.« Dann ging er zu Magnus und schlang einen Arm um seine Hüfte. Zur Feier des Tages hatte Magnus silbernen Glitter um seine goldgrünen Augen aufgetragen, und sein Anblick erinnerte Alec an funkelndes Sternenlicht und schimmernden Mondschein.

»Hey, ich weiß ja, dass du getanzt hast«, flüsterte Alec ihm ins Ohr, »aber die Band war grauenhaft, oder?«

»Ich kann zu allem tanzen«, murmelte Magnus zurück, »allerdings habe ich Mozart persönlich spielen hören. Und die Sex Pistols zu ihren besten Zeiten. Ich kann definitiv bestätigen, dass Simons Band mehr als nur grauenhaft ist.«

Alecs Freunde und Familienmitglieder waren um ihn herum versammelt, und in diesem Moment erinnerte er sich an die schreckliche Einsamkeit seiner Jugend – innerlich zerrissen zwischen der Furcht um das, was er vielleicht niemals haben würde, und um das, was er möglicherweise verlieren würde. Er verstärkte den Griff um Magnus' Taille und spürte eine kleine, unfassbare Woge des Glücks in seiner Brust aufbranden – weil er all dies hier erleben konnte.

»Beim nächsten Mal wieder Tacos?«, raunte er Clary beim Abschied zu, woraufhin Clary hinter Simons Rücken verstohlen nickte.

Auf diese Weise hatte sich zwischen ihnen eine tiefe Freundschaft entwickelt – und das, obwohl er Clary anfangs total abgelehnt hatte. Und Clary enttäuschte ihn nie, weder in großen noch in kleinen Dingen.

Auch jetzt hatte sie ihn nicht enttäuscht. Sie hatte ihm ein Foto geschickt mit der Bildunterschrift: WIR WURDEN VON DEM GEFÜRCHTETEN PIRATEN MAX GESCHNAPPT! Alec vermutete, dass es sich dabei um einen Witz handelte, den er nicht verstand.

Clary blickte in einem schrägen Winkel in die Kamera, aber Magnus und Max waren gut zu sehen. Magnus hatte seine Haare mit leuchtend blauer Farbe getönt, und Max hatte eine Hand in Magnus' blaue Strähnen gekrallt und die andere in Clarys rote Locken und wirkte äußerst zufrieden mit sich, während Magnus lachte.

»Hier, sieh mal«, sagte Alec leise und zeigte Rafael das Foto.

Der Junge griff sich das Handy und hüpfte davon, um das Bild in Ruhe zu betrachten.

Alec überließ ihm das Gerät für eine Weile. Inzwischen hatten sie die Tür des Instituts erreicht. Joaquín stand auch dieses Mal davor Wache – genau wie Alec gehofft hatte. Fröhlich begrüßte er Alec und warf dann einen erstaunten Blick auf die verblassten Narben in Jems Gesicht.

»Bist du der Bruder der Stille, den das Himmlische Feuer verändert hat?«, fragte er wissbegierig. »Derjenige, der ...«

»... aus der Gemeinschaft der Nephilim ausgetreten ist und eine Hexe geheiratet hat? Ja, der bin ich«, erwiderte Jem. Doch in seiner ruhigen Stimme schwang ein Hauch von Trotz mit.

»Ich bin mir sicher, dass sie eine sehr nette Hexe ist«, sagte Joaquín hastig.

»Stimmt«, bestätigte Alec.

»Ich kenne nicht viele Schattenweltler«, führte Joaquín entschuldigend an. »Aber ich habe Alecs Freundin gestern kennengelernt. Sie schien auch ... nett zu sein. Ich bin mir sicher, dass es eine ganze Menge netter Schattenweltler gibt! Nur nicht in unserer Stadt. Es heißt, die Königin des Schattenmarktes sei eine furchterregende Tyrannin.«

Alec dachte an Juliette, umgeben von ihren Kindern.

»Da bin ich anderer Meinung.«

Joaquín sah ihn mit großen Augen an. »Ich wette, du hast vor nichts Angst.«

»Doch, vor manchen Dingen schon«, erwiderte Alec. »Zum

Beispiel davor, andere im Stich zu lassen. Du weißt, dass mit deinem Institut etwas nicht in Ordnung ist, oder? Ich will gern glauben, dass du daran nicht beteiligt bist, aber du musst doch mitbekommen haben, dass da etwas gewaltig schiefläuft.«

Der junge Mann wich Alecs Blick aus und schaute dadurch zum ersten Mal Rafael an, der sich im Hintergrund hielt, mit Alecs Smartphone in der Hand.

»Das ist der kleine Rafael«, sagte Joaquín.

Rafael schaute zu ihm hoch und berichtigte ihn mit seiner dünnen, aber entschlossenen Stimme: »Rafe.«

»Du kennst ihn?«, fragte Alec. »Dann hast du also gewusst, dass ein Schattenjägerkind mutterseelenallein auf dem Schattenmarkt umhergeirrt ist? Es ist die Pflicht der Nephilim, sich um Kriegswaisen zu kümmern.«

»Ich …« Joaquín stockte. »Ich habe es ja versucht. Aber er lässt niemanden in seine Nähe. Ich hatte das Gefühl, er wollte keine Hilfe.«

»Jeder will Hilfe«, entgegnete Alec.

Joaquín hatte sich vor Rafael gekniet und bot ihm ein leuchtend buntes Bonbon an. Rafe musterte ihn, kam dann vorsichtig näher, schnappte sich das Bonbon und zog sich wieder hinter Alecs Beine zurück.

Alec verstand ja, dass Joaquín jung war und Angst hatte, aber im Leben eines jeden Schattenjägers kam der Moment, in dem man sich dafür entscheiden musste, Mut zu zeigen.

»Hier ist eine Adresse«, sagte er und hielt Joaquín einen Zettel entgegen. »Wenn du herausfinden willst, was wirklich in deinem Institut passiert, dann komm heute Nacht zu diesem Haus. Und bring Verstärkung mit – aber nur die Schattenjäger, denen du vertraust.«

Obwohl Joaquín Alec noch immer nicht in die Augen sehen konnte, nahm er den Zettel entgegen. Gemeinsam mit Jem und Rafael machte Alec sich auf den Heimweg.

»Glaubst du, dass er auftauchen wird?«, fragte Jem.

»Das hoffe ich sehr«, erwiderte Alec. »Wir müssen anderen

Vertrauen entgegenbringen, stimmt's? So wie du gesagt hast. Nicht nur den Personen, die wir lieben. Wir müssen an andere glauben und sie verteidigen. So vielen wie möglich, damit wir gemeinsam stärker werden.« Er schluckte. »Ich muss dir etwas gestehen: Ich bin ... neidisch auf dich.«

Jem sah ihn aufrichtig erstaunt an. Dann lächelte er.

»Und ich bin ein wenig neidisch auf dich.«

»Auf mich?«, fragte Alec verwundert.

Jem deutete mit dem Kopf auf Rafael und das Foto von Magnus und Max in den Händen des Jungen. »Ich habe Tessa, und sie ist für mich mein Ein und Alles. Und ich bin gern mit ihr durch die ganze Welt gereist. Aber manchmal denke ich daran, wie es wäre ... einen Ort zu haben, den wir als unser Zuhause bezeichnen können. Und ich denke an meinen *Parabatai* ... und an ein Kind.«

Alles Dinge, die Alec besaß. In diesem Moment empfand er genau das Gleiche wie am Abend zuvor, als er Rafael die Schuhe über die schmutzigen Füße gestreift hatte: Betroffenheit, allerdings gepaart mit dem Wissen, dass dies nicht sein Kummer war.

Er zögerte. »Könnten du und Tessa ... könntet ihr nicht Kinder bekommen?«

»Darum würde ich sie niemals bitten«, sagte Jem. »Sie hatte früher Kinder. Die besten Kinder, die man sich vorstellen kann, aber inzwischen sind sie längst von uns gegangen. Unsere Kinder sollten eigentlich unsere Unsterblichkeit sein, aber was ist, wenn man selbst unsterblich ist, die eigenen Kinder aber nicht? Ich habe miterlebt, wie Tessa sich hat zwingen müssen, sie gehen zu lassen. Ich habe gesehen, wie viel Kraft sie das gekostet hat. Und ich werde sie nicht bitten, so etwas noch einmal durchzumachen.«

Rafe hielt die Arme hoch, um sich tragen zu lassen. Reflexartig hob Alec ihn hoch. Die Herzen der Hexenwesen schlugen anders als die von Menschen, und Alec war den unendlich beständigen und beruhigenden Klang von Magnus' und Max' Herzen gewohnt. Jetzt fühlte es sich seltsam an, ein Kind mit einem sterblichen Pulsschlag in den Armen zu halten – aber er gewöhnte sich bereits an den neuen Rhythmus.

Die Abendsonne brannte noch immer auf die weißen Häuser in den Straßen nieder und warf lange Schatten. Aber die Stadt war noch hell, und Alec erkannte zum ersten Mal, dass sie wirklich schön sein konnte.

Manchmal war Alec der Verzweiflung nahe, weil die Welt sich vielleicht nicht ändern konnte oder zumindest nicht schnell genug. Er war nicht unsterblich und wollte das auch gar nicht sein, aber es gab Momente, in denen er fürchtete, nicht lange genug zu leben und nie die Chance zu bekommen, Magnus vor den Augen aller Freunde und Verwandten zum Mann zu nehmen und ihr Bündnis durch ein heiliges Versprechen zu besiegeln.

Doch dann klammerte er sich an ein Bild, das ihm half, gegen die Erschöpfung und Mutlosigkeit anzukämpfen – eine Erinnerung daran, niemals aufzugeben.

Wenn er eines Tages nicht mehr lebte und zu Staub und Asche zerfallen war, würde Magnus noch immer auf dieser Erde wandeln. Und wenn sich die Welt verändert hatte, zum Besseren verändert, dann war diese ferne Zukunft auch besser für Magnus. Alec konnte sich vorstellen, dass Magnus eines Tages an einem ähnlich heißen Tag wie diesem durch eine fremde Straße in einem fremden Land schlenderte und dort vielleicht etwas entdeckte, das ihn an Alec erinnerte ... und dass die Welt auf gewisse Weise verändert war, weil Alec einst existiert hatte. Zwar fehlte ihm die Fantasie, um sich auszumalen, wie diese Welt vielleicht aussehen würde.

Aber das Gesicht des Mannes, den er über alles liebte, konnte er sich durchaus vorstellen – in einer weit entfernten Zukunft.

Jem berichtete Tessa ausführlich, was sie beobachtet hatten und nach welcher Person sie auf dem Schattenmarkt suchen mussten.

Lily fing Jems Blick auf. »Was ist los mit dir, du köstliches Marmeladenbrötjem?«

Hinter Jems Rücken begann Tessa zu prusten.

»Ich hab noch mehr Spitznamen auf Lager«, wandte sich Lily sichtlich ermutigt an sie. »Sie fallen mir einfach so ein. Möchtet ihr sie hören?«

»Eigentlich nicht«, sagte Jem.

»Definitiv nicht!«, bekräftigte Alec streng.

»Doch«, sagte Tessa. »Doch, das möchte ich unbedingt.«

Daraufhin erfreute Lily sie auf dem Weg zum Schattenmarkt mit etlichen weiteren Spitznamen. Tessas Lachen klang für Jem immer wie ein wunderschönes Lied, aber er atmete trotzdem erleichtert auf, als sie den Schattenmarkt erreichten – auch wenn das Gelände einer mit Stacheldraht gesicherten Festung glich und für Tessa und ihn beim letzten Besuch nicht zugänglich gewesen war.

Dieses Mal stand ihnen die Tür jedoch offen.

Aufgrund seiner jahrzehntelangen Suche nach Informationen über Dämonen und die verschollenen Herondales war Jem inzwischen an die Schattenmärkte gewöhnt – genau wie an die Tatsache, dass er unter den Marktbesuchern eine ziemlich auffällige Erscheinung darstellte.

Aber an diesem Abend waren alle Blicke auf Alec und Lily geheftet. Die Königin des Schattenmarktes – eine freundliche und würdevolle junge Frau – trat hinter einem der Stände hervor, um die beiden persönlich zu begrüßen. Alec bat sie zur Seite, um ihr von seinem Plan für den Abend zu erzählen und sie um Hilfe zu bitten, woraufhin die Königin lächelte und ihm ihre Unterstützung zusagte.

»Sie gehören zur *Allianz*«, hörte Alec einen Werwolfteenager seinem Nachbarn in ehrfürchtigem Ton zuflüstern.

Alec senkte den Kopf und zupfte an Rafes Kleidung herum. Offenbar machte ihn die ganze Aufmerksamkeit etwas verlegen.

Jem warf Tessa einen Blick zu und lächelte. Sie beide hatten schon einige starke und hoffnungsvolle Generationen kommen und gehen sehen, aber Alecs Generation war etwas vollkommen Neues.

Kurz darauf wandte Alec sich an ein junges Elfenmädchen. »Rose, hast du heute Abend eine alte Elfe mit Pusteblumenhaaren auf dem Markt gesehen?«

»Du meinst bestimmt Mutter Hawthorn«, sagte Rose. »Sie ist immer hier und erzählt den Kindern Geschichten. Sie liebt Kinder. Und hasst alle anderen. Wenn du sie suchst, halt dich in der Nähe der Kinder auf. Sie wird garantiert irgendwann auftauchen.«

Also machten sie sich auf den Weg zu einem Lagerfeuer, um das sich die meisten Kinder versammelt hatten und wo ein Elbe auf einem Bandoneon spielte. Beim Klang der Musik musste Jem lächeln.

Rafe klammerte sich an den Saum von Alecs T-Shirt und warf funkelnde Blicke in die Runde. Seine finstere Miene schien die anderen Kinder einzuschüchtern.

Dann vollführte ein Werwolfteenagermädchen ein paar Zaubertricks und erschuf Schattenwelpen im Schein des Feuers. Selbst Rafe musste lachen – und mit dem Lachen verschwand seine mürrische Miene. Der Junge war nur ein Kind, das sich an Alecs Seite drückte und lernte, was es bedeutete, glücklich zu sein.

»Rafael sagt, die Werwölfin ist wirklich gut«, dolmetschte Lily für Alec. »Er mag Magie, aber die meisten der mächtigen Hexenmeister haben den Schattenmarkt schon vor langer Zeit verlassen. Er möchte wissen, ob der coole Mann auch Magie betreiben kann.«

Alec holte sein Handy hervor, um Rafael ein Video von Magnus und einem Elbenlicht zu zeigen.

»Sieh mal, jetzt wird das Licht rot«, sagte Alec, und sofort schnappte Rafe sich das Gerät. »Nein, wir grapschen und stehlen nicht mehr. Ich muss Magnus irgendwann antworten, und das kann ich nicht, wenn du mir ständig das Handy klaust.«

Dann warf er Jem durch die tanzenden Flammen einen Blick zu. »Ich hab mich gefragt, ob du mir vielleicht einen Rat geben könntest«, setzte er an. »Ich meine, du hast vorhin all diese

Sachen gesagt ... über Liebe und Romantik und so. Du weißt immer, was du sagen musst.«

»Ich?«, fragte Jem verblüfft. »Nein, ich habe mich selbst nie für besonders geschickt im Umgang mit Worten gehalten. Ich mag Musik. Mit Musik lassen sich Gefühle viel leichter ausdrücken.«

»Alec hat recht«, sagte Tessa.

Jem blinzelte verblüfft. »Tatsächlich?«

»Während einer der schlimmsten und finstersten Phasen in meinem Leben hast du gewusst, was du sagen musstest, um mich zu trösten«, erklärte Tessa. »Damals waren wir beide sehr jung und kannten uns noch nicht lange. Aber du bist zu mir gekommen und hast mich mit Worten getröstet, die ich seitdem wie ein Licht in mir trage. Das war übrigens einer der Momente, die dazu beigetragen haben, dass ich mich in dich verliebt habe.«

Sie legte eine Hand an sein Gesicht und zeichnete mit den Fingerkuppen die verblassten Narben nach. Jem hauchte einen schnellen Kuss auf ihr Handgelenk.

»Wenn meine Worte dich getröstet haben, stehen wir einander in nichts nach«, antwortete er. »Deine Stimme ist die Musik, die ich auf der ganzen Welt am liebsten mag.«

»Hab ich's nicht gesagt?«, raunte Alec Lily zu.

»Ich mag galante Zuckerschnäuzjem«, erwiderte Lily.

Tessa drängte sich enger an Jem und flüsterte in der Sprache, die sie von ihm gelernt hatte, in sein Ohr: »*Wǒ ài nǐ.*«

In diesem Moment nahm Jem aus dem Augenwinkel eine Bewegung wahr. Die Elfe mit den Pusteblumenhaaren hatte ihren Handkarren mit den giftigen Zaubertränken in den Kreis der Kinder geschoben, war aber bei seinem Anblick ruckartig stehen geblieben. Sie hatte ihn wiedererkannt – genau wie er sie.

»Mutter Hawthorn«, setzte das Elfenmädchen an, mit dem Alec gesprochen hatte, »bist du hergekommen, um uns eine Geschichte zu erzählen?«

»Ja, genau«, mischte Jem sich jetzt ein. Er stand auf und ging auf die alte Elfe zu. »Erzähl uns eine Geschichte. Wir wollen wissen, warum du die Herondales hasst.«

Die Geheimnisse des Schattenmarktes

Die farblosen, wässrigen Augen der alten Frau weiteten sich. Für den Bruchteil einer Sekunde machte sie den Eindruck, als wollte sie davonlaufen, und Jem war bereit, ihr nachzusetzen, genau wie Tessa und Alec. Jem hatte zu viele Jahre gewartet, um sich auch nur einen Moment länger zu gedulden.

Schließlich schaute Mutter Hawthorn in die Gesichter der Kinder und zuckte die hageren Schultern.

»Also gut«, sagte sie. »Ich habe über einhundert Jahre gewartet, um mit einem Trick zu prahlen, den ich damals angewandt habe. Vermutlich spielt es inzwischen keine Rolle mehr. Also, passt gut auf: Ich werde euch nun die Geschichte des Urerben erzählen.«

Sie suchten sich ein verlassenes Lagerfeuer, wo keine Kinder diese dunkle Geschichte zu hören bekommen würden – mit Ausnahme von Rafael, der sich schweigend und mit ernstem Gesicht in Alecs Armbeuge schmiegte. Jem ließ sich mit seinen Freunden und seiner Liebsten nieder. Licht und Schatten tanzten einen langen Tanz, und im Schein eines einsamen Feuers wob eine alte Frau eine Geschichte von Gut und Böse.

»Das Lichte Volk und das Dunkle Volk befanden sich seit Elbengedenken im Kriegszustand, aber manchmal gibt es Phasen in einem Krieg, die sich als Frieden tarnen. Es hat sogar einmal eine Zeit gegeben, in der der König des Dunklen Volkes und die Königin des Lichten Volkes einen geheimen Waffenstillstand abschlossen und ein Bündnis eingingen. Gemeinsam zeugten sie ein Kind und kamen darin überein, dass dieses Kind eines Tages sowohl den Lichten als auch den Dunklen Thron erben und beide Elbenvölker vereinen solle. Der König wollte, dass all seine Söhne zu unbarmherzigen Kriegern erzogen wurden, und war davon überzeugt, dass der Urerbe einmal der größte Krieger aller Zeiten werden würde. Da das Kind ohne Mutter am Dunklen Hof aufwachsen sollte, nahm der König mich in seine Dienste, was ich damals als große Ehre empfand. Ich habe Kinder schon immer gemocht und früher einmal den Spitznamen ›Hebamme aller Elben‹ getragen.

Der König des Dunklen Volkes hatte mit einem Sohn gerechnet, aber als das Kind auf die Welt kam, zeigte sich, dass es eine Tochter war. Noch am gleichen Tag wurde das Mädchen in meine Obhut gegeben, und seitdem habe ich sie wie meinen Augapfel gehütet.

Die Geburt einer Tochter missfiel dem König – dennoch wollte er das Mädchen nicht zur Königin schicken, woraufhin diese vor Empörung tobte. Kurz darauf erfolgte eine Prophezeiung unserer Wahrsager: An dem Tag, an dem der Urerbe seine Kräfte vollständig entwickelt hat, wird ein tiefer Schatten auf das gesamte Feenreich fallen. Der König reagierte mit mörderischer Wut, während die Königin zu Tode erschreckt war – und alle Schatten und Gewässer meines Landes schienen das Kind zu bedrohen, das ich über alles liebte. Der Krieg zwischen dem Lichten und dem Dunklen Hof entbrannte nach dieser kurzen Friedensphase mit noch größerer Wut, und das Feenvolk begann zu tuscheln, dass der Urerbe verflucht sei. Deshalb fürchtete das Mädchen um sein Leben und floh.

Ich habe sie nie als den Urerben bezeichnet. Sie hieß Auraline und war das lieblichste Mädchen, das jemals auf dieser Erde wandelte.

Sie fand in der Welt der Irdischen Zuflucht, eine Welt, die ihr sehr gefiel. Auraline hatte immer nach der Schönheit in allem gesucht, und es hatte sie stets betrübt, wenn sie stattdessen nur Hässlichkeit fand. Sie ging gern auf Schattenmärkte und mischte sich unter die Schattenweltler und Irdischen mit dem Zweiten Gesicht, die nichts über ihre Existenz und Geburtsumstände wussten und sie nicht für verflucht hielten.

Nachdem sie viele Jahre die Schattenmärkte dieser Welt bereist hatte, lernte sie eines Tages einen Magier kennen, der sie zum Lachen brachte.

Er nannte sich ›Rollo der Erstaunliche‹, ›Rollo der Außergewöhnliche‹, ›Rollo der Unfassbare‹ – als wäre er etwas Besonderes, wohingegen Auraline tatsächlich einzigartig war. Ich habe diesen anmaßenden Jungen vom ersten Moment an gehasst.

Wenn er sich selbst keine törichten Magiernamen gab, dann nannte er sich ›Roland Loss‹. Aber das war nur eine weitere Lüge.«

»Nein, das war nicht gelogen«, sagte Tessa sehr leise. So leise, dass nur Jem sie hörte.

»Der Junge hat immer von einer Hexe geredet, die er wie eine Mutter geliebt hat. Aber Rollo war kein Hexenwesen und auch kein Irdischer mit dem Zweiten Gesicht. Er war ein viel tödlicheres Wesen. Im Laufe der Zeit erfuhr ich das Geheimnis dieser Hexe: Sie hatte ein Schattenjägerkind nach Amerika gebracht und dort aufgezogen, ohne ihm von seinem Nephilimblut zu erzählen. Rollo stammte von diesem Kind ab, und unsere Welt zog ihn in ihren Bann, weil sein Blut ihn zum Schattenmarkt führte. Der wahre Name dieses Jungen lautete Roland Herondale.

Roland hegte eine gewisse Vermutung, was seine Herkunft betraf, und zahlte auf dem Schattenmarkt viel Geld dafür, mehr in Erfahrung zu bringen. Schließlich erzählte er Auraline all seine Geheimnisse. Er meinte, er könne nicht in den Kreis der Nephilim zurückkehren, weil er damit die Hexe gefährden würde, die er wie eine zweite Mutter liebte. Stattdessen wollte er der größte Magier der Welt werden.

Auraline ließ daraufhin alle Vorsicht fahren und erzählte ihm von der Prophezeiung und der damit verbundenen Gefahr.

Roland antwortete ihr, sie seien beide verirrte Seelen, und schlug vor, in Zukunft gemeinsam verloren durch die Welt zu ziehen – es würde ihm nicht das Geringste ausmachen, solange sie nur bei ihm war. Auraline gab ihm das gleiche Versprechen. Und dann lockte er sie von meiner Seite fort. Er bat sie, mit ihm in der Welt der Irdischen … der Sterblichen zu leben. Er verurteilte sie zu einem schrecklichen Schicksal und nannte es Liebe.

Gemeinsam liefen sie davon, und der Zorn des Königs kannte keine Grenzen … wie ein Feuer, das einen ganzen Wald vernichten kann. Er wollte, dass die Prophezeiung geheim blieb – was bedeutete, dass er Auraline wieder in seine Gewalt bringen oder sie töten lassen musste. Also sandte er seine treuesten Gefolgsmänner in alle Winkel der Welt, um sie zu jagen. Sogar die blutrünstigen Reiter des Mannan, die schlimmsten Jäger des Feenreichs, schickte er auf die Suche. Ich hielt ebenfalls nach ihr Ausschau, und die Liebe zu ihr machte meine Augen schärfer als die der Häscher. Ich entdeckte sie etwa ein Dutzend Mal, teilte dem König ihren Aufenthaltsort aber nie mit. Die Tatsache, dass er sich gegen Auraline gewandt hat ... das werde ich ihm nie verzeihen. Ich besuchte Schattenmarkt nach Schattenmarkt und beobachtete die beiden, meine strahlende Auraline und diesen schrecklichen Jungen. Oh, wie sehr sie ihn geliebt hat, und oh, wie sehr ich ihn gehasst habe!

Kurz nachdem Roland und Auraline geflohen waren, begegnete ich auf einem Schattenmarkt einem anderen himmlischen Knaben, so stolz wie Gott. Er erzählte mir von der hohen Position seiner Familie innerhalb der Nephilim, und ich wusste, dass sein *Parabatai* ein weiteres Mitglied der Herondales war. Daraufhin habe ich ihm einen grausamen Streich gespielt. Und ich hoffe, dass er für seine Arroganz mit Blut gezahlt hat.«

»Matthew«, wisperte Tessa. Der Name klang unvertraut aus ihrem Mund, da sie ihn zum ersten Mal nach vielen Jahren wieder aussprach.

Matthew Fairchild war der *Parabatai* ihres Sohnes James Herondale gewesen. Jem hatte gewusst, dass die Elfe Matthew zu einer schrecklichen Tat veranlasst hatte, aber er hatte angenommen, es hätte sich nur um Boshaftigkeit gehandelt, nicht um Rache.

Selbst die Stimme dieser alten Elfe klang müde. Jem erinnerte sich daran, dass er gegen Ende seiner Zeit in der Bruderschaft ähnlich empfunden hatte ... vollkommen leer und ausgehöhlt hatte er sich gefühlt.

»Aber welche Rolle spielt das alles noch?«, fragte die Frau, als würde sie mit sich selbst reden. »Welche Rolle hat es damals gespielt? Inzwischen ist so viel Zeit vergangen. Auraline verbrachte Jahrzehnt um Jahrzehnt mit ihrem Magier im Schmutz der irdischen Welt ... mein Mädchen, das für einen goldenen Thron bestimmt war. Die beiden blieben bis zu seinem Tod zusammen. Auraline teilte ihre Feenkräfte mit Roland, sodass er länger lebte als die meisten seinesgleichen. Sie verschwendete ihre Magie wie jemand, der das Leben einer Blume verlängern will: Es funktioniert nur im begrenzten Rahmen, und dann verwelkt die Blüte unweigerlich. Irgendwann alterte Roland also – wie alle Sterblichen – und lag schließlich auf dem Sterbebett. Und Auraline legte sich zu ihm. Wir Feenwesen können den Moment unseres Todes selbst bestimmen. Schon als ich die beiden zum ersten Mal zusammen sah, habe ich gewusst, wie die Geschichte enden würde: Ich bemerkte den Tod in ihren lachenden Augen.

Meine Auraline. Als Roland Herondale starb, bettete sie ihr goldenes Haupt auf das Kissen neben ihrem sterblichen Liebsten und erhob sich nicht mehr davon. Ihr gemeinsames Kind vergoss bittere Tränen um beide und streute Blumen auf ihr Grab. Auraline hätte viele Jahrhunderte leben können, aber man hatte sie bis zur Erschöpfung gejagt, und sie hatte ihr Leben für eine törichte, sterbliche Liebe fortgeworfen.

Ihr Kind weinte, aber ich habe keine einzige Träne vergossen. Meine Augen blieben trocken wie der Staub und die toten Blumen auf ihrem Grab. Ich habe Roland von dem Tag an gehasst, als er sie mir fortgenommen hat. Um ihretwillen hasse ich alle Nephilim – und die Herondales ganz besonders. Was die Schattenjäger auch immer anfassen, es ist dem Untergang geweiht. Auralines Kind hatte selbst irgendwann ein Kind. Das bedeutet, dass es noch immer einen Urerben gibt. Und wenn sich dieser Urerbe erhebt in all seiner Pracht, hervorgebracht durch das Blut von Feenwesen und Nephilim, dann hoffe ich, dass die Prophezeiung nicht nur unsere Feenvölker, sondern auch die Schattenjäger treffen wird. Ich hoffe, die ganze Welt zerfällt in Schutt und Asche.«

Jem dachte an Rolands und Auralines Nachfahrin Rosemary und an den Mann, den sie liebte. Möglicherweise hatten die beiden inzwischen ein Kind. Der Fluch, von dem die Feenwesen gesprochen hatten, hatte bereits viele Leben gefordert. Diese

Gefahr war viel größer, als er je vermutet hatte: Er musste Rosemary vor dem König des Dunklen Hofs und den todbringenden Reitern schützen. Und wenn sie ein Kind hatte, musste er auch das beschützen. So viele vor ihnen hatte er nicht retten können.

Jem stand auf und ließ Mutter Hawthorn wortlos zurück. Rastlos lief er zur Stacheldrahtumzäunung des Schattenmarktes, als könnte er in die Vergangenheit zurückkehren und diejenigen retten, die er dort verloren hatte.

Kurz vor dem Zaun holte Tessa ihn ein. Sie nahm ihn in die Arme, bis er nicht länger zitterte, und zog dann sein Gesicht zu sich hinunter.

»Jem, mein Jem. Es wird alles gut. Ich fand, das war eine wunderschöne Geschichte«, sagte sie.

»Was?«

»Nicht die Geschichte der Elfe«, sagte Tessa. »Nicht ihre verkorkste Sichtweise und ihre schrecklichen Entscheidungen. Aber ich kann hinter ihrer Geschichte eine andere erkennen: die Geschichte von Auraline und Roland.«

»Aber was ist mit all den Menschen, die verletzt wurden?«, murmelte Jem. »Die Kinder, die wir geliebt haben.«

»Mein James kannte die Kraft einer Liebesgeschichte so gut, wie ich sie kenne«, antwortete Tessa. »Und ganz gleich, wie dunkel und hoffnungslos die Welt auch erscheinen wollte, meine Lucie war immer in der Lage, die Schönheit einer Geschichte zu sehen. Ich weiß, was die beiden gedacht hätten.«

»Es tut mir leid«, sagte Jem sofort.

Er wollte mit ihr nicht über Kinder reden. Natürlich hatte er Tessas Kinder geliebt, aber sie waren nicht seine eigenen gewesen. Tessa hatte schon so viel verloren. Er konnte unmöglich von ihr verlangen, noch mehr zu verlieren. Sie allein war ihm genug – sie würde es immer sein.

»Auraline wuchs in Angst und Schrecken auf. Sie hatte das Gefühl, dass ein Fluch auf ihr liegt. Und Roland war einsam und allein. Beide schienen für ein Leben voller Leid und Kummer bestimmt zu sein. Doch dann haben sie einander gefunden, Jem.

Sie waren zusammen und glücklich bis ans Ende ihrer Tage. Ihre Geschichte ähnelt meiner, weil ich dich gefunden habe.«

Tessas Lächeln brachte Licht in die dunkle Nacht. Sie schenkte ihm jedes Mal Hoffnung, wenn er verzweifelt war – genau wie sie ihm ihre Worte geschenkt hatte, als alles in ihm von tiefem Schweigen erfüllt gewesen war. Jem schlang die Arme um sie und zog sie fest an sich.

»Ich hoffe, ihr habt gefunden, wonach ihr gesucht habt«, wandte Alec sich an Jem und Tessa, als sie vor ihren Zimmertüren standen.

Jem hatte betroffen gewirkt, als er fluchtartig das Lagerfeuer verlassen hatte. Aber Tessa und er hatten bei ihrer Rückkehr einen entspannteren Eindruck gemacht.

»Hoffentlich ist mit den beiden alles in Ordnung«, raunte er Lily zu, als Jem und Tessa in ihr Zimmer gingen, um sich auf den mitternächtlichen Besuch im Haus des Hexenmeisters vorzubereiten.

»Natürlich ist mit Tessa alles in Ordnung«, erwiderte Lily. »Dir ist doch wohl klar, dass sie nach Lust und Laune ins Jem-nasium gehen kann, wann immer sie will?«

»Wenn diese Spitznamen nicht aufhören, rede ich nie wieder mit dir«, teilte Alec ihr mit, während er seine Pfeile zusammensuchte und Dolche und Seraphklingen in seinen Waffengurt schob. Seine Gedanken kehrten zu dem Moment zurück, als Jem todunglücklich über seinen *Parabatai* gesprochen hatte. Alec musste automatisch an den Schatten denken, der auf seinem Vater lag ... der Schmerz, den er an der Stelle empfinden musste, wo eigentlich ein *Parabatai* sein sollte. Und der Gedanke wiederum brachte ihn zu Jace. Seit Alec sich erinnern konnte, hatte er seine Familie geliebt und sich für sie verantwortlich gefühlt. Dabei hatte er nie eine andere Wahl gehabt; nur bei Jace war es etwas anderes gewesen. Jace, sein *Parabatai*, war der erste Mensch, der sich jemals für ihn entschieden hatte. Und es war das erste Mal gewesen, dass Alec sich bewusst für jemanden entschieden und freiwillig eine weitere Verantwortung übernommen hatte. Die erste bewusst geöffnete Tür, die all die anderen geöffnet hatte.

Alec holte tief Luft und tippte DU FEHLST MIR in sein Handy. Die Antwort kam postwendend: DU MIR AUCH. Alec atmete auf, und der Schmerz in seiner Brust löste sich etwas. Jace war da und wartete in New York auf ihn, zusammen mit dem Rest seiner Familie. Es war gar nicht so schlimm, über Gefühle zu reden.

Doch im nächsten Moment erhielt er noch eine SMS.

ALLES OK?

Und dann folgten innerhalb weniger Sekunden weitere:

STECKST DU IN SCHWIERIGKEITEN?

HAST DU EINEN SCHLAG AUF DEN KOPF BEKOMMEN?

Schließlich trudelte eine SMS von Clary ein:

Warum hat Jace eine Nachricht von dir erhalten, die ein Lächeln auf sein Gesicht gezaubert hat, dann aber plötzlich in Besorgnis umschlug? Ist alles in Ordnung bei dir?

Über Gefühle zu reden war das Letzte. Sobald man einmal damit angefangen hatte, wurde man von allen Seiten gedrängt, sich noch mehr zu öffnen.

Alec tippte eine brummige Antwort: MIR GEHT'S GUT. Dann rief er vorsichtig: »Rafe?«

Sofort hob Rafael den Kopf.

»Möchtest du mein Handy haben?«, fragte Alec. »Hier bitte. Nimm es. Und mach dir keine Sorgen, wenn weitere Nachrichten eintreffen. Sag mir einfach nur Bescheid, falls Magnus mehr Fotos schickt.«

Er wusste nicht, wie viel der Junge von seinen Worten verstand. Vermutlich nicht viel. Aber Rafael kapierte sofort, dass Alec ihm sein Handy anbot – begierig streckte er die Hände danach aus.

»Du bist ein guter Junge, Rafe«, sagte Alec. »Nimm das Handy an dich.«

»Wollen wir uns in Wäschewagen ins Haus reinschmuggeln?«, fragte Lily aufgeregt.

Alec starrte sie an. »Nein, auf keinen Fall. Von welchen Wäschewagen redest du überhaupt? Ich bin immer für den direkten Weg: Wir klopfen einfach an die Tür.«

Lily und er standen auf dem Kopfsteinpflaster vor dem großen grauen Haus. Jem und Tessa warteten bereits auf dem Dach. Alec hatte ein Seil genommen und Rafael damit buchstäblich an Jems Handgelenk gebunden.

»Ich weiß ja, dass Rafe dir dein Handy geklaut hat«, sagte Lily, »aber wer hat dir deinen Sinn für Abenteuer geklaut?«

Alec reagierte nicht darauf; stattdessen wartete er, bis die Tür geöffnet wurde. Ein Hexenmeister schaute blinzelnd zu ihm hoch: dem äußeren Schein nach ein Geschäftsmann von Anfang dreißig, mit kurz geschorenen blonden Haaren und ohne sichtbares Lilithmal ... bis er den Mund öffnete und Alec seine gespaltene Zunge sah.

»Ah, hallo«, sagte er. »Bist du ein weiterer von Clive Breakspears Männern?«

»Ich bin Alec Lightwood«, erwiderte Alec.

Die Miene des Hexenmeisters hellte sich auf. »Verstehe! Ich hab schon von dir gehört.« Er zwinkerte Alec zu. »Hast eine Schwäche für Hexenwesen, stimmt's?«

»Für manche«, antwortete Alec.

»Dann willst du jetzt vermutlich deinen Anteil haben?«

»Stimmt genau.«

»Kein Problem«, sagte der Hexenmeister. »Du und die Vampirin solltet hereinkommen, dann werde ich euch erklären, was ich im Gegenzug erwarte. Ich denke, das Ganze wird deine Freundin sehr amüsieren. Vampire mögen doch keine Werwölfe, oder?«

»Ich mag kaum jemanden«, erwiderte Lily bereitwillig. »Aber ich liebe Mord!«

Der Hexenmeister wedelte mit der Hand, damit sie die Schutzzauber passieren konnten, und führte sie in eine sechseckige Eingangshalle mit einer Stuckdecke, deren Ausgestaltung an eine Puddingform erinnerte. Der grüne Quarzsteinboden schimmerte wie Jade. Das Gebäude zeigte keine Anzeichen von Verfall oder Baufälligkeit: Der Hexenmeister besaß offensichtlich Geld.

Von der Eingangshalle gingen mehrere weiß lackierte Türen ab. Der Hexenmeister öffnete eine und führte Alec und Lily eine dunkle, abgewetzte Steintreppe hinunter. Der Gestank schlug ihnen entgegen, noch bevor Alec irgendetwas im dämmrigen Licht ausmachen konnte.

Am Fuß der Treppe erstreckte sich ein langer Gang, mit brennenden Fackeln an den Mauern und Ausschachtungen auf beiden Seiten der Steinplatten, zum Abführen von Blut und Exkrementen. Eine Reihe von Käfigen säumte den Gang. Hinter den Gitterstäben leuchteten Augenpaare auf, so wie Juliettes Augen das Licht über ihrem Thron reflektiert hatten. Einige Käfige waren leer, während in anderen reglose Gestalten lagen.

»Dann hast du also Werwölfinnen verschleppt, und die Schattenjäger haben dir dabei geholfen«, stellte Alec fest.

Der Hexenmeister lächelte heiter und nickte.

»Und warum Werwölfe?«, fragte Alec grimmig.

»Na ja, Hexenwesen und Vampire können keine Kinder bekommen, und Feenwesen haben ihre Schwierigkeiten damit«, erklärte der Mann in sachlichem Ton. »Aber Werwölfe werfen ihre Welpen sehr viel leichter. Und dann sind da noch ihre animalischen Kräfte. Bisher haben alle behauptet, dass Schattenweltler keine Dämonenkinder gebären können ... dass ihre Körper sie abstoßen würden. Aber ich habe mir überlegt, dass ich das Ganze mit etwas Magie mischen könnte. Es geht das Gerücht, dass eine Schattenjägerin ein Hexenwesen in die Welt gesetzt hat, was vermutlich nur eine Legende ist. Aber die Sache hat mich auf eine Idee gebracht. Stellt euch doch nur mal vor, welche Kräfte ein Hexenmeister besitzen würde – mit einer Werwolfmutter und einem Dämon als Vater.« Er zuckte die Achseln. »Es scheint mir jedenfalls einen Versuch wert zu sein. Natürlich verbraucht man dabei eine Menge Werwölfinnen.«

»Wie viele sind denn gestorben?«, fragte Lily beiläufig und mit undurchdringlicher Miene.

»Ach, die eine oder andere«, räumte der Hexenmeister freundlich ein. »Deshalb bin ich immer auf der Suche nach frischem Blut und bereit, euch für die Lieferung von Nachschub zu bezahlen. Allerdings sind meine Experimente leider noch nicht wunschgemäß verlaufen. Bisher hat nichts davon funktioniert. Du stehst Magnus Bane doch ziemlich nahe, oder? Ich bin vermutlich der mächtigste Hexenmeister, dem du je begegnen wirst, aber ich habe gehört, er soll auch ziemlich gut sein. Wenn du ihn dazu bewegen könntest, mir zu assistieren, würde ich dich dafür gut bezahlen. Und ihn natürlich auch. Ich denke, ihr würdet beide sehr zufrieden sein.«

Alec nickte. »Ja, das hoffe ich auch.«

Es war nicht das erste Mal, dass jemand Magnus für käuflich hielt und davon ausging, dass Alec aufgrund seiner Beziehung zu Magnus bereit war, seinen guten Namen aufs Spiel zu setzen.

Früher hatte Alec dieser Gedanke furchtbar wütend gemacht. Daran hatte sich bis heute nichts geändert, doch er hatte gelernt, seinen Zorn zu nutzen.

Der Hexenmeister drehte Alec den Rücken zu und betrachtete die Käfige wie ein Markthändler seine Waren. »Also, was sagst du dazu?«, fragte er gelassen. »Haben wir eine Abmachung?«

»Ich bin mir nicht sicher«, erwiderte Alec. »Du kennst meinen Preis noch nicht.«

Der Hexenmeister lachte. »Und was verlangst du?«

Alec trat dem Hexenmeister die Beine unter dem Körper weg, sodass er auf die Knie fiel. Dann zog er eine Seraphklinge und drückte sie dem Mann an die Kehle.

»Ich verlange, dass du alle Frauen freilässt«, sagte er. »Und du stehst unter Arrest.«

Als plötzlich eine Fackel aus der Wandhalterung heraus- und auf das Stroh fiel, erkannte Alec, warum der Hexenmeister keine Elbenlichter oder Glühlampen verwendete. Hastig trampelte er auf den Flammen herum, um sie auszutreten.

Dieser Hexenmeister ist gut, dachte Alec, als die Welt um ihn herum in orangerotem Licht explodierte – nicht nur aufgrund der

Flammen, sondern auch wegen der Magie, die von den Gitterstäben reflektiert wurde und die Alec mit ihrem Licht blendete.

Doch dann schnitt ein anderes Licht durch die orangerote Magie des Hexenmeisters: ein perlgraues Licht, das die Dunkelheit durchbohrte. Tessa Gray, Tochter eines Höllenfürsten, stand mit glühenden Händen am Fuß der Treppe.

Tessas Magie umgab ihn von allen Seiten. Im Laufe der Jahre hatte Alec gelernt, Magie wahrzunehmen, sich mit ihr zu bewegen und sie wie eine weitere Waffe an seiner Seite zu nutzen. Dieses graue Licht war zwar nicht die strahlende Kraft, die er gewohnt war und so sehr schätzte wie seinen Bogen, aber es fühlte sich gut an. Er gestattete Tessa, ihn in ihre kühlende, schützende Magie zu hüllen, während er durch die orangeroten Strahlen hindurchtauchte und auf den Hexenmeister zustürmte.

»Der mächtigste Hexenmeister, dem ich je begegnen werde?«, fauchte Alec. »Tessa hat deine Schutzzauber wie Papier zerfetzt. Und mein Mann würde dich zum Frühstück verspeisen!«

Doch seine Siegesgewissheit war ein Fehler. Er nahm weder Tessas unterdrückten Schrei wahr noch den Schatten, der sich auf ihn zubewegte, als er seine Klinge in Richtung des Hexenmeisters schwang.

Clive Breakspears Seraphklinge traf mit einem Funkensprühen auf Alecs eigene. Sein Blick kreuzte sich mit Breakspears wütendem Funkeln. Hastig schaute Alec zu Tessa, die gegen drei Schattenjäger kämpfte – Jem kam ihr bereits zu Hilfe. Dann blickte er zu Lily, auf die ein weiterer Nephilim zusteuerte, und schließlich zu dem Hexenmeister, der alle Fackeln eine nach der anderen auf das Stroh fallen ließ. Alec war daran gewöhnt, aus etwas größerer Distanz zu kämpfen und das Schlachtfeld überblicken zu können.

Zu spät bemerkte er die Klinge in Clive Breakspears anderer Hand, die auf sein Herz zielte.

Plötzlich stürmte Rafael aus den Schatten hervor und schlug seine Zähne tief in Breakspears Handgelenk. Die Klinge fiel klirrend auf die Steinplatten.

Breakspear brüllte auf und schleuderte den kleinen Jungen dann mit seiner ganzen Nephilimkraft – die eigentlich dem Schutz der Schutzlosen dienen sollte – gegen eine Mauer. Mit einem Übelkeit erregenden Knacken prallte Rafael davon ab und rutschte auf den Boden.

»Nein!«, schrie Alec.

Er schlug Clive Breakspear mit der Rückhand ins Gesicht. Gleichzeitig warf der Hexenmeister eine Fackel vor Alecs Füße, doch Alec sprang über die Flammen, packte ihn an der Kehle, hob ihn wie eine Puppe hoch und ließ den Schädel des Hexenmeisters gegen Breakspears Stirn krachen. Der Hexenmeister verdrehte die Augen und verlor das Bewusstsein, doch Breakspear brüllte nur vor Wut und stürmte auf Alec zu. In seiner Hand leuchtete noch immer eine Seraphklinge. Blitzschnell brach Alec ihm die Hand, drückte sie nach hinten und zwang den korrupten Schattenjäger auf die Knie. Dann stand er keuchend über ihm; sein Atem ging so schnell, dass er das Gefühl hatte, er würde jeden Moment seine Brust sprengen. Am liebsten hätte Alec sowohl den Hexenmeister als auch den Schattenjäger getötet.

Aber Rafael war hier. Und Magnus und Max warteten zu Hause auf ihn.

Tessa, Jem und Lily hatten kurzen Prozess mit den angreifenden Schattenjägern gemacht. Hastig wandte Alec sich an Tessa.

»Kannst du sie mit magischen Seilen fesseln?«, bat er. »Sie müssen sich vor Gericht verantworten.«

Tessa machte einen Schritt auf die Männer zu, genau wie Lily. Alec wusste, dass die Situation sehr ernst war, weil Lily ausnahmsweise keine Scherze darüber machte, was sie mit ihnen anstellen wollte. Und er selbst fragte sich, ob er Lily dieses Mal zurückhalten würde.

Stattdessen ging er zu Rafael – eine kleine, gekrümmte Gestalt im dreckigen Stroh. Er nahm den Jungen in die Arme und spürte, wie sich ein Kloß in seinem Hals bildete. Inzwischen verstand er, was er hier in Buenos Aires gefunden hatte. Und er verstand auch, dass es möglicherweise zu spät war.

Rafaels schmutziges Gesichtchen regte sich nicht. Sein Atem ging flach. Jem kniete sich neben Alec und den Kleinen.

»Oh Gott, es tut mir so leid. Er hat sich unbemerkt von seinem Seil befreit, und ich bin ihm nachgelaufen, aber ... aber ...«

»Es ist nicht deine Schuld«, sagte Alec benommen.

Jem schüttelte den Kopf. »Bitte gib ihn mir.«

Einen Moment lang starrte Alec seinen Freund an, dann drückte er ihm Rafaels schlaffen Körper in die Arme.

»Kümmere dich um ihn«, sagte er. »Bitte.«

Jem nahm Rafael entgegen und lief zusammen mit Tessa die Treppe hinauf. Der Gewölbekeller war noch immer von orangeroter Magie erfüllt, und das Feuer breitete sich weiter aus. Rauch stieg in dichten, bauschenden Wolken an die Decke.

Eine der Werwölfinnen streckte ihre dünne Hand aus und umklammerte die Gitterstäbe.

»Hilf uns!«

Alec zog eine Elektrumaxt aus seinem Waffengurt und zertrümmerte das Schloss an ihrem Käfig. »Genau deshalb bin ich hier.« Er schwieg einen Moment und wandte sich dann an Lily. »Äh, hat der Hexenmeister vielleicht einen Schlüsselbund bei sich?«

»Ja«, bestätigte Lily. »Hab ihn mir gerade geschnappt. Ich werde die Türen mit den Schlüsseln öffnen, während du weiter deine coole Axtnummer durchziehen kannst.«

»Okay«, sagte Alec.

Die Werwölfin, die ihn angesprochen hatte, stürmte in dem Moment aus dem Käfig, in dem die Tür aufschwang. Die Frau im nächsten Käfig war nicht in der Lage, ihr Gefängnis zu verlassen. Alec kniete sich neben sie, um ihr zu helfen, als er Kampfgeräusche vom oberen Bereich der Treppe hörte.

Er hob die Frau hoch und stürmte die Stufen hinauf.

Tessa und Jem befanden sich in der Eingangshalle, fast schon an der Tür. Um sie herum wimmelte es von Schattenjägern. Aber Jem konnte nicht kämpfen, weil er Rafael auf dem Arm trug, und Tessa bemühte sich nach Kräften, ihnen einen Weg zu bahnen. Doch Rafael brauchte auch ihre Hilfe.

»Wo ist unser Anführer?«, rief einer der Männer.

»Du nennst das einen Anführer?«, erwiderte Alec und hielt ihm die Frau in seinen Armen entgegen, sodass alle Schattenjäger des Buenos-Aires-Instituts sie sehen konnten. »Euer ›Anführer‹ hat einem Hexenmeister geholfen, ihr das anzutun. Außerdem hat er ein kleines Kind gegen eine Mauer geschleudert. Wollt ihr euch wirklich von so einem Mann anführen lassen? Wollt ihr wirklich so werden wie er?«

Mehrere Nephilim starrten ihn vollkommen verwirrt an, bis Lily schnell dolmetschte.

Joaquín trat einen Schritt vor.

Lily raunte Alec zu: »Er hat ihnen befohlen, sich zurückzuziehen.«

Doch der Mann, der nach seinem Anführer geschrien hatte, schlug Joaquín ins Gesicht. Sofort brüllte ein anderer Schattenjäger empört auf, zückte seine Peitsche und verteidigte Joaquín.

Alec warf einen hastigen Blick in die Menge, um die Lage einzuschätzen. Einige der Männer wirkten verunsichert, aber diese Schattenjäger waren nun mal Soldaten. Zu viele von ihnen waren fest entschlossen, ihrem Befehl zu folgen und gegen Joaquín, Alec und jeden anderen zu kämpfen, der sich ihnen in den Weg stellte. Sie würden alles tun, um zu ihrem unwürdigen Anführer zu gelangen. Dadurch versperrten sie nicht nur den Ausgang, sondern hinderten auch Jem und Tessa daran, Rafael zu helfen.

Im nächsten Moment flogen die Eingangstüren des brennenden Gebäudes auf. Die Silhouette der Königin des Schattenmarktes zeichnete sich vor den Rauchschwaden ab.

»Helft Alec!«, befahl Juliette, woraufhin ein Dutzend Werwölfe und Vampire losstürmten.

Gleichzeitig bahnte Juliette Jem und Tessa einen Weg, sodass sie aus der Tür schlüpfen und Rafael ins Freie bringen konnten, hinaus aus dem brennenden, dreckigen Gebäude. Alec kämpfte sich in Juliettes Richtung vor.

»*Mon dieu*«, keuchte sie, als sie die Werwölfin in seinen Armen sah.

Sie machte eine kurze Handbewegung, und ein Hexenwesen hastete herbei, um die bewusstlose Frau hinauszutragen.

»Dort unten sind noch mehr«, erklärte Alec. »Ich hole sie. Einige der Nephilim stehen auf unserer Seite.«

Juliette nickte. »Welche?«

Alec drehte sich um und sah, dass Joaquín gegen zwei Schattenjäger gleichzeitig kämpfte. Der Mann mit der Peitsche, der ihm zu Hilfe geeilt war, lag reglos auf dem Boden.

»Der da«, sagte Alec. »Und jeder andere, den er dir zeigt.«

Juliette reckte das Kinn und marschierte über den grünen Quarzboden zu Joaquín. Sie tippte einem der Männer, gegen die er kämpfte, auf die Schulter. Als der Mann sich umdrehte, riss sie ihm mit einer bereits verwandelten Klaue die Kehle auf.

»Vielleicht solltet ihr sie lebend gefangen nehmen!«, rief Alec. »Den Typen natürlich nicht mehr.«

Joaquín starrte Juliette mit riesigen Augen an. Alec erinnerte sich wieder daran, dass der junge Schattenjäger zahlreiche Horrorgeschichten über die Königin des Schattenmarktes gehört hatte. Und Juliettes Anblick, mit blutigen Händen und umgeben von Flammen, trug nicht gerade dazu bei, diesen Mythos zu zerstören.

»Tu ihr nichts!«, rief Alec hastig. »Sie gehört zu uns.«

»Oh, gut«, sagte Joaquín.

Juliette warf ihm einen misstrauischen Blick zu. »Dann bist du keiner der Bösen?«

»Ich bemühe mich zumindest«, erwiderte Joaquín.

»*Bien*«, sagte Juliette. »Zeig mir, wen ich töten soll. Ich meine ... lebend gefangen nehmen, sofern das möglich ist.«

Alec ließ die beiden machen. Er wirbelte herum und lief die Treppe hinunter, dicht gefolgt von Lily. Der Kellergang war inzwischen von dichtem Rauch erfüllt. Alec entdeckte mehrere Nephilim, die Clive Breakspear und seinem verbündeten Hexenmeister auf die Beine halfen. Verärgert verzog er den Mund.

»Wenn eure Loyalität dem Rat gilt, dann bewacht die beiden. Sie werden sich vor Gericht verantworten müssen.«

Dann öffneten Lily und er die restlichen Käfigtüren. Einige Frauen konnten sich ohne Hilfe ins Freie retten, aber zu viele waren dazu nicht mehr in der Lage. Alec hob Werwölfin nach Werwölfin auf seine Arme und trug sie ins Erdgeschoss, während Lily den Frauen unter die Arme griff, die Hilfe beim Gehen brauchten. Hastig übergab Alec die Frauen an die Schattenweltler des Schattenmarktes, damit er schnell in den Keller zurückkehren konnte. Als er ein weiteres Mal mit einer Frau das obere Ende der Treppe erreichte, sah er, dass die Eingangshalle verlassen dalag. Alle anderen waren aus dieser Todesfalle mit dem beißenden Rauch und den herabstürzenden Mauerstücken geflohen.

Alec drückte die Frau Lily in die Arme. Lily war zwar klein und strauchelte ein wenig, aber aufgrund ihrer Vampirkräfte konnte sie das Gewicht der bewusstlosen Werwölfin tragen.

»Hier, bring sie nach draußen. Ich muss nach unten, die restlichen Frauen holen.«

»Ich will aber nicht ohne dich gehen!«, brüllte Lily über das tosende Feuer hinweg. »Ich möchte nie wieder irgendjemanden im Stich lassen!«

»Das tust du auch nicht, Lily. Und jetzt geh!«

Schluchzend schleppte Lily sich mit ihrer schweren Last zur Tür, während Alec zur Treppe lief. Der Rauch hatte das ganze Gebäude in eine graue Hölle verwandelt. Er konnte kaum etwas sehen und hatte Mühe beim Atmen.

Plötzlich packte ihn eine Hand an der Schulter. Joaquín stand hinter ihm.

»Du darfst da nicht mehr runtergehen!«, keuchte er. »Es tut mir leid für diese Frauen, aber sie sind …«

»Schattenweltler?«, entgegnete Alec eisig.

»Es ist zu gefährlich. Und du … du hast so vieles, für das es sich umzukehren lohnt.«

Magnus und Max. Vor seinem inneren Auge konnte er die beiden deutlich sehen. Doch er wusste, dass er sich als würdig erweisen musste, um zu ihnen zurückkehren zu können.

Joaquín hielt ihn noch immer fest. Ungeduldig riss Alec sich los.

»Ich werde diese misshandelten und vergessenen Frauen nicht dort unten sterben lassen«, sagte er. »Nicht eine einzige von ihnen. Kein richtiger Schattenjäger würde so etwas tun.«

Als er die Stufen in das Inferno hinabstieg, warf er dem jungen Nephilim einen Blick über die Schulter zu.

»Du kannst nach draußen gehen«, sagte Alec. »Und falls du dich dafür entscheidest, kannst du dich noch immer als Schattenjäger bezeichnen. Aber bist du dann auch wirklich einer?«

Rafael lag auf dem Kopfsteinpflaster, während Jem und Tessa sich über ihn beugten. Jem wandte jeden stummen Zauber an, den er in der Bruderschaft gelernt hatte. Und Tessa flüsterte alle Heilsprüche, die sie aus dem Spirallabyrinth kannte. Doch aufgrund langjähriger, bitterer Erfahrung wusste Jem, dass der kleine Junge zu viele Knochenbrüche und Verletzungen davongetragen hatte.

Um sie herum tobte sowohl das Feuer als auch ein heftiger Kampf. Aber Jem konnte sich nicht darauf konzentrieren – seine ganze Aufmerksamkeit galt dem Kind in seinen Händen.

»Diptam, Jem«, flüsterte Tessa verzweifelt. »Ich brauche Diptam.«

Hastig rappelte Jem sich auf und warf einen Blick auf die Menge. Inzwischen waren so viele Schattenweltler eingetroffen, dass darunter doch bestimmt jemand sein musste, der ihm helfen konnte. Plötzlich entdeckte er Mutter Hawthorn, deren Pusteblumenhaare sich vor dem Sternenhimmel abzeichneten.

Sie sah ihn ebenfalls und setzte zur Flucht an. Doch wenn es sein musste, war Jem noch immer so schnell wie ein Schattenjäger. Innerhalb von Sekunden war er bei ihr und packte sie am Handgelenk.

»Hast du Diptam bei dir?«

»Falls ja, warum sollte ich es dir dann geben?«, fauchte Mutter Hawthorn.

»Ich weiß, was du getan hast ... vor über einem Jahrhundert«, erwiderte Jem. »Ich weiß es besser als du selbst. Der Streich, den du einem Nephilim gespielt hast, damit er einen anderen Nephilim vergiften sollte ... dieser Zaubertrank hat ein ungeborenes Kind getötet. Findest du das vielleicht amüsant?«

Die alte Elfe starrte ihn mit offenem Mund an.

»Dieses Kind ist deinetwegen gestorben«, fuhr Jem fort. »Und jetzt gibt es hier ein anderes Kind, das dringend Hilfe braucht. Ich könnte dir das Heilkraut einfach abnehmen. Und das werde ich auch, wenn es sein muss. Aber ich gebe dir die Chance, eine andere Entscheidung zu treffen.«

»Es ist zu spät«, sagte Mutter Hawthorn, und Jem wusste, dass sie dabei an Auraline dachte.

»Ja«, antwortete Jem erbarmungslos, »es ist zu spät, diejenigen zu retten, die wir verloren haben. Aber dieses Kind hier ist noch nicht verloren. Deine Chance ist noch nicht verloren. Also entscheide dich.«

Mutter Hawthorn wandte das Gesicht ab; bittere Furchen zeichneten sich um ihren Mund ab. Doch dann griff sie in den abgewetzten Beutel an ihrem Gürtel und drückte ihm die Heilpflanze in die Hand.

Jem nahm die Kräuter und hastete zu Tessa zurück. Rafaels Körper wölbte sich unter ihren Händen. Der Diptam flammte auf, als sie die Pflanzen berührte, und Jem verschränkte seine Hände mit Tessas. Dann psalmodierten sie gemeinsam in allen Sprachen, die sie sich gegenseitig beigebracht hatten. Ihre Worte verwoben sich zu einem Lied, ihre verschränkten Hände zu Magie, und gemeinsam ließen sie all ihre Kräfte in den kleinen Jungen strömen.

Ruckartig schlug Rafael die Augen auf. Für den Bruchteil einer Sekunde war Tessas perlmuttartige Magie in seiner dunklen Iris zu erkennen, bevor sie wieder ihre ursprüngliche Farbe annahm. Der Junge setzte sich auf; er wirkte vollkommen unversehrt ... und leicht verärgert. Nach einem Blick in ihre besorgten Gesichter fragte er kurz angebunden auf Spanisch: »Wo ist er?«

»Er ist da drin«, antwortete Lily.

Während sich in der schmalen Gasse zahlreiche Mitglieder des Schattenmarktes um die Werwölfinnen kümmerten oder Schattenjäger zusammentrieben – mit der Hilfe einiger anderer, äußerst nervöser Nephilim – oder die Flammen zu löschen versuchten, stand Lily mit verschränkten Armen da und starrte mit tränenfeuchten Augen auf das brennende Haus.

Als ein Teil des Dachs einstürzte, stürmte Rafael los. Aber Tessa erwischte ihn gerade noch und hielt ihn eisern fest, während er sich in ihrem Griff wand. Jem rappelte sich auf.

»Nein, Jem«, sagte Tessa. »Nimm den Jungen. Lass mich hineingehen.«

Jem versuchte, Rafe festzuhalten, doch er strampelte wie wild – bis er plötzlich erstarrte. Jem wirbelte herum, um Rafaels Blick zu folgen.

Ein Raunen ging durch die Menge, gefolgt von ehrfürchtigem Schweigen. Vermutlich würde keiner der hier versammelten Schattenweltler oder Institutsbewohner diesen Abend je vergessen.

Aus den wirbelnden Rauchschwaden, die aus dem einstürzenden Gebäude quollen, traten zwei Schattenjäger hervor, mit bewusstlosen Werwölfinnen auf den Armen. Sie schritten mit hocherhobenem Haupt und grimmigen Gesichtern durch die Menge, die ihnen bereitwillig Platz machte.

Alle Frauen und das Kind waren in Sicherheit. Jem spürte eine Woge frisch erwachter Entschlossenheit in sich aufsteigen. Tessa hatte recht: Wenn Rosemary gerettet werden konnte, dann würde er sie retten. Und wenn sie ein Kind hatte, würden Tessa und er sich zwischen dieses Kind und den König und seine Reiter stellen.

Alec setzte die Werwölfin vor Tessa ab, die daraufhin sofort zu psalmodieren begann, um den Rauch aus der Lunge der Frau zu entfernen. Dann sank er vor Rafe auf die Knie.

»Hi, mein Kleiner«, sagte Alec. »Alles in Ordnung mit dir?«

Rafael mochte seine Worte vielleicht nicht verstehen, aber Alecs Botschaft – auf den Knien und mit einem liebevoll-besorgten Gesichtsausdruck – war auch ohne Sprachkenntnisse verständlich. Rafael nickte so heftig, dass Staub aus seinen Locken aufstieg, und warf sich in Alecs weit geöffnete Arme. Behutsam drückte Alec den Kleinen an sich.

»Ich danke euch beiden«, wandte er sich an Tessa und Jem. »Ihr seid wahre Helden.«

»Gern geschehen«, sagte Jem.

»Und du bist ein Idiot«, sagte Lily und vergrub das Gesicht in den Händen.

Alec stand auf und klopfte ihr unbeholfen auf den Rücken, während er Rafe weiterhin im Arm hielt. Dann drehte er sich zu Juliette um, die einen ihrer Hexenmeister beauftragt hatte, sich um die Werwölfin in Joaquíns Armen zu kümmern.

»Ihr habt sie alle rausgeholt«, sagte Juliette lächelnd und schaute Alec und Joaquín mit einem verwunderten Ausdruck in den Augen an – als wäre sie so jung wie Rafael und würde zum ersten Mal Magie sehen. »Ihr habt es geschafft.«

»Die Werwölfin, die sich um Rafe gekümmert hat ...« Alec zögerte einen Moment. »Ist sie hier?«

Juliette blickte auf die Aschepartikel, die über das Kopfsteinpflaster wehten. Jetzt, da Tessa ihre Magie zum Löschen des Feuers nutzen konnte, waren die Flammen erloschen, aber das Gebäude war vollkommen ausgebrannt.

»Nein«, sagte die Königin des Schattenmarktes. »Meine Rudelmitglieder haben mir berichtet, dass sie als eine der Ersten gestorben ist.«

»Das tut mir leid«, sagte Alec bedauernd, dann wandte er sich in einem anderen Tonfall an Rafael. »Rafe, ich muss dir eine Frage stellen«, setzte er an, »*Solomillo* ...«

»Steak?«, feixte Lily.

»Verdammt«, murmelte Alec. »Tut mir leid, Rafe. Aber möchtest du mich nach New York begleiten? Du kannst ... Ich muss natürlich zuerst mit ... Wenn es dir dort nicht gefällt, brauchst du selbstverständlich nicht ...«

Rafe beobachtete ihn, während Alec über seine eigenen Worte stolperte.

»Ich kann dich nicht verstehen, Blödmann«, sagte der Junge

lächelnd auf Spanisch, schmiegte den Kopf unter Alecs Kinn und schlang die Ärmchen um seinen Hals.

»Okay«, sagte Alec. »Das ist gut. Glaube ich zumindest.«

Als Tessa von der rauchenden Ruine zu dem gefesselten Hexenmeister und Institutsleiter ging, registrierte Jem mit Stolz, dass ihr mehrere Hexenwesen in der Menge ehrfürchtig nachsahen.

»Sollen wir Magnus bitten, ein Portal für die beiden zu öffnen?«, fragte sie.

»Noch nicht«, erwiderte Alec.

Jem bemerkte eine Veränderung in Alecs Haltung: Er straffte die Schultern und zog eine strenge Miene. Wenn er nicht den Jungen in den Armen gehalten hätte, hätte er regelrecht furchterregend ausgesehen.

Alec Lightwood, Leiter der Schattenweltler-Nephilim-Allianz, verkündete: »Vorher muss ich hier ein paar Dinge klären.«

Alec blickte in die versammelten Gesichter. Sein Atem schien ihm fast die Kehle zu zerreißen, und seine Augen brannten noch immer, doch da er Rafael im Arm hielt, war alles gut.

Abgesehen von der Tatsache, dass er nicht wusste, was er sagen sollte. Er wusste nicht, wie viele Schattenjäger bei der Verschleppung und der Folter der Werwölfinnen geholfen hatten. Vermutlich hatten die meisten einfach nur die Befehle ihres Institutsleiters ausgeführt, aber Alec hatte keine Ahnung, inwiefern sie das zu Mittätern machte. Wenn er jetzt allerdings alle Schattenjäger verhaftete, würde das Institut als verlassene Ruine und die hiesigen Schattenweltler ohne jeden Schutz zurückbleiben.

»Clive Breakspear, der Leiter des Buenos-Aires-Instituts, hat gegen das Abkommen verstoßen und wird dafür zur Rechenschaft gezogen«, sagte er schließlich und hielt dann kurz inne. »Lily, kannst du für mich dolmetschen?«

»Aber klar«, bestätigte Lily prompt und übersetzte seine Worte.

Alec hörte ihr zu, beobachtete dabei die Gesichter der Anwesenden und stellte fest, dass ein paar grinsten. Als er genauer hinhörte, schnappte er ein gewisses Wort auf.

»*Boludo*«, wandte Alec sich an Jem. »Was bedeutet das?«

Jem hüstelte. »Das ist ... kein höfliches Wort.«

»Ich hab's doch gewusst«, schnaubte Alec. »Lily, hör auf! Sorry, Jem, könntest du bitte ab jetzt übersetzen?«

Jem nickte. »Ich werde mir Mühe geben.«

»Der Leiter eures Instituts hat Schande über uns alle gebracht«, teilte Alec den Schattenjägern mit. »Ich könnte jeden von euch nach Alicante abführen und mithilfe des Engelsschwertes verhören lassen. Nach dem Krieg habt ihr die Aufgabe erhalten, das Institut nach bestem Vermögen wieder aufzubauen, und doch hat dieser Mann hier, anstatt euch dabei zu leiten, weitere Grausamkeiten verübt. Aber das Gesetz sieht vor, dass ich jeden Einzelnen von euch dafür zur Verantwortung ziehen sollte.«

Alec dachte an Helen und Mark Blackthorn, die der Kalte Friede von ihrer Familie getrennt hatte. Er dachte an Magnus, der bei der Verhängung des Kalten Friedens verzweifelt das Gesicht in den Händen vergraben hatte. Alec wollte diese Verzweiflung nie wieder miterleben müssen. Seit jenem Tag hatte er unermüdlich nach Wegen gesucht, um ein friedliches Miteinander von Schattenweltlern und Nephilim zu ermöglichen.

»Das, was in diesem Haus geschehen ist, sollte jeden Schattenjäger mit Abscheu erfüllen«, fuhr Alec fort. »Wir müssen uns bemühen, das Vertrauen eines jeden Einzelnen, dem wir Unrecht getan haben, zurückzugewinnen. Joaquín, du kennst die Namen der Männer, die zu Breakspears Verbündeten gezählt haben. Sie werden zusammen mit ihrem Anführer vor Gericht gestellt. Für den Rest der hiesigen Schattenjäger wird es Zeit, einem neuen Leiter zu dienen und so zu leben, wie es sich für Nephilim gehört.«

Er warf Joaquín einen Blick zu, der sich verstohlen eine Träne aus dem Auge wischte. Stirnrunzelnd fragte Alec: »Was ist los?«

»Ach, es geht nur darum ... wie Jem übersetzt«, erklärte Joaquín. »Ich meine, deine Rede ist gut, sehr streng ... und sie weckt in mir den Wunsch, alles zu tun, was du sagst. Im Grunde wiederholt Jem deine Worte nur, aber die Art und Weise, wie er das macht ... es ist so poetisch.«

»Aha«, sagte Alec.

Joaquín nahm seine Hand. »Du solltest der neue Institutsleiter sein.«

»Nein, auf keinen Fall«, erwiderte Alec scharf.

Ständig versuchte jemand, ihn zum Leiter eines Instituts zu ernennen – was Alec unglaublich ermüdete. Wenn er solch einen Posten übernahm, konnte er nicht genügend verändern. Er hatte wichtigere Aufgaben zu erledigen.

»Nein«, wiederholte er, jetzt etwas weniger scharf, aber nicht minder entschlossen. »Ich bin nicht Clive Breakspear: Ich bin hergekommen, um zu helfen, und nicht, um das Institut zu übernehmen. Als du gesehen hast, was in diesem Haus passiert ist, hast du deinen Männern befohlen, sich zurückzuziehen, Joaquín. *Du* solltest das Institut führen, zumindest bis die Konsulin darüber entscheiden kann.«

Joaquín sah ihn verwundert an, woraufhin Alec ihm bekräftigend zunickte.

»Du kannst beim Wiederaufbau mit dem Schattenmarkt zusammenarbeiten. Ich würde dich mit den nötigen Ressourcen versorgen.«

»Genau wie ich«, pflichtete Juliette Alec bei.

Einen Moment lang starrte Joaquín sie an, dann drehte er den Kopf wieder in Alecs Richtung.

»Die Königin des Schattenmarktes ... Glaubst du, dass du mit ihr kooperieren kannst?«, erkundigte sich Alec.

Juliette musterte Joaquín kritisch; ihre Werwolfzähne waren noch immer sichtbar. Der junge Schattenjäger streckte die Finger aus, als wollte er auf das Blut an Juliettes Händen zeigen. Und einen traurigen Moment lang fragte Alec sich, ob der Hass zwischen den Nephilim und den Schattenweltlern in dieser Stadt vielleicht zu tief saß.

Doch dann führte Joaquín Juliettes Hand an seine Lippen und hauchte einen Kuss darauf.

»Ich habe gar nicht gewusst, wie schön die Königin des Schattenmarktes ist«, murmelte er.

In diesem Augenblick erkannte Alec schlagartig, dass er die Situation vollkommen falsch eingeschätzt hatte. Juliette verlangte eine Erklärung, über Joaquíns gesenktes Haupt hinweg und begleitet von einem Schwall französischer Kraftausdrücke.

»Schattenjäger machen keine halben Sachen«, kicherte Lily.

»Okay, freut mich, dass hier bereits eine Art Kooperation entsteht«, sagte Alec und wandte sich danach wieder an die Menge. »Dieses Schattenjägerkind steht ab jetzt unter dem Schutz des New Yorker Instituts. Gehen wir einfach mal davon aus, dass es sich um eine ganz normale Adoption handelt. Und gehen wir weiter davon aus, dass ihr euch ehrenhaft verhalten habt – trotz der schlechten und korrupten Führung dieses Instituts. Ihr kümmert euch darum, dass Breakspear gefangen gehalten wird, bis er vor Gericht gebracht werden kann. Natürlich werde ich in den nächsten Wochen oft hierher zurückkehren, um die Details der Adoption zu klären. Das wird mir auch zeigen, wie sich die Verhältnisse hier entwickeln. Ich möchte den Glauben an meine Mitnephilim nicht verlieren: Also lasst mich nicht im Stich.«

Zweifellos würde Jem seine Worte auf Spanisch viel besser klingen lassen. Alec drehte sich wieder zu Juliette um, der es nur mit Mühe gelungen war, ihre Hand zu befreien. Hastig zog sie sich ein paar Schritte zurück, fort von Joaquíns verzücktem Blick.

»Ich sollte mich um meine Kinder kümmern!«, stammelte sie und deutete auf ihren Nachwuchs. Rosey winkte Alec kurz zu.

»Ach«, brachte Joaquín krächzend hervor – ein Laut, aus dem tiefe Enttäuschung sprach. Doch dann schien er zu bemerken, dass die drei Kinder ohne weiteren Elternteil auf Juliette warteten. »War es sehr schwer, den Schattenmarkt als alleinstehende Mutter zu regieren?«, fragte er mit neu erwachter Hoffnung.

»Na ja, es war jedenfalls nicht gerade leicht!«, erwiderte Juliette.

Joaquín strahlte sie an. »Das ist ja wunderbar.«

»Was?«, fragte Juliette.

Aber Joaquín steuerte bereits auf die Kinder zu, offenbar fest entschlossen, ihre Zuneigung zu gewinnen. Alec konnte nur hoffen, dass er viele, viele Bonbons bei sich hatte.

»Hat er da unten vielleicht zu viel Rauch eingeatmet?«, fragte Juliette aufgebracht.

»Wahrscheinlich«, erwiderte Alec.

»Schattenjäger lassen sich nur schwer von etwas abbringen, wenn sie erst einmal ein Auge darauf geworfen haben«, sagte Lily. »Stehst du auf ungeheuer ernsthafte Liebesbeziehungen?«

»Ich weiß ja nicht mal seinen Namen«, stellte Juliette klar, warf dann aber einen verstohlenen Blick auf Joaquín, der sich offenbar ganz geschickt dabei anstellte, die Zuneigung der Kinder zu gewinnen. Juliettes Werwolfjunge saß bereits auf seinen Schultern.

»Er heißt Joaquín«, erklärte Alec hilfsbereit.

Juliette lächelte. »Vermutlich kann ich den einen oder anderen Schattenjäger ja doch gut leiden. Es war mir jedenfalls ein Vergnügen, mit dir zusammenzuarbeiten, Alec Lightwood. Danke für alles.«

»Keine Ursache«, sagte Alec.

Juliette schlenderte zu ihren Kindern und forderte sie auf, dem neuen Institutsleiter nicht lästig zu fallen.

Alec warf einen Blick auf den aufsteigenden Rauch und die Schattenweltler und Nephilim in der Straße, die sich inzwischen miteinander unterhielten. Schließlich blieb sein Blick an Tessa und Jem hängen.

»Zeit für den Aufbruch?«, fragte Tessa.

Alec biss sich auf die Lippe und nickte. »Ich schicke Magnus eine Nachricht, damit er ein Portal für uns öffnet.«

Die Adoption von Schattenjägerkindern war durch eine offizielle Vorgehensweise geregelt. Alec wusste, dass Rafael und er demnächst mehrere Male zwischen Buenos Aires und New York hin- und herpendeln mussten, aber diese Heimreise war es wert, selbst wenn sie nicht lange bleiben konnten. Alec wollte den Jungen so schnell wie möglich mit nach Hause nehmen.

Außerdem war er müde und wollte in seinem eigenen Bett schlafen.

»Du hast vermutlich keine Vorschläge, wie ich Magnus das alles erklären soll?«, wandte er sich an Jem.

»Ich bin davon überzeugt, dass du die richtigen Worte finden wirst, Alec«, erwiderte Jem.

»Danke, du bist mir eine große Hilfe.«

Jem lächelte. »Du hast es sogar geschafft, dass ein Junge, der eigentlich niemanden leiden kann, dich trotzdem mag. Danke für deine Hilfe, Alec.«

Alec wünschte, er hätte mehr tun können; aber er wusste, dass er zumindest bei diesem Einsatz seinen Teil beigetragen hatte. Sie alle mussten einander vertrauen, und er vertraute seinen Freunden. Wenn ein Mitglied der Familie Herondale in Gefahr schwebte, dann konnte man sich keinen besseren Schutz wünschen als Jem und Tessa.

»Ich hab doch kaum etwas getan – aber es war schön, euch beide wiederzusehen. Viel Glück mit dieser Herondale-Geschichte.«

Jem nickte. »Danke. Das können wir bestimmt gut gebrauchen.«

Im nächsten Moment öffnete sich ein schimmerndes Portal.

»Mach's gut, Jem«, sagte Lily.

»Was – kein Spitzname?« Jem klang erfreut. »Auf Wiedersehen, Lily.«

Alec musterte Rafaels Gesicht. »Du magst mich?«, fragte er.

Rafe strahlte, schüttelte den Kopf und schlang seine Arme noch fester um Alecs Hals.

»Okay, das hast du also verstanden«, brummte Alec. »Komm, lass uns nach Hause reisen.«

Als sie aus dem Portal in New Yorks elektrisch erhellte Sternennacht traten, konnte Alec seine Wohnung am Ende der Straße erkennen. Der Schein eines Elbenlichts flackerte hinter den hellblauen Vorhängen. Alec warf einen Blick auf seine Uhr: Max sollte eigentlich längst im Bett sein. Aber der Kleine kämpfte jeden Abend dagegen an, als handelte es sich um einen Dämon – was bedeutete, dass Magnus ihm wahrscheinlich gerade die fünfte Gutenachtgeschichte vorlas oder das dritte Lied vorsang.

Jedes der rötlich braunen Reihenhäuser und jeder Baum am Straßenrand war Alec ans Herz gewachsen. Dabei hatte er als Jugendlicher – als er das Gefühl hatte, unter den hohen Erwartungen und den Steinmauern des Instituts lebendig begraben zu werden – immer angenommen, dass er sich unter den Gläsernen Türmen von Alicante wohler fühlen würde. Damals hatte er nicht geahnt, dass sein Zuhause auf der anderen Seite der Stadt lag und nur auf ihn wartete.

Erleichtert stellte Alec Rafe auf die Treppe ihres Apartmenthauses und transportierte ihn mit einer Mischung aus Hüpfen und Hochheben die Stufen hinauf. Oben angekommen öffnete er die Haustür.

In diesem Moment ertönte eine dröhnende Stimme hinter ihm: »Alec.«

Alec zuckte zusammen, während Lily Rafael rasch in den schützenden Hausflur schob, dann herumwirbelte und ihre nadelspitzen Fangzähne hervortreten ließ.

Langsam drehte Alec sich ebenfalls um. Er hatte keine Angst, denn er kannte diese Stimme.

»Alec«, wiederholte Robert Lightwood. »Wir müssen reden.«

»Hallo, Dad«, erwiderte Alec. »Lily, könntest du bitte ein paar Minuten auf Rafael aufpassen? Ich werde Magnus gleich alles erklären.«

Lily nickte, während sie Robert noch immer finster musterte. Einen Moment lang herrschte Stille.

»Hallo, Lily«, fügte Robert schließlich kurz angebunden hinzu.

»Wer zum Teufel bist du?«, fragte Lily.

»Das ist mein Vater«, sagte Alec. »Der Inquisitor. Die zweitwichtigste Person des Rats. Jemand, den du schon mindestens sechsundzwanzig Mal gesehen hast.«

»Daran kann ich mich nicht erinnern«, sagte Lily.

Alecs ungläubiger Blick spiegelte sich auf dem Gesicht seines Vaters.

»Lily, ich weiß, dass du mich kennst«, sagte Robert.

»Tu ich nicht, werd ich nicht, will ich nicht.« Und damit schlug Lily dem Inquisitor die Tür vor der Nase zu.

Ein paar Sekunden herrschte betretenes Schweigen.

»Tut mir leid«, sagte Alec schließlich.

»All deine anderen Vampire mögen mich«, murmelte Robert.

Alec schaute ihn blinzelnd an. »Meine anderen Vampire?«

»Ja, dein Freund Elliott ruft mich jedes Mal an, wenn Lily ihm die Verantwortung für den Clan übertragen hat«, erklärte Robert. »Er meint, er bräuchte Hilfe und Führung von einem Lightwood. Während deiner Abwesenheit war ich im Hotel Dumort, wo die Vampire ein kleines Abendessen für mich gezaubert und die ganze Zeit nur von dir geredet haben. Elliott hat mir seine Handynummer gegeben, vermutlich damit ich ihn im Notfall anrufen kann. Er ist immer sehr charmant.«

Alec wusste nicht, wie er seinem Dad erklären sollte, dass Elliott auf ihn stand und ihn nur schamlos anmachte.

»Ach«, sagte er.

»Wie geht es Magnus? Ist er wohlauf? Kleidet er sich noch immer, äh, einzigartig?«

»Ja, er ist noch immer umwerfend«, erwiderte Alec trotzig.

Sein Vater zog eine verlegene Miene. Alec redete nicht gern über seine Gefühle, aber er schämte sich auch nicht mehr deswegen, und niemand würde ihn jemals wieder dazu bringen, Scham zu empfinden. Er hatte keine Ahnung, warum sein Vater immer wieder davon anfing – mit der fast zwanghaften Neugier eines Kindes, das am Schorf einer Wunde herumknibbelte.

Während seiner Jugend hatte sein Vater unaufhörlich Witze über Alec und potenzielle Mädchen gerissen. Für Alec war es zu schmerzhaft gewesen, auf diese Kommentare zu reagieren – was dazu geführt hatte, dass er immer weniger gesagt hatte.

Er erinnerte sich noch genau an den Tag, als er das Institut verlassen hatte, um Magnus zu besuchen. Sie waren einander erst zweimal begegnet, aber Alec konnte den Hexenmeister einfach nicht vergessen. Das Institut hatte hinter ihm hoch und dunkel in den Himmel aufgeragt, während er atemlos und von Furcht erfüllt auf dem Gehweg gestanden hatte, nur von einem einzigen Gedanken beherrscht.

Möchtest du so den Rest deines Lebens verbringen?

Dann war er zu Magnus' Wohnung gefahren und hatte ihn gefragt, ob er mit ihm ausgehen wolle.

Alec wollte nicht, dass seine Kinder sich in ihrem eigenen Zuhause jemals eingesperrt fühlten. Natürlich wusste er, dass sein Vater das nicht absichtlich getan hatte, aber es änderte nichts an der Tatsache.

»Wie geht es meinem kleinen M & M?«, fragte Robert jetzt.

Max' zweiter Vorname lautete Michael, nach Roberts längst verstorbenem *Parabatai*.

Normalerweise war diese Frage das Stichwort für Alec, sein Handy hervorzuholen und seinem Dad die neuesten Fotos von Max zu zeigen, doch heute hatte er es eilig.

»Es geht ihm bestens«, sagte er. »Bist du aus einem bestimmten Grund hier, Dad?«

»Mir sind Gerüchte aus dem Buenos-Aires-Institut zu Ohren gekommen«, antwortete Robert. »Es hieß, du warst dort.«

»Stimmt«, bestätigte Alec. »Clive Breakspear, der Leiter des dortigen Instituts, hat seine Schattenjäger als Söldnertruppe eingesetzt. Er und seine Verbündeten müssen sich vor Gericht verantworten. Also habe ich einen Wechsel der Institutsleitung veranlasst. Das Buenos-Aires-Institut wird bald wieder normal arbeiten.«

»Und genau deshalb wollte ich mit dir reden, Alec«, sagte Robert.

Alec studierte die Risse im Gehweg und suchte nach einer Möglichkeit, die ganze Situation zu erklären, ohne irgendeinen der anderen Beteiligten zu erwähnen.

»Hast du gewusst, dass der Posten des Konsuls und des Inquisitors oft innerhalb einer Familie verbleiben? Ich habe darüber nachgedacht, was passiert, wenn ich mich eines Tages zur Ruhe setzen werde.«

Alec starrte auf das Unkraut, das zwischen den Rissen in den Steinplatten wuchs. »Ich glaube nicht, dass Jace gern Inquisitor werden möchte, Dad.«

Robert schüttelte den Kopf. »Alec, ich rede nicht von Jace. Ich rede von *dir*.«

Alec zuckte überrascht zusammen. »Was?«

Er hob den Kopf und sah, dass sein Vater ihn anlächelte, als ob er es wirklich ernst meinte.

Unwillkürlich musste Alec an seine eigenen Worte denken. *Der Inquisitor. Die zweitwichtigste Person des Rats.*

Einen Moment lang gestattete er sich zu träumen: Als Inquisitor konnte er die Gesetzgebung steuern. Er konnte Aline und Helen zurückholen. Den Kalten Frieden etwas weniger kalt gestalten. Und vielleicht eines Tages sogar … heiraten.

Er konnte kaum glauben, dass sein Dad ihm diesen Posten zutraute. Alec wusste, dass sein Vater ihn liebte, aber das war etwas anderes. Dass er so viel Vertrauen in seinen Sohn setzte, hatte Alec nicht gewusst.

»Ich sage nicht, dass es einfach wäre«, räumte Robert ein. »Aber einige Ratsmitglieder haben deine Nachfolge bereits als Möglichkeit in Erwägung gezogen. Du weißt ja, wie beliebt du bei den Schattenweltlern bist.«

»Nein, nicht wirklich«, murmelte Alec.

»Der eine oder andere erwärmt sich bereits für den Gedanken«, fuhr Robert fort. »Außerdem habe ich den Wandteppich mit deinem Porträt in meinem Büro hängen und erwähne deinen Namen bei jeder Gelegenheit.«

»Und ich habe gedacht, das Ding hinge dort, weil du mich liebst.«

Robert sah ihn blinzelnd an, als hätte ihn Alecs Scherz getroffen. »Alec … natürlich hängt der Teppich aus diesem Grund dort. Aber ich möchte diese Sache auch für dich. Und deshalb bin ich hier. Könntest du dir das für dich vorstellen? Möchtest du den Posten des Inquisitors?«

Alec dachte an die damit verbundene Macht, die Fähigkeit, das Gesetz von einem verletzenden Schwert in einen schützenden Schild für alle zu verwandeln.

»Ja«, sagte er gedehnt. »Aber du musst dir auch ganz sicher sein, dass du mich auf diesem Posten haben willst, Dad. Der Gedanke wird einer Reihe von Schattenjägern nicht gefallen, denn wenn ich erst einmal Inquisitor bin, werde ich den Rat in zwei Hälften spalten.«

»Tatsächlich?«, fragte Robert matt.

»Ja, weil ich keine andere Wahl habe. Weil sich alles ändern muss. Zum Wohl aller. Und zum Wohl meines Magnus und unserer Kinder.«

Robert blinzelte. »Eurer was?«

»Ach, beim Erzengel«, stöhnte Alec. »Bitte stell mir jetzt keine weiteren Fragen! Ich muss dringend nach oben und mit Magnus reden.«

»Äh, du verwirrst mich jetzt.«

»Ich muss wirklich los, Dad. Und danke für dein Angebot … ich meine es ernst«, sagte Alec. »Wie wär's, wenn du bald mal zum Essen vorbeischaust? Dann können wir uns ausführlicher über diese Inquisitor-Sache unterhalten.«

»In Ordnung. Das fände ich gut«, erwiderte Robert. »Das Abendessen mit euch dreien vor ein paar Wochen war schön. Ich kann mich gar nicht erinnern, wann ich das letzte Mal so viel Spaß hatte.«

Vor Alecs innerem Auge zeichnete sich ein anderes Bild ab: Es war ihm sehr schwergefallen, das Gespräch zwischen Robert, Magnus und ihm in Gang zu halten. Und nur Max' fröhliches Plappern auf den Knien seines Großvaters hatte die häufigen Gesprächspausen überbrückt. Jetzt brach es ihm fast das Herz, wenn er daran dachte, dass sein Vater dieses angespannte Abendessen für schön gehalten hatte.

»Komm einfach vorbei, wann immer es dir passt«, sagte Alec.

»Max freut sich über jeden Besuch seines Großvaters. Und ... nochmals danke, Dad. Danke dafür, dass du mir vertraust. Tut mir leid, dass ich dir heute Nacht viel Papierkram beschert habe.«

»Du hast heute Nacht vielen das Leben gerettet, Alec«, entgegnete Robert.

Unbeholfen ging er einen Schritt auf Alec zu und hob die Hand an, als wollte er Alec auf die Schulter klopfen. Doch dann ließ er sie wieder sinken. Mit einem traurigen Ausdruck in den Augen sah er seinen Sohn an.

»Du bist ein guter Mensch, Alec«, sagte er schließlich. »Ein besserer Mensch, als ich es jemals war.«

Da Alec seinen Vater liebte und sich ihm gegenüber nicht grausam verhalten wollte, erwiderte er nicht: *Ich hatte keine andere Wahl.* Stattdessen streckte er die Arme aus und zog seinen Vater zu sich heran; dann umarmte er ihn vorsichtig und klopfte ihm unbeholfen auf die Schulter.

»Wir reden später.«

»Wann immer es dir passt«, sagte Robert. »Ich habe alle Zeit der Welt.«

Alec winkte seinem Dad nach und lief dann die Stufen hinauf und die Treppen zu seiner Wohnung hoch. Dort fand er Lily allein im Hausflur vor. Licht fiel durch die halb geöffnete Wohnungstür, doch Lily stand im Schatten und schien sich die Fingernägel zu feilen.

»Lily, wo ist Rafael?«, fragte Alec fordernd.

»Ach, der.« Lily zuckte die Achseln. »Er hat gehört, wie Magnus irgendein indonesisches Wiegenlied gesungen hat, und war nicht mehr zu bremsen. Ich konnte nichts dagegen machen. Schattenjäger. Sie sind ja so schnell.«

Keiner von ihnen erwähnte Magnus' Schutzwälle, die von keiner magischen oder anderen Kraft durchbrochen werden konnten, die Alec kannte. Allerdings galten diese Zauber nicht für diejenigen, die den Schutz des Hexenmeisters suchten oder seine Hilfe brauchten. Selbstverständlich konnte ein kleines Kind sie ungehindert passieren.

Alec warf Lily einen vorwurfsvollen Blick zu, ließ sich dann aber von Magnus' tiefer, warmer, leicht belustigter Stimme ablenken, die durch den Türspalt drang. Er erinnerte sich wieder an die Worte, die Jem an Tessa gerichtet hatte: *Deine Stimme ist die Musik, die ich auf der ganzen Welt am liebsten mag.*

»Ah, da ist ja dein Lächeln wieder«, sagte Lily. »Mir hat es während der letzten beiden Tage sehr gefehlt.«

Alec schnitt ihr eine Grimasse, doch dann sah er, dass sie am Reißverschluss ihrer Lederjacke herumspielte. Und ihr Mund wirkte leicht verkniffen, als würde sie ihn zusammenpressen, damit ihre Lippen nicht zitterten.

»Danke für deine Hilfe«, sagte Alec. »Und du bist wirklich eine Plage.«

Seine Bemerkung entlockte Lily ein Lächeln, und sie hob zum Abschied kurz zwei Finger. »Vergiss das bloß nicht.«

Dann verschwand sie im Schatten des Treppenhauses, und Alec drückte die Tür auf und betrat endlich seine Wohnung. Auf der Anrichte stand seine Kaffeemaschine, und sein Kater schlief auf dem Sofa.

Sein Blick fiel auf eine Tür zu einem Raum, den er noch nie gesehen hatte – was für diese Wohnung allerdings nichts Ungewöhnliches war. Hinter der Tür lag ein wunderschönes Zimmer mit goldbraunen Holzdielen und weiß gestrichenen Wänden. Magnus stand in der Raummitte, mit Rafael an seiner Seite. Der Hexenmeister trug einen roten Seidenmorgenmantel mit goldenen Stickereien und redete leise auf Spanisch mit dem kleinen Jungen, der ihn fasziniert anstarrte.

Alec erkannte, dass Magnus seine Anwesenheit bemerkt hatte, denn er übersetzte seine spanischen Worte an Rafael rasend schnell ins Englische und wechselte mühelos zwischen beiden Sprachen hin und her, damit alle verstanden, was er gerade sagte.

»Ich schlage vor, wir legen das Kruzifix erst einmal beiseite und reden später über organisierte Religion«, sagte Magnus und schnipste mit den Fingern in Richtung des Kruzifixes an der

Wand. »Außerdem wäre ein Fenster schön, damit Licht hereinfällt. Gefällt dir diese Form?«

Er bewegte seine Hand zur Außenwand, woraufhin dort ein kreisrundes Fenster auftauchte, das auf die Straße hinausging und den Mond zwischen den Ästen des benachbarten Baums zeigte. Eine weitere Handbewegung, und die Glasscheibe nahm eine rote und goldene Tönung an.

»Oder was hältst du hiervon?« Magnus wedelte ein drittes Mal, woraufhin das Fenster eine hohe Wölbung entwickelte und an ein Kirchenfenster erinnerte. »Und wie findest du diese Variante?«

Doch Rafael nickte bei jeder Veränderung und strahlte dabei übers ganze Gesicht.

Magnus schenkte ihm ein Lächeln. »Du möchtest wohl, dass ich einfach weiter zaubere, oder?«

Erneut nickte der Junge eifrig. Magnus lachte und legte ihm eine Hand auf die dunklen Locken. Alec wollte ihn warnen, dass Rafael anfangs scheu war und sich wahrscheinlich wegducken würde, doch das geschah nicht. Der Junge ließ sich von Magnus übers Haar streichen, wobei die Ringe an Magnus' Fingern das Licht auffingen, das durch das neu geschaffene Fenster hereinfiel. Nun breitete sich auch auf Magnus' Gesicht ein strahlendes Lächeln aus. Sein Blick traf sich mit Alecs, über Rafaels Kopf hinweg.

»Rafe und ich haben uns schon kennengelernt, und er hat mir gesagt, dass wir ihn so nennen sollen«, berichtete Magnus. »Wir haben gerade sein Zimmer eingerichtet. Hast du das gesehen?«

»Ja«, sagte Alec.

»Rafe«, setzte Magnus an, »Rafael. Hast du auch einen Familiennamen?«

Der Junge schüttelte den Kopf.

»Kein Problem. Wir haben zwei. Was hältst du von einem zweiten Vornamen? Würde dir das gefallen?«

Rafe antwortete mit einem Schwall spanischer Worte, und sein heftiges Nicken veranlasste Alec zu der Annahme, dass er einverstanden war.

»Äh, wir sollten uns vielleicht mal unterhalten«, schlug Alec vor. Magnus lachte. »Ach, tatsächlich? Entschuldige uns bitte für eine Minute, Rafe.« Er ging auf Alec zu, blieb dann aber abrupt stehen. Rafael hatte die Hände in den Saum von Magnus' Morgenmantel gekrallt.

Im nächsten Moment brach der Junge in Tränen aus. Magnus warf Alec einen ratlosen Blick zu und fuhr sich mit beiden Händen durch die Haare, während Rafael zwischen heftigem Schluchzen ein paar Worte hervorstieß.

Alec sprach zwar nicht Rafaels Sprache, aber er verstand ihn trotzdem. *Du kannst mich doch nicht einsam und allein in die weite Welt hinausschicken, nicht nachdem ich dich gesehen habe. Bitte, bitte lass mich bei dir bleiben. Ich werde auch ganz brav sein. Aber bitte schick mich nicht weg.*

Hastig lief er auf den Jungen zu, doch Magnus war schneller. Er sank vor Rafael auf die Knie und nahm sein kleines Gesicht behutsam in die Hände. Eine Sekunde später leuchteten seine Finger kurz auf und zauberten sämtliche Tränenspuren fort.

»Ist ja schon gut«, flüsterte Magnus. »Wein doch nicht mehr. Natürlich werden wir das nicht tun, mein Schatz.«

Rafe drückte sein Gesicht an Magnus' Schulter und schluchzte herzergreifend, während Magnus ihm auf den bebenden Rücken klopfte, bis er sich beruhigte.

»Tut mir leid«, sagte Magnus schließlich und wiegte Rafe im Arm. »Ich muss wirklich mit Alec reden. Aber ich bin gleich wieder zurück. Versprochen.«

Dann stand er auf und versuchte, das Zimmer zu verlassen. Aber ein wehmütiger Blick nach unten verriet ihm, dass Rafe sich noch immer an seinen Morgenmantel klammerte.

»Er ist ziemlich hartnäckig«, erklärte Alec.

»Ach so, also vollkommen anders als jeder andere Nephilim in meinem Bekanntenkreis«, bemerkte Magnus und schlüpfte aus seinem Morgenmantel.

Darunter trug er ein weites, golddurchwirktes Hemd über einer ausgeleierten grauen Jogginghose.

»Ist das etwa meine Trainingshose?«

»Ja«, bestätigte Magnus. »Du hast mir gefehlt.«

»Ach«, sagte Alec.

Magnus legte den Morgenmantel um Rafaels Schultern und wickelte ihn darin ein, sodass nur sein verblüfftes Gesicht aus dem roten Seidenkokon herausschaute. Dann kniete sich der Hexenmeister erneut vor den Jungen, nahm dessen Hände und verschränkte sie. Im nächsten Moment tauchte in den geöffneten Handflächen ein winziger Springbrunnen auf, der Glitzerpartikel statt Wasser hervorsprudelte und in einem Kreis strömen ließ. Rafe lachte hicksend und starrte entzückt auf das Schauspiel.

»Da bitte. Du magst doch Magie, oder? Wenn du deine Hände schön zusammenhältst, wird sich der Glitzerkreis immer weiter drehen«, murmelte Magnus und floh dann aus dem Zimmer, solange Rafael mit dem Springbrunnen beschäftigt war.

Alec nahm Magnus an der Hand und zog ihn durch das Wohnzimmer und den Flur in ihr Schlafzimmer. Dort drückte er die Tür hinter sich ins Schloss und meinte: »Ich kann alles erklären.«

»Ich denke, dass ich es bereits verstehe, Alexander«, sagte Magnus lächelnd. »Du warst eineinhalb Tage fort und hast ein weiteres Kind adoptiert. Was passiert wohl, wenn du mal für eine Woche wegmusst?«

»Es war nicht meine Absicht«, erwiderte Alec. »Ich hatte nicht vor, irgendetwas ohne deine Einwilligung zu tun. Aber er war nun mal da, und er ist ein Schattenjägerkind, um das sich niemand gekümmert hat. Deshalb habe ich gedacht, ich könnte ihn zum Institut mitnehmen. Oder nach Alicante bringen.«

Magnus' Lächeln erlosch, was Alec noch mehr beunruhigte.

»Dann wollen wir ihn nicht adoptieren?«, fragte Magnus. »Aber ... können wir das denn nicht?«

Alec sah ihn verwundert an.

»Ich dachte, wir würden Rafe adoptieren«, fuhr Magnus fort. »Alec, ich habe es ihm versprochen. Möchtest du ihn denn nicht?«

Einen Moment lang starrte Alec ihn an. Auf Magnus' Gesicht spiegelte sich eine Mischung aus Anspannung und Verwirrung, als wäre er über seine eigene Vehemenz verwundert. Plötzlich musste Alec lachen. Er hatte gedacht, er wollte mit der Adoption warten, bis er sich sicher war. Aber das hier war noch viel besser ... wie alle Dinge in seinem Leben, von denen er vorher nur geträumt hatte. Die Tatsache, dass er sehen konnte, dass Magnus nicht die geringsten Zweifel hatte. Und so sollte es schließlich auch sein: Magnus spürte für Rafael die gleiche instinktive, spontane Zuneigung, die Alec bei Max empfunden hatte, während er selbst mit Rafe die Art von langsamer, zärtlicher Liebe entwickelte, die Magnus im Umgang mit Max erlernt hatte. Sie öffneten eine neue Tür in ihrem vertrauten Heim, als hätte diese schon immer existiert.

»Doch«, sagte Alec, atemlos vor Liebe und Lachen. »Doch, das möchte ich.«

Magnus' Lächeln kehrte zurück. Alec zog ihn in die Arme und drehte ihn dann mit dem Rücken zur Wand. Behutsam nahm er Magnus' Gesicht in beide Hände.

»Lass mir einen Moment Zeit ... damit ich dich ansehen kann«, murmelte er. »Gott, wie hab ich dich vermisst.«

Magnus kniff seine faszinierenden Augen leicht zusammen, während er Alecs Blick erwiderte. Wie so oft umspielte eine Mischung aus Lächeln und Verwunderung seine Lippen – allerdings vermochte Alec nicht zu sagen, was genau ihn überraschte. Schließlich konnte er ihn nicht länger nur ansehen: Sanft küsste er Magnus, und dann verschmolzen ihre Lippen, und die elektrisierende Berührung vertrieb jede Spur von Müdigkeit aus seinen Muskeln. Für ihn hatte Liebe immer diese eine Bedeutung gehabt: seine schimmernde Stadt ewigen Lichts. Das Land der zurückeroberten Träume. Sein erster und sein letzter Kuss.

Magnus schlang die Arme um seine Taille.

»Mein Alec«, murmelte er. »Willkommen zu Hause.«

In diesem Moment stellte Alec sich erneut die Frage: *Möchtest du so den Rest deines Lebens verbringen?* Und dieses Mal konnte er sie ohne Zweifel mit Ja beantworten: Ja, ja, ja. Jeder Kuss war ein Ja ... und führte zu der Frage, die er Magnus vielleicht eines Tages stellen durfte. Einen wundervollen, selbstvergessenen Moment lang küssten sie sich in ihrem Schlafzimmer, bis sie sich schließlich widerstrebend voneinander lösten.

»Der ...«, setzte Alec an.

»... die Jungen«, beendete Magnus seinen Satz. »Wir machen später weiter, wo wir aufgehört haben.«

»Moment mal: *die* Jungen?«, hakte Alec nach und nahm dann wahr, was Magnus bereits gehört hatte: das Geräusch leiser Schritte, die aus Max' Zimmer kamen.

»Dieser Satansbraten«, murmelte Magnus. »Dabei habe ich ihm acht Gutenachtgeschichten vorgelesen.«

»Magnus!«

»Was denn? Ich darf ihn so nennen, im Gegensatz zu dir, denn diese Bezeichnung ist höllisch unsensibel.« Magnus grinste, blickte dann jedoch auf seine schmutzigen Hände. »Alec, ich weiß ja, dass du keinen großen Wert auf deine Kleidung legst, aber normalerweise kommst du nicht völlig verrußt nach Hause.«

»Wir sollten besser mal nach den Kindern sehen«, sagte Alec. Und damit floh er nicht nur aus dem Schlafzimmer, sondern auch vor dem anstehenden Gespräch.

Im Wohnzimmer schleifte Max seine Schmusedecke hinter sich her und betrachtete Rafael mit großen Augen. Rafe stand auf dem Webteppich vor dem offenen Kamin, in Magnus' roten Seidenmorgenmantel gehüllt. Er hatte die Augen zu Schlitzen verengt und starrte Max in seinem Dinosaurierstrampelanzug auf eine Weise an, die die anderen Kinder auf dem Schattenmarkt immer in die Flucht geschlagen hatte.

Doch Max, der sich in seinem ganzen Leben noch vor nichts gefürchtet hatte, schaute treuherzig lächelnd zu ihm hoch, woraufhin Rafes finstere Miene sich in Luft auflöste.

Als Max Alec und Magnus an der Tür hörte, tapste er hastig auf Alec zu und warf sich ihm in die weit geöffneten Arme.

»Daddy, Daddy!«, jubelte der Kleine. »Ist das mein Brüderchen oda Schwesterchen?«

Rafael zog die Augenbrauen hoch und sprudelte etwas auf Spanisch hervor.

»Kein Schwesterchen«, dolmetschte Magnus von der Tür aus. »Max, das hier ist Rafe.«

Offensichtlich wertete Max das als eine Bestätigung. Er klopfte Alec auf die Schulter, als wollte er sagen: *Gut gemacht, Dad, endlich hast du das Gewünschte angeschleppt.* Dann wandte er sich wieder an Rafe.

»Was bist du? Ein Werwolf?«, mutmaßte er.

Rafe schaute zu Magnus, der sofort übersetzte. »Er sagt, er ist ein Schattenjäger.«

Max strahlte. »Daddy ist ein Schattenjäger. Und ich bin auch einer!«

Doch Rafael musterte Max' Hörner mit einer Miene, die zu sagen schien: *Ist dieser Junge denn zu fassen?* Resolut schüttelte er den Kopf und versuchte, die Situation zu erklären.

»Er sagt, dass du ein Hexenmeister bist«, dolmetschte Magnus pflichtgetreu. »Und dass das etwas Tolles ist, weil du dadurch nämlich Magie betreiben kannst. Und Magie ist einfach total cool.« Magnus schwieg einen Moment und fuhr dann fort: »Was natürlich absolut der Wahrheit entspricht.«

Wütend verzog Max das Gesicht. »Ich bin ein Schattenjäger!«

Rafe winkte abschätzig mit der Hand; aus seiner ganzen Haltung sprach pure Ungeduld.

»Schon gut, meine blaugeringelte Krake«, mischte Magnus sich hastig ein. »Diese Debatte können wir morgen weiterführen, okay? Jetzt brauchen wir alle dringend Schlaf. Rafe hat einen langen Tag hinter sich, und du solltest auch schon längst im Bett liegen.«

»Ich les dir eine Geschichte vor«, versprach Alec.

Max' Wut verrauchte so schnell, wie sie gekommen war. Dann runzelte er seine blaue Stirn und schien angestrengt nachzudenken. »Nein, nicht ins Bett!«, protestierte er. »Ich will aufbleiben.

Und bei Rafe sein.« Er tapste auf den verblüfften Rafael zu und schlang fest die Ärmchen um ihn. »Ich hab ihn sooo lieb.«

Rafe zögerte einen Moment, dann erwiderte er schüchtern die Umarmung. Bei diesem Anblick spürte Alec einen Kloß im Hals.

Er schaute zu Magnus, der ebenfalls mit gerührter Miene dastand.

»Okay, immerhin ist es ein besonderer Anlass«, gab Alec nach.

»Ich war noch nie ein großer Freund von Disziplin«, pflichtete Magnus ihm bei und hockte sich neben den Jungen auf den Teppich. Rafe rückte näher heran, woraufhin der Hexenmeister einen Arm um ihn schlang und Rafael sich an ihn schmiegte. »Wie wär's, wenn du uns eine Gutenachtgeschichte erzählst, Alec? Von deiner Reise nach Buenos Aires?«

»Da gibt es eigentlich nichts Besonderes zu erzählen«, erwiderte Alec. »Ich hab lediglich Rafe gefunden, mich danach nach dir gesehnt und bin wieder nach Hause gekommen. Das war schon alles. Wir werden bald ein paarmal nach Buenos Aires reisen müssen, um die Einzelheiten der Adoption zu klären, bevor wir die Sache offiziell bekannt geben und allen davon erzählen können. Vielleicht können wir ja alle zusammen reisen.«

Rafe ratterte ein paar Sätze auf Spanisch herunter.

»Ach, tatsächlich?«, fragte Magnus. »Wie interessant.«

»Was hast du gesagt?«, wandte Alec sich besorgt an Rafe.

»Dieses Mal kommst du nicht so leicht davon, Alec Lightwood.« Magnus zeigte mit dem Finger auf ihn. »Jetzt habe ich einen Spion!«

Alec kniete sich auf den Teppich und sah Rafael ernst in die Augen.

»Rafe, bitte sei kein Spion«, bat er.

Der Junge musterte Alec mit völligem Unverständnis, dann sprudelte er eine Flut spanischer Worte hervor. Alec war sich sicher, dass Rafael Magnus unter anderem versprach, ihm jederzeit als Spion zu dienen.

»Das klingt danach, als hättest du in Buenos Aires ein paar beeindruckende Taten vollbracht«, sagte Magnus schließlich. »Die meisten Menschen hätten aufgegeben. Was hast du dir nur dabei gedacht?«

Alec nahm Max hoch, drehte ihn auf den Kopf, bis er vor Vergnügen krähte, und setzte ihn grinsend wieder auf den Teppich.

»Ich habe mir lediglich überlegt, dass ich mich als würdig erweisen wollte, um zu euch beiden zurückkehren zu können«, sagte Alec. »Also nichts Besonderes.«

Einen Moment herrschte völlige Stille. Leicht beunruhigt drehte Alec sich zu Magnus um, der ihn anstarrte. Dieser überraschte Ausdruck lag wieder auf seinem Gesicht, gepaart mit einem weichen Unterton, der für ihn eher untypisch war.

»Was ist?«, fragte Alec.

»Nichts, du heimlicher Romantiker«, antwortete Magnus. »Woher weißt du immer genau, was du sagen musst?«

Er beugte sich vor, während er Rafael weiterhin an sich drückte, und küsste Alec auf die Wange. Alec lächelte.

Rafe musterte Max, der über die Aufmerksamkeit des Jungen sehr zufrieden zu sein schien.

»Wenn du ein Schattenjäger sein willst«, setzte Rafael vorsichtig auf Englisch an, »dann musst du trainieren.«

»Nein, Rafe«, widersprach Alec. »Max braucht nicht zu trainieren.«

»Ich will trainieren!«, beharrte Max.

Alec schüttelte den Kopf. Sein kleiner Junge war ein Hexenmeister. Natürlich würde er mit Rafael trainieren, aber Max brauchte all das nicht zu lernen. Beifallheischend schaute er zu Magnus, doch sein Freund zögerte und biss sich auf die Lippe.

»Magnus!«

»Max möchte gerne sein wie du«, gab Magnus zu bedenken. »Das verstehe ich durchaus. Wollen wir ihm etwa sagen, dass er nicht alles sein kann, was er möchte?«

»Er ist kein ...«, setzte Alec an, hielt dann aber inne.

»Es spricht nichts dagegen, dass ein Hexenmeister lernt, mit Waffen zu kämpfen«, sagte Magnus. »Und dabei seine Magie als

Ersatz für Schattenjägerfähigkeiten einzusetzen. Das könnte ihm im Kampf helfen, weil niemand damit rechnet, dass ein Hexenwesen ein derartiges Training absolviert hat. Zumindest kann es nicht schaden, es auszuprobieren. Außerdem ... haben wir Max auf den Stufen der Schattenjäger-Akademie gefunden. Vielleicht wollte derjenige, der ihn dort ausgesetzt hat, dass er eine Schattenjägerausbildung erhält.«

Alec gefiel die Vorstellung ganz und gar nicht. Andererseits hatte er sich doch gewünscht, einem Kind die Sitten und Gebräuche der Nephilim beizubringen, oder? Und er hatte sich geschworen, dass er nicht die Sorte von Vater sein wollte, der das eigene Zuhause in eine Art Gefängnis verwandelte.

Wenn man jemanden liebte, dann musste man ihm oder ihr auch vertrauen.

»Also gut«, sagte Alec. »Vermutlich kann es wirklich nicht schaden, ihnen zu zeigen, wie man fällt und sich sicher abrollt. Vielleicht sind sie danach ja so müde, dass sie freiwillig ins Bett gehen.«

Magnus grinste und schnipste mit den Fingern. Im nächsten Moment bedeckten mehrere Trainingsmatten den Boden. Max rappelte sich sofort auf, wohingegen Rafe weiterhin mit dem Kopf an Magnus' Brust lehnte und nicht sonderlich interessiert wirkte, bis der Hexenmeister ihn sanft anstupste und der Junge sich bereitwillig erhob.

»Vielleicht kann ich Rafe ja auch ein paar Zaubertricks beibringen«, überlegte Magnus. »Natürlich ist er genauso wenig ein Hexenmeister, wie Max ein Schattenjäger ist, aber schließlich gibt es den Beruf des Magiers. Er könnte ein ziemlich guter Magier werden.«

Alec erinnerte sich an eine Geschichte von einem Magier mit Nephilimblut, der unter dem Namen »Rollo der Erstaunliche« berühmt geworden war und mit seiner großen Liebe ein langes, glückliches Leben geführt hatte. Er dachte an die Bewohner des Schattenmarktes und des Instituts in Buenos Aires, die sich in den Straßen miteinander unterhalten hatten, an Jem und Tessa, an Liebe und Vertrauen in einer sich verändernden Welt. Und daran, dass er seinen Söhnen zeigen wollte, dass sie alles werden konnten, was sie wollten – sogar glücklich. Entschlossen stand er auf und ging in die Raummitte.

»Jungs? Macht einfach nach, was ich vormache«, sagte er. »Stellt euch neben mich. Und jetzt alle zusammen.«

Cassandra Clare
Robin Wasserman

Durch Blut und Feuer

2012

Es war einmal ein Junge in einem nicht allzu weit entfernten Land, der nicht zur Welt hätte kommen dürfen. Der Junge war das Kind zweier in Ungnade gefallener Krieger – mit himmlischem Blut, aber seines Geburtsrechts beraubt, noch während er ahnungslos im Bauch seiner Mutter schlief. Ein Kind, das man für die Sünden seiner Väter zum Tode verurteilt hatte. Ein Junge, vor den Augen des Gesetzes verborgen, das sein Todesurteil verfügt hatte, und den Augen einer Familie entzogen, die nicht ahnte, wie sehr sie eines Tages auf ihn und seine Nachkommen angewiesen sein würde.

Es war einmal ein Junge, der als verschollen galt – oder zumindest behaupteten das all jene, die so töricht waren, ihn verloren zu geben. Aber niemand gibt sich selbst jemals verloren.

Denn der Junge hatte sich schlicht und einfach versteckt. Und sein Kind und dessen Kindeskinder lernten ebenfalls, sich zu verstecken und all jenen zu entkommen, die ihnen auf den Fersen waren – manche suchten nur Vergebung, andere Vernichtung ... bis eines Tages all das, was verborgen gewesen war, unweigerlich zutage trat: Der verlorene Junge wurde gefunden.

Und das war das Ende.

Als Jem Carstairs später versuchte, sich an den Anfang vom Ende zu erinnern, kehrten seine Gedanken zu dem Moment zurück, als Tessas Haare seine Nase gekitzelt hatten, während er sich über sie gebeugt und ihren Duft tief eingeatmet hatte – jenen Lavendelduft, der an diesem Tag in ihren Locken gehangen hatte. Da sie gerade durch die Provence reisten, roch natürlich alles nach Lavendel. Aber Tessa verströmte dieses Aroma förmlich. Wenn er ihren Duft einatmete, hatte er das Gefühl, auf einer sonnendurchfluteten Wiese zu stehen, in einem Meer aus violetten Blüten, und den Frühling schlechthin zu atmen. Daran sollte Jem sich später erinnern. Und an den Wunsch, die Zeit anhalten und sie beide in diesem perfekten Moment einfangen zu können. So fühlte sich vollkommene Zufriedenheit an, hatte er voller Verwunderung gedacht.

Als Tessa Gray in Gedanken zu diesem Moment zurückkehrte – dem Moment, bevor es geschah –, schmeckte sie wieder den Honig auf den Lippen, den Jem auf ein Stück Baguette geträufelt und ihr in den Mund geschoben hatte. Jener Honig, frisch vom Bienenkorb hinter dem Haus und fast schon zu süß. Er hatte an ihren Fingern geklebt. Als Tessa sie sanft auf Jems glatte Wangen gepresst hatte, hatten sie ihn nicht mehr freigeben wollen. Und Tessa hatte es ihnen nicht verübeln können.

Erinnerungen neigen dazu, den Alltag zu umnebeln. In Wahrheit waren Jem und Tessa damals mit anderen Dingen beschäftigt: Sie stritten darüber, ob der am Morgen gekaufte Käse von einer Ziege oder Kuh stammte und wer von ihnen beiden so viel davon gegessen hatte, dass ein zweiter Einkaufstrip zur *Fromagerie* erforderlich war. Es handelte sich um ein träges, liebevolles Streitgespräch, das perfekt zum Nachmittag im warmen Halbschatten passte. Sie hatten sich in dieses Haus im ländlichen Frankreich zurückgezogen, um ihre nächsten Schritte auf der Suche nach der verschollenen Herondale zu besprechen – einer jungen Frau namens Rosemary, die, wie sie kurz zuvor erfahren hatten, sowohl die Erbin des Lichten wie des Dunklen Hofs war und die in viel größerer Gefahr schwebte, als sie es sich je hätten ausmalen können. Das Haus, das Magnus Bane ihnen zur Verfügung gestellt hatte, bildete einen sicheren, ruhigen Rückzugsort für ihre weiteren Planungen. Rosemary hatte gegenüber Jem keinen Zweifel daran gelassen, dass sie nicht gefunden werden wollte. Aber Jem befürchtete, das lag nur daran, dass sie das Ausmaß der

Gefahr noch nicht einmal erahnte. Tessa und er mussten sie unbedingt finden. Sie warnen. Jetzt mehr denn je.

Die Situation drängte zum Handeln, aber Jem und Tessa waren nicht in der Lage, *tatsächlich* etwas an dieser Situation zu ändern – was zu vielen untätigen Stunden führte, in denen sie träge die umliegende Hügellandschaft betrachteten ... und einander.

Tessa wollte fast schon nachgeben und einräumen, dass Jem recht hatte, was die Herkunft des Käses betraf (Ziege), allerdings nicht, wenn es um die Frage ging, wer am meisten davon gegessen hatte (Tessa), als plötzlich ein winziger Lichtfunke zwischen ihnen aufflammte wie eine Sternschnuppe. Er schwebte in der Luft, leuchtete immer stärker und nahm schließlich eine vertraute Gestalt an. Tessa schnappte hörbar nach Luft. »Ist das ...?«

»Ein Reiher«, bestätigte Jem.

Viele Jahre zuvor hatte Jem einen silbernen Anhänger in Gestalt eines Reihers mit einem Zauber versehen und einer jungen Frau mit Herondale-Blut in die Hand gedrückt. Sie hatte in Gefahr geschwebt, seine Hilfe damals aber kategorisch abgelehnt. *Mithilfe dieses Anhängers kannst du mich jederzeit finden,* hatte er ihr mit seiner telepathischen Stimme versprochen. Jem war damals noch Bruder Zachariah gewesen und hatte die Robe der Stillen Brüder getragen, aber dieser Auftrag – und dieses Versprechen – hatte nichts mit der Bruderschaft zu tun. Jem fühlte sich noch immer daran gebunden ... jetzt und bis in alle Ewigkeit. *Ich vertraue darauf, dass du mich zu Hilfe rufst, wann immer du mich brauchst. Und bitte glaub mir: Ich werde sofort auf deinen Hilferuf reagieren.*

Die Frau, der er den Anhänger gegeben hatte, war die letzte Nachfahrin der verschollenen Herondales, und der silberne Reiher bedeutete, dass sie nach all den Jahren seine Hilfe benötigte. Während Jem und Tessa atemlos zusahen, zeichnete der Reiher feurige Buchstaben in die Luft.

Einst habe ich dein Angebot abgelehnt, aber jetzt brauche ich deine Hilfe. Ich dachte, ich würde das alles allein schaffen,

aber die Reiter haben mich umzingelt. Wenn du nicht mir zu Hilfe kommen willst, dann tu es wenigstens für meinen Jungen. Irrtümlicherweise habe ich gedacht, ich könnte durch mein Leid sein Leben erkaufen. Ich habe gedacht, wenn ich ihn verlasse, wäre er in Sicherheit. Aber das stimmt nicht. Bitte komm schnell, ich flehe dich an. Rette mich. Rette mein Kind.
Rosemary Herondale

Das Licht erlosch. Doch Jem und Tessa hatten sich bereits in Bewegung gesetzt. Obwohl sich während der langen Jahre, die sie einander kannten, vieles verändert hatte, galt eine Gewissheit auch weiterhin: Wenn ein Mitglied der Herondales um Hilfe rief, wurde dieser Hilferuf sofort erhört.

Der Stau in Los Angeles war nicht so schlimm, wie alle immer behaupteten – er war noch viel, viel schlimmer: sechs Spuren, auf denen der Verkehr fast vollständig zum Erliegen gekommen war. Während Tessa den Wagen zentimeterweise vorwärtsbewegte und bei jeder sich bietenden Lücke die Spur wechselte, hatte Jem das Gefühl, vor Ungeduld gleich aus der Haut zu fahren. Sie hatten sich von Frankreich nach L. A. teleportiert, waren aber nicht in unmittelbarer Nähe zur Quelle des Notrufs gelandet. Magnus hatte sein hiesiges Netzwerk von Helfern kontaktiert und ihnen einen Wagen für die restliche Strecke besorgt. Das türkisblaue Cabrio war zwar nicht unbedingt das, was man als »unauffällig« bezeichnen würde, doch es reichte, um sie die letzten Kilometer von Echo Park zu Rosemary Herondales Haus in den Hügeln Hollywoods zu bringen. Die Fahrt hätte eigentlich nur wenige Minuten dauern sollen, aber es fühlte sich wie eine halbe Ewigkeit an.

Einst habe ich dein Angebot abgelehnt, aber jetzt brauche ich deine Hilfe.

Die Worte gingen Jem nicht mehr aus dem Kopf. Er hatte jahrzehntelang nach den verschollenen Herondales gesucht und Rosemary endlich gefunden ... nur um sie gleich wieder zu verlieren. Aber nachdem sie sein Angebot abgelehnt hatte, hatte er ihr ein Versprechen gegeben: Sollte sie einmal in eine Situation geraten, in der sie sich allein nicht mehr helfen konnte, brauchte sie ihn nur zu rufen. Und er würde sofort kommen. Er würde sie retten, wenn sie gerettet werden musste.

Ich dachte, ich würde das alles allein schaffen.

James Carstairs kam einem Mitglied der Familie Herondale immer zu Hilfe. Er ruhte nie, die Liebe, die sie ihm geschenkt hatten, zu erwidern.

Rosemary hatte ihn mithilfe des Anhängers gerufen, und er würde alles in seiner Macht Stehende tun, um sein Versprechen einzuhalten, aber ...

Bitte komm schnell. Ich flehe dich an. Rette mich.

Aber jetzt stand mehr als nur das Leben eines einzigen Menschen auf dem Spiel.

Rette mein Kind.

Was wäre, wenn sie zu spät kamen?

Tessa legte eine Hand auf Jems. »Es ist nicht deine Schuld«, sagte sie.

Natürlich wusste sie genau, was er dachte. Wie immer.

»Ich hatte sie gefunden, aber habe sie wieder gehen lassen.« Vor seinem inneren Auge sah er die Brücke in Paris, als er Rosemary Herondale im Morgengrauen angefleht hatte, seinen Schutz anzunehmen. Er hatte ein Mitglied der Herondales um Vertrauen gebeten, war aber als unwürdig befunden worden.

»Du hast sie gar nichts *tun lassen*«, widersprach Tessa. »Sie hat ihre eigene Entscheidung getroffen.«

»Wie alle Herondales«, bemerkte Jem trocken.

»Du hast ihr gesagt, dass du immer für sie da sein wirst, wenn sie dich braucht. Und nun, da sie deine Hilfe braucht ...«

»... sitze ich acht Kilometer entfernt und drehe Däumchen.«

»Jetzt reicht's.« Tessa riss das Steuer herum, lenkte den Wagen auf den Standstreifen, raste an den wartenden Autos vorbei und die nächste Ausfahrt hinab. Doch anstatt die Geschwindigkeit zu drosseln, drückte sie aufs Gas und fädelte sich blitzschnell zwischen den anderen Autos auf der Straße hindurch. Endlich erreichten sie den Weg in die Hügel – eine enge, einspurige Serpentinenstraße mit schwindelerregend steilen Abhängen als Begrenzung. Doch Tessa nahm noch immer nicht den Fuß vom Gas.

»Ich weiß ja, dass du übermenschliche Reflexe besitzt, aber ...«
»Hab Vertrauen«, sagte sie.
»Grenzenlos.«

Leider konnte er Tessa den weiteren Grund für seine Schuldgefühle nicht mitteilen. Es ging nicht nur darum, dass er zugelassen hatte, dass Rosemary ihm vor all diesen Jahren entkommen war. Sondern auch darum, was er seitdem für sie getan hatte – nämlich so gut wie gar nichts. Seit er sein Leben als Bruder Zachariah abgelegt und sich einen Weg zurück zu seinem früheren Ich, James Carstairs, erkämpft hatte – und zurück zu Tessa Gray, der anderen Hälfte seiner Seele, seines Herzens, seines Lebens –, hatte er sich selbst erlaubt, glücklich zu sein. Gemeinsam hatten sie Schattenmärkte in aller Welt aufgesucht und dabei natürlich immer Ausschau nach Rosemary gehalten, waren immer auf der Suche nach Möglichkeiten gewesen, ihr vielleicht aus der Ferne zu helfen. Sie hatten sogar den Schattenmarkt hier in L. A. mehrfach besucht, allerdings ohne auch nur die geringste Spur von ihr zu finden. Was wäre, wenn Jem trotz bester Absichten irgendetwas übersehen oder eine Gelegenheit verpasst hatte, sie zu finden und ihr zu helfen, bevor es zu spät war? Was wäre, wenn ihr nun Leid widerfuhr, weil er zu sehr mit seinem eigenen Glück mit Tessa beschäftigt gewesen war?

Der Wagen kam mit quietschenden Reifen vor einem kleinen Bungalow im spanischen Kolonialstil zum Stehen. Im Vorgarten gedieh eine üppige Vielfalt leuchtend bunter Gewächse: Gauklerblumen, Kolibri-Salbei, Wüstenmalven, Jakarandablüten. Ein Spalier von Sonnenblumen wies den Weg zur Haustür; ihre Blütenköpfe nickten wie ein Willkommensgruß in der Brise.

»Dieses Haus sieht aus wie aus einem Bilderbuch«, staunte Tessa, und Jem pflichtete ihr bei. Der Himmel war unfassbar blau, übersät mit kleinen weißen Wölkchen, und die Berge am Horizont erweckten den Eindruck, als würden Tessa und er in einem Gebirgsdorf stehen statt in einer riesigen Metropole. »Hier ist es so friedlich«, fügte sie hinzu. »So als ob nie etwas Schreckliches passieren ...«

Ein gellender Schrei unterbrach sie.

Sofort stürmten sie los. Jem stemmte die Eingangstür mit der Schulter auf und zückte seinen Stockdegen, um sich auf das vorzubereiten, was sie dahinter erwartete. Tessa folgte ihm auf dem Fuß; ihre Hände sprühten wütende Funken. Im Inneren des Hauses fanden sie eine Szene wie aus einem Albtraum vor: Rosemary lag reglos in einer riesigen Blutlache. Über ihr ragte ein mächtiger Elbe in einer schweren Bronzerüstung auf, ein Langschwert in der erhobenen Hand. Die Spitze zielte direkt auf Rosemarys Herz.

Jem Carstairs war schon lange kein Schattenjäger mehr. Aber in mancher – entscheidender – Hinsicht würde er immer ein Schattenjäger bleiben.

Mit einer Mischung aus tödlicher Entschlossenheit und gerechtem Zorn stürmte er vorwärts und attackierte den Elben mit seinem silbernen Stockdegen. Doch seine Hiebe prallten von der Rüstung ab, ohne die geringste Spur zu hinterlassen. Tessa hob die Hände und entsandte einen blendend weißen Energiestoß – aber der Elbe absorbierte ihre Magie mühelos. Dann packte er sie fast beiläufig mit einer Hand und schleuderte sie durch den Raum. Mit einem dumpfen Dröhnen, das Jem körperliche Schmerzen bereitete, prallte sie gegen die Wand. Wütend warf er sich dem Elben in den Weg, mit Tritten und Schwerthieben, die jedes herkömmliche Feenwesen – jeden herkömmlichen Schattenweltler – tödlich verwundet hätten. Doch dieser Elbe lachte nur, stieß Jem nieder und presste ihn mit seinem massigen Fuß zu Boden. Jem konnte nur hilflos zusehen, wie das Langschwert sein Ziel fand und sich in Rosemarys Brustkorb bohrte.

Im nächsten Moment trat der Elbe einen Schritt zurück, wodurch Jem freikam und zu Rosemary stürmen konnte – doch es war zu spät. Hastig riss er sein Hemd herunter und presste es verzweifelt in ihre klaffende Wunde, wild entschlossen, sie nicht sterben zu lassen. Zu spät.

»Ich habe keinen Grund, mich mit dir zu streiten, Schattenjäger«, sagte der Elbe und stieß dann einen lauten Pfiff aus. Einen Sekundenbruchteil später preschte ein riesiges bronzefarbenes Ross durch das Wohnzimmerfenster des Bungalows und sandte einen Scherbenhagel in den Raum. Der Elbe schwang sich auf das Pferd. »Und ich rate dir, auch keinen Streit mit mir zu suchen.« Das Pferd bäumte sich auf und erhob sich mit einem Satz in die Luft.

Und im nächsten Moment waren Ross und Reiter verschwunden.

Rosemarys Gesicht war aschfahl, ihre Augen geschlossen. Sie atmete noch, wenn auch nur mit Mühe. Jem übte Druck auf die Wunde aus, um die junge Frau mit schierer Willenskraft dazu zu bringen durchzuhalten. Hastig kniete Tessa sich neben ihn.

Jem atmete hörbar ein; ihr Anblick versetzte ihm einen Stich ins Herz. »Bist du verletzt?«

»Nein, mir geht's gut. Aber Rosemary ...« Tessa nahm die Hände der jungen Frau und schloss die Augen. Mehrere Sekunden verstrichen, während sie sich auf ihre Heilkräfte konzentrierte. Jem konnte ihrem Gesicht die Anstrengung, die Qual förmlich ansehen. Doch schließlich wandte Tessa sich ihm zu, mit einem leeren Ausdruck in den Augen. Er wusste bereits, was sie sagen würde, noch bevor ihr die Worte über die Lippen kamen.

»Die Wunde ist tödlich«, murmelte sie. »Ich kann nichts mehr tun.«

Tessa hatte während eines der irdischen Kriege freiwillig als Krankenschwester gearbeitet; sie wusste genau, wie eine tödliche Verletzung aussah. Und Jem hatte während seiner Jahrzehnte in der Bruderschaft zu viele Schattenjäger gesehen, denen nicht mehr zu helfen gewesen war. Viel zu viele, vor allem im Dunklen Krieg. Auch er kannte das Antlitz des Todes, in jeglicher Gestalt.

Flatternd öffneten sich Rosemarys Augen. Sie bewegte die Lippen, versuchte zu sprechen. Doch ihr gelang nur ein röchelnder Laut.

Aber es gab noch immer einen Herondale, den Jem und Tessa retten konnten. »Dein Junge ... wo ist er?«, fragte Jem.

Rosemary schüttelte den Kopf, wobei ihr die Anstrengung sichtlich Schmerzen bereitete.

»Bitte«, flüsterte sie. Blut quoll aus ihrem Mund; ihre Lebensenergie strömte aus ihrem Körper. »Bitte, beschütze meinen Sohn.«

»Sag uns einfach, wo wir ihn finden können«, drängte Jem. »Und ich schwöre dir bei meinem eigenen Leben, dass ich ihn beschützen werde ...« Er verstummte, als ihm bewusst wurde, dass sie sein Versprechen nicht mehr hören konnte. Ihr letzter, gequälter Atemzug war einer völligen Reglosigkeit gewichen.

Sie war von ihnen gegangen.

»Wir werden ihn finden«, gelobte Tessa Jem. »Wir werden ihn finden, bevor ihm irgendjemand ein Leid zufügen kann. Das verspreche ich dir.«

Jem hockte noch immer neben Rosemarys Leichnam und hielt ihre kalte Hand in seiner, als könnte er sich nicht dazu überwinden, sie gehen zu lassen. Tessa wusste genau, was er fühlte, und sein Schmerz bereitete auch ihr Schmerzen. Das war die Freude und zugleich die Strafe einer Liebe wie der, die sie für Jem empfand: Sie fühlte mit ihm. Seine Schuldgefühle, sein Bedauern, seine Ohnmacht und seine Wut ... sie verzehrten nicht nur ihn, sondern auch Tessa.

Doch natürlich ging es hier nicht nur um Jems Schuldgefühle und Jems Wut – ihre eigenen Gefühle meldeten sich ebenfalls. Jedes Mitglied der Herondales war ein Teil von Will und damit ein Teil von ihr. So war das nun einmal als Familie. Und sie hatte schon zu oft neben den erkalteten Leichen zu vieler Herondales gekniet. Einen weiteren sinnlosen Tod konnte sie einfach nicht ertragen.

Sie würden Rosemarys Sohn finden und ihn beschützen. Und sie würden dafür sorgen, dass Rosemary nicht umsonst gestorben war. Koste es, was es wolle.

»Es geht nicht nur darum, dass sie tot ist«, sagte Jem leise und mit gesenktem Kopf. Sein Gesicht war hinter den Haaren verborgen, aber Tessa kannte seine Züge in- und auswendig. Seit seiner Rückkehr hatte sie sein Gesicht stundenlang studiert, kaum fähig zu glauben, dass er wirklich wieder lebte, wirklich wieder bei ihr war. »Sie ist auch noch ganz allein gestorben.«

»Sie war nicht allein. Sie ist nicht allein.« Rosemary war nicht die erste Herondale, die Jem und sie auf dem Weg ins Jenseits begleitet hatten. Vor vielen Jahren hatten sie neben Will gesessen, sich beide danach gesehnt, ihn noch länger bei sich zu behalten, und beide die Kraft aufbringen müssen, ihn gehen zu lassen. Damals war Jem in den Augen der Welt noch Bruder Zachariah gewesen: ein von Runenmalen gezeichnetes Gesicht, geschlossene Lider, kalte Haut, steinernes Herz. Aber Tessa hatte stets nur ihren Jem gesehen. Es erschien ihr immer noch wie ein Wunder, dass er wieder seine Augen öffnen und ihren Blick erwidern konnte.

»Meinst du wirklich?« Behutsam löste Jem Rosemarys Anhänger und ließ den silbernen Reiher langsam an der langen Kette baumeln, sodass er sich im Licht der Nachmittagssonne drehte. »Ich habe gedacht, der Anhänger würde reichen – als Hilfe in der Not, wenn sie mich braucht. Dabei habe ich doch gewusst, dass die Feenwesen ihr nach dem Leben trachten. Ich hätte diese Gefahr nicht unterschätzen dürfen!«

»Ich habe den Elben wiedererkannt, Jem«, sagte Tessa. »Der bronzefarbene Zopf, die Muster auf seiner Rüstung ... all diese Meeressymbole ... das war Fal von den Sieben Reitern.« Sie hatte sich während ihres Aufenthalts im Spirallabyrinth intensiv mit den Reitern des Mannan befasst, in dem Versuch, die Welt der Feenwesen besser zu verstehen. Die Reiter waren sehr alt – uralt – und stammten aus einer Zeit der Ungeheuer und Götter. Sie dienten dem König des Dunklen Volkes und waren keine herkömmlichen Feenwesen, sondern sehr viel mächtiger. Sie existierten durch wilde Magie und konnten lügen, was vielleicht der furchterregendste Aspekt an ihnen war. »Im Kampf gegen die Reiter sind Seraphklingen nutzlos, Jem. Diese Feenwesen sind geborene Tötungsmaschinen. In dem Moment, in dem er sie gefunden hatte, konnte ihn keine Macht der Welt mehr aufhalten.«

»Und welche Hoffnung besteht dann für den Jungen?«

»Es besteht immer eine Hoffnung.« Vorsichtig legte Tessa die Arme um ihn und löste Rosemarys Hand behutsam aus seinen Fingern. »Zuerst werden wir den Jungen aufspüren. Und dann sorgen wir dafür, dass die Feenwesen ihn nicht finden.«

»Jedenfalls nicht, bis wir für sie gerüstet sind«, sagte Jem mit einem eisernen Unterton in der Stimme.

Es gab Leute, die Jem für schwach hielten, weil er freundlich, sanft und großzügig war und so selbstlos liebte. Leute, die glaubten, er wäre nicht zu Gewalttaten oder Racheakten in der Lage. Und die annahmen, sie könnten ihn und seine Lieben ungestraft verletzen, weil er zum Zurückschlagen gar nicht fähig sei.

Doch diese Leute irrten sich gewaltig.

Und diejenigen, die danach handelten, bereuten ihre Taten in der Regel sehr schnell.

Tessa schloss die Finger so fest um den Reiher, dass dessen silberner Schnabel sich in die weiche Haut ihres Handballens drückte. Sie konnte Rosemarys Wesen in dem Metall spüren und öffnete ihren Verstand, ihr eigenes Ich, um nach den Spuren der jungen Frau zu greifen. Inzwischen war es ihr zur zweiten Natur geworden, sich in jemand anderen zu verwandeln. Normalerweise brauchte sie nur ihre Augen zu schließen und die Verwandlung über sich ergehen zu lassen.

Doch dieses Mal verlief es anders. Irgendetwas fühlte sich anders an ... zwar nicht gerade falsch, aber widerstrebender als sonst. So als müsste sie sich mit Gewalt aus ihrem eigenen Körper herausreißen und in die andere Gestalt hineinzwängen. Die Verwandlung war schwierig, fast schmerzhaft – so wie damals in

London, als ihre Knochen und Muskeln sich unter großen Qualen in eine andere Form verdreht hatten. Dieser Körper rebellierte gegen den Verstand, während der Verstand seinen eigenen Kampf austrug und sein Revier gegen die Besiedlung durch einen anderen Geist verteidigte. Tessa zwang sich, Ruhe zu bewahren und sich zu konzentrieren. Sie sagte sich, dass die Verkörperung der Toten schon immer schwieriger gewesen war. Nach ein paar Sekunden spürte sie, wie sie schrumpfte und Rosemarys zierliche Gestalt annahm ... und in diesem Moment brachen die Schrecken ihrer letzten Augenblicke auf Erden über Tessa herein: das Aufblitzen des Langschwerts, der heiße Atem des Elben, der unvorstellbare Schmerz, als sich die Klinge einmal, zweimal und ein letztes, tödliches Mal in ihren Brustkorb bohrte. Das Entsetzen, die Verzweiflung und darunter der wild entschlossene Beschützerinstinkt, die Sorge um ihren Jungen, der irgendwo dort draußen war und unbedingt überleben musste, er musste einfach ...

»Tessa!«

Jem stand bei ihr und sah sie mit liebevollem, beruhigendem Blick an, die Hände auf ihren Schultern – seine Liebe war ein Anker, der verhinderte, dass sie sich in der Verwandlung verlor. Jem, der immer wieder dafür sorgte, dass sie zu sich selbst zurückfand.

»Tessa, du hast geschrien.«

Sie holte tief Luft, konzentrierte sich. Sie war Rosemary, und sie war Tessa, sie war die Verwandlung, die Möglichkeit der Transformation, die Unvermeidlichkeit des Wechsels ... und dann war sie dankenswerterweise vollständig verwandelt.

»Mir geht's gut. Es ist alles okay.« Selbst jetzt, nach einem Jahrhundert der Gestaltwandlungen, kam es ihr noch immer seltsam vor, beim Blick an sich herab die Figur einer anderen Frau zu sehen und sich selbst mit der Stimme einer anderen reden zu hören.

»Weißt du, wo er ist? Der Junge?«

Mein Junge. Tessa konnte das Staunen in Rosemarys Stimme

wahrnehmen, ihre fortdauernde Verwunderung darüber, dass es möglich war, jemanden so sehr zu lieben. *Sie werden ihn nicht kriegen. Das werde ich nicht zulassen.*

Tessa spürte Rosemarys Angst, vermischt mit großer Wut, und sie erkannte, dass die junge Frau mit *sie* nicht die Feenwesen gemeint hatte. Sondern die Schattenjäger. Aber dieses Geheimnis würde Tessa für sich behalten. Jem brauchte nicht zu erfahren, dass Rosemary in der gleichen Überzeugung gestorben war, die sie auch in ihrem Leben gehegt hatte: Die Nephilim waren ihre Feinde.

»Lass mich etwas tiefer in ihren Geist eindringen«, sagte Tessa. »Sie hat jahrelang jegliches Wissen über ihren Sohn verborgen; aber es ist hier, ich kann es spüren.«

Rosemarys Geist rang mit sich selbst. Die Sorge und die wilde Entschlossenheit, ihren Sohn zu schützen, hatten jede Sekunde ihres Tages ausgefüllt. Doch gleichzeitig hatte sie viele Jahre lang versucht, ihn zu vergessen und jeden Gedanken an ihn aus ihrem Bewusstsein zu verbannen – zu seinem eigenen Schutz. »Sie hat gewusst, dass sie selbst die größte Gefahr in seinem Leben darstellte«, sagte Tessa, bestürzt über die Opfer, die diese Frau gebracht hatte. »Und dass es nur eine einzige Möglichkeit gab, sein Leben zu schützen: Sie musste ihn verlassen.«

Tessa drang tiefer in Rosemarys Gedächtnis ein. Sie ließ ihr eigenes Wesen fahren, überließ sich ganz Rosemarys Geist, konzentrierte sich auf den Jungen, auf die stärksten Erinnerungen an ihn und auf das, was aus ihm geworden war.

Und plötzlich sah sie es deutlich vor sich.

»Ich versteh das nicht«, sagt ihr Ehemann, aber die Verzweiflung in seinen Augen, der Griff seiner Hände um ihre Finger, als wüsste er, was passiert, wenn er loslässt ... aus all dem spricht etwas anderes. Daraus spricht, dass er sehr wohl versteht ... dass dies das Ende sein muss ... dass die Sicherheit ihres Sohnes wichtiger ist als alles andere. Sogar wichtiger als ihre Beziehung, von der Rosemary immer gedacht hatte, dass es nichts Wichtigeres gab.

Doch da war die Situation noch eine andere gewesen – damals, bevor sie Mutter geworden war.

Christopher ist drei. Er sieht ihr ähnlich und dann auch wieder nicht; er sieht seinem Vater ähnlich und dann auch wieder nicht. Er ist die Verkörperung ihrer Liebe, ihrer miteinander verwobenen Herzen: mit Pausbäckchen, goldblonden Haaren, einer Nase zum Küssen und einer Stirn zum Streicheln und einem perfekten Körper, der niemals Schmerz oder Entsetzen erfahren hat und auch niemals erfahren sollte ... erfahren darf.

»Es geht um seine Sicherheit. Das ist das Einzige, was zählt.«

»Aber wir sind doch schon so vorsichtig ...«

Seit einem Jahr wohnen sie bereits getrennt; sie haben sich dazu zwingen müssen. In einer kleinen Wohnung, ein paar zwielichtige Straßen vom Vegas Strip entfernt: ihr Sohn und ihr Mann, der sich jetzt Elvis nennt, aber zuvor schon Barton, Gilbert, Preston, Jack und Jonathan geheißen hat. Und der nicht nur seinen Namen etliche Male geändert hat, sondern auch sein Gesicht, wieder und wieder, nur ihretwegen. In einer noch kleineren, trostlosen Wohnung am Rand eines Wüstenstreifens in der Nähe des Flughafens: Rosemary, die die Abwesenheit der beiden mit jedem Atemzug schmerzlich spürt. Sie folgt ihren Schatten, beobachtet Christopher auf dem Spielplatz, im Zoo, im Schwimmbad, ohne sich dabei zu erkennen zu geben. Ihr Sohn wird heranwachsen, aber nicht wissen, wie das Gesicht seiner Mutter aussieht.

Sie gestattet sich selbst monatliche Treffen mit ihrem Mann – eine Stunde, in der sie heimliche Küsse tauschen und über alle Einzelheiten einer Kindheit reden, die ihr Sohn ohne sie verleben muss. Aber dieses Vorgehen war egoistisch. Das erkennt sie inzwischen. Schlimm genug, dass die Schattenjäger ihr so nahe kommen konnten, aber jetzt haben auch die Feenwesen sie aufgespürt. Rosemary hat ihre Wohnung mit Schutzzaubern versehen, einem Warnsystem – sie weiß, dass die Spione der Elben ihren Aufenthaltsort ausfindig gemacht haben. Und sie weiß auch, was passiert, wenn sie ihnen in die Hände fällt ... wenn er ihnen in die Hände fällt.

»Ihr müsst untertauchen«, mahnt sie ihren Mann. »Eure Iden-

tität erneut ändern. Aber dieses Mal darf ich sie nicht erfahren. Wenn sie mich finden ... du darfst nicht zulassen, dass ich sie zu euch führe.«

Aber er schüttelt den Kopf und sagt, dass er das nicht tun kann. Er kann Christopher nicht allein großziehen, er kann sie nicht gehen lassen, in der Gewissheit, dass sie nicht zu ihm zurückkehren wird. Er kann nicht riskieren, dass sie sich der Gefahr stellt, ohne ihn an ihrer Seite, er kann das nicht tun, will das nicht tun ... muss es aber tun.

»Ich habe den Reiher«, beschwichtigt sie ihn. »Ich kann jemanden um Hilfe bitten, falls es nötig werden sollte.«

»Aber nicht mich«, sagt er. Er hasst den Anhänger, hat ihn schon immer gehasst, sogar bereits, bevor dieser Schattenjäger ihn mit einem Zauber versehen hatte. Vor Jahren hat er versucht, das Ding zu verkaufen, ohne ihr etwas davon zu erzählen ... weil er weiß, dass ihre Abstammung ihr nichts als Leid bereitet. Sie hat ihm verziehen. Sie verzeiht ihm immer. »Was ist, wenn du mich *brauchst*?«

Sie weiß, er hasst die Vorstellung, dass sie eher einen Fremden um Hilfe bittet als ihn. Aber er kennt den Grund nicht: Das Leben eines Fremden bedeutet ihr nicht das Geringste. Sie würde die ganze Welt niederbrennen, wenn sie dadurch sicherstellen könnte, dass Jack und Christopher sich in Sicherheit befinden.

»Ich brauche von dir nur das Versprechen, dass du unseren Sohn am Leben erhältst.«

Die meisten Menschen halten Jack – denn in diesen Mann mit diesem Namen hat sie sich damals verliebt, und unter diesem Namen wird sie ihn immer lieben – für einen Gauner. Unzuverlässig, bestechlich, unfähig, zu vertrauen oder zu lieben. Doch Rosemary kennt noch eine andere Seite von ihm. Viele Menschen gehen verschwenderisch mit ihrer Zuneigung um und verschenken sie unbesonnen. Aber Jonathan liebt nur zwei Dinge in seinem Leben: seine Frau und seinen Sohn.

Manchmal wünscht sie, er würde sich selbst auch auf diese kurze Liste setzen. Sie würde sich weniger Sorgen um ihn machen, wenn er mehr auf sich Acht gäbe.

»Okay, aber was ist, wenn wir gewinnen?«, fragt er.
»Was meinst du damit?«
»Mal angenommen, du vernichtest alle bösartigen Feenwesen und überzeugst die Schattenjäger davon, dass du für sie vollkommen nutzlos bist. Was wäre, wenn niemand mehr nach dir oder Christopher sucht und wir endlich gefahrlos zusammen sein können? Wie willst du uns dann finden?«

Sie lacht, trotz ihrer Verzweiflung. Er hat sie schon immer zum Lachen bringen können. Aber dieses Mal erkennt er den Witz nicht. »Das wird nicht passieren«, antwortet sie leise. »Du darfst nicht einmal darauf hoffen, dass das je eintreffen wird.«

»Dann lass uns zum Rat gehen, wir drei zusammen. Wir unterwerfen uns seiner Gnade, bitten um seinen Schutz. Du weißt, dass er dich schützen würde.«

Bei diesen Worten erstirbt ihr Lachen abrupt. Die Schattenjäger kennen keine Gnade. Wer wüsste das besser als sie? Sie drückt seine Hand ... so fest, dass es schmerzt. Sie ist sehr stark. »Niemals«, sagt sie. »Vergiss nie, dass die Schattenjäger für Christopher eine ebenso große Gefahr sind wie alle anderen. Vergiss nicht, was sie meinem Vorfahren antun wollten – einem der ihren. Sie dürfen Christopher nicht in die Finger bekommen. Versprich mir das.«

»Ja, ich verspreche es. Aber nur wenn du mir auch etwas versprichst.«

Ihr bleibt keine andere Wahl. Er wird ihre Bitte, für immer aus ihrem Leben zu verschwinden, nicht erfüllen, wenn sie nicht einwilligt, eine vage Verbindung zwischen ihnen fortbestehen zu lassen ... den Hauch einer Hoffnung.

»Der Ort, an dem du mir zum ersten Mal erzählt hast, wer du wirklich bist ...«, setzt er an. »Der Ort, an dem du dich mir zum ersten Mal anvertraut hast ... wenn du Hilfe brauchst, geh dorthin. Und dann werde ich dich finden. Ich werde zu dir kommen.«

»Es ist zu gefährlich ...«

»Du brauchst nicht zu wissen, wo wir sind. Du brauchst uns nicht aufzustöbern. Und ich werde nicht nach dir suchen, das verspreche ich. Christopher wird in Sicherheit sein. Doch du, Rosemary ...«

Seine Stimme stockt, als wüsste er, wie selten er ihren Namen in Zukunft aussprechen darf. »Wenn du mich brauchst, werde ich dich finden.«

Sie verabschieden sich nicht voneinander. Zwischen ihnen beiden wird es nie einen endgültigen Abschied geben. Nur einen Kuss, der endlos lange dauern sollte. Nur eine geschlossene Tür, eine Stille, eine Leere. Rosemary sinkt zu Boden, umklammert ihre Knie und betet zu einem Gott, an den sie nicht glaubt: Bitte mach, dass ich die Kraft habe, mich niemals von ihm finden zu lassen.

»Ich weiß, wo ich ihn finden kann«, sagte Tessa und nahm bereits wieder ihre eigene Gestalt an. Auch dieses Mal fiel ihr die Verwandlung schwerer als üblich. Ein ungewohntes, widerstrebendes Gefühl wollte sie nicht aus Rosemarys Körper herauslassen.

Aber ganz so ungewohnt war dieses Gefühl eigentlich nicht, oder? Irgendetwas meldete sich tief in ihrem Inneren, eine vage Erinnerung. Tessa versuchte, sie zu packen, doch sie entzog sich ihrem Griff und war im nächsten Moment wieder verschwunden.

Jem hatte ein schlechtes Gewissen, dass er nach Los Angeles reiste, ohne Emma zu besuchen. Aber er ermahnte sich, dass dieser Auftrag auch sie in Gefahr bringen konnte – und das arme Mädchen hatte schon genug Sorgen. Manchmal erinnerte sie Jem an ihn selbst: beide Waisenkinder, beide von einem Institut aufgenommen, in eine fremde Familie integriert, aber mit dem geheimen Schmerz über den Verlust der eigenen Familie in der Brust. Sie waren beide von ihrem jeweiligen *Parabatai* gerettet worden, und Jem konnte nur hoffen, dass Emma bei Julian das bekommen hatte, was er immer bei Will gefunden hatte: nicht nur einen Partner, sondern eine Zuflucht. Ein Zuhause. Niemand, nicht einmal ein *Parabatai*, konnte das ersetzen, was man verloren hatte. Noch heute klaffte in Jems Brust ein tiefes Loch, eine unverheilte Wunde, weil man ihm brutal die Eltern genommen hatte. Dabei handelte es sich um einen Teil von ihm, der nicht ersetzt werden konnte, nur kompensiert. So war es damals gewesen, als er Will verloren hatte ... und so würde es wieder sein, falls er jemals Tessa verlor.

Verlust und Liebe waren untrennbar miteinander verbunden, der Schmerz ein unvermeidlicher Begleiter der Freude. Diese Lektion musste jeder eines Tages lernen – vielleicht bedeutete das ja, erwachsen zu werden. Jem wünschte nur, Emmas Kindheit hätte ein klein wenig länger dauern können. Und er wünschte, er hätte für sie da sein können, als ihre Kindheit endete. Aber wenn es um Emma ging, musste er immer kühl abwägen zwischen seinem Wunsch, ein Teil ihres Lebens zu sein, und den damit verbundenen Konsequenzen. Während seiner Zeit als Stiller Bruder hätte er ihr nur Hoffnung auf etwas gemacht, das sie nicht haben konnte – Zachariah, ihr letzter lebender Verwandter, der ihr dennoch keine Familie bieten konnte. Und jetzt, da er wieder Jem Carstairs war, hätte er sie zwar liebend gern zu sich geholt, doch er war kein Schattenjäger mehr – und das bedeutete: Wenn Emma sich für ihn entschied, musste sie ihre gesamte bisherige Welt aufgeben. Das Gesetz war hart ... und sehr oft machte es auch einsam.

Wieder und wieder hatte er sich gesagt: *Bald*. Sobald Tessa und er Fuß gefasst hatten. Sobald er zusammen mit Tessa die verschollene Herondale gefunden hatte, den verschwundenen Teil aus Wills Welt. Sobald die Gefahr vorüber war.

Doch manchmal fragte er sich, ob das nicht alles Ausflüchte waren. Er wandelte seit über einhundert Jahren auf dieser Erde. Inzwischen sollte er wissen, dass die Gefahr nie endgültig vorüber war: Sie gönnte einem lediglich eine kurze Verschnaufpause, und das auch nur, wenn man Glück hatte.

»Bist du sicher, dass wir hier richtig sind?«, wandte Jem sich jetzt an Tessa. Sie hatte sich wieder in Rosemary verwandelt, und er konnte sie kaum ansehen. Manchmal fehlte ihm die kühle Distanz, die ihm die Bruderschaft auferlegt hatte ... die Tatsache, dass keine noch so starke Emotion zu seinem steinernen Herzen hatte vordringen können. Ohne Gefühle war das Leben leichter. Es war zwar kein richtiges Leben, aber es war leichter.

»Ja, leider. Das ist definitiv der richtige Ort.«

Jede Stadt besaß einen Schattenmarkt, und im Grunde handelte es sich immer um den gleichen Markt wie die Äste eines Baums. Aber das bedeutete nicht, dass die jeweilige Umgebung keinen Einfluss darauf ausübte. Und Jems Einschätzung nach wurde der Los-Angeles-Schattenmarkt von folgenden Faktoren beeinflusst: Sonnenanbeter, Gesundheitsfanatiker und Autonarren. Der Markt befand sich in einem angesagten Viertel von Pasadena, und alles hier glänzte, inklusive der Standbetreiber und Besucher: Vampire mit strahlend weiß gebleichten Fangzähnen; Bodybuilder-Feenwesen, deren dicke Muskeln von golden schimmerndem Schweiß bedeckt waren; Hexen mit neonfarbenen Haaren, welche Drehbücher zum Kauf anboten, die sich selbst schrieben; Ifrits, die glitzernde »Sternenkarten« anpriesen, welche bei näherem Hinsehen nichts mit Astronomie zu tun hatten – es handelte sich um tagesaktuelle Stadtpläne von Los Angeles, mit winzigen Fotos von Magnus Bane, die jeden Ort markierten, an dem der berüchtigte Hexenmeister beträchtliches Chaos verursacht hatte. (Tessa kaufte gleich drei Stück.)

Jem und Tessa schlängelten sich durch die Menge, so schnell sie nur konnten. Jem war froh, dass er nicht länger die Robe der Bruderschaft trug, das unauslöschliche Kennzeichen seiner Weltanschauung. Der Schattenmarkt hatte etwas von einem Grenzgebiet an sich, in dem die Gesetze nur so weit galten, wie alle Beteiligten bereit waren, sich daran zu halten. Feenwesen handelten in aller Öffentlichkeit mit anderen Schattenweltlern; Hexenmeister betrieben Geschäfte mit Irdischen, die hier eigentlich nichts zu suchen hatten – da schien es nur logisch, dass Schattenjäger alles andere als willkommen waren.

Ihr Ziel lag direkt hinter dem lebhaften Markttreiben: Im Randgebiet zwischen dem Schattenmarkt und den Schatten stand ein baufälliges Gebäude, ohne jedes Marktschild und ohne Fenster. Nichts deutete darauf hin, dass es sich um mehr als eine Ruine handelte – von einer ominösen Schattenweltlerbar ganz zu schweigen: ein zweites Zuhause für vom Pech verfolgte Schattenweltler, für die nicht einmal der Schattenmarkt zwielichtig genug war. Am liebsten hätte Jem Tessa untersagt, auch nur einen Fuß in die Bar zu setzen, zumal sie die Gestalt einer Frau trug, die der König des Dunklen Volkes lieber tot als lebendig sah. Aber solange Jem Tessa kannte, hatte ihr noch nie jemand irgendetwas »untersagt«.

Jem wusste von Tessa, dass Rosemary und ihr Mann eine Vereinbarung getroffen hatten. Falls Rosemary jemals seine Hilfe benötigte, würde sie diese Bar aufsuchen und irgendwie durchschimmern lassen, dass sie ihn brauchte, woraufhin er dann erscheinen wollte. Vor allem der Mittelteil dieses Plans war so vage, dass er Jem Unbehagen bereitete. Aber ihnen blieb keine andere Wahl, hatte Tessa heiter verkündet und ihn dann geküsst. Selbst im Körper einer anderen, selbst mit den Lippen einer anderen, sprach aus ihrem Kuss nur Tessa.

Sie betrat das Gebäude als Erste; Jem folgte ihr ein paar Minuten später. Es erschien ihnen ratsam, nicht den Eindruck zu erwecken, als ob sie zusammengehörten. Die Bar verdiente kaum den Namen und war von innen genauso heruntergekommen wie von außen. Ein großer Werwolftürsteher schnupperte misstrauisch an Jem und grunzte etwas, das wie »Keine krummen Dinger« klang, bevor er ihn durchwinkte. Schwarze Rußflecken zogen sich an den morschen Wänden hoch, der Boden war mit Bier und – dem Geruch nach zu urteilen – Dämonensekret besprizt. Verstohlen musterte Jem die anderen Gäste, um jede potenzielle Gefahr auszuschließen: eine Elfe in einem Bikini, die trotz der Stille selbstvergessen für sich allein tanzte und dabei betrunken auf ihren hochhackigen Schuhen schwankte. Dazu ein Werwolf in einem verschlissenen Seidenumhang, der zusammengesackt an einem Tisch hockte, mit dem Gesicht auf dem Holz, und dessen Ausdünstungen die Vermutung nahelegten, dass er schon seit Tagen dort saß. Jem beobachtete ihn so lange, bis er sicher sein konnte, dass der Werwolf noch atmete; dann ließ er sich an der Theke nieder. Der Barkeeper – ein verhutzelter, fast kahler Vampir, der den Eindruck erweckte, als hätte er schon vor seiner Verwandlung die Sonne gescheut – musterte Jem von Kopf bis Fuß und schob ihm schließlich ein schmieriges Glas zu, in dem eine trübe hellgrüne Flüssigkeit schwappte. Darin trieb irgendetwas, das möglicherweise mal gelebt hatte. Jem kam zu dem Schluss, dass es wahrscheinlich sicherer war, seinen Durst nicht damit zu stillen.

Drei Barhocker weiter saß Tessa vor ihrem eigenen Glas. Doch Jem tat so, als würde er sie nicht bemerken.

Kurz darauf machte die Elfe sich an ihn heran; ihr gegabelter Schwanz strich lasziv über den Rand seines Glases. »Was macht ein Kerl wie du und so weiter und so fort?«

»Wie bitte?«

»Na ja, du weißt schon: groß, dunkel und gut aussehend und ...« – sie schaute zum Werwolf in der Ecke, der inzwischen so laut schnarchte, dass der ganze Tisch wackelte – »... noch fähig, aufrecht zu stehen. Du siehst nicht wie einer der Typen aus, die hier normalerweise abhängen.«

»Du kennst ja bestimmt die Redensart: Man sollte nie vom Äußeren ausgehen«, erwiderte Jem.

»Dann bist du also nicht so einsam, wie du aussiehst?«

Jem bemerkte, dass Tessa zwar vorgab, nicht zuzuhören, aber ein Lächeln kaum unterdrücken konnte – und erst in diesem Moment begriff er, dass die Elfe mit ihm zu flirten versuchte.

»Ich hätte da ein Heilmittel gegen Einsamkeit«, sagte sie.

»Danke, aber ich bin extra hierhergekommen, um allein zu sein«, sagte Jem in möglichst höflichem Ton. Der Schwanz der Elfe glitt von seinem Glas zu seiner Hand und strich über seine Finger. Jem zog die Hand zurück. »Außerdem bin ich, äh, verheiratet.«

»Ein Jammer.« Die Elfe beugte sich vor, bis ihre Lippen fast sein Ohr berührten. »Mach's gut, Nephilim.« Dann stolzierte sie aus der Bar, sodass Jem sich endlich auf das Gespräch konzentrieren konnte, das Tessa inzwischen mit dem Barkeeper führte.

»Kenn ich dich vielleicht?«, fragte der Vampir, woraufhin Jem sich versteifte.

»Ich weiß nicht recht«, antwortete Tessa. »Woher denn?«

»Du kommst mir irgendwie bekannt vor ... erinnerst mich vage an ein Mädchen, das früher ständig hergekommen ist, zusammen mit ihrem Freund. Der Typ war nicht ganz astrein, aber sie wollte nichts davon hören. Hat sich Hals über Kopf in ihn verliebt, so wie nur Jugendliche sich verknallen können.«

Aus den Augenwinkeln sah Jem, dass Tessa milde lächelte. »Ach, ich würde Verliebtheit nicht an ein bestimmtes Alter knüpfen.«

Der Barkeeper warf ihr einen taxierenden Blick zu. »Wie du meinst. Das gilt aber nicht für dieses Mädchen. Später ist sie ziemlich flatterhaft geworden. Dem Hörensagen nach hat sie sich aus dem Staub gemacht und ihn mit dem Kind sitzen lassen.«

»Schlimme Sache«, sagte Tessa trocken. »Und was ist aus Mister-nicht-astrein geworden?«

»Vielleicht war er ja doch ganz in Ordnung. Zumindest ist er so loyal, dass er nach all den Jahren immer wieder mal reinschaut. Die Sorte von Typ, auf die jemand Bestimmtes sich verlassen kann, falls der- oder diejenige Hilfe braucht ... wenn du verstehst, was ich meine.«

»Und wie würde jemand Bestimmtes es anstellen, ihn zu finden?«, fragte Tessa. Jem konnte ihr ansehen, wie sehr sie sich bemühte, ihre Ungeduld nicht durchklingen zu lassen.

Der Barkeeper räusperte sich und machte sich daran, lustlos die Theke zu wischen. »Ich hab gehört, die richtige Sorte Frau würde genau wissen, wie sie ihn finden kann«, sagte er, ohne Tessa dabei anzusehen. »Denn er ist noch immer derselbe schräge Vogel wie früher – nur mit dem Unterschied, dass er jetzt ein *Singvogel* ist.« Er betonte das letzte Wort besonders, und Jem konnte an Tessas Miene erkennen, dass sie die geheime Botschaft verstand. Sein Herz machte einen Satz.

Im nächsten Moment sprang Tessa auf und warf ein paar Münzen auf die Theke. »Danke.«

»Ich tu doch alles für ein Mädchen, das so hübsch ist wie eine *Rose*. Viel Glück bei ...« Der Dolch in der Mitte seiner Stirn schien wie aus dem Nichts aufzutauchen. Der Barmann war bereits tot, noch bevor er auf dem Boden auftraf.

Jem und Tessa wirbelten herum und sahen, wie Fal von den Sieben Reitern auf seinem bronzefarbenen Ross durch den Eingang preschte. Er kam mit unmenschlicher Geschwindigkeit auf sie zu und schwang das Langschwert. Jems Körper reagierte bereits, noch ehe sein Verstand die Situation erfasste, und jede Sekunde seines Daseins als Schattenjäger floss in einen Wirbel aus Tritten, Sprüngen und Hieben ein – alles innerhalb weniger als einer Sekunde, doch alles nutzlos. Denn die Klinge senkte sich bereits herab und durchbohrte Tessa, die blutüberströmt zusammensackte. Der Elbe zuckte nicht mit der Wimper und wendete sein Pferd, noch bevor Jem neben ihrer bleichen Gestalt auf die Knie sinken konnte.

»Ich schlage vor, dass du dieses Mal tot bleibst«, rief der Reiter und war im nächsten Augenblick verschwunden.

Tessa war so bleich.

Rosemarys Gesicht verwandelte sich langsam zurück in Tessas. Die Verwandlung löste sich jedes Mal, sobald sie das Bewusstsein verlor, aber hier stimmte irgendetwas nicht ... und das war fast so beunruhigend wie die Schwertwunde. Ihr Gesicht hatte beinahe wieder seine vertrauten Züge angenommen, als es ruckartig zu Rosemarys Antlitz zurückkehrte – wie ein straff gespanntes Gummiband, das plötzlich freigegeben wurde. Und dann verwandelte es sich hin und her, wieder und wieder, als ob der Körper sich nicht entscheiden konnte, wer er sein wollte. Jem drückte mit aller Macht auf die Wunde, um den Blutfluss zu stoppen; ihm war es egal, wie sie aussah. Wichtig war nur, dass ihr Körper sich für das Leben entschied.

Die Elfe im Bikini. Dieser Gedanke drang plötzlich in sein panikerfülltes Gehirn. Vielleicht hatte man sie hier in der Bar postiert, als Spionin für die Reiter, weil sie gewusst hatten, dass dieser Ort für Rosemary und ihre Familie eine besondere Bedeutung hatte. Vielleicht hatte die Elfe »Rosemary« aber auch einfach nur erkannt – als eine Frau, auf die man ein Kopfgeld ausgesetzt hatte, eine Frau, die eigentlich tot sein sollte. Aber es spielte keine Rolle, wie es passiert war. Tatsache war, dass Jem sie nicht als potenzielle Gefahr wahrgenommen hatte, was bedeutete, dass das alles seine Schuld war, und wenn Tessa nicht …

Doch er zwang sich, den Gedanken nicht zu Ende zu denken. Die Wunde hätte jeden Irdischen getötet. Vielleicht sogar einen Schattenjäger. Aber Tessas Körper hatte zum Zeitpunkt des Angriffs Rosemarys Gestalt besessen – die Gestalt einer Frau, die nicht nur eine Nephilim war, sondern auch Erbin des Elbenthrons. Und wer konnte schon sagen, über welche Magie ihr Körper während dieses Überlebenskampfes verfügte? Vielleicht war das der Grund, warum die Verwandlung Tessa nicht aus dem Griff lassen wollte. Vielleicht war das ein Trick ihres Körpers, den Tod so lange hinauszuzögern, bis die Wunde verheilen konnte. Tessa stöhnte. Vorsichtig nahm Jem sie auf die Arme und flehte sie an, nicht aufzugeben.

In der Bruderschaft hatte er viele Heilkünste erlernt und wandte all das Gelernte jetzt an. Vor seinem inneren Auge sah er Tessa wieder an seiner Seite sitzen … als alle gedacht hatten, dass es sich um sein eigenes Sterbebett handeln würde, weil seine *Yin-Fen*-Vorräte restlos aufgebraucht gewesen waren und das Dämonengift seinen Körper überwältigt hatte. Er erinnerte sich daran, dass er ihr gesagt hatte, sie müsse ihn gehen lassen. Und er erinnerte sich auch daran, dass er an Wills Sterbebett gesessen und ihm erlaubt hatte, von ihnen zu gehen. Jem konnte nicht sagen, ob es sich um Stärke oder Egoismus handelte, aber er weigerte sich, jetzt das Gleiche für Tessa zu tun. Noch nicht – nicht nachdem sie so lange aufeinander gewartet hatten. Ihr gemeinsames Leben hatte gerade erst begonnen.

»Bleib bei mir«, flehte er. »Kämpfe.« Sie fühlte sich so kalt an. So leicht in seinen Armen. Als hätte sich ein existenzieller Bestandteil ihres Wesens bereits verflüchtigt. »Bitte bleib hier, egal, was es kostet. Ich brauche dich, Tessa. Ich habe dich immer gebraucht.«

Sie war nicht tot. Ein ganzer Tag war verstrichen, und sie war nicht gestorben. Aber sie war auch nicht wieder aufgewacht, und die Verwandlungen fanden weiterhin statt: von Tessa zu Rosemary und wieder zurück. Manchmal verharrte sie minutenlang – einmal sogar eine ganze Stunde – in einer Gestalt. Doch in anderen Momenten vollzog sich die Verwandlung so schnell, dass sie gar keine Gestalt mehr zu besitzen schien. Ihre Haut war schweißfeucht. Nachdem sie sich eine Weile kalt angefühlt hatte, hatte sie schließlich Fieber bekommen, das ihre Haut zum Glühen brachte. Tessa hatte verschiedene Arzneimittel erhalten – um den Blutverlust auszugleichen und ihr Kraft und Durchhaltevermögen zu spenden –, die Jem ihr nicht selbst hatte verabreichen können, weil er kein Stiller Bruder mehr war. Sobald er sie an einen sicheren Ort transportiert hatte, hatte er Hilfe angefordert.

Oder eher um Hilfe gefleht, da Tessa und er nicht mehr der Nephilim-Gemeinschaft angehörten und keinen Anspruch auf die Unterstützung der Bruderschaft hatten. Doch jetzt war Bruder Enoch da, rührte Heilmittel an und führte die komplizierten, geheimen Rituale durch, die Jem früher selbst praktiziert hatte. Nie zuvor hatte er die Tatsache, dass er nicht länger der Bruderschaft angehörte und in das Land der Sterblichen und der tödlichen Gefahren zurückgekehrt war, so bedauert wie in diesem Moment. Er würde mit Freuden für den Rest seines Lebens wieder die pergamentfarbene Robe tragen und ein steinernes Herz in der Brust erdulden, wenn sich dadurch Tessas Leben retten ließ. Stattdessen konnte er nur stumm neben Enoch stehen. Hilflos. Nutzlos. Manchmal schickte ihn sein ehemaliger Mitbruder sogar aus dem Raum.

Was Jem natürlich verstand. Er hatte früher auch nicht anders gehandelt und sich oft mit dem Patienten eingeschlossen, ohne auch nur einen Gedanken daran zu verschwenden, welche Qualen dessen engste Verwandte auf der anderen Seite der Tür ausgestanden hatten. In seinen ersten Lebensjahren war Jem selbst ein Patient gewesen, und Tessa, Charlotte und Will hatten besorgt an seiner Seite gesessen, ihm Geschichten vorgelesen und beruhigende Worte zugeflüstert, während sein Bewusstsein zwischen dunklen und lichten Momenten hin und her gewandert war. Sie hatten darauf gewartet, dass er wieder zu Kräften kam ... und auf den Tag, an dem das nicht mehr geschah.

Jem ließ sich gegen die Flurwand der kleinen Wohnung sinken, die Magnus mithilfe seines weiten »Freundeskreises« organisiert hatte. *Es tut mir leid, Will,* dachte er. *Ich habe nie gewusst, wie das ist.*

Nie gewusst, wie es sich anfühlt, wenn man zusehen muss, wie ein geliebter Mensch um jeden Atemzug ringt. Wie er den Händen entgleitet und durch keine Macht der Welt gehalten werden kann. Wie sich sein Gesicht vor Schmerz verzerrt, während der Körper, den man mit seinem eigenen Leben verteidigen würde, unkontrolliert zittert.

Natürlich hatte Jem ähnliche Situationen miterlebt, aber immer mit einer Art Filter zwischen sich und diesem schrecklichen Gedanken des Verlusts. Als junger Schattenjäger war er sich stets der Tatsache bewusst gewesen, dass er jung sterben würde. Er hatte gewusst, dass er wahrscheinlich lange vor Will oder Tessa für immer davongehen würde. Und als die beiden sich tödlichen Gefahren ausgesetzt und sich in den Kampf gestürzt hatten, hatte ein Teil von Jem verstanden, dass er nicht lange ohne sie in dieser Welt zurückbleiben würde. Während seiner Jahre in der Bruderschaft hatte es sogar Momente gegeben, in denen er an Wills oder Tessas Seite gestanden und nicht gewusst hatte, ob sie überleben würden. Aber der Schmerz war immer durch die eisige Distanz gelindert worden, die auch jedes andere Gefühl abgeschwächt hatte. Doch jetzt gab es nichts mehr, was ihn davor bewahren konnte, der schrecklichen Wahrheit ins Auge zu blicken: Tessa konnte sterben, und er würde ohne sie weiterexistieren. Er konnte nichts anderes tun, als abzuwarten. Und es kostete ihn all seine Kraft, das zu ertragen.

Will war nie vor Jems Leid zurückgeschreckt; wieder und wieder hatte er diesen Zustand ertragen. Er hatte an Jems Bett gesessen, seine Hand gehalten, ihn durch seine dunkelsten Stunden begleitet. *Du warst der stärkste Mensch, den ich gekannt habe,* wandte sich Jem in Gedanken an seinen längst verstorbenen Freund, *und ich habe nicht annähernd gewusst, wie sich das für dich angefühlt haben muss.*

Die Tür ächzte in den Angeln, als Bruder Enoch Tessas Zimmer verließ. Wie seltsam Jem die Stillen Brüder inzwischen erschienen, jetzt, da er nicht länger zu ihnen gehörte. Er hatte eine Weile gebraucht, um sich an die Stille in seinem Geist zu gewöhnen ... daran, dass der Stimmenchor, der ihn jahrzehntelang begleitet hatte, plötzlich verstummt war. Mittlerweile konnte er sich das kaum noch vorstellen – es fühlte sich so an, als versuche er, sich an einen Traum zu erinnern.

»Wie geht es Tessa?«

Die Wunde stellt keine tödliche Gefahr mehr dar. Ihre Gestaltwandlungsfähigkeiten scheinen sie vor dem eigentlich zu erwartenden Effekt bewahrt zu haben.

Vor Erleichterung versagten Jem fast die Knie. »Kann ich zu ihr? Ist sie bei Bewusstsein?«

Obwohl das von Runen gezeichnete Gesicht des Stillen Bruders keinerlei Regung zeigte, konnte Jem Enochs Sorge spüren.

»Was ist los?«, fragte er. »Was verheimlichst du mir?«

Die Wunde verheilt. Tessas Verwandlung hat ihr das Leben gerettet, aber ich fürchte, jetzt stellt ebendiese Verwandlung die größte Gefahr für sie dar. Ihr Körper und ihr Geist sind darin gefangen. Sie scheint nicht in der Lage zu sein, den Weg zu sich selbst zurückzufinden – die Verwandlung lässt sie einfach nicht los. Ich habe den Eindruck, als hätte sie die Kontrolle über das verloren, was sie im Wesen zu Tessa Gray macht.

»Wie können wir ihr helfen?«

Statt einer Antwort reagierte Enoch mit einer alles durchdringenden Stille.

»Nein.« Jem weigerte sich, diese Antwort zu akzeptieren. »Es gibt immer einen Weg. Dir steht ein ganzes Jahrtausend an Erfahrungsschatz zur Verfügung. Es muss irgendeine Lösung geben.«

In all den Jahren hat es nie zuvor jemanden wie Tessa gegeben.

Sie ist eine starke Frau und mächtig dazu. Du musst darauf vertrauen, dass sie den Weg zu sich selbst finden wird.

»Und was ist, wenn nicht? Verharrt sie dann bis in alle Ewigkeit in diesem Übergangsstadium?«

Die Gestaltwandlung fordert ihren Tribut, James. Jede Verwandlung kostet Kraft, und kein Körper kann diese Kraft endlos aufbringen. Nicht einmal ihrer.

Die Stimme in Jems Kopf klang so kalt, so gemessen, dass man mühelos annehmen konnte, Enoch kümmere das Ganze nicht im Geringsten. Doch Jem wusste, dass der Anschein trog. Es lag einfach an der Tatsache, dass Fürsorge für einen Bruder der Stille eine andere, fremde Gestalt besaß. Jem erinnerte sich noch genau an die eisige Distanz zum Leben, die unmenschliche Ruhe, mit der er Ereignisse verarbeitet hatte. Worte wie *Sorge, Bedürfnisse, Furcht, Liebe* hatten durchaus eine Bedeutung – allerdings eine Bedeutung, die für jemanden, der schlafen, essen und sprechen konnte und der ein Leben mit animalischen Leidenschaften führte, nicht wiederzuerkennen war. Er erinnerte sich, wie dankbar er für die seltenen Augenblicke gewesen war – fast immer in Tessas Gesellschaft –, in denen er einen Funken wahrer Emotionen gespürt hatte. Wie sehr hatte er sich damals nach dem Feuer menschlicher Leidenschaften gesehnt, nach dem Privileg, wieder fühlen zu können … und sei es auch nur Furcht oder Sorge.

Doch jetzt beneidete er Bruder Enoch fast um die eisige Distanz. Denn diese Furcht, diese Sorge war zu groß, um sie ertragen zu können. »Wie lange hat sie dann noch?«

Du solltest nun zu ihr gehen. Bleib bei ihr, bis …

Bis es vorbei war, so oder so.

Tessa weiß, dass es sich um einen Traum handelt, und dann weiß sie es wieder nicht.

Sie weiß, dass Jem lebt. Also muss es sich um einen Traum handeln – dieser Körper mit Jems Gesicht, der in ihrem Schoß liegt, dieser Leichnam, der in ihren Armen verwest: Haut, die sich von den

Muskeln abschält; Muskeln, die von den Knochen fallen; Knochen, die zu Staub zerfallen. Er hat nur so kurze Zeit zu ihr gehört, doch jetzt ist er Staub und Asche, und sie ist wieder allein.

Er ist kalt, er ist leblos, er ist Fleisch, ihr Jem, Fleisch für die Maden, die sich über seinen Körper hermachen. Und irgendwie kann Tessa sie hören ... wie sie fressen und schlingen, Tausende Mäuler, die ihn verzehren, bis nichts mehr von ihm übrig ist. Tessa schreit seinen Namen, aber da ist niemand mehr, der sie hören kann – außer den wimmelnden Würmern. Und obwohl sie weiß, dass das eigentlich unmöglich ist, kann sie sie lachen hören.

Jem lebt, seine Augen strahlen, seine Geige ruht an seinem Kinn. Seine Musik ... die Musik, die er für sie komponiert hat, das Lied ihrer Seele. Aber der Pfeil, der auf ihn zufliegt, ist schnell und mit einem Gift versehen. Und als er sich in Jems Herz bohrt, verstummt die Musik abrupt. Die Geige zerbricht. Und dann folgt nur noch ewige Stille.

Er wirft sich zwischen Tessa und den Mantis-Dämon. Und sie ist außer Gefahr, aber er wird in Stücke gerissen, und als sie wieder Atem hat, um laut aufzuschreien, ist er bereits von ihr gegangen.

Der Drachendämon stößt eine Feuerwolke aus, und die Flammen verzehren ihn – ein blendend weißes und blaues Feuer, das ihn von innen heraus verbrennt. Tessa sieht, wie ihm die Flammen aus dem Mund schießen, wie seine Augen in der sengenden Hitze zerfließen und ihm über die glühenden Wangen laufen. Seine Haut brutzelt wie Speck, bis das Licht fast gnädigerweise zu grell wird und Tessa sich abwendet, nur für den Bruchteil einer Sekunde, einen Moment der Schwäche. Als sie sich wieder umdreht, liegt dort nur noch ein Häufchen Asche – alles, was einst Jem war, ist fort.

Das Aufblitzen eines Schwerts, und er ist tot.

Eine kreischende Bestie stürzt sich vom Himmel herab, streift mit ihren Krallen über seine helle Haut, und er ist tot.

Und er ist tot.

Sie lebt, und sie ist allein, und er ist tot.

Als sie etliche Hunderte Male zugesehen hat, wie die Liebe ihres Lebens stirbt, und gespürt hat, wie ihr eigenes Herz mit ihm gestorben ist ... als nichts mehr übrig ist außer einem Meer von Blut und einem Feuer, das alles weggebrannt hat bis auf die unerträglichen Schmerzen von Verlust auf Verlust auf Verlust ... als sie es nicht länger ertragen kann, sucht sie Zuflucht an dem einzigen für sie erreichbaren Ort, dem einzigen sicheren Zufluchtsort vor diesem unerträglichen Grauen.
    Sie sucht Zuflucht in Rosemarys Geist.

Der süße, intensive Geruch der Jakarandablüten hängt schwer in der Nachtluft. Die warme Brise der Santa-Ana-Winde fühlt sich wie ein Föhn auf der Haut an. Ihre Hände sind von den Dornen der Spalierhecke zerkratzt und blutig, doch Rosemary nimmt es kaum wahr. Sie springt den letzten Meter hinunter. Ein elektrisierendes Gefühl brandet durch ihre Adern, als ihre Füße den Betonboden berühren. Sie hat es geschafft. Die Villa leuchtet perlmuttartig im Mondlicht, ein gewaltiges Monument der Privilegien und Privatsphäre. Im Inneren, geschützt durch Alarmanlagen und andere Sicherheitsvorkehrungen, schlafen ihre Eltern tief und fest – oder zumindest so fest, wie es zwei Paranoikern möglich ist. Aber Rosemary ist frei, wenigstens für diese Nacht.
    Am Ende der Straße wartet eine pechschwarze Corvette am Straßenrand; der Fahrer sitzt tief in den Schatten. Rosemary springt hinein und begrüßt ihn mit einem langen, heißen Kuss.
    »Seit wann hast du eine Corvette?«
    »Seit ich dieses Baby auf dem Parkplatz hinter der Burgerbude gefunden habe: Der Wagen hat mich förmlich angefleht, ihn mit-

zunehmen, wie ein verirrter Welpe«, sagt Jack. »Da konnte ich doch nicht Nein sagen, oder?«

Er tritt aufs Gas. Mit quietschenden Reifen schießen sie durch die stillen Straßen von Beverly Hills.

Vermutlich lügt er, was den Wagen betrifft. Denn er lügt eigentlich bei allem, ihr Jack Crow. Wahrscheinlich stimmt nicht mal sein Name. Aber es ist ihr egal. Sie ist sechzehn, es braucht sie nicht zu kümmern. Das Einzige, was sie interessiert, ist ihr brennender Wunsch, die Welt zu sehen, die richtige Welt, die Schattenwelt ... die Welt, von der ihre Eltern sie mit aller Macht fernhalten wollen. Und Jack hat sich bereit erklärt, sie ihr zu zeigen. Er ist nur ein Jahr älter als sie, das behauptet er zumindest; aber er hat schon so viel erlebt, dass es für zwanzig Leben reicht.

Sie haben sich am Strand kennengelernt. Rosemary hatte die Schule geschwänzt, wie so oft, und war auf der Suche nach Abenteuern. Dabei war ihr nicht bewusst, dass sie eigentlich auf der Suche nach ihm war. Daraufhin hatte er sie auf ein schlenderndes Ehepaar angesetzt, mit blonden Haaren und goldgebräunter Haut, als wären die beiden direkt einer Werbebroschüre für das Leben in L.A. entsprungen. Er hatte ihr aufgetragen, das Paar nach dem Weg zu fragen und die beiden abzulenken, während er ihre Geldbörsen filzte. Natürlich hatte er ihr vorher nichts von seinem Plan erzählt. Er hatte ihr überhaupt nichts erzählt, sie nur gebeten: Vertrau mir. Also hatte Rosemary gewartet, bis sie allein waren und einen vom gestohlenen Geld gekauften Burrito teilten, bevor sie ihn fragte, ob er sich keine Sorgen mache, wenn er die Feenwesen bestahl. Ihm war gar nicht der Gedanke gekommen, dass sie das Zweite Gesicht haben und die Wahrheit unter dem Zauberglanz erkennen konnte. *Sie erwiderte:* Was hast du denn gedacht? Hast du gedacht, dass ich nur irgendeine gelangweilte, reiche Göre bin? *Ja, das hatte er gedacht.* Sie teilte ihm mit, dass sie tatsächlich eine gelangweilte, reiche Göre sei – gelangweilt, weil sie sehen *konnte*, wie viel interessanter die Welt eigentlich war. *Er fragte:* Was denkst du dann von mir? Dass ich nur irgendein süßer *Bad Boy* bin, den du dazu benutzen kannst, deine Eltern zu ärgern? *Sie antwortete:* Wenn meine Eltern von deiner Existenz wüssten, würden sie dich töten lassen. Und niemand hat gesagt, dass du süß bist.

Eine Wahrheit und eine Lüge: Wenn ihre Eltern von ihm wüssten, würden sie seinen Tod wollen – was in der Regel ausreichte. Und natürlich ist er süß, mit seinen dunklen Haaren, die ihm in die zusammengekniffenen braunen Augen fallen, und dem wissenden Lächeln, das er nur ihr schenkt. Mit seinem Gesicht, das wie gemeißelt wirkt, kantig an all den richtigen Stellen.

An jenem ersten Tag hatte er sie zu einem Schattenweltler-Café in Venice mitgenommen. Rosemary hatte schon immer das Zweite Gesicht, genau wie ihre Mutter. Aber ihre Eltern hatten alles in ihrer Macht Stehende getan, um sie von der Schattenwelt fernzuhalten, sodass sie deren Freuden und Schrecken nie hatte kennenlernen können. Das hier war der erste Geschmack, den sie von dieser Welt erhielt, im wahrsten Sinne des Wortes: einen Feen-Eisbecher, der nach purer Sommersonne schmeckte. Als Rosemary Jack küsste, schmeckte er nach Schokokaramell.

Doch am heutigen Abend wird er sie endlich, nach wochenlangem Betteln, zum Schattenmarkt mitnehmen. Ihr ganzes Leben dreht sich nur noch um die Nächte, die sie mit ihm verbringt – nicht nur seinetwegen, sondern auch wegen der Welt, zu der er ihr eine Tür geöffnet hat.

Andererseits hat er in gewisser Hinsicht recht: Es gefällt ihr auch deshalb, weil sie weiß, wie sehr sie ihre Eltern damit ärgern würde.

Er lässt sie am Stand der Meerjungfrauen zurück, die Armbänder aus Seegras verkaufen, während er seinen Geschäften nachgeht. Also wartet Rosemary und schaut sich um und staunt über das magische Treiben um sie herum. Allerdings ist sie davon nicht so geblendet, dass sie die zwielichtige Gestalt, die Jack folgt, nicht bemerkt. Oder den Werwolf mit dem Schnurrbart, der die Ohren spitzt, als Jack an seinem Stand vorbeigeht. Oder die Dschinn, die bei seinem Näherkommen erstarrt und dann jemandem hinter ihr einen Blick zuwirft.

Rosemary mag die Schattenwelt zwar nicht kennen, aber ihre Eltern haben ihr seit ihrer Kindheit beigebracht, eine potenzielle Ge-

fahr auszumachen und die Anzeichen für lauernde Feinde wahrzunehmen. Natürlich ist sie nur auf einen hypothetischen Kampf vorbereitet – sie hat lediglich im geschützten Umfeld ihres eigenen Zuhauses gelernt, Situationen einzuschätzen, zu kämpfen, Strategien zu entwickeln, zu fliehen. Und sie hat sich immer gefragt, ob dieses Training sie jemals auf die Realität vorbereiten und sie im Angesicht der Gefahr darauf zurückgreifen konnte. Jetzt hat sie ihre Antwort erhalten: Sie hat den Hinterhalt erkannt und nicht den geringsten Zweifel, was sie als Nächstes tun muss.

Sie schreit auf. Wirft sich auf den Boden. Umklammert ihren Knöchel. Brüllt: Jack, Jack, Jack, mich hat was gebissen; ich brauche dich. *Im Nu ist er an ihrer Seite, mit einem zärtlichen Ausdruck auf dem Gesicht, den sie nicht für möglich gehalten hätte. Er nimmt sie in seine Arme, murmelt ihr beruhigende Worte zu, bis sie ihm eine Warnung ins Ohr flüstert:* Achtung, Hinterhalt. *Und dann stürmen sie los.*

Drei Werwölfe erwarten sie an der Corvette. Jack brüllt Rosemary zu, wegzulaufen und sich selbst in Sicherheit zu bringen, während er sich in den Kampf stürzt. Aber sie hat nicht all die Jahre trainiert, um jetzt zu fliehen. Der Kampf gegen einen echten Feind fühlt sich anders an – und dann auch wieder nicht so anders. Sie wirbelt herum, springt, zieht den Dolch aus ihrem Knöchelholster, schlitzt und sticht. Und sie fühlt, wie ihre Wangen glühen, spürt das Feuer in ihrem Herzen, während die Werwölfe die Flucht ergreifen und Jack und sie in die Corvette springen. Mit quietschenden Reifen rasen sie los, in höllischem Tempo in Richtung der Hügel und dann die Serpentinen des Mulholland Drive hinauf, ohne ein Wort oder einen Blick zu wechseln, bis Jack an einem Aussichtspunkt hart auf die Bremse tritt und den Wagen zum Stehen bringt.

Dann starrt er sie an. Lass mich raten, *sagt sie,* ich habe nie schöner ausgesehen. *Sie weiß, dass ihre Wangen rosig glühen und ihre Augen funkeln.* Wen interessiert das Aussehen?, *antwortet er.* Es geht um deine Kampftechnik! Deine vorausschauende Denkweise! *Er fragt sie, wo sie das gelernt hat. Aber sie kann ihm nicht verraten, warum ihre Eltern dafür gesorgt haben, dass sie sich ver-*

teidigen kann. Und dass sie seit ihrem fünften Lebensjahr nicht mehr ohne Waffe aus dem Haus gegangen ist. Deshalb erwidert sie einfach, dass es eine Menge Dinge gibt, die er nicht über sie weiß. Woraufhin er antwortet, er wisse genug. Und dann fügt er hinzu: Ich glaube, ich bin in dich verliebt. *Sie versetzt ihm einen kräftigen Hieb gegen den Oberarm und schimpft, dass es rüde ist, so was im Scherz zu sagen – selbst gegenüber einem Mädchen wie ihr, so hart wie* Adamant. *Er kontert:* Wie kommst du auf die Idee, dass das ein Scherz war?

Ihre Eltern wollen wieder umziehen.
Rosemary weigert sich. Nicht schon wieder. Dieses Mal nicht.
Die beiden wollen wissen, ob es an ihm liegt – diesem Typen, zu dem du dich immer hinausschleichst. *Rosemary kann nicht fassen, dass ihre Eltern Bescheid wissen. Sie haben ihr nachspioniert. Und es tut ihnen nicht einmal leid. Sie beharren darauf, dass Rosemary nicht versteht, wie gefährlich die Welt ist, jene Welt, die Schattenwelt.* Das liegt daran, dass ihr sie mich nicht sehen lasst, *entgegnet Rosemary. Sie ist sechzehn und hat an keinem Ort länger als ein Jahr gelebt, weil sie nämlich ständig umgezogen sind. Während ihrer Kindheit hat sie die Erklärungen ihrer Eltern noch akzeptiert, hat ihnen die albtraumhafte Geschichte von einem Ungeheuer geglaubt, das im Dunklen auf sie lauert und sie alle töten will. Aber das Ungeheuer hat sich nie gezeigt, die beschworene Gefahr sich nie manifestiert. Irgendwann hat Rosemary angefangen zu zweifeln und sich gefragt, ob ihre Eltern vielleicht einfach nur paranoid sind und ob ihnen dieses ständige Versteckspiel leichter fällt, als mal einen Moment stillzustehen.*

Ihr fällt es jedenfalls nicht leicht. Sie hat nie echte Freunde gehabt, denn sie darf niemandem ihre wahre Identität anvertrauen.
Sie ist einsam.
Es gibt nur eine einzige Sache, die ihr gehört: Jack. Und sie wird nicht zulassen, dass man ihn ihr nimmt.
Ihre Mutter sagt: Du bist sechzehn; du hast noch so viel Zeit, um die Liebe kennenzulernen. Aber nur wenn es uns gelingt,

dich so lange am Leben zu erhalten. *Rosemary erwidert, sie hätte die Liebe bereits kennengelernt, sie liebe ihn, sie bleibe hier. Ihr Vater protestiert:* Du bist zu jung, um überhaupt zu wissen, was Liebe ist. *Und Rosemary denkt an Jack, an seine Berührungen, sein stilles Lachen, sein schiefes Grinsen. Daran, wie er den Schirm über ihren Kopf hält, um sie vor dem Regen zu schützen. Und dass er sie gebeten hat, mit ihm zu trainieren, damit er sich selbst verteidigen kann. Sie denkt an das gemeinsame Training und daran, wie sehr es ihm gefällt, dass sie stärker, schneller und besser ist. Sie erinnert sich daran, wie sie gemeinsam am Strand saßen und schweigend den Wellen zusahen.*

Sie ist jung, aber sie weiß, was Liebe ist. Sie liebt ihn.

Ihr Vater sagt, dass sie am Morgen aufbrechen werden, sie alle, als Familie. Kein weiteres Hinausschleichen mehr in der Nacht.

Also stürmt sie vor den Augen ihrer Eltern aus der Tür, leistet ihnen zum ersten Mal offenen Widerstand. Und die beiden sind zu langsam und ihre Warnungen zu altbekannt, um sie aufzuhalten. Rosemary läuft davon, ohne ein Ziel vor Augen. Jack geht irgendwelchen zwielichtigen Geschäften in der Innenstadt nach. Deshalb wandert sie allein durch die verlassen daliegenden Straßen, vorbei an Highways und durch dunkle Unterführungen und schlägt die Zeit tot, bis sie sicher sein kann, dass ihre Eltern zu Bett gegangen sind. Rosemary weiß genau, wie sie sich ins Haus schleichen muss, um sie nicht zu wecken. Doch das ist gar nicht nötig.

Die Haustür steht sperrangelweit offen.

Die Überreste ihrer Mutter sind über den Rasen verteilt.

Das Blut ihres Vaters bildet eine große Lache auf der Marmortreppe. Er hält nur ihretwegen durch. Sie haben uns gefunden, *sagt er.* Versprich mir, dass du untertauchst. *Und sie verspricht es ihm, wieder und wieder, doch ihre Worte treffen auf tote Ohren.*

Sie flieht ohne Pass oder Kreditkarte, nimmt nichts mit, das andere auf ihre Spur bringen könnte. Natürlich nutzen ihre Feinde keine Technologie, um sie aufzuspüren. Aber man kann nie wissen, und ihre Eltern sind tot.

Ihre Eltern sind tot.

Ihre Eltern sind tot, weil Rosemary sie aufgehalten hat. Die beiden haben gewusst, dass es Zeit zum Aufbruch war. Aber Rosemary hat ja darauf bestanden zu bleiben; sie hat sich widersetzt, gemault, geschmollt. Ihre Eltern haben sie geliebt, und das hat Rosemary ihnen zum Vorwurf gemacht. Und jetzt sind sie tot.

Rosemary wartet in Jacks Lieblingsbar – die Bar auf dem Schattenmarkt, die ihr Möglichstes tut, um ihre Existenz zu verbergen. Dort wartet sie auf ihn, weil er immer irgendwann dorthin zurückkehrt. Und als er die Bar betritt – bestürzt bei ihrem Anblick, bestürzt von dem vielen Blut auf ihrer Kleidung –, bricht sie in seinen Armen zusammen.

Und dann erzählt sie ihm die Wahrheit.

Sie gesteht ihm, dass sie eine Schattenjägerin ist, nicht freiwillig, aber der Abstammung nach. Und dass sie zu den Feenwesen gehört, ebenfalls nicht freiwillig, aber der Abstammung nach. Sie berichtet ihm, dass sie gejagt wird. Und dass sie eine Gefahr für alle darstellt, die sie lieben. Sie wird fortgehen, für immer. Sie sagt ihm, dass dies der Abschied ist.

Er versteht es nicht. Er will mit ihr gehen. Sie versucht es erneut. Erklärt ihm, dass der König des Dunklen Volkes ihren Kopf will und eine Gruppe uralter Elbenattentäter mit gottähnlichen Kräften entsandt hat, um sie zu töten. Wenn sie Jack gestatten würde, bei ihr zu bleiben, könnte sie gleich sein Todesurteil unterschreiben. Außerdem müsste er seine Identität, seine Stadt, sein ganzes Leben aufgeben. Er erwidert: Du bist angeblich so schlau, aber du kapierst es nicht. Du bist mein Leben. Du bist meine Identität. Ich werde dich nicht aufgeben. Und was all die anderen Dinge betrifft: Wer braucht die schon?

Sie lacht. Bebt am ganzen Körper vor Lachen. Kann nicht fassen, dass sie lacht. Dann spürt sie die Feuchtigkeit auf ihren Wangen, fühlt, wie er ihr Gesicht an seine Brust drückt und die Arme um sie schlingt. Und jetzt erkennt sie: Sie lacht nicht – sie weint. Er verspricht, dass er sie immer beschützen wird. Und sie sagt zum ersten Mal in ihrem Leben mit lauter Stimme: Ich bin eine Herondale. Ich werde dich beschützen. *Woraufhin er antwortet:* Abgemacht.

Es fühlt sich nicht wie ein Leben auf der Flucht an. Eher wie Steine, die über einen See hüpfen. Jack und sie tauchen dort in das Leben ein, wo es ihnen gefällt: Berlin, Tokio, Rio, Reykjavík. Sie erfinden neue Identitäten, stellen Verbindungen zur Schattenwelt her. Und jedes Mal wenn Jack zu viele Brücken hinter sich verbrannt hat oder wenn Rosemary ein Feenwesen entdeckt hat – oder wie damals in Paris einen Schattenjäger, der ihnen auf den Fersen war –, dann legen sie ihre Identität ab, ändern ihre Namen und ihr Äußeres und tauchen irgendwo anders wieder auf. Manchmal überlegen sie, ob sie nicht vollständig untertauchen und als Irdische leben sollen, aber genau das haben ihre Eltern versucht, und es hat sich als schrecklicher Fehler erwiesen. Jack und sie werden schlauer, vorsichtiger sein, und jedes Mal wenn sie sich eine neue Identität geben, erschaffen sie auch ein Netzwerk aus Kontaktpersonen, auf das sie im Notfall zurückgreifen können. Kontaktpersonen, aber keine Verbündeten, keine Freunde, niemanden, der zu viele Fragen stellt, wenn sie irgendwo auftauchen oder plötzlich verschwinden. Keine Verpflichtungen, keine Beziehungen, keine Wurzeln. Sie brauchen niemanden, nur einander. Doch dann bekommen sie Christopher, und alles ändert sich.

Rosemary besteht darauf, das Kind heimlich auf die Welt zu bringen. Niemand darf von einem weiteren Glied in dieser verfluchten Kette erfahren. Später wird ihr bewusst, dass sie bereits während ihrer Schwangerschaft geahnt hat, was sie tun muss.

Nach Christophers Geburt versteht sie endlich ihre Eltern, ihr von Angst erfülltes Leben. Aber nicht Angst um sich selbst, sondern um sie. Rosemary weigert sich, ihrem Sohn solch ein Leben zuzumuten. Sie möchte, dass er ein normales Leben führen kann, ohne Stacheldrahtzaun und Alarmanlagen. Sie möchte, dass er ein Zuhause hat. Dass er Vertrauen erfahren, Liebe kennenlernen kann. Sie möchte ihm ein Leben auf der Flucht ersparen.

Jack wehrt sich gegen ihren Vorschlag. Dann willst du ihn also davor beschützen, dass er sein Geheimnis bewahren muss, indem du ihm sein Geheimnis vorenthältst? Du möchtest, dass er gar nicht weiß, dass er ein Geheimnis hat? *Und Rosemary antwortet:* Ja, genau, denn dann kann er ohne Angst vor der Welt aufwachsen.

Jack erwidert: Ohne Angst vor der Welt aufzuwachsen ist der sicherste Weg, von der Welt vernichtet zu werden.

Rosemary wartet, bis das Kind alt genug ist, um feste Nahrung aufzunehmen ... alt genug, um ohne sie überleben zu können ... oder um genauer zu sein: bis sie sich selbst davon überzeugt hat, dass es ohne sie lebensfähig ist. Sie weiß nicht, ob sie ohne die beiden überleben kann, ohne ihren Mann und ihr Kind, aber der Moment des Abschieds ist gekommen.

Sie schickt die beiden fort.

Rosemary ruht auf dem Boden, liegt im Sterben. Zwei Fremde knien neben ihr, aber sie ist trotzdem allein. Sie versteckt sich an dem geheimen Ort tief in ihrem Inneren, wo sie die Erinnerungen an Jack und Christopher bewahrt. Vielleicht war es ja unvermeidlich, denkt sie, denn warum sonst ist sie nach L. A. zurückgekehrt, wo man sie so leicht ausfindig machen konnte?

Sie hat es so satt, allein zu sein. So satt, ihren Sohn und ihren Mann zu vermissen; so satt, sich selbst davon abzuhalten, nach ihnen zu suchen. In L. A. kann sie sich wenigstens der Vergangenheit nahe fühlen, der Familie, die sie verloren hat. Los Angeles ist die einzige Stadt, in der sie sich je zu Hause gefühlt hat, denn hier hat sie eine Heimat in Jacks Armen gefunden. Und in ihren schwächsten Momenten hat sie sich hier ein Zuhause für sie drei ausgemalt, Jack und Christopher und Rosemary, als Familie vereint, ein Bilderbuchleben in einem kleinen Bungalow. Sie hat sogar einen Garten angelegt, von dem sie gehofft hat, dass er Christopher gefallen würde. Sie hat ihre Tage mit dem Gedanken an die beiden verbracht, und jetzt, im Moment ihres Todes, stellt sie sich wieder vor, dass sie bei ihr sind.

Vielleicht hat sie ja gewonnen. Vielleicht glaubt der König des

Dunklen Volkes jetzt tatsächlich, dass ihre Familie, ihre Blutlinie mit ihr gestorben ist – was bedeuten würde, dass Christopher in Sicherheit wäre. Das ist ihr einziger Trost ... das und die Tatsache: Falls sie sich irrt, wird es ihr erspart bleiben, zusehen zu müssen, wie ihr Sohn leidet. Sie wird nicht erleben müssen, dass die Identität seiner Mutter ihn tötet. Das ist ihr letzter Gedanke, als der Schmerz sie in die Dunkelheit hinabzieht. Sie wird die Welt nie ohne Christopher erleben müssen.

Und dann ist sie wieder Tessa. Sie sitzt an Wills Seite, zusammen mit Jem. Und Will liegt im Sterben, und sie versucht, sich vorzustellen, wie sie in einer Welt ohne ihn weiterleben soll.

Und dann steht Tessa auf der Brücke, die Themse unter ihren Füßen, ein Wunder an ihrer Seite. Eine wiedererwachte Liebe, eine zurückgekehrte Liebe. Jem, ihr wahrer, echter James Carstairs aus Fleisch und Blut, zu ihr zurückgekehrt aus einer Welt der Stille und Steine. Und Tessas Herz, das all die leeren Tage und Jahre so voller Liebe war, ist nicht länger allein.

Und dann steht sie an einem Ozean, und eine Gebirgskette zeichnet sich vor dem klaren Himmel ab. Die Wellen branden laut und beständig an den Strand. Jem steht neben ihr, sein Gesicht so schön wie das Meer. Sie weiß, dass dieser Moment nicht wirklich stattgefunden hat – und dennoch stehen sie hier zusammen. Ich kann kaum glauben, dass das hier real ist, *sagt sie,* dass du hier bei mir bist.

Komm zu mir zurück, *sagt Jem.*

Aber sie ist doch hier, hier bei ihm.

Bleib bei mir, *fleht Jem.* Bitte.

Aber wohin sollte sie denn gehen?

Er altert, direkt vor ihren Augen: erschlaffte Haut, graue Haare, Muskeln, die sich von den Knochen lösen. Und sie weiß, dass sie ihn verliert. Sie wird zusehen müssen, wie er stirbt – genau wie sie hat zusehen müssen, wie alle anderen gestorben sind. Sie wird ein weiteres Mal lernen müssen, in einer Welt ohne Liebe zu überleben.

Jem sagt: Bitte, Tessa, ich liebe dich.
Doch er zerfällt vor ihren Augen. Und sie denkt an Rosemary, die so viele Jahre ohne ihre Lieben hat ertragen müssen – im Wissen, dass ihre Familie überleben würde, aber nicht bei ihr sein konnte. Und plötzlich ist Tessa dankbar, dass Jem hier ist. Hier und jetzt. Das reicht, teilt sie ihm mit. Wir haben einander, hier und jetzt. Wir haben uns.
Jem fleht: Bitte, Tessa, bleib bei mir, ich liebe dich. *Und sie bleibt bei ihm, wird immer bei ihm bleiben, solange sie kann, ohne Furcht vor ...*

Als Tessa aufwachte, sah sie Jem an ihrer Seite. Er hielt ihre Finger in seiner warmen Hand, hatte die Augen geschlossen und psalmodierte mit leiser Stimme: »Bleib bei mir, ich liebe dich, bleib bei mir ...«

»Aber wohin sollte ich denn gehen?«, fragte sie matt, und bei diesen Worten breitete sich ein strahlendes Lächeln auf seinem Gesicht aus – das schönste Lächeln, das sie je gesehen hatte.

Ihr tat jeder Knochen im Körper weh, doch der Schmerz war eine willkommene Erinnerung an das Leben. Jems Lippen berührten unfassbar sanft ihren Mund, als fürchte er, sie könnte zerbrechen. Tessa wusste zwar nicht, in welchem Raum sie sich befand, aber sie erkannte die Gestalt in der Robe, die auf Jems Rufen hin sofort hereinzuschweben schien. »Bruder Enoch«, begrüßte sie ihn freundlich, »wir haben uns ja eine ganze Weile nicht gesehen.«

Jem hat sich große Sorgen um dich gemacht, sagte der Stille Bruder in ihrem Verstand.

Tessas Fieberträume verblassten bereits, aber sie hatte das Gefühl, vor Liebe ... und Verzweiflung zu vibrieren. Sie verstand die Panik und Erleichterung in Jems Augen, weil sie in ihren eigenen Schreckensvorstellungen gefangen gewesen war und hatte zusehen müssen, wie er wieder und wieder gestorben war. Selbst jetzt noch fühlte sich der Traum real an ... eher wie eine Erinnerung.

Sie spürte Rosemarys Spuren in ihrem Verstand, jene verzweifelten letzten Sekunden, in denen das Leben dem Tod gewichen war, fast bereitwillig – und Tessa verstand: Es war leichter, zum Schutz seiner Lieben zu sterben, als sie sterben zu sehen. Welch schreckliche Entscheidungen doch mit der Sterblichkeit verbunden waren.

Das war der Pferdefuß an Jems Rückkehr – die Wahrheit, vor der sie hatte fliehen wollen. Er konnte entweder ewig leben, ohne dabei richtig am Leben teilzunehmen und zu lieben, oder sie konnte ihn zurückhaben, lebendig und sterblich, seinen unvermeidlichen Tod vor Augen. Natürlich hatte nicht *sie* diese Wahl getroffen – Jem hatte sich für sie entschieden. Und das konnte sie einfach nicht bedauern.

Der Bruder der Stille bat Jem, Tessa und ihn einen Moment allein zu lassen, woraufhin Jem ihr einen sanften Kuss auf die Stirn drückte und den Raum verließ. Tessa setzte sich auf, da ihre Kräfte bereits zurückkehrten.

Erinnerst du dich daran, was passiert ist?, fragte Bruder Enoch.

»Ich weiß, dass Fal mich angegriffen hat, und dann ... da waren so viele Träume ... so lebendige Träume. Und ...« Tessa schloss die Augen und versuchte, sich an die Details der seltsamen Leben zu erinnern, die sie in ihrem Kopf erlebt hatte. »Das waren nicht alles meine Träume, meine Erinnerungen.«

Du warst mehrere Tage in der Verwandlung gefangen, erklärte Bruder Enoch.

»Wie kann das sein?«, fragte Tessa beunruhigt. Während ihrer ersten Experimente mit ihren Kräften vor vielen, vielen Jahren waren mit der Gestaltwandlung immer Ängste verbunden gewesen. Das Risiko, beim Eintauchen in den Körper und Geist einer anderen Person sich selbst zu verlieren. Es hatte viel Zeit und Nerven gekostet, dem Verwandlungsprozess zu vertrauen und sicher zu sein, dass sie unauslöschlich Tessa Gray bleiben würde, ganz gleich, wie oft sie auch in die Gestalt einer anderen Person hineinschlüpfte. Wenn diese Annahme nicht zutraf, wie konnte sie dann riskieren, jemals wieder die Gestalt zu wandeln? »Hing es mit der Waffe des Reiters zusammen?«

Nein, nicht die Waffe hat das verursacht.
Die Ursache liegt in dir selbst.

»Bist du dir auch sicher, dass du das schaffst?«, fragte Jem, als Tessa und er sich dem Schattenmarkt von Los Angeles näherten.

»Ich hab's doch schon hundert Mal gesagt: Ja.« Sie vollführte eine für sie sehr untypische Pirouette, woraufhin Jem lächelte und seine Sorgen so gut verbarg, wie er konnte. Bruder Enoch hatte ihr einen ausgezeichneten Gesundheitszustand bescheinigt, aber sie bemühte sich zu sehr, den Eindruck zu erwecken, als sei alles in Ordnung. Und je mehr sie sich bemühte, desto größer wurden Jems Zweifel.

Er vertraute Tessa voll und ganz. Falls irgendetwas nicht stimmte, würde sie es ihm mitteilen, wenn sie dazu bereit war. Aber bis dahin machte er sich weiterhin Sorgen.

»Wir haben schon genug Zeit vergeudet«, sagte Tessa. »Rosemary zählt darauf, dass wir ihren Sohn finden.«

Es stellte sich heraus, dass Jem mit seiner Vermutung recht gehabt hatte: Die Worte des Barkeepers hatten Tessa einen Hinweis darauf gegeben, wie sie Christopher Herondales Vater finden konnten, den Mann, der einst als Jack Crow bekannt gewesen war. *Er ist noch derselbe schräge Vogel wie früher, nur mit dem Unterschied, dass er jetzt ein* Singvogel *ist.*

»Es handelt sich um ein Rätsel und nicht einmal um ein besonders gutes«, hatte Tessa erklärt, nachdem sie den Nebel ihrer Fieberträume endlich abgeschüttelt hatte. »Wer ist auf diesem Schattenmarkt als ›Singvogel‹ bekannt … als jemand, der Geheimnisse anderer ausplaudert oder sogar verkauft?«

»Johnny Rook«, erkannte Jem plötzlich, der als Stiller Bruder alle Schattenmärkte besucht und die meisten Standbetreiber im Laufe der Jahre kennengelernt hatte.

Selbst mitten in der Nacht und kilometerweit von der Küste entfernt, roch der Schattenmarkt von L. A. nach Sonne, Sand und Meer. Tessa und Jem bahnten sich einen Weg an den gut besuchten Ständen vorbei: sonnengebräunte Hexen, die verzauberte Hanfarmbänder verkauften; Werwölfe, die mit kunstvollen, schmiedeeisernen Armaturen handelten, mit denen man Waffen an teuren Luxuslimousinen befestigen konnte. Dazu etliche

Marktstände, die handgepresste Biosäfte anboten, welche alle aus einer Mischung von uralten, geheimnisvollen Zutaten und Bananen zu bestehen schienen.

»Steigert Muskelmasse, Männlichkeit und persönliche Anziehungskraft garantiert um 200 Prozent«, las Tessa skeptisch, als sie am Stand eines Hexenmeisters mit einer Saftpresse vorbeikamen.

»Außerdem ist es ein exzellenter Vitamin-C-Spender«, lachte Jem.

Sie waren beide bemüht, sich normal zu geben.

Es dauerte nicht lange, bis sie jemanden fanden, der ihren gesuchten Singvogel kannte.

»Ihr sucht nach Johnny Rook?«, fragte ein ergrauter Werwolf und spuckte verächtlich auf den Boden. Offenbar war Rook an diesem Abend noch nicht an seinem Stand gesehen worden. »Wenn ihr ihn findet, dann richtet ihm aus, dass Cassius schön grüßen lässt. Und wenn er noch mal versucht, mich übers Ohr zu hauen, werd ich ihm mit dem größten Vergnügen das Gesicht vom Kopf reißen mit meinen eigenen Zähnen.«

»Okay, wir werden es ausrichten«, sagte Tessa.

Alle, mit denen sie sich unterhielten, reagierten auf ähnliche Weise wie der Werwolf: Johnny Rook hatte offenbar eine Schneise des Unmuts durch die Schattenweltlergemeinschaft von L. A. geschlagen. »Es ist ein Wunder, dass er noch ein Gesicht hat, das man ihm abreißen kann«, bemerkte Tessa, nachdem eine hübsche, junge Hexe in allen Einzelheiten beschrieben hatte, was sie mit ihm anstellen würde, wenn sie ihn endlich in die Finger bekam.

»Rook ist nicht besonders geschickt darin, sich bedeckt zu halten und im Verborgenen zu leben, oder?«, meinte Jem.

»Ich glaube, das will er auch gar nicht«, sagte Tessa mit dem geistesabwesenden Ausdruck, den ihre Augen manchmal annahmen, wenn sie die innere Stimme eines anderen hörte. »Nach all den Jahren und den vielen verschiedenen Identitäten ist er zufällig nach Hause gekommen und hat sich ausgerechnet auf dem Markt einen Namen gemacht, zu dem er Rosemary damals bei ihrem ersten Schattenmarktbesuch mitgenommen hatte? Nein, das glaube ich nicht. Er möchte, dass sie ihn findet.«

»Und sie ist ebenfalls nach L.A. zurückgekehrt. Vielleicht wollte sie ja das Gleiche.«

Tessa seufzte, aber keiner von ihnen sprach das Offensichtliche aus: Wenn die beiden einander nur etwas weniger geliebt hätten, würde Rosemary vielleicht noch leben und ihr Sohn hätte möglicherweise eine größere Überlebenschance.

Stunde um Stunde durchkämmten sie den Schattenmarkt. Doch niemand schien zu wissen, wo man Johnny Rook in dieser Nacht finden konnte. Die meisten schienen sogar sehr angetan von der Vorstellung, dass er vielleicht für immer verschwunden war. Tessa und Jem hörten zahlreiche Berichte von Johnnys schlechtem Verhalten, schlechtem Geschäftsgebaren, schlecht sitzendem Trenchcoat und seiner schlechten Angewohnheit, Informationen an jeden zu verkaufen, der danach fragte, einschließlich »dreckigen Schattenjägern«. Der Vampir, der sich darüber beschwerte, warf Jem einen mörderischen Blick zu. Doch endlich, als die Sonne bereits aufging und der letzte Standbetreiber seine Waren zusammenpackte, bekamen sie etwas, das ihnen vielleicht weiterhalf: eine Adresse.

Auch dieses Mal war der Verkehr in L.A. fürchterlich. Aber schließlich erreichten Tessa und Jem das gesuchte Viertel, nur um dann beunruhigend lange durch die schäbigen Straßen zu fahren, unfähig, Rooks Haus zu finden. Bis Tessa irgendwann begriff, dass dies mit Irrleitungs-Schutzzaubern zusammenhing, die ihr Ziel verbargen: Ihre Magie flackerte mit einigen letzten Energiestößen auf, bevor sie verblassten. Aber warum verblassten sie?, fragte Tessa sich mit einer unheilvollen Vorahnung. Immerhin bedeutete die Auflösung der Schutzzauber, dass sie in der Lage waren, Rosemarys Mann und Sohn zu finden.

Doch sie waren nicht die Einzigen, die nach den beiden gesucht hatten. Ein weiteres Mal kamen sie zu spät. Das Haus war eine Ruine, voller Blut und Dämonensekret. Mantis-Dämonen lieferten sich einen verzweifelten Kampf mit – Tessa konnte es kaum fassen – mit Emma Carstairs? Doch jetzt war nicht der Moment, um Fragen zu stellen: Mehr und mehr der insektenartigen Dämonen schwärmten wütend aus, auf der Suche nach warmblütiger Beute. Die Reiter des Mannan hatten garantiert keine Dämonen geschickt, um ihre Aufgabe zu erledigen. Aber nach allem, was Tessa über Rook gehört hatte, war es vermutlich keine allzu große Überraschung, dass er mehr als nur einen Feind hatte, den er fürchten musste. Allerdings gab es jetzt wohl nichts mehr zu fürchten: Bei dem zerfetzten Leichnam in der riesigen Blutlache handelte es sich bestimmt um Johnny Rook. Während Tessa sich in den Kampf stürzte, rasiermesserscharfe Insektenbeine durchtrennte und wippende Augenstiele aufspießte, dachte sie einen Moment lang voller Kummer an Rosemary, die in der verzweifelten Hoffnung gestorben war, dass ihr Mann überleben würde.

Doch es war noch nicht alles verloren. Denn trotz des Schwarms rasender Mantiden entdeckte sie den Schatz, für dessen Schutz Rosemary alles geopfert hatte: ihren Sohn. Während Emma und Jem sich einen erbitterten Kampf mit den letzten verbliebenen Dämonen lieferten, ging Tessa auf den Jungen zu. Und sie hätte ihn überall wiedererkannt – nicht nur aufgrund von Rosemarys Erinnerungen an ihren kleinen Jungen, sondern auch aufgrund von Tessas eigenen Erinnerungen an ihre Kinder und Enkel, ihre Erinnerungen an Will. Der resolute Ausdruck in den blauen Augen, die entschlossene, anmutige Haltung im Angesicht der Gefahr – es bestand kein Zweifel: Der Junge war ein Herondale.

Als Tessa sich ihm vorstellte, schwieg er. Er war noch so jung und versuchte, so tapfer zu wirken. Sie würdigte seine Bemühungen, indem sie ihn wie einen Erwachsenen ansprach und nicht wie ein Kind, das ihre Fürsorge brauchte. »Steh auf, Christopher.«

Er reagierte nicht. Seine Augen schweiften zu der Stelle, wo der zerstückelte Leichnam lag; dann wandte er hastig den Blick ab. Seine Jeans war blutbedeckt, und Tessa fragte sich, ob es sich um das Blut seines Vaters handelte.

»Mein Vater ... er ...« Seine Stimme zitterte.

»Du musst später um ihn trauern«, teilte Tessa ihm mit. Immerhin war er der Abstammung nach ein Krieger, wenn auch kein ausgebildeter Kämpfer. Sie kannte seine Kraft besser als er selbst. »Im Moment schwebst du in großer Gefahr. Es könnten weitere dieser Wesen folgen, schlimmere Dämonen.«

»Bist du eine Nephilim?«

Die Abscheu in seiner Stimme ließ Tessa zusammenzucken.

»Nein, das bin ich nicht«, sagte sie. »Aber ...« Rosemary hatte sich so sehr bemüht, diese Tatsache vor ihm geheim zu halten. Hatte alles geopfert, damit er nichts von der dunklen Welt um ihn herum ahnte. Doch dieses Leben war jetzt vorbei, diese Lüge begraben, und Tessa würde diejenige sein, die ihm den letzten, alles verändernden Schlag versetzte. »Aber du bist einer.«

Die Augen des Jungen weiteten sich. Tessa streckte ihm eine Hand entgegen. »Komm jetzt. Hoch mit dir, Christopher Herondale. Wir haben schon sehr lange nach dir gesucht.«

Jem blickte über die bildschöne Landschaft – weiße Schaumkronen auf einem sonnenbeschienenen Meer, die Spitzen der Pfähle, die in den bilderbuchblauen Himmel hinaufragten, und neben ihm Tessa Gray, die Liebe seiner vielen verschiedenen Lebensabschnitte – und versuchte herauszufinden, warum er sich so unwohl fühlte. Christopher Herondale oder Kit, wie er lieber genannt werden wollte, befand sich in der sicheren Obhut des L.-A.-Instituts. Tessa und er hatten Rosemary nicht vollkommen im Stich gelassen – sie hatten zwar die junge Frau verloren, ihren Sohn aber retten können. Sie hatten einen verschollenen Herondale in den Schoß der Nephilim zurückgeführt, wo er hoffentlich ein neues Zuhause finden würde. Dagegen würden sich Tessas und seine Wege bald trennen, zumindest vorübergehend: Tessa war ins Spirallabyrinth gerufen worden, um sich mit den beunruhigenden Berichten über eine grassierende Krankheit innerhalb der Hexenwesengemeinschaft zu befassen, während Jem sich auf die Suche nach Malcolm Fades Leichnam und dem Schwarzen

Buch der Toten machen wollte. Er hatte die Vermutung, dass Fades Taten hier in Los Angeles nur der Anfang einer viel schwereren Bedrohung waren. All diese Dinge boten reichlich Grund zur Sorge, erklärten aber nicht sein ungutes Gefühl.

Es hing irgendwie mit Tessa zusammen, die sich noch immer etwas distanziert verhielt – als gäbe es da etwas, mit dem sie ihn auf keinen Fall belasten wollte.

»Dieser Ort hier ...«, setzte sie jetzt mit einem beunruhigten Ton in der Stimme an.

Jem legte einen Arm um ihre Schultern und zog sie an sich. Diese Augenblicke fühlten sich wie gestohlene Zeit an, kurz bevor sie sich ihrem jeweiligen Auftrag widmen mussten. Er atmete ihren Duft ein, versuchte, sich die Wärme ihres Körpers einzuprägen, um sich bereits auf ihre Abwesenheit vorzubereiten.

»Dieser Ort hat etwas unglaublich Vertrautes an sich«, sagte Tessa.

»Aber du warst noch nie zuvor hier?«, fragte er.

Sie schüttelte den Kopf. »Nein, er erinnert mich ... an etwas, das ich in einem Traum gesehen habe.«

»War ich auch in diesem Traum?«

In Tessas Lächeln mischte sich ein unverkennbarer Hauch langjährigen Kummers. »Du bist immer in meinen Träumen.«

»Was ist los?«, fragte Jem. »Hängt es mit Rosemary zusammen? Ich habe das Gefühl, dass ihr Tod irgendwie auf meinen Schultern lastet.«

»Nein!«, beharrte Tessa. »Wir haben alles in unserer Macht Stehende für sie getan. Und das tun wir noch immer – Kit ist vorläufig in Sicherheit, und die Reiter des Mannan ahnen hoffentlich noch nicht einmal etwas von seiner Existenz. Vielleicht hält der König des Dunklen Volkes ihren Auftrag ja für erledigt.«

»Vielleicht«, sagte Jem zweifelnd. Sie wussten beide, wie unwahrscheinlich es war, dass die Suche hiermit eingestellt wurde; aber wenigstens hatten sie Kit etwas Zeit verschafft. »Ich wünschte, wir könnten mehr für ihn tun. Kein Kind sollte zusehen müssen, wie der eigene Vater getötet wird.«

Tessa nahm seine Hand. Sie wusste genau, woran er jetzt dachte – nicht nur an die vielen Waisen in der Welt der Schattenjäger, die ihre Eltern im Dunklen Krieg verloren hatten, sondern auch an seine eigenen Eltern, die man vor seinen Augen gefoltert und getötet hatte. Jem hatte nur gegenüber Tessa und Will die ganzen Gräuel aufgezählt, die er in der Gewalt jenes Dämons erfahren hatte – und selbst dieser einmalige Bericht war fast mehr gewesen, als er ertragen konnte.

»Der Junge ist in guten Händen«, versicherte Tessa ihm. »Er hat ein Mitglied der Carstairs an seiner Seite. Emma wird ihm helfen, eine neue Familie zu finden, so wie Will und wir eine neue Familie bei Charlotte und Henry gefunden haben.«

»Und miteinander«, sagte Jem.

»Und miteinander.«

»Allerdings wird das kein Ersatz sein für das, was er verloren hat.«

»Nein. Aber niemand kann je das ersetzen, was man verloren hat, oder?«, erwiderte Tessa. »Man kann nur eine neue Liebe finden, um die hinterlassene Lücke zu füllen.«

Wie immer spürte er die Erinnerung an Will, seine Abwesenheit, fast wie eine Person zwischen ihnen.

»Diese Lektion haben wir beide viel zu früh gelernt«, sagte Jem, »aber vermutlich muss jeder sie irgendwann lernen. Die Erfahrung des Verlustes ist es, was uns zu Menschen macht.«

Tessa setzte zu einer Antwort an – und brach dann in Tränen aus. Jem schlang die Arme um sie und drückte sie fest an sich, während sie hemmungslos schluchzte. Er strich ihr über die Haare, rieb ihr den Rücken und wartete, bis der Sturm vorüberzog. Ihr Schmerz war auch sein Schmerz, selbst wenn er die Ursache nicht kannte. »Ich bin hier«, flüsterte er. »Ich bin bei dir.«

Tessa holte gequält Luft und sah ihn dann an.

»Was bedrückt dich?«, fragte er. »Du weißt doch, dass du mir alles erzählen kannst.«

»Es … es geht um dich.« Sanft berührte sie sein Gesicht. »Du bist jetzt hier bei mir, aber das wirst du nicht immer sein. Die Erfahrung des Verlustes ist es, was uns zu Menschen macht, so wie du gesagt hast. Eines Tages werde ich dich verlieren. Weil du sterblich bist und ich ... nun mal ich bin.«

»Tessa ...« Ihm fehlten die Worte, um das zu sagen, was er jetzt eigentlich sagen wollte: *Seine Liebe zu ihr erstreckte sich über die Zeit, über den Tod hinaus. Und er hatte während der letzten Tage viel zu viele Stunden damit verbracht, sich eine Welt ohne sie auszumalen. Man konnte selbst einen unvorstellbaren Verlust überleben. Und sie würden einander lieben, solange sie nur konnten.* Stattdessen hielt er sie fest im Arm, bewies ihr durch seine beständige, körperliche Anwesenheit: Ich bin hier.

»Warum kommst du jetzt darauf?«, fragte er behutsam. »Hängt es mit irgendetwas zusammen, das Bruder Enoch gesagt hat?«

»Vielleicht war mir nicht klar, wie sehr ich mich während der langen Jahre im Spirallabyrinth vor allem Menschlichen abgeschottet hatte«, räumte sie ein. »Du hast im Krieg gekämpft, hast so viel Gewalt gesehen, so viele Tote, aber ich habe mich versteckt ...«

»Du hast auch gekämpft«, berichtigte Jem sie. »Auf deine eigene Weise, die genauso wichtig war wie meine.«

»Ja, ich habe gekämpft, aber ich habe mich auch versteckt. Ich wollte erst dann wieder an der Welt teilhaben, wenn du das auch konntest. Aber nun ist mir nach dem Aufwachen das volle Ausmaß meiner Menschlichkeit wieder bewusst geworden. Was furchterregend ist, vor allem jetzt.«

»Tessa, warum jetzt?«, fragte er erneut und mit wachsender Besorgnis. Was konnte Bruder Enoch ihr gesagt haben, das sie in solch eine Panik versetzte?

Tessa nahm seine Hand und presste sie flach auf ihren Bauch. »Es gibt einen Grund, warum ich mit der Gestaltwandlung solche Mühe hatte und nicht zu mir selbst zurückkehren konnte: Im Moment bin ich nicht mehr nur ich allein.«

»Du meinst ...?« Er wagte kaum zu hoffen.

»Ich bin schwanger.«

»Wirklich?« Jem fühlte sich wie elektrisiert – die Vorstellung, ein Kind zu haben, setzte seine Synapsen unter Strom. Er hatte sich nie erlaubt, darauf zu hoffen, weil er besser als jeder andere wusste, wie schwer es Tessa gefallen war, ihre Kinder altern zu sehen, während sie selbst jung blieb. Sie war eine wunderbare Mutter gewesen, hatte diese Rolle von ganzem Herzen ausgefüllt, aber er wusste, wie viel Kraft es sie gekostet hatte. Er war immer davon ausgegangen, dass sie das nie wieder durchmachen wollte.

»Ja, wirklich. Windeln, Kinderwagen, Spielverabredungen mit Magnus und Alec, unter der Voraussetzung, dass wir Magnus davon überzeugen können, noch ein paar Jahre zu warten, bevor er unserem Kind beibringt, Dinge in die Luft zu jagen – das volle Programm. Also ... was hältst du davon?«

Jem hatte das Gefühl, als würde sein Herz gleich vor Freude explodieren. »Ich bin glücklich. Ich bin ... *Glücklich* beschreibt es nicht annähernd. Aber was ist mit dir ...?« Eindringlich musterte er ihre Miene. Er kannte ihr Gesicht besser als sein eigenes, konnte darin lesen wie in einem von Tessas geliebten Büchern – und las jetzt darin Angst, Sehnsucht, Kummer, aber vor allem: Freude. »Bist du auch glücklich?«

»Ich hätte nicht gedacht, dass ich jemals wieder so empfinden könnte«, sagte Tessa. »Es hat einmal eine Zeit gegeben, in der ich nicht mehr die geringste Freude verspürt habe. Aber jetzt ...« Ihr Lächeln strahlte wie die Sonne. »Warum wirkst du so überrascht?«

Jem wusste nicht, wie er darauf antworten sollte, ohne sie zu verletzen und die alten Wunden wieder aufzureißen, weil er sie an ihren Verlust erinnern würde.

Aber natürlich konnte sie seine Gedanken so gut lesen wie er ihre. »Ja, ich mag unseren Nachwuchs eines Tages verlieren. Genau wie ich dich eines Tages verlieren werde. Ein Gedanke, den ich kaum ertragen kann.«

»Tessa ...«

»Aber wir alle ertragen so viele Dinge, die unerträglich erscheinen. Die einzig wirklich unerträgliche Last ist ein Leben ohne

Liebe. Das hast du mich gelehrt.« Tessa verschränkte ihre Finger mit seinen und drückte sie fest. Sie war so unfassbar stark. »Du und Will.«

Jem umfasste ihr Gesicht, spürte ihre warme Haut unter seinen Handflächen und war ein weiteres Mal unendlich dankbar dafür, dass man ihm wieder ein normales Leben geschenkt hatte. »Wir bekommen wirklich ein Kind?«

Tessas Augen glänzten. Ihre Tränen waren versiegt und einem Ausdruck fester Entschlossenheit gewichen. Jem wusste, wie viel Kummer es ihr bereitet hatte, erst Will zu verlieren und dann die Mitglieder der Familie, die sie mit ihm gegründet hatte. Er selbst hatte ein Stück von sich verloren, als sein *Parabatai* gestorben war; Wills Abwesenheit hatte eine Lücke hinterlassen, die durch nichts gefüllt werden konnte. Selbst nach all den Jahren fühlte er noch immer den Schmerz. Doch der Schmerz war ein Beweis für die Liebe, eine Erinnerung an Will.

Es war leichter, nichts zu empfinden. Es war sicherer, nicht zu lieben. Es war möglich, sich selbst in einen Stein zu verwandeln, sich von der Welt und dem damit verbundenen Verlust abzuschotten, sein Herz vollständig zu leeren. Ja, es war möglich, aber es war nicht menschlich.

Und es war es nicht wert, die Chance auf eine neue Liebe zu verlieren. Das hatte er von den Stillen Brüdern gelernt und davor von Tessa. Und davor natürlich von Will. Sie beide hatten sich so sehr bemüht, sich vor dem Schmerz eines zukünftigen Verlustes zu verstecken, allein zu bleiben, sich vor den Gefahren jedweder Beziehung zu bewahren. Und beide waren so wunderbar daran gescheitert.

»Wir bekommen wirklich ein Kind«, bestätigte Tessa. »Ich hoffe, du bist darauf vorbereitet, die nächsten Jahre ohne Schlaf auszukommen.«

»Glücklicherweise habe ich damit sehr viel Erfahrung«, erinnerte er sie. »Wesentlich mehr als mit dem Wechseln von Windeln.«

»Ich hab gehört, sie sind inzwischen viel praktischer als damals, als ich sie zum letzten Mal gebraucht habe«, sagte Tessa. »Wir werden es gemeinsam herausfinden müssen. Alle Aspekte.«

»Bist du dir auch sicher?«, fragte Jem. »Willst du das wirklich alles noch einmal auf dich nehmen?«

Sie schenkte ihm ein Lächeln, das ihn an die Sixtinische Madonna von Raffael erinnerte. »Die Windeln, die schlaflosen Nächte, das viele Weinen, die Liebe, die man nicht für möglich gehalten hätte – so als ob dein Herz außerhalb deines Körpers existiert ... das Chaos und die Sorge und das Gefühl des Stolzes und die Gelegenheit, einem Kind die Bettdecke bis zur Nase hochzuziehen und ihm eine Gutenachtgeschichte vorzulesen ... Du fragst mich, ob ich all diese Dinge gemeinsam mit dir tun möchte? Ich könnte mir gar nicht sicherer sein.«

Bei diesen Worten nahm er sie erneut in die Arme und stellte sich das neue Leben vor, das in ihrem Körper heranwuchs, und ihre gemeinsame Zukunft: eine Familie, mehr Liebe, um die Lücken zu füllen, die der Verlust ihrer Lieben hinterlassen hatte, mehr Liebe, als irgendeiner von ihnen sich je hatte vorstellen können. Die Zukunft war so unsicher, überschattet von einer drohenden Gefahr, die weder Tessa noch er vollständig verstanden. Jem fragte sich, in welche Welt ihr Kind wohl hineingeboren werden würde. Er dachte an all das Blut, das in den letzten Jahren vergossen worden war, das wachsende Unbehagen innerhalb der Gruppe der ihm bekannten Schattenjäger, die dunkle Ahnung, dass sich etwas Unheilvolles zusammenbraute, dass dieser Kalte Friede nach dem Krieg möglicherweise nur die gespenstische Ruhe im Auge des Hurrikans war, einer jener windstillen Momente, in denen man sich einreden konnte, das Schlimmste sei überstanden.

Tessa und er waren schon zu lange auf dieser Welt, um sich noch etwas vorzumachen, und er fragte sich, was mit einem Kind passieren würde, das im Auge eines solchen Sturms geboren wurde. Er dachte an Tessa, ihre Willenskraft und ihre Stärke, ihre Weigerung, sich durch die vielen Verluste vom Leben verbittern zu lassen und sich noch länger vor der Brutalität der sterblichen Welt zu verstecken, ihre Entschlossenheit, weiterzukämpfen, durchzuhalten.

Sie war ebenfalls ein Kind, das in einem Sturm das Licht der Welt erblickt hatte, genau wie Will, genau wie er selbst. Sie alle drei hatten bei ihrer Suche nach Glück und Zufriedenheit gegen viele Widerstände kämpfen müssen und endlich Liebe gefunden. Aber wäre ihr Glück ohne die vielen Widerstände auch nur annähernd so groß gewesen?

Jem schloss die Lider und drückte einen Kuss auf Tessas Haar. Vor seinem inneren Auge sah er keine Dunkelheit, sondern einen hellen Londoner Morgen und Will, der vor ihm stand und lächelte. *Eine neue Seele, geschaffen von Tessa und dir,* sagte Will. *Ich kann es kaum erwarten, solch ein Muster an Vollkommenheit kennenzulernen.*

»Siehst du ihn auch?«, flüsterte Tessa.

»Ja, ich sehe ihn«, sagte Jem, und dann drückte er sie noch fester an sich, während das neue Leben, das sie gemeinsam gezeugt hatten, zwischen ihnen ruhte.

Cassandra Clare
Kelly Link

Die verlorene Welt

Die Welt und alles in ihr hatte sich verändert ...
Passanten gingen an meiner Parkbank vorbei –
Passanten, die lachten und scherzten und plauderten.
Ich hatte das Gefühl, als würde ich sie betrachten,
wie ein Toter die Lebenden betrachten mag.

Arthur Conan Doyle, Das Schicksal der Evangeline

2013

»Das heißt also, du hast keinerlei Anzeichen für Dämonenaktivität oder andere übernatürliche Energien gespürt, die von diesem Bergsee ausgehen?«, fragte Ty.

Obwohl es bereits März war, lag die Welt um die Scholomance herum noch immer unter einer weißen Schneedecke, so als würden die gesamten Karpaten Trauer tragen. Ty saß an seinem Schreibtisch und kritzelte etwas in sein schwarzes Notizbuch, in dem er seit sechs Monaten alle Begleiterscheinungen, Vorteile und wahrnehmbaren Eigenschaften von Livvys wiedererwecktem Zustand festhielt.

Die ersten Einträge lasen sich ungefähr so: *Unkörperlich. Im Allgemeinen unsichtbar, mit wenigen Ausnahmen. Manche Tiere scheinen sie spüren zu können – die meisten Katzen zum Beispiel, obwohl ich mir in dem Punkt natürlich nicht ganz sicher bin, da Katzen nicht reden. Kann sich mit etwas Mühe auch mir gegenüber unsichtbar machen. Habe sie gebeten, das zu unterlassen. Finde es zu beunruhigend. Schläft nicht. Braucht keine Nahrung. Sagt, sie sei davon überzeugt, dass sie schmecken kann, was ich (Ty) esse. Werde das überprüfen – Livvy soll in einem anderen Raum warten, während ich verschiedene Speisen probiere. Aber das ist nicht das vordringlichste Experiment. Und natürlich stellt sich die Frage, ob das ausschließlich mit Livvys derzeitigem Zustand zusammenhängt oder mit dem Umstand, dass wir Zwillinge sind, oder mit der unbestreitbaren Tatsache, dass ich das alles verursacht habe. Magnus sagt, es existieren nur wenige zuverlässige Informationen zu dem Thema. Geruchssinn nicht beeinträchtigt. Habe das sowohl mit sauberen als auch mit dreckigen Socken sowie diversen*

Kräutern getestet. Unempfindlich gegenüber extremer Hitze oder Kälte. Sagt, dass sie glücklich ist, hier bei mir zu sein. Sagt, dass sie mich liebt und bei mir bleiben möchte. Frage: Kann man das als Beweis dafür akzeptieren, dass manche Dinge (bestimmte Gefühle und Beziehungen) über den Tod hinaus Bestand haben?

»Nein, nichts«, erwiderte Livvy. Während Ty sich Notizen machte, schwebte sie oft über seiner Schulter, um mitzulesen und seine Einträge gegebenenfalls mit ihren eigenen Anmerkungen zu ergänzen. Doch im Moment interessierte sie sich mehr für etwas, das sie hinter dem Kopfbrett von Tys Bett an der Wand entdeckt hatte. Mit etwas Mühe konnte sie sich durch das Holzbrett hindurchbewegen – genau wie die Geister in Drus Horrorfilmen, die durch Wände gehen konnten. (Wie gern hätte sie diese Fähigkeit ihrer Schwester gezeigt, doch Ty und sie waren sich einig, dass sie sich nicht gegenüber dem Rest der Familie manifestieren sollte.)

Irgendjemand hatte hinter Tys Bett einen Satz und ein Datum in die Wand geritzt, und zwar so, dass die oberen Bereiche der groben Buchstaben gerade noch zum Vorschein kamen. »›Ich habe mich nicht freiwillig für dieses Leben entschieden‹«, sagte Livvy laut.

»Wie bitte?«, fragte Ty verwirrt.

»Ach, das ist kein Kommentar von mir«, erwiderte Livvy hastig. »Jemand hat es in die Wand geritzt. Hier steht auch eine Jahreszahl: 1904. Allerdings kein Name.«

Ty besuchte die Scholomance nun schon seit vier Monaten – und dort, wo er hinging, da ging auch Livvy hin. Vier Monate an der Scholomance und sechs Monate, seit Livvy als Geist wiederauferstanden war – nachdem der von Ty verwendete Katalysator seine Dienste versagt und die Beschwörungsformel aus dem Schwarzen Buch der Toten ihre Wirkung deshalb nur teilweise entfaltet hatte. Anfangs war Livvy nicht ganz sie selbst gewesen. Tys Notizbuch enthielt seitenweise Berichte über die Lücken in ihrem Gedächtnis und ihre irgendwie veränderte Persönlichkeit. Doch allmählich hatte sie wieder zu sich und ihrem alten Selbst zurückgefunden. Ty hatte das folgendermaßen kommentiert: *Das Phänomen des »Jetlags«, also der Reise über weite Entfernungen und durch unterschiedliche Zeitzonen, gehört zum menschlichen Dasein. Möglicherweise erlebt Livvy eine Variante davon. Ein Schriftsteller hat den Tod einmal als »dieses unbekannte Land« bezeichnet. Vermutlich hat Livvy – zumindest psychisch – eine sehr weite Strecke zurücklegen müssen, um zu mir zurückzukehren.*

Insgesamt waren die vergangenen Monate durch umwälzende, beunruhigende Veränderungen geprägt gewesen – wobei Livvys Rückkehr in Geistergestalt weder die umwälzendste noch die beunruhigendste Veränderung dargestellt hatte. Die Kohorte und ihre Anhänger hatten sich in Idris eingeschlossen, sodass die Anhänger des Rats nun über die ganze Welt verstreut im Exil lebten. Niemand konnte Idris betreten oder verlassen.

»Was, glaubst du, essen sie in Idris?«, hatte Ty Livvy einmal gefragt.

»Hoffentlich sich gegenseitig«, hatte Livvy geantwortet. »Oder Zucchini. Jede Menge Zucchini.« Sie war sich ziemlich sicher, dass niemand wirklich gern Zucchini aß.

Auch die Scholomance hatte sich verändert. Traditionell war diese Institution die Ausbildungsstätte der Zenturionen gewesen, und Livvy hatte die im Los-Angeles-Institut stationierten Zenturionen davon erzählen hören. Das Internat hatte sich dadurch zu einem Nährboden für die Anwerbung neuer Mitglieder der Kohorte entwickelt. All deren Sympathisanten befanden sich jetzt in Idris – also kein allzu großer Verlust, was Livvy betraf. Ausnahmslos alle Mitglieder der Kohorte, die Livvy kennengelernt hatte, waren Schlägertypen, Fanatiker oder Speichellecker gewesen. Die Zucchini der Schattenjägerwelt. Wer würde sie schon vermissen? Das eigentliche Problem war jedoch nicht, dass sie weg waren, sondern dass sie *nicht weit genug* weg waren. Sie hockten innerhalb von Idris' Schutzschranken und schmiedeten weiß der Himmel welche Pläne und Intrigen.

Einige der Tutoren der Scholomance waren mit den Zenturionen nach Idris gewechselt, und jetzt hatte Jia Penhallow, die ehemalige Konsulin, hier das Sagen. Nach ihrer Abdankung aus gesundheitlichen Gründen hatte sie etwas Zeit gebraucht, um sich zu erholen, doch nun wollte sie wieder etwas Nützliches tun. Ihr Mann Patrick war ebenfalls hier, genau wie Ragnor Fell, der angereist war, um zu unterrichten und beim Aufbau des Internats zu helfen. Auch Catarina Loss kam regelmäßig zu Besuch. Sie verbrachte zwar mehr Zeit an der neuen Schattenjäger-Akademie auf Luke Garroways Farm im Norden des Bundesstaates New York, schaute aber hin und wieder an der Scholomance vorbei, um die Vorräte der Krankenstation aufzufrischen oder ungewöhnliche magische Erkrankungen zu heilen.

Doch die vergangenen Monate hatten noch weitere Veränderungen gebracht. Kit lebte jetzt bei Jem und Tessa, während Helen und Aline sich in ihre Rolle als Leiterinnen des Los-Angeles-Instituts eingelebt hatten. Livvy wünschte von ganzem Geisterherzen, dass Ty und sie in L. A. hätten bleiben können, aber Ty hatte darauf bestanden hierherzukommen. Der Besuch der Scholomance war die Strafe, die er für sein großes Verbrechen erdulden musste – seinen Versuch, Livvy wiederzuerwecken. Es war nicht gerade schmeichelhaft, dass sie jetzt der Geisterklotz an Tys Bein war, dachte Livvy – aber besser ein Geisterklotz als eine tote Schwester.

»Niemand entscheidet sich freiwillig für dieses Leben«, sagte Ty und legte seinen Stift beiseite.

Er klang, als wäre er mit seinen Gedanken meilenweit entfernt. Livvy glaubte nicht, dass er von der Scholomance redete.

»Ich habe Tierspuren am Dimmet entdeckt«, erzählte sie hastig. »Der Bergsee ist nicht völlig zugefroren. Ein paar Studenten haben sich darüber unterhalten, dass dieses Jahr das wärmste seit Beginn der Aufzeichnungen sei. Kannst du dir noch mehr Schnee vorstellen, als wir ohnehin schon hatten? Allem Anschein nach kommen Tiere zum Trinken aus den Bergen hinunter zum See. Ich frage mich, um welche Tierarten es sich dabei handelt.«

»Vielleicht ein Karpatenluchs«, mutmaßte Ty. »Angeblich spuken sie in dieser Gegend herum.«

»Genau wie ich«, sagte Livvy. Doch Ty lachte nicht über ihren Scherz.

Stattdessen meinte er: »Du warst fast drei Stunden weg. Ich habe es in meinem Notizbuch festgehalten. Es hat sich so angefühlt, als wäre ein Teil von mir eingeschlafen. So ein taubes, prickelndes Gefühl.«

»Ich habe es auch gespürt«, bestätigte Livvy. »Wie ein Gummiband, das stark gedehnt wird.«

Während der vergangenen Woche hatten sie außerhalb der Unterrichtszeiten verschiedene Experimente durchgeführt, bei denen Livvy sich in zunehmendem Maße von Ty entfernt hatte. Der Dimmet-See lag zwar nur um die Ecke – weniger als vierhundert Meter von Tys Zimmer entfernt –, aber weiter hatte Livvy sich noch nicht gewagt. Sie hatte so lange über der Wasseroberfläche geschwebt, bis die reglose schwarze Stille unter ihr sie fast hypnotisiert hatte. Und obwohl sie die Reflexion der kahlen Bäume wahrnehmen konnte, war sie nicht in der Lage gewesen, ihr eigenes Spiegelbild zu sehen, ganz gleich wie dicht sie ihr Gesicht über die glatte tintenschwarze Oberfläche des Bergsees hielt. Zwar konnte sie ihre ausgestreckte Hand sehen, aber nicht deren Reflexion im Wasser – und das bereitete ihr ein mulmiges Gefühl. Also hatte sie nur das Wasser betrachtet und versucht, alle Sorgen und Trauergefühle zu vergessen. Das Einzige, woran sie sich festhalten konnte, war Ty.

Nach einer Weile hatte sie sich vom See abgewandt und war zu ihrem Bruder zurückgekehrt. »Ich würde gern mal einen Karpatenluchs sehen«, sagte sie jetzt.

»Sie sind vom Aussterben bedroht«, antwortete Ty, »und sehr scheu.«

»Und ich bin sehr unsichtbar«, sagte Livvy. »Deshalb glaube ich, dass ich ziemlich gute Chancen habe. Aber du kannst in deinem Notizbuch vermerken, dass der Dimmet-See ein ganz normaler Bergsee ist. Diese alten Legenden und Sagen sind nichts anderes als das: Legenden und Sagen.«

»Sagen wir mal, es sind weitere Nachforschungen erforderlich«, erwiderte Ty. »Ich werde meine Recherchen in der Bibliothek fortsetzen.«

Sie hatten den Dimmet nicht nur deshalb ausgesucht, weil sich die Entfernung dorthin als gute Maßeinheit nutzen ließ, sondern auch deshalb, weil unter den Studenten der Scholomance zahlreiche interessante Geschichten über den See kursierten. Früher musste er sehr unheimlich gewesen sein, allerdings konnten sich all die Gerüchte nicht auf einen einzigen Grund dafür einigen. Manche Sagen berichteten, dass die Feenwesen den Dimmet einst sehr geschätzt hatten; andere Legenden sprachen von einem großen Nest mit Dämoneneiern am Grund des Sees – so tief unten, dass kein Senkblei seine wahren Maße wiedergeben konnte. Eine weitere Legende behauptete, ein unglückliches Hexenwesen habe das Wasser verwünscht, sodass jeder, der im See schwamm, von einem schrecklichen Fußpilz heimgesucht wurde, aus dem schließlich winzige blaue und grüne Giftpilze hervorsprießten. Das klang zwar eher unwahrscheinlich, aber andererseits waren Hexenwesen auch oft unwahrscheinlich kleinlich. Dabei handelte es sich um eine der potenziellen Begleiterscheinungen ihrer Unsterblichkeit: Je älter sie wurden, desto schwerer fiel es ihnen, fünf gerade sein zu lassen.

»Hast du versucht unterzutauchen?«, fragte Ty.

»Ja«, bestätigte Livvy. So wie bei dem Kopfbrett war es ihr gelungen, sich selbst durch die Wasseroberfläche zu drücken. Allerdings ließ sich diese Erfahrung überhaupt nicht mit dem Schwimmen im Pazifik vergleichen, dessen Wellen je nach Tageszeit und Bewölkung grün, blau oder grau schimmerten, eine Haube aus weißer Gischt trugen und geräuschvoll den nassen Sand hinaufbrandeten. Dagegen war der Dimmet-See schwarz, tiefschwarz, so schwarz wie die Nacht, allerdings ohne Sterne oder Mond oder das Versprechen einer Morgendämmerung. Pechschwarz. Schwarz wie ... das Nichts.

Livvy hatte das Wasser des Dimmet-Sees nicht gespürt, war aber dennoch langsam in seine Fluten gesunken, bis ihr Kopf unter der Oberfläche verschwand und die Andeutung eines

Winterhimmels über ihr in immer größere Ferne gerückt und schließlich ganz verschwunden war, bis sie nichts mehr sah oder fühlte. Sie war immer tiefer in diesen Abgrund gesunken, in diese Schwärze, in dieses Nichts, bis sie nicht mehr sagen konnte, ob sie überhaupt noch weiter in die Tiefe sank. Das Nichts hatte sie von allen Seiten umgeben, bis ihr nur noch das Band zu Ty geblieben war – so dünn, wie man es sich nur vorstellen konnte, und dennoch stärker als das stärkste Metall.

Ty und sie hatten überlegt, ob sie jetzt, da sie selbst ein Geist und damit unheimlich war, wohl in der Lage wäre, das Geheimnis des Dimmet-Sees aufzudecken. Livvy gefiel der Gedanke, dass sie möglicherweise über eine Art Superkraft verfügte und auf irgendeine Weise nützlich sein könnte. Und Ty mochte die Vorstellung, dass sie beide vielleicht ein regionales Rätsel lösen würden. Doch falls der Dimmet-See ein dunkles Geheimnis barg, so hatte Livvy es noch nicht entdeckt.

»Bald wird die Glocke zum Abendessen geläutet«, sagte sie jetzt.

»Ich hoffe, es ist nicht Oliven-Hackbraten«, bemerkte Ty.

»Doch«, sagte Livvy. »Kannst du das nicht riechen?«

»Argh«, murmelte Ty. Dann legte er das schwarze Notizbuch beiseite, holte eine rote Kladde hervor, in der er seine Stundenpläne und Tabellen führte, und blätterte zurück. »Das ist jetzt schon das dritte Mal in vier Wochen.«

Livvy hatte sich Sorgen gemacht, wie ihr Bruder wohl damit zurechtkommen würde, so weit von zu Hause entfernt zu sein. Doch Ty hatte sich überraschend gut angepasst. Am ersten Abend hatte er einen Zeitplan aufgestellt, an den er sich gewissenhaft hielt. Vor dem Schlafengehen legte er sorgfältig seine Kleidung für den nächsten Tag zurecht und überprüfte den Wecker mit der Armbanduhr an seinem Handgelenk. Während des Unterrichts trug er eines von Julians alten, leeren Feuerzeugen in der Tasche – für den Fall, dass er seine Finger beschäftigen musste – und dazu seine Kopfhörer um den Hals als eine Art Talisman.

Nach seinem gescheiterten Versuch, Livvy von den Toten zu erwecken, hatte er sein Handy in den Pazifik geworfen, um nicht in Versuchung zu geraten, weitere Beschwörungsformeln aus dem Schwarzen Buch der Toten auszuprobieren. Inzwischen hatte er sich zwar ein neues Smartphone besorgt, aber seine Fotos hatte er noch nicht wieder hochgeladen. Eine weitere Strafmaßnahme, dachte Livvy, auch wenn Ty es nicht ausdrücklich erwähnt hatte. Statt der Fotos hing jetzt ein von Julian gemaltes Triptychon über seinem Schreibtisch: ein Gemälde, das ihre Eltern zeigte. Dazu eines mit allen Blackthorn-Geschwistern sowie Diana und Emma, mit dem Ozean im Hintergrund. Und das dritte Gemälde zeigte Livvy. Sie schwebte oft davor und starrte es an, um ihr Gesicht nicht zu vergessen. Im Vergleich zu den anderen Aspekten des eigenen Todes war es natürlich keine große Sache, dass sie sich selbst nicht mehr im Spiegel sehen konnte, aber es gefiel ihr trotzdem nicht.

Ty sandte jede Woche einen Brief an Julian, während Dru, Mark, Diana, Tavvy und Helen Postkarten bekamen. Aber Livvy war aufgefallen, dass er Kit noch kein einziges Mal geschrieben hatte. Sie wusste, dass Kit wegen der Beschwörungsformel wütend auf Ty gewesen war. Aber inzwischen musste Kits Wut doch verraucht sein, oder? Doch jedes Mal wenn sie ihn zur Sprache brachte, zuckte Ty nur die Achseln und setzte seine Kopfhörer auf.

Im Allgemeinen hatte Ty sich an der Scholomance offenbar gut eingelebt – jedenfalls besser, als Livvy es vor ihrem Tod erwartet hätte. Ihr Bruder hatte zwar noch keine neuen Freundschaften geschlossen, kam aber bei allen Aufgaben, die die Tutoren ihm stellten, problemlos mit. Und falls er sehr ruhig und in sich gekehrt wirkte, so schien das niemand für ungewöhnlich zu halten. An der Scholomance befanden sich inzwischen eine ganze Reihe von Schattenjägerkindern, die sich große Sorgen machten, Angst hatten oder gelegentlich im Geheimen weinten. Ty hielt sich bedeckt: Niemand außer Livvy – und vielleicht Julian – hätte ahnen können, dass irgendetwas nicht stimmte.

Aber mit Ty stimmte definitiv etwas nicht. Und Livvy hatte keine Ahnung, wie sie das Problem beheben sollte, zumal sie nicht wusste, worum es dabei überhaupt ging. Also konnte sie nichts anderes tun, als für ihn da zu sein. Sie hatte ihm versprochen, dass sie immer bei ihm bleiben würde. Er hatte sie vor dem Tod bewahrt, und sie liebte ihn.

Außerdem gab es ohnehin keinen anderen Ort, an dem sie hätte sein müssen.

Wenn Ty lernte oder schlief, machte Livvy sich gelegentlich auf, das Internatsgebäude zu erkunden, beispielsweise die Bibliothek. Hier wuchs ein hoher Baum mit silbergrünen Blättern durch die geborstene Glasdecke – wie eine Verheißung, dass keine Mauer und keine Entbehrungen (oder Versprechen) ewig Bestand haben würden.

Gelegentlich näherte sie sich einem Studenten oder einer Studentin, die allein in der Bibliothek oder auf einer Fensterbank saßen und lasen oder auf den Dimmet-See hinunterblickten. Livvy konzentrierte dann ihre ganze Aufmerksamkeit auf die jeweilige Person, im Versuch herauszufinden, ob sie sich bemerkbar machen konnte. »Kannst du mich hören? Kannst du mich sehen?«

Aber niemand nahm sie wahr. Eines späten Abends beobachtete Livvy zwei Mädchen, eines mit schwarzen Locken und das andere mit blonden Haaren, die knutschend in einem Erker saßen. Die beiden waren nur ein oder zwei Jahre älter als Livvy, und sie fragte sich, ob es sich um ihren ersten Kuss handelte. Nach einer Weile löste sich das blonde Mädchen aus der Umarmung und meinte: »Es ist schon spät. Ich sollte wieder auf mein Zimmer gehen. Die ganzen Bücher lesen sich nicht von selbst.«

Das lockenköpfige Mädchen seufzte. »Okay, aber das gilt auch für Küsse. Ich kann ja wohl schlecht mit mir selbst knutschen.«

»Auch wieder wahr«, erwiderte die andere.

Doch dieses Mal löste sich die Dunkelhaarige als Erste von ihrer Freundin und lachte. »Okay, okay. Es ist schon spät, und du hast beim Küssen definitiv den Dreh raus. Erste Sahne. Außerdem ist morgen noch genügend Zeit zum Küssen. Wir haben so viel Zeit für so viele Küsse. Geh ruhig auf dein Zimmer und lies die Bücher. Sehen wir uns morgen beim Training?«

»Klar«, erwiderte die Blonde und senkte errötend den Kopf. Livvy folgte ihr den gesamten Weg bis zu ihrem Zimmer. »Kannst du mich sehen? Begreifst du denn nicht?«, fragte sie aufgebracht. »Das Leben ist kurz! Verstehst du das denn nicht? Dir bleibt weniger Zeit, als du denkst – und dann ist es vorbei.«

Manchmal fragte Livvy sich, ob sie vielleicht den Verstand verlor. Aber tagsüber, wenn Ty wach war, kam sie leichter mit ihrem Zustand zurecht – dann war sie nicht so allein.

Nach dem Abendessen – das tatsächlich aus Oliven-Hackbraten bestanden hatte – meinte Ty vor dem Einschlafen: »Alle reden ständig über Idris. Darüber, was im Inneren des Landes vor sich gehen mag.«

»Blödmänner, die sich wie Blödmänner verhalten. Das geht im Inneren des Landes vor«, antwortete Livvy.

»Wegen der Schutzschranken kann niemand hinein«, sagte Ty. »Aber ich habe mir die Gespräche der anderen angehört, und da ist mir eine Idee gekommen. Niemand kann nach Idris hinein, aber was wäre, wenn es *dir* gelingen würde?«

»Mir?«, fragte Livvy.

»Ja, und warum auch nicht? Du kannst doch alle möglichen Dinge durchdringen: Wände, Türen. Wir sollten es zumindest ausprobieren.«

»Na ja«, setzte Livvy an und schwieg dann einen Moment. Ein merkwürdiges Gefühl überkam sie, und sie erkannte, dass es sich dabei um Aufregung und Freude handelte.

Grinsend betrachtete sie ihren Zwillingsbruder. »Du hast recht«, sagte sie. »Wir sollten es zumindest ausprobieren.«

»Morgen, nach ›Vulkane und die darin hausenden Dämonen‹«, schlug Ty vor und machte sich eine Notiz in seinem Stundenplan.

Doch in dieser Nacht, während Ty fest schlief, fühlte Livvy sich wieder magisch zum Dimmet-See hingezogen – zu dem Nichts in seinen Tiefen. Beim Gedanken an Idris und das Experiment, das Ty und sie am nächsten Tag durchführen wollten, musste sie jedes Mal an ihren eigenen Tod denken und an den tödlichen Hieb, den Annabel ihr versetzt hatte. An diesen Moment des Schmerzes und der Verwirrung. An den bestürzten Ausdruck auf Julians Gesicht, als sie ihren Körper verlassen hatte.

Selbstverständlich war Annabel nicht mehr in Idris. Annabel war tot. Und selbstverständlich sollte Livvy sich nicht vor ihrer Mörderin fürchten, selbst wenn sie noch leben würde. Schattenjäger sollten sich vor nichts fürchten. Aber der Gedanke an ihren eigenen Körper auf den kalten Steinen der Abkommenshalle, der Gedanke an ihre brennende Leiche auf einem Scheiterhaufen, der Gedanke an den Lyn-See, wo sie von den Toten zurückgekehrt war, all das verfolgte sie, als sie in die Finsternis des Sees hinabsank und sich von seinem Nichts einhüllen ließ.

Der Morgen war fast schon angebrochen, als sie endlich aus den Tiefen aufstieg; perlmuttweißes Licht breitete sich bereits über der Schneekruste an den Ufern aus. Und dort, am Rand des Sees, lag ein kleines Häufchen, so als hätte jemand seine Mütze oder seinen Schal verloren.

Livvy schwebte heran und sah, dass es sich um ein Kätzchen handelte, halb verhungert und reglos. Seine Pfoten waren vom Eis aufgescheuert, und frische rote Blutstropfen leuchteten im Schnee. Seine langen Ohren besaßen schwarze Pinsel, und auch sein Fell war schwarz getupft. »Armes Kätzchen«, sagte Livvy, woraufhin das Tier seine Augen öffnete. Es sah Livvy direkt an und fauchte lautlos. Dann schlossen sich seine Augen wieder.

Livvy eilte zurück zur Scholomance, zurück zu Ty.

»Wach auf, Ty!«, rief sie. »Beeil dich, wach auf!«

Ruckartig fuhr Ty hoch. »Was ist los? Ist was passiert?«

»Am Ufer des Dimmet-Sees liegt ein Luchsjunges«, erklärte Livvy. »Ein Kätzchen. Ich habe das Gefühl, dass es bald stirbt. Beeil dich, Ty.«

Ihr Bruder warf einen Mantel über seinen Pyjama und zog seine Stiefel an. Dann nahm er eine Decke und knüllte sie zusammen. »Wo genau? Zeig mir die Stelle«, sagte er.

Das Kätzchen lebte noch, als sie den See erreichten. Auf dem Weg dorthin war Ty mit jedem Schritt im Schnee versunken, manchmal bis zu den Knien. Dagegen schwebte Livvy federleicht über die Winterlandschaft hinweg. Gelegentlich hatte es auch seine Vorteile, wenn man tot war – das musste sie zugeben.

Die Brust des kleinen Luchses hob und senkte sich nur schwach. Aus seiner schwarzen Nase stiegen winzige Atemwolken auf.

»Wird es wieder gesund?«, fragte Livvy. »Wird das Kätzchen überleben?«

Ty kniete sich neben das Luchsjunge in den Schnee und wickelte es in die mitgebrachte Decke. »Ich weiß es nicht«, antwortete er. »Aber falls doch, hat es dir seine Rettung zu verdanken, Livvy.«

»Nein«, widersprach Livvy. »Ich habe es vielleicht gefunden, aber ich kann es nicht retten. Das musst du übernehmen.«

»Dann retten wir es eben beide«, sagte Ty und schenkte ihr ein Lächeln.

Wenn Livvy ein Notizbuch gehabt hätte, hätte sie diesen Moment darin festgehalten. Es lag lange zurück, dass sie ihren Bruder hatte lächeln sehen.

Ty fand eine Kiste und legte einen alten Pullover hinein. Dann holte er in der Küche einen Teller mit gebratenem Hühnchenfleisch und eine Schüssel mit Wasser. Als der kleine Luchs aber weder fressen noch trinken wollte, lief er zur Krankenstation und bat Catarina Loss um Rat.

»Sie sagt, ich soll ein Stück Stoff anfeuchten. Vielleicht ein T-Shirt? Oder ein Handtuch? Und dann etwas Wasser in sein Mäulchen träufeln.«

»Worauf wartest du noch?«, fragte Livvy besorgt. Wie nutzlos sie sich fühlte!

»Catarina hat mir auch eine Wärmflasche gegeben«, berichtete Ty. Er schob die Decke in der Kiste etwas beiseite und legte die Wärmflasche hinein. Dann träufelte er Wasser in das Maul des kleinen Luchses, bis dessen Fell im Gesicht ganz feucht war.

Ty brachte mehr Geduld auf, als es Livvy jemals möglich gewesen wäre. Er tauchte den Zipfel eines T-Shirts in die Wasserschüssel und wrang den Stoff dann vorsichtig aus, bis das Tier das Mäulchen öffnete und eine rosa Zunge zum Vorschein kam. Ty träufelte Wasser darauf, und als der Luchs es schluckte, nahm er die Schüssel und neigte sie langsam, damit das Tier daraus trinken konnte, ohne den Kopf bewegen zu müssen. Anschließend zupfte er das Hühnchenfleisch in kleine Stücke und verfütterte sie an den Luchs. Das Kätzchen fraß begierig, wobei es kleine, grollende Laute von sich gab.

Endlich hatte es das Fleisch vollständig gefressen. »Hol noch mehr«, forderte Livvy ihren Bruder auf.

»Nein, Catarina hat gesagt, dass es am Anfang nicht zu viel fressen soll.« Er steckte ein Handtuch um den Luchs herum fest und legte eine Jacke über die Kiste. »Wir sollten es jetzt schlafen lassen. Ich geb ihm später noch etwas.«

»Wie wäre es mit einem Namen? Willst du ihm keinen Namen geben?«

Ty kratzte sich am Kopf. Mit einem Stich im Herzen stellte Livvy fest, dass sich der schwache Ansatz eines Barts auf seinem Gesicht abzeichnete. Aber natürlich: Ihr Bruder würde weiterhin heranwachsen. Eines Tages würde er ein Mann sein, während sie auf ewig ein junges Mädchen blieb. »Aber wir wissen doch gar nicht, ob es ein Männchen oder Weibchen ist«, sagte er, den Blick auf ein schwarzes Pinselohr geheftet – das Einzige, was von dem Luchs hervorlugte.

»Dann könnten wir ihm einen geschlechtsneutralen Namen geben«, schlug Livvy vor. »Zum Beispiel *Stripes* oder *Hero* oder *Commander Kitty*.«

»Vielleicht sollten wir erst einmal abwarten, ob es überlebt«, erwiderte Ty.

Sie hatten den Plan, mit dem sie Livvys Fähigkeiten zum Durchdringen der Schutzschranken von Idris testen wollten, auf den nächsten Tag verschoben. Während Ty den Unterricht besuchte, passte Livvy auf den kleinen Luchs auf, und in den Pausen brachte er weiteres Futter und Milch für ihren kleinen Gast, der immer lebhafter wurde. Als die Glocken zum Abendessen läuteten, hatten sie das Geschlecht des Tiers bestimmt (und Tys Arme waren total zerkratzt). Doch jetzt schlief der Luchs leise schnurrend in Tys Schoß.

Ihr Bruder hatte ein Behelfskatzenklo in seinem Schrank platziert, und wie sich herausgestellt hatte, eigneten sich seine Beschäftigungsspielzeuge hervorragend als Katzenspielzeug.

»Irene«, sagte Ty. Ein weiteres Mal bemerkte Livvy, dass er lächelte. »Wir nennen sie Irene.«

Sie waren so sehr mit dem Kätzchen beschäftigt, dass Ty schließlich auf das Abendessen verzichtete. Und in dieser Nacht kehrte Livvy nicht zum Dimmet-See zurück. Stattdessen wachte sie über ihren Bruder, neben dessen Kopf sich Irene zusammengerollt hatte. Ihre Augen öffneten und schlossen sich mehrfach, und ihr Blick war immer auf Livvy fixiert.

Ty hatte einen neuen Eintrag in sein Notizbuch gemacht: *Der Luchs kann sie sehen. Hängt das damit zusammen, dass das Tier (habe ihm den Namen Irene gegeben) dem Tode nahe war? Oder liegt es daran, dass es sich um eine Katze handelt – allerdings deutlich größer als eine Hauskatze? Bin noch unschlüssig. Muss weitere Nachforschungen anstellen, obwohl Großkatzen wahrscheinlich nicht leicht zu bekommen sind.*

Wenn das Experiment zum Durchdringen der Schutzschranken von Idris nicht gewesen wäre, hätte Livvy den ganzen nächsten Tag nur damit verbringen können, mit Irene zu spielen. Ty und sie hatten entdeckt, dass das Kätzchen wieder und wieder versuchte, sich auf Livvys Fuß zu stürzen, wenn sie ihn hin und her über den Boden zog. Das Tier konnte nicht verstehen, warum es Livvy nicht zu fassen bekam.

»Wie ein Laserpointer«, sagte Ty. »Du bist der rote Punkt, der immer entkommt.«

»Das trifft es genau«, bestätigte Livvy. »Ich bin der nicht erreichbare rote Punkt. Okay, jetzt aber zu unserem Experiment. Wie sollen wir das anstellen?«

Schattenjäger nutzten Portale zum Transport nach Idris. Aber das Land war durch Schutzschranken geschützt, sodass eine Teleportation nicht infrage kam. Außerdem brauchte Livvy keine Portale, da sie schließlich ein Geist war. Als Ty an die Scholomance gekommen war, hatte er einfach ein Portal passiert – und Livvy hatte ihre Willenskraft genutzt, um ihm zu folgen und an den Ort zu gelangen, an dem er sich befand.

»Im Grunde müsste das wie beim Dimmet-See funktionieren. Oder wenn ich im Unterricht sitze und du plötzlich neben mir auftauchst. Stell dir Idris vor deinem inneren Auge vor wie ein Bild. Erlaube dir, dich dorthin zu bewegen.«

»Du tust so, als wäre es ganz einfach«, sagte Livvy.

»Irgendetwas muss ja mal einfach sein. Es kann nicht immer alles nur schwierig sein«, entgegnete Ty.

»Okay«, sagte Livvy. »Dann mal los.«

Sie dachte an Idris, an den Lyn-See. An den Moment, als sie nicht mehr tot gewesen war. Sie sah es förmlich vor sich und hielt das Bild fest. Und plötzlich befand sie sich nicht mehr in einem Raum mit Ty und Irene, sondern schwebte über der spiegelglatten Fläche des Dimmet-Sees.

»Toll gemacht, Livvy«, murmelte sie. Doch sie kehrte nicht zu Ty zurück. Stattdessen dachte sie ein weiteres Mal an Idris und malte sich dieses Mal aus, dass sie noch leben würde. Ihre Gedanken wanderten zu dem Moment, als ihre Familie und sie sich vor vielen Jahren vom Strand unterhalb des Los-Angeles-Instituts nach Idris teleportiert hatten. War das ihre erste Reise nach Alicante gewesen?

Sie schloss die Augen, öffnete sie nach einem Moment und fand sich am Pazifik wieder. Die Sonne ging gerade über den Bergen auf und verwandelte die Schaumkronen auf den Wellen in feurig leuchtende Spitzen. Und hinter ihr lag das Institut, wo ihre Familie bald aufwachen und das Frühstück bereiten würde. Dachten sie manchmal an Livvy? Träumten sie von ihr und dachten nach dem Aufwachen erneut an sie?

»Das hier ist nicht der Ort, an dem ich sein möchte«, sagte sie, wobei sie genau wusste, dass das nicht stimmte. Sie versuchte es erneut. »Das hier ist nicht der Ort, an dem ich sein *sollte*.«

Die Sonne stieg über den Bergen in den Himmel, und Livvy versuchte, ihre Wärme zu spüren – etwas anderes als nur ihre Helligkeit. Um sich daran zu wärmen. Was hätte sie nicht alles dafür gegeben, die feuchte, samtige Kruste der obersten Sandschicht wieder unter ihren Füßen zu spüren – die kalten, groben Sandkörner, die unter der Wärme ihrer Fußsohlen die Temperatur wechselten. Und dafür, sich selbst heiser zu schreien, im Wissen, dass niemand sie über das Donnern der Brandung hinweg hören konnte. Livvy ging in die Hocke und versuchte mit aller Kraft, ein Stück Meerglas aufzuheben. Doch vergebens. Sie besaß nicht mehr Einfluss auf diese Welt als das Fragment eines Traums. Genau genommen hatte sie sogar das Gefühl, als würde sie schrumpfen und immer kleiner werden, bis sie nicht länger auf dem Strand stand, sondern zwischen den kühlen Körnern hindurchschlüpfen konnte, die aus ihrer Perspektive jetzt so groß waren wie Felsbrocken.

»Nein!«, stieß sie entschlossen hervor. Und in der nächsten Sekunde befand sie sich nicht mehr am Strand von Los Angeles, sondern am Ufer des Dimmet-Sees, wo ihre nackten Füße über der schwarzen Wasseroberfläche schwebten.

»Jetzt reiß dich mal zusammen«, ermahnte sie sich. »Und versuch es erneut. Was kann schon Schlimmes passieren?«

Dieses Mal dachte Livvy nicht an Idris, sondern an dessen Schutzschranken, die jeden fernhielten, der nicht willkommen war. Vor ihrem inneren Auge stellte sie sich Idris als diese schreckliche Nachspeise vor, die es mindestens einmal im Monat an der Scholomance gab: unidentifizierbare Obststücke in einer riesigen Geleekuppel. Der Tod brachte auch gewisse Vorteile mit sich: Man brauchte nicht mehr Begeisterung für grauenhafte Desserts vorzutäuschen, nur weil es sich um einen Nachtisch handelte. Nichtsdestoweniger konnte sie sich noch gut an die Konsistenz dieser Götterspeisen erinnern und stellte sich Idris nicht von Magie, sondern von Gelee umgeben vor. Sie malte sich aus, wie sie zum Ufer des Lyn-Sees reiste und dabei gegen eine Geleekuppel drückte. Und kurz darauf konnte sie förmlich spüren, wie die Schutzschranken sich ihr widersetzten: prickelnd, schlüpfrig und kaum nachgebend. Dennoch machte Livvy beharrlich weiter und stellte sich vor, wie sich ihr körperloses Ich gegen deren Magie stemmte.

Dann schloss sie die Augen. Und als sie sie wieder öffnete, befand sie sich auf einer ihr unbekannten grünen Wiese. Am Horizont ragten zuckerweiße Berge auf, und zwischen den Grashalmen schwebten kleine, träge Insekten. Also war sie nicht in Idris. Welchen Sinn hatte es überhaupt, als Geist durchs Leben zu gehen, wenn man das geheime Versteck der Bösen nicht infiltrieren und solche Blödmänner wie die Kohorte nicht verfolgen konnte?

»Das beweist mal wieder, dass du am Leben scheiterst, Livvy – wenn man mal davon absieht, dass du ohnehin nicht mehr lebst«, murmelte sie. Und dann schaute sie überrascht auf, denn allem Anschein nach hatte irgendjemand sie gehört und antwortete ihr.

»Wäre es wirklich so schlimm, wenn die Schilde versagen?«, fragte eine Stimme – eine männliche Stimme mit starkem spanischem Akzent. Livvy konnte niemanden sehen, aber sie hörte die Stimme so deutlich, als würde der Sprecher neben ihr stehen. »Dann könnten wir wenigstens kämpfen. Ich bin das alles hier so leid. Wir hocken jetzt schon seit Monaten hier herum, bekommen nur die rudimentärsten Essensrationen vorgesetzt und streiten uns über die geringsten Kleinigkeiten.«

»Halt die Klappe, Manuel«, sagte eine Stimme, die Livvy kannte. Zara. Und jetzt erkannte sie auch Manuels Stimme. »Wir haben den Auftrag erhalten, die Schutzschranken zu überprüfen, und genau das machen wir jetzt. Gehorsam ist eine der wichtigsten Tugenden der Nephilim. Genau wie Geduld.«

»Geduld!«, schnaubte Manuel. »Als ob du jemals in deinem Leben Geduld aufgebracht hättest, Zara.«

Livvy konnte nichts um sie herum sehen außer der Wiese und den weißen Gipfeln der Berge. Aber sie spürte Idris, dessen Schutzschranken sich ihrem Bewusstsein widersetzten. Obwohl sie sie nicht durchdringen konnte, war sie offensichtlich in der Lage, durch sie hindurchzulauschen. Zara und Manuel mussten direkt gegenüberstehen – Livvy auf der einen Seite der Schutzschranken und die beiden auf der anderen.

»Ich bringe gerade eine gewaltige Menge Geduld auf, indem ich darauf verzichte, dich zu töten«, erwiderte Zara.

»Ich wünschte, du würdest mich töten«, murrte Manuel. »Dann bräuchte ich mich nicht durch noch ein Abendessen zu quälen, das aus Löwenzahnsalat, einer halben Pastinake und fader Taubenbrust besteht – während die Spießgesellen deines Vaters darüber streiten, ob wir den Beginn dieses neuen Zeitalters damit begehen sollen, dass wir uns als ›Raziels auserwählte Engel‹ bezeichnen oder lieber als ›Das Geburtsrecht‹ oder ›Die Ruhmreiche Front‹. Warum nennen wir uns nicht einfach ›Supertolle Nephilim, die das Richtige getan haben, aber jetzt leider ohne Kaffee und Grundnahrungsmittel dastehen‹?«

»Du denkst mit dem Magen«, tadelte Zara.

Manuel ignorierte ihre Bemerkung. »Und in der Zwischenzeit genießen die Schattenweltler da draußen Baguette mit dicken Briescheiben und Schokokekse und Tonnen von Kaffee. Hast du eine Vorstellung davon, wie schlimm es ist, Leute zu bespitzeln, die köstliche Dinge wie Schokocroissants vertilgen, während man selbst nicht mal einen Würfel Zucker hat? Beim Erzengel: Ich hätte nicht gedacht, dass ich das jemals sagen würde, aber mir fehlt das Essen der Scholomance. Was gäbe ich nicht für Oliven-Hackbraten. Oliven-Hackbraten!«

Livvy schnaubte leise. *Ich bin tot, und nicht mal* ich *würde Oliven-Hackbraten essen. Andererseits würde ich auch nicht mit Zara abhängen.* Sie konnte noch immer nichts jenseits der Schutzschranken erkennen, doch als sie erneut versuchte, sich hindurchzuzwängen, leuchteten mehrere ihr unbekannte Symbole auf und schwebten glitzernd in der Luft.

»Das hier wird nur ein kurzes Kapitel in der Geschichte des Unvergänglichen Ordens sein – oder wie auch immer zukünftige Historiker uns nennen werden«, sagte Zara. »Na, jedenfalls wird es niemanden interessieren, ob dir Oliven-Hackbraten gefehlt hat, wenn der Moment gekommen ist, Idris zu verlassen und die ganze Welt wieder in Ordnung zu bringen. Stattdessen wird man die Schlachten beschreiben, die wir gewonnen haben, und darüber berichten, wie gut wir im Kampf ausgesehen haben und wie all unsere Feinde – wie beispielsweise Emma Carstairs – an ihren eigenen jämmerlichen Gnadengesuchen erstickt sind.«

»Als ich das letzte Mal nachgesehen habe, hat Emma am Strand eine Party gefeiert«, wandte Manuel ein. »Als ob sie keinen Gedanken an uns verschwenden würde.«

»Gut«, sagte Zara. »Sollen sie doch alle keinen Gedanken an uns verschwenden. Aber wir werden dafür sorgen, dass wir das Letzte sind, was sie sehen werden. Und jetzt komm weiter. Die Schutzschranken sind intakt. Ich will wieder zurück sein, bevor vom Mittagessen nichts mehr übrig ist.«

Und damit waren die Stimmen verschwunden. Livvy befand sich erneut allein auf der grünen Wiese, und Idris war wieder so unzugänglich wie zuvor. Aber sie hatte mit ihrem Experiment einen gewissen Erfolg verbucht, oder? Okay, sie war nicht in der Lage gewesen, die Schutzschranken zu passieren, hatte aber dennoch wichtige Informationen sammeln können. Was genau hatte sie alles erfahren? Da war zum einen die Tatsache, dass die Kohorte kaum noch Lebensmittel besaß und so widerwärtig war wie eh und je. Zara und die anderen schmiedeten irgendeinen Plan, bei dem sie zu einem noch unbekannten Zeitpunkt in einer Art Überraschungsangriff aus Idris hervorstürmen würden. Aber das Wichtigste war, dass sie auf irgendeine Weise in der Lage waren, die Außenwelt zu bespitzeln. Livvy sollte zu Ty zurückkehren und ihm alles berichten. Dafür brauchte sie nichts weiter zu tun, als an dem Faden nekromantischer Magie zu ziehen, der sie mit

Ty verband, und dann würde sie förmlich zu ihm zurückfliegen. Bisher hatte sie sich noch nie so weit von ihrem Zwilling entfernt, und das Ganze bereitete ihr ein etwas mulmiges Gefühl. Aber andererseits *war* es zumindest ein Gefühl, und Livvy stellte fest, dass sie es genoss, etwas zu empfinden. Denn sie fühlte sonst kaum noch etwas. Seit Monaten war sie nur eine Art Schatten an Tys Seite gewesen. Doch jetzt, in so großer Entfernung zu ihm, fühlte sie sich gleichzeitig fassbarer und weniger fassbar als zuvor.

Sie versank im Gras der Wiese und spürte, wie sie immer kleiner wurde, bis die Grashalme sie turmhoch überragten. Die Insektengeräusche um sie herum hatten sich ebenfalls verändert: Während sie vorher schrill geklungen hatten, wirkten sie nun gedehnt und grollend. Warum konnte sie alles hören und sehen, aber nichts berühren? Livvy streckte ihre Hand nach einem hohen Grashalm aus und zog sie im nächsten Moment keuchend zurück. Ein Blutstropfen quoll aus ihrer Handfläche, so als ob sie sich an der scharfen grünen Kante geschnitten hätte. Und als sie die Hand zum Mund führte, war ihr Blut das Köstlichste, was sie je geschmeckt hatte. Sie schloss die Augen, genoss den Geschmack – und als sie die Lider wieder öffnete, schwebte sie erneut über der ruhigen schwarzen Tiefe des Dimmet-Sees.

War da nicht irgendetwas, das sie erledigen sollte? Es gab da jemanden, der sie kannte und der wusste, was sie zu tun hatte. Sie konnte spüren, wie derjenige an ihr zerrte, so als wäre sie ein Ballon an einem dünnen Faden. Diese andere Person zog sie von der schwarzen, spiegelnden Oberfläche fort, in der sie jedoch kein Gesicht sehen konnte, sosehr sie sich auch bemühte. Nach einer Weile ließ sie schließlich zu, dass man sie wie eine Angelschnur einholte.

Dann befand sie sich in einem Raum mit einem groß gewachsenen, ziemlich dünnen Jungen mit zerzausten Haaren, der unruhig auf und ab lief, mit einem Feuerzeug spielte und von einer kleinen Kreatur begleitet wurde, die mit der Pfote nach seinen Fersen schlug.

»Livvy!«, rief der Junge.

Und in diesem Moment erkannte sie sowohl sich selbst als auch ihn wieder. Er war inzwischen erstaunlich groß geworden. Eigentlich kaum noch ein Junge. Dabei lag es nicht daran, dass sie selbst kleiner wurde, sondern daran, dass er immer weiter wachsen würde, während sie tot war. Das war auch schon alles.

»Ty«, sagte sie.

»Du warst den ganzen Tag weg«, erklärte er. »Inzwischen ist es drei Uhr morgens. Ich bin aufgeblieben, weil ich mir Sorgen gemacht habe. Es hat sich angefühlt, als wärst du ... na ja, weit weg. Irgendwie hatte ich das Gefühl, dass etwas nicht ... stimmt.«

»Nein, es war alles in Ordnung«, erwiderte Livvy. »Ich konnte nur nicht nach Idris eindringen. Aber ich glaube, ich war direkt jenseits der Schutzschranken. Jedenfalls habe ich Leute reden hören. Zara und Manuel. Sie haben die Schutzschranken überprüft und sich dabei unterhalten.«

»Worüber unterhalten?«, fragte Ty. Er setzte sich an seinen Schreibtisch und klappte sein Notizbuch auf.

»Hauptsächlich darüber, wie hungrig sie waren. Aber ich glaube, sie haben einen Weg gefunden, uns zu bespitzeln. Na ja, nicht uns persönlich, aber du weißt schon, was ich meine. Sie können jedem jenseits von Idris nachspionieren. Und sie planen eine Art Überraschungsangriff.«

»Wann?«, hakte Ty nach, während er eifrig mitschrieb.

»Das haben sie nicht gesagt. Und ›Überraschungsangriff‹ ist vielleicht etwas übertrieben. Sie haben vage darüber geredet, dass sie uns eines Tages angreifen und dass wir dann ziemlich überrascht sein würden und kurz danach ziemlich tot. Weil sie sich für supertoll halten, während wir nur hier herumsitzen und köstliche Croissants essen. Und dann waren sie mit der Überprüfung der Schutzschranken fertig und sind verschwunden. Und ich habe nichts mehr hören können.«

»Egal, das sind wichtige Informationen«, sagte Ty. »Wir sollten sie weiterleiten. Ich könnte mit Ragnor reden. Oder Catarina.«

»Nein«, sagte Livvy. »Ich habe es herausgefunden, und ich will auch diejenige sein, die die Informationen weitergibt. Ich werde Magnus besuchen und ihm davon erzählen. Hat Helen nicht in ihrem letzten Brief geschrieben, dass er zurzeit an unserem Institut ist?«

Ty wich ihrem Blick aus. »Ja«, sagte er schließlich. »Das erscheint mir fair. Du solltest zu Magnus gehen. Da wäre nur noch eine Sache, Livvy.«

»Was denn?«, fragte sie.

»Als du weg warst, hast du dich da irgendwie anders gefühlt? Hast du irgendetwas Merkwürdiges empfunden?«

Livvy dachte über seine Frage nach. »Nein«, sagte sie schließlich. »Notier das in deinem Buch: Ich habe überhaupt nichts Merkwürdiges gefühlt. Du brauchst dir um mich keine Sorgen zu machen, Ty. Ich bin tot. Mir kann nichts Schlimmes mehr passieren.«

Irene war auf Tys Bett gesprungen und putzte sorgfältig eines ihrer ausgestreckten Hinterbeine. Ihre goldenen Augen blickten Livvy unverwandt an. Und sie schienen zu sagen: *Ich gehöre hierher. Aber was ist mit dir?*

»Du und Irene ... ihr passt während meiner Abwesenheit gut aufeinander auf, okay?«, sagte Livvy.

»Musst du etwa jetzt sofort wieder weg?«, fragte Ty und verzog das Gesicht, als würde ihm die Vorstellung körperliches Unbehagen bereiten.

»Warte nicht auf mich«, erwiderte Livvy – und dann war der Raum um sie herum verschwunden, und sie schwebte erneut über dem Strand unterhalb des Los-Angeles-Instituts. Die Sonne ging gerade hinter den dunkler werdenden Wogen des Pazifiks unter. Das Rauschen der Wellen auf dem Sand klang seltsam. Falsch.

Livvy konnte das hell erleuchtete Institut sehen. Sie war sich nicht sicher, aber wahrscheinlich hatte ihre Familie bereits zu Abend gegessen. Irgendjemand – vermutlich Helen oder Aline – würde das Geschirr spülen, dafür sorgen, dass Tavvy ins Bett kam und ihm eine Gutenachtgeschichte vorlesen. Mark und Cristina waren wahrscheinlich in New York. Hatte Mark sich inzwischen besser in seine menschliche Umgebung eingelebt? Seine Verschleppung und seine Heimkehr Jahre später waren ihr immer so merkwürdig erschienen. Wie fremd er bei seiner Rückkehr gewirkt hatte. Und dennoch war Livvy jetzt noch viel fremder als er.

Plötzlich wollte sie weg von den dunklen Wellen, die sie so an den schwarzen Dimmet-See erinnerten, und stattdessen das Institut besuchen. Eine Sekunde später fand sie sich in der Küche wieder. Helen saß am Tisch, während das Geschirr noch auf den Abwasch wartete. Alines Kopf ruhte an ihrer Schulter, und sie hatte einen Arm um Helens Schultern gelegt. Die beiden machten den Eindruck, als gehörten sie hierher ... als hätten sie schon immer hier gelebt ... als hätte man sie nie ins Exil geschickt, auf eine kleine, eisige Insel, weit weg von ihrer Familie.

»Es ist schön, dass Mark für ein paar Tage wieder zu Hause ist«, sagte Helen.

Aline schmiegte das Gesicht in Helens Halsbeuge. »Hm«, sagte sie. »Meinst du, wir können ihm das Institut für ein paar Stunden anvertrauen? Ich hatte darüber nachgedacht, für uns beide einen Wellnesstag zu buchen.«

»Nein, wahrscheinlich nicht«, erwiderte Helen. »Aber wir sollten es trotzdem machen.«

Es war wundervoll, wie gut sich Helen und Aline eingelebt hatten – aber zugleich auch extrem unfair, dachte Livvy. Jedes andere Mitglied ihrer Familie konnte nach Hause zurückkehren: Mark. Helen. Sogar Ty würde eines Tages nach Hause kommen. Doch sie selbst würde hier nie wieder ein Zuhause finden. Ein Schauer jagte durch ihren Körper, eine Mischung aus Neid, Verzweiflung und Sehnsucht, und es schien, als hätte sie doch noch einen gewissen Einfluss auf die Welt um sie herum, denn der Geschirrstapel neben der Spüle stürzte plötzlich um und sandte einen Hagel Porzellanscherben und Essensreste über die Anrichte und den Boden.

»Was war das?«, fragte Aline und stand auf.

Helen stöhnte. »Vermutlich ein Erdstoß. Willkommen in Kalifornien.«

Livvy floh aus der Küche hinauf zu Drus Zimmer, wo ihre Schwester auf dem Bett saß und einen ihrer Horrorstreifen auf dem alten Institutsfernseher sah.

»Hey!«, sagte Livvy. »Du magst doch Gruselfilme, oder? Na, dann sieh mal her! Ich bin ein echtes Gespenst. Buh!«

Sie postierte sich direkt vor Drus Gesicht und rief, so laut sie konnte: »Ich bin hier! Kannst du mich sehen? Dru? Wieso kannst du mich nicht sehen? Ich bin direkt vor deiner Nase!«

Doch ihre Schwester schaute weiterhin ihren blöden Film, und Livvy spürte, wie sie zu schrumpfen begann, bis sie derart klein war, dass sie einfach so in die ruhige schwarze Oberfläche von Drus Pupille hätte eintauchen und sich dort hätte festsetzen können. Dort wäre sie in Sicherheit – ein Geheimnis, von dem niemand wusste, nicht einmal Dru. Dann bräuchte sich Ty keine Sorgen mehr um sie zu machen. Und er wäre ebenfalls in Sicherheit und vor Gefahren geschützt.

»Vor *welcher* Gefahr, Livvy?«, fragte sie sich.

Im nächsten Moment wurde der Fernsehbildschirm dunkel, und die Elbenlichter in ihren Wandhalterungen über Drus Bett flackerten und gingen ebenfalls aus. »Was zum Teufel ...?«, murmelte Dru und stand auf. Sie lief zur Wand und berührte die Leuchter. Sofort wurde der Raum wieder in warmes Licht getaucht.

Jemand klopfte an der Tür, und als Dru sie öffnete, drängten Helen und Aline ins Zimmer. »Hast du auch gerade eben etwas gespürt?«, fragte Helen.

»Wir waren in der Küche, und dann ist ein Stapel Geschirr umgestürzt«, berichtete Aline aufgeregt. »Helen meint, dass es sich möglicherweise um ein Erdbeben gehandelt hat! Mein allererstes!«

»Nein, ich hab nichts gemerkt«, antwortete Dru. »Aber der Fernseher ist eben ausgegangen. Also war da vielleicht doch was?«

Mark erschien hinter Helen und Aline im Türrahmen.

»Hast du das auch gespürt?«, wandte Helen sich an ihren Bruder.

»Was soll ich gespürt haben?«, fragte Mark.

Die verlorene Welt

»Ein winziges Erdbeben!«, sagte Aline mit breitem Grinsen.

»Nein«, sagte Mark. »Aber Magnus hat gerade eine Nachricht von Jem erhalten. Bei Tessa haben die Wehen eingesetzt. Deshalb hat er sich auf den Weg zu den beiden gemacht.«

»Natürlich«, bemerkte Helen trocken, »denn Magnus ist genau der Mann, den ich mir während der Geburt meines Kindes an meiner Seite wünschen würde.«

»Allerdings gehe ich jede Wette ein, dass er dein Baby mit tollen Geschenken überhäufen würde«, sagte Aline. »Und fairerweise muss ich sagen: Ich denke, er hat das Gefühl, dass er bei der Geburt von Tessas und Wills Kindern hätte dabei sein sollen. Wo sind Julian und Emma? Wir sollten ihnen Bescheid geben.«

»In Paris«, antwortete Helen. »Es gefällt ihnen dort so gut, dass sie ihren Aufenthalt ständig verlängern. Oder glaubst du, dass Magnus sie ebenfalls informiert hat?«

Magnus! Livvy erkannte plötzlich, dass sie vollkommen vergessen hatte, weshalb sie überhaupt hergekommen war. Sie hatte doch wichtige Informationen für den Hexenmeister. Tja. In der einen Minute befand sie sich in Drus Zimmer – ignoriert und vergessen von einer Gruppe von Menschen, die ihr auf der ganzen Welt am meisten bedeutet hatten –, und in der nächsten flogen alle Türen des Instituts auf, und sämtliche Fenster zersplitterten und sandten einen Scherbenhagel in die umliegende Wüste. Aber Livvy merkte es nicht einmal, denn plötzlich befand sie sich an einem schwarzen Teich, der mit samtigen Seerosenblättern bedeckt war und vom Vollmond beleuchtet wurde. In den Schatten quakten Frösche.

Ohne sagen zu können, woher, wusste Livvy, dass sie sich jetzt auf dem Land befand, irgendwo weit weg von London. Das hier war Cirenworth Hall – das Anwesen, in dem Jem und Tessa zusammen mit Kit Herondale lebten. Julian hatte die drei besucht und das Haus in einem Brief an Ty beschrieben: Zwischen den Apfelbäumen auf den Wiesen weideten Pferde und Kühe. Tessa besaß einen eigenen Kräutergarten, und Jem hatte den Wintergarten in eine Art Musikzimmer verwandelt. Wie schön das

Leben für die Lebenden doch war! Auch Jem hatte mehrere Lebensspannen von der Welt entfernt verbracht und dennoch zurückkehren können. Ach, warum war Livvy nicht auch dazu in der Lage? Wieso war sie die Einzige, die nicht heimkommen und ihr altes Leben wieder aufnehmen konnte?

Hier in Devon musste es bereits mitten in der Nacht sein, doch genau wie im Institut in Los Angeles waren auch hier alle Fenster erleuchtet. Livvy schwebte darauf zu, und im nächsten Moment befand sie sich im Inneren des Hauses. Vor ihr lag eine Küche, die sich jedoch deutlich von der modernen, heiteren Institutsküche unterschied: An den weiß gekalkten Wänden hingen Kupfertöpfe, und getrocknete Kräuter baumelten von den alten, nachgedunkelten Deckenbalken herab. Und in der Mitte des Raums saß Kit an einem langen, leicht ramponierten Eichentisch. Er spielte Patience und nippte gelegentlich an einem Becher, der möglicherweise Tee enthielt. Aber Kits Gesicht nach zu urteilen, das er bei jedem Schluck verzog, handelte es sich doch vermutlich eher um ein alkoholisches Getränk.

»Buh!«, rief Livvy, woraufhin Kit den Becher beinahe fallen ließ und die Flüssigkeit über seine Hose verschüttete.

»Livvy?«, stieß er ungläubig hervor.

»Höchstpersönlich«, bestätigte sie zufrieden. »Du kannst mich also sehen. Gut. Allmählich wird es wirklich langweilig, wenn man für alle unsichtbar ist.«

»Was machst du hier?«, fragte Kit und fügte dann hinzu: »Ist alles okay? Geht es Ty gut?«

»Hm?«, meinte Livvy. »Aber ja, ihm geht's gut. Ich bin auf der Suche nach Magnus. Weil ich ihn irgendetwas fragen wollte. Oder ihm erzählen muss. Ich glaube, da war irgendetwas, das er wissen sollte.«

»Ist mit *dir* alles okay?«, erkundigte sich Kit.

»Du meinst, abgesehen von der Tatsache, dass ich tot bin?«, erwiderte Livvy.

Kit nickte. »Du machst auf mich den Eindruck, als wärst du nicht ganz du selbst.«

Die verlorene Welt

»Tja, ich bin nun mal tot«, sagte Livvy. »Aber ansonsten ist alles okay.«

»Magnus ist im Wintergarten, zusammen mit Jem und Tessa. Bei Tessa haben die Wehen eingesetzt, aber sie tun so, als wäre das keine große Sache. Sie sitzen herum und unterhalten sich. Trotzdem hat mich das irgendwie nervös gemacht. Immerhin bekommt sie bald ein Baby! Was natürlich total cool ist. Aber ich hab mir gedacht, dass ich ihnen etwas Privatsphäre gönnen sollte.«

»Okay, danke für die Info«, sagte Livvy. »War nett, dich mal wiederzusehen. Tut mir leid, dass ich dir einen Schreck eingejagt habe ... oder auch nicht«, lachte sie.

Und dann war sie auch schon im Wintergarten, den man für einen Musiker hergerichtet hatte: In einer Ecke stand ein Flügel, und an einer holzvertäfelten Wand hingen verschiedene Instrumente. Jem spielte Cello; seine langen Hände führten den Bogen über die Saiten und entlockten ihnen tiefe, glockenklare Töne. Tessa dagegen wanderte auf und ab, eine Hand auf ihrem riesigen Bauch und die andere ins Kreuz gestützt. Aber Magnus war nirgends zu sehen.

Allerdings beschäftigte Livvy sich jetzt nicht mehr mit dem Hexenmeister. Stattdessen richtete sie ihre gesamte Aufmerksamkeit auf Tessa. Auf die Hand, die auf ihrem hochschwangeren Bauch ruhte. Livvy schaffte es nicht, den Blick davon abzuwenden.

Plötzlich ertönte eine Stimme in ihrem Kopf, weit unterhalb der Melodie, die Jem spielte, und unterhalb der pochenden Herzen im Wintergarten – Jem, Tessa und das ungeborene Baby. Die Stimme kam Livvy irgendwie bekannt vor. Sie gehörte jemandem, der ihr einst sehr nahegestanden hatte. »Livvy«, sagte derjenige, »da ist was nicht in Ordnung. Ich habe das Gefühl, dass irgendetwas nicht stimmt.«

Livvy bemühte sich nach Kräften, seine Worte zu ignorieren. *Wenn ich mich ganz klein mache,* überlegte sie, *dann bin ich garantiert fähig, mein Vorhaben auch durchzuführen. Ich kann mich so klein machen, dass ich in dieses Baby hineinschlüpfen könnte. Schließlich brauche ich kaum Platz. Außerdem ist ein Baby eigentlich noch gar keine richtige Person, oder? Wenn ich seinen Platz einnehme ... wenn ich einen Neuanfang wollte ... dann würde ich Jem und Tessa damit überhaupt nicht schaden. Sie wären mir bestimmt gute Eltern. Und ich wäre ihnen eine gute Tochter. Schließlich war ich zu Lebzeiten ein gutes Mädchen! Und das könnte ich auch jetzt wieder sein. Außerdem ist es nicht fair. Ich hätte nicht sterben dürfen. Ich habe eine zweite Chance verdient. Warum sollte ich keine zweite Chance bekommen?*

Livvy näherte sich Tessa, die in diesem Moment aufstöhnte.

»Was ist?«, fragte Jem und legte den Bogen beiseite. »Liegt es an meinem schrecklichen Cellospiel? Magnus mag diesen Raum zwar in ein Musikzimmer verwandelt haben, aber was dieses Instrument betrifft, bin ich noch immer ein Amateur.« Dann veränderte sich seine Miene. »Oder wird es Zeit? Sollen wir ins Haus zurückkehren?«

Tessa schüttelte den Kopf. »Noch nicht, aber es dauert nicht mehr lange. Spiel bitte weiter. Die Musik entspannt mich.«

»Magnus müsste bald mit den Kräutern zurück sein, die du haben wolltest«, sagte Jem.

»Wir haben noch genug Zeit«, meinte Tessa. »Auch für den Fall, dass du das Baby nicht auf die Welt bringen willst. Magnus könnte eine Hebamme holen.«

»Was? Soll ich mir diese einmalige Gelegenheit etwa entgehen lassen?«, entgegnete Jem. »Schließlich bilde ich mir ein, dass all meine Jahre als Bruder der Stille nicht völlig umsonst gewesen sind.«

Livvy schrumpfte. Sie schrumpfte und schrumpfte, bis fast nichts mehr von ihr übrig war. Die Dunkelheit jenseits der Wintergartenscheiben drückte herein, als befänden Jem, Tessa und sie sich in den Tiefen des Dimmet-Sees, aber Livvy konnte noch immer entkommen. Sie konnte wieder ein lebendiges Mädchen werden.

Jem stand auf, ging zu Tessa, kniete sich vor sie und legte den

Kopf an ihren Bauch. »Hallo, Wilhelmina Yiqiang Ke Carstairs da drin. Kleine Mina. Du bist von ganzem Herzen willkommen. Wir warten voller Freude, Hoffnung und Liebe auf deine Ankunft.«

Tessa legte ihre Hand auf Jems Kopf. »Ich glaube, sie hat dich gehört«, sagte sie. »Und jetzt beeilt sie sich.«

»Livvy!«, rief eine andere Stimme. Die Stimme, die Livvy im Moment nicht hören wollte. Die Stimme, die an ihr zog, als wäre sie an einer Leine. »Livvy, was tust du da? Irgendetwas ist ganz und gar nicht in Ordnung, Livvy.«

Und die Stimme hatte recht. Livvy kam ruckartig zur Besinnung. Was hatte sie da gerade vorgehabt? Sie hatte den Platz des Babys einnehmen wollen ... Und in diesem Moment, als ihr das bewusst wurde, explodierten sämtliche Glasscheiben des Wintergartens und sandten einen Scherbenhagel in die dunkle Nacht hinaus.

Jem und Tessa schrien auf und duckten sich. Und dann war Magnus plötzlich da. »Was um alles in der Welt ...?«, rief er und bückte sich in seinem grünen Seidenpyjama mit den Pokémon-Stickereien, um Jem und Tessa aufzuhelfen.

»Ich weiß es nicht«, sagte Jem und schaute sich wild um. »Dämonen? Oder ein Überschallknall?«

Magnus' Blick wanderte durch den Wintergarten. Als er Livvy entdeckte, zeichnete sich ein seltsamer Ausdruck auf seinem Gesicht ab.

»Es tut mir leid!«, beteuerte sie. »Das habe ich nicht gewollt, Magnus!«

Der Hexenmeister musterte sie scharf und wandte sich dann wieder an Jem und Tessa: »Nein, kein Dämon. Hier ist nichts, von dem eine Gefahr ausgehen würde. Kommt, wir gehen wieder ins Haus. Ich habe deine Kräuter, Tessa. Kit bereitet dir gerade eine schöne Tasse Tee zu.«

»Oh, gut«, sagte Tessa matt. »Denn die Abstände zwischen den Wehen werden immer kürzer. Ich habe gedacht, ich hätte noch mehr Zeit. Bist du auch ganz sicher, dass wir uns über die Ursache der Explosion keine Sorgen zu machen brauchen?«

»Alle denken immer, dass sie noch mehr Zeit hätten«, sagte Magnus und sah Livvy dabei wieder an. »Nein, ich glaube nicht, dass Grund zur Sorge besteht. Ich würde niemals zulassen, dass euch irgendetwas zustößt. Betrachtet das Ganze als eine Art Taufe! Ihr wisst ja, dass bei einer Schiffstaufe eine Flasche Champagner am Bug zertrümmert wird. Und euer Baby bekommt eine Luxusversion dieser Taufe. Stellt euch nur einmal ihre Reise vor! Ich wette, ihr Leben wird voller wundervoller Überraschungen sein.«

»Kommt, wir gehen ins Haus«, sagte Jem. »Magnus, würdest du bitte mein Cello mitbringen?« Er nahm seine Geige von der Holzvertäfelung und mit der anderen Hand Tessas Arm. Und dann führte er sie über den dunklen, mit Glasscherben übersäten Pfad zum Haus zurück.

Magnus seufzte. »Ach, Livvy.«

»Ich hätte fast ...«, setzte sie an.

»Ich weiß«, bestätigte der Hexenmeister. »Aber du hast es nicht getan. Geh zu Kit in die Küche und bleib bei ihm. Ich komme gleich nach, um Tessas Tee zu holen.«

Kit wirkte erleichtert, dass ihm jemand Gesellschaft leistete, auch wenn es sich dabei nur um einen Geist handelte. »Was war da draußen los?«, fragte er. »Was ist mit dem Wintergarten passiert?«

»Ich glaube, das war meine Schuld. Obwohl es natürlich nicht meine Absicht war«, antwortete Livvy.

»Hast du damit die letzten Monate an der Scholomance verbracht?«, fragte Kit. »Musst du deshalb mit Magnus reden?«

»Nein! Ich habe nichts dergleichen getan«, widersprach Livvy. »Na, jedenfalls nicht bis heute. Ich glaube, ich habe ein paar Teller im Los-Angeles-Institut zerdeppert. Und dafür gesorgt, dass in Drus Zimmer die Lichter ausgingen, während sie einen gruseligen Spielfilm geguckt hat.«

»Nicht schlecht«, sagte Kit. »Also genau die Sachen, die ein Poltergeist macht.«

»Aber ich habe das alles überhaupt nicht gewollt!«, erwiderte

Livvy. »Es ist einfach so passiert. Tut mir leid, dass ich den Wintergarten zertrümmert habe.«

»Vielleicht könntest du versuchen, so was in Zukunft bleiben zu lassen«, schlug Kit vor.

»Klar«, sagte Livvy. »Schließlich *will* ich es ja gar nicht tun.«

Plötzlich sah sie etwas am unteren Ende der Kette glitzern, die Kit um den Hals trug.

»Oh, wie schön«, sagte Livvy und kam näher. Es handelte sich um einen silbernen Anhänger in Gestalt eines Reihers.

»Er hat meiner Mutter gehört«, erklärte Kit. »Jem und Tessa haben ihn mir vor einiger Zeit gegeben. Und heute Morgen habe ich ihn in einer Schublade wiedergefunden. Den hatte ich total vergessen.«

»Er ist wirklich hübsch«, sagte Livvy.

Kit seufzte. »Wenn ich könnte, würde ich ihn dir schenken. Meine Mutter hat den Anhänger dazu genutzt, Jem und Tessa zu sich zu rufen, als man sie angegriffen hat. Aber letzten Endes hat er sie nicht gerettet. Deshalb mag ich das Ding nicht wirklich.«

Livvy nickte. »Es tut mir so leid.«

»Warum? Du hast meine Mutter doch nicht getötet«, erwiderte Kit. »Und ansonsten ... ist alles okay?« Dabei schaute er intensiv auf seine Hände, als wäre mit *ihnen* irgendetwas nicht okay.

»Hm?«, sagte Livvy. »Aber ja. Alles in bester Ordnung. Ach so: Du meinst Ty.«

Kit schwieg, nickte aber. Er machte den Eindruck, als wünschte er, er hätte diese Frage nie gestellt – und als würde er gleichzeitig mit jeder Faser seines Körpers auf ihre Antwort warten.

Das ist lächerlich, dachte Livvy. Man konnte ihm genau ansehen, wie sehr Ty ihm fehlte – so sehr, wie Kit ihrem Bruder fehlte. Livvy verstand Jungen überhaupt nicht. Warum konnten sie sich nicht einfach sagen, was sie empfanden? Wieso mussten sie nur so blöd sein?

»Ty geht es gut«, sagte Livvy. »Er hat sich an der Scholomance gut eingelebt. Und er besitzt einen kleinen Karpatenluchs! Allerdings hat er sonst nicht viele Freunde. Du fehlst ihm, doch er will nicht darüber reden. Aber ansonsten geht es ihm gut.«

Jedoch erkannte sie in diesem Moment, dass sie gar nicht genau wusste, ob mit Ty alles in Ordnung war. Das Band, das sie mit Ty verband – dieser magische Faden –, fühlte sich irgendwie merkwürdig an, so als würde er erschlaffen. Sie konnte spüren, dass Ty nach ihr rief, allerdings sehr schwach.

»Was hast du, Livvy?«, fragte Kit.

»O Gott, ich fürchte, ich muss schnell zur Scholomance zurück«, sagte sie. »Ich sollte nicht länger hierbleiben.«

Jetzt wirkte Kit aufrichtig beunruhigt. »Was ist los?«

»Mit Ty stimmt irgendwas nicht«, erklärte sie. »Meine Anwesenheit hier schadet ihm irgendwie. Bitte richte Magnus aus, dass ich leider sofort wegmusste. Es wäre aber gut, wenn er zu mir käme. Ich habe wichtige Informationen für ihn, Informationen über Idris.«

»Über Idris? Ach, schon gut. Ich werd's ihm ausrichten«, versicherte Kit. »Und jetzt los!«

Und Livvy machte sich auf den Weg.

Innerhalb eines Atemzugs war sie wieder an der Scholomance, aber da sie ja nicht mehr atmete, konnte sie natürlich nur raten, wie lange es tatsächlich gedauert hatte. Sie befand sich in Tys Zimmer, doch ihr Bruder war nicht da. Lediglich Irene warf ihr von der Tür her, die sie offenbar aufzunagen versucht hatte, vorwurfsvolle Blicke zu.

»Tut mir leid«, sagte Livvy, kam sich dann aber etwas albern vor. Dieses Mal konzentrierte sie sich auf Tys Aufenthaltsort und ließ sich zu ihm ziehen. Dennoch fand sie sich kurz darauf erneut über dem dunklen Dimmet-See wieder.

»Nein!«, sagte sie entschlossen. Und endlich, nachdem sie das Gefühl gehabt hatte, sich durch eine finstere, undurchdringliche Kluft vorkämpfen zu müssen, erreichte sie ihren Bruder.

Er lag in einem Bett auf der Krankenstation und war sehr

blass. Catarina Loss und ein Junge, den Livvy aus Tys Unterricht kannte – Anush –, standen an seiner Seite.

»Er ist einfach zusammengebrochen«, sagte Anush. »Hat er eine Lebensmittelvergiftung?«

»Ich glaube nicht«, erwiderte Catarina. »Aber ich weiß es nicht genau.«

Im nächsten Moment schlug Ty die Augen auf. »Livvy«, sagte er so leise, dass man ihren Namen kaum hören konnte.

»Was hat er gerade gesagt?«, fragte Anush.

»Livvy«, sagte Catarina und legte Ty eine Hand auf den Kopf. »Das ist der Name seiner Schwester. Die, die von Annabel Blackthorn niedergestochen wurde.«

»Ach, wie traurig«, sagte Anush.

»Ich glaube, sein Gesicht bekommt wieder etwas Farbe«, bemerkte Catarina. »Seid ihr beiden gute Freunde?«

»Äh, eigentlich nicht.« Anush zögerte. »Ich weiß nicht, wer seine Freunde sind. Falls er überhaupt welche hat. Ich meine, er scheint ganz in Ordnung zu sein. Clever. Superkonzentriert. Aber er hält sich oft abseits.«

»Ich werde ihn heute Nacht zur Beobachtung hierbehalten«, verkündete Catarina. »Aber vielleicht hast du Lust, ihn nachher noch mal zu besuchen? Das wäre jedenfalls keine schlechte Idee. Jeder braucht Freunde.«

»Klar, mach ich«, sagte Anush. »Ich schaue nachher noch mal vorbei, falls er irgendetwas braucht.«

Catarina schenkte Ty ein Glas Wasser ein und half ihm, sich aufzusetzen. »Du bist ohnmächtig geworden«, sagte sie in ruhigem, neutralem Ton. »Manchmal nehmen Erstsemester ihr Studium zu ernst und vergessen dabei, regelmäßig zu essen und zu schlafen.«

»So was vergesse ich nicht. Denn ich habe einen Zeitplan, der mich rechtzeitig daran erinnert«, erwiderte Ty.

»Wie geht es dem Kätzchen?«, wechselte Catarina das Thema. »Du hast dir ja Sorgen um seinen Zustand gemacht. Wie ich sehe, hast du an beiden Armen Kratzer.«

»Irene geht es super!«, sagte Ty. »Sie isst alles, was ich ihr bringe, und trinkt auch gut. Wie lange bin ich schon hier auf der Krankenstation? Ich sollte aufstehen und nach ihr sehen.«

»Du bist noch nicht sehr lange hier«, erwiderte Catarina. »Wenn Anush zurückkommt, kannst du ihn bitten, sich über Nacht um Irene zu kümmern. Ich glaube, das würde ihm gefallen. Meinst du, du selbst könntest jetzt auch etwas essen?«

Ty nickte, woraufhin Catarina verkündete: »Ich werde mal nachsehen, was die Küche noch zu bieten hat. Aber du bleibst im Bett. Ich bin gleich wieder zurück.«

Als sie den Raum verlassen hatte, schwebte Livvy an sein Bett. »Ty!«

Ihr Bruder musterte sie stirnrunzelnd. »Ich konnte spüren, wie du dich immer weiter von mir entfernt hast. Das hat wehgetan, Livvy. Und je weiter du weg warst, umso fremder und merkwürdiger bist du geworden. Ich konnte dich fühlen. Aber du hast dich nicht mehr wie du selbst angefühlt. Du warst ...«

Livvy seufzte. »Ich weiß. Ich habe es auch gespürt. Es war richtig unheimlich, Ty. *Ich* war unheimlich. Du musst das in deinem Notizbuch festhalten. Es ist nicht gut, wenn ich zu lange wegbleibe. Je weiter ich mich von dir entferne, desto gefährlicher wird das für uns beide. Je länger ich weg war, desto mehr habe ich vergessen. Zum Beispiel, wer ich war. Wer du bist. Warum ich zurückkehren sollte.«

»Aber du bist zurückgekommen«, sagte Ty.

»Ja, allerdings fast zu spät. Doch jetzt bin ich hier. Gerade noch rechtzeitig. Irene ist dabei, sich einen Weg durch deine Zimmertür zu nagen.«

Sie schenkte Ty ein beruhigendes Grinsen, das er erwiderte. Dann schloss er wieder die Augen.

»Ty?«, fragte sie.

»Keine Sorge, es geht mir gut. Ich bin nur müde«, versicherte er. »Ich werde jetzt noch etwas schlafen, Livvy. Wirst du so lange bei mir bleiben?«

»Natürlich«, antwortete Livvy. »Natürlich bleibe ich hier.«

Die verlorene Welt

Ty schlief tief und fest, als Catarina mit einem Tablett zurückkehrte. Und er schlief auch noch, als Magnus Bane einige Stunden später durch die Tür kam. Er trug einen scharlachroten Daunenanorak mit schwarzem Kunstpelzbesatz, der ihm bis zu den Knöcheln reichte. Der Hexenmeister sah so aus, als hätte ihn ein sehr fetter Eiderdaunendrache verschlungen.

Catarina begleitete ihn. »Ein Mädchen!«, sagte sie. »Ich habe eine Decke für das Kind gestrickt, bin allerdings noch nicht ganz fertig damit. Wilhelmina Yiqiang Ke Carstairs. Das ist ein ziemlich großer Name für ein ziemlich kleines Baby.«

»Ihr Rufname ist Mina«, erzählte Magnus. »Und sie ist so niedlich, Catarina. Sie hat Jems Finger – die Finger eines Musikers – und Tessas Kinn. Aber jetzt zu Ty: Wie geht es unserem Patienten?«

»Er wird wieder gesund werden«, versicherte Catarina. »Obwohl ich ja noch immer nicht weiß, was ihm tatsächlich gefehlt hat. Er macht einen vollkommen gesunden Eindruck. Ich muss jetzt weg, meine Klasse wartet bereits auf mich. Bist du in einer Stunde noch hier?«

»Ja, hier oder irgendwo in der Nähe«, sagte Magnus. »Komm nach dem Unterricht einfach wieder her.«

Nachdem Catarina den Raum verlassen hatte, wandte Magnus sich an Livvy: »So. Wie ich gehört habe, gibt es da etwas, das du mir dringend sagen musst. Und danach muss ich dir etwas sagen.«

Livvy nickte. »Ich weiß. Ich glaube, ich weiß schon, was du mir sagen willst. Aber vorher muss ich dir noch von Idris erzählen.« Und dann berichtete sie ihm von dem belauschten Gespräch zwischen Zara und Manuel.

»Wir haben gewusst, dass sie uns früher oder später angreifen wollen«, sagte Magnus schließlich. »Aber jetzt, da wir wissen, dass sie uns bespitzeln, müssen wir herausfinden, wie sie das machen. Und vielleicht können wir ja die gleiche Methode anwenden, um sie zu bespitzeln. Allerdings wäre es zu riskant, dich noch einmal loszuschicken.«

»Stimmt«, sagte Livvy, »denn jedes Mal wenn ich mich zu weit von Ty entferne, geht irgendetwas schief. Ich verändere mich dann. Werde stärker. Und ich kann plötzlich bestimmte Dinge ausrichten. Wie etwa mit dem Wintergarten. Außerdem habe ich im Los-Angeles-Institut Geschirr zerbrochen. Und ich glaube, ich hätte fast Tessas Baby Schaden zugefügt. Für Ty ist meine Abwesenheit ebenfalls schlecht. Deshalb ist er hier auf der Krankenstation gelandet. Weil ich zu lange weg war.«

»Ganz genau«, bestätigte Magnus. »Kluges Mädchen.«

»Wenn ich noch länger weggeblieben wäre, wäre er dann gestorben?«, fragte Livvy.

»Ich weiß es nicht«, sagte Magnus. »Aber die Magie, die er angewendet hat, um dich von den Toten wiederzuerwecken, war Schwarze Magie, Livvy. Nekromantie. Eine Beschwörungsformel aus dem Schwarzen Buch der Toten! Und als dieser Zauberspruch zu allem Überfluss auch noch gescheitert ist, war Ty derjenige, der dich an diese Welt gebunden hat. Nicht irgendetwas, sondern dein Zwillingsbruder. Das ist für Geister sehr ungewöhnlich. In den meisten Fällen sind sie an Objekte gebunden, wie etwa an einen Ring, einen Schlüssel oder an ein Haus. Doch du bist an eine Person gebunden. Es ergibt durchaus Sinn, dass du jetzt möglichst nah bei ihm bleiben musst. Und umgekehrt. Als du zu lange von ihm entfernt warst, hast du dich meiner Meinung nach immer mehr selbst verloren, hast deine Persönlichkeit verändert. Bist mächtiger geworden. Weniger menschlich. Eher wie ein hungriger Geist. Du hast dich in etwas verwandelt, das eine Gefahr für die Lebenden darstellt.«

»Als ich in Tessas und Jems Wintergarten war, hatte ich das Gefühl, als könnte ich mit dem Baby den Platz tauschen«, brachte Livvy stockend hervor. »Und dass ich wieder leben könnte, wenn ich bereit gewesen wäre, Tessas Baby das Leben zu nehmen … seinen Platz einzunehmen.«

Magnus nickte. »Totenbeschwörung ist eine sehr gefährliche Form der Schwarzen Magie. Vielleicht wärst du tatsächlich dazu in der Lage gewesen. Möglicherweise hättest du aber auch das Baby oder Tessa getötet und wärst letztendlich mit leeren Händen dagestanden. Magie kann mit einem hohen Preis verbunden sein, Livvy.«

»Ich möchte niemandem schaden«, beteuerte Livvy. »Genau das hat Annabel getan. Und ich will nicht wie Annabel sein, Magnus. Auf keinen Fall! Aber ich möchte auch nicht tot sein. Es ist einfach nicht fair!«

»Nein, es ist nicht fair«, bestätigte Magnus. »Aber nichts im Leben ist fair. Und du bist einen tapferen Tod gestorben, Livvy.«

»Dumm. Ich bin einen dummen Tod gestorben«, erwiderte Livvy.

»Tapfer«, beharrte Magnus. »Obwohl ich ja zugeben muss, dass ich manchmal wünschte, ihr Schattenjäger wärt etwas weniger tapfer und würdet euren Verstand etwas häufiger nutzen.«

Livvy schniefte. »Ty ist darin sehr gut: Er weiß seinen Verstand zu nutzen.«

»Ty ist eine absolute Ausnahme«, sagte Magnus. »Ich erwarte außergewöhnliche Dinge von ihm. Und auch von dir, Livvy. Denn wenn du keine außergewöhnlichen Dinge vollbringst, dann fürchte ich, dass du schreckliche Taten begehen wirst. Ty und du ... ihr beide habt bemerkenswertes Potenzial.«

»Ich?«, fragte Livvy. »Aber ich bin doch tot.«

»Das tut nichts zur Sache«, erwiderte Magnus. Dann griff er in seine Tasche. »Ich habe hier ein Geschenk für dich. Okay, genau genommen ist es von Kit. Ein Geschenk für dich und Ty.« Er hielt eine Silberkette hoch, mit einem Anhänger in Gestalt eines Vogels. Ein Reiher, erkannte Livvy.

»Du bist an Ty gebunden, allerdings durch nekromantische Magie«, erklärte Magnus. »Ich hatte ein paar Nachforschungen angestellt, auf der Suche nach etwas, das die Bürde, die dadurch auf Ty und dir lastet, ein wenig erleichtert. Dabei hat Kit mich beobachtet und mich gefragt, was genau ich tun würde. Als ich es ihm erklärt habe, hat er mir diesen Anhänger gegeben, den ich verändert und mit einer gewissen Macht ausgestattet habe.

Solange Ty ihn trägt, müsste er vor den Nebenwirkungen seines Bundes an eine Tote relativ geschützt sein. Und dir sollte der Anhänger etwas Kraft verleihen. Er sollte das seltsame Gefühl lindern, das mit deinem Aufenthalt in der Welt der Lebenden verbunden ist. Du kannst ihn sogar berühren. Und falls Ty oder du den Eindruck habt, dass ihr dringend Hilfe braucht, könnt ihr mich mit dem Anhänger jederzeit erreichen. Die Kette hat einst Kits Mutter gehört. Jem hatte sie ihr gegeben, damit sie ihn in einer Gefahrensituation rufen konnte. Doch jetzt wird sie dir und deinem Bruder gute Dienste leisten.«

Livvy streckte einen Finger aus und strich vorsichtig über den silbernen Reiher. »Oh, ich kann ihn tatsächlich fühlen!«

»Ja. Richtig. Wie schon gesagt«, bekräftigte Magnus.

»Genau wie eines von Tys Beschäftigungsspielzeugen ... wie Julians Feuerzeug.« Livvy ließ die Kette durch ihre Finger gleiten. »Ist mit dem Baby alles in Ordnung? Mit Mina?«

»Ja«, bestätigte Magnus, »es geht ihr gut. Alle sind wohlauf. Der Wintergarten allerdings ...«

Plötzlich musste Livvy an den Dimmet-See denken. »Warst du schon mal hier? Ich meine, hier an der Scholomance?«, fragte sie.

Magnus nickte. »Ja, viele Male im Lauf der Jahre.«

»Und warst du schon mal unten am Dimmet-See?«, fragte Livvy.

»Ja. Ein äußerst unscheinbares Gewässer. Im Vergleich zum Pazifik muss dir der See ziemlich öde und traurig erscheinen.«

»Na ja, es geht das Gerücht, dass er ein übernatürliches Geheimnis bergen soll. Aber niemand weiß etwas Genaues«, erklärte Livvy. »Ty und ich haben versucht, mehr darüber herauszufinden.«

»Ja, ich habe diese Geschichten ebenfalls gehört, ihnen aber keine große Beachtung geschenkt«, sagte Magnus. »Worum ging es dabei noch mal?« Schweigend saß er einen Moment da, während Livvy ruhig abwartete und Ty sich auf eine Weise im Schlaf regte, die Livvy vermuten ließ, dass er bald aufwachen würde.

»Ja, jetzt weiß ich es wieder! Natürlich. Es heißt, wenn man zum Dimmet-See geht und nur lange genug in seine Fluten schaut, dann wäre man in der Lage, die eigene Zukunft zu sehen. Irgendein Hexenmeister soll den See damit verwünscht haben. Lustigerweise stammte er, glaube ich, aus Devon. Dimmet ist ein walisisches Wort«, erklärte Magnus. »Aber warum? Warst du am See, Livvy? Hast du dort irgendetwas gesehen?«

»Nein«, sagte Livvy nach einem Moment. Sie versuchte, sich an das Gefühl zu erinnern, als sie in den schwarzen Tiefen des Sees versunken war. »Ich habe nichts gesehen. Da war überhaupt nichts.«

»Verstehe«, sagte Magnus in einem Ton, der ahnen ließ, dass er etwas verstand, das Livvy nicht verstand. »Aber mal angenommen, jemand hätte in den Dimmet-See hineingeschaut und dort etwas entdeckt, das ihm nicht gefiel. Etwas, das auf eine Zukunft hindeutet, die derjenige sich nicht wünscht. Und nehmen wir weiter an, diese Person hätte sich an mich gewandt. Weißt du, was ich ihr sagen würde?«

»Was denn?«, fragte Livvy.

»Ich würde dieser Person Folgendes sagen: Die Zukunft ist nicht in Stein gemeißelt. Wenn wir einen Weg vor uns sehen, der uns nicht gefällt, dann können wir uns für einen anderen Weg entscheiden. Für eine andere Zukunft«, sagte Magnus. »Pfeif auf den Dimmet-See! Würdest du dem beipflichten, Livvy?«

Er musterte Livvy eindringlich, und sie erwiderte seinen Blick. Ihr fiel keine Antwort ein, doch schließlich hob sie das Kinn und nickte.

»Livvy!«, rief Ty in diesem Moment von seinem Bett aus. Dann schlug er die Augen auf, entdeckte sie und sagte erneut: »Livvy.« Dieses Mal klang er nicht mehr so verzweifelt. Und Magnus' Anwesenheit schien er überhaupt nicht bemerkt zu haben.

Plötzlich ertönte von der Tür her ein schreckliches Jaulen: Irene. Ihr Mäulchen war weit aufgerissen und ihr Fell gesträubt. Livvy hätte nicht gedacht, dass ein so winziges Tier solch einen Lärm verursachen konnte. Mit einem Klagelaut sprang Irene auf

Tys Bett und stieß mit ihrem Kopf gegen sein Kinn. Ihre Laute wirkten jetzt leiser, ärgerlicher, wie ein heißer Teekessel, so als hätte sie viele Fragen, aber auch den Verdacht, dass ihr die Antworten nicht gefallen würden.

»Was um alles in der Welt ist das?«, fragte Magnus.

»Das ist Irene«, erklärte Ty. »Sie ist ein Karpatenluchs.«

»Natürlich! Ein Karpatenluchs. Wie dumm von mir«, sagte Magnus und schaute dann zu Livvy. »Ein Junge, ein Karpatenluchs und ein Geist. Wahrhaftig: Ich erwarte außergewöhnliche Dinge von deinem Bruder und dir, Livvy. Hier, Ty, das ist für dich.« Er ließ den Herondale-Anhänger in Tys Handfläche fallen. »Livvy wird dir seinen Verwendungszweck erklären. Aber um es kurz zu machen: Wenn du mich brauchst, kannst du mich damit herbeirufen. Livvy hat mir von ihrem Besuch in Idris erzählt, von dem, was sie vor den Schutzschranken gehört hat. Aber da ich die ganze Nacht wach war, brauche ich erst einmal eine ordentliche Tasse Tee. Deshalb werde ich jetzt Ragnor Fell suchen, damit er mir diese ordentliche Tasse Tee zubereitet.«

Er rauschte aus dem Zimmer, so erhaben, wie jemand eben aussehen konnte, der einen überlangen Daunenanorak trug. Im selben Moment betrat Anush den Raum; seine Arme waren mit blutigen Kratzern übersät.

Erstaunt sah Anush dem Hexenmeister nach. »Das war Magnus Bane«, wandte er sich an Ty. »War er hier, um dich zu besuchen?«

»Ja. Er ist ein Freund meiner Familie«, sagte Ty.

»Ich wusste ja, dass du ihn kennst, aber mir war nicht klar, dass ihr so eng befreundet seid, dass er einfach so zu einem Besuch in die Scholomance hereinschneit«, sagte Anush. »Tut mir leid wegen deinem Haustier. Ich bin in dein Zimmer gegangen, um dir ein Buch und ein paar Sachen zu holen, und dabei ist mir das Kätzchen entwischt und durch die Tür geschlüpft. Es ist superniedlich. Aber auch superbrutal.«

»Sie heißt Irene«, sagte Ty und betrachtete den kleinen Luchs liebevoll, der sich neben ihm zusammengekuschelt hatte.

»Soll ich in die Küche laufen und etwas zu essen für sie besorgen?«, bot Anush an.

Als Anush das Zimmer verlassen hatte, berichtete Livvy ihrem Bruder von ihren Erlebnissen in Los Angeles und in Tessas und Jems Wintergarten in England.

»Es tut mir so leid, Livvy«, sagte Ty schließlich.

»Was tut dir leid?«, fragte Livvy.

»Dass ich dir das angetan habe«, antwortete Ty.

»Ach, Ty, ich hätte das Gleiche getan. Auch wenn man so etwas eigentlich nicht tun sollte, aber ich hätte auch versucht, dich wieder zurückzuholen. Und dann säßen wir in der gleichen Patsche wie jetzt auch«, sagte Livvy. »Davon abgesehen habe ich das Gefühl, dass ich mein Dasein als Geist allmählich in den Griff bekomme.«

Ty nickte. Er drehte den Anhänger in der Hand und hielt die Kette hoch, sodass sich das Sonnenlicht darin fing und Irene mit der Pfote danach schlug. Livvy dachte an Kit, daran, wie er an diesem Küchentisch gesessen hatte und sich größte Mühe gegeben hatte, sie nicht nach Ty zu fragen.

Sie streckte die Hand aus, löste die Kette behutsam aus Irenes scharfen Krallen und wog den Anhänger in ihrer Hand. »Der hat Kit gehört. Du wirst ihm schreiben müssen. Um ihm zu danken. Schreib ihm einen Brief, den Magnus dann bei seiner Abreise mitnehmen kann.«

»Okay«, sagte Ty nach einem Moment. »Aber er wird nicht zurückschreiben.«

»Dann wirst du ihm eben so lange schreiben, bis er antwortet«, sagte Livvy. »Totenbeschwörung ist eine schlimme Sache. Darin sind wir uns alle einig. Aber Postkarten sind ziemlich harmlos. Nimm einfach irgendeine hübsche Karte mit der hiesigen Landschaft darauf.« Vor ihrem inneren Auge sah sie wieder den Dimmet-See, das schwarze Nichts in seinen Tiefen. »Und dann schreibst du: *Ich wünschte, du wärst hier.* Oder irgendetwas in der Art.«

Sie umfasste die Kette fester, rieb die feinen Glieder zwischen ihren Fingern. Vielleicht war das ja ihre Zukunft: ein schwarzes Nichts. Aber im Moment hatte sie Ty. Sie konnte sich für einen Weg entscheiden, der sie möglichst lange vom Dimmet-See fernhielt. Sie hatte einen Anker.

Und sie würde sich mit aller Kraft daran festklammern.

Cassandra Clare
Sarah Rees Brennan

Gestürzt!

»Erwacht! erhebt euch oder bleibt gestürzt!«
John Milton: Das verlorene Paradies

New York, 2013

Jem Carstairs und Kit Herondale passierten das Portal gemeinsam – aus dem samtigen, mitternachtsdunklen Schwarz der britischen Waldlandschaft hinein in das von orangefarbenen Lichtern durchsetzte Abendblau einer New Yorker Straße. Kit betrachtete den silbernen Strom hupender Fahrzeuge mit der gleichen Miene wie seit dem Moment, in dem Jem den Ausflug vorgeschlagen hatte: einer Mischung aus Aufregung und Nervosität.

»Auf dem Schattenmarkt in Los Angeles hat man mich die letzten Male ... äh, nicht gerade willkommen geheißen«, meinte Kit. »Bist du dir auch ganz sicher, dass das keinen Ärger gibt?«

»Absolut«, versicherte Jem.

Die gelben und roten Lichter der Fahrzeuge warfen ihren Schein auf die kunstvollen Fassaden und hohen Bogenfenster des alten, verlassenen Theatergebäudes. Der Schattenmarkt an der Canal Street war noch ziemlich genau so, wie Jem ihn von seinem letzten Besuch vor etwa zehn Jahren in Erinnerung hatte – wogegen er selbst sich ziemlich stark verändert hatte. Der Eingang war mithilfe von Zauberglanz so getarnt, dass Irdische den Eindruck hatten, als sei das Tor durch Metallrollladen verschlossen. Jem und Kit sahen stattdessen einen Vorhang aus Silber- und Holzperlen, die beim Passieren eine Melodie erzeugten.

Eine Hexe, die sie hereinkommen sah, blieb bei ihrem Anblick abrupt stehen.

»Hallo, Hypatia«, sagte Jem. »Ich glaube, du kennst Kit, oder?«

»Ich weiß nur, dass zwei Schattenjäger noch mehr Ärger bedeuten als einer«, antwortete Hypatia.

Sie verdrehte ihre Augen, deren Pupillen wie goldene Sterne geformt waren, und ging weiter. Aber ein Werwolf, den Jem vom Pariser Schattenmarkt kannte, kam herübergeschlendert und wechselte ein paar Worte mit ihnen. Es war ihm eine Freude, Kit kennenzulernen und Jem wiederzusehen.

»Übrigens: Herzlichen Glückwunsch«, fügte er zum Abschied hinzu.

Jem strahlte. »Vielen Dank.«

Er hatte überrascht festgestellt, dass man ihn auch jetzt noch auf den meisten Schattenmärkten willkommen hieß. Im Laufe der Jahre hatte er sehr viele Märkte aufgesucht, und nicht gerade wenige der dortigen Verkäufer und Besucher waren unsterblich. Viele hatten sich an ihn erinnert und nach einer Weile auch die Furcht vor ihm verloren. Jem war gar nicht bewusst gewesen, dass seine Anwesenheit bei einem Schattenmarkt irgendwann sogar als gutes Omen galt: Er war der einzige Bruder der Stille, den die meisten Schattenweltler je zu Gesicht bekommen hatten. Als er nach seiner Verwandlung zum ersten Mal wieder einen Schattenmarkt betreten hatte, Hand in Hand mit einer Hexe, hatte dieser Besuch wohl die Meinung vieler bestätigt, dass er jetzt fast einer der ihren war. Und die Tatsache, dass er nun mit Kit hier auftauchte, der auf dem L.-A.-Schattenmarkt aufgewachsen war, bekräftigte dies zusätzlich.

»Siehst du?«, murmelte Jem. »Kein Problem.«

Kits Schultern entspannten sich, und ein vertrauter, verschmitzter Ausdruck stahl sich in seine blauen Augen. Er machte Jem auf verschiedene interessante Eigenarten des Schattenmarktes aufmerksam, die Jem zwar bereits alle kannte, doch er lächelte und ermutigte den Jungen weiterzuerzählen.

»Das machen sie mithilfe von magischen Spiegeln«, flüsterte Kit Jem ins Ohr, während sie zwei Meerjungfrauen zusahen, die in einem großen Wasserbehälter Tricks vollführten.

Eine der Meerjungfrauen funkelte Kit an, woraufhin der Junge

Gestürzt!

lachte. Kurz darauf steuerten sie einen Stand mit kandierten Drachenfruchtblüten an, weil Kit regelrecht verrückt nach Süßigkeiten war.

»Ich kenne dich«, sagte die Elfe auf der anderen Seite des Marktstandes. »Bist du nicht Johnny Rooks Sohn?«

Kits Lächeln erstarb sofort. »Nicht mehr.«

»Und wessen Sohn bist du jetzt?«

»Ich habe keinen Vater«, antwortete Kit leise.

Die Standbetreiberin blinzelte, wobei sich ein zweites Paar Lider seitlich über ihre Pupillen schob – ein ziemlich beeindruckender Anblick. Jem streckte die Hand aus, um Kit an der Schulter zu berühren, doch der Junge hatte sich bereits in Bewegung gesetzt und stöberte in der Auslage mit den Süßigkeiten, als fände er diese unfassbar faszinierend.

Jem räusperte sich. »Wie ich gehört habe, gibt es hier einen besonderen, von Hexen- und Feenwesen gemeinsam geführten Stand, der Zaubertränke und Illusionen anbietet. Mein Freund Ragnor Fell hat mir davon erzählt.«

Die Elfe nickte verständnisvoll, beugte sich vor und flüsterte ihm etwas ins Ohr.

Der gemeinsam von Hexen- und Feenwesen betriebene Marktstand entpuppte sich als ein kunstvoll verzierter Holzwagen in einem der vorderen Räume des Theaters. Der Wagen war leuchtend blau lackiert und mit beweglichen Gemälden dekoriert: Als Jem und Kit sich ihm näherten, stieg eine Schar Vögel aus vergoldeten Käfigen auf und flog über den blauen, wolkenlosen Himmel.

Eine Elfe hieß sie willkommen. In ihren Haaren wuchsen Pilze, die sie mit Bändern geschmückt hatte. Sie wirkte noch sehr jung und brachte die Arznei, nach der Jem fragte, voller Begeisterung herbei. Jem hob den Deckel des Porzellangefäßes an, überprüfte sorgfältig den Inhalt und entschuldigte sich anschließend für sein Verhalten.

Doch sie winkte nur ab. »Das ist doch vollkommen verständlich, wenn man bedenkt, wozu das Mittel gedacht ist. Es freut mich, dich endlich mal persönlich kennenzulernen. Ein Freund von Ragnor Fell ist auch mein Freund. So ein distinguierter Gentleman! Vielleicht liegt es an meinem irischen Blut, aber ich liebe grüne Männer.«

Bei diesen Worten wurde Kit von einem Hustenanfall überwältigt. Jem lächelte diskret und klopfte ihm auf den Rücken.

»Außerdem ...«, stieß die Elfe hastig hervor, »habe ich dich schon mal gesehen, vor etwa acht Jahren, als du noch ein Stiller Bruder warst ... Damals habe ich nur einen Blick auf dich erhaschen können, aber du hast so wahnsinnig traurig gewirkt. Und so wahnsinnig attraktiv.«

»Vielen Dank. Inzwischen bin ich sehr glücklich«, sagte Jem. »Dein Husten scheint immer schlimmer zu werden, Kit. Brauchst du vielleicht auch eine Arznei?«

Kit richtete sich auf. »Nein, mir geht's gut. Komm weiter, wahnsinnig attraktiver Bruder.«

»Es besteht keine Notwendigkeit, das gegenüber Tessa zu erwähnen.«

»Und dennoch werde ich es ihr brühwarm auftischen«, erwiderte Kit.

»Herzlichen Glückwunsch!«, rief die Elfe Jem nach.

Jems geballtes Wissen als Stiller Bruder verriet ihm, dass das Mittel nicht schädlich war und die versprochene Wirkung auch entfalten würde. Er schenkte der Elfe noch ein kurzes Lächeln und ließ sich dann von Kit zwischen den Ständen hindurch zum nächsten Raum ziehen. Hier war es so voll, dass sämtliche mit Schwingen ausgestatteten Feenwesen über den Köpfen der Menge hin und her flogen. Eine Elfe wurde von einer Werwölfin verfolgt, die schrie, dass die Elfe ihr unfairerweise den letzten Hut in ihrer Größe weggeschnappt hatte. Die Flügel der fliehenden Elfe warfen einen Schatten auf eine Gestalt mit goldenem Haupt und breiten Schultern, die Jem bekannt vorkam.

»Ist das nicht Jace? Ich denke, dort drüben ... das ist ...«, setzte Jem an und wandte sich Kit zu. Doch dann sah er das kreidebleiche Gesicht des Jungen.

Gestürzt!

Kit starrte zu einem groß gewachsenen Jungen mit dunklen Haaren und Kopfhörern hinüber, der an einem der Markttische die dort ausgestellten getrockneten Kräuter begutachtete. Jem legte Kit eine Hand auf die Schulter. Doch Kit schien es gar nicht zu bemerken; er stand wie angewurzelt da, bis sich der Dunkelhaarige umdrehte. Der Junge hatte zwar blaue Augen und eine krumme Nase, war aber nicht Ty Blackthorn.

»Ich habe alles erledigt, weswegen wir hergekommen sind«, sagte Jem in seinem üblichen, bewusst ruhigen Tonfall. »Sollen wir gehen, oder möchtest du dich noch etwas umsehen? Was immer du willst.«

Kits Kiefermuskeln zuckten. Jem kannte diesen Blick. Herondales waren wie Flammen, dachte er. Sie liebten und litten, als würden sie in der schieren Kraft ihres eigenen Feuers verbrennen.

»Lass uns nach Hause gehen«, murmelte Kit.

Der Beschluss enttäuschte Jem zwar etwas, doch die Worte ließen ihn lächeln: Es war das erste Mal, dass Kit Tessas und Jems Cottage als Zuhause bezeichnete.

Der Mann, der nie die Chance gehabt hatte, Jace Herondale zu sein, und der nicht länger Jace war, hatte allmählich das Gefühl, dass es doch keine so gute Idee gewesen war herzukommen.

Als er ins Feenreich gereist war, auf der Suche nach Schutz für Ash und Hilfe bei der Umsetzung seiner eigenen Pläne, hatte die Königin des Lichten Volkes darauf bestanden, dass er sich einen neuen Namen zulegen müsse. Sie hatte zwar all seine Fragen über Clary beantwortet, aber ihre Unterstützung hatte einen Preis. Monarchen stellten nun einmal gern Bedingungen.

»Ich habe mich an diesen anderen Jace gewöhnt, auch wenn ich ihm nicht sehr zugetan bin«, sagte sie von oben herab. »Wie könnten wir dich also sonst nennen?«

Jonathan, hatte er im ersten Moment gedacht und war dann sogar beim Gedanken an diesen Namen zusammengezuckt – was ihn überrascht hatte. In Thule war er nicht oft zusammengezuckt.

»Janus«, teilte er der Königin mit. »Wie der Gott mit den

zwei Gesichtern. Der Gott des Anfangs und des Endes sowie der Durchgänge und Tore.«

»Der Gott?«, wiederholte die Königin.

»Mein Vater hat mir eine klassische Erziehung zuteilwerden lassen«, erklärte Janus. »Passend zu meinem klassisch guten Aussehen.«

Diese Antwort hatte die Königin zum Lachen gebracht. »Wie ich sehe, ändern sich manche Dinge nie, ganz gleich, in welcher Welt man sich befindet.«

Doch die Königin sah und verstand gar nichts. Niemand in dieser Welt ahnte auch nur, zu welcher Person er sich hatte entwickeln müssen.

Im Feenreich hatte Janus zum ersten Mal von einem gemeinsamen Stand der Hexen- und Feenwesen und ihrer Magie gehört. Und er hatte der Versuchung einfach nicht widerstehen können. Er wusste, dass Schattenjäger auf den Schattenmärkten nicht willkommen waren. Aber mit Umhang und Kapuze ausgestattet musste das Risiko eigentlich minimal sein.

Doch leider warfen ihm einige Schattenmarktbesucher eindringliche Blicke zu, als würden sie ihn erkennen. Na ja, sollten sie doch denken, dass der Jace dieser Welt es sich zur Gewohnheit gemacht hatte, regelmäßig die Schattenmärkte aufzusuchen. Er hatte keinerlei Verpflichtung, Jace' guten Ruf zu wahren.

Janus drehte sich um, und in diesem Moment stieß ein Werwolf gegen ihn und begann zu fluchen.

»Hey, Schattenjäger, pass gefälligst auf, wo du hintrittst!«

Janus' Hand griff bereits nach seinem Dolch, als ein weiterer Werwolf dazukam und dem ersten Lykanthropen einen Schlag auf den Hinterkopf versetzte.

»Weißt du überhaupt, mit wem du da redest?«, fragte er aufgebracht. »Das ist Jace Herondale, der Leiter des Instituts.«

Der Lykanthrop wurde blass. »Oh mein Gott. Es tut mir so leid. Das habe ich nicht gewusst.«

»Bitte verzeih ihm. Er kommt aus dem tiefsten Hinterland und hat keine Ahnung, wie das hier läuft«, sagte der zweite Werwolf.

Gestürzt!

»Ich komm aus Ohio!«

»Sag ich doch.«

Die beiden Werwölfe sahen Janus mit betretenen Mienen an. Janus war einen Moment verwirrt, nahm aber langsam die Hand vom Heft seines Dolches. Diese beiden konnten ihm lebend vermutlich nützlicher sein als tot.

»Es ist mir *so* unangenehm«, beteuerte der zweite Werwolf.

»Ist ...« Janus räusperte sich. »Ist schon in Ordnung.«

»Außerdem ist er der *Parabatai* des Konsuls«, wandte der Lykanthrop sich an den anderen Werwolf. »Du weißt schon: Alec Lightwood.«

Janus spürte, wie sich tief in seinem Inneren etwas regte. Diese Empfindung überraschte ihn: Er war daran gewöhnt, rein gar nichts zu fühlen.

Er betrachtete die Vorstellung, dass Alec jetzt Konsul war, innerlich wie einen kostbaren Edelstein, den er von allen Seiten begutachtete. Natürlich hatte er von der Königin erfahren, dass in dieser seltsamen, neuen Welt alles anders war und dass hier alle noch lebten. Aber jedes Mal wenn er sich seine damaligen Freunde ausgemalt hatte, hatte er sie unverändert vor sich gesehen. Alec als Konsul? Das konnte er sich nun überhaupt nicht vorstellen.

»Genau genommen bin ich in ... geheimer Mission hier«, sagte er. »Ich würde es sehr zu schätzen wissen, wenn ihr über meine Anwesenheit Stillschweigen bewahren könntet.«

»Genau das hab ich auch gedacht«, sagte der zweite Werwolf. »Umhang. Kapuze. ›Geheime Mission‹, habe ich mir sofort gesagt.«

Janus' Lächeln verlor seine Natürlichkeit, wurde breiter und süßlicher. »Wie ich sehe, seid ihr sehr scharfsichtig. Falls ich in Zukunft irgendwann einmal Hilfe brauche, könntet ihr vielleicht ...«

»Alles, was du willst!«, versicherten ihm die Werwölfe hastig. »Absolut alles.«

Janus betrachtete sie lächelnd. »Gut zu wissen.«

Es war *tatsächlich* ein Vorteil, Verbündete zu haben – vor allem wenn sie dumm waren und es jedem recht machen wollten.

Janus steuerte auf sein Ziel zu, einen leuchtend blauen Pferdewagen aus Holz. Die darin arbeitenden Feen- und Hexenwesen waren in der Lage, vollkommen undurchschaubaren Zauberglanz zu erzeugen, wie man ihm versichert hatte.

In Thule gab es keine Hexenmagie mehr. Dort gab es überhaupt keine Hexenwesen mehr. Dafür wimmelte es von Dämonen, die wie Fliegen auf verdorbenem Fleisch überall herumschwirrten. Dämonen, die Sebastian dazu zwingen konnte, Illusionen zu erzeugen. Und gelegentlich, wenn er mit Janus besonders zufrieden war, schenkte er ihm eine solche Illusion. Nur sehr selten, und die Illusion reichte nie aus.

Eine Elfe mit Pilzen in den Haaren ließ ihn in den Holzwagen hinein. Sie wirkte jung, und sie zitterte, als er sie musterte. Doch er zahlte den geforderten Preis. Eine astronomische Summe. Aber Janus hätte auch mehr gezahlt.

Das Innere des Wagens erinnerte ihn an ein Holzkästchen, in dem sich ein Juwel verbarg. Die Feenwesen hatten nicht gelogen, als sie behauptet hatten, dass die gemeinsame Magie von Hexen- und Feenwesen zu außergewöhnlichen Ergebnissen führen konnte. Sie war die überzeugendste Illusion, die er je gesehen hatte.

Sie war klein, so klein. Ihre Haare fielen in roten Locken um ihr Gesicht und ihre Schultern. Am liebsten hätte er jede ihrer Locken mit den Fingern erkundet, genau wie er gern Verbindungen zwischen ihren goldenen Sommersprossen gezeichnet hätte. Er wollte sie durch und durch kennenlernen.

»Clary«, sagte er.

Ihr Name klang fremd aus seinem Mund. Er hatte ihn nicht oft ausgesprochen, auch nicht in Thule, wo all seine Gefühle unter einer tonnenschweren Last begraben gewesen waren.

»Komm her«, sagte er. Die Rauheit seiner eigenen Stimme überraschte ihn selbst. Seine Hände zitterten. Es fühlte sich an wie eine lange verdrängte, fast schon verachtenswerte Schwäche.

Gestürzt!

Sie kam auf ihn zu. Er packte ihre Handgelenke und zog sie grob an seine Brust.

Die Berührung war ein Fehler, denn die Illusion begann sofort, in sich zusammenzufallen. Er spürte ihr Zittern – und das würde seiner Clary niemals passieren. Clary war der mutigste Mensch, den er kannte.

Keine Illusion würde ihn je überzeugen. Keine Illusion konnte Liebe erwidern. Keine Illusion würde ihn auf dieselbe Weise ansehen, wie Clary ihn einst angesehen hatte. Und obwohl er nicht wusste, warum er das brauchte, zweifelte er nicht an seinen Gefühlen. Er hatte schon vorher danach verlangt, und die Trennung des Bunds zwischen Sebastian und ihm hatte das Verlangen nur noch verstärkt.

Clary. Clary. Clary.

Er gab sich noch einen Moment der Illusion hin, drückte seine Lippen auf ihre Stirn, danach auf ihre Wange und begrub schließlich das Gesicht in ihren roten Locken.

»Ach, mein Liebling«, murmelte er und griff nach dem Dolch, woraufhin sich ihre Augen mit einer Mischung aus Erkenntnis und Angst weiteten. »Mein Liebling. Warum nur musstest du sterben?«

Als Jem mit Kit nach Cirenworth Hall zurückkehrte, stürmte der Junge die Stufen hinauf und schlug die Tür seines Zimmers hinter sich zu. Jem hielt es für das Beste, ihn in Ruhe zu lassen, zumindest eine Weile.

Aber er konnte seine Sorgen nicht abschütteln, während er selbst die Treppe hinaufging und dem Klang einer Melodie folgte, die von den Schieferwänden hallte.

> *Schwarz für die Jagd in tiefer Nacht*
> *Weiß für Tod und Totenwacht*
> *Gold für die Braut im Hochzeitskleid*
> *Und Rot für Magie und Zauberzeit.*

*Safran leuchtet dem Sieger kühn,
Gebrochene Herzen lindert das Grün.
Silber für der Dämonen Türme
Und Bronze für allmagische Stürme.*

Es handelte sich um eine Variante eines uralten Schattenjägerlieds, das ihm sein Vater in seiner Kindheit oft vorgesungen hatte.

Als er die Tür aufdrückte, verengte sich die Welt einen Moment lang auf einen einzigen Raum, der von warmem Licht erfüllt war. Eine Gruppe Elbenlichter leuchtete im altmodischen, offenen Kamin, und ihre perlmuttfarbenen Strahlen fingen sich in Tessas braunen Locken, als sie sich über die Wiege beugte und sie sanft schaukelte. Die Wiege war vor über einhundert Jahren aus einer Eiche geschnitzt worden, die hier in diesen Wäldern gestanden hatte. Jem hatte bei ihrer Fertigung zugesehen, hatte verfolgt, wie kundige Hände mit viel Liebe und Geduld das Holz bearbeitet hatten. Und die Wiege schaukelte heute noch genauso gut wie damals.

Ein leises Greinen drang aus der Wiege zu Jem, und er beugte sich darüber, um das Kind darin zu betrachten. Sein Mädchen lag auf dicken, weichen Decken, sodass der Eindruck entstand, als würde sie auf einer Wolke schlafen. Ihre tiefschwarzen Locken zeichneten sich vor dem weißen Bettzeug ab, und ihr kleines Gesicht war vor Schmerz verzerrt.

Wilhelmina Yiqiang Ke Carstairs. Benannt nach Will, der von ihnen gegangen war – der einzige mögliche Name –, und nach wilden Rosen, denn alle Wesen, die Jem liebte, gediehen am besten in wundervoller Rebellion. Er hatte sich einen chinesischen Namen für seine Kleine gewünscht und wollte damit auch an Rosemary erinnern, die Jem und Tessa in ihrem Tode etwas unendlich Kostbares vermacht hatte: Rosemary hatte ihnen Kit anvertraut. Außerdem stand das Kraut Rosmarin für *Erinnerung* – genau wie der Name Zachariah, den Jem als Stiller Bruder getragen hatte.

Je länger Jem lebte, desto mehr war er davon überzeugt, dass das Leben ein Rad war – ein ewiger Kreislauf, der einen immer wieder zu denen zurückbrachte, die das Schicksal einem als Liebe des Lebens vorbestimmt hatte. Seine Tochter trug einen eindrucksvollen Namen, der noch länger geworden wäre, wenn sie Gray hinzugefügt hätten. Aber Tessa hatte ihm erklärt, dass Hexenwesen ihren Namen selbst wählten – sofern Mina denn eine Hexe werden wollte. Aber natürlich konnte sie auch eine Schattenjägerin werden. Seine Kleine konnte alles werden, was sie wollte. Für ihn war sie jetzt schon alles.

Jem stand oft bewundernd an ihrer Wiege, doch jetzt verlor er keine Zeit. Schnell hob er sie hoch. Ihre Hände spreizten sich wie aufgeschreckte Seesterne und ruhten dann auf seinen Schlüsselbeinen – das leichteste, zarteste Gewicht, das man sich vorstellen konnte. Mina schlug die dunklen Augen weit auf und wimmerte nicht länger.

»Ah, jetzt verstehe ich«, flüsterte Tessa und lachte leise. »Mina ist ein Papakind.«

»Sie weiß, dass ich etwas vom Schattenmarkt mitgebracht habe«, sagte Jem und rieb die Feensalbe sanft auf Minas hellrosa Zahnfleisch.

Mina wand sich und strampelte mit den Beinen, als würde sie an einem Schwimmwettbewerb teilnehmen. Doch als Jem fertig war, schien die Salbe sehr schnell ihre Wirkung zu entfalten: Schon kurze Zeit später beruhigte sie sich, und auf ihrem Gesichtchen spiegelte sich eine Mischung aus Verwirrung und Zufriedenheit, als hätte Jem gerade ein noch nie da gewesenes, wahres Wunder vollbracht.

Tessa meinte, sie wäre für ihr Alter sehr früh dran mit dem Zahnen. Eigentlich war Mina in allen Dingen ihrer Entwicklung weit voraus, dachte Jem stolz.

»*Qiān jīn*«, flüsterte er ihr zu. »Du ähnelst deiner Mutter immer mehr.«

Sie besaß tatsächlich große Ähnlichkeit mit Tessa. Aber jedes Mal wenn er darauf hinwies, zogen Tessa und Kit skeptische Mienen.

»Ich meine, sie ist ein Baby, was bedeutet, dass sie die meiste Zeit wie eine verkniffene Rübe aussieht ... natürlich im ... äh, positiven Sinn«, hatte Kit gesagt. »Aber wenn sie überhaupt irgendjemandem ähnlich sieht, dann ...« Damit war er verstummt und hatte die Achseln gezuckt.

Tessa musterte Jem nun mit der gleichen Miene wie Kit damals. »Nein, noch immer nicht«, teilte sie ihm mit. »Sie sieht genauso aus wie du.«

Jem hob Mina hoch und den Elbenlichtern entgegen, eine Hand schützend um ihr empfindliches Köpfchen gelegt. Mina war leicht zu begeistern: Sie krähte vor Vergnügen und wedelte mit den pummeligen Ärmchen, während das Elbenlicht ihre schwarzen Haare wie ein Heiligenschein umgab. Jem betrachtete sie und fühlte sich regelrecht überwältigt von seinem Glück.

»Aber ... sie ist so wunderschön«, sagte er hilflos.

»Und woher hat sie das wohl? Ich liebe dich bis ans Ende meiner Tage, James Carstairs«, sagte Tessa und lehnte den Kopf gegen seine Schulter. »Aber du bist ein Narr, wenn du es nicht siehst.«

Jem zog Mina wieder an sich, und sie drückte ihre Wange mit den kleinen Grübchen an sein Kinn und brabbelte fröhlich. Seit dem Tag ihrer Geburt hatte Mina alles glucksend kommentiert, was sie gesehen hatte: Wände, Decken und ihre eigenen Hände. Und ihr Glucksen wirkte jedes Mal höher und aufgeregter, wenn Tessa oder Jem sie auf dem Arm hielten und Mina versuchte, ihre Aufmerksamkeit zu erregen. Außerdem redete sie im Schlaf. Genau wie ihre Mutter. Mina brabbelte ständig, und Jem hörte immer zu – und schon bald würde er jedes ihrer Worte verstehen.

Seine Tochter ähnelte Tessa sehr – das wusste Jem genau.

Janus zog den Reißverschluss seiner Jacke zu, um das Blut zu verbergen, während er einen Elbenstand passierte. Er fasste den Beschluss, sein Glück nicht länger auf die Probe zu stellen und stattdessen nach Hause zu gehen.

Gestürzt!

»Hey, Jason«, rief ihm eine schwarzhaarige Vampirin in einem blauen Minikleid zu. Sie sah ihn erwartungsvoll an, aber dem Namen nach zu urteilen, mit dem sie ihn begrüßt hatte, konnte sie ihn nicht besonders gut kennen.

»Eigentlich heiße ich Jace«, erwiderte Janus beiläufig und steuerte weiterhin auf den Ausgang des Schattenmarktes zu.

Er hatte keine Ahnung, was er verkehrt gemacht hatte, aber ihm wurde bewusst, dass er etwas Falsches gesagt haben musste. Denn sofort huschte ein Ausdruck höchster Beunruhigung über das Gesicht der Vampirin, und sie sprintete von ihm weg durch die Menge und hinaus auf die Straße. Aber nicht einmal Vampire waren schneller als Janus. Niemand war schneller als er.

Er stellte sie in einer Gasse, schlug ihr ins Gesicht und presste ihre wild um sich schlagenden Gliedmaßen an die Wand. Dann drückte er ihr seinen Dolch an die Kehle, doch sie wehrte sich noch immer.

»Du bist *nicht* Jace«, sagte die Vampirin. »Was bist du? Ein Eidolon? Ein Gestaltwandler? Ein Herondale-Cosplayer?« Finster musterte sie ihn.

Er würde ihr das Genick brechen müssen, erkannte er. Wie lästig. Vampire waren nicht leicht zu töten, aber er war stärker als sie. »Ich bin Jace Herondale«, teilte er ihr mit. Es war eine Erleichterung, diese Worte gegenüber jemandem zu äußern, auch wenn derjenige gleich sterben würde. »Ein stärkerer, besserer Jace Herondale als der, den ihr hier in dieser Welt habt. Aber natürlich verstehst du kein Wort von dem, was ich sage.«

Er streckte die Hand nach ihrer Kehle aus, doch die Vampirin starrte ihn an, und plötzlich schien ihr eine Erkenntnis zu kommen. »Du bist aus Thule«, sagte sie. »Alec hat mir von dieser durchgeknallten Welt erzählt, in der Clary gestorben ist und alles total verdorrt und verkorkst war. Und Jace war an Sebastian Morgenstern gebunden. Du bist dieser andere Jace.«

Aufsässig funkelte sie ihn an, und irgendetwas in ihrem Gesicht ließ eine Glocke in seinem Hinterkopf erklingen – dumpf wie zu einer Beerdigung.

»Und ich weiß auch, wer *du* bist«, sagte Janus gedehnt. »Du bist Lily Chen. In meiner Welt hat Sebastian dich getötet.«

»Was? Zum Teufel mit dem Typen!«, rief Lily empört. »Und das meine ich wörtlich.«

»Du bist das Mädchen, für das Raphael Santiago einen Krieg angezettelt hat.«

Abrupt hielt Lily inne und strampelte nicht länger. Das plötzliche Ende ihres Widerstands war so verblüffend, dass Janus sie fast losgelassen hätte. Aber sein Vater hatte ihm eingetrichtert, immer auf der Hut zu sein und keine Gnade zu zeigen.

»Wie?« Ihre Stimme bebte. »Raphael?«

»Als Sebastian die Herrschaft übernommen hat, waren die Hexenwesen bereits alle gestorben«, sagte Janus langsam und erinnerte sich an die Zeit, als Clary gestorben und die Welt zerbrochen war. »Die Feenwesen standen auf unserer Seite. Sebastian forderte die Vampire und Werwölfe auf, sich ihm anzuschließen. Die meisten Vampire hatten sich um Raphael Santiago geschart, Oberhaupt des New Yorker Vampirclans, und Sebastian führte Verhandlungen mit ihm. Raphael war über das Schicksal der Hexenwesen nicht sehr glücklich, meinte aber, dass er pragmatisch veranlagt sei. Er wollte Schutz für seine Vampire. Wir dachten, dass wir uns vielleicht einig werden könnten. Doch Sebastian fand heraus, dass du geheime Informationen an eine junge Werwölfin geschickt hattest. Daraufhin hat er dich gefragt, ob du zu einer seiner Partys kommen und dich etwas amüsieren wolltest – und du hast zugestimmt.«

Es erstaunte Janus, dass er sich an diese Zeit noch erinnern konnte. Damals war er vor Kummer und Schmerz halb blind gewesen, bis Sebastian dafür gesorgt hatte, dass er nicht mehr so oft an Clary denken musste. Sebastian hatte gesagt, Janus sei erbärmlich und nutzlos und voller *Gefühl*. Also hatte er sichergestellt, dass Janus nichts mehr fühlte.

»Ich wünschte, ich könnte einer Hammerparty widerstehen, aber leider …«, sagte Lily. »Das klingt ziemlich plausibel.«

Ihre Stimme wirkte fast gedankenverloren, und ihr Blick glitt über Janus' Gesicht.

Gestürzt!

»Sebastian hat dich getötet und Raphael deine Überreste gezeigt. Daraufhin meinte Raphael, dass du dumm gewesen seist und es dir recht geschehen wäre. Aber sechs Stunden später hat er sämtliche Vampire und einige Werwölfe aus dem Verhandlungsraum geführt und das Gebäude in Brand gesteckt. Ich musste Sebastian aus den brennenden Ruinen retten. Kurz darauf erfuhren wir, dass Raphael sich Livia Blackthorn und ihrer Widerstandsbewegung angeschlossen hatte.«

»Er lebt noch?«, fragte Lily in scharfem Ton. »Raphael lebt noch – in deiner dämlichen, verkorksten Welt?« Die Worte sprudelten aus ihrem Mund. »Bring mich zu ihm.«

Obwohl Janus damit gerechnet hatte, war ihre Forderung so schockierend, dass ihm die Wahrheit über die Lippen kam, bevor er sich daran hindern konnte. »Für diese Welt besteht keine Hoffnung mehr. Selbst die Sonne ist dort vollständig von Staubwolken verschleiert.«

Sein Kopf schmerzte bei diesen Worten. Und der Schmerz fühlte sich so an, als wäre Sebastian nicht mit ihm zufrieden – selbst jetzt noch.

»Dann hol ihn her«, sagte Lily. »Bitte. Kehr in deine Welt zurück und bring ihn her.«

Ihre Hände stießen ihn nicht länger von sich, sondern klammerten sich an ihn, fast flehentlich.

»Wenn ich das täte, was würdest du mir dafür geben?«, knurrte Janus.

Er sah, wie ihr Verstand hinter ihren wachsamen schwarzen Augen arbeitete. Diese junge Vampirin war nicht dumm.

»Kommt darauf an, was du von mir verlangst«, fauchte sie schließlich.

»Damit wir uns richtig verstehen«, setzte Janus an, »du würdest alles für Raphaels Rückkehr tun.«

Die Miene der Vampirin entspannte sich. Sie mochte Jace, erkannte Janus. Sie vertraute ihm. Ein Teil von ihr dachte noch immer, Janus sei ihr Freund. Sie unterschätzte ihn, anstatt auf der Hut zu sein. Sie glaubte nicht wirklich, dass er sie verletzen würde.

»Ich schätze schon«, sagte sie. »Ja, vermutlich.« Sie lehnte sich gegen die Mauer der Gasse. »Würde es helfen, wenn ich dir sage, dass du noch immer superscharf bist?«

»Wahrscheinlich nicht«, erwiderte Janus.

»Wiederhol das bloß nicht gegenüber dem anderen Jace«, sagte Lily. »Er sollte nicht auch noch ermutigt werden. Ich denke ja, dass manche Leute dich für *noch* schärfer halten werden als Jace. Weniger von einem Schönling, dafür mit mehr Ecken und Kanten. Reine Ansichtssache.«

»Das trifft auf die meisten Dinge zu«, pflichtete Janus ihr bei.

»Übrigens versuche ich nicht, dich anzumachen. Das ist eine bloße Feststellung.«

Janus zuckte die Achseln. »Würde dir sowieso nichts nützen.«

»Du bist noch immer ein Mann, der sich nur für eine einzige Frau interessiert, oder?«

»Ja«, bestätigte Janus sehr leise.

Lily betrachtete ihn auf eine Weise, als hätte sie Mitleid mit ihm. Als wüsste sie genau, was er fühlte. Am liebsten hätte er ihr die Augen ausgestochen, damit sie ihn nicht mehr so ansah. Andererseits konnte sie ihm irgendwann womöglich einmal nützlich sein.

»Ich schlage eine Abmachung vor«, sagte Janus. »Eines Tages, wenn die Zeit reif ist, erweist du mir einen Gefallen, ohne irgendwelche Fragen zu stellen. Im Gegenzug werde ich alles in meiner Macht Stehende tun, um Raphael in diese Welt zu holen. Es wird nicht leicht werden und eine Weile dauern. Aber du wirst niemandem erzählen, dass du mich gesehen hast. Falls doch, werde ich eine Nachricht nach Thule schicken, damit man Raphael tötet.«

Die Vampirin zuckte zusammen.

»Sind wir uns einig?«, fragte Janus.

Eine Weile herrschte völlige Stille, nur durchbrochen von den Klängen des nahegelegenen Schattenmarktes, die an dieser dunklen Gasse mit der Untoten vorbeizogen.

Schließlich erwiderte Lily: »Okay, abgemacht.«

Gestürzt!

Janus ließ Lily gehen und folgte ihr leise. Er sah, wie sie ihr Handy hervorholte, als wollte sie jemanden anrufen und warnen. Doch dann steckte sie das Gerät wieder in die Tasche.

Das Ganze hatte fast schon komische Züge. Janus hatte keine Ahnung, wie er in seine alte Welt zurückkehren sollte. Aber es spielte keine Rolle, ob dieses Mädchen klug war oder ihm gehorchen wollte. Denn sie war wild – fast verzweifelt – entschlossen, ihm zu glauben. Hoffnung machte nun einmal jeden zum Narren.

Wenn man wollte, dass jemand einem gehorchte, dann musste man als Erstes dafür sorgen, dass derjenige verzweifelt war. Janus musste es wissen: Schließlich war er selbst jahrelang verzweifelt gewesen. *Wiederhol das bloß nicht gegenüber dem anderen Jace,* hatte Lily gesagt. Als ob Janus vorhätte, mit dem anderen Jace zu reden – mit dem Jace aus dieser Welt, mit dem Jace, der Glück gehabt hatte. Janus brauchte sich nicht mit ihm zu unterhalten. Stattdessen würde er alles über diese Welt hier in Erfahrung bringen, damit er sich als dieser andere Jace ausgeben konnte.

Und dann würde er ihn töten und seinen Platz einnehmen. An Clarys Seite.

Mina wachte in den frühen Morgenstunden weinend auf. Tessa fuhr hoch, doch Jem hauchte einen Kuss auf ihre nackte Schulter und murmelte: »Ich kümmere mich um sie, Liebes.«

Tessa hatte bei Minas Geburt Schmerzen erduldet, die Jem nicht erdulden konnte. Aber solange er im Haus war, würde seine Frau keine Sekunde Schlaf verlieren, weil sie sich um das Baby kümmern musste. Das war Jems Privileg.

Jem schlich zu Minas Zimmer, damit Kit nicht aufwachte und Tessa wieder einschlafen konnte.

Als er jedoch das Kinderzimmer erreichte, stellte er fest, dass Kit bereits auf den Beinen war. Der Junge stand an Minas Wiege und hielt die Kleine auf dem Arm.

»Hey, Min, komm schon. Tu mir einen Gefallen, okay?«,

wandte Kit sich an Jems Tochter und redete mit ihr wie mit einem Kumpel. »Du hast die beiden während der ganzen Woche jede Nacht aufgeweckt. Ich wette, sie sind total erledigt.«

Minas kleines Gesicht war tränenüberströmt, aber sie hatte ihre Tränen bereits vergessen, bevor sie getrocknet waren. Sie schenkte Kit ein zahnloses Lächeln, offensichtlich bezaubert von dieser neuen Erfahrung.

»Jem redet dauernd davon, wie weit du für dein Alter bist. Dann bist du doch auch sicher schon so weit, dass du nachts durchschlafen kannst, oder?«, fuhr Kit fort. »Ich frage mich ja: Wächst du deshalb schneller heran als andere Babys, weil deine Mutter eine unsterbliche Hexe ist?«

Mina hatte darauf keine Antwort. Kit hielt Mina nicht oft auf dem Arm, aber er beugte sich regelmäßig über ihre Wiege oder widmete ihr seine Aufmerksamkeit, wenn er einen Raum betrat, in dem sie sich befand. Dann reichte er ihr seinen Zeigefinger, damit sie sich daran festhalten konnte. Und jetzt, da Mina schon etwas besser sah, streckte sie ihm gebieterisch die Ärmchen entgegen, sobald er sich ihr näherte. Jem war sich sicher, dass sie wusste, dass Kit sie »Min-Min« nannte und er der Junge war, der ihre Hand hielt.

Im Augenblick lag sie wie ein Bündel in seinen Armen, während die lange, weiße Wolldecke, die Catarina Loss für sie gestrickt hatte, wie eine Schleppe herabhing. Kit stolperte über das Ding, als er auf und ab lief, und wäre fast gestrauchelt. Jem wollte schon zu den beiden stürzen, um sie aufzufangen – doch Kit konnte sich gerade noch rechtzeitig an der Wand abstützen und stieß einen unterdrückten Fluch aus. Im nächsten Moment zog er jedoch eine bestürzte Miene und versuchte zu spät, Mina ein Ohr zuzuhalten.

»Bitte verrate Jem und Tessa nicht, dass ich dieses Wort in deiner Gegenwart benutzt habe!«, flüsterte Kit.

Mina, die offensichtlich dachte, dass Kit ein neues Spiel mit ihr spielte, schenkte ihm ein weiteres verschlafenes Lächeln, das ihr Gesichtchen aufleuchten ließ, und gähnte wie ein Kätzchen. Kit biss sich auf die Lippe und summte wieder und wieder Bruchstücke eines Schlaflieds. Und schon bald darauf ruhte ihr Köpfchen an Kits T-Shirt, das mit dem Symbol einer Superhelden-Gruppe bedruckt war – zumindest hatte Kit es Jem so erklärt. Kit tätschelte der Kleinen den Rücken.

»So ist es gut«, murmelte der Junge, sichtlich stolz auf sich selbst. »Das hier bleibt unser Geheimnis.«

Jem beobachtete Kit und Mina noch eine Weile, dann schlich er zu seinem Zimmer zurück und ließ Kit in dem Glauben, dass er Jem und Tessa zu etwas Schlaf verholfen hatte.

Janus musste ständig über Alec und das Wort »Konsul« nachdenken, und schließlich fasste er den Entschluss, sich das Ganze mal persönlich anzusehen. Denn er konnte sich schlecht als Alecs *Parabatai* ausgeben, wenn er nichts über dessen Leben wusste. Sein Vater hatte immer gesagt, Wissen sei Macht und in einer Schlacht sehr nützlich.

Es war zu gefährlich, zum Institut zu gehen, wo ihn jemand sehen konnte. Aber Janus erinnerte sich an die Adresse von Magnus' Loft. Er verbarg sich in den Schatten und beobachtete die Haustür, bis Alec schließlich heraustrat. Das Wetter war gut, mit klarem Himmel und leichtem Wind – einer jener sonnigen New Yorker Frühlingstage, die besser waren als der Sommer.

Alec war dort, wo er immer hatte sein wollen: an Magnus' Seite. Die beiden hatten zwei Kinder bei sich: ein Junge mit sehr dunklen, kurzen Locken, dessen anmutige Haltung den Schattenjäger verriet, auch wenn er noch keine Runenmale tragen konnte. Seine kleinen Finger lagen sicher in Magnus' beringter Hand. Magnus' andere Hand war mit Alecs Fingern verschränkt und ruhte in dessen schäbiger Kapuzenjackentasche. Der zweite Junge war durch Zauberglanz getarnt, damit er wie ein Irdischer aussah. Doch Janus entdeckte unter der Tarnung dessen blaue Haut und kleine Hörner. Der Hexenjunge thronte auf Alecs Schultern und schlug lachend mit den Hacken gegen dessen Brustkorb.

Janus brauchte einen Moment, bevor ihm eine seltsame Erkenntnis kam. Alecs Brust und Schultern waren breiter als die seines *Parabatai* in Janus' Welt. Alec war dort gestorben, als er noch ein Junge gewesen war, der sich davor gefürchtet hatte, jemanden mit Leib und Seele zu lieben.

Konsul, dachte Janus. *Du musst wahnsinnig stolz sein.*

Janus folgte den vieren, während sie zum Brooklyn Botanic Garden schlenderten, wo die Kirschbäume gerade in voller Blüte standen. Alec und Magnus schienen mit den Kindern das Kirschblütenfest zu besuchen.

Die kleinen Jungen waren total aufgeregt. Die rosa Blütenbüschel bildeten eine weiche Allee um sie herum – ein lebendiger rosa Marmorbogen. Die feinen Blütenblätter rieselten wie leuchtendes Konfetti auf sie herab, und der Hexenjunge auf Alecs Schultern versuchte, sie mit den Händen aufzufangen. Die Bäume boten Janus genügend Deckung, um nicht gesehen zu werden.

In einem Musikpavillon spielte eine Gruppe von *Taiko*-Trommlern, und viele Besucher tanzten dazu auf den Wiesen. Alec setzte den Hexenjungen ab, woraufhin dieser sofort zu den Tanzenden lief und dramatische Posen einnahm. Magnus folgte ihm und tanzte mit dem kleinen Jungen – auch wenn sein Tanzstil keine Stürze auf den Hosenboden beinhaltete.

Dagegen imitierte der Schattenjägerjunge Alecs Haltung und lehnte sich wie dieser mit verschränkten Armen an einen Baum – bis Magnus ihn zu sich rief: »Rafe!« Daraufhin leuchtete das mürrische Gesicht des Jungen auf, und er lief zum Hexenmeister. Er ergriff Magnus' Hände und ließ sich von ihm im Kreis drehen, wobei seine Schuhe bei jeder Pirouette aufleuchteten.

Alec beobachtete die drei lächelnd und schlenderte schließlich zu einem Kiosk, um Eis zu kaufen. Ein junges Schattenweltlerpärchen – ein Werwolfmädchen und ein Teenagerelbe – wartete in der Schlange und sah mit nervöser Freude, wie Alec auf sie zusteuerte.

»Da kommt unser Konsul!«, sagte das Werwolfmädchen.

»Genau genommen ist er nicht *unser* Konsul«, erwiderte der Elbe. »Er gehört zu den Schattenjägern, die keine Arschlöcher sind. Maia ist deine Rudelanführerin, und König Kieran ist mein Oberhaupt.«

»Ich kann sowohl einen Konsul als auch eine Rudelanführerin haben, wenn ich das will«, murmelte die junge Werwölfin. »Er kommt direkt auf uns zu! Was sollen wir nur sagen?«

»Du weißt, dass ich nicht lügen kann, Michelle«, stieß der Elbe hervor. »Du musst für uns beide cool tun.«

Alec nickte ihnen zu, noch immer leicht angespannt in Gegenwart von Fremden. Aber er versuchte, auf eine Weise freundlich zu sein, die Janus' *Parabatai* sehr schwergefallen wäre.

Während das Schattenweltlerpärchen schwieg, schenkte er ihnen ein schiefes Lächeln und meinte: »Hi. Seid ihr auch wegen des Festivals hier?«

»Ja!«, brachte der Elbenjunge krächzend hervor.

»Ich auch«, sagte Alec. »Familienausflug. Da drüben sind meine Kinder und mein Mann. Seht ihr? Das da ist mein Mann.«

Alec sagte »mein Mann« so stolzerfüllt, als wäre das Wort ein neues und sehr geschätztes Gut, das noch immer glänzte – etwas, das er allen zeigen wollte.

Mein fester Freund, hatte Clary Janus ein paarmal genannt. Und die Vorstellung, dass er endlich mit ihr zusammen sein konnte und sie möglicherweise stolz war, dass er zu ihr gehörte, hatte ihn wahnsinnig glücklich gemacht. Allerdings hatte er sein Glück nicht gezeigt; er hatte sich zu sehr geschämt. Jetzt erinnerte er sich wieder an diese Gefühle, und sie fühlten sich an wie Nadeln – wie das Prickeln in eingeschlafenen Gliedmaßen, in die das Blut langsam zurückkehrte. Und genau wie Nadeln verursachten diese Gefühle Schmerzen.

»Ah, herzlichen Glückwunsch«, gratulierte das Werwolfmädchen – Michelle – und machte dabei den Eindruck, als würden ihr vor Rührung gleich die Tränen in die Augen steigen. »Dein Mann – wie süß!«

Auch der Elbenjunge nickte zustimmend.

»Äh, danke«, sagte Alec. »War nett, euch kennenzulernen. Noch viel Spaß beim Festival.«

Dann kehrte er zu seiner Familie zurück, wo die Kinder jubelnd das Eis in Empfang nahmen. Alec schlang die Arme um Magnus, und sie tanzten ein paar Minuten zusammen. Alec wirkte beim Tanzen etwas unbeholfen, was bei einem Kampf nie der Fall war. Doch er lächelte dabei, schloss die Augen und legte seine Wange an die des Hexenmeisters.

Das junge Schattenweltlerpaar schlenderte mit seinen Eisbechern weiter, die mit Rosenblüten dekoriert waren. Diese bereiteten dem Elben offenbar mehr Freude als seiner Werwolffreundin, während sie sich aufgeregt über ihre coole Begegnung unterhielten.

Janus beobachtete die beiden einen Moment, und als sie zwischen den Bäumen verschwanden, wo sie ungestörter sitzen konnten, zeigte er sich ihnen.

»Du bist Jace Herondale«, stieß das Werwolfmädchen atemlos und begeistert hervor. »Jace Herondale *und* Alec Lightwood. Das ist definitiv der beste Tag meines Lebens. Ich kann es gar nicht erwarten, meiner Mom davon zu erzählen.«

»Ich würde es sehr zu schätzen wissen, wenn ihr niemandem von mir erzählt«, antwortete Janus. »Ihr seid ungefähr im gleichen Alter wie meine Freunde und ich damals, als wir die Welt gerettet haben. Ich denke, ich kann euch vertrauen. Und ich bin davon überzeugt, dass ihr beide zu großartigen Taten fähig seid. Es wäre toll, wenn ihr mir helfen könntet.«

Die beiden warfen sich einen Blick zu, aus dem eine Mischung aus Verlegenheit, Überraschung und Begeisterung sprach. »Wobei sollen wir dir helfen?«, fragte das Werwolfmädchen.

Janus erklärte ihnen sein Vorhaben. Anfangs schien alles nach Plan zu laufen: Ihre Augen glänzten, und sie wollten unbedingt Helden sein. Einst hatte er sich das Gleiche sehnlichst gewünscht.

Das Werwolfmädchen, das mehr über Alec und Jace in dieser Welt zu wissen schien, nickte eifrig. Dagegen hielt sich der Elbenjunge zurück und sagte kaum etwas. Janus war sich nicht sicher, was er von ihm halten sollte. Nachdem er sich von den beiden verabschiedet und ein paar Meter weit entfernt hatte, machte er lautlos kehrt und folgte ihnen. Er spürte, wie die Unhörbarkeitsrune auf seiner Haut prickelte – ein völlig neues Gefühl nach so langer Zeit.

»Es ist mir egal, wer er ist«, sagte der Elbenjunge. »Ich traue ihm nicht. Und ich werde meinem König von seinem Plan erzählen.«

Tja, man konnte nicht immer gewinnen. Das Entscheidende war, dass man wusste, wie man Schadensbegrenzung betrieb.

Janus schlitzte den beiden jungen Liebenden die Kehlen auf und begrub sie Seite an Seite unter grünen Frühlingsbäumen. Dabei achtete er darauf, dass ihre Augen geschlossen waren und die Hand des Mädchens sicher in der Hand des Elbenjungen lag. Dann glättete er die Erde über ihrem Grab, damit sie friedlich nebeneinander ruhen konnten. Janus schenkte ihnen den Tod, den er sich für sich selbst gewünscht hätte.

Die Morgendämmerung war bereits angebrochen, als Mina erneut aufwachte. Dieses Mal war Jem als Erster bei ihr, noch bevor Kit oder Tessa sich auch nur rühren konnten. Seine Kleine lächelte überrascht und erfreut, als sie Jems Gesicht über ihrer Wiege entdeckte – als hätte sie Angst gehabt, dass er nicht zu ihr kommen würde.

»Kein Grund, sich deswegen jemals Sorgen zu machen, liebe Mina«, sagte Jem. »Du kleines Dummerchen.«

Er zog ihr den roten Strampler mit dem blauen Kaninchen auf der Brust an, den Magnus geschickt hatte, und setzte sie in seine Babytragetasche. Sofort krähte Mina begeistert: Sie liebte Ausflüge.

Gemeinsam liefen sie durch den Wald in den nächstgelegenen Ort. Das Dorf war ziemlich klein, besaß aber eine hervorragende Bäckerei, die Jem und Tessa regelmäßig aufsuchten. Die beiden Frauen, die das Geschäft führten, hießen ihn auch jetzt wieder willkommen.

»Ah, sieh mal«, flüsterte eine der beiden der anderen Frau so leise zu, dass Jem sie ohne sein Schattenjägergehör, über das er noch immer verfügte, nicht gehört hätte. »Er hat das Baby wieder mitgebracht!«

Jem kaufte *Pain au chocolat* für Kit, weil der Junge dieses Gebäck liebte, und Apfeltaschen mit Rosinen für Tessa.

»Meine Frau mag keine Schokolade«, erklärte er. »Aber mein ... aber Kit liebt Schokolade.«

»Ah ja, ist das der ... Neffe Ihrer Frau?« Der Tonfall der Bäckerin klang freundlich und neugierig zugleich.

»Neffe, Cousin.« Jem zuckte die Achseln. »Alles eine Familie. Wir haben uns sehr gefreut, als er eingewilligt hat, bei uns zu wohnen.«

Die Frau zwinkerte Jem zu. »Meine kleine Schwester sagt, er sei ein Schrank von einem Kerl.«

Jem war sich nicht sicher, ob das ein Kompliment für Kit sein sollte oder nicht.

»Sie und Ihre Frau scheinen ein so glückliches Paar zu sein«, fuhr die Frau fort – was nun wiederum sehr nett war. »Sind Sie schon lange verheiratet?«

»Nein, erst seit ein paar Jahren. Aber wir hatten eine sehr lange Verlobungszeit«, erwiderte Jem, nahm die Papiertüte mit dem Gebäck entgegen und winkte mit Minas kleiner Hand. »Sag ›Auf Wiedersehen‹ zu diesen netten Damen, Mina.«

»Wie niedlich!«, hörte er die Frau flüstern, als er die Ladentür hinter sich schloss.

»Hast du das gehört, kleine Mina?«, murmelte Jem. »Sie finden dich niedlich. Womit sie selbstverständlich vollkommen recht haben.«

Mina winkte den Bäumen mit unkoordinierten Armbewegungen zu, wie eine winzige Königin, die Ehrenbezeigungen entgegennahm. Jem wählte den längeren Weg durch den Wald – vorbei an dem reetgedeckten Pub, in dem Tessa und er manchmal Tee tranken, und dann über die Brücke, damit Mina den Bach brabbelnd bestaunen konnte.

Gestürzt!

Durch das flirrende grüne Laub und die hellen Sonnenstrahlen hindurch entdeckte er schließlich das Schieferdach und die unebenen weißen Mauern des kleinen Herrenhauses, das jetzt ihr Zuhause war.

Dieses Cottage am Rande des Dartmoor-Gebiets befand sich seit vielen Jahren im Besitz der Familie Carstairs. Jems Onkel Elias Carstairs hatte es einst mit seiner Familie bewohnt. Aus Sorge um Kit hatten Jem und Tessa Magnus gebeten, ihr neues Zuhause mit Schutzschranken zu versehen, die jeden mit üblen Absichten am Betreten des Anwesens hinderten.

An der Seite des Hauses standen die deckenhohen, blau lackierten Fensterläden weit auf und gaben den Blick in eine weiß gestrichene, sonnendurchflutete Küche frei. Jems Familie saß beim Frühstück, an einem massiven Eichentisch: Tessa in einem weißen Morgenrock und Kit in seinem Superhelden-Pyjama. Jubelnd begrüßten sie die Tüten mit Gebäck, die Jem auf den Tisch stellte.

»Mina und ich sind weit gelaufen und mit viel Liebe und Gebäck im Gepäck zurückgekehrt.«

»Meine abenteuerlustige Mina«, sagte Tessa, drückte einen Kuss auf Minas seidiges Haar und hob die Lippen Jems Mund entgegen. »Bist du bereit, bösartige Vampire mithilfe von Technologie und Zugfahrplänen zu bekämpfen, so wie in *Dracula*?«

»Ich habe den Film gesehen«, sagte Kit.

»Ich habe das Buch gelesen«, konterte Tessa.

»Und ich habe keine Ahnung, wovon ihr beide redet«, sagte Jem wie aufs Stichwort. »Aber Mina fand im Dorf sehr viel Bewunderung.«

Tessa zog eine Augenbraue hoch. »Das glaube ich gern.«

»Allerdings hat die jüngere Schwester einer der Bäckerinnen etwas Unfreundliches über Kit gesagt. Du solltest dich besser nicht mit ihr anfreunden, Kit. Sie hat dich als ›Schrank‹ bezeichnet.«

Kit strahlte. »Echt? Das hat jemand gesagt? Wer denn?«

»Ach, ist das etwas Positives?«, fragte Jem.

»Ich habe in letzter Zeit tatsächlich viel trainiert«, murmelte Kit glücklich.

»Ich wusste auch nicht, dass das eine positive Bemerkung ist«, räumte Tessa ein. »Die Sprache verändert sich im Laufe der Jahre so oft, dass ich kaum noch mitkomme. Vor allem bei Slang-Begriffen. Es ist zwar faszinierend, aber manchmal gefällt mir die frühere Bedeutung der Worte einfach besser.«

»Ja, ja, aber Mina muss lernen, wie man heute redet«, erwiderte Kit streng.

Mina krähte und streckte ihm die Ärmchen entgegen, woraufhin Kit ihr seinen Zeigefinger überließ und gleichzeitig mit der anderen Hand sein *Pain au chocolat* weiteraß.

»Du willst doch, dass die anderen Kinder dich cool finden, oder, Min?«, fragte er, während sie freudig brabbelte. »Du hast Glück, dass ich hier bin.«

Tessa ging zum Herd, um Kaffee für Jem zu holen, und fuhr Kit dabei mit der gebäckfreien Hand durch die goldenen Haare.

»Wir haben alle Glück, dass du hier bist«, teilte sie ihm mit.

Kit senkte den Kopf, aber Jem sah, wie sein Gesicht in einer Mischung aus Freude und Schüchternheit errötete.

Nachdem Janus das junge Pärchen begraben hatte, kehrte er zurück und stellte fest, dass Magnus und Alec in die andere Richtung weitergeschlendert waren, fort von der Musik. Alec und die Kinder spielten mit einem knallrosa Fußball, wobei sich Alec, der nicht aus seiner Haut konnte, halb spielerisch, halb unterrichtend mit den beiden beschäftigte. Janus erinnerte sich an seine eigene Kindheit, als Alec seiner Schwester Isabelle und ihm bestimmte Dinge, in denen sie nicht so gut waren, so lange erklärt und mit ihnen trainiert hatte, bis sie sogar besser waren als er selbst. Ausnahmslos jedes Mal. Janus hatte das nur bis zu diesem Moment total vergessen.

Der Schattenjägerjunge war ein guter Fußballer, sofern er sich konzentrierte. Doch er ließ den Ball immer wieder links liegen, düste zurück zu Magnus und schwirrte an seiner Seite wie eine bewundernde, kleine Hummel.

Vor seinem inneren Auge sah Janus wieder, was aus Magnus

in seiner eigenen Welt geworden war: eine jämmerliche Gestalt. Es war seltsam, den Hexenmeister jetzt wohlauf unter einem blühenden Kirschbaum sitzen zu sehen. Er trug violette Schnallenstiefel, Skinny-Jeans und ein Trägertop mit der glitzernden Aufschrift MÄCHTIG MÄCHTIGER TYP. Sein Rücken lehnte gegen den Baumstamm, und er hatte die katzenartigen Augen halb geschlossen, lächelte aber jedes Mal, wenn der Schattenjägerjunge zu ihm zurückkehrte. Nach dem fünften Besuch des Jungen machte er eine träge Handbewegung, sodass die herabrieselnden Kirschblüten um den Kopf des Kleinen zu wirbeln begannen, kunstvolle Schleifen um seine Arme bildeten und seine Pausbäckchen kitzelten, woraufhin er kicherte.

Der Hexenjunge dagegen spielte vollkommen konzentriert Fußball, und seine kurzen Beinchen stapften flink über den Rasen. Doch nach einer Weile hatte er wohl Sorge, dass Alec gewinnen würde. Hastig schnappte er sich den Ball und lief damit zu Magnus und dem anderen Jungen.

»Ich habe gewonnen!«, verkündete der Hexenjunge. »Ich gewinne immer.«

Lachend küsste Magnus den Jungen auf die Wange, und sein Lachen zauberte ein Lächeln auf Alecs Gesicht, während er zu seiner Familie joggte. Janus hatte vergessen, wie viel öfter er Alec hatte lächeln sehen, seit Magnus in sein Leben getreten war.

»Wie ich höre, hast du beim Fußball verloren?«, neckte der Hexenmeister Alec. »Dann ist der große Konsul also ein kleiner Verlierer?«

Alec zuckte die Achseln. »Das bedeutet vermutlich, dass ich keinen Kuss bekomme, oder?«

Er *flirtete*, erkannte Janus plötzlich. Der Alec in seiner Welt hatte nicht lange genug gelebt, um genügend Selbstvertrauen zum Flirten zu entwickeln – jedenfalls nicht so viel, wie er hier und jetzt besaß.

»Hm, vielleicht ja doch«, erwiderte Magnus.

Der Schattenjägerjunge spielte noch immer mit den schwebenden Blüten. Kurz darauf legte der kleine Hexenjunge den Ball auf den Boden und trottete ihm nach, als dieser sanft davonrollte.

Alec beugte sich zu Magnus herab, packte dessen glitzerndes T-Shirt mit beiden Händen und zog ihn zu sich hoch. Magnus ließ den Kopf in den Nacken fallen, woraufhin Alec einen Arm um die Taille des Hexenmeisters schlang.

Der Anblick erinnerte Janus an eine andere Welt. Dort hatte Alec sich an das Wesen geklammert, zu dem Magnus letztendlich mutiert war. Seine kräftigen, narbenübersäten Bogenschützenhände, die immer bereitwillig andere geschützt hatten, hatten den Hexenmeister an sich gezogen. Selbst der Tod hatte Alecs festen Griff nicht lösen können.

Janus hatte dagegen keine Gelegenheit gehabt, Clary noch ein letztes Mal zu halten. Er verstand die Entscheidung, die sein *Parabatai* getroffen hatte – die einzige Entscheidung, die angesichts des drohenden Bösen und des Untergangs all dessen, was er liebte, möglich gewesen war.

Als Sebastian und Janus die beiden im Staub liegend entdeckt hatten, war Sebastian rasend vor Wut gewesen. Er hatte Alec lebend schnappen wollen. Denn Janus' *Parabatai* besaß geheime Informationen über die Widerstandsbewegung, die aus kleinen, versprengten Gruppen freier Menschen bestand. Wichtige Informationen, die Sebastian unbedingt in die Finger bekommen wollte und für deren Schutz Alec gestorben war.

Brüllend vor Wut hatte Sebastian gegen Alecs Leichnam getreten. Der Verlust von Janus' *Parabatai*-Bund, ein Gefühl von Trostlosigkeit und Leere, hatte ihn vor Schmerz fast aufschreien lassen – eine der wenigen Situationen, in der er den Gedanken fassen konnte: *Töte ihn.*

Plötzlich raschelte es im Dickicht, und Janus wurde aus seinen Erinnerungen gerissen, zurück in den sonnigen Park. Er wirbelte herum, um dem Feind ins Auge zu sehen, während er sich innerlich verwünschte, weil er sich hatte ablenken lassen … weil er sentimental war, wie Sebastian und Valentin ihm immer vorgeworfen hatten.

»Was machst du hier, Onkel Jace?«, fragte der kleine Hexenjunge; er drückte den Ball an sich und wirkte sichtlich zufrieden angesichts seiner Entdeckung. Die Augen in seinem kleinen Gesicht schauten freundlich und neugierig.

Janus erstarrte.

»Spielst du Verstecken?«, fuhr der Junge fort.

Langsam wanderte Janus' Hand zum Heft seines Dolches.

»Ja«, flüsterte er.

Der Junge zwängte sich durch die Sträucher und schlang die Arme um Janus' Bein. Janus schloss die Finger um das Heft.

»Ich hab dich lieb, Onkel Jace«, flüsterte der Junge mit verschwörerischem Grinsen, worauf Janus erschauderte. »Sei nicht traurig. Ich verrate auch niemandem, wo du dich versteckst.«

Janus zog den Dolch aus der Scheide. Hexenwesen war nicht zu trauen. Er würde ihm einen schnellen, sauberen Tod bereiten – was letztendlich auch für Alec besser war.

»Max!«, rief Alec in diesem Moment. Er klang zwar noch nicht besorgt, aber wenn er keine Antwort erhielt, würde sich das bald ändern.

Max, dachte Janus und erinnerte sich an den Jüngsten der Lightwood-Geschwister, der vor so langer Zeit getötet worden war. Aber in dieser Welt lebten Magnus und Alec noch, und Alec war zum Konsul aufgestiegen, und die beiden hatten Kinder. Alec hatte seinen Sohn nach diesem verstorbenen Max benannt.

Janus ließ den Dolch fallen und gab den Jungen frei. Seine Hände zitterten zu sehr, um irgendetwas festzuhalten.

Der kleine Max stürmte mit ausgebreiteten Armen aus dem Dickicht und machte ein brummendes Geräusch, als wäre er ein Flugzeug. Rasch lief er zu seiner Familie zurück. Als die vier schließlich den Park verließen, umklammerte Max noch immer seinen Ball und trottete neben Magnus her, der leise ein spanisches Kinderlied sang, während der Schattenjägerjunge an Alecs Schulter schlief.

Dieses Mal folgte Janus ihnen nicht; er blieb am Tor des Parks stehen und sah ihnen nach.

Die Worte seines *Parabatai*-Eids gingen ihm wieder und wieder durch den Kopf – schlimmer als ein Todesurteil. *Wo du stirbst, sterbe ich, und da will ich begraben sein.*
Er hatte seinen Eid nicht eingehalten, obwohl er es gern getan hätte. Der Tod wäre ihm willkommen gewesen. Denn dann wäre er wieder mit Clary vereint gewesen.

Damals in der anderen Welt war Janus unbemerkt aus dem Haus geschlüpft, als Sebastian geschlafen hatte, und hatte nach Alec gesucht. Aber die Leichen waren spurlos verschwunden. Janus hoffte, dass sie nicht den umherstreifenden, ständig hungrigen Dämonen zum Opfer gefallen waren. Er hoffte, dass Maryse Alec und Magnus eingeäschert hatte ... dass ein gütiger Wind ihre Asche fortgetragen und sie so vereint hatte.

Während der ersten Tage in ihrem kleinen Herrenhaus in England war Jem und Tessa aufgefallen, dass Kits Blick oft nachdenklich auf wertvollen Gegenständen ruhte, mit denen sie die Räume dekoriert hatten.

Und eines Abends hatten sie alles, was ihnen einfiel, zusammengetragen und ihre kostbarsten Besitztümer in Kits Zimmer auf Tischen und Fensterbänken arrangiert.

Als Kit später sein Zimmer betrat, blieb er eine ganze Weile dort, ohne dass auch nur ein Ton nach draußen drang. Schließlich klopften Jem und Tessa an seine Tür, hörten ihn irgendetwas murmeln und betraten den Raum. Kit stand in der Mitte des Zimmers. Er hatte keinen einzigen der Gegenstände angerührt.

»Was hat das zu bedeuten?«, fragte der Junge. »Glaubt ihr, ich würde sie stehlen ... oder wollt ihr, dass ich ...?«

Er klang verloren. Seine blauen Augen fielen auf Tessas Erstausgaben und Jems Stradivari, als handelte es sich um Wegweiser und als versuchte er, einen Weg durch ein schreckliches, fremdes Land zu finden.

»Wir möchten, dass du bei uns bleibst und dass du weißt, dass diese Entscheidung allein bei dir liegt«, erklärte Jem. »Und wir wollten dir etwas zeigen: In diesem Haus gibt es nichts, was uns wichtiger wäre als du.«

Und Kit war geblieben.

Das Haus, das die Königin des Lichten Volkes ihnen zur Verfügung gestellt hatte, befand sich auf einem Hügel, in der Nähe knochenweißer Klippen, Hunderte Meilen vom Lichten Hof und vom Dunklen Hof entfernt und weit weg von allen neugierigen Blicken, die den lange verschollenen und unermüdlich gesuchten Sohn der Königin erspähen konnten.

Im Inneren flackerten Schatten an den Wänden. Als Janus den dunklen Hausflur betrat, zitterten die Schatten im Wind, der mit ihm durch die Tür hereinschlüpfte.

Ash lag auf einem Sofa, die langen Beine ausgestreckt. Er trug die Kleidung, die die Königin ihm gegeben hatte: schwarze Seide, grüner Samt – nur das Beste für ihren Jungen. Seit der Rückkehr aus Thule war Ash kaum älter geworden. Er wirkte noch immer wie sechzehn; zumindest glaubte Janus, dass er in diesem Alter war. Als Janus den Raum betrat, hielt Ash gerade ein Stück Papier ans Licht und betrachtete es eingehend.

Ruckartig drehte er den Kopf, sodass ihm die weißgoldenen, feinen Haare, die er von seinem Vater geerbt hatte, über die geschwungenen Elbenohren fielen. Dann schob er das blutverschmierte Papier hastig in seine Tasche.

»Was hast du da?«, fragte Janus.

»Ach, nichts Wichtiges«, erwiderte Ash, während seine grasgrünen Augen langsam blinzelten. »Du bist wieder zurück.«

Einst hatte Sebastian sich zu später Stunde und in besonders melancholischer Stimmung an Janus gewandt: »Glaubst du, meine Augen hätten auch diese Farbe besessen, wenn unser Vater nicht ... das getan hätte, was er getan hat ... und mich zu dem gemacht hat, der ich bin?«

Janus hatte darauf keine Antwort gewusst. Er konnte sich Sebastian nicht ohne seine ausdruckslosen Haifischaugen vorstellen, so tot wie die Sonne und schwarz wie die ewige Nacht in ihrer Welt. Wenn er dagegen Ash in die Augen sah, die grün waren wie der Frühling und jeder Neubeginn, dann dachte er automatisch an eine ganz andere Person.

Es war ihm schwergefallen, Geheimnisse vor Sebastian zu wahren – in der Regel hatte er sie ihm jedes Mal entlockt. Aber Janus war in der Lage gewesen, dieses Geheimnis für sich zu behalten.

»Es ist gut, wieder zurück zu sein«, teilte Janus Ash jetzt mit.

Eigentlich hielt er sich nicht gern im Feenreich auf, aber Ash war nun mal hier. Und er brauchte einen sicheren Ort für den Jungen. Denn Ash würde bald alles verändern. Ash war der Schlüssel. Ihm durfte nichts zustoßen.

Janus wusste, wie sehr Ash sich wünschte, dass ihm das Reich der Feenwesen besser gefallen würde. Bei ihrer Ankunft hatte Ash die Königin, seine Mutter, um ein Klavier gebeten. Und jetzt stand das Instrument in der Nähe der Tür, elegant, schwarz schimmernd und von etlichen Spiegeln reflektiert. Janus bemühte sich, nicht dorthin zu schauen.

»Du hast mir mal erzählt, dass du früher Klavier gespielt hast«, hatte Ash bei der Anlieferung gesagt.

Und er hatte enttäuscht gewirkt, als Janus ihm erklärt hatte, dass er nicht mehr wisse, wie man dieses Instrument spielte.

Janus hatte angenommen, dass Ash bei seiner Mutter in Sicherheit wäre. Doch die Königin hatte geantwortet, Ash könne nicht am Hof bleiben.

»Ich habe schon einmal eine Tochter verloren, die nie mehr zurückkehren wird«, hatte sie Janus mitgeteilt, mit Dornen in der Stimme. »Und ich habe einen Sohn verloren, der wider jede Hoffnung zu mir zurückkam. Ich werde sein Leben nie wieder aufs Spiel setzen. Er muss ein Geheimnis bleiben und beschützt werden.«

Und deshalb lebte Ash in diesem isoliert liegenden Haus, in diesem Palast auf den Klippen. Und Janus lebte hier bei ihm. Vorläufig.

Die Vorstellung, Ash allein zurückzulassen, um im New Yorker

Institut zu leben, gefiel Janus nicht. Aber dort befand sich nun mal Clary.
Wo auch immer du bist, dort will auch ich sein.
Janus brauchte Wasser, um den bitteren Geschmack in seinem Mund fortzuspülen. Er ging in die Küche, und Ash folgte ihm mit elbenleichten, schattenjägertrainierten, vollkommen geräuschlosen Schritten wie ein bleicher Schatten.

Bei Ashs Ankunft in Thule war Sebastian zunächst sehr zufrieden gewesen. Der Gedanke, jemanden durch sein Blut an sich zu binden, hatte ihm schon immer gefallen. Die Anwesenheit des Jungen hatte er als Zeichen dafür gewertet, dass er alles richtig machte und dass eine andere Welt ihm einen Erben geschenkt hatte. Denn in Thule war die Königin des Lichten Volkes vor seiner Geburt gestorben.

Es schmeichelte Sebastians Eitelkeit, dass Ash ihm ähnelte. Der Junge war endlich das, was er sich immer gewünscht hatte: jemand, der genau war wie er. Sebastian empfing Ash mit offenen Armen und gestattete dies auch Janus. Eine Weile vergnügte er sich mit Ash und versuchte, ihn zu unterrichten. Doch Sebastian langweilte sich immer schnell mit neuen Spielzeugen und zerbrach sie.

Und für Ash brachte er schon nach kurzer Zeit kaum noch Geduld auf.

Während einer Trainingsstunde hatte der Junge einen Fehler gemacht, und Sebastian hatte ihn mit der Peitsche züchtigen wollen.

Auf seinem Gesicht spiegelte sich eine Mischung aus Verblüffung und Empörung, als Janus dazwischenging und die Peitsche mit der Hand auffing. Der Hieb schlitzte Janus' Handfläche auf, und Blut tropfte zu Boden.

»Warum sollte ich ihn nicht auspeitschen? Unser Vater hat das regelmäßig mit mir gemacht.« Sebastians Stimme klang jetzt selbst wie eine Peitsche. »Und ich bin stark geworden. Mit dir hat er das nicht gemacht, und du warst schwach, bis ich dich in die Finger bekommen habe. Ich sollte meinem Jungen die gleiche Erziehung zuteilwerden lassen, findest du nicht?«

Janus war sofort überzeugt. Er musste die Peitsche freigeben und zulassen, dass Sebastian Ash Schmerzen zufügte.

Aber seine Worte waren schneller als seine Gedanken, so als könnte er sie nicht kontrollieren. »Selbstverständlich. Aber du hast schon so viele Aufgaben zu bewältigen. Das Training eines Jungen sollte ein General übernehmen, nicht der Herrscher. Das ist unter deiner Würde. Du weißt, dass ich nur dir dienen will. Ich werde dich niemals im Stich lassen. Gestatte mir, Ash zu trainieren. Und wenn du mit seinen Leistungen nicht zufrieden bist, kannst du immer noch entscheiden, dass die Peitsche sein Zuchtmeister wird.«

Er konnte spüren, dass das Training Sebastian ohnehin langweilte. Nach einem kurzen Moment ließ Sebastian die Peitsche und den Jungen achtlos fallen und stolzierte davon. Ash sah ihm nach.

»Was für ein höllischer Vater«, murmelte Ash.

»Rede nicht so über ihn«, befahl Janus.

Ashs Miene veränderte sich, als er zu Janus schaute und dessen blutige Hände betrachtete. Seine Augen nahmen einen weicheren, weniger misstrauischen Ausdruck an und erinnerten Janus an Clary. So hatte sie einst Simon oder Luke angesehen, bevor Luke und sie gestorben waren und Simon spurlos verschwand. Als Sebastian Clarys Mutter angegriffen hatte, hatte Luke versucht, sich ihm in den Weg zu stellen.

»Ich werde alles tun, was du mir sagst. Denn du wirst mein Lehrer sein«, bot Ash an. »Du wirst schon sehen. Ich werde dich mit Stolz erfüllen.«

Danach hatte Janus Ashs Training übernommen. Doch er musste schon bald feststellen, dass er sich niemals hätte einmischen dürfen. Denn Sebastian beobachtete, wie viele Stunden Janus mit dem Jungen verbrachte, und beschloss schließlich, sich selbst vom Erfolg des Trainings zu überzeugen.

Unter dem Fußboden seines Nachtclubs »Psychopomp« hatte er eine Grube mit Dämonen anlegen lassen – eine gute Showeinlage und gleichzeitig eine bequeme Methode, unliebsame Personen loszuwerden, die sich als illoyal gegenüber der Sache des Gefallenen Sterns erwiesen. Sebastian erteilte Janus den Befehl, Ash ein Schwert zu reichen und ihn in die Grube springen zu lassen.

Der Junge widersetzte sich keine Sekunde. Er ließ sich von Janus zum Rand der Dämonengrube führen, trat einen Schritt vor und fiel dann in die Tiefe.

Sofort schloss sich eine Woge von Dämonen über ihm.

Sebastian und Janus beugten sich beide vor, wobei Janus einen schrecklichen Schmerz empfand, den er nicht verstand, während Sebastian wie ein Schutzengel lächelte. Gemeinsam verfolgten sie, wie Ashs Kopf durch die Dämonen hindurchbrach, wie ein Schwimmer, der sich einen Weg an die Oberfläche eines dunklen Ozeans erkämpfte. Er stieg auf ... und stieg erneut auf. Wieder und wieder. Und dann schoss Ash hinauf in die Luft, während sich schwarze Schwingen auf seinem Rücken entfalteten.

»Ah.« Sebastian klang entzückt. »Dann hat es sich also bewahrheitet.«

»Was ist das?«, fragte Janus in forderndem Ton. »Was passiert mit ihm?«

»Er entwickelt seine Fähigkeiten«, antwortete Sebastian. »Der König des Dunklen Volkes hat ihn mit Magie behandeln lassen, und in seinen Adern fließt Liliths Blut. Das da sind die Schwingen eines Engels, allerdings die eines gefallenen. Er hat diese Veranlagung schon immer gehabt, aber erst Thule hat sie hervorgelockt.«

Sebastian klatschte und lachte, während Ash herumwirbelte, dann tiefer flog und mit seinem Silberschwert einem Dutzend Dämonen gleichzeitig die Köpfe abtrennte. Dämonensekret spritzte gegen die Wände der Grube.

Janus juckte es in den Fingern.

Einst, vor langer Zeit, als er noch eine andere Person gewesen war, hatte er Sebastian geschlagen.

Wir sind beide von Valentin trainiert worden. Aber ich habe mich mehr angestrengt, weil ich meinen Vater geliebt habe und ihm immer alles recht machen wollte. Danach kamen Robert und Maryse und Isabelle und Alec. Mein Alec. Sie alle haben mir ihr gesamtes Wissen vermittelt, damit ich mich selbst verteidigen konnte. Denn sie haben mich geliebt. Ich war besser als Sebastian. Ich war besser.

Ein paarmal hatte er auch mit Clary trainiert. Er wollte ihr all seine Kampfkünste beibringen, damit sie in der Lage wäre, sich immer selbst zu verteidigen. Und damit sie gemeinsam gegen Dämonen kämpfen konnten. Ash war genauso furchtlos und entschlossen wie sie. Janus konnte ihm all sein Wissen beibringen, damit Ash nie in Gefahr geriet. Er wusste zwar nicht, warum, aber es war ihm wichtig, dass Ash sich immer in Sicherheit befand.

Während er ihn beim Kampf gegen die Dämonen in der Grube beobachtete, kam ihm der Gedanke, dass der Junge eines Tages auch Sebastian besiegen könnte. Hastig unterdrückte er diesen ketzerischen Gedanken, doch ein kleines Lächeln stahl sich auf seine Lippen, während er zu Ash hinabblickte.

Ash verzog das Gesicht zu einem höhnischen Grinsen, das exakt Sebastians Grinsen entsprach und auch nur ihm, seinem Vater, galt. Dann schweifte sein vollkommen unbeteiligter Blick über Sebastian hinweg, hinüber zu Janus. Und in diesem Moment lächelte der Junge aufrichtig.

Janus wurde eiskalt.

Und das Gleiche passierte mit Sebastians Stimme. »Mein Vater«, sinnierte er kalt. »Meine Schwester.«

»Bitte«, flehte Janus. Er konnte nicht über Clary reden. »Bitte nicht.«

Doch Sebastian kannte keine Gnade. »Mein Vater, meine Schwester, mein Sohn. Sie alle haben zu mir gehört. Und dennoch haben sie *dich* mehr geliebt. Valentins Goldjunge. Clarys Prinz. Ashs Schutzengel.«

Niemand sonst wagte es, Clarys Namen laut auszusprechen.

»Es wird Zeit, dass du die Wahrheit erfährst: Nichts von dem, was du für Ash empfindest, ist real«, sagte Sebastian. »Der König des Dunklen Volkes hat ihn mit vielen Gaben ausgestattet.

Gestürzt!

Diese Schwingen sind nur ein äußeres Merkmal dessen. Ash besitzt auch die Fähigkeit, unerschütterliche Liebe und vollkommene Loyalität zu erwecken. Dir bleibt gar keine andere Wahl, als ihn beschützen zu wollen.«

Janus erstarrte. Sein Herz schlug langsam und stockend in seiner Brust. Er hatte nicht den geringsten Zweifel an Sebastians Worten. Schließlich hatte er mit eigenen Augen gesehen, wie Annabel sich in Ashs Gegenwart verhielt: Sie hätte sich in ein Bett aus Glasscherben gelegt, damit er auf ihr herumlaufen konnte.

Das war also der Grund dafür. *Diese Gabe*. Nichts von dem, was Janus für Ash empfand, war real.

Sebastian ließ die Dämonengrube schließen. Ash stieg auf, gerade und dunkel wie ein Pfeil, und kniete sich mit seinem glänzenden Schwert an den Rand der Grube. Seine Schwingen bewegten sich träge in Thules stiller Luft.

»Bist du verärgert, Jace?«, fragte Sebastian. »Weil ich dir die Wahrheit gesagt habe?«

Janus schüttelte den Kopf. »Nein. Ich existiere nur, um dir zu dienen.«

Und das stimmte auch. Sebastian war stärker. Ganz gleich, was Janus einst getan hatte – Sebastian hatte ihn letztendlich besiegt.

»Ja.« Sebastians Stimme klang nachdenklich. »Du gehörst mir. Und das Gleiche gilt für die Welt. Aber die Welt ist in letzter Zeit ziemlich öde und leer, oder?«

Die Welt war seit Clarys Tod öde und leer. Janus hatte nicht damit gerechnet, jemals wieder einen Sinn im Leben zu finden. Darüber dachte er später nach, nachdem er Ashs Wunden verbunden hatte und wieder mit ihm trainierte. Falls der Junge Macht über ihn besaß, so hatte er sie noch nie ausgenutzt, überlegte Janus. Ash befahl ihm nie irgendetwas, das er nicht tun wollte.

Ash hörte auf Janus' Anweisungen. Er war umsichtig. Widersetzte sich Sebastian nicht. Trainierte eisern weiter. Der Junge war sehr gut, aber er konnte es Sebastian nicht mehr recht machen.

Manchmal beobachtete Janus, wie Sebastian den Jungen auf

eine Weise ansah, die Janus gut kannte. Sein Blick hatte etwas Hartes, Scharfes, als handelte es sich dabei um ein Seziermesser.

Nicht lange darauf, als Sebastian schlief – manche Dinge fielen Janus einfach leichter, solange Sebastian nicht wach war –, nahm er den Jungen mit ins Freie und sprach mit ihm darüber, an einen anderen Ort zu verreisen, und darüber, seinen Vater nicht zu verärgern.

Janus versuchte es zu erklären, bemühte sich nach Kräften, es Ash zu erläutern. Denn er konnte nicht einfach sagen: *Dein Vater will dich verletzen, aber ich nicht.* Das wäre nicht möglich gewesen. Schließlich wollten Janus und Sebastian immer das Gleiche.

Seine Bemühungen endeten damit, dass er auf die Knie fiel und die Worte hervorzubringen versuchte. Und Ash tat das, was sein Vater nie getan hatte: Er ging ebenfalls auf die Knie und schlang die Arme um Janus.

»Komm mit mir«, sagte er.

»Ich kann nicht«, keuchte Janus unter einer Woge von Schmerzen. »Du weißt, dass ich das nicht kann.«

Und dann schrie er auf. Es fühlte sich richtig an, alles zu tun, was Sebastian wollte. Es *war* richtig. Janus kannte nichts anderes, und alle Versuche, sich zu widersetzen, scheiterten. Es tat zu weh. Gequält schrie er weiter und weiter.

»Nicht«, sagte Ash. »Bitte nicht.«

»Verstehst du denn, was ich dir zu sagen versuche?«, fragte Janus mit gebrochener Stimme. Ihm dröhnte der Kopf, und er schmeckte Blut, weil er sich auf die Zunge gebissen hatte – aber an Blut war er gewöhnt.

»Ja«, flüsterte Ash. »Ich verstehe es. Du brauchst dich nicht länger zu quälen.«

Bei der nächsten Begegnung mit Sebastian setzte Ash wie immer eine unbeteiligte Miene auf. Doch Janus fing einen verdeckten Ausdruck in seinen grünen Augen auf, ein Ausdruck so kalt wie Sebastians. *Ash hasst Sebastian,* erkannte Janus, und ihm wurde bewusst, dass er alles nur noch schlimmer gemacht hatte.

Er war fest davon überzeugt gewesen, dass Ash dem Tode geweiht war. Doch stattdessen war Sebastian gestorben. Und jetzt befanden Janus und Ash sich in einer anderen Welt. Der Weg hierher war nicht leicht gewesen, doch alle Mühen wert. Hier konnte alles anders werden.

Jetzt trank Janus das Glas Wasser leer, versuchte durchzuatmen und schaute kurz zu Ash. Der Junge beobachtete ihn, und Janus strich ihm die hellen Haare aus der Stirn. Er versuchte, sanft zu sein. Es schenkte ihm jedes Mal Ruhe, wenn er Ash ansah – ob nun in dieser Welt oder einer anderen. Sebastians Sohn mit Clarys grünen Augen. Die einzige Person, die Janus neben Sebastian lieben durfte. Ash, der geliebt wurde und sich trotzdem noch nicht in Sicherheit befand. Ash, der alles war, was Janus hatte.

Vorläufig.

»Du hast Blut an den Händen«, murmelte Ash.

Janus zuckte die Achseln. »Das ist ja nichts Neues.«

Er ließ sich an dem schweren Eichentisch nieder, wo die letzte Eichel des toten Baums in der Mitte der Tischplatte eingelassen war. Dann legte er sein müdes Haupt auf die Arme. Einst hatte Sebastian Janus erklärt, dass er ständig brennen würde – ein Zustand, der etwas erträglicher wurde, wenn er Janus bei sich hatte und sie gemeinsam brannten. Inzwischen war Sebastian tot, aber Janus brannte noch immer. Ash legte eine kühle Hand auf seine Schulter.

»Ich habe gedacht, es würde dir hier besser gehen«, sagte der Junge leise. »Aber das stimmt nicht, oder?«

Janus hob den Kopf, Ash zuliebe. »Bald«, versprach er. »Bald wird es mir besser gehen.«

»Natürlich, das hatte ich fast vergessen«, erwiderte Ash und trat einen Schritt zurück. »Es wird dir besser gehen, wenn du fortgehst und mich verlässt.«

Überrascht schaute Janus ihn an. »Warum sollte ich dich verlassen?«

»Weil du mich nur liebst, weil dir keine andere Wahl bleibt«, sagte Ash. »Es liegt an dem Zauber. Vollkommene Loyalität. Hast du gedacht, ich wüsste nichts davon?«

Ashs Augen glänzten hart wie grünes Eis. In diesem Moment besaßen sie keinerlei Ähnlichkeit mehr mit Clarys.

Janus kehrte zu Magnus' Loft zurück, auch wenn er nicht genau wusste, warum. Es wäre Wahnsinn gewesen, sich in der Nähe des Instituts blicken zu lassen, aber hier musste das Risiko eigentlich gering sein. Er war von Kopf bis Fuß in Schwarz gekleidet, wie der Schattenjäger, der er einst gewesen war, und stand verdeckt im Schatten einer Mauer, mit Blick auf das Haus des Hexenmeisters. Janus hoffte, dass irgendjemand, den er kannte, aus der Tür treten würde. Doch er sah nur Lichter und Bewegungen hinter den Fenstern. Vielleicht blieben Alec und Magnus heute ja zu Hause – immerhin war es ein nasser, nebliger Abend.

Plötzlich kam eine Stimme aus der anderen Richtung: »Ich bring dich um, Jace Herondale.«

Bei seiner letzten Begegnung mit Simon in Janus' Welt hatte Simon etwas Ähnliches gesagt.

Simons Gesicht war mondbleich gewesen, und er war sechzehn gewesen, immer nur sechzehn. Damals hatte er ausgesehen wie ein verirrtes Kind. Aber in Janus' Welt hatte es viele verirrte Kinder gegeben.

Doch jetzt lief Simon durch eine Straße in New York. Er war größer und älter, seine Haut gebräunter und mit Runen versehen. Und er trug eine braune Papiertüte mit Lebensmitteln auf dem Arm.

Simon war kein Vampir mehr, erkannte Janus plötzlich. Er war ein ... ein *Schattenjäger*. Was zum Teufel war in dieser Welt passiert?

»Ach, wirklich?«, fragte Simon belustigt. »Ja, ja, ja, prahl nur weiter. Darin bist du der Beste. Aber bereite dich darauf vor, vernichtet zu werden. Du bist bei Videospielen nicht annähernd so gut, wie du glaubst.«

Er schob die Papiertasche in die Beuge seines Ellbogens, das Handy zwischen Schulter und Ohr geklemmt.

»Ja, ich habe die Cupcakes«, fügte er hinzu. »Und du erledigst *deine* Aufgaben, okay? Aber halte die Lightwoods aus der Küche! Lass auf keinen Fall zu, dass sie irgendwas anfassen.«

Einen Moment herrschte Stille.

»Isabelle ist die Liebe meines Lebens, doch ihr Sieben-Schichten-Dip ist wie die neun Kreise der Hölle. Aber sag ihr das bloß nicht!«, fuhr Simon fort. »Wiederholst du etwa gerade, was ich gesagt habe, noch während wir telefonieren? Du bist tot, Mann!«

Simon beendete das Gespräch und schob sein Handy kopfschüttelnd in die Jeanstasche. Dann schloss er die Tür zu Magnus' Haus auf – offensichtlich hatte er einen Schlüssel. Janus schlich auf die Rückseite des Gebäudes zur Feuertreppe und kletterte zum ersten Stock hinauf. Dann kniete er sich auf den Gitterrost und spähte durch das Fenster.

Durch die regenfeuchten Scheiben sah er jemanden tanzen und lachen. Lange schwarze Haare wirbelten um die Schulter der Gestalt. Nach einem Moment erkannte Janus, um wen es sich handelte: Isabelle. Sie lebte noch. Und sie nahm verschiedene Posen ein und lachte. Alec steuerte auf sie zu und schlang einen Arm um sie, während sie ein sich windendes Kind, das sich unter Alecs anderem Arm befand, mit Küssen überhäufte.

Janus hatte mit Valentin und später mit Sebastian mehr Zeit verbracht als mit diesen Personen. Seine Familie. Manchmal war ihm das alles wie ein sentimentaler Traum erschienen – *ein weiterer Beweis für deine Schwäche, Jace* –, und er hatte den Eindruck gehabt, als hätte er die Lightwoods nur erträumt. Alec, Isabelle, Max, Maryse, Robert. Seine Familie.

Aber was hatte er Maryse angetan?

Das, was er hatte tun müssen, ermahnte Janus sich und verstärkte den Griff um das Heft seines Schwerts. Er hatte das Beste getan, das Richtige. Er durfte nicht schwach sein.

Am Rande von Janus' Sichtfeld tauchte ein heller Fleck auf wie so oft: neckend und quälend, ohne sich jemals zu etwas Substanziellem zu verdichten. Aber dieses Mal war es anders. Seit Clarys Tod war Janus so oft herumgewirbelt, in der Überzeugung, er könnte sie sehen, in der verzweifelten Hoffnung, ihren Geist, ihre Stimme, irgendetwas wahrzunehmen, das die endlose Dunkelheit ohne sie linderte. Er musste aufhören, sich nach ihr zu sehnen, auf ihre Rückkehr zu hoffen, und nicht länger nach ihr suchen. Er musste sich das Herz aus der Brust brennen, bis nur noch Asche übrig blieb. Denn wo auch immer er nach ihr Ausschau hielt, sie war nicht mehr da.

Bis zu diesem Augenblick.

Jetzt verstand er auch, warum Isabelle Posen eingenommen hatte.

Clary zeichnete sie.

Sie saß mit ihrem Skizzenblock auf einer Fensterbank gegenüber von Isabelle; ihr Profil zeichnete sich durch die Scheibe ab. Dieses Mal verblasste sie nicht. Dieses Mal war sie wirklich da.

In seiner Welt war sie als junges Mädchen gestorben, doch hier war sie zur Frau herangewachsen. Sie hatte Runennarben auf den Armen, und ihre Haut wirkte etwas dunkler und mit helleren Sommersprossen übersät als früher. Ihre Augen leuchteten so grün wie das Gras, das in Thule nicht mehr existierte. Sie hatte die Haare zu einem Knoten hochgebunden, aus dem sich mehrere feuerrote Strähnen gelöst hatten. Clary strahlte wie ein helles Licht. Sie war einfach alles für ihn.

Wo auch immer du bist, dort will auch ich sein.

Janus sehnte sich so sehr danach, sie im Arm zu halten, dass ihm fast schwindlig wurde. *Und warum auch nicht,* dachte er einen leichtsinnigen Moment lang, obwohl er genau wusste, dass er nicht leichtsinnig sein durfte. Das war er früher gewesen. Vor seinem inneren Auge sah er sich selbst, wie er zu ihr ging. Wie er zu ihr und den anderen ging. Wie er Clary alles erklärte und schließlich seinen Kopf auf ihre Knie legte und endlich Ruhe fand.

Doch dann kam *er* in den Raum, und die Welt um Janus herum wurde schwarz und rot vor wütender Verzweiflung.

Er war ganz in Schwarz gekleidet, genau wie Janus, aber er lächelte, schaute sich ungezwungen, fast lässig um, mit einer

Gestürzt!

Aura, die besagte, dass er hierhergehörte. Alec schenkte ihm ein Lächeln. Isabelle beugte sich vor und pikste ihn mit einem rot lackierten Fingernagel in die Seite. Und Clary, Clary, seine Clary ... sie hob ihm ihr wunderschönes Gesicht entgegen und gab ihm einen Kuss.

Er war da, der Jace dieser Welt. Und Janus hasste ihn abgrundtief. Er wollte ihn töten. Und er war dazu auch in der Lage. Warum sollte Jace alles haben, wenn Janus nichts hatte? Janus hätte derjenige sein sollen, der in dieser Dimension leben durfte. Nicht Jace.

Der Regen prasselte gegen die Scheiben und verschleierte die Personen auf der anderen Seite. Angestrengt versuchte Janus Clarys leuchtend rote Haare durch das verschwommene Glas zu erkennen, doch es gelang ihm nicht. Er hatte sie ein weiteres Mal verloren. Er war es so schrecklich leid, sie immer wieder zu verlieren. Der Schmerz raubte ihm den Atem. Hastig kletterte er die Stufen der Feuerleiter hinunter und taumelte in die nächste Gasse, wo es dunkel war ... wo er vor neugierigen Blicken geschützt war ... wo er sich all sein Leid von der Seele schreien konnte. Doch als er den Mund öffnete, kam kein Laut über seine Lippen – wie in einem Albtraum.

Janus wollte sich Clarys Antlitz einprägen. Aber er konnte ihr Gesicht nicht ohne das von Jace sehen. Dessen junge, glatte Züge. Sein arrogantes, hocherhobenes Haupt. Diese klaren goldenen Augen, die nie die Leiche seines *Parabatai* hatten sehen müssen. Diese Hände, die nie Maryse und zahllose andere getötet hatten. Dieses Gesicht, das nie eine Welt erblickt hatte, die nach Clarys Tod finster und zerstört gewesen war. Der Jace in Magnus' Wohnung war der Junge, der an der Seite von Engeln gekämpft hatte und inzwischen erwachsen war. *Valentins Goldjunge. Clarys Prinz.* Jetzt verstand Janus die schreckliche, mörderische Eifersucht in Sebastians Stimme – die Eifersucht auf all das, was er selbst nicht sein konnte.

Janus würde niemals mehr dieser Junge sein, und er konnte auch nicht der Mann sein, zu dem er sich entwickelt hatte.

Sein Atem ging schwer und klang fast wie ein Schluchzen. Doch er hielt abrupt die Luft an, als er eine Stimme hörte: Clary. So nah, als stünde sie nur wenige Schritte entfernt.

»Wie kann es sein, dass *alle* Vampire betrunken sind?«, fragte sie. »Nein, ich meine, ich verstehe schon, wie das geht, Maia. Aber ich kapiere nicht, wie irgendjemand das für eine gute Idee halten konnte.«

Einen Moment herrschte Stille. Janus schlich zum Ausgang der Gasse. Er konnte es noch immer kaum glauben, aber Clary war wirklich da – eine schlanke Gestalt, die sich vor der Dunkelheit abzeichnete. Sie befand sich auf dem Gehweg vor dem Haus, ein Handy zwischen Schulter und Ohr geklemmt, während sie auf und ab lief und gleichzeitig versuchte, einen Mantel überzustreifen und einen Regenschirm zu halten. Dabei rutschte ihre Stele aus ihrer Tasche und rollte unbemerkt bis zu einer Mülltonne, wo sie liegen blieb.

»Tja, vermutlich müssen wir Elliott die Schuld an diesem Debakel geben«, fuhr Clary fort. »Mehr muss man dazu nicht sagen! Simon, der ehemalige Schattenweltler und sein getreuer *Parabatai* sind schon auf dem Weg, um wieder für Ruhe und Frieden zu sorgen.« Clary hatte sich halb in Janus' Richtung gedreht. Der Schein der Straßenlaterne ließ die Regentropfen in ihren Haaren wie einen bunten Schleier schimmern.

Das hier war eine andere Welt. Hier gab es noch immer Engel. Janus schlich aus der Gasse heraus und hob Clarys Stele auf.

»*Wer* hat einen Stripper namens *Elfenhintern* eingeladen?«, fragte Clary aufgebracht ins Handy.

Sie kam auf ihn zu. Seine Hand schloss sich fest um ihre Stele. Er wusste, dass es völliger Irrsinn war, sich ihr in diesem Zustand zu nähern, aber sie war so nah ...

»Mir fehlen echt die Worte, was diesen Stripper betrifft. Bis gleich, Maia«, sagte Clary und beendete kopfschüttelnd das Gespräch.

Janus ging ein paar Schritte und war dann an ihrer Seite, knapp außerhalb des Lichtkegels der Straßenlaterne.

Gestürzt!

»Hi«, sagte Clary, noch immer durch ihr Handy abgelenkt. »Ich dachte, du wolltest hierbleiben.«

Sie schaute ihn noch immer nicht an. Janus schluckte und hielt ihr die Stele entgegen. »Ich bin dir nachgelaufen«, antwortete er; seine Stimme klang selbst in seinen eigenen Ohren fremd. »Du hast deine Stele oben vergessen. Besser, du nimmst sie mit.«

»Ach«, sagte Clary, nahm die Stele entgegen und schob sie in ihren Mantel. »Danke. Ich dachte, ich hätte sie eingesteckt.«

Sie hob den Schirm hoch, sodass dieser auch Janus Schutz bot, und lehnte sich leicht an ihn. Keine weiteren Fantasien, keine weiteren Träume. In diesem Moment wusste er, dass keine der Illusionen, mit denen er sich zu täuschen versucht hatte, der Wirklichkeit auch nur annähernd entsprach. Jedes Detail war falsch gewesen – die gesamte Welt war falsch gewesen und alles an seinem Zustand ebenfalls.

Er war jahrelang durch den sengenden Wüstensand gekrochen, in dem Clarys Leichnam gelegen hatte, doch jetzt befand sich eine schimmernde Oase direkt vor ihm. Sie war hier. Sie war wieder lebendig. Sie war bei ihm – und er würde mit Freuden jeden endlos langen Tag jedes hoffnungslosen Jahres erneut erdulden, nur um sie noch einen Moment länger berühren zu können.

Clary fühlte sich warm an, und sie atmete. Und daran würde sich nichts ändern – ganz gleich, was er tun oder wen er töten musste, um ihre Sicherheit zu gewährleisten, um sie an seiner Seite zu halten. Voller Vertrauen lehnte sie an ihm.

Eine feucht glitzernde Locke streifte Janus' Schulter, und er schätzte sich glücklich und fühlte sich gerettet, obwohl es ihm nicht gelungen war, sie zu retten. Doch hier konnte sich alles auf andere Weise entwickeln.

»Das informelle Treffen der Vampire und Werwölfe ist in totalem Chaos geendet«, berichtete Clary, deren Stimme in seinen Ohren einen unfassbar lieblichen Klang besaß. »Aber Simon und ich werden das wieder in Ordnung bringen. In der Zwischenzeit geh ruhig wieder nach oben und amüsier dich.«

Janus wollte, dass sie weiterredete, sich von ihm umarmen ließ, während er jedes ihrer Worte aufsog. Aber sie wartete auf seine Antwort. Er musste jetzt irgendetwas sagen. Ihm war bewusst, dass er sich seltsam verhielt, und er konnte an ihrer Körperspannung erkennen, dass auch sie langsam zu ahnen begann, dass irgendetwas nicht stimmte. Doch er hatte keine Ahnung, wie er das Problem lösen, wie er sich entspannen und wieder die Person sein sollte, die er einst gewesen war.

»Du ... du hast mir gefehlt«, brachte er mit krächzender Stimme hervor.

Sie musste ihm einfach glauben. Nie zuvor hatte er irgendwelche Worte ernster gemeint als diese.

»Ah«, sagte Clary, ihre Wange an seiner Schulter. »Niemand außer mir würde jemals glauben, wie süß du bist.«

Er räusperte sich und sagte, noch immer heiser: »Niemand außer dir würde jemals glauben, dass ich überhaupt süß bin.«

Clary lachte. Er hatte sie zum Lachen gebracht. Seit er dieses Lachen zum letzten Mal gehört hatte, waren so viele stille Jahre vergangen. »Simon und ich werden nicht lange brauchen. Ich habe Maia gesagt, dass wir gleich vorbeikommen und vielleicht ein paar der schlimmsten Übeltäter zum Hotel Dumort zurückbringen werden. Normalerweise hätte Lily sich darum gekümmert, dass das Treffen nicht aus dem Ruder läuft, aber Maia meinte, Lily sei ebenfalls völlig betrunken.«

»Ich werde dich begleiten.« Janus atmete den Duft ihrer Haare ein. »Und dafür sorgen, dass dir nichts passiert.«

»Nicht nötig«, erwiderte Clary und begann, sich von ihm zu lösen.

Doch Janus hielt sie fest und presste sie an sich. Er würde sie nicht wieder gehen lassen. Nie wieder.

Clary hob den Kopf. Er sah ihr wunderschönes Gesicht im Mondlicht aufleuchten; doch dann legte sich ein Schatten darüber, und ihre Augen verengten sich. »Was ist los, Jace? Du verhältst dich wirklich total merkwürdig ...«

Nein. Nein. Du musst mir glauben, dass ich es bin. Du weißt,

Gestürzt!

dass ich es bin. Du weißt, dass ich derjenige bin, der tatsächlich zu dir gehört.

Die Worte rasten durch Janus' Verstand. Er wollte die Beunruhigung in ihrer Stimme lindern, wollte, dass sie sich erneut an ihn lehnte. Denn ihre Berührung brachte seine Welt wieder in Ordnung.

Im nächsten Moment ertönte das Geräusch eines Transporters, der mit quietschenden Reifen am Straßenrand zum Stehen kam. »Das ist Simon«, sagte Clary. »Mach dir keine Sorgen. Ich komme bald zurück.«

Ja, du wirst bald zurückkommen. Aber nicht zu mir.

Janus gab sie frei. Es erforderte all seine Kraft. Clary schenkte ihm ein Lächeln, sichtlich irritiert von seinem Verhalten. *Sie weiß Bescheid,* dachte er entsetzt. Doch dann erhielt er seine Belohnung.

Clary stellte sich auf die Zehenspitzen und küsste ihn auf seinen ausgehungerten Mund. Die Erinnerung an einen Moment vor einer halben Ewigkeit kehrte schlagartig zu ihm zurück: ihr Kuss in einer regennassen Gasse, das Gefühl ihrer feuchten Haut, der Geschmack ihrer Lippen. Jetzt schlang sie die Arme um ihn. Ihr Körper war weiblicher, fülliger. Und die Rundungen ihrer Hüften unter seinen Händen sowie der Druck ihrer Brüste durch ihren Mantel überwältigten seine Sinne, bereiteten ihm Schwindelgefühle. Er bekam kaum noch Luft, aber er wollte lieber sie als Sauerstoff. Der Kuss verlieh jedem Schatten einen goldenen Schein.

Schließlich löste sie sich von ihm, und nun spiegelte sich noch größere Verwirrung in ihren Augen. Sie presste die Finger an ihre Lippen. Ihr Blick wanderte fragend über sein Gesicht, während ihm das Herz unregelmäßig in der Brust schlug. Hastig trat er einen Schritt zurück, tiefer in die Schatten. *Allmählich dämmert ihr etwas,* dachte er.

»Ich liebe dich«, sagte er. »Ich liebe dich so sehr. Eines Tages wirst du erfahren, wie sehr.«

»*Jace*«, setzte sie an, doch Simon drückte auf die Hupe.

Clary atmete aus, und ihr Atem kondensierte zu Nebel. »Geh zu den anderen und amüsier dich. Du hast zu hart gearbeitet«, sagte sie, schenkte ihm ein unsicheres Lächeln und hastete zu Simons Transporter.

Als das Fahrzeug davonbrauste, brach Janus zusammen: Er sank auf die Knie, küsste den schmutzigen Gehweg, auf dem Clary eben noch gestanden hatte, und krümmte sich zitternd zusammen, bis seine Stirn die Steinplatten berührte.

Es war nicht möglich, Jace einfach zu töten und seinen Platz an Clarys Seite einzunehmen. Clary und die anderen würden sofort Bescheid wissen. Er kannte keinen ihrer Scherze, keine ihrer Verhaltensweisen. Nur mit Mühe hatte er es geschafft, Clary für ein paar gestohlene Momente in der Dunkelheit zu täuschen. Bestimmt hegte sie bereits einen Verdacht, und später würde sie Jace vermutlich fragen, warum er sich so seltsam benommen hatte ... Janus mochte gar nicht daran denken. Er würde Clary und die anderen niemals am helllichten Tag täuschen können. Noch nicht.

Erst nach einer Weile wurde ihm bewusst, dass er bis auf die Haut durchnässt war und vor Kälte und Wut zitterte. Er hasste sie alle. Er hasste Alec, Isabelle, Magnus und Simon. Er hasste und liebte Clary gleichermaßen, und dieser Gefühlscocktail brannte wie Gift in seiner Kehle. Denn man hatte ihn so viele Jahre lang gefoltert, aber sie hatten es nicht bemerkt oder sich nicht darum gekümmert und ihn nicht vermisst.

Eines Tages würde er ihnen zeigen, wie sich diese Dunkelheit anfühlte. Eines Tages.

Die Wälder und der Garten weckten zahllose Erinnerungen, und das Gleiche galt für ihr Haus: Jem und Tessa hatten Bilder aufgehängt, sorgfältig gehütete Schwarzweißfotografien von Will, von James und Lucie – Minas Halbgeschwistern, durch über einhundert Jahre von ihr getrennt. Eines Tages würden Tessa und Jem ihr jedes Porträt zeigen, ihr die Namen nennen und ihr versichern, dass sie alle sie geliebt hätten.

Gestürzt!

Erinnerungen waren wie Liebe: Verletzung und Heilung zugleich.

An diesem Abend saßen sie gemeinsam in Minas Kinderzimmer und lasen ihr eine Gutenachtgeschichte vor. Mina hockte auf Tessas Schoß und nagte mit ihrem zahnlosen Mund begeistert an der Kante des Gummibilderbuchs. Als Tessa die Geschichte beendet hatte, blickte sie zu Kit hinab, der auf dem Teppich lag, den Kopf auf die Ellbogen gestützt.

»Einmal habe ich mich in deine Mutter verwandelt«, sagte Tessa mit leiser Stimme. »Ich weiß, dass du sie nicht gekannt hast.«

Kit erstarrte, tat aber – wie so oft – sein Möglichstes, lässig darüber hinwegzugehen.

»Ja, ich versuche noch immer mit der Tatsache klarzukommen, dass ich sozusagen ›Rosemarys Baby‹ bin«, erwiderte er.

»Ich habe das Buch gelesen«, sagte Tessa mit einem matten Lächeln.

»Ich habe den Film gesehen«, erwiderte Kit.

»Und ich habe keine Ahnung, wovon ihr beide redet«, sagte Jem, wie jedes Mal, wenn sie Buch-versus-Film spielten.

Meistens gab Tessa ihm später den entsprechenden Roman, oder Kit lud ihm den Film auf seinen Laptop.

»Ich möchte dich nicht verletzen«, sagte Tessa jetzt. »Ich weiß, dass ich sie nicht ersetzen oder ihren Verlust ausgleichen kann. Aber ich wollte dir sagen, dass deine Mutter, die verschollene Herondale, die Nachfahrin der Urerbin Auraline ... dass sie dich geliebt hat. Sie hat dich nie im Stich lassen wollen und hat ihr ganzes Leben auf der Flucht verbracht, weil sie dachte, dass sie dich auf diese Weise am besten schützen könnte. Rosemary reiste ständig von einem Ort zum anderen – sie kannte nichts anderes. Aber die glücklichste Zeit erlebte sie, als sie zu deinem Vater zurückkehrte und sie gemeinsam ein paar Jahre im Untergrund verbrachten und dich bekamen. Mittlerweile sind meine Erinnerungen nicht mehr so deutlich wie früher, aber ich weiß noch genau, wie es sich angefühlt hat, in ihrem Körper zu stecken und dich zu halten, als du so klein warst wie Mina jetzt. Und ich erinnere mich an das Lied, das sie dir oft vorgesungen hat.«

Bei diesen Worten setzte Kit sich auf und hörte mit gesenktem Kopf zu, als Tessa zu singen begann. Kurz darauf nahm Jem seine Geige und spielte eine Melodie, die von Liebe und Verlust erzählte, vom Suchen und Finden ... eine Melodie, die wie ein Fluss unter der Brücke hindurchströmte, die die Stimme seiner Frau bildete ... die Melodie, die er über alles in der Welt liebte.

»*Du, du liegst mir im Herzen ...*«

Tessa sang Rosemary Herondales Lied, und Jem dachte darüber nach, wie unfassbar viel Glück er hatte. Auch für ihn hätte auf ewig Dunkelheit und Stille herrschen können, bis er sogar die Hoffnung auf das verlor, was nach dem Tod kam. Wenn Tessa nicht gewesen wäre. Wenn er sie ebenfalls verloren hätte. Wenn sie nicht unsterblich gewesen wäre. Aber dann wäre sie auch nicht die Person gewesen, die sie war. Dieser Umstand hatte ihn möglicherweise ganz zu Anfang besonders fasziniert – damals vor über einem Jahrhundert, als er ein dem Tode geweihter junger Mann gewesen war und Tessa das lieblichste Mädchen, das er je gesehen hatte: ein Mädchen, das über den Ozean zu ihm gereist war, unfassbar und magisch und wunderschön, jenseits aller Geschichten und jeder Musik, ein Mädchen, das bis in alle Ewigkeit leben würde.

Und endlich war er nicht länger von diesem Schicksal bedroht – und sie war noch genauso lieblich wie damals.

Jem spielte die Melodie für Will, für all seine Lieben, die sich an jenem weit entfernten Ufer befanden, und für seine Frau, sein Kind und den Jungen, der sich sicher in seiner Obhut befand ... hier in diesem kleinen, warmen Raum ihres Zuhauses. Möglicherweise würden sich ihre Wege eines Tages trennen, doch dann konnten sie sich an diesen Moment erinnern und an diese Melodie.

»*Du, du liegst mir im Sinn*«, sang Tessa.

Und Jem glaubte ihr.

Gestürzt!

Janus besuchte die Königin des Lichten Volkes, bevor er zu Ash zurückkehrte.

»Ihr habt gewusst, dass meine Pläne zum Scheitern verurteilt waren«, teilte er ihr mit tonloser Stimme mit. »Euch war bekannt, dass ich mich nicht als diesen ... diesen arroganten Narren ausgeben kann.«

»Er besitzt die Arroganz eines Menschen, der vom Glück bevorzugt und geliebt wird«, erwiderte die Königin. »Aber würdest du wirklich wollen, dass sie dich alle für ihn halten und dich deshalb lieben? Oder möchtest du nicht lieber um deiner selbst willen geliebt werden?«

»Ihr wisst, was ich mir wünsche«, sagte er.

Ihr Lächeln erinnerte ihn an den gekrümmten Schwanz einer Katze. »Und das sollst du auch bekommen. Deshalb lass uns jetzt einen neuen Plan schmieden.«

Plötzlich erkannte Janus, dass die Königin die ganze Zeit nur eines gewollt hatte: dass er in dem Haus mit den vielen Spiegeln am Meer bleiben würde. Dass er auf Ash aufpassen würde, als sein Schutzengel, an dem niemand vorbeikam.

Diese Aufgabe konnte Janus natürlich übernehmen. Er wollte es sogar. Er würde ihr ihren Herzenswunsch erfüllen, solange sie ihm seinen erfüllte. Gemeinsam redeten sie viele Stunden. Der Königin schien der Gedanke zu gefallen, dass jemand in New York Janus einen Gefallen schuldete. Sie schlug vor, Lily einen Verdrängungstrank verabreichen zu lassen, bis der Moment kam, in dem Janus den Gefallen einforderte. Die Königin hatte noch viele weitere Ideen und meinte schließlich, dass Ash auf ihn warten würde.

Womit sie selbstverständlich recht hatte.

Dieses Mal gelang es Janus nicht, den Jungen zu überraschen. Ash kam ihm auf dem Weg entgegen, der sich zu ihrem Haus auf den Klippen hinaufwand.

Er war eine Runde über das Meer geflogen. Janus beobachtete, wie Ash im hohen Gras landete. Er faltete seine schwarzen Schwingen hinter dem schmalen Rücken und den Schultern, die allmählich breiter wurden. Und auf seinem Gesicht spiegelte sich ein erwartungsvoller Ausdruck, der beinahe wie Hoffnung wirkte.

Vor langer Zeit hatte Ash seinen Vater Sebastian auf diese Weise angesehen – doch das hatte nicht lange angehalten. Auch seine Mutter, die Königin, bedachte er mit diesem Blick; allerdings schwand der Glanz in seinen Augen zunehmend, da er erkannte, wie sehr sich die Königin von der Mutter aus seinen sehnsuchtsvollen Kindheitserinnerungen unterschied.

Jetzt hatte Ash nur noch Janus. Und er würde den Jungen nicht enttäuschen wie seine beiden Eltern.

»Du bist wieder da. Ich habe nach dir Ausschau gehalten«, sagte Ash.

»Woher hast du gewusst, dass ich kommen würde?«, fragte Janus.

»Ich habe es nicht gewusst. Ich bin nur ab und zu losgeflogen, um zu sehen, ob ich dich vielleicht entdecken kann. Das ist schon alles.«

Ash zuckte die Achseln. Doch Janus hatte nicht den Eindruck, dass das Achselzucken so unbeteiligt war, wie Ash es erscheinen ließ.

»Ich habe Clary gesehen«, sagte Janus leise. »Eines Tages wird sie zu uns kommen.«

»Aber ich habe gedacht …« Ash wirkte verwirrt. »Ich dachte, du würdest bei ihr im New Yorker Institut leben wollen.«

»Kleine Änderung des Plans«, sagte Janus.

»Und wie sieht der neue Plan aus?«, fragte Ash. »Wirst du hierbleiben?«

Meine letzte Hoffnung, hätte Janus am liebsten geantwortet. *Ich werde dich immer lieben und dich nie verlassen. Ich habe gewusst, dass diese Welt besser sein musste als unsere, denn du entstammst dieser Welt hier.*

»Was wäre, wenn ich hierbliebe?«, erwiderte Janus. »Was würdest du sagen, wenn ich hier bei dir bleibe und dich trainiere?«

Ash trat gegen einen Kieselstein. »Ich würde sagen, dass ich nicht verstehe, wieso«, antwortete er. »Ich weiß, dass dir klar ist, dass du keine echten Gefühle für mich hast. Du willst nur deshalb bleiben und mich beschützen, weil die Dunklen Künste dich dazu zwingen. Du *musst* mich lieben und mir treu ergeben sein. Allerdings schwindet dieses Gefühl, je größer die Entfernung zu mir ist. Ich weiß, dass meine Mutter mich auf ihre eigene Weise liebt, denn ich habe ihr gefehlt, als ich fort war. Aber ich dachte, dass du … nachdem du so oft in die Welt der Menschen gereist bist …«

»Das habe ich nicht gewusst«, sagte Janus und dachte an Sebastians Worte von einst: über die Fähigkeit des Jungen, Liebe zu wecken. »Ich wusste nicht, dass dieses Gefühl bei größerer Entfernung schwindet.«

»Doch, es verblasst«, sagte Ash. »Wenn du jetzt also lieber gehen willst …«

»Nein, das möchte ich nicht«, erwiderte Janus und spürte, wie eine Woge der Wärme sein Herz erfasste wie eine kleine Flutwelle. »Während meines Aufenthalts in der Welt der Irdischen habe ich für dich nicht weniger empfunden als jetzt, wo ich direkt neben dir stehe. Du gehörst zu mir.«

Ash lächelte. »Zu wem sonst?«

Der Sohn Sebastians und der Königin. Liliths Blut, vermischt mit Valentins und Clarys Blut. *Er trägt einen treffenden Namen*, hatte Sebastian ihm einst gesagt. *Er wurde geboren, um über ein Land zu herrschen, das zu Asche verbrannt ist.*

Janus hatte gesehen, was Sebastian einer Welt angetan hatte. Es wurde Zeit herauszufinden, was Ash dieser Welt hier antun konnte. Wenn Janus' Plan aufging, wenn die Welt in Chaos und Asche versank, dann würden sie beide einen Ort haben, an den sie gehörten.

Es war eine zweite Chance. Und wenn die Dunkelheit über sie hereinbrach, konnte Janus Clary beschützen. Er würde dafür sorgen, dass seiner Familie kein Leid geschah. Alle, die er liebte, angefangen bei Ash.

»Wenn ich dir beibringe, wie ein Schattenjäger zu kämpfen,

und dir zeige, wie du ihre Runenmale tragen kannst, dann wird das mit Schmerzen verbunden sein.«

»Ist schon okay«, erwiderte Ash. »Der alte König des Dunklen Volkes hat mir wehgetan. Mein Vater hat mir wehgetan. Ich bin daran gewöhnt.«

»Ich will dir nicht wehtun«, murmelte Janus.

»Ich weiß«, sagte Ash. »Deshalb ist es ja okay.«

Valentin hatte Janus mit Disziplin und Maßnahmen ausgebildet, die manchmal harsch gewirkt hatten. Und es war richtig gewesen, Janus auf diese Weise zu unterrichten. Doch Ash war anders. Er war stark, clever und schnell ... und er würde rasch lernen. Janus würde Ash niemals töten oder tatenlos zusehen müssen, wie er getötet wurde. Sebastian war tot, aber Janus lebte noch. Sebastian war tot, aber Janus und Ash waren frei.

Ash zögerte. »Was hast du da draußen gesehen? In der Welt der Irdischen?«

Aus seiner Stimme sprach Faszination, fast schon Sehnsucht. Ash war beinahe sein ganzes Leben ein Gefangener gewesen, ein Wesen mit Schwingen in einem goldenen Käfig. Selbst jetzt konnte er sich nicht allzu weit von ihrem Zuhause entfernen – dem Sohn der Königin drohten zu viele Gefahren. Dabei hatte Ash solch eine strahlende Zukunft vor sich: so strahlend und unfassbar wie die Sonne. Janus hätte Ash nicht allein zurücklassen sollen, aber er würde dieses Versäumnis wiedergutmachen.

Er würde ihn nicht mit irgendwelchen hohlen Worten abspeisen: Ash musste beschützt werden. Im Zweifelsfall würde Janus es mit jedem aufnehmen, der eine Gefahr für Ash oder seine Pläne für den Jungen darstellte. Dieser neue König des Dunklen Volkes konnte möglicherweise zum Problem werden. Und noch viel schlimmer waren die Gerüchte über eine Gefahr, über die die Königin nicht reden wollte. Aber Janus hatte trotzdem davon gehört: der Nachkomme einer Person, die als Urerbin bezeichnet wurde. Wenn er – wer auch immer das sein mochte – es wagte, Ash zu bedrohen, wenn irgendjemand es wagte, den Jungen zu bedrohen, dann würde Janus denjenigen jagen und Ash seinen Kopf auf einem Silbertablett liefern.

Die blauen Wellen krachten gegen die Felsen, weit unterhalb der Klippen, auf denen sie standen. Der Anblick erinnerte Janus an ein Gedicht über ein Meer im Feenreich.

Was immer auch an einem Orte geht verloren,
wird von der Flut an andren Ufern neu geboren:
Auch wenn es unrettbar vergangen sein mag,
die Suche bringt es letztlich an den lichten Tag.

»Die Welt dort draußen ist wunderschön«, beantwortete Janus Ashs Frage. »Ich habe gedacht, ich könnte eine Schleife darum binden und sie dir schenken.«

Schon bald würde er Clary haben, und Ash würde seine Welt bekommen. Sie brauchten nur abzuwarten.

Ash lächelte. Irgendwo tief in seinen grünen Augen lauerte ein Raubtier wie ein Tiger im Gebüsch. »Das würde mir gefallen«, sagte er.

Tessa brachte Mina zum Mittagsschläfchen ins Kinderzimmer. Dagegen lag Jem im hohen Gras unter der Eiche und döste vor sich hin. Sein Kater ruhte zusammengekuschelt auf seiner Brust, das flache, flauschige Gesicht auf die Stelle gedrückt, wo er Jems Puls fühlen konnte. Jem wiederum spürte dessen Schnurren, als vereinten sich sein Herz und Churchs Zufriedenheit zu einem gemeinsamen Lied.

»Es hat eine ganze Weile gedauert, bis wir endlich glücklich waren«, sagte Jem. »Aber jetzt haben wir es geschafft. Und ich denke, das Warten hat sich gelohnt, meinst du nicht auch?«

Church schnurrte zustimmend.

Während sich die Sonne langsam dem Horizont näherte, wartete Jem mit Church darauf, dass Kit sein Fechttraining, seine Finten und Paraden gegen einen unsichtbaren Gegner einstellte und ihre Anwesenheit bemerkte.

»Ach, hi, Jem«, sagte Kit schließlich, ließ das Breitschwert sinken und wischte sich mit seinem sonnengebräunten Unterarm den Schweiß von der Stirn. »Hi, böse Miezekatze.«

»Church ist eigentlich ganz lieb«, sagte Jem. »Du musst nur lernen, wie er gestreichelt werden will.«

»Ich weiß genau, wie er gestreichelt werden will«, erwiderte Kit. »Nämlich nur von dir und sonst niemandem. Dieser Kater wartet nur auf den Moment, wo er mir buchstäblich in die Frühstücksflocken pinkeln kann.« Vorwurfsvoll zeigte er mit dem Schwert auf Church. »Ich hab dich genau im Blick.«

Church wirkte nicht besonders beeindruckt.

Jem und Tessa hatten für Kit einen Trainingsbereich am unteren Ende des Gartens frei geräumt – seine erste Bitte an sie beide, die er zögernd vorgetragen hatte, begleitet von vielen Beteuerungen, dass es überhaupt kein Problem wäre, wenn es sich nicht einrichten ließe. Aber Tessa und Jem waren seiner Bitte sofort nachgekommen, mithilfe von Magie und einer Sense. Und seitdem trainierte Kit jeden Tag dort.

»Ich habe gesehen, wie du dich heute im Morgengrauen hier abgerackert hast«, bemerkte Jem.

»Wow, das ist wirklich mies, so was über andere zu sagen.« Kit zuckte unbehaglich die Achseln, als wollte er das Gewicht einer Last verlagern. »Ich bin kein ... Naturtalent, was dieses Schattenjägerdasein betrifft. Die Blacktho... Andere Leute sind an Instituten aufgewachsen und seit ihrer Kindheit damit vertraut. Aber mein Dad hat mir hauptsächlich Kartentricks beigebracht. Und ich denke nicht, dass ich irgendwelche Dämonen damit beeindrucken kann. Auch wenn die Tricks gar nicht mal schlecht sind.«

»Du brauchst kein Schattenjäger zu sein«, sagte Jem. »Ich bin keiner. Allerdings war ich mal einer, und damals habe ich mir nichts sehnlicher gewünscht. Ich weiß, wie es ist, wenn man etwas so sehr will, dass es einem fast das Herz bricht.«

Wenn man kämpfen will. Und Wills Parabatai sein möchte. Und Dämonen bekämpfen und Unschuldige schützen will – und jene Art von Leben leben, auf das die eigenen Eltern bei einem Wieder-

sehen im Jenseits stolz gewesen wären. Und dazu noch angespornt von dem Gedanken, der Jem durch seine schlimmsten Nächte getragen hatte: eine Liebe zu finden wie die, die seine Eltern hatten – eine Liebe, die einen verwandelte und besser machte als zuvor. Während er zum Mann herangereift war, hatte er sich wieder und wieder gesagt, dass er stark sein musste, bis auch er eine solche Liebe erleben würde.

Und diese Liebe war das Warten wert gewesen.

»Falls du jetzt wissen willst, ob ich meinen emotionalen Schmerz durch ein extrem hartes, körperliches Training verarbeite, antworte ich darauf mit einem männlichen Ja«, sagte Kit. »Aber ich hatte gehofft, dass dabei die Stunden wie im Zeitraffer vergehen und ein rockiger Soundtrack einsetzen würde und ich mithilfe einer Filmmontage Muskeln entwickle, so wie in den Kinofilmen. In der Hinsicht haben mich alle Superheldenfilme und dieser eine Boxerfilm schamlos belogen.«

»Du bist bereits deutlich besser geworden«, sagte Jem.

Kit verzog das Gesicht. »Ich komme noch immer total schnell aus der Puste.«

»Als ich mein Kampftraining aufgenommen habe, wurde ich innerlich von einem Dämonengift zerfressen«, berichtete Jem. »Aber du hast recht: Selbst damals war ich schneller als du ...«

Kit lachte. Er besaß zwar typische Herondale-Augen, hatte aber ein ganz eigenes Lachen – verschmitzt, zynisch und dennoch ein klein wenig unschuldig.

»Trainier mit mir«, sagte Kit.

Jem lächelte.

»Was ist?«, fragte Kit besorgt. »Möchtest du das ... denn nicht?«

»Vor vielen Jahren habe ich einmal genau das Gleiche zu jemand anderem gesagt«, erklärte Jem. »Er hat tatsächlich eingewilligt und mit mir trainiert. Und jetzt werde ich dich trainieren.«

Kit zögerte und fragte schließlich: »Will?«

Jem nickte.

»Denkst du ...« Kit biss sich auf die Lippe. »Denkst du noch oft an ihn?«

»Ich habe ihn mehr geliebt als mich selbst«, erwiderte Jem. »Und ich denke noch jeden Tag an ihn.«

Kit blinzelte schnell. In seinen Augen verbarg sich ein Schmerz – jene Sorte versteckter Schmerz, den Will zusammen mit seinen Geheimnissen so viele Jahre lang mit sich herumgetragen hatte. Jem kannte zwar die Ursache für Kits Schmerz nicht, aber er hatte eine gewisse Ahnung.

»Wen auch immer du geliebt hast, ganz gleich auf welche Weise: Jeder, der von dir geliebt wird, darf sich glücklich schätzen«, sagte Jem.

Kit starrte erneut zu Boden, auf den Staub der Trainingsfläche. *Staub und Schatten sind wir,* hatte Will immer gesagt.

»Tja, das ist die Meinung einer Minderheit«, murmelte Kit. Dann hob er das Kinn, und seine blauen Augen blitzten – entschlossen, sich dem Schmerz zu widersetzen. »Tessa hat gesagt, dass meine Mom mich geliebt hat. Aber ich habe sie nie bewusst kennengelernt. Und sie hat mich nicht gekannt. Dagegen hat mein Dad mich gut gekannt, aber ich war ihm egal. Sag jetzt nicht, dass das nicht stimmt; ich weiß, dass er mich nicht geliebt hat. Aber er hat offenbar meine Mom geliebt – was bedeutet, dass er durchaus in der Lage war, jemand anderen zu lieben. Er hat nur *mich* nicht lieben können. Und ... und die Bl... und niemand sonst hat mich lieben können. Ich war nicht liebenswert genug, um zu verhindern, dass ... Ich war einfach nicht genug. Ich war mein ganzes Leben lang nicht liebenswert genug, für niemanden, und dabei gebe ich mir solche Mühe. Aber ich weiß nicht, ob ich jemals liebenswert genug sein werde.«

Jem hatte keine Ahnung, was genau im Institut von Los Angeles vorgefallen war, wo Tessa und er Kit in der Überzeugung zurückgelassen hatten, dass er sich dort in Sicherheit befand. Es war offensichtlich, dass Kit dort schwer verletzt worden war, im Institut mit Emma und den Blackthorns. Jem war sich sicher, dass die Blackthorns alle ein gutes, offenes Herz hatten. Aber sie hatten während Kits Anwesenheit einen schweren Verlust erlitten, und manchmal konnten verwundete Menschen andere verletzen. Sie waren alle noch sehr jung, und Kit hatte nicht sehr lange bei ihnen gelebt.

Allerdings wusste Jem eines genau: Johnny Rook musste wirklich einen großen Fehler begangen haben, wenn es ihm während Kits gesamtem Leben nicht gelungen war, ihn von seiner Liebe zu überzeugen.

»Ich habe meine Eltern geliebt«, sagte Jem. »Und sie haben mich geliebt.«

Kit blinzelte. »Äh, schön für dich.«

»Ich hatte eine glückliche Kindheit in Shanghai – die Art von Kindheit, die du hättest haben sollen. Die jedes Kind haben sollte. Doch dann wurden meine Eltern vor meinen Augen gefoltert und getötet, und der Dämon hat anschließend auch mich gefoltert. Die Schattenjäger teilten mir mit, dass ich aufgrund des Dämonengifts bald sterben würde. Und ich wusste, dass sie recht hatten. Ich konnte spüren, wie das Gift durch meine Adern strömte. Und ich erinnere mich daran, wie ich in einer Kabine im Bauch eines Schiffs gelegen habe, auf dem Weg nach England, und mich schrecklich klein, hohl, elend und hoffnungslos gefühlt habe. Ich dachte, dass ich auf diese Weise vermutlich auch sterben würde ... dass ich es nicht würde ertragen können, erneut zu lieben und diese Liebe wieder zu verlieren. Doch dann ... bin ich Will begegnet. Und ich habe ihn geliebt und er mich. Wenn das Herz deines Vaters nach dem Tod deiner Mutter zu klein und zu verkrüppelt war, um jemals wieder einen anderen Menschen zu lieben, dann tut er mir sehr leid. Aber ich weiß, dass es seine Schuld war – nicht deine.«

Der Wind fuhr mit einem sanften Seufzen durch die Blätter. Der Sommer nahte, und der Winter war noch fern.

Kit legte sein Schwert beiseite und setzte sich vor Jem ins Gras, so wie er vor Tessas Füßen gesessen hatte, als sie ihm von seiner Mutter erzählt hatte.

»Diese ganze Geschichte mit dem ›Nachfahr der Urerbin‹ ...

ich weiß nicht, was ich damit anfangen soll«, sagte Kit. »Aber ich weiß, dass ich bereit sein muss. Ich muss ständig an bösartige Feenwesen denken und an die Herondales und meinen Dad, aber ich hab keine Ahnung, wie ich irgendetwas oder irgendjemand sein soll ... außer einem totalen Chaoten.«

Jem konnte auch nicht in die Zukunft sehen, aber einer Sache war er sich sicher: Kit würde nicht weglaufen, wenn ihm Gefahr drohte. Er würde aufstehen und kämpfen. Die Suche nach dem verschollenen Herondale, die Tatsache, dass Jem den Versuchungen des Dämonenfürsten Belial nicht erlegen war und dass Rosemary Herondale seine Hilfe zuerst abgelehnt und dann doch in Anspruch genommen hatte ... all das hatte zu diesem Moment hier geführt. Rosemarys Kind war jetzt Jems Kind. Und es war Jems Aufgabe, Kit beizubringen, ein so guter Kämpfer zu werden wie er selbst.

»Denk an die Menschen, die du liebst«, sagte Jem, woraufhin Kit zusammenzuckte. »Es spielt keine Rolle, ob sie deine Liebe erwidert haben oder nicht. Aber du behältst sie hier, an dieser Stelle.« Jem streckte den Arm aus und legte eine Hand auf Kits Brustkorb, wo er dessen Herz unter seiner Handfläche spüren konnte, das viel zu schnell schlug. »Möchtest du sie an einem Ort bewahren, der klein und dunkel ist und dessen Wände sich immer enger um sie herum schließen?«

Stumm schüttelte Kit den Kopf; seine Lippen waren fest zusammengepresst.

»Nein, das würdest du nicht wollen«, sagte Jem leise. »Du entscheidest dich dafür, du selbst zu sein, die beste Version deiner selbst. Du kannst von Göttern und Ungeheuern abstammen. Du kannst das Licht nehmen, das sie dir gelassen haben, und eine Leuchte sein, die mit ihrem Glanz all ihr Licht überstrahlt. Du kannst gegen die Finsternis kämpfen. Du kannst dich immer für den Kampf und die Hoffnung entscheiden. Denn das bedeutet es, ein großes Herz zu haben. Habe keine Angst, du selbst zu sein.«

»Aber ...« Kit suchte nach Worten. »Ich weiß, dass Tessa und du ... dass ihr mich wegen Will aufgenommen habt. Und dafür bin ich ... dankbar. Ich möchte ... Ich kann so sein wie ...«

Seine Schultern bebten, und Jem nahm ihn in die Arme. Er spürte, wie sich Kits Muskeln versteiften und er sich unwillkürlich von ihm lösen wollte. Doch dann bemerkte er, wie Kit sich entschied, sich stattdessen gegen ihn zu lehnen und seinen Kopf auf Jems Schulter zu legen.

»Nein, du brauchst nicht dankbar zu sein«, sagte Jem energisch. »Dort, wo man geliebt wird, besteht kein Grund zur Dankbarkeit«, murmelte er in Kits goldene Haare. »Und ich liebe dich.«

Kit bebte und nickte dann. »Okay«, flüsterte er.

Jem spürte, wie heiße Tränen in seine Halsbeuge fielen. Er hielt Kit fest im Arm, bis dessen Tränen versiegten und sie beide so tun konnten, als hätte der Junge nicht geweint. Jem hielt Kit, bis Church eifersüchtig knurrte und versuchte, sich zwischen die beiden zu quetschen.

»Blöder Kater«, murmelte Kit.

Church fauchte und schlug nach ihm. Daraufhin warf Jem dem Kater einen enttäuschten Blick zu, stand auf und streckte Kit die Hand entgegen.

»Komm, wir gehen rein, ins Warme«, sagte er. »Morgen werden wir mit Gewichten trainieren, damit du lernst, das Gleichgewicht zu wahren, wenn du mit dem Schwert zuschlägst. Aber jetzt sollten wir zu Tessa und Mina gehen, zu unserer Familie.«

Die Türen standen bereits einladend offen. Beim Näherkommen entdeckte Jem Tessa in einem Kleid, das den gleichen Grauton besaß wie ihre Augen, den gleichen Grauton wie der Fluss unter der Brücke, wo sie sich Jahr für Jahr mit ihm getroffen hatte. Sie lachte.

»Es ist mir nicht gelungen, Mina zum Schlafen zu bewegen«, rief sie. »Mina glaubt, du könntest womöglich ohne sie auf Abenteuersuche gehen.«

Kit schüttelte den Kopf. »Nein, nicht heute.«

Er ging vor Jem ins Haus, und Mina wand sich in den Armen ihrer Mutter und streckte begierig die Hände nach ihnen aus.

Beim Anblick seiner Tochter musste Jem lächeln und dann an seinen *Parabatai* denken: *Will, mein Will. Du wärst so stolz.*

Dann betrat er den Raum und ging zu seiner Frau und seinem Kind und seinem Jungen in seinem langersehnten Zuhause. Über dem niedrigen Schieferdach hatte der Sonnenuntergang den Wolken einen Farbton verliehen, der etwas dunkler war als Gold. An diesem Abend leuchtete der ganze Himmel bronzefarben, als wollte er allmagische Stürme erwecken.

Danksagung

Wir danken Cathrin Langner für die Überprüfung von Fakten, Gavin J. Grant und Emily Houk dafür, dass sie für unsere Organisation gesorgt haben, und Holly Black und Steve Berman für ihre Unterstützung und Seelenmassage. Des Weiteren danken wir Melissa Scott für ihre Ratschläge bei »Alles Erlesene dieser Welt« sowie Cindy und Margaret Pon für ihre Hilfe bei den Übersetzungen. Doch unsere immer währende Liebe und Dankbarkeit gilt unseren Freunden und Familien.

Zitate

Ein langer Schatten

S. 27: Oscar Wilde: Bunbury. Eine triviale Komödie für ernsthafte Leute. Wien und Leipzig: Wiener Verlag, 1908. Übersetzt von Felix Paul Greve.
S. 41: Charlotte Brontë: Jane Eyre. Leipzig: Verlag von Philipp Reclam jun., [o.J.]. Übersetzt von Maria von Borch.

Eine tiefere Liebe

S. 195: William Blake: The Tyger. Aus: Vaterländisches Museum, Bd. II, Heft i., Hamburg: 1806. Übersetzt von Dr. Julius.

Gestürzt!

S. 571: Milton, John: Das verlorene Paradies, 1. Gesang, Leipzig [o.J.], Übersetzt von Adolf Böttger.
S. 602: Aus dem *Parabatei*-Eid; Ruth 1,16–1,17, Textbibel des Alten und Neuen Testaments, 1899.

Autorinnen

CASSANDRA CLARE ist eine internationale Bestsellerautorin. Ihre Bücher wurden weltweit über 50 Millionen Mal verkauft und in 35 Sprachen übersetzt. Die beiden Serien »Chroniken der Unterwelt« und »Chroniken der Schattenjäger« gehören zu ihren größten Erfolgen. Auch ihre neue Reihe, die »Chroniken der Dunklen Mächte«, wurde zum großen Bestseller. Cassandra Clare lebt in Massachusetts, USA. Weitere Informationen unter www.cassandraclare.com sowie unter www.goldmann-verlag.de/schattenmarkt.

MAUREEN JOHNSON wurde sowohl für den Edgar Award als auch den Andre Norton Award nominiert; das *Time Magazine* hat sie unter die Topleute gewählt, denen man auf Twitter folgen sollte.

SARAH REES BRENNAN wuchs in Irland auf. Nach der Schule verbrachte sie einige Zeit in New York und London, wo sie Creative Writing studierte. Mittlerweile lebt sie wieder in Irland und widmet sich dort dem Schreiben.

KELLY LINK hat bereits zwei Erzählungsbände im Bereich der fantastischen Literatur veröffentlicht, die mit zahlreichen Preisen ausgezeichnet wurden und auf verschiedenen Auswahllisten standen. Kelly Link lebt wie Cassandra Clare in Massachusetts.

ROBIN WASSERMAN, 1978 in Philadelphia geboren, studierte an der Harvard University und an der University of California, Los Angeles. Sie hat schon viele Romane für Jugendliche geschrieben und lebt heute in Brooklyn, New York City.

Cassandra Clare im Goldmann Verlag:

Die Dunklen Mächte
Lady Midnight. Die Dunklen Mächte 1. Roman
Lord of Shadows. Die Dunklen Mächte 2. Roman
Queen of Air and Darkness. Die Dunklen Mächte 3. Roman

Chroniken der Unterwelt
City of Bones. Chroniken der Unterwelt 1. Roman
City of Ashes. Chroniken der Unterwelt 2. Roman

(alle auch als E-Book erhältlich)

Unsere Leseempfehlung

1024 Seiten
Auch als E-Book
erhältlich

Die Gemeinschaft der Schattenjäger steht kurz vor einem Bürgerkrieg. Unversöhnlicher Hass erfüllt die einzelnen Gruppen, und auf den Stufen des Ratssaales ist unschuldiges Blut vergossen worden. Auch die Blackthorns haben einen schrecklichen Verlust erlitten, und in tiefer Trauer flieht die Familie nach Los Angeles. Nur Julian und Emma machen sich auf den Weg ins Feenreich. Trotz der Gefahren, die der Fluch ihrer verbotenen Liebe mit sich bringt, wollen sie dort das Schwarze Buch der Toten wiederbeschaffen. Stattdessen entdecken sie ein Geheimnis, so dunkel und gefährlich, dass es die gesamte Unterwelt zu vernichten droht ...

www.goldmann-verlag.de
www.facebook.com/goldmannverlag

Lesen erleben